U0108184

左工二流誌
組織生活的出櫃書寫

TELLING STORIES OF A "SECOND CLASS" LABOR MOVEMENT IN TAIWAN

An autobiography of a radical intellectual and his organizational life

吳永毅 著

台社論壇

23

致

母親　施和娣
（不需證照的包容異端的社工精神）

父親　吳國琮
（戰亂中文弱身體與頑強自我的流離）

拉派同志
王菲林、吳其諺
（封存於1990年代的未竟左翼情懷）

感謝世新大學台灣社會研究國際中心贊助部分編輯費用

目次

序
小說家的工運懺情錄

陳光興

　　《左工二流誌》是一本具有高度爭議性的著作，它記錄了處身1990年代以後的「後革命時代」，大環境已經全然被「資本主義」所包圍的情勢下，一群懷抱著社會主義理念的工運分子，在台灣透過組織紀律的團體生活，試圖扭轉乾坤推進階級運動。成長於七〇年代的文青小說家吳永毅以自傳體的書寫方式，重溯了個人的生命軌跡，讓我們看到的是那一代人早先「革命」想像的養成，並在九〇年代的匯聚，透過不斷的自我改造，形成工人運動組織的集體方式。它的爭議性在於作家居然能不顧友軍、敵營、史家的窺視與譏諷，將自己的、團體的那些「不足為外人道」的衝突、糾結、矛盾、爭執、暴力、背離、出走與愛恨情仇，暴露在陽光下，為自己／團體走過的政治實驗，留下了不可泯滅的篇章。

　　這樣近乎瘋狂的書寫，我將其稱之為小說家的工運懺情錄。沒有小說家極其龜毛的資料收集癖，觀察入微的分析能耐，自嘲透視自身的技術，與生俱來的寫作細胞，本書是不可能誕生的，也不可能有極富興味的可讀性。但是，如果要追究作者的書寫動力之所在，自我救贖的危機感是關鍵之所在，要釐清自我、團體、組織、運動的困境，回歸以個人為媒介的微觀歷史，是尋求出路的方法。也正因為懺情的

基調是以面對、理解、反省（社會主義想像）實驗中的身體、情感與生命全力投入出現的問題為前提，是為了再生，是為了前進，所以作者在高度的自覺下，不跌入自溺式的悔恨和犬儒地將實踐全盤否定，反而是鉅細靡遺地回到具體情境，重新檢視工作關係裡劇烈碰撞所造成傷害的原委，最終從悲痛的控訴中走出的是對組織、集體生活的確認。在如此不斷回返具有高度緊張感的真實歷史進程，遊走出入於大社會與小團體的多重空間裡。《左工二流誌》的出版是台灣當代史、社會運動史，乃至於左翼思想運動史的重要里程碑，我認為日後對台灣戰後批判圈的認識與理解，沒法跳過這本書。走出「台灣」的範圍，《左工二流誌》應該被視為世界左翼運動史的重要著作，無論在中國大陸、亞洲、第三世界、國際工運的研究文獻中，我們都很少看到這樣細膩地對組織內部進行深入肌理的剖析與反省。

　　台灣戰前戰後的左翼運動仍然有待系統的梳理，才能在歷史變動的軌跡中看到更為清晰的圖像與走勢，特別是1945年開始逐漸形成的世界冷戰體制、1949年以後的兩岸分斷、五〇年代白色恐怖的肅殺，戒嚴體制在四十年中幾乎斬斷了縱向與橫向的聯繫，半個世紀來不僅早與國際共運脫鉤，也奇特地沒有發展成為政治體制中具有發言權的政黨力量。處於去組織化的孤立狀態中，沒有經驗、傳承切斷，在面臨八〇年代以後政治逐漸開放、八〇至九〇年代解嚴後，有思想準備的左傾分子蠢蠢欲動地開始在各個場域展開活動，組織工作必定會是在摸索中學習，走一步算一步，也就具有高度「實驗」的性質。吳永毅所記錄的正是這批解嚴後第一代組織工作者在「無父無母」條件下摸索前進的故事。

　　吳永毅（吳Y）是我在1980年代於加州柏克萊結識的同路人，因為當時在海外集結的左翼分子已經聞到家鄉正在面臨巨型的轉變，是大伙兒一起回家實踐的好時機，所以很多朋友都陸續返鄉投身社會變

革。回首過去，雖然經過了八〇年代後期的「蘇東波」（蘇聯、東歐、波蘭），以及身邊中國大陸的「改革開放」，我們當時（乃至於現在也未曾集體討論何去何從）並沒有意識到這是否是「後革命年代」的來臨，而先前已經「上身」的左翼思想與情懷，驅動著朋友們繼續前進，並成為繼續活下去的依託，左翼的種種早已在我們身上內化為習性，而不僅僅是理念信仰而已，最後的集結雖然沒有成功，但在圈內大家仍不由自主地相互支持、呼應、督促與監督，是說不清楚的壓力、期許與「ㄍㄧㄥ」。

三十年來，從旁參與、看到永毅在「革命」道路上的變化、起伏與堅持，他的歷練不斷在深化，但是本性未改，最後還是秉持他慣有自嘲的勇氣，以及歷經「改造」得來放下身段的武功，逼出了觸動人心的書寫；轉眼之間已經由年少輕狂步入了初老，「轉向」早已不可能作為選項，朋友們藉著本書一起思考該如何調整、重新盤點、繼續前進，大概會是必然的方向。

《左工二流誌》是吳永毅的也是我們大家的懺情錄，看著同志走過的激情、悔恨、控訴與愛，心中有痛但也竊喜，他活過來了，我們呢？

2014年2月

第一章

自序／導讀：組織者失語年代的自白書

在組織問題上的「無意識」，完全肯定是運動不成熟的象徵。

——盧卡奇，〈關於組織問題的方法論〉（1922/1992：385）

本書的前世今生

　　台灣1980年代風起雲湧的各種社會運動，在解嚴和民進黨逐漸走入體制並獲得政治權力之後，大都歸於低潮、沉寂，或只能間歇宣示存在，僅有自主工運能夠持續擴展，且維持不同路線競爭性的高度動能，貫穿整個1990年代。但到目前為止，這段歷史只有一本香港亞洲專訊中心何雪影（1992）所寫的《台灣自主工會運動史：1987-1989》，且記載終止於第一波工運終點的遠東化纖罷工，完全錯過基隆客運工會罷工促發的第二波自主工運黃金年代，而第二波工運的主要鬥爭就是確立社運應該拒絕藍、綠主流黨派綁架的基本立場，到了後阿扁時期這個基調已被普遍接受，成為社運「常識」；然而因為沒有留下「歷史」，那段九〇年代早熟的鬥爭，徹底消失於「八〇後」出生的社運青年的視野。

　　很多人期待一本補完和接續亞洲專訊中心的台灣自主工運史，

而我從《中國時報》勞工記者到「全國自主勞工聯盟」(自主工聯)執行長，再到「工人立法行動委員」(工委會)祕書處執行長，[1] 整段黃金年代都身處工運的核心地帶，被認為、也自認為是少數可以獨力或組織團隊完成這部工運史的寫手之一，但運動挫敗使這個任務一直被擱置著。

2001年3月，我和陳素香因為「工作室」[2] 的「裂解」事件離開了工運(見本書第八章)；2002年春，我們的創業夢——山藥小舖——已經結束營業，我參與協助的《中國時報》中部及南部編輯部自救會抗爭也告一段落，一邊面對失業及不確定的未來，一邊草擬分為16章的「台灣自主工運史：1984至2001年」大綱，並整理所需的工運年表。同時，我們退出工運圈的狀態也逐漸被外圍友人發覺而表達關切。先是「拉派」的紀欣，[3] 找了離開九二一災區運動重回電視編劇專業的黃志翔，[4] 希望他協助我進入撰寫劇本的生涯；後來《台灣社會研究季刊》當時的社長馮建三，輾轉聽說我的工運史寫作計畫，從台社基金撥了十萬元給我當生活費，並希望可以分期交稿。

然而當時的心理狀態根本無法進行寫作，不論是劇本或是工運史。尤其工運史必須回顧自身經歷，草擬大綱時設想藉進行總結後，可告別過去向前行，然而一旦坐在電腦前，裂解的怨恨與錯亂阻擋了

1　「自主工聯」成立於1988年，全國第一個體制外自主總工會。「工委會」前身是1988年為第一次自主工運大遊行而成立的「二法一案行動委員會」，1992年籌備第二次全國大遊行，重組為「三法一案行動委員會」，1993年改名為「工委會」，與「台灣勞工陣線」(勞陣)、「勞動黨／勞動人權協會」和勞陣分裂出來的「紅燈左轉」，並列為自主工運的三派一支。

2　「工作室」是由工廠社工出身、有黨外運動經驗的鄭村棋和夏林清夫婦於1988年為訓練工運工作者而設立。1990年代至2000年初，工運派別之一的工委會，其核心幕僚均為「工作室」成員擔任，實為勞工運動團體，但在圈內被簡稱為「工作室」(見本書第八章)。

3　「拉派」是LA(洛杉磯)派的另稱，指曾經受《台灣思潮》社群影響後回台灣的人(見本書第四章)。1986年我和王蘋及郭文亮在洛杉磯打工時，紀欣負責照顧我們生活。

4　黃志翔是「拉派」蔡建仁培養的民學聯重要幹部，離開學運後成為八點檔電視劇編劇，1999年大地震後被蔡建仁徵召出任「九二一受災戶聯盟」祕書長，短期脫離影劇圈。

任何寫作的動力，兩年多後十萬元用完，卻一字未交。2003年，丘延亮硬拗他的浸會大學學生——畢業後在香港理工大學應用社會科學系任教的古學斌，收留我當老學生（見本書第九章），因為入學就可領取香港政府發給博士生的三年生活費用。申請時的確想將工運史當作博士論文題目，但遠離運動所引發的「不知為何而寫，為誰而寫？」的虛無和負面情緒仍糾纏不放，最後終於在古學斌的女性主義研究方法課程裡，激發了以自傳為研究計畫的動機，說服自己經過內在經驗梳理之後，能重新面對外在的運動意義，工運史就這樣變成傳統左派認為的「小鼻子、小眼睛」、「自我中心」和「個人主義」的自傳。本書就是根據2009年底定稿的博士論文**《運動在他方：一個基進知識分子的工運自傳》**修改而成。[5]

　　原論文題目《運動在他方》，是2005年研究計畫死線前一晚，急就章地從書架上米蘭‧昆德拉（Milan Kundera）（1992）的《生活在他方》借過來的，現在決定物歸原主。因為論文完成後發現，運動之精髓不在嚮望烏托邦的「他方」，而應求諸於現實身體存在的「集體之內」，故本書捨棄原名，經編輯小組腦力激盪，重新命名為**《左工二流誌：組織生活的出櫃書寫》**。在此「出櫃」有雙重意義，第一是指過去不得不隱匿左翼身分的工運分子在台灣社會的「出櫃」；第二是指本書包含大量組織內部「祕密」的曝光，是從政治壓抑中解放的另一個複雜過程，不諱言也是作者進行「運動傷害」[6]自療與復健（自我認同再修補）的企圖。

　　刻意讓這些被陰暗遮蔽的重見光明，是企圖確立「工作室」的基層

5　見吳永毅（2010）《運動在他方：一個基進知識分子的工運自傳》，香港理工大學應用社會科學系博士論文。香港理工大學圖書館提供論文的PDF檔，網址：http://repository.lib.polyu.edu.hk/jspui/bitstream/10397/4019/2/b2343014x_ir.pdf（可下載閱讀，但無列印權限）。

6　另可參見陳素香為本書撰寫的跋：〈運動傷害〉一文，本書頁489-494。

蹲點和「二流人」知識分子自我下放的組織生活路線，其困難與特殊價值，因為它既沒有中共歷史上的政黨和國家機器動員，又發展於社會主義陣營全面瓦解後的新自由主義和後現代語境的台灣，這個史前般古老的組織方法，奇蹟式的證明了它的堅韌生命力，等於宣告歷史沒有終結！在這個意義上，它的光明和陰暗都應該被認真對待。

為何而寫？為誰而寫？

書寫總是涉及作者的各種利害選擇和「避險」策略，自傳更是抉擇如何向公眾呈現自我的困難過程。論文由兩個動機所驅動，一個是對外，面向各種社運組織間流連的左翼青年、與運動若即若離的學院左派、以及對左派知識分子愛恨矛盾的工運幹部發言；另一個是對內重回組織衝突小歷史的慾望，甚至可說原論文是為了進行團體內部「控訴／對峙」，所準備的見證文稿而已。這個必然四面樹敵的文本，大概只有離開運動，對未來生涯和社會關係抱著某種虛無和放棄，卻又不甘心的狀態才可能進行的書寫，也因此許多正常社會顧慮被擱置，而可能帶來「特殊」的貢獻。

本書只留下原論文裡敘事的部分，將文獻回顧、理論框架、研究方法、和研究結論全部砍掉，一方面是出版篇幅的限制，另一方面因為文本目的的轉變。原先論文必須符合一個學院規範的社會學和人類學研究的形式框架，但本書將論文剝光成「純粹說故事」，也是想嘗試脫離學術語境，看看能否更接近運動參與者所需的知識形式——普通人能順暢閱讀的工運小歷史，為了用來對話或吵架，而不為了取得學歷或升等。這個想法起因於在港進行文獻回顧時，瀏覽太多有關台灣

工運的社會學研究，不免都有隔靴搔癢、事後諸葛的感覺，[7]學術和西方理論的框架根本無助於解答現實運動中的種種急迫疑問。

　　為本書出版刪修論文時，一再猶豫是否要增列本章導讀。從形式的潔癖來說，一個需要文本之外導讀的敘事或歷史，肯定不是好作品，因為如果敘事需要非敘事的再詮釋，表示敘事本身詞不達意，沒有進入事實的核心。其次，挑戰文本形式本來就是運動對抗體制的一環，說故事是相對較貼近普通人的溝通方法，[8]用導讀提供框架顯然更接近學術知識的生產方式。但本書初稿是為取得博士學位所寫的論文，已沒有條件全面進行重寫，只能妥協呈現，實屬遺憾。

被製造的集體裡失去自我的恐懼

> 　　1986年9月，黨外運動前進系的林正杰發動了美麗島鎮壓事件後的第一波街頭抗爭，史稱「街頭狂飆」。[9]尚未成為公共知識分子的年輕楊照參與了其中一次狂飆。[10]他退伍的第一天，趕赴台北加入金華國中的群眾大會，會

7　但諸多以各別工會為田野的碩士論文非常值得閱讀，誠如陳信行（2011）〈「從社會問題研究」到勞工研究：「二戰」後台灣社會科學視角中的工人階級〉一文指出，若沒有這些碩士作品，台灣工運研究幾乎毫無規模可言（頁305）。

8　有關說故事的社會作用的辯論，可參見夏林清（2002a）〈尋找一個對話的位置：基進教育與社會學習歷程〉；以及宋文里（2002）的評論〈敘事與意識：另一個對話的位置〉，和夏林清（2002b）的再回應〈對話前行甚於位置的找尋〉。

9　「街頭狂飆」是林正杰因質詢國民黨貪污而被判刑，入獄前號召群眾到不同地點聚集，聚集後帶領群眾集體「散步」到街頭阻斷交通。（可參見攝影記者宋隆泉之部落格，網址：http://blog.udn.com/artsong/3463368）。

10　楊照生於1963年，外祖父是二二八事件受難者。1994年他為競選台北市長的阿扁站台；同年出任許信良競選總統辦公室專案主任；1996年許信良任民進黨主席，聘楊照為國際事務部主任；1998年退出政治圈，成為電視和廣播節目主持人，曾任《新新聞》總編輯。

後他跟隨著群眾，既害怕又驚喜的從校園「散步」出來，在警方包圍下占領了新生南路。1998年他回憶到：

> 群眾開始狂亂的喊口號，突然有一個人湊過來拍拍我的肩膀說：「革命嘍！」我想都沒想就回他一句：「民主萬歲！」（楊照，1998）

12年後，楊照自己卻如此詮釋這個直覺反應：

> 在群眾當中那種失去自我的感覺。我更是驚異著。（同前引）

為什麼是「失去」，而不是「找到」自我？群眾運動的氛圍解放了戒嚴體制軍隊生活的壓抑，透過那句「民主萬歲！」將反國民黨家族史和慾動的身體連結起來，這個身體一路伴隨他走過政治生涯，直到1998年離開政黨職位。事後他卻用一個反身（reflexive）敘事來否定1986年誕生的身體，以「失去自我」總結狂飆的體驗，更指涉整個八〇年代的政治狂飆，反而是知識分子整體社會定位喪失的黃昏。

關鍵字：知識分子、組織、身體

從2009年口試起，幾乎每次需要簡報論文時，都會以楊照的「失去自我」敘事開場（見前附方塊），因為這個片段精準而濃縮地對照了本書的幾個主題：知識分子生涯選擇、集體與個體、意識與身體、身體與社會位置等。

論文對於左翼知識分子的生涯選擇——也就是知識分子如何決定自己在運動裡的位置和角色——的文獻作了詳細回顧，這個問題意識並不是研究的需要，而是每個階段反覆出現的爭議。包括本書第四章記錄了拉派解散事件所觸發的「第一線」和「第二線」知識分子之間的緊

張關係；以及受拉派解散衝擊，野百合學運左翼的民學聯多數幹部，沒有選擇進入基層蹲點，反而被他們曾經批判的、上升中的民進黨收納為幕僚。另一個本書並沒有著力描述，卻是非常關鍵的路線爭議，即1990年代新潮流系以「社運政治化、政運社會化」為旗幟，有計劃地安排學運菁英取得社運資歷和光環，再轉為候選人吸納基層選票，進入地方議會和國會，或成為民進黨不分區立委。[11]但民進黨終究不是左翼政黨，民學聯和新潮流這種生涯路徑，嚴重模糊了社運的政治目標。這些爭議至今仍以不同形式存在。

　　先描述一下什麼是「第一線」和「第二線」的緊張關係：所謂第一線是指直接參與社運、在社運組織專職的知識分子；第二線是指學院左翼知識分子，或熱衷於觀察或研究運動的民間知識分子，當現實裡第一線嚴重「缺工」時，這個矛盾就特別尖銳而引發對立和敵意。第一線的工作者常面臨第二線的知識分子用理論話語對運動提出「反思」，或善意的批評和「指導」；第一線工作者就會以聽來像似「反智」的話語反駁第二線知識分子（卡維波，2012：121），說他們脫離現實，或用道德標準要求其「下放蹲點」（陳信行，2009），使得第二線知識分子感到被拒絕而選擇噤聲或遠離。這個「內部」緊張關係從未真正被討論、或進行對話。

　　我在撰寫論文的研究初期梳理了左翼知識分子理論中的諸多原型，想要找出可以對應台灣現實問題的概念，但結果令人失望。[12]這些原型比較「古典」的包括：從法國大革命的雅克賓黨（Jacobin）傳統發展出來的列寧先鋒黨（Lenin and the Revolutionary Party）、在同時代

11　初步的描述和討論，見陳政亮（2012）〈社會運動的政治轉化：勞工陣線、團結工聯與火盟〉（「開門見山：面對公民社會的矛盾」研討會論文）一文。

12　本段關於理論梳理的詳細參考書目，請參見吳永毅（2010）《運動在他方：一個基進知識分子的工運自傳》的博士論文第一章。

呼應列寧的盧卡奇的知識分子必須藉運動自我完成理論、稍晚葛蘭西（Antonio Gramsci）將知識分子整體改造過程理論化的有機知識分子論（organic intellectuals）、毛澤東顛倒知識權力關係的皮毛論、來自左拉（Émile Zola）到沙特（Jean-Paul Sartre）的法國傳統標榜的涉入現實政治的公共知識分子形象、限縮公共知識分子光環的傅柯（Michel Foucault）的「特殊」（specific）知識分子論、[13]還有沒有被理論化但用生命宣示知識分子沒有身體特權的切・格瓦拉（Che Guevara）。[14]

　　古典的另一個傳統是否定知識分子／外力介入的無政府主義，19世紀最尖銳反對馬克思的蒲魯東（Pierre-Joseph Proudhon）和巴枯寧（Michel Bakounine），認為群眾有自發的運動能力，不需要外部的啟蒙，更反對任何工會以外的永久性政治組織。20世紀初和列寧進行路線辯論的德國社會民主黨有機知識分子羅莎・盧森堡（Rosa Luxemburg），一度也受群眾（及總罷工）優於「黨」的準工團主義影響；之後法國索列爾（Georges Sorel）的《論暴力》（*Reflexions sur la violence*）將工團主義推到了歷史高峰。這支路線在當代被激進的無政府主義人類學家詹姆斯・斯柯特（James C. Scott）再闡述，他的代表作《弱者的武器》（*Weapons of the Weak*），以東南亞農村為田野，強調農民日常反抗就像日積月累的珊瑚礁，可以擱淺大船，知識分子／外力推動的有組織叛亂反而帶來毀滅性的鎮壓。無政府主義最自我矛盾之處在於，一面高舉群眾的自發性，但同時歷史上各種高、專、尖的激進理論卻大都來自無政府主義者，知識和現實間的關係難以自圓其說。

13　傅柯激烈反對沙特「全觀式」（universal）知識分子，認為知識分子不過是一個社會分工中的角色，只能對特定議題發言，但他在現實中的角色卻又完全強化沙特式的公共知識分子傳統。鮑曼（Zygmunt Bauman）的論點與傅柯類似，認為現代性知識分子是想要界定普遍規範的「立法者」，後現代知識分子則是接受價值不確定、溝通多元文化的「闡釋者」。這種定位容易阻礙知識分子涉入有特定立場的社運。

14　受格瓦拉啟發的佛雷勒（Paulo Freire），則以批判教育學面貌宣揚格瓦拉精神。

　　然而當代主流的左翼知識分子典範，卻與古典原型大相逕庭，姑且稱之為「自我退縮的公共知識分子」。[15]在台灣經由薩伊德（Edward Said）熱被傳播的「本達路線」（Julien Benda）特別當道，也就是選邊卻又保持距離、批判但不涉入（critical detachment）的公共知識分子，最常被國內、外學者引述。對古典時期的左翼來說，知識分子該不該直接涉入政治根本不是問題，革命的年代每個人都奔向政治及其風險，爭論的只是涉入後的作用而已。在西方，不涉入政治成為一個生涯選項，大體上是1968年學運後，學院體制大量吸納社運菁英之後的現象。[16]對照台灣，在白色恐怖年代知識分子根本不可能主張去學院臥底當「第二線」左派，因為學院根本不容許左派的存在；對那一代隨時會被逮捕的知識分子來說，在學院裡謀生、當庇護所，也得假裝是自由派，1970年代保釣風潮後，轉為下鄉運動，1980年代則是參與黨外運動，就表示知識分子認識到校園不是主戰場、更不可能是革命基地。但解嚴後的台灣，隨著西方新左思想在體制內生產力的爆發，左派理論在學院也取得立足之地，成為政黨（基本上是民進黨）之外，另一個維持理想光環的生涯選項，從此知識分子的身體不一定要在社運現場，也可以有一樣的正當性，薩伊德的「本達路線」被宣揚也就可以理解了。

15　夏曉鵑（2006）將「批判知識分子」分為兩類，第一類是薩伊德（Edward Said）歸類的「虛無批判知識分子」；無政府主義接近她的第二類：「姿態性批判知識分子」，也就是宣稱尊重群眾自發「主體性」，所以不介入主體化過程，既有光環、又可不涉入現實政治。

16　對1968年世界學潮的影響有兩個極端的詮釋，Gouldner（1979）提出新階級理論，認為新左取代無產階級，自身成為革命力量。羅素‧雅柯比（Russell Jacoby）（1987/2009）在他廣被討論的《最後的知識分子》（*The Last Intellectuals*）裡抱怨左派都跑去大學裡當教授，不關心社會現實。

台灣左派的發明：狼人、流浪犬與側身學院

在台灣要討論知識分子和社運關係更困難，因為在地學者創發了幾個主要系譜之外的複雜比喻，包括夏曉鵑（2006）的「有良心的狼人」、丘延亮（2008）的「社運流浪犬」[17]、夏林清（2002a）「側身學院」的身體比喻[18]。夏曉鵑認為知識分子掌握群眾主體化過程所需的整體世界觀的能力，又容易在「月圓時」被體制收編而背叛群眾，所以一邊要設法把自己綑綁在基層組織裡，一邊提醒群眾不要依賴「狼人」，要自立自強。丘延亮則援用19世紀俄羅斯民粹派的傳統，主張要效法「到民間去」運動裡向農民學習的「知識人」（intelligentsia），而不要成為服務當權者、管理者的「知識分子」（intellectual）；在這個區分下，他的自我認同是「假裝」在學院教書的「知識人」，等待被社運青年「回收／認養」的「社運流浪犬」。

「狼人」是個高度戲劇化的比喻，但現實無法這麼簡單，前述新潮流菁英從社運工作者變民意代表時，面目不會因此變得猙獰而提醒人們防備；恰好相反，當菁英反噬群眾時，因為階級上升所帶來的權力資源，使他們更像追月的蝙蝠俠或蜘蛛人，混淆群眾的認知。形式上的「組織綑綁」也沒有太大作用，新潮流是台灣最嚴密的組織之一，派系菁英在草根裡沾醬油、委屈當「過渡有機知識分子」時，也多半是稱職、有口碑的組織者。**「有良心的狼人」**看似一個對知識分子的倫理要求、道德標準，但卻使群眾要求知識分子做出更明確的承諾反而變得師出無名，因為狼人已經擺明和群眾的關係是「以分手為前提的交往」[19]。為什麼要開一個天窗，讓狼人可以看見後現代流動關

17　見丘延亮（2008）《實質民主：人民性的覺知與踐行之對話》一書封面裡的「編者簡介」。

18　見夏林清（2002a）〈尋找一個對話的位置〉，也是「工作室」實踐理論的系譜介紹。

19　2012年總統大選前（2011年12月30日），為了反駁投廢票的主張，網路上流傳作者名為

係的月亮？

　　社運倫理的重新建立，有時必須在後現代潮流下勇敢堅持某些古典的美德，不能猶豫、遲疑。要求介入社運的知識分子做出承諾、展現忠誠，並不會限制或扼殺知識分子的個體性，「自由」也不一定擁有絕對的善，都必須看社會關係的具體脈絡而定。真正的社運「團結」從不是透過壓抑個體差異而得到的，因為當個別行動者有解放自己的慾望時，他／她才會以其整個個體性投入抵抗，從個體行動到集體認同的緊張過程，反而是集體行動的力量來源。所以「團結」是對內部不同成員的個體性「認異」（recognition）的過程，[20]遠比共同對外（面對他者）時需要的「認同」更優先。知識分子不過是集體內應該被認真對待的其中一「異」，不會因為被要求團結而犧牲了個體性。

　　其實夏曉鵑在同一篇文章裡羨慕地描述了菲律賓左翼團體裡「被組織綑綁」之後，成員甘之如飴的場景；本書則是追隨她，繼續呈現組織內更多引人入勝及人獸掙扎的艱困情節，並貪心的希望藉此解除月圓的詛咒。這些敘事，也是一隻曾經甘心「被認養」的狗，抗議牠總是被誤為「被馴養」的告白，對照抵死確保遊蕩天地之間權利的「流浪犬—阿肥[21]」的動物解放宣言——標榜「流浪」，意指路徑中每處屬暫停，遲疑「歸屬於一」；這種對運動的時間長度和空間認同的想像，太接近人類學家的慣習，如何回應蹲點和團結的要求？

　　夏林清的「身體／空間」比喻提出了某種左派學者的行動方向。她使用「側身」標示她在學院中的身體位向，然後在學院外的社運場域

佛國喬的一篇文章：〈從「天然呆」到「以分手為前提的交往」〉（網址：http://clique2008.blogspot.tw/2012/09/by_19.html），呼籲對民進黨失望的淺綠選民不要投廢票或放棄投票，仍應該抱著監督民進黨的立場，投票給民進黨總統候選人蔡英文。

20　這是閱讀盧卡奇、丘延亮、夏林清和夏曉鵑的文章後的心得。

21　「阿肥」是丘延亮的外號。

裡，她的身體是「（選擇）嵌卡於結構」，企圖以這樣的身體姿勢，來
維持「有機」狀態。她這個宣稱，戳破了學院是與社會現實保持距離的
知識生產和知識分子養成的機構／機制的假象，因為象牙塔早已被政
治和資本帝國的大野牛衝破和踐踏，[22] 各校EMBA熱絡媒介右派的政商
關係，然而許多同情左派的學者卻固守研究室、追究註腳是否符合帝
國SSCI的規格，以為這樣生存下來就可以確保象牙塔裡的正義不會崩
解。真是一個右派知識分子有機化、左派知識分子無機化的反諷現象。

　　夏林清以「對話」來解決她和群眾間的差異，但「第一線」和「第
二線」左翼知識分子之間的緊張問題，能否也用「對話」來包裹解決？
長期直接涉入各種社運進行參與式研究的杜漢（Touraine, A.），竟然最
討厭社運團體裡的「有機知識分子」（1988/2002：244），經典地展現
這個「緊張」的普遍性和複雜性。與杜漢有瑜亮情節的布迪厄（Pierre
Bourdieu），到晚年才涉入社運，但意外地與杜漢走上相似的外力啟蒙
者角色。杜漢以「社會學介入」方法，協助行動者發現自己的歷史質並
找到主體；布迪厄則協助社運團體對付那些取得社會議題詮釋權的專
家：「那個權威效應必須用另一個權威效應來對抗。……因為（社會）
分工，有些人（知識分子）比別人武裝的更好，這就是他們的職業。」
丘延亮的「知識分子vs.知識人」，也會為這個「以士制士」的路線背書。
這表示即使「側身」學院且涉入社運的學者，仍有可能成為某種學術雅
克賓──善意的菁英主義。

　　但知識分子真能勝任「以士制士」的戰鬥任務嗎？實務上常常證
明剛好相反，「二線」知識分子如果沒有真正轉換為和組織密切結合的
「一線／有機」狀況，常常會劃錯重點、節外生枝，而需要群眾幹部給
他補課，甚至拖累戰力。另外，我多次被工運圈外的讀者問道：「不就

22　見宋文里（2002）用鬥牛場中的大野牛，比喻學術帝國和社運帝國。

是一個人要不要搞運動的問題，幹嘛強調知識分子的身分？」從理論而言，左翼社群知識分子想要改造社會，當然不能免除先改造作為社會一部分的「自我」。知識分子沒有特殊的優先性能夠擔任群眾的領導者、啟蒙者或增權者，他／她們也是（甚至特別是）需要改造、學習和被賦權的對象。但也不能因此規避知識分子因為社會分工而擁有主流價值認可的各種資本，而容易在群眾中占據特殊優越性的問題。知識分子不一定比群眾更有意識和智慧，只不過他／她們更有文化資本，能夠將群眾／生活世界已有的知識、智慧和創意，使用主流認可的語言和媒介表達出來，而取得了（占用了）「領導權」。而這種占用「領導權」的能力，也不是在社運之外（或之前），憑藉行動脈絡外的思辯完成的；它是介入社運後，面對鬥爭現場和生活世界的豐富和複雜，而不得不「忘學問（unlearning）／敵能力（delearning）」後，[23] 重新以原先文化資本操演能力的優勢再習得的優越性。因此特別討論社運行動者的知識分子身分仍有必要，知識分子不只是行動者之一而已。

最後，我還是覺得有組織經驗的西方馬克思主義開山祖師盧卡奇的看法最深刻。1920 年代他擔任匈牙利共黨祕書，追隨列寧路線，並加以補充修正。盧卡奇認為積極的參與社會運動，是知識分子能夠真正理解世界的前提，如果資產階級知識分子沒有選邊涉入無產階級運動，將陷於階級的虛假意識所見的片段世界（Eyerman, R. & Jamison, A, 1991: 110）。這也回應了夏曉鵑的「狼人」理論，知識分子「綑綁於組織」不僅僅是為了避免狼性復發而傷害弱者，更是為了解放和改造自己的懦弱、自私，和彌補缺損的世界觀，如果把「綑綁於組織」僅視為「利他」而非「利己」的必要，那是半途而廢的反身性。

23　轉引自夏林清（2006）引述薩伊德的《東方主義》（*Orientalism*）中討論「unlearning」的段落，Said 則是發展自 Raymond Williams 的「unlearning of the inherent dominative mode」，指必須自我警覺已經內化的主導意識模式。

「組織者」失語的年代

　　將「理論」置於「實踐」之下，對左翼思想史並不稀奇，盧卡奇特殊之處在於徹底挑戰知識分子的主流價值觀，直接將「理論」置於「組織」之下，主張只有透過組織檢驗的理論才能貼近現實：「如果它（理論）真想要為它自己的實現開闢道路，它就必須立即變為組織的東西。」（1922/1992：300）[24] 他甚至激進地批評多數左派同志無法認識可能炸毀組織的派系鬥爭不過是理論開始實踐的指標而已（同前引頁），這倒非常符合我們在工運經驗中認識的「路線鬥爭」的正面意義。藉著盧卡奇的啟發，我試圖發展「組織作為一種中介」的觀點，來解釋個體和運動之間的關聯。改造社會必然要改變舊社會關係，如果在日常生活世界中提早實驗，才可能理解和避免既存（或已亡）的左翼失誤經驗。任何政治實驗都要付出嚴重的代價，包括長期的混沌、緊張、焦慮、失敗和互相傷害，運動者既要有背離既存體制的「出世」創造能力，又更需要「入世」貼身糾纏的人際互動的組織能力——或更精確的說，是實驗新的社會關係的能力，和忍受與享受參與這種實驗的耐力，這不得不靠「組織」來承載。本書就為了留下1990年代「工作室」作為**個體性和社會運動之間中介過程的實驗性微型組織**的故事，即使只是一個我個人不完整的版本。

　　2009年11月論文口試時，口委潘毅質疑（或者表達失望）：為什麼論文大篇幅處理個人和組織間的微觀衝突事件，而沒有描述工運的行動、戰略、歷史和政治？相信潘毅的提問不是出於學術目的，也不是

24　盧卡奇的〈關於組織問題的方法論〉一文是《歷史和階級意識》的壓箱之作，全書是盧卡奇第一次投入運動階段的戰鬥性文字，此書是西方馬克思主義的必讀經典，但這篇壓箱作除了哈貝馬斯（Jurgen Habermas）在1971年曾經高度讚揚外（哈貝馬斯，1971/2004），可能是全書最少被引述的文章，更從來沒有社運研究或組織研究的學者討論過。

貶抑自傳的作用，而是基於她是「側身」學院，想要在中國組織工人的行動者角色來提問，她希望我這個台灣的資深自主工運工作者，能夠提供鬥爭經驗，給中國或香港的組織者參照。

　　我雖然在論文裡已經引述了盧卡奇，但口試當下（甚至現在）仍然無法說清楚，為何「組織作為方法」遠比運動戰略、政治分析、行動創意的考量更為重要，因為「組織／集體生活」長期被隱匿、否定、扭曲和忽略。尤其我想要處理的是「如何組織組織者」的冷門議題，而不是大量社運文獻偏重的「如何組織群眾」的範疇。潘毅說中國當代是一個階級話語消失的年代，我會說當前的左派運動是一個「組織者」話語消失的運動。甚至可說自從列寧提出「先鋒黨」，再由葛蘭西補充為「有機知識分子」之後，近百年來再也沒有被認真對待過。

　　口試時很想回答潘毅說：「論文想解決的就是你煩惱的服務據點怎麼留住人的問題啊！」但那聽起來像似完全沒有理論深度的膚淺實務答案而已，很難呈現背後其實是對如何詮釋行動者存在狀態的焦慮。我的論文面對的是台灣資本外移、自主工運原本的群眾基礎（藍領工人）逐漸消逝，工人更不敢行動的悲觀處境；潘毅在中國支持的服務據點面臨的是頻繁地自發「群體性事件」，但不可能有任何組織串連的積累，而產生的挫折和無奈。[25] 這種膠著的狀態考驗行動者，如果沒有一個集體生活支持，並認識到等待的意義，那就會互相擠壓而內爆或逃離。我常想，有時太多的戰略參照、太清楚的視野，面對的現實卻是巨大的無力感，會不會反而不利於撐過運動的膠著？這種無力感下，與其提出戰略性的「工人為何無法組織起來？」，不如改問「為什麼我想要組織工人？」，回到行動者自身意義的探索，也許可以爭取一些喘

25　可參見潘毅等著（2010）《大工地上：中國農民工之歌》；劉建洲（2013）〈歷史事件、主體行動與結構變革：《星星之火：全泰壹評傳》譯後記〉。

息的空間。而且再厲害的策略也需要人去執行，如何讓行動者有可持續性，與高明的策略同等重要，但這個面向遠遠被研究者所冷落，甚至行動者本身也不夠在乎，而到處受傷或傷人。

　　說社運沒有集體無法成事，一方面當然是功能性的意義，團結力量大、互相取暖等等，腦筋簡單的資源動員理論只關心這塊的膚淺表面，完全忽略了集體也有本體層次的高度。也就是說，集體生活本身就是社運的目的和存在的意義，不是為了達到某個目的而不得不在一起行動的手段。若用湯普生（E. P. Thompson）的階級誕生論點來參照，把集體當作手段就只是集體行動而已，當集體本身就是目的時，就有了階級意識。我們作為左派知識分子，到底能不能自外於階級運動的團結之外？我們要求群眾組織起來，實驗有別於個人主義的新社會關係，[26] 我們作為參與者之一當然必須同樣通過這個考驗。所以如何想像熱衷組織工人，自己卻不組織起來的左翼運動？然而今天學院左派處處擴張那些抵銷知識分子自我組織動能的炫目理論，甚至反過來認為，組織者組織起來是左派教條的百年遺毒。本書就是在逆風中堅持路人再少也要費力喊話的行動。

身體、身段與「二流人哲學」

　　本書到處可見到關鍵字：「身體」，最搶眼的是第三章，記錄身體遭遇暴力的經驗，但這反而可能誤導讀者，以為對「身體」的興趣只限於生理的血肉之軀的意義詮釋。原本發現身體，[27] 是想用「身體／身段」

26　Eyerman, R. & Jamison, A.（1991）認為社運是「作為測試新生社會角色的社會實驗室（social laboratories）」；Crossley, N.（1999）用「working utopias」；Schehr, R. C.（1997）用「intentional community」來指稱社會關係實驗用的場域。

27　2004年正在苦思身體與社工實踐關係的劉曉春，向我提示了「身體化」（embodiment）和

的視框，去連結運動中的「多重自身／身體」，幫助釐清所謂個體性和組織經驗的關係，以及驗證本書不斷想要「戳弄、挑釁」知識分子的主旨：知識分子改造與運動之間關係的倫理問題。這不只是我個人好鬥，也是想認真闡釋社運圈內常見的行話：「搞運動要放下身段」的豐富性與重要性。

　　身體是在情境中改造生成的，是一種「活出的身體」（lived body）[28]；它不是準備好才進場的概念，而是在場／現場直接打造的。我的身體簡史為何對知識分子改造特別有意思，是因為我現在被公眾所看見，用身體當作衝突和抵抗的工具，或身體情境發覺的能力，[29]絕大部分是1988年進入運動場域後才習得的。1990年代末，經過關廠抗爭歷練，我已經熟練於在大型群眾場合抓起麥克風掌握現場氣氛，但我常對不敢接手自我訓練的新人，說起自己1993年第一次主抓抗爭現場的經驗[30]——那不過是個幾十人的場，但當我開始生澀發言時，原本集中向場中央的群眾目光，像魚缸裡集體轉向的熱帶魚一樣，立即渙散開來。相對於罷工抗爭現場直覺採取身體衝撞當手段的激進幹部、或是善於掌握群眾動能的頭人，我是小康家庭文弱乖小孩，甚少使用身體當工具，更怯於成為群眾的目光焦點；都是透過長期在場域中和新情境不斷交戰，累積出來的新身體和其「慣習」[31]。但新身體的勝利是有限的，集體營造

「默會」（tacit）兩個重要概念，使「身體」進入我的研究計畫。另請參見最早把身體帶入社運研究的楊祖珺（2007）〈我用身體寫政治：以2004年「三二〇到五二〇人民抗爭事件」為例〉一文。

28　「lived body」的概念，請見艾莉斯‧瑪利庸‧楊（Iris Marion Young）（2007）《像女孩那樣丟球：論女性身體經驗》一書。另可參見丘延亮對樂生青年身體的詮釋，本書第三章註1。

29　情境的身體（situated body）詮釋，請見Moi, T.（1999），頁59-83。

30　1993年5月24日工委會發動到工業總會和商業總會所在的同一棟大樓下抗議。

31　布迪厄的重要概念，我認為幾乎等於中文裡「身段」意義。指特定社會階級經長時間累積所養成的特有文化、品味、體態、思考、生活習慣等，使其能夠區別於其他階級，並再生產階級認同；它不是有意識的展演，而是像運動員身體反應般的無意識、內化

的抗爭氣勢下，可以半主動地迎上風險；當氛圍不在，又回到龜毛、遲疑和膽怯的身體。身體永遠是個「未完成的身體」，所以必須刻意、甚至勉強自己把身體留在場域裡面，知識分子維持「有機」的自我要求，不是意識問題，而是身體選擇。

論文視框也受到一句諺語的啟發：「**屁股決定腦袋！**」，這真是唯物史觀的金句，將「身體」上升到認識論的高度，直指一個人的世界觀是被身體的社會位置決定的。但歷史有趣的地方，就在於行動者的屁股或多或少還是有選擇的自由，可以「相對自主」地決定移動到什麼社會位置上，然後因此理解世界的方法也會不同，之後身體可引用的資源也會不同，導致不同的行動。本書記錄了我在不同位置的身體生涯，軌跡上包括五種組織形式：「打工＋讀書會」（見本書第二章）、「工會」（見本書第七章）、「《島嶼邊緣》編委會」（本書未記錄）[32]、「自主工聯／工委會」（見本書第五章）、和「工作室」（見本書第五、六、八章），沿這個路徑累積出來的身體，造成我和其他成員——不論是工人身分的頭人，或是後來在2001年三一七裂解事件的主要衝突當事人淑惠、巧仁[33]和夏林清——在行動時可引用的資源，以及對未來的場中情境的想像差異，成為導致組織裂解的因素之一。

尤其是我和以蹲點為主要路徑的淑惠的巨大落差。淑惠所代表的多數「工作室」女性成員所經歷的基層經驗，也就是鄭村棋、夏林清在解嚴後工運場域內創發的「工人的工人」身分位置——成為受僱於工會的全職祕書的運動路線。這個位置需要特定的**慣習／身段**——「吃苦、堅忍、遵守紀律、好學但不急躁於掌握全局」，也就是鄭村棋後來宣揚

的、「默會」的性質。請見皮埃爾・布迪厄、華康德（Bourdieu, P. and Wacquant, J. D.）（1992/1998）《實踐與反思：反思社會學導引》一書。

32 請見陳筱茵（2006）《島嶼邊緣：一九八、九〇年代之交台灣左翼的新實踐論述》，已作了詳盡的紀錄。

33 「淑惠」與「巧仁」均是本書所使用的匿名。

的「二流人」氣質。而我的路徑正好和淑惠相反，經歷太多的工運「高峰經驗」（見本書第三章），長期居於總工會和全國性工運組織核心幕僚的高位，累積的慣習／身段是好鬥、熱衷謀略、長於分析、急於掌握全局。同時工運場中抗爭的身體比蹲點的身體更具有象徵性地位，使我被推上領導位置。然而1989年因難以面對工會的挫敗，我拒絕鄭村棋和夏林清的邀請，拒絕「自我下放」，沒有回到中時工會成為「工人的工人」，錯失基層蹲點的訓練，也失去集體成員必要的共同歷史經驗，最後反而無法認識（集體的和運動的）全局。

2014年初，意外發現「二流人」路線並不是「工作室」在台灣工運裡曇花一現的復古主張而已。被稱為「中國獨立紀錄片之父」的吳文光，對於他的草場地工作室的成員與香港專業電影學校派去交流的學生之間的雞同鴨講，他是這樣描述：「（香港）那些學生都『太專業』了，太強調技術了，而我這裡的年輕人都是泥腿子、瘋子，實在談不到一起，互相都學不到東西。」[34]吳文光與工運無關，他從最典型的「作者論」出身（第一部紀錄片是1990年的《流浪北京》，拍攝他自己也是成員之一的北京前衛藝術家），後來轉向組織農民集體創作的導師，現在更加入社區行動元素；[35]他的草場地在北京宋莊前衛藝術家和投資人環伺下，會走到哪裡去仍是未知數，但他指出了「泥腿子／瘋子」蹲點路線與菁英的世界觀差異，以至於菁英無法認識到草根事務的精華，對討論本書的價值有參照意義。本書大幅闡述「二流人」的運動哲學，也一樣將考驗作者和讀者之間有無這個鴻溝。

34　引自應亮（2014年1月7日）的網路文章：〈我所知道的「中國獨立紀錄片之父」吳文光〉（網址：http://thehousenews.com/art/ 我所知道的-中國獨立紀錄片之父-吳文光/）。

35　草場地的成員不講求技術，但必須承諾長期返回自己的家鄉蹲點，進行社區行動並同時拍片，且影片製作是透過集體討論的過程完成。草場地的成員對自己的作品被北京藝術家和國際評論人觀賞卻不回饋鄉里，曾提出反思，故吳文光近年開始要求拍片學員也要有社區行動的元素。

身體與性別：80 c.c. 到二哥

很遺憾地在這篇導論裡，難以將本書涉及的各種性別議題，歸納出簡要的性別敘事主線，太多性別因素交錯在文本各處，並超出我的性別敏感度能力範圍。而歷年在校園報告工運議題時，最常被學生問的問題之一卻是性別的，即：「女性是不是容易在陽剛氣質的工運中被壓抑？」

這是天大的誤會，又如登天般的難澄清。性別哪裡是那麼簡單的問題！以我自身而言，表面上看，工運歷練可以說是我的第三次再男性化，第一次是在淡江和學妹K同居的過程，從關著房門偷看小本，然後手淫的男性女乳自卑處男，鍛鍊成可以騎80 c.c.機車的小男人；第二次是服兵役階段，將我從小男人鍛鍊成可以打赤膊、比臂力的普通男人；工運則將我從個別的普通男人，歷練成集體領導的身體。[36] 用男性研究的理論話語來分，當兵的陽剛化是肉身的（soma/corporal），工運的陽剛化是社會的（social）。但故事的另外一面，恰好是我如何因為這個片面的陽剛化「優勢」，失去了工運組織工作最需要的雌雄同體（androgynous）的氣質，[37] 因此成為離開組織的失敗男性領導。

從美國回台灣，我開始成為專職工運者之後，逐漸從躲在「大哥」背後的「老二／小弟」位置，移向站到第一線督導新人、承擔責任、指揮群眾、帶頭和警察衝撞的角色。尤其在九〇年代後期，成為外部工運和女性為主的工作室內部領導，各種「男性化」的行事風格愈來愈被開發和被看見——勇敢、謀略、（相對）果斷、強悍、勇於承擔責任（見本書第八章）。看起來像是模仿團體中的陽剛威權代表鄭村棋，但也是

36　這中間有兩階段被規訓為形式上的「好男人」的過程，第一階段是大學時期和相對膽大、幹練的K同居的階段；第二階段是1985年赴美後，遇到了王蘋、丁乃非，以及柏克萊校園的女性主義氣氛，使我再度被規訓為政治上的「新好男人」。

37　有關雌雄同體氣質的討論，見Calas & Smircich（1996），頁226。

集體中的位置和場域中的動力、機制，使我的角色、氣質變得更接近他。若只戴著教條女性主義的眼鏡來看我參與工運後的第三波「再男性化」，也許可以得到一個結論：小男人只能依賴集體才能成為真正男人；或者從大男人的視角（像工運梟雄曾茂興可能就有這種看法），也可得到類似結論「那傢伙終究是個膽小鬼，他搞運動不過是另一種靠人多勢眾來壯膽，打群架、嗑爛飯[38]的痞子行為罷了」。運動經驗和集體力量，的確使我從一個「小弟」變得更大膽和進取，但是如果立即被簡化為「男性化」，也太便宜男人了。工運在集體行動時涉及對抗、衝突、策略、暴力等「陽剛氣質」的行為，[39]但在日常組織、教育和纏鬥上，卻又需要高度同理心、傾聽的興趣和耐力、無言接納和體諒等瑣碎細緻的「陰柔」氣質和慣習。一個成功的運動或組織，這組兩面性必須是連續而不是斷裂的（見本書第七章），所以「組織者／工作者」的能力也必須連續、多樣的，或在個人身上有多重氣質（包括我）、或是一組團隊進行分工；單一的陽剛氣質在工運中不能成事。

　　在「二流人」路線下，成為「工人的工人」的工會祕書多半是女性，最容易被污名化為「女性甘願從屬男性」，但問題遠比這個複雜。先說她們真實的限制：幕僚的作用相對是幕後和不被公開承認的，基層工會中的「幹部─幕僚」關係尤其如此，在場域中被設定的刻板角色，也使她們挪動位置時的代價更大。但這個限制卻是知識分子改造的「優勢」，性別劣勢恰好平衡了知識分子階級優勢，這種衝擊若成為正面的改造效果（很多人因難以承受而遠離工運、或是使用女性情慾交換權力），對於知識分子和工人關係的重建是有意義的，她／他們能夠從一

38　「嗑爛飯」是台灣外省青少年文化中，指稱不光榮的、以多欺少的打架方式。

39　工運傾向於對抗、衝突、策略計算、暴力等，是因為工運處於敵意強烈的環境，場域中的利益衝突過於尖銳，不見得完全是男性領導操作的結果；遠化、正大尼龍罷工是特例，而不是常態。

個相對對等的起點，和工人重新拉鋸、協商權力關係，知識分子就很難因為文化資本優勢而必然取得較大的權力。我作為男性菁英，因為結構的優勢，而快速習得相對屬於被歸類於「陽剛」的技能，但這個單一性，又是我後來領導「廢了」的來源。女性工作者在男性主導的工運場域，從附屬的幕僚、到輔佐的協同領導、到成為公開的工運（工委會）領導的漫長生涯軌跡，卻是女性習得跨性別能力的多樣化增權過程，不能矮化為是女性服務男性，或被男性工運結構所吸納。

　　台灣工運的「氛圍／文化」也從不是「陽剛」的。占主導力量的工會系統，十幾年來是清一色男性幹部的天下，似乎符合被男性主導的標準，但自主工運史裡幾個最激烈的抗爭（從1988年的新光關廠、1989年安強十全美關廠、[40]1992年嘉隆成衣關廠、1996至1998年的全國關廠工人連線抗爭，到1997至1999年公娼抗爭），大多數卻是以女工為主體的。男性為主的權力結構，不一定強化衝突，有時甚至因為過於算計而喪失了爆發的能量，緩和了衝突。男性因為勞動力市場中占優勢，所以常常是最後才被甩出市場，取得金錢補償的機會相對又較高；不像女性基層勞工，經常被整批關廠，所以爆發結構的衝突。固然女工常以憤怒的弱者為面貌，但毫不迴避用身體激烈衝擊國家和資方，[41]那種身體風格無法簡化為「女性／陰柔」，更不能因此認為女性也可以扮演陽剛的角色，那簡直是對女性行動能力最大的否定，並強化陽剛霸權。尤其公娼運動所展現的身體力道，或2012年第二波全國關廠工人連線抗爭凸顯的「肖婆」風格，根本地打破「陽剛」或「陰柔」的界線，戲劇性地展演了運動的「雌雄同體」樣態。但本書的篇幅並沒有

40　1989年的遠化罷工，領導和幾場場外激烈衝突是以男性為主，但女工的堅持是廠內罷工發動和持續的主因之一。

41　夏林清、鄭村棋記錄了1989年5月的遠化罷工女工，既是站到抗爭最前線的，又是抗爭後被資方打壓更嚴重而選擇離職，因此離開工會的矛盾性（夏林清、鄭村棋，1992）。

聚焦在這種高峰經驗，而是集中在日常蹲點中的微妙性別張力，希望能稍微清除污名的標籤。

如何閱讀受虐傾向的自傳？

　　記憶中應該是2012年中，我將論文紙本寄給丘延亮之後，也是我們和「運動會」[42]決裂事件（見本書第九章）逐漸在小圈子內傳開的時候，某次在他的民族所研究室談起新的組織衝突，對於為何要用博士論文來處理已經「離開」的團體，他半認真和半嘲諷地說：「為什麼不面對你就不是那種人，被老鄭綁架了十幾年，還要寫一個論文說那個經驗有多好，真是自虐狂。」這個嘲諷其實精準論及本書的幾個重點。第一，我本來不是「那種人」，卻曾經一度變成「那種人」，正是我想傳達的「改造」過程；第二，我是被「綁架」而進行改造的，也沒錯，前面談論「狼人」時說到「綑綁於組織」是自我改造的一環，又必然是背離主流的價值選擇，當然需要某種程度的「自我綁架」；第三，為何經歷組織挫敗而遠離運動，仍要強調組織的正面作用？這可能是更大的悲劇狀態，社運沒有集體無法成事，但集體廢了（failure）又總是社運帶來「運動傷害」的主因。我作為「增權」慾望被滿足，而貪戀在集體中改造經驗的當事人，清楚地經歷集體生活中發現力量和否定自身的愛恨過程，「自虐狂」當之無愧。如果我因為暫時離開團體，而否定集體生活的作用，不就應驗了右派的詛咒：「一個人年輕的時候信奉馬克思主義是因為他有熱血，在三十歲的時候還信奉馬克思主義，則說明他缺乏才智。」[43]即使為了反對這個詛咒，而抵死堅持「那種人」的姿態，也是

42　「工作室」約於2005年前後，逐步改組為較軟性的組織方式，由成員自行決定是否參加核心大會，稱之為「運動會」。

43　這句話最早的出處已無法考據，而網路上流傳最廣的出處，是來自仲維光2010年5月3

丘延亮自己說的一種「美學」的人生抉擇！[44]

　　丘延亮常用「**幾個自身之間**」來描述「自我」的狀態，[45]但他評論我的時候，總是不承認我身體裡的「那種人」對理解運動的價值。本書第七章前段其實就是多重自身的展示，記錄1988年籌組中時工會時我的面貌，敘事時大量借用鄭村棋在事隔兩年後檢討我的錄音謄稿，將我生平第一次進入工運場域的姿態與身段重新出土。這些談話內容鮮明地呈現工作室的集體主義和我的個人主義之間的張力，即使二十幾年後閱讀，仍不確定自己被標籤為「冒進鬥雞」是不是冤枉的？也因此無法堅定地自我辯解。那種頑強的認同錯亂，應該是被改造的激烈副作用之一；在美國期間，意識形態和自我表現美學被進一步激進化，但是行動能力、身體資源和社會經驗遠遠滯後，這種差距壓縮於回台灣後意外籌組工會的時空，劇烈磨合而變形為好鬥、躁進。[46]同時，一個思辯和審美的知識分子身體，追趕運動的狂飆而被迫成為「把沫、交陪、搏感情」[47]的身體，興奮和疲憊急遽交錯，因此那階段遺留的身體占據了記憶，當下的自身對「他」欲迎還拒、兩難焦躁。正是這種「自我錯亂」的敘事，特別能揭露自我改造的困難歷程。

　　本書多處也是為了拆解主流傳記裡的「傳記幻覺」[48]，例如本書第二章描述運動前的身體懦弱和精神傲慢的回憶，以及本書第七章還原

日的文章：〈五四、馬克思主義及中國知識界問題〉（網址：http://www.epochtimes.com/b5/10/5/4/n2896256.htm）。

44　有關丘延亮說生涯是美學選擇的說法，見本書第二章註29。

45　2005年，在香港和丘延亮討論我的博士論文題目時第一次聽到，後來發現這個概念來自他當時剛開始翻譯的南地（Nandy）一書，見丘延亮譯（2012）《貼身的損友》。

46　類似經驗見回顧新光關廠抗爭的敘事（吳永毅，2003c）。

47　台語bar-rua，「交際、展現義氣的交往、建立朋友情誼」的意思。

48　「biographical illusion」，為布迪厄的用語。見Bourdieu, P.（2000）和皮埃爾・布迪厄、華康德（Bourdieu, P. and Wacquant, J. D.）（1992/1998），頁178及頁331的註169。

《中國時報》工會籌組是個意外。[49]布迪厄反對知識分子自我創造（或是替權貴立傳時，事後建構的）主體連貫的幻覺，將人的生涯選擇從社會結構的制約中抽離出來，諸如「我從小就喜歡畫畫」、「他從小就有正義感」等等。強迫曝光的第二章和第七章的材料，讓我和鄭村棋之類的知識分子的社運生涯才不會被「本質的主體化」──「你看，他們就是天生反骨」，而無法窺見歷史偶然下，相對自主的主體機會的豐富性。

　　揭露這種多重自身的衝突和差異，自傳可能是最好的方法；本書也是實驗如何以「組織」與「身體」作為方法去理解社會運動，而「組織」涉及成員個體的種種抉擇，「身體」涉及了現象學的主體感受，對這種「田野」深描的最佳方法當然也是自傳，[50]但即使質性研究的傳統裡，自傳仍不被認可，使用自傳的研究者仍得努力替自己辯解。其實自傳與廣被接受的敘事研究方法的口述歷史是同一家族，只是口述歷史多一個研究者擔任採訪角色；為什麼一旦被採訪者，也就是敘事主體開始自問自答起來，他／她們說的話反而失去可靠性？自傳不過是「自己研究自己」的口述歷史，不應該背負那麼大的可疑罪名。顯然學院內也信仰實證主義客觀論的「旁觀者清、當局者迷」的常民迷思，很少人懷疑旁觀者憑什麼一定比較「清」？更不質問旁觀者自身是學術生態裡的當局者，如何不「迷」？嘗試用自傳來生產記憶，也是探究社會運動可否從行動者自身來生產知識和理論的嘗試。

　　處理自身衝突，除了美學層次，還有現實的需要。社運圈到處都有集體生活挫敗的遭遇，但不論組織分裂或成員逃離，都承擔過多污名而不能言說。2013年某次報告自傳論文之後，和一個經歷組織挫

49　其實如果張玉琴沒有意外發現資方授意籌組工會的名單，當那個閹雞工會開始實質運作時，我和鄭村棋也不可能視若無睹，而必然採取某種行動，但能夠像張玉琴意外引爆時一樣地在基層具爆炸性嗎？

50　「深描」用法出自格爾茨（Clifford Geertz）（1973б/1999）《文化的解釋》（*The Interpretation of Cultures*）一書。

敗的前民學聯新生代學生幹部談起往事，事隔十年以上，他描述野百合世代學長的作為時，身體仍無法控制地呈現憤怒又害怕的張力，但他一個人繼續堅持著連結各種資源，影響新的學生。那可能是他第一次能夠和局外人進行這樣的回憶，我事後諸葛的想，如果有更多類似的故事公開存在，因而開闢出討論空間，可不可能挽回他對集體的抗拒，而在一個隊伍中發揮更大的力量？

再回到楊照那短短幾句懺悔敘事，他如此輕易地替「恐眾」保守勢力完成背書，並強化知識分子身體與運動現場保持距離的藉口，凸顯傳記敘事的政治力量。這樣的身體敘事，在白色恐怖遺留的軟性恐共意識形態裡繼續發揮著清剿的作用，更遑論名流、政客與權貴的自傳、傳記、軼事、八卦、回憶錄等，在中、港、台及全球記憶總量裡的質與量的絕對優勢，遠超過占領華爾街運動以物質財富衡量的百分之一與百分九十九的不公正。本書算是在外圍呼應夏林清所帶動的社運工作者敘事生產的運動，也希望社運圈能重視社會記憶產出重分配的重要性，而開始更多說、寫故事的行動。

社會關係決定文本，讀者小心

本書另一個政治決定，是砍掉原論文的第九章，也就是2009年將論文初稿帶回團體討論的紀錄。[51] 一方面是編輯策略的考量，繁複的討論過程涉及太多的人物互動，若不是團體成員很難跨過閱讀的門檻。可是，從知識生產的權力關係來看，將描述集體生活且經過集體討論的文本，倒退回「獨白」的狀態來面對公共領域，是什麼意思？這牽涉到本書出版時，我和「火盟／民陣」[52] 之間已成為「內部敵對」狀態。

---

51 見吳永毅（2010）博士論文的第九章。

52 「工人立法行動委員會」（工委會）在2006年轉型為「人民火大行動聯盟」（火盟），火盟

2009年將論文帶回團體討論時，我仍是「運動會」的成員，雖然歷經三次內部討論會，並沒有完成希望達到的「控訴／對峙」行動，但仍對集體維持期待，最多只是面對衝突焦點人物時「繞道而行」。[53] 然而2011年發生「祕密審查」事件，我和團體間實質上處於分裂狀態，只是雙方未將衝突公開而已（見本書第九章）。而且「運動會」作為整體，對於我們要求平反的質疑設定單方面的對話門檻（一定得回集體內進行）；我們也不願改變立場，堅持「運動會」應該維持承諾，將祕密審查資訊提供給被審查當事人，才願在對等基礎上回集體對話。這種僵局下，把當年回饋團體、彼此間有所期待的文本保留下來，已失去原意，[54] 故僅擷取重點重寫於本書第九章。

　　陳信行曾抱怨說運動者常否定研究者探究組織內部的現象，說：「為什麼要掀屁股給你看？」[55] 本書恰恰好相反，不斷地掀個人的或集體的屁股給讀者觀看，對沒有偷窺癖的讀者，甚至可能是個冒犯。冒著被質疑的風險書寫，是因為一般對社運組織的描述，大多偏向「報喜不報憂」，宣傳和營造典範。但實際上，組織吸納新人時更常見「選擇倉皇逃去的年輕學生」、或是和其他階級相遇而「難以招架沈重生命迎面撲來」（夏林清，2003：5）、或因為知識分子的個體性與集體劇烈衝撞而憤然離去、或被組織內霸權傷害而離去，種種原因幾乎沒有被細究過。單向描述組織光明面，對有組織經驗且帶著挫敗的讀者，反而沒有說服力；也使得社運組織理論顯得異常膚淺。

又於2011年登記成立了「人民民主陣線」（民陣）政黨，見本書第九章。

53　見吳永毅（2010）博士論文的第9.3.1節。

54　用夏林清（2002b）回應宋文里（2002）的用語：若「敘事」而不在關係中投身涉入，「說與聽」而不探究具方向性的變化與學習，結果當然是表達歸表達，情感再細緻澎湃也成為「內容填塞物」，既存現實仍舊是原封不動的。

55　見陳信行（2009）〈二十年來台灣工運中的知識與實踐的矛盾〉一文，他用這句話來說運動者否定研究者探究組織內部的現象。

　　然而，沒有被寫下來的事件，一定等於不存在；但寫下來的，也不見得因此存在。歷史，不管大的或小的，都是古為今用，存在於當下的權力關係。寫下來的故事，仍可以被遺忘、被排斥、或故意視而不見。知識積累戰場裡隨處是勝者為王、敗者為寇，社運知識也不例外。每一個故事都有政治，政治是權力的奪取或讓與，沒有中立的故事，因此說故事的人大可不必假裝中立。羅生門的多個故事正是各自搶奪真相的政治──是真相被搶奪，而不是從沒有真相。搶奪時可能劍拔弩張，也可能自哀自憐、扮豬吃老虎；本書作者可能兩種策略都用上了。最後引述2009年5月9日論文帶回「運動會」討論時，主席周佳君總結先前多位成員的疑問，在此特別提醒讀者。

　　　　不要讓讀者認為這是唯一的、正確的版本。你是這個意思嗎？[56]

PS，未竟之工

　　整體敘事計畫裡，有意地割捨了幾大部分：第一，我在幾個階段中發展較深的工人（非頭人）的關係描述，相信很多讀者對知識分子和工人之間關係的紀錄有極大的興趣，但那等於是另一個論文的負荷，[57]而且大部分是在集體和組織之外發生，現已缺乏會議紀錄和工作筆記等文件可供建構回憶之用，只能擱置。第二，捨棄了描寫1990年代末（我離開工作室前）幾場工委會大型抗爭的幾萬字初稿，包括運動的政治考量、行動策劃、籌備分工、及創意發想過程；還有，除中時兩階

56　摘錄自2009年5月9日我的博士論文討論會錄音謄稿，約於第3小時19分。前面發言者認為我的故事只是我的有限視角產生的版本，不能代表集體的全貌。

57　書寫的龐大負荷，可以從新光抗爭中的這類敘事窺見，請見吳永毅（2003b）、（2003c）。

段抗爭和本書第三章描述的幾場衝突外，也放棄描繪所參與的重大抗爭，包括：新光士林廠關廠、遠化罷工、基客罷工、自立報系經營權轉手、福昌關廠、東菱關廠、《新生報》送報生資遣、反對廢除公娼等，因為都是開闢新篇幅的重大負擔。第三，雖然是身體主題不可割捨的一部分，但我避開描述各種情慾因素，包括兩階段的婚姻親密關係、兩次工運社群外的短暫外遇、還有年輕女性工作者和我在工作角色間的張力。誠如王顥中所提醒，當代社運不應該停留在列寧時代，認為性與情慾是分散人們對革命之注意力的瑣碎問題。[58]但進入這些歷史實在涉及太多隱私，目前還沒有勇氣去面對；且性與情慾涉及太複雜的關係網絡裡，非性與情慾的真實利害與慾望，本書第六章僅稍微深入地記錄和王蘋分手的過程，但覺得書寫再怎麼細膩，也遠遠趕不上真實的複雜程度而可能傷人，因此更怯於書寫其他更隱密的關係。但王蘋和我在分手前，分別在情慾上的探索，的確影響了我們的關係性質，也成為王蘋自主走向性別權利運動的主因，這也許不是我單方面的自傳可以補完的重大議題，最可能就此留下缺憾。[59]以上三大類內容，在邊寫邊定調的「身體、個體和集體」的三位一體主軸下被捨棄了。

最後強調，本書不是對運動充滿禮讚的敘事，而是說服自己努力與陰暗面糾纏，不放棄、拒斥或繞道的紀錄和見證，這大概是每一個從事社運的人遲早必須面對的功課。

2014年2月7日於三芝

58　見王顥中2014年1月14日對〈燃燒吧！熱情社運圈不能說的祕密〉一文（游婉琪，《聯合晚報》，2014年1月13日的特別報導）在苦勞網上的評論（網址：http://www.coolloud.org.tw/node/77107）。

59　本書定稿前邀請王蘋寫序，但因時間緊迫，她無法完成，故暫缺。

第二章
運動之前

一、 遺傳的失敗者？——家族之意義

（一）「我」是誰？

在工運場合常被問，卻又很難簡單回答的一些問題：「美國柏克萊大學建築碩士為什麼要來搞工運？」、「搞工運沒有後悔嗎？想不想回頭寫小說或做建築師？」、「吃台灣米、喝台灣水長大，為啥米台語講沒輪轉？」、「昨天又在電視上看到你，要不要出來選立委？」、「不選立委，你們到底想幹什麼？」……

回答這些問題，不一定要從探究家族史開始，但如果為了對照一個失敗者如何重新認識自己的生涯，就值得描述一下我爸的故事。

（二）有其父必有其子？兩代工運最遙遠的距離

我的父親吳國琮（到台灣後改名吳守璞），1920年（民國9年）生於江蘇揚州沒落的仕紳家庭，3歲喪母，16歲名列前茅考進「明星高中」——省立揚州中學，以為自己會像在國民黨黨中央組織部擔任文膽的父親（我的祖父）一樣前途光明，但畢業前夕爆發了七七事變，「城外砲聲隆隆、兵荒馬亂，文憑也沒有人發了！」，從此他只是個初中畢

業生。他又是那種典型江南城鎮小男人——筆尖靈活但白皙無力，其他重活都幹不了；他常教訓我們子女（但應該更針對作為兒子的我）：「讀書人肩不能挑、手不能提，如果沒有學歷，到街上討飯都討不過人家！」，這一定也是他自己心理深處的不安全感。日軍還沒進城，祖父就丟下全家隨國民黨撤退，爸為了謀生，考入「偽政府」的上海電信局，學會日文和翻譯電報；受訓完工作不到一年，他辭職回揚州震旦高中教日文，上課時他叫學生把風，關起門窗講抗日故事，這是他老來最喜歡重複誇耀的「抗日史蹟」。抗戰結束前，他又進入汪精衛在南京復校的「中央大學」，取得「偽」教師資格。日本戰敗，他拿教師資格證書到揚州中學謀職，當場被蓋上「偽」字戳記，從此貼上「漢奸」標籤——成為他最在意（並警告我寫他的傳記時絕不可提起）的歷史陰影。在他到處碰壁時，卻又因為他會說寫日文，電信局的同學介紹他到台灣基隆協助接收造船廠，兩年後他轉到公賣局板橋酒廠，負責將日式檔案系統轉換為中文系統。只有台灣這個後殖民的特殊時空可以包容「漢奸」，並且使其貢獻社會，但也意外將我爸捲入歷史風暴的中心，1947年二二八事變時，「暴民」追打外省籍公賣局職員，他冒充「日本人」逃過盤查，並被台灣人同事兼鄰居保護，避難蘆洲。

國府遷台後公賣局是安插軍方退役校官將領的機關之一，所以酒廠的廠長、副廠長多為軍方或情治單位轉業的「老粗」（爸總是以這種知識分子歧視體力勞動者的稱謂，來貶抑那些打壓他的長官），他們不得不重用我爸，因為他擅長文書，又能以日語和掌握生產技術的台籍工人打交道。其中一個「老粗」連私章都交給爸去批核公文，推測爸因此得意忘形而功高震主，「老粗」廠長開始惡整他。他想盡辦法終於調到賞識他的舊廠長任職的包裝材料廠，再度成為長官面前紅人；爸經黨部書記推薦和廠長核准後出任工會常務理事，但「閹雞」幹部的位子還沒坐穩，新廠長上任，他又失寵，再次陷入被惡整的處境，工會成

為爸自保的唯一依據，從此也開始被家族污名化的人生。

　　很小的時候，我所認識的父親並不是失敗者，我和他應該很親，因為後來爸媽總是嘲笑我一定要摟著爸的脖子才能入睡，我也記得他在蚊帳中所講的家鄉老宅屋頂大樑上黃鼠狼的故事，總讓我著迷於那些能夠模擬人形、誘人入險的傳奇妖精；媽也常說爸的胃不好的原因之一，是他總得抱著貪睡的我，小跑步送去酒廠的幼稚園上課。但青春後的記憶，親密的爸卻消失了；他愈來愈不是那種可以在他背後避風躲雨的父親形象——因胃出血進出醫院數次；總是在全家難得出遊時，突然想拉肚子而掃興地要大家提前回家；廠長唆使廠內流氓到家裡來叫囂恐嚇時，總是媽當著驚恐小孩的面，叫我爸躲到房間裡藏起來，由她和我霸道的繼祖母（爸的後母）[1]去應付壞蛋。

　　爸的胃出血（肇因於壓力太大）、拉肚子（肇因於腸躁症），在今天就會換個名字叫「焦慮症」；其實都不是生理的病，只不過是「家庭拼裝車」超載、無法負擔了；[2]我爸的確不是現在全國電子分期付款廣告所消費的那種藍領愁苦父親，或是狂飲蠻牛才能撐著眼皮開長途的運匠（司機）；在我童年記憶裡，他是那種穿著拘謹，過著一面緊張抓著拼裝車方向盤，一面不斷叫我們「坐穩」（其實他根本開不快，而我們也很乖），還得回頭探望有沒有警察追上來吊銷行、駕照的驚恐公務員生涯。但我一直不能也不願認識他的「病」（且退休後他竟然大半痊癒了）。我總是隔著日式宿舍的籬笆，羨慕地觀看隔壁當過日本海軍陸戰

1　祖母在我爸3歲時病逝，祖父再娶，繼祖母來自揚州大地主家庭，裹小腳，因戰亂未受教育不識字，充滿不安全感，極端多疑、霸道、蠻橫，活到100歲，於1998年去世。我小時不斷目睹媽在婆媳衝突中隱忍退讓，而爸不吭聲（因此我相信灑狗血式連續劇絕對有現實性）。到繼祖母去世前不久，才能勉強重新認知這個互相傾軋的結構。

2　夏林清（1999）〈穿針引線看家庭〉一文中的用語，形容台灣因為資本主義失速發展，多數中下階層家庭想要拼搏跟上這個速度，如同外表像似小轎車的拼裝車，小孩則隨時可能像雜牌零件般的脫落，被甩出正常軌道。

隊的顏伯伯——爸的同事，從蓋圍牆到鋸樹等各種複雜的體力勞動，露出他黝黑精壯的肌肉。我不只身體開始和爸有距離，階級也是；他送我進入貴族初中——復興中學唸書，然後我一路雖經波折，卻不斷走向菁英位置，1976年考上淡江建築系，那個感覺地位上升的一年，我發誓下半輩子不能和爸一樣，當一個擠交通車上下班的平庸公務員；1980年我還以他為原型寫下短篇小說〈金伯伯的鼻子〉[3]，塑造出一個面臨金錢和道德兩難時，兩種膽量都沒有的龜毛外省中年男人。

爸經常為自己惹麻煩的行為辯解，但是1984年他在媽病情惡化時的一個驚人之舉——他在家割腕自殺——使他再也無法洗刷失敗者的烙印。父親趁妹妹在醫院照顧媽時，坐在家裡臥房床邊的地板上，用菜刀割開左手腕，再將手放進塑膠臉盆裡，等著血流出來。妹妹晚上回家時，找不到他，最後打開臥房電燈，看到昏倒在床邊的爸爸，以及地板上的菜刀和一臉盆的血。爸被送到亞東醫院急救，我則從部隊被緊急召回台北看護爸，但幾天後又必須回嘉義報到。急救時醫生檢查出他的攝護腺腫大，順便替他做切除手術。那個手術成為很好的掩護，對來探望爸的同事、親戚、教友，我們都說爸是因為攝護腺開刀住院。但那幾天他手腕裹著雪白的繃帶，像刺眼的註記；他必須依賴我，但眼睛從不正視我。

1985年——他在媽化療的期間試圖自殺未遂後，他自認最親近的小女兒也隨攻讀博士的先生一起赴澳洲。媽去世的次年春天，大女兒出嫁後忙著上班，獨子(我)棄他赴美留學，爸也從工作21年的包裝材料廠孤獨的退休了，那個工廠是關於許多老爸故事發生的場景，包括他因為搞工會而被廠長從文書股長下放到牛鬼蛇神聚集的儲運股；

3　〈金伯伯的鼻子〉見吳永毅(1980b)，並收錄於吳永毅(2014)《鬼在春天做什麼》(台北：蜃樓)。

他如何擺平黑道背景工人，禁止他們在倉庫午睡和抽煙；如何在風災後緊急搶救被水淹的紙張而受獎勵；如何與傲慢但沒有實務經驗的大學畢業生，較量紙張驗收的責任；他擔任工會常務理事時，組成全台灣第二個勞務組，[4]自購堆高機來取代被爸稱之為「流氓」操控的挑挽職業工會等。[5]

（三）母親：不能說話的「乖女孩」

我小學時期的模糊記憶是幾個奇特的混合物：我們三個小孩成績優異，媽媽是親友鄰居讚賞的賢妻良母，老爸卻是「麻煩製造者」：調職、記過，交雜著撤職查辦和移送法院等風聲鶴唳的威脅，以及晚上父母在隔壁房間壓低音量，「激烈」地互相埋怨——卻奇蹟似地從未演變成吵架。這個失敗父親的意象有一大部分是我媽的善意幽怨所建構的，她獨自定格在那沈重的「賢妻良母」（good woman）的風景裡，[6]等不到我成功或失敗，並足以世故到去認識她更複雜的面貌時，在1984年（我退伍前夕）因為肺癌去世，那時她57歲，沒有機會決定是否像反對丈夫搞工運一樣，也反對她所寵溺的兒子也搞工運，更沒機會對兒子辯解當年埋怨老公搞工會的理由。

媽是江蘇常州人。爸19歲高中文憑泡湯的那年，她12歲，躲在

4　「勞務組」即工會會員組成工班，將原本外包的末端勞務重新承攬回員工手中。據父親說，第一家勞務組是台肥南港廠工會所組成，他帶領包材廠工會幹部去南港廠工會交流後，決定比照辦理。

5　因為靠重體力維生的工人常用最直接的方法捍衛工作權，所以不少工會的起源與暴力及黑道密切相關，為了對付資方的打手，或軍警無理的鎮壓，或與不同地區的移民競爭有限工作機會，通常會自組幫派。爸描述挑挽工人總在工廠門口守候，當載貨卡車抵達廠門外時，就攀爬上卡車後斗，隨車混入工廠倉庫，主動開始卸貨，最後要求工資。應該是爭奪地盤遺留的作風。

6　引自 Carolyn Steedman（1987）的書名 *Landscape for a Good Woman*，作者 Steedman 以此書回憶她的勞動階級父母。

城郊的稻草堆裡逃過清鄉屠殺強姦的日軍，不久被擔任四四兵工廠會計主任的外祖父接到後方，去照顧外祖父和繼外祖母（媽的繼母）生的弟妹，因為她做家事最俐落又最「乖」。1949年兵工廠遷移到台北信義區，我媽是大房所生四個親生姊妹中唯一被父親帶到台灣來的女兒，到台灣嫁給我爸不久後，外祖父就因病壯年早逝。外祖父是擁有勤務兵、司機和座車的高級軍官，爸說當年全家只有外祖父堅持媽應該嫁給他，還拒絕很多媒人的說項，只因為爸是老實人。但我從小聽到大的是媽訴說她苦命的起點：「嫁給你爸時家人都反對，都說：『哪有吃乾飯的嫁給吃稀飯的道理！』」那麼媽是嫌貧愛富的勢利眼？當然不是，媽能幹、敏感、順從，典型的賢慧持家婦女。她的廚藝是親族圈中沒有爭議的稱冠者；她講究禮數，沒得罪過親族任何人；她中學沒畢業但寫得一手好字，教養出姊、我和妹三個孩子都是大學以上的學歷。她從結婚起就每天記帳，努力伺候公婆（縱使婆婆經常懷疑她偷走金戒指和奶粉），直到自己重病不能行動為止。她來台後堅定信奉被政府查禁的一貫道，中年後又為了爸而轉信摩門教；我們家是白領的底層，但和勞動階級家庭一樣地要整天埋頭於家庭代工的縫亮片、繡花、穿珠珠、固定聖誕燈、裝配雨傘來貼補家用；她正直、安靜不說他人閒話（酒廠宿舍沒人敢交往的白色恐怖受害者家屬蔡媽媽，是媽最要好的密友）；媽也能包容接納我青春期以後的各種離經叛道、古怪行徑，但回想她與爸的關係，除了一起改信摩門教外，其他總是「負面的」——反對爸搞工會、反對爸替人打抱不平、反對爸寫「狗屁」文章；[7] 好像她只剩「乖」的那面，總設法拉扯爸的方向盤轉回主流正道；

7　爸文筆好，投稿賺稿費成為他工作受挫的心理和金錢補償，但因為他評論工廠內的不當管理，而招惹更多的整肅，所以稿費雖是重要的家庭貼補，媽卻常怨恨地稱之「狗屁」文章。爸很在意這個講法，在2012年去世前，失智症間歇清醒時刻，仍不斷說媽並沒有看輕他的文章。

她到底為了家庭的生存，扭曲多少正直、體貼、善良的本性？

正是因為她求好心切，為了安定幸福的家，所以企圖規範（normalizing）爸的行為，作為反對丈夫搞工會的妻子，一不小心就背上反工運的黑鍋。已經沒有機會聽她說當爸可能被解僱查辦或流氓到家裡來鬧時，她是怎樣的心情？我只記得自己和媽在日式客廳裡親密的談話、她帶我去看病、我們手挽手上街買菜的印象，但這都不足以平反她作為傅柯式的權力壓迫主體的冤情；一定要進入她和爸的複雜關係才可以理解，可是現在只留有長壽的爸（他在媽去世後，至少又活了25年）報喜不報憂的官方版故事。

媽是在我1983年入伍後的八、九個月發現罹患肺癌，之後開刀、化療，期間我都在嘉義——距台北約三小時車程的蘭潭軍部當兵。假期很少，即使有，我的狀態不是急切地趕到醫院，而是拖著、不敢面對那痛苦；去到醫院，經常也是逃地回部隊的。生命就是那麼諷刺，我在嘉義當兵的日子，應該是我肉體生命的最高峰，從體弱多病、被我媽保護過度的、被大學同居女友K嫌棄的蒼白男孩，變成鍛鍊肌肉不遺餘力的男人；同時卻是我美麗母親身體萎縮變形再腫脹而死亡的過程。1984年6月在營區接到媽的病危通知，緊急請假趕回台北榮總時，她已經斷氣。她最痛苦的時候我幾乎都不在她身邊。

8月我退伍，次年1月去美國留學，那半年我的生命處於一個道德無政府狀態，一向非常有紀律的我，在好友符耀湘的室內設計公司上班，但整天無紀律地揮霍時間、精力，和西門町街邊邂逅的中輟生、未成年女孩U廝混。那是一個上帝已經死了的階段——其實是我媽死了。我媽最寵溺我，我和媽的關係比爸更親，她從來沒有責罵過我，即使爸偶而不太兇地罵我時，她也會偏袒我，可能我的回報就是盡量做乖小孩——而她死後，那些乖就變得不值得了。

（四）重新認識父親：失敗父子的相遇

　　爸從1966年起，就在廠長欽點下成為菸酒公賣局包裝材料廠的常務理事，後來一路上升到菸酒聯合會（公賣局所屬機構的工會聯盟）的常務理事，直到1984年為止。當我在1988年因為籌組《中國時報》工會而直接投身工運後，圈內工會幹部（包括後來加入的工運組織——「工作室」的成員），幾乎沒有人知道我的工運家族細節。我爸在戒嚴時期搞過十幾年工運，但解嚴後搞工運的我，反而小心翼翼地擔心他的半閹雞工運歷史，不知有多少令我難堪的黑洞；只有到2001年我在工運裡遇到失敗時，才真正有機會認識那個在家族裡被標籤化為「麻煩製造者」、搞工會不成材的父親。

　　2001年3月，我作為團體領導的接班人，和團體內的成員發生一連串重大衝突後，我決定離開團體。在45歲那年，我突然面對要離開前半輩子的生涯並變成一無所有。爸並不知道我陷入突來的失業，我裝著沒事地繼續探望他，卻意外地開始對他如何解讀自己的失敗發生高度的興趣。起初只是片段的閒聊，到2002年7月「北市勞工口述歷史寫作研習營」我被交代要報告一個工人的生命故事，那時我已離開工運團體，所以不想回頭訪談工人幹部，於是我根據爸自己的「官方版」口述歷史，將他當作題材寫成報告，那也算第一次公開自己的「家世」，並將爸那種上書陳情式的抗爭步數譏笑為好動的「閹雞」。報告之後，我被工會幹部圍剿（包括士紙工會賴吳明、倉運聯張通賢和郭清圳），認為我沒有看到勞動父親培養我出國留學的辛苦，反而出賣老爸來取悅學員；也被寫作營講師翁開誠提點缺乏感情，因為我沒有像產總王醒之報告他和失業的貨櫃車司機王銘義的友情時，一樣地哭了。

　　2003年初，陳素香參加全景紀錄片工作坊，她用自傳性紀錄片尋找她已經過世（但她覺得有所虧欠）的父親，也促使我開始對爸進行幾次錄音訪談，並錄過兩次影。我進一步刺激他寫自傳，但他都推託：

「我是小人物，沒什麼可寫的。」約2003年中，該是被我逼急後，爸鄭重地寄出一封信給我們子女。信沒到，他先打電話來說：「我的自傳寫好了，你們要好好保存。」我抱著見獵心喜的想法，在隔日拆開來信，卻只有一張電腦列印的信紙，用半文言文寫下一千多字，除了〈**一個老頑童的自述**〉的標題有點創意並符合他的本性外，其他，更像喪禮上八股的追悼文罷了。我進一步用Word畫出他的生平年表，列印的圖表使他相信我在認真對待，於是他用新學會的手寫輸入法，逐篇開始寫「回憶錄」，到2007年終於完成近兩萬字的初稿。[8]

可以肯定的，這個濃縮的官方版〈一個老頑童的自述〉裡沒有「失敗」。大部分都是他一講就起勁，而我也聽過數十次的公賣局包裝材料廠裡「鬥爭」的故事，其他失敗都被爸給「外化」（externalize）——像「中日戰爭」般——在他的敘事裡，都是因為外在結構才造成他一生失敗或是無法更有成就的關鍵。[9]我沒有將這篇文章簡單地當作是老人得靠美好回憶活下去的故事，我把爸的這篇文章和我的自傳書寫平行放置，除了探究他自圓其說的意義，和看見生命走到盡頭仍不斷堅持的記憶是什麼意義，也是作為我寫作自傳時的對照與提醒。

二、 初中、高中和大學的啟蒙

（一）私立復興中學：貴族子弟間的邊緣地位

我小學畢業那年，正逢義務教育從六年延長為九年，爸媽擔心新設的國民中學品質太差，而決定送我到蔣宋美齡當榮譽董事長的私立復興中學，那是台灣當年少數貴族中學之一，很難想像當時爸怎麼能

8　吳國琮（吳守樸）（2007）〈一個老頑童的自述〉（未出版手稿）。

9　依敘事治療理論，如何協助說故事的人，用新的情節描述自責、內咎情境，使敘事者發現外在結構才是失敗、挫折的來源。爸很明顯自發地採取了這個治療策略。

夠負擔得起昂貴的學費，職位僅為股長的爸，大概是全校階級最低的家長之一。

　　我上的小學是全台灣學生人數最多的板橋國小，所以同學是跨階級的，我的國小同學涵蓋有在路邊擺修理皮鞋地攤的家庭，到姊姊是華航空姐的富家之子。我的死黨包括雄獅鉛筆廠總經理的兒子金光裕、父親是稅捐處職員的尤瑋明、父親是校級軍官的石直清、患小兒麻痺且家裡在後火車站開雜貨店的本省小資產階級嚴松茂。我在小學的班上屬於家庭社經地位偏高的學生，但是一到復興中學，同學的父親全都是叫得出名號的大人物，上學、放學時，校門口擠滿黑頭轎車等著接送，很多同學的午餐是司機或女傭送來剛出爐的便當，還配上湯品、水果、點心或冰淇淋；他們的制服絕大多數是漿燙畢挺、雪白而有香味，而我則是和酒廠宿舍鄰居的頑皮、早熟死黨曾憲偉，早上五點多擠上燒煤炭的火車，再換沒有空調的公車到學校，我們倆的襯衫顏色必定很難純正、摺痕不可能平整。最誇張的貴族經驗是某日中午提早放學，同學蔡明忠（後來成為富邦金控董事長），邀請我們七、八個同學到學校對面他家裡玩（今台北敦化南路誠品旗艦店現址），同學看見後院因初夏還沒有放水的游泳池，問蔡明忠可不可以游泳？他立即叫管家進來，請管家開始放水，我們就邊吃進口零食，邊等到游泳池放滿水，再跳下去玩。記憶裡這類階級下降的衝擊是清楚的，但並沒有對應的強烈自卑或妒恨感，[10] 反而因為偷窺到貴族的生活而充滿好奇；也可以說當時我根本沒有階級意識，甚至因為攀附到權貴邊緣而有些興奮。

　　當時的死黨曾憲偉，母親是我爸的同事，板橋酒廠醫護所的護

10　可對照胡淑雯（2004）〈界線〉，記錄了出身於勞動階級家庭的她上貴族小學和中學的經驗。

士，父親則是某公務機關的普通職員；而我在復興中學其他交往比較
深的朋友，大都是初三落入「放牛班」後，才認識到社經地位較差（雖
也至少中產）的同學，其中與SYK接近為死黨，他母親是常居日本的台
商的小老婆，住在父親買的士林河邊寬敞的公寓（家裡總有最新的日本
小家電），「有錢」但是沒有社會地位。他和我在高中時又成為師大附中
同學，我進入更菁英的校刊前衛文藝圈後，才開始與他距離變遠。

　　另一個階級聯盟的線索是我暗戀的國文老師CLY，當時她剛從師
大畢業，被學校高薪聘用，是留著長髮、長著淡淡雀斑的高材生；印
象中是初二下學期起，我和另一個她偏愛的學生，幾乎每個週末都到
她家或一起出去玩；記憶中有一段時間她經常躲著獨自哭泣，某次好
像聽到她和她的父親激烈爭吵，因勸他不要再酗酒。她爸是台北市公
車處的司機，家住在萬華火車站附近未改建的公車處宿舍，我當然懵
懵懂懂為她傷心過，但從沒有意識到她在貴族學校，卻偏寵社經地
位邊緣學生的深層意義（而是自我陷入某種周星馳一再耽溺的浪漫情
感）。2003年復興校友會轉寄移民美國的她得乳癌的訊息，我才恍然覺
悟到那個在司機宿舍裡的明亮初戀，以及和七〇年代勞動階級家暴擦
身而過的晦暗歷史。

　　復興中學也使我從乖學生變成壞學生，我被記了兩個大過、兩個
小過、兩個申誡，差一個申誡就被開除，爸媽如果預見這個後果，一
定寧願讓我上「爛」國中，也不會傾家蕩產送我去「學壞」。但我一點也
不是叛逆成性、天生反骨，累積到青春期一併爆發出來；更不是受同
儕邊緣學生感染，自覺地結夥演出反抗社會規範的行為；[11] 我的變壞很
烏龍或很不光彩——先是一個同學跟我打賭，說我不敢當眾罵CLY「王
八蛋」，我仗著CLY對我的寵溺，竟然在班長喊「起立、敬禮、坐下」

11　參見Paul Willis（1973）的生動記載。

後，真的對著她高喊：「CLY王八蛋！」她震驚地楞在講台上，然後痛哭奪門而出，嚇壞的我就被送進訓導處了。空軍飛行員退役、軍機意外中喪失一根手指的訓導主任決定將我開除，以儆效尤，是CLY反過來替我求情，才以記一個大過結案。就這樣我被迫和溫暖的CLY「分手」，不久掉落到成績最差的班級，那個讓自己焦慮的自暴自棄應該有反抗的成分，其實很不自覺且一點也不桀驁不馴。

　　幾個月後，我又被送進訓導處，因為闖出更大的禍。但其實我什麼也沒有做，只是一本「小本」[12]從別的同學那兒傳給我，我看完之後，行禮如儀地傳給另一個想看但其實很老實的同學，但是早熟高大的同學竟然「學以致用」，躲在隔壁復興小學的女生廁所性騷擾一個女生，他被警察抓到時，書包裡正放著我傳給他的小本。這次憤怒的訓導主任非開除我不可，甚至把年紀比他大的我爸叫到訓導處，爸站著被他訓斥一頓。最後還是CLY又替我求情，請學校網開一面，才改為「留校察看」，我就這樣不光彩的畢業。臨畢業前，CLY語重心長地對來參加畢業典禮的（當時44歲的）媽說：「你兒子是鬼才，將來不是大好就是大壞。」那是1971年的夏天，也是美國保釣運動如火如荼地醞釀著14年後吸納我的台左社群的同年夏天。

　　CLY預言的前段看見我的某種偏執，但後段又高估我，幾十年之後的我，既沒有「大壞」也沒能「大好」。我也不記得初中時有什麼「一流人」的表現，值得被CLY辨認為精靈古怪，我的大部分才情在高中時才被發掘和取得社會認可。但顯然太多的寵愛（爸、媽及CLY），以至於在那麼嚴重的社會懲罰下，我仍然過度任性、完全幼稚。而沒有真正被馴服的任性，則一直帶到成年的運動生涯裡一展身手。

12　當時成人色情小說的代號，因尺寸都很小，可放進口袋而得名「小本」。

（二）師大附中：校刊總編輯和美式色情雜誌代理人

　　我在復興中學屬末段班，但仍然靠著最後衝刺，吊車尾考上全國排名第二的師大附中，以此見證貴族文化資本再生產的能力是多麼綽綽有餘。進入附中，我很快就結交同屆的林洲民（附中樂隊小號手）、李瑋珉（攝影社），又在寫生社認識高我一屆的《附中青年》主編羅智成以及寫手張惠國，正式成為輕狂文藝少年的一分子。那個時代的潮爆思想是存在主義（Existentialism），我們的讀物圍繞在「新潮文庫」的出版品，包括還沒有被後現代化的尼采（Nietzsche）、叔本華（Schopenhauer），以及去左翼化的沙特（Sartre）、卡繆（Camus）；去宗教的齊克果（Kierkegaard）、去性別反叛的波特萊爾（Baudelaire）；還有卡夫卡（Kafka）、里爾克（Rilke）等，寫作時想像的讀者是北一女、中山女高和景美女中的女生；面向社會的《大學雜誌》或現實主義的《文季》季刊，甚至本土自由主義的李敖都進不到我們的視野，覺得俗不可耐。

　　但是附中校園外是保釣運動燒回台灣、大學校園首次騷動的年代，並引發1971年台大保釣、成大學生被捕，1972年社會服務團和百萬小時奉獻運動，1972至1974年的台大哲學系鎮壓事件，[13] 然後學運歸於沈寂，轉而黨外運動爆發——1977年的中壢事件（群眾抗議國民黨選舉舞弊而引發的暴動事件）。如果用後來1977年鄉土文學論戰所分裂的陣營來看，師大附中這群狂妄少年，堅決屬於反動的《現代文學》陣營裡最反動的全盤西化派。不過我們在升學主義的校園裡，也不算保守派，屬離經叛道的超級前衛派，很接近鄭鴻生描述的「個人解放式」的政治（鄭鴻生，2001）；1973至1974年師大附中畢業典禮上都有畢業生在教官和校長面前裸奔抗議，我們只是比較菁英，可以用發到每個

13　和我同屬「拉派」的鄭鴻生（2001）的斷代回憶錄《青春之歌》，詳細地記錄了我的「附中青年」同一時代（但我當年毫無自覺的）的學運興衰及其社會背景。

學生手上的校刊來放肆地滿足（紙上）暴露狂，而不需冒險用原始的身體去表達解放的慾望；那就是對照於大學生下鄉服務的高中校園的反叛政治。我們作為文化菁英，也沒有率先敏感到社會躁動，因為前衛使我們相當自滿，且自覺屬反叛、不妥協陣營，在資訊不流通的環境下，也不可能花力氣又冒險地連結大學裡的騷動。

　　師大附中校方相對開明的作風，在高壓社會裡像個孤島，放縱我們這群狂妄少年，我們編的校刊（其實很家族式的邀稿）從來不必事前送審，形式上國文老師郭立誠（特立獨行的民國年代才女）是校刊指導老師，但她從不管事，我們都是等印刷裝訂完後，才送訓導處報備，只要不涉及政治，隨便什麼瘋言瘋語、情色邊緣的晦澀獨白都可以過關。只有出過一次問題，約是1973年，羅智成已經畢業考入台大哲學系，[14] 我接手《附中青年》校刊主編，帶著學弟周陽山培訓，他和我們完全不同類，父親是政治大學外省籍三民主義專家，他不前衛、嚴肅、好學，屬（中國）民族主義意識強烈、憂國憂民、大論述型的知識分子；[15] 他被1972年9月中國、日本建交的輿論所刺激，放入一張抗戰時日軍將領慶祝戰勝的相片，圖說寫著：「抗日、媚日到知日」，結果「媚日」兩個字出了問題，周陽山本意是指民間對日貨、日本文化之崇拜，但教官認為那會被誤解為政府曾經「媚日」，我和周兩個人，花一整天將兩千多本印好的校刊的那一頁全部撕掉，才准發出去。雜誌或書裡突然缺頁或開天窗（字被挖掉），是白色恐怖年代的標記，高中校刊也不能倖免。那是我遇到的第一個政治事件，不算恐怖，但是清晰地展現無所不在、收放由其的無上權威。

14　羅智成在1974年考入剛被鎮壓肅清的台大哲學系，然後他又當上文學院學生代表會長的職務，他一定是在保守陣營的邊緣遊走，他後來於2004至2007年擔任台北市長馬英九的新聞發言人，也算有跡可尋。

15　1996至1999年周陽山是新黨（反台獨、反李登輝而脫離國民黨的派系）的立法委員。

　　在狂人少年的圈子裡，我的「老二」性格發展到極致，不論是發育的進度、身高體重、創作能量，我都落後他人，和其他同儕的關係也屬「小弟」，尤其高二時脫離同屆圈子，和羅智成變成死黨兼跟班小弟之後更為明顯。羅智成會寫詩，寫生社社長、校刊主編，身高180公分，手球校隊守門員，熱衷追求北一女為主的氣質美女——他稱之為「天使」們[16]。他幾乎是智勇雙全的男性典範，唯一的「缺點」是他的省籍和家庭社經地位；他父親是提早退伍、自謀生計開小雜貨店的湖南籍老兵，台籍母親幫忙看店，他在永樂國小旁的違建區長大，講話很「台」，蔣經國在七〇年代中期推動「崔台菁／催台青」[17]本土化之前，「台」就等於「土」，所以外省籍的我就是他追求社經地位偏高的外省籍「天使」們的小幫手，由還沒完全變音、半童音的我打電話到天使家中，降低家長警覺，等天使接電話後，再轉手交給羅智成。整個青春前期我都沒有承擔責任的歷練，初中時任性、浮躁，高中則被大哥收服，而熟練於表現乖巧和故作善良。

　　不過乖巧之下，還有個雙面世界。大約在高三期間，因為開始想買單眼相機拍照，爸媽給的零用錢不夠用，就想出旁門左道來賺錢。復興中學的哥兒們SYK有看美式色情刊物的習慣，他知道在西門町一個窄巷內的書報攤，會賣新的和二手的刊物給熟客，他引見我認識老闆，我開始不定期的去買 *Playboy*（《花花公子》）、*Penthouse*（《閣樓》）和 *Hustler*（《好色客》），然後轉賣給學校的「熟客」（其實都是非文藝圈的同學）賺取差價；我的書桌裡總是藏著幾本散放精美銅版紙香氣的色情

16　見吳永毅寫給羅智成的私人郵件〈致羅某〉（2006年3月25日），收錄於吳永毅（2014）《鬼在春天做什麼》（台北：蜃樓）。另，當年男性同儕間的行話叫女孩為「馬子」，但「附中青年」小圈圈很少用這個詞。

17　崔台菁是六〇和七〇年代界交的當紅外省籍女歌星姓名。蔣經國1972年出任行政院長後，推動各級機關、公營事業提拔年輕的台籍幹部，「催台青」被民間定性為催生台籍青年之風。

刊物，陰暗的慾望暗巷，隔離在神聖的校刊、存在主義和天使之外，好像是兩個不同世界在運行。1973年羅智成在台大發展他的新粉絲群，其中包括外文系專門研究星象的劉鐵虎（Tiger）、他的學妹──我暗戀過的Z、還有外文系剛開始學現代舞的羅曼菲；我的高三生活完全脫離著現實，在台大偶像劇氛圍和附中課桌裡藏的色情雜誌之間遊走。

　　我無法像其他幾個附青編輯一樣，能夠編務和課業兼顧，可見我的能力僅屬「二流」；高三因為被當幾門課而留級一年，高四仍有一或二門課沒有通過（其中之一是「地球科學」，屬環保的科普知識），因此拿不到畢業證書，和爸一樣，只有初中畢業。我媽當時一定極度操心，但她不知哪兒習來的社工助人專業技巧，強裝出對我深具信心且一句責備的話也沒說過。後來，我以「同等學歷」參加大專聯考，第一年沒考取，第二年和小美冰淇淋的小開陳瑞憲一起上補習班，考取建築系裡排名倒數第二的淡江建築系。[18]

（三）淡江年代：第一波海歸左派的師生關係

　　寫自傳時才發現我的淡江經驗，有一個和大歷史相連結的重要意義，因為我是極少數（甚至可能是唯一的）成為前後兩波海歸左派（七〇年代初和八〇年代末）返台所發展的對象，並且因為曾經被「做工作」[19]而（幾經波折）留在左翼運動中的「年輕人」。我的淡江經驗就是生活在第一波海歸左翼的運動場域，而當時完全沒有這個歷史結構的知覺，以為只是歸國教授比較進步、開明。七〇年初期，第一代海歸左派陸續回台，到中期發展出校園民歌等校園文化運動（郭紀舟，1999：73-75），淡江因為校長張建邦是國民黨內改革派所扶持的開明本土世

18　1976年台灣只有五個建築系，志願排名是：成大、東海、中原、淡江、逢甲。

19　老左派的行話，對某人「進行做組織工作」的縮寫。

家，所以是海歸派最集中而且形成團隊的校園，包括英文系留美的王津平、中文系留美的李元貞、德文系留德的梁景峰為非正式團隊，然後有留法的校長特助、未來學學者賴金男幫忙打點各種勢力，更重要的是結合活動力特強的天才浪人，從西班牙、紐約周遊回台的左翼歌手／畫家／作家李雙澤（張釗維，1994）；這個團隊連結到校外或緊或鬆的網絡：包括（留法）蔣勳、（留美）馬以工、（留加）施淑女、（留美）夏鑄九、和（留日）王墨林等，她／他們多半受到歐、美、日六〇年代反叛運動和1971年保釣運動餘波的衝擊，回台結合本地年輕學者／文化人（例如歷史系的李利國，我姐的同學），小心翼翼地在學生中發展進步力量，我因為是附中叛逆菁英，自然成為被組織的對象。

　　1976年入淡江，成為淡江校園運動下「根正苗紅」的新人，大一國文老師是激進女性主義先鋒李元貞，英文老師是研究美國民權運動和黑人文學的王津平，然後我也經常出入李雙澤、李利國和建築系學長孫嘉陽、徐力中、陳元璋等人的仿「嬉皮公社」的集體生活圈，基地是一棟農舍改建再出租給學生的平房別墅，稱之為「動物園」；早我一年考進淡江的林洲民和李瑋珉，也曾在園內租屋居住。我屬於被發展中的新人，參加大部分的課外活動，可是到大二卻功虧一簣，我意外地和好動、外向、大膽的華僑學妹K同居[20]（吳永毅，2008：41-43），從此兒女私情壓倒憂國憂民，王津平和李元貞繼續與我保持多種工作關係，但我與他們保持時近時遠、若即若離的狀態。1979年5月王津平因為在課堂上講「六〇年代的美國民歌」，被指控散播共產思想，遭到解聘；事件發生前，他還組一個Arnold Hauser的 *The Social History of Art*（英文版）讀書會，每兩週一次，找來大三的我、大四的學長呂欽文，

20　學妹是印尼僑生，原本在澳洲唸書，因為捲入性解放、反文化的生活方式，被父母送來較保守的台灣管教。大一的她主動追我，我們開始同居五年。

和台北來的蔣勳及施淑女（施淑）這兩個大牌學者來陪讀，那對我是非常重大的學習，見識馬克思主義和文化之間可能的豐富關連，但也是最後一次參加海歸左派的「地下」組織活動。

1980年（大四升大五）的暑假，淡江因為政治高壓而歸於沈寂，K回印尼度假，所以我到台大「都市計畫研究室」（簡稱「都計室」）[21]承包的林家花園測繪案打工，這使我認識夏鑄九和符耀湘，我的某種專注的工作能力也被他們看見，而影響我退伍後赴美留學的生涯。當時列為古蹟的林家花園，被戰後湧入違建戶的生活需要而改變花園的原貌，所以重繪全園景觀圖，是作為修復工程的初步依據。夏鑄九分配我和逢甲建築系的符耀湘，測繪園內最具規模的二樓建物——曾經是台北縣最高的建物、林家未出嫁女眷居住的來青閣，我們整日在蟬鳴聲中攀爬朽壞的木樓，建立互信和彼此欣賞。而三個月當中，上工前或傍晚收工後，夏鑄九會召集各組人員進行工作會報和古蹟教育，那是我和他最早熟識的過程。

我和夏鑄九、符耀湘之間，還有另一個超過工讀師生及同事的脈絡，即海歸左翼的網絡關係，夏鑄九對我應該有另一層相認為「自己人」的社群感；[22]符耀湘則是受蔣勳直接影響的學生，我們互相不認識，卻同時跑到夏鑄九的團隊裡工作，後來1984年我退伍後，已經開設設計公司的符收留我一起工作，也不是純屬偶然。七〇年代初期，東海建築系的漢寶德對台灣低劣、醜陋的建築品質提出質疑，試圖以美學和人文觀點開創建築評論的領域，同時也和台灣中產階級的崛

21　夏鑄九修畢美國耶魯大學建築碩士和哈佛大學都市設計碩士後，於1977年5月回台加入　　（1975年設立之）台大土木系「都計室」，1988年「都計室」升格為「建築與城鄉研究所」　　（城鄉所）。夏鑄九是確立「城鄉所」另類路線的主要推動者。

22　隱約記得參與了一次海歸文化人的溯溪郊遊活動，可能是新店山區，包括夏鑄九等共　　七、八個人，我應該是年紀最小的參與者，一路上聽著馬以工和蔣勳拌嘴，互相調侃著　　他們倆年輕時共同獲得的一個全國性散文競賽的排名事蹟。

起，而企圖形成自我認同與品味的動能息息相關。夏鑄九作為漢寶德的學生，可以說在漢寶德的反商業化人文建築總路線下，企圖發展出相對較左的、服務本土居民而有別於商業建築師的專業實務經驗，因此與第一代海歸左派全力投入的鄉土文學路線互相呼應。1977年夏鑄九回台主導的台大都計室，象徵著當時建築圈裡的一個反省又新潮的力量，也是一個不被主流建築圈看好的異端。我在意識形態上受到王津平為主的淡江校園左派影響，在性格上又喜歡邊緣新穎的位置，所以便加入到林家花園的打工。

（四）投向海歸右翼：李祖原和王重平

主流的建築專業原本就是為國家和資本服務的，當年五所建築系的主流教育也是為資產階級品味服務的；課程內容還不是最關鍵的品味再生產過程，那些建築設計課的老師的人身示範（從談吐、穿著到飲食口味），可能起著更大的作用。所謂專業教育特殊性，就是教師來自實務業界，所以市場生產的邏輯直接貫穿到勞動力和品味再生產的過程中。我的老師們基本上是業界成功的菁英，一個上升中的小資階級品味再現的光譜的代言人，從殖民品味代言人港仔黃永洪，到留美台客林利彥、黃德瓊，他們的一舉一動，都對學生產生重大的影響。我即使大一（斷續延伸到大三）受到左派思想和生活的影響，又在夏鑄九的回歸本土空間價值的路線下勞作過，但是開學回到左翼消失的淡江校園，我一再地動搖並向右靠攏。

同居的學妹K只能讀、寫極簡單的中文，所以我跟她同居後，成為她的中文祕書，她的作業、考卷都是我雙向幫她翻譯成中文，開放到不可思議的教育體制，也磨練我將中文簡化譯為英文的能力。大五的我決定故意延後一年畢業，陪K唸完大四，這樣我們可以兩人合作一整年的畢業設計。1981年大五寒假和升大六的暑假，我到李祖原

事務所打工，他是當紅的海歸明星建築師，擱置美國的事業回台設立事務所，以大安國宅的仿閩南式馬背立面攪動整個設計圈，這股海歸專業人士敏感地察覺台灣經濟向上飆升的趨勢，想要在開發中國家的空間生產裡豎立起自己的歷史紀念碑、留名千古。所以在學校兼課也是取得文化資本的重要途徑，李祖原在淡江兼設計課評圖人，當年的他風采不凡，即使K也暗戀著他。我在打工時認識李祖原的合夥人也是海歸建築師的王重平，他成為我和K的畢業指導教授。王重平負責事務所的業務管理，相對於台灣當時其他管理模式，他屬人性化管理者，正直而人緣好，但原本的專長無疑是大資本的代理人——營建財務管理（是美國營建財團才用得上的專業，台灣當時的空間生產規模根本還不需要），所以他作為先進生產方式的象徵，和李祖原的操弄本土意象一樣受到吹捧。我和K選他擔任指導老師，當然表示我們選擇靠向主流，我們的設計主題是「西門町電影街改造計畫」，我們試圖加入市民使用的公共空間，但那終究是形左實右的文化包裝。

　　我（也許包括K）當時正處於低潮，對建築專業心灰意冷，一大部分低潮來自落後於同儕的差距過大帶來的挫折——林洲民和李瑋珉已經發展出主體風格：李瑋珉後來成名的極簡主義、模矩美學，在當年都已見雛形；林洲民對材料質感的敏銳程度，在他製作的細緻、特別的模型中也均已有表現（他會去找各種新奇材料，如：鈕釦、電子零件等，模擬建築元素，讓人嘆為觀止）。我那時以〈新來的獅子〉、〈聖人再世〉獲得兩次時報小說獎，[23] 雖覺得在寫作上相對有自信，但對設計則認識到自己達不到「一流人」的境界，又不願真正接受事實，處在半自覺地消耗自己譁眾取寵的小聰明能力的狀態，我畢業設計的概念，

23　見吳永毅（1980a）〈新來的獅子〉、（1981）〈聖人再世〉兩篇小說，並收錄於吳永毅（2014）《鬼在春天做什麼》（台北：蜃樓）。

還是去苦求李瑋珉幫忙腦力激盪出來的，就這樣帶著既自棄、又捨不得放棄攀附前衛品味的矛盾心態入伍當兵，並準備申請留學美國。

三、 申請留美和轉換生涯的臆想

（一）準備申請赴美：擅於表面包裝的能力

　　1982年6月我從淡江學院建築系畢業，預計9至10月間入伍服兵役，所以我趕在入伍前完成頗能諂媚主流審美觀的「作品集」（portfolio）、托福和GRE考試等出國必備的工作，入伍後一年（1983年底），我利用軍中空閒時間向幾個有名的美國大學寄出申請函，因為每個申請需要繳交美金30至50元（當年美元兌換台幣的匯率為1：40）的申請費，我只寄了幾個名校，包括加州大學柏克萊分校（UC Berkeley）、哈佛大學（Harvard University）、哥倫比亞大學（Columbia University）和麻省理工學院（MIT）。同時因為1984年8月才會退伍，所以申請將入學時間從正常學制的1984年夏季，延後半年到1985年的春季班。

　　1984年4月起，我在嘉義軍中時陸續收到幾個名校的入學同意通知信，只有哈佛拒絕我的申請外，我必須在錄取的各校中選一個註冊。選擇學校的過程中，我諮詢過已經在美國留學的大學死黨林洲民（紐約哥倫比亞大學都市設計所）和李瑋珉（哈佛大學都市設計所），我的小學、高中及大學同學尤瑋明（Prate Institute，紐約普瑞特藝術學院）、同居人K（麻省理工建築所）、前淡江建築系主任白瑾（University of Michigan，密西根大學都市設計學程任教）、學長呂欽文（Oregon State University，奧瑞岡大學建築所）還有當時在柏克萊讀建築碩士的學長楊維楨，以及博士班的台大城鄉所講師夏鑄九。[24]

24　翻閱給友人的信件影本，陸續發現我還與一堆人討論過該去哪個學校，包括羅智成（附

　　我會寫信到美國去問夏鑄九（學生通常暱稱他為「老夏」），是因為先前請他替我寫推薦信，[25]我除了在1980年暑期跟他在林家花園測繪打工的準師徒關係外，還有我也屬於他們海歸左派網絡的「下線」，所以他會幫這個忙。當時他還替兩個逢甲比較出眾的學生寫推薦信，一個是與夏理論路數更接近的郭文亮，另一個是企圖走出另類本土實務路線的符耀湘，而且他們倆一開始就堅定地認同夏鑄九的建議，以柏克萊為優先甚至唯一的申請對象，不像我只把柏克萊當作選項之一。

　　夏鑄九特別希望能協助符耀湘進入柏克萊，因為符早我一年退伍之後成立個人工作室，進行在地化營造方法的實驗，執著於在大眾需求中（小住宅、小商店的營建和裝修）開創非主流的專業實務的可能性，這和只在1980年去林家花園工作的我，更有可持續性且已走出獨特的路線。夏鑄九覺得符一定能從柏克萊的大師Christopher Alexander身上得到啟發，並有助於台灣本土的另類實務發展；但符當兵前沒有來得及將他的本土營造概念轉化為印刷或手工成品，只是幾張過度抽象的草圖；[26]他也忙著工作室的業務而沒時間準備托福、GRE，所以第

中時期死黨）、陳元璋（淡江建築系學長）、詹宏志（洪致，因羅智成認識的朋友）、韓良露（淡江學長李利國介紹的才女）、吳瑪悧（當時在美進修的裝置藝術家）、徐國士（淡江生態學老師）、馬以工（夏鑄九和蔣勳的友人）等。我覺得我在當時並不是完全焦慮、無主見慌亂的留學生，我是透過別人的嘴，再確認自己已經做出的利益選擇；有時也可能是透過諮詢的形式，希望別人肯定我的成就。

25　三個主要替我寫推薦信的人是夏鑄九、王重平（我的畢業設計老師、李祖原的合夥人）和淡江英語系客座教授Kathryn Hohlwein（加州州立大學Sacramental分校英語系教授，大四我修了她的獨立研究，成為忘年之交）。

26　後來符耀湘不但沒有出國留學，也沒有去唸台大城鄉所碩士，他曾協助鄭村棋、夏林清的「團體動力工作室」（簡稱「工作室」）裝修在仁愛路設立的第一個辦公室。2012年因為《尋畫：現實主義畫家吳耀忠》（林麗雲、陳瑞樺、蘇淑芬編，2012）話題，符耀湘透露了1985年陳映真也鼓勵過他營造實驗，原來他也和我一樣，是當年左派網絡想吸收的下線。

一輪就被甄選委員會淘汰。[27]我本以為自己申請從1984年秋季延後到1985年春季入學，可以空出一個秋季名額給符或郭，但顯然也沒有發揮這個作用。

所以當時是三個台灣學生自相殘殺競爭柏克萊的入學許可，收容退伍後的我並包容我和Ｕ鬼混而蹺班的符耀湘，第一輪初選就被淘汰，柏克萊入學委員為了在郭與我之間做決定，還詢問過夏鑄九我們兩人的長處，夏鑄九來信將這個狀況告訴我，認為兩個人都會錄取。但最後柏克萊只收我，郭文亮就先去英國著名的專業設計學院A.A.（Architectural Association School of Architect）的歷史與理論學程，一年後（1985年）的秋季再轉學到柏克萊。

我確定被錄取後，夏鑄九給我回信分析其他各校的利弊，斬釘截鐵地說柏克萊是唯一選項，別校都不值得去，也建議若去別校不如等他回城鄉所後（預定1985年3月）再去城鄉所讀碩士，能替家中省下一大筆錢。相對於其他友人、師長從個人關係給我的建議，（後來吸收我進入左翼團體的）夏鑄九給我的建議必然超過個人生涯諮商的範圍，其中多少是組織性考量？他有沒有與洛杉磯或芝加哥的「組織」先聯絡？即使沒有直接與「組織」討論，有多少是他主動替組織設想的成分（那也算一種間接組織性的考慮）？[28]猜想夏鑄九對於吸收學生發展自己的

27　我退伍後、赴美前，符耀湘收留我在他的工作室工作，他曾經很間接地要我幫忙他完成作品集，而當時我沈溺於和Ｕ的激情中，根本沒有心幫他，更別說盡力。但他和他的同居人羅紅芝真的很寵我，不但給我高薪、贊助我額外的生活費和赴美旅費，更放任我經常因為與Ｕ鬼混而遲到、請假，又在我去美國後，幫我收集寫論文所需的資料；這個恩惠我一直沒有意識，更沒想到要回報；而且我和符耀湘在爭取出國機會時的對照，所顯示的「我」，在掌握上升機會時的自我管理能力，也是寫論文時才看得更清楚的。

28　在我進入柏克萊之後，接下來的一年內，夏鑄九又將他的門徒、學生引介入柏克萊，包括在英國念碩士的郭文亮、前都計室的工作人員王蘋、都計室的學生秦丕雄和王維仁、景觀建築系的葉芸。1986年秋末夏鑄九回台，剛被柏克萊錄取的都計室學生、台大地理系的邢幼田，接手了夏鑄九和陳明芳的房子；九〇年代中，夏鑄九的同居人柏蘭芝也

門徒勢力和替左翼發展組織間，是盡量設法兼顧，但他仍有很清楚的政治標準在決定誰只是門徒，誰可以是門徒兼運動同志。例如在我之後，於1985年秋季進入「環境設計學院」（The College of Environmental Design，簡稱CED、環設院）的四個人，他只選王蘋、郭文亮加上先到的我，針對我們三個人進行組織工作；進入都計學程博士班的城鄉所碩士秦丕雄，和進入建築學程碩士的城鄉所工作人員王維仁，都沒有被邀請參加內部的左翼讀書會。我很好奇夏鑄九是根據什麼標準做選擇？回顧我當時的狀態，不但不穩定，還是驕傲自大、眼高手低，屬沒有真正實力的文藝才子。

　　柏克萊的西岸公立大學所需的費用，比其他私立大學每年可以省4,000美元，卻又可以維持名校的虛榮地位，當然是我最後選擇柏克萊註冊的最關鍵因素，其次是夏鑄九的建議，以及一些重要的心理狀態，促使我做這個決定。例如我不想和林洲民、李瑋珉兩個「死黨」同校，再做他們永遠的學弟；更排斥去MIT，那是前同居人K與她的「鬼子」白人教授艷遇，接著又「背棄」我與東海建築系的ZG結婚的傷心地，我如何能在不堪的校園裡自在地留學？這些都是些人生的姿態，稱不上深思熟慮的決心或選擇，但種種姿態的累積，也就成為「走自己的路」的結果；也許這就是丘延亮2005年初，用他自己的體悟評論我的自傳博士研究時說的：「人生不見得是道德或政治決定的，可能只不過是一個美學的選擇而已。」[29]

進入柏克萊，邢、柏兩人皆師從夏鑄九的主要理論導師 Manuel Castelles。

29　2005年初某日，我去丘延亮在香港沙田的浸會大學教授宿舍與他討論研究計畫，他質疑我如果只從工運生涯來描述自己的生命，那只不過又多了一本布爾什維克（Bolshevik）的傳記而已。他認為要發覺多個同時存在的矛盾自我，才符合生命真實的狀況；那時他說了他自己可能是因為美學選擇，才走上政治或反叛的生涯。

（二）You are what you read：浮躁的知識分子

作為一個知識分子，那個時期的閱讀軌跡，也頗能對應生涯選擇的浮誇不實與混亂，如果人生是美學選擇，那一定是個很醜陋的階段。下面是當我被柏克萊錄取後，楊John（維楨）寫信來軍中，開給我的（現在看來令人咋舌的）書單，呈現當年留美台灣人在美國西岸追趕的品味：[30]

（1）Heidegger的 *Poetry, Language & Thought.*

（2）Michel Foucault的 *The Archaeology of Knowledge.*

（3）*Timeless Way of Building.*[31]

（4）*Notes on Synthesis of Form.*

（5）*Pattern Language.*

（6）*The Linz Cafe.*

（7）Aldo Rossi的 *The Scientific of Autobiography.*[32]

（8）Gaston Bachelard的 *The Poetics of Space.*[33]

（9）Peter Eisenman的 *House X.*[34]

楊維楨對所開書單的註解是：「Heidegger與Foucault都是post-structurist，他們的approach影響近期建築理論甚深。如果你有興趣可以

---

30 摘錄自楊維楨寫給我的私人信件，1984年5月5日，頁2。

31 以下（3）至（6），是C. Alexander的著作。

32 見Aldo Rossi（1984），Rossi是義大利新理性主義派理論的奠基人物，該書是他談論自己的理論和思想發展的歷程。八〇年代中期，他是台灣少數前衛學生模仿的對象。

33 這本空間理論著作，是以現象學談論空間和建築的經驗意義，極其難讀，是夏鑄九博士論文的主要依據。

34 Peter Eisenman是美國東岸七〇年代中期崛起的「解構派」建築師，他所屬的 New York Five（紐約五建築師），是尾隨美國品味的台灣的主流建築圈，在八〇年代極力模仿的對象。

看看，我們可以討論」。

　　夏鑄九建議我讀的書，當然也包括Christopher的經典 *A Pattern Language*，但沒有楊維楨列的那些後現代書單，他的建議顯示急切想要灌輸我政治經濟學的取向，他要我讀柏克萊名師Manuel Castelles（曼威‧柯司特）的都市社會學經典 *The Urban Question*。而對於當時我正在認真讀第一章的（台灣剛翻印原文的）美國建築史學者Kenneth Frampton的 *Modern Architecture: a Critical History*，夏嫌不夠「政治經濟學」，但至少已看到建築的社會脈絡。當時還有對我重新認識台灣在全球結構位置形成重要衝擊，而且頗有新思潮吸引力的論戰──陳映真和漁父有關依賴理論與台灣問題的辯論──連續幾天在《中國時報》刊載，[35]我將剪報影本航空寄給死黨林洲民和夏鑄九，夏鑄九鮮明地支持陳映真，並要求我多讀幾遍陳的文章，不要輕易的批評，等我赴美他會再拿原文書（依賴理論）給我讀。

　　不過我自己的閱讀動力卻既不在楊維楨的後結構主義熱潮，也不在夏鑄九推薦的政治經濟學範疇，我浮躁地亂讀著各種文類。根據寫給林洲民、符耀湘和妹妹吳永芳的信裡所提到的閱讀心得，可發覺最熱切的當然是有關新電影的影評、論述，幾乎每篇都影印寄給林洲民，邊讀邊嫌棄著那些其實新興而銳利的影評人；我還讀唐德剛的捧場藝術評論──〈陳其寬畫學看記〉、七等生的小說〈行過最後一個秋季〉、簡介Foucault《性史》的書評，更莫名其妙地讀與我當時生命關懷應該沒有任何聯繫的兩冊《第二次中日戰爭史》。[36]1981年，專門進口新思潮原版英文書的西風書局（桂林書局前身）已經開幕，當兵放假時我還會跑去翻閱定價極高的原版左派書籍，我買過那些只讀

35　見陳映真的〈「鬼影子知識分子」和「轉向症候群」：評漁父的發展理論〉（1）至（5），連載於《中國時報》，1984年4月8日至12日。

36　這兩冊吳相湘（1973）的《第二次中日戰爭史》，猜想大概是軍中簡陋圖書館的藏書。

完 Introduction 的 *Against Method*（Paul Feyerabend, 1978）、Stanford 大學（1967）重印的兩冊 *China White Paper: August 1949* 和 *Eros and Civilization*（Herbert Marcuse, 1963）等書；然而因為我根本與左派社群脫節，只是單獨個人盲目地追逐著左翼流行，思想座標並沒有因為在左翼新潮書店的流連或聽取書店訂貨小姐八卦式的推介，[37] 而變得清晰或聚焦；我一邊與符耀湘談論著新左書籍，一邊大力讚賞 1982 年我在軍中讀完的右派大師思想傳記《卡爾‧巴柏》譯本（馬基著，1973/1979），認為他是唯一沒有政治派別的當代哲學家；那個時期我的閱讀習慣仍是「雜而速食」，很少把一本書從頭到尾讀完，竟然在軍隊嚴格控制的有限時間裡讀完這整本書，[38] 必然被書中內容所觸動，猜想是卡爾‧巴柏左右各打五十大板的「中立」形象（其實是「形中實右」的效果），吸引當時自以為可以超越一切黨派、信仰個人主義式解放的我。

　　不過，赴美前令我最著迷的讀物，卻是香港托派所辦的《號外》雜誌，那時台灣不但買不到，也沒有圖書館收藏，我是透過經常飛去香港購物、看電影的富家女韓良露，在她家看到的。那個階段《號外》仍是由陳冠中親自掌握內容，風格既左又前衛，既有思想深度、又搭配最時尚的俊男美女和戀物的品牌服飾，跟我當時對生涯的各種絢麗又自命不凡的妄想與盤算恰好吻合；我總是愛不釋手地捧著閱讀，還到處向人推薦。這個迷戀一直醞釀發酵，經過幾年在美或運動繁忙期間的冷藏，1991 年又滲透到我參與編輯的《島嶼邊緣》裡。

（三）臆想社會上升的投機路徑

　　還有當時我在與友人通信中所發動的「遠離建築」的轉行討論。在

37　她最常講話的方式是：「聽說這本是英國現在最紅的書啦，某某教授特別叫我訂的呢！」
38　從我 1984 年 6 月 11 日寫給符耀湘的信中的不同頁數的摘要來看，我不只是瀏覽而已。

大學最後階段，因為自己「設計」創意的局限感到心灰意冷，以致厭煩
到想尋求其他的出路；到1983至1984年當兵與申請學校的階段，我並
不願承認與面對挫敗，反而是以一種浮躁、可笑的自大來呈現，給死黨
林洲民等人的信中會用極幼稚而狂妄的語氣來談論轉行的動機，例如：

> 建築（用來）救國救民只是（另一種）船堅砲利，沒有用……，
> 我心中能救中國的是「思想、文學、藝術」……[39]

　　我們憤世嫉俗的信件往來中，不但否定李敖、柏楊、漁父，也嫌
棄著我們認為可以效法又自認容易超越的陳映真、蔣勳、夏鑄九；最
後值得追趕的典範，多半是美國和歐洲的電影導演。不過回觀那個時
期的「我們」，不能說當時的社會關懷完全是假的，只不過是拿來包裝
自卑感的外衣而已；我們的浮誇自大，可能是一種裝大人強說愁的尷
尬及被強迫早熟的失敗。我們膚淺的現實社會歷練，與過度提早的政
治洗禮和揠苗助長的文化菁英身分極不相稱；又和極度平庸的每個少
年都難以控制的叛逆衝動，互相膨脹、擁擠在同一個發育不熟的青春
身體裡，想去衝撞台灣社會總體壓抑，而扭曲變形所呈現的樣貌。
　　那時我考慮轉換的生涯包括電影製作、服裝設計、室內設計和恐
怖主義。電影顯然只是好高騖遠的空想，因為自己在這些行業裡，不
論實務或理論都沒有資歷，[40]如果轉行，光是補修學分的昂貴開支，就
已經非我能負擔（我也沒有決心去吃苦打工以實現理想）。而服裝設計
和室內設計雖與建築相關，但都是實務性更強的專業，必須在大學基

39　摘錄自我給林洲民的私人信函（影本），1984年3月3日。

40　重考大學前的空檔，自己曾製作過30分鐘左右有關台大醫院的8mm紀錄片，之後在大
　　一與林洲民和畫家鄭在東拍過一部詩人管管主演的8mm實驗短片，大二和林洲民也曾
　　替楊祖珺拍攝「青草地演唱會」紀錄片。其他有關電影的資歷，只剩下「愛看電影」。

礎訓練後就進入職場實戰，反而沒有取得碩士課程的必要，少數開碩士班的學校對學生才能要求很高，並不是外行學生可以輕易轉入。我其實沒有真正在轉換生涯上投下賭注，只是在申請建築碩士入學的同時，也認真在部隊放假時去台北市南海路的「國際學術交流中心」[41]，翻閱各學校的手冊，或寫信索取簡介，確認有沒有「跳槽」轉系的可能性（像Oregon，我就申請室內設計碩士的學程；一度也考慮申請紐約Prate Institute，因為那是極少數也開設服裝設計碩士班的名校；申請Austin是除了費用低外，也因為有一個電影電視廣播綜合製作的碩士學程）。影印並查字典閱讀這些新專業的學程說明，沈迷於想像自己經歷那些陌生又令人興奮的課程，大概就是我面對生涯改變的巨大又繁瑣的變動，唯一付出的代價。

其實當時還有更離譜的生涯選擇討論，而我已選擇性忘記。1989年韓良露找我去擔任她晨間新聞節目《早安台北》的編譯，某日她談起我去美國前，曾對她說：「我最想完成的心願，是偷偷到黎巴嫩去接受巴勒斯坦解放組織的恐怖主義訓練」。我聽後，也為自己曾如此語不驚人誓不休的可笑言論嚇了一跳，那必然是1984年我與她處於某種壓抑的男女關係中，為了表現自己與眾不同而發的狂語；但恐怖主義與服裝設計是多麼荒唐地混合在同一個生命想像裡，反映著那個階段的虛浮錯亂。[42]

為何當時會認為電影、服裝與室內設計是向上攀升的路徑？ 1982年台灣第一部新電影《光陰的故事》（陶德辰、楊德昌、柯一正、張毅導演）誕生，我和童黨越洋討論改行唸電影的年代（1983至1984年），

41　與美國帝國主義代言機構——美國新聞處——同屬一棟建築，提供留學生取得美國學校的各種多媒體資訊，協助留學生進行申請程序，是台灣菁英走向帝國前的必經之路。

42　2003年左右，閱讀某中文報紙八卦版面，發現Parada品牌的女主人是激進的義大利共產黨員時，發出了會心的微笑，好像印證了自己當年想轉行服裝設計的社會學基礎。

正是新電影叫好並偶而叫座的高峰期，我們更早（大一時代）在「台映放映室」[43] 遇見的好萊塢新浪潮，和先行於台灣的香港新電影熱潮——好萊塢的正牌亞洲分身，似乎在台灣都可能得以複製，電影明顯是社會地位上升的行業。建築更是，那時地產和股市熱錢的泡沫巨浪正從天邊湧起，誰都認為建築師會是接下來在浪頭衝浪的明星。然而熟悉建築專業的人都清楚知道，建築師其實從建築實體需求（physical criteria）到品味，都受制於「業主」（俗語說的「金主／地主／土財主／田喬仔」），處處被干涉設計的自由；電影導演當然也受制於製片。但因為我沒有真正進入這些行業場域，所以想像其中有更大的創作自由。從社會學的角度來說，那是一個社會位置轉移的路徑，想從建築師的「專業人士」（professional）移向導演的「文化名流」（cultural celebrity），是一種上升的企圖。

　　服裝設計和室內設計也有著類似意義。建築的生產方式（特別是我們眼光注目的頂端商品），需要龐大的資金、生產工具、昂貴的土地等原料、接近業主的人際／社會關係等；不只上游（開發公司或國家）、下游（營造公司或包商）的關係複雜，即使一個小事務所，內部也是個分工複雜的團隊；特別是我這樣的低階公務員家庭出身，很難取得接近業主的管道，通常只能在大事務所內擔任設計師或進入國家擔任專業公務員，都只不過是高級的受僱者。室內設計卻只是建築生產的一個環節，成立一個相對自主的小公司、兼營土木工程承包，所需的創業資金和生產工具的門檻遠低於建築業，甚至不需要通過高難度的建

43　台灣在七〇年代末到八〇年代初的一種特殊小眾電影放映方式。進口片商將美國八大公司搭售的冷門電影，以同業試片名義在約40至60人的小型放映室放映，因為依法不可收門票，皆由圈內人互相介紹，以套票方式入場觀賞。非常多的當代台灣影評人都是從「台映」培養出來的，例如香港僑生黃建業、台灣的同志影評人李幼新（現已改名為李幼鸚鵡鵪鶉）等。（李幼新，1994）

築師執照考試；還可以是跨向頂端建築的過渡跳板，所以先在室內設計取得知名度，再向建築設計進軍，我的港仔老師黃永洪和我的高中留日死黨陳瑞憲都是循此路線成功的；而且不必然只能依靠風險波動大的建築市場，還有龐大的建築再生產市場能夠賴以為生，例如舊屋裝修、商店開張裝潢、週期性再裝潢等；加上它的產品容易外顯、展示，可以比建築更快速靈活的跟上資本主義的品味變化與實驗，總之是一種更符合個人主義的工作方式。服裝設計又比室內設計更容易讓設計者掌握整個生產流程，可以用比室內設計更小規模的方式產出完整的商品；八〇年代初，台灣已經興起許多自創品牌的年輕服裝設計師，我那時想從建築師向室內設計或服裝設計師的轉行想像，在社會學的意涵就是企圖從「專業人士」轉變成「自僱小企業主」（self-employed entrepreneur），很明顯是某種工具理性的計算，算計著如何在自己有限的階級資源內，取得最大的生涯獨立自主權。這就是為何現在回顧那個浮誇的徘徊，認為是我個人主義最高峰的表現——表面上若即若離的想遠離菁英的建築行業，卻半無意識的盤算著，如何更符合現實地為自己未來成為一個次菁英做準備；但人格上的不夠進取，所以又沒有真正腳踏實地去實施，接著七家學校的入學許可，使我失去「工具理性」，得意地朝向一個不那麼符合自己文化資本的生涯邁進；從這種角度想，遇到海外左派，使我又偏離專業生涯，在某種意義上是拯救回「自我」嗎？否則我會在順利取得柏克萊學位後，回台走上學術或專業領域，就這麼活過一個不自覺的疏離生涯而終老嗎？

　　布迪厄用「資本不對稱理論」描述法國知識分子為何傾向支持左派政黨時，他說那些來自外省、工人和小資產階級背景的知識分子，因為受高等教育而擁有的文化資本高於其階級所能支配的經濟資本時，愈不對稱地傾向於反叛體制（戴維・斯沃茨，1997/2006：267-271）；這句話是將「相對剝奪感」的概念加上「文化資本」因素，似乎對知識

分子的叛逆增加解釋力。這個理論放在我一個人的生涯孤立來看有點對，但是若與我年輕時的叛逆同儕整體來比較，又失去解釋力。我的叛逆同儕羅智成、張惠國、李瑋珉、林洲民、李利國、徐立中等，除李瑋珉出身於典型中產階級（父：台電高級工程師，母：某私立高中主管，兩者皆有大學學歷）、張惠國出身於小資產階級（父：經營西服店）外，其餘都不怎麼符合中產的規格，但最後他們全都不再叛逆。我的自傳再往下多寫一點，就可以解答這種「**一樣米飼百樣人？**」之類的謎嗎？

那真是「很沒誠意」的一段生涯選擇之路，轉行之念一個也沒有真正付諸行動，反而順著其他人向帝國攀爬的老路，考托福、GRE、編作品集、動用有力人士寫推薦信、申請學校；當獲得名校的入學許可後，又得意忘形地把自己連承認都不敢的挫敗踹到一邊去。囂張起來的吳永毅，開始關心讀什麼建築理論原文書才可以趕上美國的思潮，那沸揚一時的轉行討論，就這麼從越洋往來的書信中消失。回顧那段看似矛盾、輕浮、無疾而終的人生選擇，其實是一個向上攀升慾念的現身，太可惜它那麼快就被柏克萊這個完美的妥協方案給徹底消解，而看不到進一步試煉的結果。柏克萊是個安全的折衷，既改變部分生涯內容，又不必冒險偏離原來累積已久的生命資源，而且還美化／理想化／浪漫化原來俗不可耐的建築專業的「銅臭味」。

1984年5月底，媽去世前，我寫信婉拒其他學校的入學許可，等待退伍和次年初赴美。然而接下來的短短半年，意外地成為生命中奇特而沒有重複出現的一個階段，它的速度像醒來邊緣的夢，每件事情等不及你努力辨別是否真實，就已經一閃而過（見本章所前述，母親去世後的道德無政府狀態來源）。

四、 柏克萊教授和課程裡的左派經驗

1985年2月初我到美國，同年暑假去芝加哥林孝信那裡打工，初步捲入在美台灣人左派社群，我的個人主義放蕩生活也就正式結束，生活重心逐步與「在美台左」趨近。我被密集政治化的時空，是1985年初到1987年底間，幾個在洛杉磯和芝加哥交錯的寒暑假「集訓」，但是它們也不是獨立於校園外，柏克萊的左翼課程、校園內的學生運動、校外的社會氣氛、和我們的學生社團「箴言社」等各種因素，互相滲透著作用。本節描述抵達美國到暑假進入左翼社群前的校園生活，和柏克萊校園內的左派因素，特別是教授和課程，這些課程是我的左翼思想接受史的一部分，這些學院左翼人物也成為我對待台灣左翼學者的參照。

（一）進入左派社群前的校園生活

夏鑄九是組織我進入「在美台灣人不統不獨左派」（以下簡稱「在美台左」）社群的關鍵人。1973年9月他到耶魯大學唸建築碩士，接著又到哈佛修都市設計碩士，至1977年中離美返台大都計室任教，我相信1973至1977年間他已被捲入保釣運動，雖然返台後——包括我與他共事的林家花園測繪時期——完全不露痕跡。1982年初他第二次赴美，到柏克萊建築系讀博士班，必然與「不統不獨在美台左」恢復接頭。1983年底，我一面當兵一面申請留美時，他給我的選校建議——努力說服我去柏克萊——應該就是把我當作預定的組織對象「之一」。

我一到柏克萊，他就開始安排我的各種生活和學習計畫，並且在他家組織小型討論會，他將我介紹給蔡建仁和許登源，之後的寒暑假其實也已經被「組織」預訂，但是當時的我均不知情。第一個學期我住在費用相對高的外國學生宿舍International House（校園內簡稱

I-House，西班牙式建築，柏克萊的地標之一），所以相對還有自己的生活圈，1985年夏天當夏鑄九安排我住進一個木造獨棟house後，我的絕大部分生活就已經在台美左翼圈子內發展。

我在I-House的室友是一個年紀稍長的物理系韓國留學生，約35歲、戴眼鏡、暴牙，他不只姓氏很韓國——姓Park（朴），但忘記他的名字——生活上也超級符合韓劇崛起前的韓人刻板印象，極度規律、節儉、嚴肅、喝烈酒、吃泡菜、英文不好；在政治上也是標準的韓式激進學生，光州人、反美、參加學運。每當規律早睡早起的他，在深夜裡喝烈酒後回到宿舍，興奮地跟我比手畫腳地談著韓國政治，我就猜想他應該去參加在美韓人的某種反政府聚會。

某晚他清醒地回來並焦急地踱步，不斷地到大廳打越洋電話回韓國，幾乎徹夜未眠；我問他發生什麼事，他急得講不清楚，次日帶著一份英文報紙回宿舍（好像是柏克萊的校報），刊登著韓國軍方鎮壓學生紀念光州事件周年活動，多人被捕、受傷，他說昨天整晚無法撥通光州的電話，很擔心自己的同學和親戚出事。許多晚上，他也努力地用破英文，向我描述學生運動如何透過學長學弟制來傳承，算是我對韓國學運的初體驗。[44]

另外兩個常來往的I-House鄰居，是丁乃非和另一個建築系大學部的ABC（美國出生華裔）學生John（姓吳，也忘記他的確實姓名）。John的父母親可能是菲律賓華僑，他看來稚氣、肌膚白皙、留八字鬍，不會說中文，好像永遠穿著Levis的藍色襯衫和501牛仔褲，極度溫和卻憂鬱孤獨的男生，大麻的極重度使用者，經常一個人關在房間裡吸

44　2005年底我和來香港反世貿的韓農一起被關了48小時，同一牢房裡的「李尚政」是1998年社會學系的畢業生，下鄉當雞農搞農運的左翼組織「細胞」，他拿著韓製電子辭典逐字按出英文單字和我溝通，有個似曾相識的感覺，後來回台灣開始寫論文，才憶起I-House的Park。

食，我有關大麻的所有知識與體驗，幾乎都與他有關。我們在一起無目的地攪和時，話題也離不開大麻，偶而才談到華裔被美國白人歧視的現象。但他並不是aggressive（躁進）的大麻推銷員，先是很有耐心地提供各種大麻不會成癮且無害健康的研究報告、剪報和倡議大麻合法化運動團體的雜誌給我讀，也會在我面前自己抽起來，但沒有勉強我試，膽小的我觀察好一陣子後，才嘗試第一次，結果不斷大笑約兩、三小時才停止，後來又與他在房間裡試過一、兩次。

離開I-House後，會在建築系館或電報街上碰到獨自憂鬱的他，和他打招呼時才會淺笑開來，偶而我和丁乃非會邀他一起吃飯。我確定他是非常敏感、聰明，也是憤怒但不外顯的「反反毒」運動支持者，但當時總是成見地認為他的溫柔來自大麻使一切緩慢下來的副作用，所以1994年卡維波談論「反反毒」時，我雖然可能是他之外瀏覽過最多反反毒文獻的朋友，但想起John心裡就有個疙瘩，不敢跟著老卡大聲喊。

我忘記怎麼認識丁乃非？那學期她也住在I-House，是我在餐廳裡藉口不會點菜而勾搭她嗎？還是透過夏鑄九或楊維楨介紹？總之沒多久我們就變成無話不談的死黨。當時與我們經常同進出的，還有來自台灣唸藝術史的博士，正在追求已經名花有主的台灣北一女才女小曹的姚大鈞，我們三人整天攪和在一起。另外，丁乃非的男友陳光興，在Iowa（愛荷華）唸大眾傳播博士，只有寒暑假來柏克萊，但經過一個假期，我和他也成為「鐵哥們」。

（二）逐漸保守化校園裡的另類課程和導師

我讀的建築碩士班，是屬於加大柏克萊分校「環境設計學院」（簡稱CED，「環設院」）的五個學程（Program）之一，另外四個是景觀建築及環境規劃、都市計劃、建築科學（營建技術與結構等）、視覺研究（Visual Study）。每個學程下又細分學習的領域（field），當時絕大部分

的研究生（不論當地或留學生），都選擇就業機會高的專業領域，不必寫論文，只要經指導教授同意，用設計圖、模型和說明書，通過委員會的評圖，就能取得碩士；多數台灣同學畢業後的路徑是受僱於主流事務所、申請綠卡、考美國建築師執照、伺機回台灣當歸國建築師。設計和應付評圖能力在大學時已過度熟練，來美國再經歷一次，為的是培養自己進入英語就業市場的條件。我註冊時選的領域是 Social Basis of Architecture（建築的社會基礎），表示已經放棄設計訓練，轉向「不切實際的理論」，又要寫論文，很多同學認為我是自找麻煩。

　　夏鑄九有計劃地將我引入環設院的各種左翼課程，同時開始引介海外台灣左翼人士給我認識。八〇年代中期柏克萊的環設院，就業取向的專業訓練又成為主流，左翼教授被緩慢邊緣化，但諷刺的是，這些左翼教授卻是環設院的「招牌」學者，自己維持著一小片王國，讓環設院維持開明多元的氣氛。我幾乎照單全收夏鑄九推薦的「左傾」課程，[45] 包括建築學程的日裔女教授 Sara Ishikawa 的「Case Study: Housing in Different Cultures」（個案研究：不同文化中的住房）、智利左派學者 Fernando Kusnetzoff 的「Special Topic: Community Development in Third World」（專題：第三世界的社區發展），馬克思迷兼易經迷兼畫家的 Jesse Reichek 的「Special Topic: Development & Architecture in Third World」（專題：第三世界的發展與建築）和另類教學法大師 Christopher Alexander 的「Design Practice: Construction Experience」（設計實務：營造體驗）。1985 年秋季和 1986 年春季，我們五個「夏派」師生（夏鑄九、陳明芳、吳永毅、王蘋、郭文亮）還一起上都市規劃學程裡左翼都市社會學——Manuel Castells 的招牌課「Comparative Analysis of Urban

---

45　我、王蘋、郭文亮三個被夏鑄九吸納的「下線」，幾乎照單全收這些左翼課程，後來的徐維志、金以容本來就是主流取向，當然不會選修這些課程；包括城鄉所培養的王維仁、覃培雄，也都沒照單全收。

Policies」（都市政策比較分析）。

1. 論文大導師：加州風格的少數族裔社區工作者

　　Sara Ishikawa那時是四十歲左右，積極熱情、隨和開朗，戴墨鏡、愛曬太陽、長著雀斑、有別於傳統日本女性刻板印象的加州風格日裔美籍女教授，她的專長是美國亞裔社區的參與式設計與規劃，非常實務取向，在社區活動的時間遠多於在研究室的時間。她也是大師Christopher Alexander長期的搭檔，經典*A Pattern Language*（《模式語言》）的共同作者，偶而獨立寫一點社區參與短文。我跟她修的個案研究課，是被派去大學附近的一間日裔養老院，協助院民將一個樓梯間改為無障礙空間的過程，我們要與老人、管理人員和社工共同討論，並畫出草圖再與老人和包工溝通等。我後來選擇她成為我的論文主要指導教授，是因為夏鑄九的指導教授也是她，夏推薦她是因為她給予研究生最大的自由度，且不受限主流設計專業的框架；事後證明我不該選擇那麼放任的指導教授，定期見面時，她總是笑著鼓勵我繼續寫，不太進入內容的協助與釐清。因為我的自我管理能力遠不如用功的夏鑄九，即使有權威訂下完成工作時間表，我也會拖延到最後；如果不是第二指導教授Fernando的嚴格督促，我極可能無法在三年內寫完論文畢業。

2. 論文二導：阿根廷左翼政權的流亡教授

　　Fernando Kusnetzoff，英文口音很重的智利建築師兼教授。1973年美國中情局策動阿根廷軍方圍攻總統府，炸死左翼總統阿葉德，之後大舉逮捕殺害左翼人士的同時，Fernando是智利大學建築系系主任，因為曾公開支持阿葉德政府，被軍政府指名強迫辭職，流亡到美國，被柏克萊聘為教授。他的專長是拉丁美洲社區運動與都市政策，政治立場與Castells相同，但因為從事實務工作，偶而會在學生前糾正西班牙和法國學院養成的Castells對拉丁美洲的某些推論。

　　Fernando禿頭、戴金邊眼鏡、留著修剪整齊的小八字鬍，每天拘謹地穿著西裝與擦亮的皮鞋上班，備課認真、資料充足，上課極度嚴肅，幾乎沒有任何像Castells會特意準備笑話；更與穿牛仔裝、隨性坐在課桌上講課的Jesse形成強烈對比；事後回想，Fernando的左翼都市課程經過阿根廷現實鬥爭的考驗，應該更豐富與多變，比Jesse的正統馬克思理論史貼近現實，但那時我未經實務洗禮，Fernando的智利腔英文聽來又很吃力，所以我經常打瞌睡，反而被Jesse充滿表演性的授課姿態所吸引。真正從Fernando學習到東西是寫論文過程中與他的討論，「非正式部門」（informal sector）的各家文獻，他幾乎每篇都已熟讀，時時糾正、提醒我的失誤，並規定下次必須解答的問題；準備與他見面，成為壓力最大的一門功課。他也善於從最基本的觀念質問研究動機和方法，如果我的碩士論文對非正式部門的概念還算掌握的精準，Fernando應居首功，他協助我釐清極度混淆雜亂、充斥各種政治動機的非正式部門概念；[46]其次是丘延亮在勞動過程理論上追根究底的質問。

3. 論文三導：校園裡海明威化的馬克思

　　Jesse Reichek的課實際上是正統馬克思政治經濟學及當代依賴理論的入門課程，與建築幾乎沒有關連；Jesse當時近七十歲，享有Professor of Emirates的頭銜，過著標準的tenure left（終身教職左派）的分裂生活。一面留著海明威式的白色落腮鬍，抽著煙斗（？）教授資本論原理，另一面享受著柏克萊高薪奉養終老的特殊榮譽，兼以抽象畫家在國際畫壇小有名氣，於柏克萊北方富人區Red Hill鄉郊擁有一座農莊，

46　根據我從網路上蒐集的資訊，Fernando在我畢業後不久，1987年離開柏克萊，1987至1994年他被聯合國聘為「人類居住中心」的顧問。之後唯一的訊息，就是他2005年7月回到柏克萊著名的書店「Cody's Book」，參加他的新書在美國的發表會，是一本用西班牙文撰寫的小說（Kusnetzoff, 2003）。而作為南柏克萊地標、位於電報街上的Cody's Book主店現在已關閉。

含百甲以上的牧場和大畫室，養了兩匹以上名貴的白馬。僅在1970年有一篇論建築教育的小論文，此外幾乎沒有學術著作的他，還能一路升為正教授，必然象徵著六〇年代柏克萊學運高峰時，學生饑渴於火紅課程的殘留痕跡。他是我的論文第三個指導教授，在我畢業前他已經退休，卻不滿意我沒有定期讓他知道論文進度，在繳交草稿的死期（1987年底）前幾天，還不放行我寄給他的初稿內容，已經回台灣的夏鑄九在我求救的越洋電話裡告訴我，老人家在鬧脾氣，建議我主動要求到他家中解釋。

老教授果然也就順勢邀請我到他美麗的農場家中，由他法國裔老婆熱情招待精美點心，同時教訓我一頓。我猜想這是他對第三世界學生的某種期許和要求的方式，他（善意的）罵完我並要送別時，戴上燈芯絨鴨舌帽走出木屋，準備騎他的白馬在小雨中送我一程。那是我最後一次見到他，我已經決定回台灣「潛伏」，怎樣也很難忘記車子後照鏡裡看到的和不知如何理解的，在迷濛起伏的綠色草原裡的左派教授退休生活。[47]

4. 木造車庫：跟隨民粹大師的勞作

在柏克萊第一個學期，我選修夏鑄九強力推薦的柏克萊獨家私房「課」——另類建築大師Christopher Alexander開設的「營造體驗課」。那「課」是跟隨大師當學徒，幫他蓋房子，學習建築美學。Christopher的路數是典型的怪傑生涯，1936年生於奧地利維也納，入英國劍橋讀化學、物理與數學，拿了建築學士後，又唸了數學碩士，再到美國，成為哈佛有史以來第一個建築博士。在他1963年到柏克萊教書前，在哈佛與麻省理工學院搞電腦語言和認知技術，成名作 *Notes on the Synthesis*

47　2008年為了寫論文上網查詢，發現在我博士研究計畫口試後的幾天，也就是2005年7月18日，他去世了，享年88歲。生前身體健康，是決定不吃不喝，自行終止生命，可以說倔強的貫徹了海明威式的左翼牛仔生死觀。

of Form（1964），影響了早期電腦程式發展的方向。七〇年代，他試圖將電腦語言與建築語言結合，又入世地涉入與都市運動息息相關的居民參與式營建，九〇年代耽溺於美學和宗教宇宙哲學，2001年以柏克萊榮譽教授職退休。

　　八〇年代中期我遇到他，粗略地可歸類為向懷舊人道主義轉向時期，雖然他的經歷沒有Fernando和Jesse那般政治性，但他1977年的 *A Pattern Language* 系列經典作品，在我看來與六〇年代的反文化有密切關連，他奇特地想用高科技電腦語彙處理大規模人類工程的邏輯，去證明最普通的傳統空間的美學價值，挑戰資本主義工業化的都市美學，企圖重建一個人性尺度；而且他不只是在美學上批判當代建築專業，在營建生產方式上，也試圖顛覆被資本主義化的勞動分工，主張設計者（designer）和施工者（builder）合而為一，即建築師和包工（contractor）為同一人，且居住／使用者應該參與設計和營建自己的居所。1976年，他把這個建築師回復為中古世紀的工匠（master builder）的想法，[48] 帶到墨西哥北方的貧民區Mexicali裡進行實驗，組織美國和墨西哥當地建築系的學生，與居民在現場用最符合當地生產方式、最廉價的建材，使用最少專業營造器具的工法，搭蓋一個小社區。[49] 1985年是雅痞當道的年代，六〇年代的反文化激情退卻，Christopher的Maxicali紀錄由貴族的牛津大學出版為精裝書 *The Production of Houses*（1985），本書大概是一整個世代的自助（self-help）建築運動中，極少數能藉美國大師之名而傳世的個案，草根走到被貴族收藏的田地，也就註定該向世人告別，那幾年我在柏克萊這個六〇年代「古戰場」，再也

48　其實多數農業社會（包括中國和台灣）的分工也是如此，工匠掌握房屋建築的主要流程，農民（居住者）和鄰居參與大部分的建築勞動，並可與工匠決定房子設計的細節。

49　這和台灣的謝英俊在1999年九二一大地震後，從原住民社區重建起的一系列另類建築營造實驗非常相似。

沒有見到學生下鄉參與營造的行動。

　　Christopher的「師徒式」教學法，也是延伸master builder體制的一種實驗。1985年春季修他課的那學期，期末要交的功課是與同學合夥蓋出一棟木造約8米高，540平方英尺的大車庫。這堂課在同學間的風評很兩極化，支持的同學說是絕對寶貴的經驗，批判的同學認為根本只是大師把研究生當免費勞工使用；基於好奇，我還是修了，並成為在美期間覺得最有價值的課之一。除了見識到大師的孤傲外，那半年每週一天搭美國同學便車，到距校園約40分鐘遠的鄉間蓋車庫的「課」，是我唯一與老美共同勞動生活的經驗，也是難得貼近美國男性文化的一個機會；也是生平第一次自己從事建築勞動，也使我學到基本技術，而可以在1985年暑假到芝加哥幫保釣左翼人士林孝信裝修新書店。

　　我的同班同學包括三個老美男生、一個法國女同學。男生之一是由大師引介，中年考入柏克萊的資深建築木工，另外兩個比我年紀小的學長雖沒有專業資歷，但都是經常在營造工地打工的壯丁；女同學是仰慕大師而特別來柏克萊留學的法國金髮氣質美女，她總是開著敞蓬跑車來上工，成為其他男生賣力勞動的主要動能之一。我肯定是團隊裡最沒價值的勞動力，既不會開車，也沒有工地經驗，所以各種下游的零工都是我包辦，那半年從事最多的勞動，就是戴著護目鏡和口罩，在美麗的山丘下，無止盡地用電動工具打磨已經切割好的楔口、約有一個人粗的木柱，然後重複漆上幾層據說是傳統民間營造配方的保護油。

　　那種授課關係，真的很像剛進廟裡的小師傅，每天掃地、挑水、劈柴，禁止詢問意義。Christopher除了上課前到工地交代一下工作外，其他時間都在我們工地旁小斜坡上，前幾學期學長蓋的「工作室」裡（一間儉樸但美麗的house──單層斜屋頂），直到下課也見不到人影。那個時期他正在實驗自製瓷磚，躲在工作室裡用釉彩手繪瓷磚，再送到屋後的小型高溫窯爐裡試著用不同的溫度和時間，偶而他會邀

我們去看出爐瓷磚的顏色變化。他在瓷磚上重複畫著不同色系，他最愛的、採集自英國鄉間民宅壁紙上的簡單圖案。我認為在整個草根都市運動退潮後，Christopher繼續貼近民俗建築的路線，一個中產階級向他招手的路口，他徘徊著，後來走進九〇年代的烏托邦中世紀風格，成為一個少數人口的「教派cult式」存在。

5. 新馬都市社會學的想像力

Castells，1942年生，西班牙裔，矮圓、貼緊額頭的捲髮、娃娃臉、白皙、紅唇，反正令人想起教堂壁畫角落天使的那種臉，與他世故的經歷毫不相稱。巴塞隆納大學法律及經濟系畢業，佛朗哥（Francisco Franco）獨裁時代搞學生運動而流亡巴黎，1979年起受聘於柏克萊大學社會學和都市計畫系，1983年出版《The City and the Grassroots》（城市與草根），並獲得當年Mills獎，1985年我們所修的課就是以這本書的內容為基礎，由跨越北美、南美到亞洲的十幾個田野經驗所組成，充滿迷人的具體場景與細節，印象最深刻的是他描述哥倫比亞的可卡葉（coca leaves），從久遠的原住民族勞動時咀嚼的提神食品，變成可口可樂的配方，再變成進入世界市場的毒品原料，從高原印地安人到都市違章區少年，又如何被國際化的黑道編組起來，一個將社會學故事化的生動示範。

Castells進教室時總是提著一個厚重、已經磨損褪色的黑色真皮公事包，放在講壇上，一邊開著與時事相關的玩笑，一邊慢慢掏出一疊講綱，才開始上課。夏鑄九一定坐在第一排，振筆疾書做筆記外，也用卡式錄音機錄下全程；他這麼慎重，也感染到我和王蘋跟著錄音。[50] 夏鑄九回台灣的頭幾年所開的都市社會學課程，基本是根據Castells這堂課增補改良。1989年，Castells應台大城鄉所邀請來台演講，會後

50　那些錄音卡帶一直保留到我與王蘋離婚，2000年分財產時才決定丟掉。

夏鑄九還特別以我修過他的課並在搞運動的身分，引介我和Castells見面，Castells很客氣主動地說，如果搞運動需要國際學者連署聲援，他一定幫忙。那時他已經是世界銀行、國際貨幣基金、籌備中的歐盟等主流機構的顧問，我認為他已在逐漸遠離他的經典田野——都市草根運動，但這種質疑一直留在心裡（因為那時以張景森等為代表的台灣進步學者進入政府機構的「背叛」經驗還沒具體浮現，[51]而夏鑄九正因為民進黨開始在地方執政，而堅信進步學者應該投入地方政府、去影響地方政府）。後來Castells罹患肝癌住院，我以為他會結束在十幾個城市間飛來飛去的學術兼顧問生涯，他卻在2000年又出版《The Information Age: Economy, Society and Culture》（資訊時代三部曲：經濟、社會與文化），陸續成為更多國家中央政府的顧問，包括中國。但不論他書寫得多好，我還是對於政府顧問與他的草根田野經驗間曖昧不清的關係，感到極度好奇與不信任。

6. 典型校園左派：分析馬克思主義的繁瑣階級理論

　　除了夏鑄九推薦的課程，第三年我自己去社會系修「當代社會學理論」，老師是著名的分析馬克思主義學者，專攻階級分析的Erik Olin Wright，他頂著正圓形的、相信不是刻意燙出來的細捲爆炸頭，黑框眼鏡，愛穿有點古板的格子襯衫、牛仔褲，比學生還認真的教授。[52]搞分析哲學，所以每堂課就是圍著一個概念不斷的提問，問到你頭都昏了；課程書單多的嚇死人，一學期要繳5至6份小報告，他把交給他的

51　張景森是逐步進入民進黨權力核心的，也逐步（或分期）出賣他的都市運動經驗和進步都市理論。1997年3月，他擔任陳水扁市長的都發局局長，為了拆除14和15號公園違建，而與城鄉所參與保護違建戶的成員直接對抗時，他的「背叛」才具體完成與確立。

52　號稱在柏克萊讀社會學的陳文茜（夏珍，1999：52-55），是跟我同一學期修Wright的這門課，但除了開學那一天她到過之外，整個學期她只出現過一次，抱著一隻長毛的貴族貓、穿著艷麗花朵的擺地長裙，在開始上課約半小時後，大方地走進來坐下；不過，人家就是有能耐在下課時，還能厚臉皮地抱著貓、纏著Wright問問題。

報告再交叉發給不同的學生，要求同學們自己互相寫評語，小報告之外還有期中和期末報告。對於我寫的短短7至8頁報告，他的評語是用最小行距寫了3至4頁，字數幾乎接近我的報告。[53] Wright是那種貌作輕鬆，但骨子裡仍然嚴肅的學者，他課堂上的笑話都是準備好的，我記得他還放映了一部分析馬克思學派在某人家聚會的錄影帶，特別要我們注意聽他的死黨G. A. Cohen在鏡頭前所開的一個玩笑，一個充滿複雜邏輯的哲學玩笑（但我根本聽不懂）。現在看來，他們必定是個凝聚力很強的同儕團體，所生產的「形式嚴謹」的作品奠定了馬克思主義在美國主流學界的正當性，讓學院左派可以安然立足；Wright自己的階級分析，後來發展為跨國計畫，香港、台灣都獲得大筆資金進行統計與調查，產生浩瀚的學術著作，但對現實階級運動的貢獻明顯乏善可陳。Wright在九〇年代轉往威斯康辛大學（University of Wisconsin）社會學系，近年與同事研究「審議民主實例」（deliberative democracy）（例如巴西榆港Porto Alegre的市民參與決定預算），反而接近了七〇年代末Castells的草根路線。

7. 日常生活中憤世嫉俗的日裔老左

　　我因為有丁乃非陪同，大膽的到語文能力要求甚高的英文系，修了日裔老左後殖民理論家Masao Miyoshi（三好將夫）的「小組讀書會」（Directed Group Study），回想那個課應該與後殖民理論有關，規定讀物中包括Conrad和Said等的書單，但我從沒時間閱讀，Miyoshi雖知道卻也沒表示不滿。我清楚記得他對學生的耐心，某次上課前我提早到，Miyoshi蹙著眉頭和一個男同學低聲討論著，有關另一個男生好幾天沒有出現於校園，下課後是否一起去找他的事情。我偷聽著，還有丁乃非事後解釋，才發現班上那個總是喝了酒、又帶著酒瓶、微醉地

53　那時他已經用先進的蘋果電腦，字體比我們用點矩陣列印出來的好看得多。

來上課的中年男子，是Miyoshi從警局或某種機構保出來的無家可歸的人，他的家就是停放於某公園路邊的一輛二手車；Miyoshi幫他註冊上學，使他一度恢復正常生活；我也才明白，為何Miyoshi經常帶酒到課堂上與他和同學分享。顯然那陣子流浪漢又脫離了正常社會規範，Miyoshi懊惱地無法決定要怎麼幫他。下課後，Miyoshi和那個男同學一起離開，而我只依稀記得那個酒醉的同學，再也沒回來上過課。

三好當時年近五十歲，但討論到帝國主義文本時，經常激動地發抖，幾次將書本摔在地上；在我看來，那其實就是罵髒話的姿態，不過他太有教養，而不能使用那些字，改用後殖民話語取而代之，因此在他嘴裡那些學術字眼變得特別有破壞力。[54]

除了課堂上缺席的流浪漢，還有另一次意外的「課外教學」，使我對Miyoshi的喜愛超越了課堂上的知識學習。某天他請我們班上同學到他家吃晚飯，飯後我們坐在有品味、寬敞溫馨的客廳裡聊天，樓上乒乒乓乓作響，一群年紀差異不大的青少年，打鬧著從樓梯衝下來，有白人、黑人、黃種人，總之五、六個顏色分明的多種族組合，全都叫Miyoshi「Daddy」，Miyoshi回頭叫他們小聲一點，同時一一介紹孩子們，原來都是他領養的孤兒，站在沙發後蠕動著並按著老爸的肩膀，應付這個社交場面，然後又呼嘯地跑出門。他就是屬於那代無法安心享受校園左派安逸生活，仍努力設法將理論實踐到日常生活的老左。

我還旁聽一學期王蘋碩士論文的指導教授之一，年輕女學者Kristin Nelson所開的「女性主義地理學」。我很慶幸旁聽這門課，不只因為Nelson是自信、智慧卻不驕傲的女性主義者，同時也因為透過她的課，有系統地接收美國女性主義中較左的一個部分——新馬克思

54　丁乃非的文字在某些方面也頗得她老師真傳，而有此力道。

女性主義。其中一堂看Connie Field（1980）導演的紀錄片《The life and times of Rosie the Riveter》（後勤女工），現在回想，那部片子的形式其實很主流，但呈現二戰時期女性鉚釘工年邁後的堅強形象，深刻地開啟我性別認同的眼界。

而這些左翼理論洗禮的課程，幾乎都集中在前兩年裡修完（除Wright的課是在1987年秋季修的之外），上過Miyoshi和Wright的課之後，我就有自知之明，知道自己的語言能力和紀律，無法跟上理論性的知識。第三年（1987年春季起）我轉進都市計畫學程，企圖取得「建築／都計」雙碩士，並花費大部分時間在補修統計學、住宅市場與政策等都計必修學分；當時的想法覺得「建築設計」的尺度太小，與社會改革相距太遠，拿到都市計畫學位，回台「潛伏」時比較能發揮作用（這也可能是受到夏鑄九的影響）。約在1987年秋天或近年尾，台灣局勢變化加快，工黨籌組消息傳到美國，我決定放棄修畢都市計畫學分與取得雙學位的計畫，[55] 趕快回台灣「卡位」。

（三）箴言社與food pool

我和王蘋到柏克萊那個階段，整個校園沒有活躍的台灣留學生社團（不論國民黨或台獨都沒有這個部署），只有台灣辦事處的迎新送舊活動而已，所以我們以夏鑄九影響過的學生為班底，結盟親台獨的學生，籌組了面貌看似客觀中立的「箴言社」，由蔡建仁引介李遠哲擔任我們的指導教授。對外活動的主要形式是邀請在美國或旅經美國的台灣社會人士和學者來校園演講，光譜橫跨黨外人士如呂秀蓮、蘇慶黎，消費者運動頭人如柴松林，然後夾帶莫那能、丘延亮、許登源、

55　如果要取得都計學位，必須再寫一篇都計碩士論文，估計需要在美多留一年至一年半，當時也沒有足夠的錢可以逗留那麼久，於是決定回台灣。

林孝信之類較左的講者，成為柏克萊最活躍的外國留學生社團之一。這當然是《台灣思潮》鍛鍊我們組織能力的方法之一，也企圖建立在留學生社群裡的影響力。

社團之外，我們發明了非常有創意的共餐制（food pool，發想自舊金山的小轎車共乘制 car pool），也就是幾戶人每週末見面聚餐，同時每人必須攜帶一道菜，份量足夠分給全部參與者各一份，這樣每人在聚餐後就可帶七至八道菜回家，勉強可以維持一週不必再開伙。

這個共餐制的參與者包括土木所的曾大仁、劉佩玲夫婦，黃世建、姜雅莉夫婦；比較文學所的丁乃非、陳光興夫婦；資訊工程所孫春在、傅靜夫婦；社會學所的謝國雄、蔡佩珍夫婦和建築所的我、王蘋，以及獨身的郭文亮。共餐制是非常有效的組織型式，社團重大決策都在聚餐時討論定案，也維繫了多組家庭的緊密關係。後來不同參與者先後畢業回台，共餐制還衍生出共信制（letter pool），寫一封信給團體的其中一人，就可轉給每個參與者閱讀，維持了約二至三年。可惜這些集體生活實驗的參與者，回台灣後因為沒有承接的組織與計畫，而各自分散進入主流職場，只有孫春在後來與林孝信合作建立青草湖社區大學。

五、「不統不獨在美台左社群」：芝加哥

本節記錄我在美國被「在美台灣人的不統不獨左派社群」（簡稱「在美台左」）吸收的過程，先簡介兩個影響我的「在美台左」組織，然後記錄在美第一個暑假，被夏鑄九介紹到芝加哥「民主台灣」打工的過程。不過那個暑假裡，我的「組織」認同還不固定，只是把它當作一個新的經歷在摸索；等暑假結束回到柏克萊，王蘋及郭文亮也已經抵達，加入了夏鑄九為主的師生生活圈，我的「集體」才更趨穩固。

（一）美國學歷如何在台灣工運裡被陳述

　　1988年初我從美國回到台灣，不久經鄭村棋介紹進入《中國時報》擔任勞工記者，同年4月開始捲入籌組工會，9月被《中國時報》解僱。在籌組工會前，除了《中國時報》主管在聘用面試時，簡單問起為何學建築要改行當記者外，幾乎沒有人注意過我的柏克萊建築碩士背景。到開始籌組工會時，我和哈佛大學碩士鄭村棋兩人的留美歸國學人身分，就開始受到勞資雙方特殊眼光的對待，後來在工運各種場合，我也經常會被問到：柏克萊建築碩士為什麼要來搞工運？在左翼背景不能公開出櫃前，每被問到為何走上工運生涯，我有一個制式版本的答案：

　　　　本來只是想當勞工記者了解台灣勞資關係，後來到報社參與籌組工會被解僱，就走上這條路了。

　　如果是比較核心的工會幹部問起，較完整的答案是：

　　　　我在淡江學的雖然是建築設計，但是在柏克萊的碩士論文研究的是去美國以前做監工的工地裡的土木小包，也就是營造業的勞資關係；論文寫完回台灣，當時沒決定要做什麼，柏克萊的學長夏鑄九的妹夫是鄭村棋，當時他正好在幫報社找新手接班，知道我文筆還不錯，就問我有沒有興趣當記者，我覺得記者可以很快深入了解台灣的社會，就答應去試，進了《中國時報》不久就因為籌組工會事件被解僱，就這樣變成專職工運人士。

　　這個答案雖然沒有將關鍵的政治關係曝光，但大部分仍符合事實，所以也不算欺騙幹部。到2000年初，因為冷戰時代既有的社會主義實質力量確實瓦解，中國「走資」也確定不會回頭，台灣內部對白色

恐怖的平反也被接受，左翼的身分才可以公開談論，例如2003年《台社》十五周年研討會，或是2005年12月世新社發所講座中，我都直接表明：「在美國留學時被保釣左派組織吸收，影響我回台灣搞工運。」現在回憶被吸收的過程，發現其實在去美國之前，就已經被「組織」做了「工作」。

（二）《民主台灣》和《台灣思潮》的寒暑假

在美國影響我的兩個「在美台左」社群（或組織），一個是以芝加哥（Chicago）為基地的《民主台灣》社群，另一個是以洛杉磯（Los Angeles）為基地的《台灣思潮》社群。《民主台灣》相對於《台灣思潮》比較開放，但基本上絕大多數人際關係都仍帶著「安全考量」，除了檯面上公開聯繫的人物使用真名外，其他成員大都使用化名，更不會輕易透露出身背景。即使像我這樣被當作貼身工作對象的學生，直到我回台灣「蹲點」時，仍不知道大多數組訓過我的前輩們的真實姓名和背景；尤其《台灣思潮》的幾個要角的生命歷程，一直等到2012年，才從鄭鴻生（2012）提供的簡史〈解嚴前的海外台灣左派初探〉中知悉。

這兩個社群都是七〇年代初保釣運動的後續組織，[56]《民主台灣》是以保釣要角林孝信直接傳承自保釣運動；《台灣思潮》則由保釣前已活動的老左派許登源、金寶瑜和顏朝明，加上負責對外串連的保釣新生代蔡建仁，形成跨世代和跨區團體。兩者的組織形式都是以一個靈魂人物搭配一組支持性鬆散團體；也都出版刊物作為對外的面貌，《民主台灣》屬貼近現實的政論文化刊物，《台灣思潮》則較偏重理論，以階

56　1971年的九二一聯合國大遊行是海外保釣運動的轉折點，之後保釣運動由左傾的支持社會主義祖國派所主導。見王岸然2006年10月23日發表於部落格的文章〈保釣運動1971-1972（上）〈下）〉（http://wongonyin.mysinablog.com/index.php?op=ViewArticle&articleId=366150）。但《民主台灣》和《台灣思潮》都非統派。

級觀點分析台灣社會的激進左翼刊物，兩者是獨立作業但偶而結盟。

　　當時《民主台灣》還有一個非常重要的功能，就是每年在美國中西部舉辦「民主台灣夏令營」，維繫保釣遺留之左翼成員，串連居留美國和來自台灣島內的反對運動人士，同時吸納、培訓新來的台灣留學生。《台灣思潮》的組訓方式則較為隱密，主要針對「島內」來美的年輕學生、學者或黨外人士，舉辦短期密集的《資本論》讀書會，[57] 由理論大師導讀，試圖從思想建立聯盟。而夏鑄九和這兩個社群都很熟，所以透過他的安排，我的美國寒暑假期，就是在芝加哥、洛杉磯兩個台籍左翼社群中移動（見表2.1）。1987年返台前，為了協助草擬工黨黨綱，去過《台灣思潮》網絡在紐約的成員許登源家；1989年和王蘋回美國時，去了底特律金寶瑜她家，並拜訪她的黑人老左友人Bogass夫婦。

表2.1：在美政治打工的時間、地點與內容[58]

時間	85年暑假	86年暑假	87年暑假
地點	芝加哥	洛杉磯	芝加哥
工作內容	書店之裝修監工與書架製作；克里福蘭夏令營籌備和參加	五金店玻璃部門與紗窗工	籌備新澤西州夏令營與第一屆芝大台灣研究研討會
主要督導	林孝信	蔡建仁、王義雄	丘延亮、林孝信
地主團體	台灣民主運動支援會	《台灣思潮》	「台灣民主運動支援會」及「台灣研究小組Circle」
同行者	無	王蘋、郭文亮	王蘋

57　我知道的對象包括：夏鑄九自己是這個管道與《台灣思潮》接觸的；黨外的張富忠和後來被視為「拉派」（但實質並非拉派）的左翼電影人吳正桓及（沒有被視為拉派的）舒詩偉，是某一梯次的成員；鄭村棋、夏林清也因此而認識蔡建仁，成為回台後聚會的「拉派」成員。

58　1986年初的寒假，夏鑄九和他的妻子陳明芳，已經先帶我、王蘋、郭文亮去洛杉磯參加《資本論》讀書會，全程約一週，中間許登源從紐約飛來替菜鳥們「灌頂」，所以王蘋和郭是先接觸《台灣思潮》。

學習內容	入門左派讀物與政治觀，在美泛左翼台灣人政治網絡	《資本論》與《台灣思潮》	在美泛左翼台灣人政治網絡，Laclau與Mouffe的後馬理論

　　1979年台灣發生《美麗島》鎮壓事件後，引發新一波在美台獨社群的激進化運動，鎮壓時正好在美國而被迫流亡的《美麗島》社長許信良，先成立《美麗島週報》鼓吹都市游擊戰，不久因中產階級和專業人士為主的菁英台獨團體「台獨聯盟」抵制而告終，他又去日本和台灣民族主義基本教義派史明結盟，成立「台灣民族民主革命同盟」，1983年左右，許信良加入在美台左老將洪哲勝的「台灣革命黨」，1986年才又放棄革命路線。我到美國時，正好遇到台獨左傾勢力抬頭的階段，而《民主台灣》和《台灣思潮》因為是非統派左翼社群，所以也因為面對新競爭勢力的崛起，而變得特別活躍。1985年我參加《民主台灣》在克利福蘭（Cleveland）舉辦的「民主夏令營」就遇到這些台左大頭們，所以我所認識的台獨，是從左側的面向開始熟悉。

（三）士林書店的外行木匠

　　1985年的暑假前夏鑄九告訴我，已經替我找到暑假打工的地方——協助芝加哥的林孝信（暱稱「老林」）籌備中文書店。我那時還沒見過老林，他是台大物理系畢業，1967至1972年在芝加哥大學物理研究所攻讀碩士，1970年創辦台灣第一本結合島內、海外理工科年輕學者的科普雜誌《科學月刊》，創刊次年就發生保釣運動，林孝信創辦月刊所串連的理工留學生和學者社群，成為發動保釣運動的主要網絡之一。保釣的高潮雖然在一年後告一段落，但各種左右鬥爭、轉化後的反國民黨戒嚴統治活動延續至整個七〇年代。1978年林孝信創辦「台

灣民主運動支援會」(簡稱「支援會」)並擔任會長至1986年。[59]

　　1972年國民黨政府外交單位約談林孝信,要求保釣活動降溫,未獲他的允諾,國府人員將他的護照沒收,使他頓時成為非法居留,[60]直到1984年才獲得暫時合法證件,1988年解嚴後向台灣申請恢復國籍,才成為可以來去美國的正常居民。

　　我第一次去芝加哥打工的階段(1985年初),林孝信正好也面臨某種轉型的困境。1972至1984年他因非法居留而不能工作,又早已輟學,屬失學又失業,因此他的保釣同志發展出「集體供養」專業運動者的機制,由正常就業(或者是極少數為運動而改做生意的)人,集資支助林孝信,使他能專職從事串連、宣傳的工作。1985年在芝加哥追隨林孝信的那個暑假,當焦點從海外保釣轉移到台灣「島內」的黨外運動,[61]經常聽到他在電話上、或與支持者當面辯論「支援會」的工作重心,是否應該從在美台灣人的串連,轉移到支援台灣島內運動。[62]

　　林孝信那時的計畫仍是留在美國發展後援基地,把「支援會」轉型為經營一家中文書店。[63]書店在東53街,算是東55街和59街之間

59　1988年解嚴後,林孝信申請恢復國籍,並首次(21年後)重返台灣。1997年舉家遷回台灣,1999年出任「通識教育學會」理事長、「社區大學全國促進會」常務理事,2000年創辦新竹青草湖社區大學。

60　沒收護照或是護照有效期滿不補發新護照,是當時國府對付保釣人士的主要手段之一,使積極分子成為非法居留狀態,壓迫其向國府妥協。不過此策略顯然是失敗的,反而使部分人士憤而轉入中華人民共和國籍;另一部分人士則進入聯合國工作,使用聯合國護照(如知名保釣人士作家劉大任,1972年進入聯合國祕書處);或是像林孝信,堅持非法狀態也不向國府妥協。

61　當時組織我的兩大美國台灣人左翼團體,雖然對台獨的立場有些微差距,但都使用三個名詞來指稱三個政治地理空間:「海外」指美國,「國內」指中國大陸,「島內」指台灣。我相信美國的台獨左派一定不會使用這種說法,他們的說法應該是「美國」、「中國」和「台灣」。

62　芝加哥最積極支持老林的是芝加哥大學放射學系教授陳津渡。

63　這個重心移轉的辯論,一直延伸到台灣。當工黨分裂後,夏潮系準備另組勞動黨時,林

的芝加哥大學校園消費圈的最外圍邊界。[64]1985年那個暑假，我到老林手下打工的任務，就是協助他籌備位於芝大學區旁的「士林書店」（Scholar's Books）。按他原先的預期，我應該在暑期結束時組裝完大部分的書架，並協助他將書店外觀和內部裝修完畢。但因為我只有在柏克萊修課時的技術磨練，然後每件工具都要自行設法組裝，我只能將在台灣工地監工時學到的施工設備，克難式地用美國材料複製，所以在暑假結束時，我只做好兩、三座樣品書架，和大部分已經裁切完成的木板，就必須回柏克萊。剩下的工作，是林孝信聘請還在芝加哥讀書的阮慶岳（高我一屆的淡江建築系學長，回台後成為知名作家）繼續完成。[65]

1987年第二次去芝加哥打工是和王蘋一起去的，她在士林書店擔任行政工作，我幫忙籌備夏令營。那時丘延亮和江士林（Marshall Johnson）也正在籌備第三屆「台灣研究研討會」，那是第一個由台灣學者舉辦的台灣研究國際研討會，目標就是要打擊國民黨宣揚的「台灣經濟奇蹟」路線，我跟著幫忙打雜。那年國民黨封殺被邀參加研討會的成員，丘延亮找了全美教授協會和民主黨參議員Paul Simon向台灣政府施壓，成功讓參加者成行。這個經驗讓我開拓了學術和政治鬥爭密切

孝信曾推薦鄭村棋擔任祕書長，鄭村棋開出加入團隊的條件是林孝信也要回台投入工作，所以最後的結果是蘇慶黎繼續苦撐勞動黨的祕書長，鄭村棋認為這可能是蘇慶黎後來積勞成疾的原因之一。

64　2007年讀到Bourdieu大弟子Wacquant（2004）學習拳擊的自傳民族誌 *Body & Soul*，發現他1988年練拳的拳館「Woodlawn Boys Club」，就在我打工的書店的幾條街之外而已。

65　當年在芝加哥，老林試圖影響的留學生除了我和王蘋之外，還包括：丘延亮（芝大人類學系）、蕭裕正（Illinois Institute of Technology，伊利諾理工學院）、陳孝萱（Northern Illinois University，北伊大）、呂欽文（Oregon State University，奧瑞岡大學）和阮慶岳（University of Pennsylvania，賓州大學）。丘延亮（芝加哥大學人類學系）則是1979年中秋節湖濱烤肉時，主動告知老林他已經是芝大學生，成為芝大黨外活動網絡的一員。

關連的視野。丘延亮也帶我進入在地左翼組織的路線辯論會，[66]讓我的認識從傳統左翼擴張到當時在歐美左派圈內引發討論熱潮的後馬克思主義著作（以Laclau and Mouffe為代表），也貼身見識了專職組織者兼理論家的「有機知識分子」的面貌和身段，成為重要的政治經歷。

六、 洛杉磯打工與「摸魚」事件

　　1985年暑假後，另外兩個台灣留學生——王蘋和郭文亮也來到柏克萊，在夏鑄九的組織下，我們成為一個小生活集體。夏鑄九安排王蘋跟我住在同一間住宅，分租不同的房間，但他背後的目的是要撮合我們兩個人。1986年初的寒假夏鑄九開車帶我們去洛杉磯參加《資本論》密集讀書會，接觸《台灣思潮》的社群。同年的暑假，我、郭文亮和王蘋三個人在《台灣思潮》的靈魂人物蔡建仁（小蔡）安排下，到洛杉磯《台灣思潮》的金主老湯所經營的五金店打工，同時接受進階集訓。本節將簡述在洛杉磯郊區的左派集訓概況，以及過程中的「摸魚」事件。這個事件很重要，不僅因為識別我個性中順從與遵守紀律的部分，也是我首次在社運脈絡下遇到個人與集體利益的兩難選擇，同時也呈現蔡建仁等「在美台左」的組織手法的局限性。

（一）洛杉磯台左社群

　　《台灣思潮》創刊於1981年5月，B5尺寸，每期約百頁，以長篇文字稿為主，沒有圖片，風格與美國老派左翼雜誌 *Monthly Review* 很接近。原訂為雙月刊，實際上不定期出版，於1984年4月發行第8期

66　丘延亮將辯論會錄音整理為兩篇紀實文章：〈人民民主抗爭與階級鬥爭之辯：一場發生
　　在芝加哥的左翼辯論紀實（上、下篇）〉，收錄於丘延亮（1995）《後現代政治》。

後，就沒有再出刊。因此1985年初我到美國時，《台灣思潮》已經長期停刊，那八本舊雜誌是我們讀書會必用的教材。[67]

《台灣思潮》包括幾個核心人物，以洛杉磯為基地的蔡建仁、王義雄和張梅梅夫婦、李義雄、老湯等；洛杉磯之外的理論導師包括紐約的許登源和底特律的金寶瑜。芝加哥的林孝信是結盟但不親密的關係。以下將簡單介紹社群中的人物，但是當時「台美左派」經常為安全問題而隱瞞身分，很難看到那個人一路走來的真實樣貌，只能用其在社群中的公眾面貌拼湊簡略圖像。有時在美台獨人士會將《台灣思潮》社群標籤為「台灣毛派」，但這個標籤不夠精確，這個社群的組合仍是分歧的；他們的確共同反對當時中共的「走資」改革開放路線，但對於中國之關切差異非常大，有許登源和金寶瑜理論上的反鄧小平路線，也有李義雄的根本不理會中國，而想加入黨外左翼。

《台灣思潮》組織關係最外圍，但是理論地位崇高的是許登源（暱稱「老許」，筆名「何青」），職業是美國花旗銀行紐約分行的資訊部門經理，住在紐約市中產階級住宅區曼哈頓島上，擅長於《資本論》原典的當代解讀。妻陳妙惠是紐約市立圖書館主管（九〇年代末升為館長）；夫妻檔活躍於保釣運動，育有一獨子，哈佛大學法律系畢業；在美國屬於中產階級以上的菁英家庭。1985年剛到柏克萊不久，夏鑄九安排了一次許登源講座，他從紐約飛來加州，專批後現代熱潮，我立即感到他的狂傲，任何當代左派大師都被他批得一文不值；1985年和1987年暑假的「民主台灣夏令營」他都有參與，並與其他各路台左、台獨激辯；1987年底，我、王蘋和丘延亮去紐約他家和蘇慶黎會合，為工黨草擬黨綱、黨章的初稿，算是和他們夫婦接觸最深的一次。2006

67　九〇年代中，《台灣思潮》重量級寫手許登源和金寶瑜回台灣，用「台灣左派理論研究所」為名義，出版了五本《台灣左派立論學習資料選輯》，第三、四本的選輯內容是當時八本《台灣思潮》的複印本。

年收集論文資料時，才發現他的高傲早有歷史淵源，他與李敖同是台灣自由主義宗師、台大哲學系教授殷海光的學生，「中西文化論戰」時，與李敖等人並列西化派四大戰將（又名「四大寇」），李敖排名第二（又稱「乙號」寫手），許登源排名第三（又稱「丙號」寫手）。[68] 難怪他總以歷史的中心自居。

金寶瑜（化名「柳白」或「鍾望如」），密西根州底特律大學（University of Detroit Mercy）經濟系教授，專長是中國文革與改革開放後經濟政策效果之比較，曾與許登源合寫英文論文〈The Worker-peasant Alliance as a Strategy for Rural Development in China〉（Hsu, D. Y., & P. Ching, 1991）回顧改革開放前農村動員政治，1991年刊登於美國老牌左翼雜誌 *Monthly Review*，並受到總編輯 Harry Magdoff 重視。金寶瑜居住的底特律，是八〇年代美國關廠最嚴重的汽車與鋼鐵工業地區的代表性都市，[69] 她除了教書外，也積極參與當地社區運動，和知名黑人老左 Bogass 夫婦是好友。

在洛杉磯的理論生產者是前「台灣人民社會主義同盟」的成員顏朝明（化名「李義雄」，圈內暱稱「老李」，筆名「王茂盛」），他深度近視，中年白髮，住洛杉磯郊區，太太是美裔日人，亞裔NGO的資深專職人員；他自己的職業不詳，似乎靠老婆供養。專長是以國民黨政府官方的戶口普查數據進行階級分析，主張左翼人士應加入「黨外」、影響「黨外」，但似乎看不起在美台獨左派領導人洪哲勝，所以沒有加入台獨左派組織，而成為《台灣思潮》主要成員。

68　李敖被捕後出獄，許登源和李敖的前女友王尚勤（27歲因肝癌病死的作家王尚義的妹妹），還攜款一萬元前往探視，可見他與李敖關係親密。

69　底特律也是紀錄片導演麥可‧摩爾（Michael Moore）的故居，他的成名作：（1989）《羅傑與我》（*Roger and Me*）拍攝摩爾在底特律滿街尋找已經是通用汽車公司總裁的小學同學羅傑，藉此描述關廠風潮對工人的巨大衝擊。八〇年代末、九〇年代初，這部紀錄片經常被台灣學運社團當作組訓的教材。

　　王義雄（暱稱「老王」），洛杉磯郊區某市政府土木工程師（九〇年代初升主管）；妻張梅梅，洛杉磯某大醫院資深護士；育有子丹丹、女安安。王義雄與張梅梅皆熱情豪爽、好客大方，於1985年在洛杉磯東郊Rose Hill Park購置地產，屬典型整體開發的郊區中產階級的獨棟兩層木造房屋（house，整個社區千戶以上），因面積寬敞、房間多，成為各路好漢俠女經過洛杉磯時歇腳之處，為《台灣思潮》伴演著串連不同人脈的寄宿家庭（host family）角色。我們打工之餘的讀書會、與各種外地訪客的聚會，均在他們家舉行。丹丹和安安自小習慣家中有大量陌生人進出，在非血親姻親家族中成長，是維繫《台灣思潮》社群非政治生活面向的重要中介人物。

　　蔡建仁，《台灣思潮》最核心的人物，也一度成為我的威權領導，但我並不了解他的詳細經歷，只知道他是1953年生，1974年輔大歷史系畢業，當兵後留美，旋即捲入保釣運動遺留之左派活動，輟學成為專職運動者。[70]他比《台灣思潮》其他成員年輕，活動力強，在洛杉磯地區的左翼人脈裡，形式上雖然無領導職位，卻是實質的發動各種聚會的核心人物。

　　蔡建仁的老婆紀欣，是蔡建仁在台灣輔仁大學的同班同學，夫妻落腳洛杉磯後，小蔡希望紀欣能負擔家庭生計，所以她去修習法律課程，後來考取律師資格；1985年她在洛杉磯一家房地產仲介公司擔任業務員。蔡建仁無職業，全職搞運動，猜測《台灣思潮》應該有一個集體供養的機制，提供他部分生活費和串連所需的機票等開支，讓他作為刊物／團體的組織者和代言人。九〇年代中，紀欣與蔡建仁離婚，她回美取得法學博士學位，再回台後加入新黨當選國代，並任婦女委

70　九〇年代末期，他再赴英國左派重鎮鎮華威大學（The University of Warwick）攻讀社會學碩士。

員會召集人，2005年再當選新黨任務型國代，2009年出任「中國統一聯盟」主席。[71]

老湯（暱稱，本名湯元智），蔡建仁和紀欣的大學同班同學，沈默寡言、戴深度黑框眼鏡，留德的博士中輟生，因投入保釣運動，加入反國民黨左派路線，夫婦倆開始在洛杉磯西南方黑人區經營一家占地數百坪的大型綜合五金店「Peterson's Hardware Store」，[72]是《台灣思潮》的主要金主之一。1986年暑假，我、王蘋和郭文亮就經由蔡建仁安排，在他的五金店裡打黑工。

（二）五金店的少爺打工仔

Peterson's Hardware店裡的員工全都是墨西哥裔移民，猜想他們的工資比黑人低、又容易管理。我們三個台籍少爺、小姐一到店裡，就取代最核心和輕鬆的工作。王蘋取代墨裔女收銀員，由老湯老婆負責訓練，精明靈巧的王蘋很快就成了熟手，原來的女收銀員降為女店員，成為候補收銀員。較輕鬆的體力工作就交給我和郭，初期我們只負責在小五金部門理貨，雖然極度繁瑣，但不消耗體力；後來負責稍微有浪費物料風險的玻璃部門，最後外放出門去幫客戶修理紗門紗窗；建材部門等需要搬重物的工作，都由墨西哥年輕人包辦。我們三個人被分派的少數重大體力勞動，就是連續幾個晚上，打烊後熬夜粉

---

71 蔡建仁與紀欣分手後，與台中望族之後賴幸媛成為密友，2001年兩人曾輔佐陳水扁不按牌理出牌任命經濟部長宗才怡。宗才怡被各方抨擊外行而下台時，發表著名的〈誤闖叢林的小白兔〉辭職聲明，媒體揭露為蔡建仁撰寫，使蔡賴兩人關係公開化。賴幸媛2003年成為代表台獨基本教義派的台聯黨的不分區立委，2008年馬英九任命為陸委會主委，2012年卸任。

72 Peterson's Hardware在South Western Ave. 4823號（近West 48th街路口）。1992年4月29日洛杉磯全市因為三名毆打黑人的警察被判無罪而引發數日大暴動，暴民遷怒到亞裔商店。蔡建仁告訴我老湯的五金店也被燒毀，由保險公司賠償並重建。

刷整個店裡的牆壁與天花板。

　　我們是老闆同種族的親信，剛上工時其他幾個墨裔店員對我們並不友善，混久後距離縱使稍微拉近，但仍然無法熱絡。尤其後來我們被派開車出門修理，是所謂「肥缺」，男工們對我們眼紅也是必然的。

　　出門修理的工作型態是這樣的：需要換紗、或修理紗門紗窗、或安裝新紗窗紗門的顧客，看了五金店刊登的報紙廣告，打電話到店裡，老湯會記下地址電話，交給我和郭，我們從店裡領取物料零件、剪裁好鋁製框條等，因為郭不會開車，所以由我開小貨車（pick-up）出門挨家挨戶修理。開車出門成為例行工作後不久，郭文亮和我就出現不同行為模式：當一個工作做完，開車到另一個客戶家時，他會提議到別的地方逛逛，或是在路邊休息，我卻急著趕往下個目的地。摸魚的目的除了休息之外，也可以確保明天繼續避開老闆（老湯）的監督，因為若今日事無法今日畢，累積到明天就可繼續出差。

　　剛開始我也會順從郭文亮，偶而繞洛杉磯兜風或停在路邊午睡，其中一個因素是1984年在台灣教練場裡匆匆考取駕照，但幾乎沒有路駛經驗，難以適應洛杉磯混亂的路網，一上高速道路就緊張地想快點下去。某次被老湯差遣到很遠的郊區Orange County去採買一批廉價水泥和建材，二、三十包水泥裝上後車斗後，後方的避震器幾乎被壓平，我趴在地上觀察車輪是否能承擔，急著問建材公司的墨裔員工有無爆胎風險，他們當然沒有充分意識到異國駕駛新手不知道如何在路上求救的惶恐，用西班牙語取笑著我們。我心驚膽顫地在燠熱的中午上路，一路龜速開在外側車道，並遭受超車者的白眼和鳴喇叭示威（對「新移民拖垮美國社會」的刻板印象，我們一定有貢獻）。當郭文亮提議休息時，我很快同意，開下高速公路，他買了冰啤酒，找到某公園路邊大樹樹蔭下，打開車門與收音機，邊聽音樂邊睡了一個短暫的午覺。

　　除了那次充滿綠色搖曳陰影的愉悅回憶外，大部分郭文亮提議摸

魚時，我是焦慮的，因為洛杉磯是出名的無邊際蔓延增生的都會，不論高速公路或一般道路，是不斷重複、曲折迴旋，總像迷宮一樣難以辨識；我們又是外地人，光是邊開車、邊看地圖找路，就已經是某種耗時的亂逛（那時可沒有手機可以讓你邊開車、邊問路）。加上另一個重要的因素——我們不是熟練工人，簡單的工作常意外耗時許久。安裝紗門窗不是什麼了不起的技術，在美國也是很常見的DIY自組項目之一，但要掌握「眉角」還是相當困難，特別是最後一道工序，必須調整油壓伸縮棒的位置，使紗門可有足夠力量彈回關上，又不能因此形成扭力使紗門變形，而無法服貼於門框且留下隙縫。

我記得某次趕到一個客戶家替她的後門安裝一個紗門，先發現鉸鏈位置的門柱已腐朽，螺絲釘怎麼也鎖不上，我們也沒帶加強的材料和工具，翻遍她家的院子，撿了木塊來應付；接著我又把油壓棒裝偏，整個門框變形無法闔緊，我偷偷拆下重新裝，卻愈搞愈糟，從下午二、三點的豔陽天，搞到夕陽斜照、涼風徐徐，我卻急得滿頭大汗，也不敢叫屋主打開後門的燈，怕她看到拆掉重裝遺留的醜陋螺絲孔，最後我還是用榔頭和蠻力暫時解決問題，台美族幹練的中年老闆娘付錢時好心的說：「辛苦了！」（是啊，折騰一下午！）我們收錢後趕緊開車落跑，奔上高速公路時，迎面看見是即將熄滅的晚霞，窗外異鄉的風灌進T恤，脖子到背部黏濕的肌膚突然接觸空氣而立起雞皮疙瘩，聞見全是汗酸臭味，肚子又餓，既害怕客戶發現安裝瑕疵先打電話回店裡揭穿，又擔心逾時回店被老湯責難，雖然確知沒有被解僱的風險，仍是一生中最接近狼狽工人的一個經驗。

（三）摸魚事件與《台灣思潮》督導手法

從這些記憶看來，我和郭的這組分工裡，我比較像「工頭」的角色，而生活策略他比較在行。也許與我負責開車，以及對手工技藝吹

毛求疵的癖好有關，我對於工作完成的時間和能否被驗收有很大的焦慮，甚至去計算我們每天的勞動效率，將月工資換算成日工資，加上油錢與貨車折舊，金額早就超出安裝紗窗和紗門可獲得的利潤。看起來那也不是五金店為鞏固客戶非得提供不可的服務；所以老湯為協助組織培養我們幾個工讀生，他就盡量找些工作讓我們做。一方面從店的管理與成本效益來說，不能讓我們閒著；另一方面也是組織我們有此需要——總是閒著像個廢人，會妨害我們對集體安排的信心。郭對這樣的關係並不焦慮，他堅持的也是一個「運動道德」，他認為有權力的地方就要有反抗，不能因為是運動內部的關係就放棄這個原則，老湯和我們既然有勞資的權力關係，我們就不能完全馴服，必須以實際行動展現不服從，方法之一就是盡量「摸魚」。[73] 我那時應該沒有太多理論可以反駁郭文亮，因為基本上我只是認為自己人介紹的工作就該認真負責，以免辜負人家好意。我們這個歧異，終於促成在洛杉磯的唯一一次「督導」會議。

　　1986年的那個暑假，固定的組訓形式是繁忙而豐富的，集中於週末兩天的聚餐和討論，包括指定讀物的讀書報告、當地或遠方來的同志的專題報告等，偶而穿插烤肉、逛「小台灣」（蒙特利公園）、陪丹丹、安安[74] 去迪士尼樂園之類的休閒活動。但是在集體小組互動時，主要仍是知性傾向，不像1994年以後我所經歷的工作室的「處理人」的聚會——包括「實務（工作現場意識）督導」，或「人際關係（集體中的）自我覺察」。這並非是指洛杉磯的《台灣思潮》社群只重視知識學習，不重視人的發展；他們其實相當刻意的安排、設計（我認為是由小蔡和

73　我確定郭文亮當時已經讀了傅柯，但不確定他的摸魚行動是來自傅柯的權力和日常生活抗爭觀念的影響，或是更多來自他原本的慣習。

74　王義雄的家當時是各路人馬旅經洛杉磯時歇腳、交流的「招待所」。丹丹、安安為王義雄的兒子和女兒。

老王夫婦為主導）生活式的人際互動與接觸，來培養思想之外的同志緊密關係，和傳遞某些運動倫理。

　　也許是因為他們只有保釣運動的經驗可作為學習和繼承的資源（當然還有二手資源——從中共的文獻，特別是毛的理論中學習組織手法）；如果對照工作室的模式，就會覺得這樣「改造人」的方法不貼身、太單向、過於外在。我也不想結論說《台灣思潮》社群帶著一個假設——當人的思想被改造，行為就會被改造——去組織人，他們比這個更多一點，我很清楚的記得小蔡在老王家的一個場合，提醒或與人爭辯著如何才能影響年輕人，他很清楚的說（大意）：「不是參加讀書會或改變思想就能影響一個人，還要安排他的生活、愛人、工作，要替人設想他的處境、出路，才能影響人。」

　　他們對我們這幾個天兵留學生，也就是透過夏鑄九的中介，以這種近乎包吃包住、包生包養（包愛人）的方式所組織的。1986年暑假在洛杉磯的生活就是此模式的極致表現，我不想太快將之簡化為「工具性」（為吸引新人而給予物質利益）的手法，因為我清楚知道在洛杉磯那樣的社群組合下並非如此，後來小蔡脫離社群隻身回台，也許才使他個性中最「壞」、最工具性的一面都不幸地暴露出來。

　　所以我、郭、蘋三個人在五金店的工作關係，或是與店裡其他人相處的情形等，都沒有大人輔導，也沒固定的督導小組討論，下班後我們就開車回到住的地方，[75]煮飯、洗碗、洗澡、讀書、閒聊、討論。那麼，這個摸魚事件是怎麼被「上級指導員」小蔡知道的？只要我不打小報告，永遠只是天知、地知、郭知、我知而已；而郭顯然沒有動機自我檢討，那麼是我「告密」嗎？還是我將焦慮洩漏給枕邊人王蘋，因

75　紀欣當時在洛杉磯做房地產業務員，偷偷安排我們住在她正在賣的房子裡面，我們三個人開張梅梅的舊車上下班，當有客戶來看屋時，我們要把行李收起來藏在車上。暑假後段那間房子成交了，我們才搬到王義雄、張梅梅夫婦家二樓住。

此走漏呢？印象裡最後是王蘋提議我們應該找小蔡來討論怎麼解決我們的分歧，顯然那個分歧大到僵持不下，無法在我們三個人的日常內部討論解決。

我們通知了小蔡，並鄭重地在我們住的地方開一個額外的小組會議，前段應該是我們三人報告分歧產生的原因和無法解決的狀態，小蔡也問一些「摸魚」的實際內容等等，然後就是我清晰記得小蔡激動地訓斥著我們的畫面。他不只訓斥郭文亮，他顯然也對於我們另外兩個同志，如此糾纏不清並容許摸魚之持續發生而感到不可思議。那是我第一次見到小蔡發怒，從1986年初寒假《資本論》讀書會開始與他密集接觸，到同年暑假工讀期間，他都蠻積極討好或是寵溺我們這幾個「新人」的，從沒發過脾氣。現在累積了二十年和他交手經驗，認識他發怒時充滿目的性和表演性的狀態，反而無法回頭揣摩並判斷那在洛杉磯的一怒，到底是什麼性質？我有點認為那是比較直覺的憤怒，因為他認為對我們「用心良苦」，卻惹來荒腔走板、後現代式的背叛；所以憤怒不只是鎮壓之用，也反映他自己的束手無策。

他訓話的內容大約是「老湯的店是革命事業，不是資本主義營利事業，革命事業要在市場存活，必須按照市場規律辦事，我們作為革命同志不但不應該在革命事業裡摸魚，還更應該比一般工人更努力工作；在同志經營的事業裡摸魚，等於是挖牆角、背叛」，我現在不確定他是否用過「**背叛**」這麼強烈的字眼，但他氣憤的程度接近這個內容。在洛杉磯社群的脈絡下，他的訓斥有正當性，不過從今天比較理解組織如何「帶人」的角度去看那場督導會議，就容易被定性為「粗暴」。

如果在條件比較充分的情況下，「工作室」操作的方法應該是讓三個成員都先試著描述自己和這份工作、老湯、以及這個社群的關係，再描述對工作伙伴在摸魚事件中採取的行動的看法，再讓我們三個人彼此針對未來的可能改變方法進行對話，小蔡最多只是對話的催化者

（facilitator）而已。但是他缺乏實踐這種督導的「方法」（know-how），他以「上級指導員」君臨城下般地介入，對我們（尤其郭文亮）當然是鎮壓的效果而已──這種方法下，新人的改變不會來自他／她能否面對自己的選擇，而只是一時無法抗拒權威訓斥的結果。

　　大概任何運動要深化都不可缺少兩種條件，一個是「**將人置入人造的反社會（造反的）生存狀況**」，另一種就是「**讓改變集中指向行動者自身的『方法』（know-how）**」。運動不是敲別人家的門，也不是敲天堂的門，而是要敲開緊閉的自我之門。如果運動激烈到革命那樣的程度，行動者在每個行動中幾乎沒有空間可閃躲，而必須不斷做出自我選擇，這也許是革命文獻中，很少看到這類know-how的呈現，或許蘇聯發明的「批評與自我批評」是最接近的一種。在非革命時期的運動裡，人是否可以被改造成功，或至少延長其在「**造反的生存狀況**」中堅持的時間與品質，「方法」就特別重要了。

　　洛杉磯的《台灣思潮》社群內，個別成員不同的角色、個性和分工，使社群有一定的民主和多樣性。1987年台灣解嚴，洛杉磯當地社群中只有小蔡一人獨自遷返台灣，「頭腦」回台，「手腳」卻沒跟著走。失去團隊的小蔡，回台後雖然將《台灣思潮》影響過的海歸左派臨時湊成名為「拉派」的小團體，但終究無法取代原本以他為中心的團隊分工性質，而衍生出非常多的爭議。

七、　再組織化之前史：回台後到1991年10月的速寫

　　這一節是速寫從1988年2月我回台後，到1991年10月底接任自主工聯執行長的這段期間。

　　我和王蘋的夫妻關係是「革命／家庭」對應的「同志／愛人」關係，是我們各種社會關係中最緊密的一組關係，大部分的處境，親密之程

度超過我們各別在工運和婦運的其他合作關係，我們基本上是從這個資本主義最基本的「社會單位」——核心家庭（只是我們沒有生小孩）來思考生涯和運動策略。一方面是延續我和王蘋在柏克萊期間「愛人／同志」為單位的搭配分工，我們在柏克萊生活、讀書、工作和經營學生社團「箴言社」，都是以「夫妻為單位」來討論和分工；另一方面是因為回台後沒有組織歸屬，只有鬆散的「拉派」聚會。本書第六章會再接續記錄1991年10月我成為自主工聯專職工運工作者，和1992年王蘋放棄碩士論文，回台接手婦女新知祕書長後，我們的「夫妻單位」開始裂解，尤其我和集體性強烈的「工作室」的關係日趨緊密（夾雜緊張），逐漸超過我和王蘋夫妻關係的過程。

（一）中時記者和籌組工會

　　鄭村棋比我早一年回到台灣，他到體制內的台灣省總工會去「臥底」，擔任組訓組長，他後來總是說那是他放下身段幫理事長提公事包的故事。1987年中，他在省總約半年後，錄下一卷錄音帶，託人帶給蔡建仁，大意是台灣工人到處騷動，缺乏大量組織工作者，呼籲海外趕快派人回台。蔡建仁還把我們從柏克萊電召到五百公里遠的洛杉磯王義雄家聚會，和「拉派」成員一起聽這卷「報告島內革命情勢一片大好」的神秘錄音帶；這次聚會之後，蔡建仁就整裝返台加入工黨籌建工作，我們也加速準備結束學業回台「投身革命」。

　　我和王蘋於1988年初及暑假先後回台，當時其他被「在美台左」所影響的海歸成員分散、潛伏在各處，也沒有組織接應；我們認同左派的立場是明確的，此外就是模糊的、躍躍欲試的動力，至於政治方向、該投靠誰、在什麼場域實踐都不清楚，甚至「拉派」聚會也還沒開始，對具體運動中實踐和操作的認識更極度貧乏。先回台參與工黨籌建的蔡建仁，原本盤算可以和夏潮系的在地左派合作，但工黨成立時

夏潮系企圖結合改良主義的民進黨立委王義雄，但被熟悉配票交換利益的王義雄人馬耍了，搶奪執委席次兵敗如山倒。所以蔡建仁決定放棄夏潮系另起爐灶，他敏感到校園內的蠢動，指示我們先到大學找個教職，試著影響學生並伺機而動。我還沒有開始申請教職（像郭文亮一樣），就由夏鑄九將我推薦給他的妹夫——在《中國時報》當勞工線記者的鄭村棋，將我引介進入《中國時報》，從1988年3月起擔任勞工記者。王蘋則申請文化大學景觀系講師職務，暑假後開始授課。

　　鄭村棋和夏林清是帶著大團體動力專業經驗和左派視野回台「臥底」，他在省總工會任職將滿一年時（也就是我回台前不久），被《中國時報》跑內政部、兼採訪省總工會新聞的記者何善溪挖角到中時，專跑剛升格為勞委會的新聞。[76]他後來常說，他以為我和王蘋經過蔡建仁、林孝信和夏鑄九的訓練，一定相當有組織概念，所以信任我才將我轉介進入中時，沒想到進去不到兩個月，同事女記者張玉琴就意外發起籌組工會，鄭村棋原本認為應該先守住傳播工運訊息的媒體高位，因為當時我們在中時還沒有群眾基礎，所以不該冒進；他認為我帶著左翼脫離現實的大腦袋想大幹一場，所以不聽他的指示而升高對抗，害我們最後都被解僱，失去記者身分。

　　無論如何，那是生平第一次直接成為群眾運動的當事人，一切細微的矛盾，從勞資對立、官資勾結、勞方內部衝突、瑣碎的日常事務，全都得要親自做出選擇；也非常折服於鄭村棋說服群眾和組訓幹部的能力。我也因此被鄭村棋封上「鬥雞」名號，成為教育其他組織工作的負面教材（中時工會敘事，另見本書第三章、第七章）。

76　勞工行政原隸屬於內政部勞工司，於1987年8月1日成立「勞委會」，直屬於行政院。《中國時報》也因此增聘專門負責勞工新聞的記者，鄭村棋就是第一個被聘者。

（二）新光士林廠關廠抗爭

中時工會抗爭結束後，我旋即捲入新光紡織士林廠關廠抗爭。關廠抗爭是勞資關係中斷的抗爭，與中時勞資關係持續的籌組工會抗爭性質不同；而且中時工會幹部以三十歲左右都會區性格的精明男性青壯年為主，新光紡織自救會幹部雖是年齡層略高的男性技術工人，但群眾以世代極端的兩群女性為主——中年的台籍漢人歐巴桑、和來自台東未成年的原住民建教生；我和鄭村棋從中時工會抗爭的「當事人」上升為主要「外力」之一；我們可以說在此役實驗出「當事人加上外力協同」的抗爭模式，成為之後工運抗爭最常見的型態。

此時王蘋也不再是（中時工會抗爭中）完全輔佐性質的家屬角色，她站上協力「外力」的位置，成為協助組織女工的主要外力。我和她在運動中真正並肩作戰，也就是這場戰役。但因為王蘋後來沒有繼續從事工運，轉進入中產婦運，九〇年代末又轉換到都會同志運動，所以這個戰友經驗變得逐漸失去意義。

新光一役，因為勞資關係已經中斷，雙方又都有政治力量介入，而且當時國家情治單位已經在準備反撲工運的狀態（真正執行是在半年後的遠東化纖罷工），所以其激烈的程度高於中時。1988年12月24日聖誕夜大撤退時，蔡建仁挑釁被保全打傷，自救會領導人徐凌雲終於精神崩潰（他的位置和我在中時工會的位置接近），當時我是作為外力，所受的衝擊相對沒那麼劇烈，所以還能冷靜地進行善後的拍照記錄，試圖維持團體的內部認同。那一場長達76天的密集戰役，我和幾代不同性別的工人都發展出不錯的友誼，還與三個女工分租透天厝成為樓上、下的鄰居，後來進入《財訊月刊》工作後關係漸疏遠，到2003年編輯新光關廠抗爭紀念集時，才又恢復部分聯繫。

（三）拒絕回中時工會蹲點，第一次入工聯

　　1987年12月6日「工黨」成立，夏潮系大敗給王義雄人馬，蔡建仁退出工黨，不久夏潮系也敗退出工黨，於1989年3月29日成立「勞動黨」。鄭村棋和夏林清應該是認知海外左派蔡建仁和本土左派夏潮系都不可依靠，1988年底鄭、夏在自己家裡開始「實務」討論——和在工運田野中的學生定期見面，討論工會會務或進行勞動研究（夏林清，2006：233），1989年夏天更進一步在仁愛路友人的舞蹈教室頂樓搭建違章，成立「工作室」。1989年初新光關廠抗爭結束後不久，約農曆年前後，鄭、夏和黃麗玲、淑惠[77]等學生開始輔助中時的幹部恢復工會運作，鄭、夏倆人親自找我面談，詢問我是否願意回中時工會擔任總幹事，我以「抗爭太挫折、情緒無法處理」為由，拒絕邀請（見本書第七章）。沒多久，我在新事勞工中心林獻葵（台獨分子）的邀請下，到「自主工聯」擔任研究部部長（實際是文書祕書），那時新潮流已掌握自主工聯，會長是尚未加入台獨聯盟的曾茂興，[78]執行長是親新潮流的郭吉仁，關鍵的組織部和組訓部則是由新潮流剛退伍的成員李文忠和親新潮流的林獻葵分別掌控，工聯與新潮流的「勞支會」合用板橋火車站附近的辦公室，勞支會的組訓部則是由退伍不久的賴勁麟負責，我在芝加哥林孝信那裡認識的蕭裕正，剛退伍也到勞支會任職。

　　那是我拒絕蹲點，貪戀運動制高點的關鍵選擇，並在工運生涯後半段，為此付出極大的代價（見本書第八章）。那時我想要貼近運動的權力中心，對新潮流（組織最嚴密的本土台獨派系，當時具有左翼色彩）有很大的好奇心。從1989年3月開始到5月遠化罷工前的兩個月，

77　「淑惠」為匿名，同冷尚書（2004）碩士論文《戰士與俠的自我＼文本》所使用之代號。

78　見何明修（2008）的曾茂興官方版傳記《四海仗義》：曾茂興於1990年春參加台獨聯盟第二梯次工會幹部赴美參訪組訓團，回台後才入盟。（頁95-96）所以1989年曾茂興還是新潮流成員。

是我和新潮流系五年級菁英（六〇年代生的台大學運分子）走得最近的時候，包括李文忠、蕭裕正和賴勁麟。我記得很清楚，1989年4月7日鄭南榕自焚的那天，我正好和蕭裕正、郭吉仁去台南拜訪工會，先去見新潮流系的在地頭人黃昭凱，新潮流的要角邱義仁也在他家，我們一起去小吃店吃午飯時，電視播出鄭南榕自焚的新聞，邱義仁說出一句類似：「認識『Nylon』（鄭南榕）的人大概都會覺得他走到今天這個地步，他自己也有責任。」[79]

這些經驗，使我相當熟悉新潮流工運人脈、樣貌和組訓的手法，他們基本上都是傳承自基督教長老教會在美國的盟友URM（城鄉宣教會）非暴力抗爭訓練模式；新光抗爭的主要外力設計師——林重謨，也是來自這個訓練系統的較資淺者，他們的特色就是以政治明星來掌握政治立場相近的頭人，加上各種團體動力技術操作來吸引群眾，但不重視真正的內部民主和基層教育工作。

（四）遠化罷工

1988年2月底我從美國回台灣，所以1986年底開始到1987年初遠化的第一波年終獎金抗爭我沒趕上；第二波始於1988年2月10日的遠化工會年終獎金怠工抗爭，我應該正安頓行李而來不及目睹。1989年5月遠化罷工時，我已經是自主工聯被派到現場的外力。罷工由新成立的勞動黨所主導，決策圈也相當封閉，所以我的角色比新光抗爭還邊緣，只是盡責的聲援者。然而遠化罷工面對國家有意識的大鎮壓，抗爭時間雖短，但衝突的政治性更高、更複雜，並使好幾個聲援者被起訴。遠化案也是繼1989年初安強十全美鞋廠工人抗爭（勞委會動用百餘名鎮暴警察驅離，並使勞動黨重要幹部顏坤泉判刑一年十個月）後，

79　那頓飯也讓我見識被稱為滷肉飯之王的黃昭凱，一次吃五、六碗滷肉飯的場面。

再次使工運上升到與國家對抗層次，警政署直接調動數百名鎮暴警察保護資方（而非官署），並包圍、驅離工人。[80]

　　政治性特別高的新光和遠化案，我都是現場的「外力」（而不是觀察者）；後來成為工會基層直接民主典範的中時工會，我又是直接當事人。回頭檢視同時進入工運的那代知青，不論是新潮流的菁英（後來全部成為民進黨立委和議員），或是勞動黨的組織者（王娟萍在新光士林廠抗爭時仍留在王義雄擔任主席的工黨任職，還是扯自救會後腿的工運組織菜鳥）；或是工作室的資深成員（多數還沒位置能夠到抗爭現場），都沒有機會像我一樣，能跨越這幾個深刻而豐富的歷史事件；雖然我那時人格不成熟，敏感度限縮在某些範圍，不一定有多深刻的掌握，但卻是一種強烈地對高潮經驗的「情感認同」，以致在挫敗沮喪的時候，總是回味、留戀，而抗拒蹲點生活的重覆與磨難。

（五）《財訊月刊》期間的雙頻生涯

　　1989年遠化罷工事件後，原本經費已經不足的自主工聯，加上遠化、大同三峽、桃客、苗客等工會也都幾近瓦解，上繳會費嚴重縮水，根本發不出工資，我和林獻葵主動辭職。辭職時，新潮流也沒有任何慰留或維持關係的表示，樂見我們把薪水留給郭吉仁、蕭裕正和李文忠。離開自主工聯後，先由陳光興的朋友陳百齡介紹，到即將創刊的《首都早報》（由民進黨康寧祥集資）的國際組，由組長面試，後來他再見我時，說他其實想聘我，但「上面」（司馬文武或康寧祥嗎？）沒同意；陳百齡又介紹我去《財訊月刊》（以下簡稱《財訊》），社長孫文雄（發行人邱永漢在台灣的代理人）親自面試我，他一方面想收納第一大

80　1988年五二〇政治化的農運已經遭到暴力鎮壓，8月的苗客案和10至12月的新光案，都只動用到一般警員和刑警，沒有動用鎮暴警察。

報的叛軍來增加《財訊》批判兩大報的正當性，另一方面又擔心我在社內搞亂，所以要當面鑑定我是否屬於「善類」。後來他們對我的定性應該是「本質善良、誤入歧途」，因此聘我為編輯（即記者），負責三不管地帶的各種新聞。

我在這個以台灣中產股市散戶為主要讀者，也是市場最暢銷的政經綜合刊物工作兩年，參與比較重要的專題包括地下投資公司、張建邦案、關渡平原假農民案、媒體人事動態等。我很認真地挖掘財經內幕，但只能說投入一半生命力，期間鍛鍊一種開／關式的心理管理方法：走進辦公室開始全力應付《財訊》的事，下班走出辦公室，立刻關掉《財訊》的部分，打開與運動有關的部分：1990年上半有三月學運，接著就是「拉派解散事件」，6月《島嶼邊緣》開始籌備。[81]到1991年進入《島嶼邊緣》創刊編務時，《財訊》下班後我立即轉換腦袋頻道，從政商勾結轉到無厘頭的「後正文」插圖、圖說和創意。中間還有1990年9月勞工夏令營，之後「反惡法行動委員會」正式成立，我被選為教材編寫委員兼講師，過著「上班股市、下班工運」的雙軌生活。

在《財訊》的兩年也是台灣金融泡沫膨脹到最大，即將破滅前的榮景時刻，上班隨時聽到社內不同人談論著股票的內線消息，親友和工人知道我在《財訊》工作，見到面也是要求「報明牌」。而我卻很有定力，沒有動心買過一張股票，甚至沒開過戶。[82]從好的方面說，是耐得住誘惑；從另一個角度，證明我的個性是不求變化、不善冒險。

（六）離開《財訊》

在《財訊》工作到1991年，既覺得遇到瓶頸（與運動脫節，也沒通

81　《島嶼邊緣》大事記，見陳筱茵（2006），頁27-28。

82　生平第一張股票，是欣欣天然氣工會為了到股東大會抗爭，由幹部陳德亮於1994年幫我買的。

俗新聞的敏感度），但也就開始適應那種相對穩定又不乏味的記者生涯。同年8月底，大同三峽廠工會的劉庸（被解僱訴訟中）來找我，要我回任自主工聯擔任執行長。那時賴勁麟、李文忠早已投入民進黨北縣地方黨部，代表新潮流參選縣議員，只有蕭裕正還是勞支會專職；1989年12月底尤清當選台北縣縣長，1991年6月延攬郭吉仁擔任勞工局長（鄭村棋時任勞教中心專員）；工聯只剩下新潮流安排的大同總廠工會被解僱（訴訟中）的張照碧擔任祕書，會長曾茂興加入新潮流黨內的競爭者——美國「台獨聯盟」，顯見新潮流已經放棄將自主工聯當作主要的外圍組織，而只是用來養人和串連新幹部的次要地盤（見本書第五章）。

　　鄭村棋成為劉庸遊說我去接手工聯最主要的說客。但1989年我拒絕鄭、夏回中時工會，又到新潮流控制的工聯，再到讀者為股市散戶的《財訊月刊》，所以這段期間鄭村棋對我既冷漠卻又保持聯繫。1989至1990年鄭村棋組織「勞工記者讀書會」（包括後來成為工作室成員的《首都早報》陳素香、來自勞動黨人脈的《中時晚報》何金山、來自長老教會山地服務中心，後來與大同三峽廠工會幹部劉庸結婚的《自由時報》郭慧玲等），當時都沒有邀請我參加。直至《島邊》籌備前，鄭原本屬意我去整合被「拉派」影響的學者，另辦運動性刊物——但後來發展成為各方力量平衡的《島邊》，是不可能由我這樣運動色彩鮮明的人擔任總編輯，雜誌也失去原先希望貼近社運議題、組織學生戰鬥性的設定，終究成為前衛理論的文化刊物。所以劉庸找我回工聯時，鄭村棋剛接任北縣勞教中心主任，不知他基於什麼因素，要將我拉回工運且是居高位？也許認為我還沒有改造到可以重回基層，先把我放到高位去慢慢考察與影響？或是工聯這個政治位置的確需要「自己人」去占據？他應該有對我表示過工作室可以協助，不會讓我一個人撐自主工聯之類的承諾。

　　回工聯對我說來也是個經過掙扎的選擇，劉庸提議時我很興奮，因為本來就有回到工運高位的慾望，這次又可獨當一面，不再受制於郭吉仁和新潮流；但也已經習慣《財訊月刊》相對安定的收入，知道自主工聯隨時會發不出工資，必須試著向國外基金會申請經費，但能否獲得補助卻是未知數。而當時王蘋已經辭去文化大學教職（1989年初寒假後，她就沒有繼續教書），回美國寫碩士論文（1991年初赴美，1992年1月回台），夫妻兩人只靠我一份薪水過日子，但我還是很快決定離開《財訊》，由於我剛協助副總編輯梁永煌挖出張建邦女兒張家宜涉入農地弊案的新聞，所以他們不願放人，除承諾加薪一萬元（達45,000元，而工聯工資只有25,000元），[83] 社長孫文雄又與我長談一次，總編輯謝金河也勸我不要回工運，在媒體比較能發揮影響力，但我還是辭職了。[84]

　　「世界勞聯—亞洲兄弟工會」（WCL-BATU）是自主工聯的上級工會，也是補助經費的金主之一，在台灣的代理人是新事勞工中心西班牙籍古尚潔神父，因此對工聯有很大的影響力。當我確定接任工聯執行長後，劉庸安排我與古神父面談，我們好像談到向國外爭取經費的事，他也抱怨曾茂興擔任會長時不重視勞教，一再強調我的主要任務應該是恢復勞教。印象很深的是，我還說過將來想做勞工研究的願望，古神父聽後很高興地說WCL在比利時設有非常好的工人大學，提供工會幹部進修，工作幾年後，他會讓我去那裡讀書。記得這段客套、利誘的話，使我真的有點心動；顯然那時沒有真正把運動當作終身志業，仍心懷二志地想要高攀學院生活。這個虛榮心，經歷《島嶼邊

83　我去工聯前不久與鄭村棋見面，告訴他《財訊》給我加薪的事，他一句話堵了回來：「怎樣，後悔了嗎？」我硬著頭皮說：「沒有。」就這樣離開了《財訊》。

84　辭職之後，社長孫文雄還交代《財訊》讓我掛名「特約編輯」，並繼續支付我的勞保費用，直至三、四年後才轉移出去。

緣》的後現代清談、1992年基客罷工、1993年《工人版勞基法》修法、1994年全民健保抗爭後，自信到在運動中產生的知識遠比學院的豐富精彩後，才徹底放棄。

（七）「夫妻為單位」

　　1988年2月回台到1991年10月的將近四年間，只有中時工會籌組期間，王蘋因為在文化大學教書，所以跟得並不緊，部分行動她作為家屬來聲援；勞方搶奪到籌備會後，楊俊華發起替我們補辦婚禮，由王蘋找到姊夫友人經營的外雙溪青青農場，辦了盛大的戶外烤肉派對，算是將我們融入工人集體中的嘗試。之後的兩個高峰經驗──新光和遠化罷工，王蘋那時已經辭去教職，準備寫碩士論文，所以幾乎和我一起全程參與抗爭，尤其是新光案，因為自救會女性占多數，所以王蘋和我一起全程駐廠，負擔大部分女建教生和歐巴桑的聯繫工作。到遠化罷工時，她又退回輔助角色，但也和我同時待在現場，有時我們就睡在她爸送給我們的裕隆二手車內，罷工有幾張主文宣就是她的工整筆跡寫下的。

　　這兩場戰役後，她和丁乃非組織了「挳角度」讀書會，因為丁乃非沒有運動經驗，所以挳角度的運動策略或對所接觸的女學生社團的研判，王蘋會找我討論。1990年4月或5月「拉派」解散，連鬆散的集體也不存在後，使我們夫妻更相依為命，聯盟更加緊密。整個《島嶼邊緣》籌備期間，我們倆愛搞活動的性格，加上柏克萊社團和回台運動的歷練，在編委中是活動力最強的搭檔，雜誌內部聯誼和行銷的活動，都是我們找符耀湘和他的業主──「主婦之店」的老闆一起搞出來的。

　　我們也曾做原住民運動的國際「捐客」，在柏克萊晚期我們認識一個美國印地安人運動組織，他們每隔幾年會召開一次全球原住民大會，1991年7月王蘋還在美國，協助安排台灣原住民女作家阿媳去阿

拉斯加接近北極圈的一個小鎮參加大會，我們拜託在美國的舒詩偉當翻譯，又經丘延亮妹妹丘如華介紹，找亞洲基金會的王世榕[85]募款，以籌得來回機票費用；這個事件顯示我們以自己為中心在調動各種社會資源，服務我們所想像的運動。我們沒有加入鄭、夏創立的工作室，一方面是因為1989年初我拒絕鄭、夏回工會蹲點的邀請，另一方面是鄭村棋（和陳素香）邀請搓角度成員加入工作室（約在1991年間），也被王蘋和搓角度拒絕。所以我們持續以「夫妻為單位」在運動中搭配——我搞工運、她搞婦運；這就是1988至1991年間我們的運動圖像，到1992年以後才開始裂解。

85　王世榕當時在工運圈裡屬有爭議的人士，在是否反對國民黨的政策上搖擺不明；圈子裡也流傳著「亞洲基金會」是美國收集第三世界情資的白手套機構之一。

第三章
身體與暴力簡史

身體不是個東西，它是一個情境：

它是我們對世界之掌握和我們的計畫之草圖。

——Simone de Beauvoir, 1949（轉引自 Toril Moi, 1999: 59）

　　這一章僅僅集中於單一主題，即工運中的「身體／暴力經驗」，但時序又跨越整個工運生涯並按歷史年代排列的諸多事件，所以也等於是一個「斷章取義」的「我的工運生涯」簡史；並從生涯裡複雜的處境中擷取特定的「身體／暴力經驗」來描述，是「高峰／高潮」經驗，不是全面的生命體驗，也不是完整的工人運動體驗；不過又非常能夠反映我自身經驗的特殊性，也就是我相對於工運同一集體中的其他同志，有著過度豐富的「高峰／高潮經驗」，而使我在集體中「與眾不同」，也衍生後來的組織內矛盾。

　　身體不是為運動準備好的。[1] 原本帶著一個問題意識開始書寫本章：「身體在每一個事件的經歷，到底會有什麼學習？以致產生『新身

1　丘延亮認為運動者的身體不是被打造之後才進入社運，他以樂生青年綁鐵鍊與警察對抗舉例，警察來以前沒人願意被綁，當警察引起衝突時，學生都激憤地綁起自己，所以社運身體是在現場生成。

體』而不同於『原身體』？」然而在進入敘事後，卻發現無法簡單地整理每次事件的「身體教訓」何在，例如：遠化的經驗能累積嗎？對我在福昌抗爭中的行動選擇有何影響？所以整章各節的敘事有時是各自獨立的，不見得是一個連續「發展」的身體故事。因為獨立事件裡的經驗，未必能線性的回溯、連結到之前的同類經驗，事件本身內部的意義可能大於事件與事件之間時間序的意義。身體的歷史，好像不能以一個刻板印象的發展心理學的線性概念去理解，「累積性的學習」可能只占一小部分，其他的身體都是處境下的產物；經驗創造身體，但身體也在不同社會位置，「主動」選擇和拋棄不同的經驗。

一、 工運身體的史前史[2]

（一）小學和初中的身體

　　如果要簡述我的身體的「原型」，最接近的應該就是「體弱多病、膽小如鼠」。我的小名叫作「小胖」或「胖子」，偶而被稱為「鮮大王」（那是五〇年代進口替代工業開始發展時，台灣成功自創的醬油品牌名稱，據說我小時候的體型像瓶子包裝紙上那個戴著白帽子的胖廚師圖案），這類與健康、強壯、福泰相關的資料，都是爸媽偶而翻閱家庭相本，看到我1歲時穿開襠褲、露出小雞雞的肥胖相片，必然不可省去的遺憾和嘲笑的生命話題；對我說來卻總是半信半疑，更不確定幾歲時遺失那個天賦之身體，自己的記憶裡都是生病、醫院和與身體相關之提醒與禁忌。

　　父親在家庭最需要他的壯年階段，因為十二指腸潰瘍，進出醫院

2　見吳永毅（2008）〈怕水・80 c.c.〉。此文收錄於吳永毅（2014）《鬼在春天做什麼》（台北：蜃樓）。

好幾次；他也可能患有腸躁症，全家出遊時他會突然要找廁所而掃興提早回家（見本書第二章）。因此他的被認定屬於「體弱多病」，與我同類。母親愛乾淨，接近潔癖；她對我們的溺愛，表現在柔性限制我們從事任何不文明的遊戲，我的童年充滿各種「不可以」的善意交代。

　　小學後方有一條大排水溝，同學多半在那裡學會游泳，大約有七、八公尺寬，聽說有很多漩渦暗流；因為連續幾年都有學生溺水，所以水溝邊是學校嚴格禁止學生滯留的地區，但溝邊便道又是回家的捷徑，同學不走大門前的柏油馬路，而喜歡走溝邊的田埂便道，因為那裡可以看蝌蚪、抓青蛙、翻倒鍋牛、摘牽牛花等等。媽的要求和學校一樣——放學後直接回家，雖然她沒有任何懲罰的手段，但我總是聽她的話，當有同學大膽地走下田埂，到溝邊抓蝦撈魚時，我就背起書包自己回家。看到田埂邊有球鞋和折好的制服放在書包上，就知道下面有人在游泳，偶而聽到他們的嬉鬧聲，我都會覺得不安。某個夏天雷雨之後，暴漲的水溝沖走一個學生，我們班那游泳健將的導師奉命去救人，但他沒有救回小朋友，只撈到屍體。溺水失去的生命好像替我的膽小和乖巧背書，使我準時安心回家好一陣子。

　　我從不找人打架，總避開身強力壯的同學，但在回憶時也意外發現，雖然就讀的板橋國小是全台灣人數最多的小學，是個複雜的跨階級、非中產學校，但我竟然也沒有因為瘦弱，而成為當時盛行的霸凌敲詐的對象。我們班被公認最流氓、理光頭、長癩痢的男生，對我做過最「壞」的事，也不過是四年級在單槓底下教我如何手淫。我的童年到青春期，基本上是一個有關「文明」社會（雖然有點髒亂）的安全記憶。

（二）高中時的「女性」經驗：男性女乳症

　　15歲我考上師大附中，學校裡有一個標準游泳池，而游泳課是高三體育的必修課，但卻是我最黑暗的經驗之一。從初二起，同學就

開始陸續變音，長出喉結；到高二，我身邊的新同學和鄰居的初中同學，全部的男生早已都變音，只剩下我還講著童音、身高矮人一截。約在學年結束前，我終於開始長高，也長出幾根幾乎細到看不見的陰毛，但沒過一、兩個月，我的兩個乳房竟然也開始像女生一樣地膨脹。我驚慌地告訴母親，她愁苦地帶我去台大醫院檢查，我的病歷上寫了一個病名：「gynaecomastia」，在圖書館翻找好幾本大字典，才找到中文譯名：「男性女乳症」，又稱大乳症。因為已經快要全國聯考，醫生建議考完再做手術，我就這樣帶著兩個乳房渡近一年的高三時光。

可以想見這種身體要上全班是男生的游泳課時，是多大的恐懼。我會拖到全班最後一個脫上衣，即使大家在池邊做熱身操的時候，我也穿著汗衫，到非進水池時才匆匆脫下汗衫，跳進水裡躲起來。全班上游泳課時還可以混在人群裡，但是考試時就沒辦法。游泳課是分批考試，一次好像只有五個人，我記得那天排到我考試，我在樓下的更衣室外，來回地踱步，就是不敢走進更衣室。[3]

除了家人之外，只有我的幾個核心死黨知道我長女乳。不管天氣多熱，我都盡量穿著制服襯衫，體育課時不得已要穿T-shirt，我會穿兩件，把一件大號的罩在外面，遮掩胸前的突出物。後來九〇年代回台灣，聽到女性主義者描述發育時因為掩藏乳房而變成駝背，我完全可以體會這種經驗。

（三）淡江時的自卑小男人

暴力的陰影和「性」一起來到，使生命變得階段性的不安全。大學

3　2004年9月12日是香港立法局投票日，我在丘延亮家和他及他初中一年級的兒子Benny去樓下游泳。下池時，Benny盯著我的胸部疤痕看了幾分鐘，但不敢發問。傍晚他母親Yolanta回來，Benny問母親說：「Will he stay here tonight? He is weird.」Yolanta肯定不知道這個weird是怎麼冒出來，而不知如何回答。我的身體，就這樣變成純真少男記憶的陰影。

時我與K同居，強迫速成為現實中的「男人」角色（吳永毅，2008）。[4]K洗禮於西方性解放風潮，所以她經常衣著暴露、展示身體，這個一方面是可以在男性同儕間炫耀的戀情，卻也是各種「威脅」的來源，這段長達五年，到我當兵時結束的關係不時被亂流干擾。我和她性別角色倒錯，她從不忌諱行走於暗巷、黑夜裸泳，嗜好《德州鏈鋸殺人兇手》（ *The Texas Chainsaw Massacre* ）系列恐怖片，我則隨時畏懼K被強暴、騷擾（並波及我）的可能性，而不時規範她的行為。

　　我和學妹同居後不久，她為了可以自由來去海邊游泳，堅持買一部二手機車給我騎；又因為擔心我扶不起重型機車，所以買了光陽80c.c.機車。那個年代，男生要騎100c.c.以上的機車才勉強符合男子氣概，極少數的女生擁有機車，大部分都是50c.c.的輕型機車。那個「80c.c.」的數字，蠻具體地反應我的性別位置——做不成大男人的小男人。

　　白天我們常去淡水興化店海邊，K通常是海邊唯一穿比基尼的泳者，毫不在乎別人的眼光。她一跳到海裡，就會直直游向遠方，游到李雙澤游出去救人而溺斃的那個邊界，讓我心裡好害怕。但她更喜歡夜泳，而且是裸泳，那就很難找同伴了，每當她提議夜泳時，我是非常心不甘情不願地出門，全身緊張地載她到海邊。正如小學後的大水溝一樣，海邊對我說來是充滿風險的地方，學妹卻一走下沙灘，就開始邊走邊脫衣褲，到了水邊，就全裸地躍進海裡，向遠方若隱若現的浪頭游去，很快就幾乎看不到她的蹤影。她那一躍留下的美麗背影一點也無法使我興奮，我會不時回頭觀察岸邊的狀況，又要眺望她濺起

4　見吳永毅（2008）〈怕水，80 c.c.〉一文：1978年，升大學二年級不久，我和剛進系上的印尼／澳洲僑生學妹K同居。她原籍廣東的父親，是印尼獨裁者蘇卡諾的醫師，她小學在印尼上英語學校，畢業就被送到澳洲教會經營的貴族女子住宿學校，但她在高中時卻捲進澳洲青年的性解放社群，輟學鬼混，和一個比她大十幾歲、以衝浪度日的失業男子同居，最後在吸食大麻的集體派對中被警方突擊。恐慌的父母強制將她送來台灣（因為台灣相對保守，對僑生又有優待），認為中國文化可以拯救被西方文明污染的女兒。

的浪花，找到她的位置。當岸邊有動靜，或一下看不到她，我會緊張地大叫她的名字，她會游回來安慰我，並在淺水的地方教我漂浮；不久，她又不耐煩地游向遠處。

K的解放身體，對身體沒有解放的我，是一個「威脅」，一種「壓迫」；做愛時也一樣，K總是主動，然後不耐煩；我則興奮於她的身體多麼像*Penthouse*裡的身體，而難以承受地興奮過度、自滿而早洩。身體不是獨自存在，身體是作為互為主體（inter-subject）存在的，它幾乎沒有獨自存在的意義。[5] 我和K的身體相遇時的緊張，也有著殖民之先後順序在身體上的痕跡，她作為西方性解放的身體，征服著東亞病夫的身體，而我耽溺於那個沒有安全感的男性被殖民榮耀。

（四）當兵時的身體再造

當兵給我另一個身體。我入伍的那年，1983年，是台灣軍事強人郝柏村接任參謀總長的第二年，他開始貫徹自己的領導風格，大幅地更動官兵戰技訓練項目，保留負重越野、伏進、攀排、投擲等戰技科目，但是將體操訓練從日式的跆拳道，改為美式的跑步、單槓、跳箱。我一入伍，就被這新官上任的三把火，燒得焦頭爛額。

我下部隊的頭幾個月，一直流傳著「總長坐直升機空降某某基地，突擊檢查體能訓練成果」的說法，誰也沒辦法查證是真或假，卻顯然達到上級逼使部屬「把皮繃得緊一點」的效果。加上我企圖使用特權關說，想調動到更輕鬆的部隊，反而得罪直屬營長，於是我就這樣被緊迫盯人操練一年多。雖然「擺體上槓」和「五層跳箱」兩項科目，我怎樣

5　即使獨自死亡時也不是獨自存在，周圍的氛圍界定著死亡的孤獨性質，見Steedman, C. K.（1987）描述她母親之死和她轉述Simone de Beauvoir描述母親隔壁病房的勞動階級病人之死（頁I-II）。或喬治‧奧威爾（George Orwell）的〈窮人如何死去〉（1946/2006；頁351-367）。

也無法過關,但我做到許多從沒想過自己體能可以達到的極限,而開始對自己的身體有信心和感興趣起來。服役的一年十個月,除放假日外,每天早晚兩次全連集合跑步五千公尺,遇到所謂上級「驗收」的前幾週(不定期,大約每季一次),早、中、晚三餐前都得跑步,我們竟然還有時間在傍晚跑步後打籃球,或去蘭潭游泳,而且記憶中並沒有覺得累,難以確認真的是體弱多病的那個身體在當兵。

我服役的地點——嘉義第十軍軍部,座落在虎頭山的山腳下,夏天時,我的復興中學同學——精力充沛的預備醫官TKJ,每隔兩三天就會邀我,由我再邀我的單位——通訊中心的幾個兵,一起騎單車去蘭潭水庫游泳。我在通訊兵阿全[6]的支持男性情誼中,從必須抱著塑膠浮板下水,一直到退伍前敢獨自浮泳,又歷經在陌生人剛溺死的潭邊繼續游泳的考驗,終於我克服板橋國小後大水溝的陰影,加入男人的隊伍。

對身體的毫無自信,,在服兵役的兩年,既被確認又被突破,每天面對壓迫性的體能操練,終能安身於三流的生理階級位置,探索身體、重新立命。當兵後期迷戀健身,每天必做伏地挺身、仰臥起坐和慢跑,某個時期還舉啞鈴,這個習慣一直斷續延伸到自美回台的初期,當開始從事工人運動後,身體的注意力轉移到其他種的身體再造上去,就再也不運動。

(五)暴力經驗史前史

印象裡生命中唯一一次主動使用暴力,是八、九歲的時候和妹妹吳永芳,在酒廠宿舍日式房屋窗台底下,狠狠地折磨虐待一隻小野貓。其他只有三個破碎的暴力記憶,分別在小學、私立復興中學和嘉義軍部餐廳。

---

6 阿全,是比我小幾歲的藥劑專科畢業的「小男人」,多嘴而體貼,比我略為男性化。

　　小學那次，我唯一記得的畫面，是放學後我和住同一個酒廠宿舍的一個男生，在某戶人家院子裡打架（前面的起因和打架的對象，我已忘記），我打不過他，被打到躺在泥土地上，但死也不肯起來，姊姊吳永麗都來勸我回家，但我仍然不聽，不顧天色漸晚，在冰冷的地上僵持著。初中也是類似的場景，在下課時為一件小事跟同學爭吵，被我激怒的同學，拉扯中將我猛摔出去，壓倒好幾張桌子和椅子，我知道力氣遠不如他，就躺在教室地板上不肯起來，直到上課時間，很多同學怕老師進來發現會生氣，焦急地跑來勸我。嘉義當兵時，則是我好像批評伙房打菜的惡劣態度，他衝進餐廳把我拉往廚房旁的空地，準備修理我，我的「師兄」看見，跑來把我救走。對事件的前因後果，印象早已模糊，卻很清楚記得，明知要被打，我卻順從、鎮定地讓自己那隻手臂，柔軟地被伙房兵拖著往前走，估計當他真打我時，我也會倒在那個遍地菜渣油漬的空地上，死也不起來，期待事情因此鬧大。

　　身體遇到工運前，基本上是用介於痞子「耍賴裝死」和弱者「抵死不從」的被動模式來對付暴力，我沒有那種「打不過，也要拚到頭破血流」的不服輸性格。

　　是這樣的身體走進工運。

二、 國家暴力：五二〇農民暴動

　　1988年5月20日「農民暴動」[7]那天，我仍是《中國時報》的勞工記者，下午抽空去觀察遊行，在看完立法院衝突後又趕回報社上班，寫

7　解嚴後台灣最大規模的警民暴力衝突事件。當天下午全國各地來的農民團體萬餘人到立法院抗議，民進黨新潮流系的農民領袖（林國華）率群眾衝進立法院，後來追隨鄭南榕自焚的詹益樺拆掉立法院的招牌，警方反撲又引起更大的暴力衝突；最後和警方繼續對峙到次日凌晨的，是來自大台北地區民進黨的基層支持者——勞工、自僱者和少數中產階級。

有關勞工的新聞稿件，約十點截稿，我所屬的政治要聞組召集人黃輝珍邀我們到當時文化人、異議分子聚集的「小蜜房卡拉ok」去唱歌，他也邀請當時是立法委員（但出任勞委會主委呼聲甚高）的謝深山，引介給我們要聞組記者。約午夜十二點應酬結束，我決定回到現場，黃輝珍還非常缺乏新聞敏感度地說：「應該結束了吧？」叫我不必回去。

我回到青島東路要接近火車站時，才發現現場一片混亂，滿地垃圾、雜物，路邊全是消防車和大型警備巴士，我仗著大報記者身分，拿出工作證想要進入公園路的封鎖線，立即被幾個鎮暴警察圍起來，揪住衣領大聲喝罵；我不知死活地還想理論，附近認識我的攝影記者（蔡明德、許村旭或謝三泰）趕緊跑過來制止我，並低聲下氣請警方放人，警方仔細搜查我的書包和口袋，確定沒有危險物品才讓我進封鎖線。攝影記者警告我，叫我跟他們站在一起不要亂跑，因為不久前有記者想拍照被警察痛打。

約深夜一點，我站在中正一分局的外面，看到的是幾百個穿制服的警察列成兩隊，從館前路一直延伸到分局（公園路）門口，圍出約兩公尺寬、五十公尺長的人牆通道，霹靂小組將從不同方向逮捕回來的「暴民」，按著頸部或拉著頭髮，連拖帶踹地拖進警局前必經這條人牆通道，兩旁警察每個人手上拿著安全帽或頭盔，輪流猛K「暴民」的頭部和背部，使他們每一個人滿臉都是血，前面、後面全是哀號，警員暴烈的叫囂聲，配著此起彼落像打鼓聲般的頭殼與背部被敲擊的回音；凡是拿出相機的記者，立刻被拖到旁邊用警棍頂著咽喉逼他抽出底片。

不久，自以為有立委身分保護的朱高正，在助理林美挪（曾任《自立晚報》記者）的陪同下，想去警局交涉不要打人，還沒走進門口，穿便衣的刑警就一擁而上，一句話也沒讓他說就開始拳打腳踢，朱高正滾在地上慘叫，碎掉的眼鏡就彈落在我的腳邊；樓頂傳來集體鼓掌叫

好聲，我抬頭看見都是撩起白色汗衫袖口的憤怒年輕面孔。林美挪哭著保護朱高正，沒有一個記者敢出手制止，只能圍在旁邊安撫；他躺在紅磚人行道期間，路過他身旁的警察都順便狠狠踹他一腳，其中一腳力道強到肥胖的他因而翻滾過去；好久好久一個高階警官終於姍姍來遲，慢吞吞地叫救護車。[8]

　　那時比較有組織的、由民進黨公職號召來的群眾都已潰散，號稱聲援農運的公職人員也不見蹤影，剩下多數是自發集結的激進分子，分散躲在不同的巷弄裡，不時在警察戒備鬆懈時，衝到巷口向分局丟擲垃圾、罐頭、石頭、磚塊、木頭、建築鋼筋、水泥碎片等，然後迅速地退回巷內，警方也會集體舉起盾牌遮擋頭部和身體，我馬上聽到乒乒乓乓的物體砸落聲響，之後就有霹靂小組立即衝進巷口逮人，偶而逮到反應慢的民眾，掙扎怒罵或發出殺豬般慘叫地被邊打邊拖回警局。一個在我身旁的帶隊警官在攻擊過後，撿起地上一塊大約半尺見方、一公分厚的生銹鐵片，看了一下，又狠狠地砸回地上，指著巷口咬牙切齒地咒罵三字經。拂曉時分，重新整頓的鎮暴警察包圍西門町到行政院的整個站前地區，敲打盾牌逐一清空街道和巷弄，有人翻倒警車將其橫堵在忠孝西路上；近清晨，靠北門一輛郵局的箱型貨車被推到鐵路平交道旁，大概是在警察趕到時還來不及推上軌道就放火燒，還有幾個公共電話亭被砸毀，但路邊騎樓下的私人機車、轎車全部安然無恙。

　　這是我第一次親歷的國家暴力，但因為記者身分，使我有特權站在警方防線之後，以國家的視角觀看「暴民」被懲罰。那個特權的身體位置與視角，到底對我產生什麼作用？是使我更被國家的權力鎮嚇，

8　次日我回到報社，向召集人黃輝珍報告凌晨目擊朱高正被警察圍毆的過程，並爭取寫一個報導的機會（雖然那不是我負責採訪的「線」），那個報導不知在那一關被擋下來，最後沒有刊出，只登了朱高正送醫治療的新聞，並輕描淡寫地提到被警毆傷。

或是更增加對國家暴力的不信任？無疑地，那個經驗使我更接近了一般的民進黨（或黨外）群眾的反國民黨／反警察意識，不可能再相信任何「戴帽仔」[9]。之前對警察的輕蔑和咒罵，只是政治意識上的膚淺跟隨，我作為守法的中產階級出身，幾乎沒有任何被警察惡整的經驗，在日常生活裡經驗的警察都是保護善良的「好人」，即使在大學時代死黨因為頭髮太長被「條子」當街抓去強迫理髮，或者因為穿著美軍綠色夾克被憲兵當街沒收，都還帶著遊戲的對抗性質，與被警察驅趕的攤販所面臨的生存衝突完全不同。

三、 不確定的身體價值：中時抗爭

1988年5月到10月底，我和鄭村棋從記者變成中時工會的發起人（部分事件過程說明，見本書第七章），長達近半年的抗爭有兩個轉捩點，第一個是6月24日的勞資兩批發起人由勞工局磋和談判，資方法務室主任陳培峰冒出一句：「因為同情勞方才接受合併籌組」，引起工人激憤而自發性群起怠工，迫使資方階段性妥協，退而準備在工會成立時再大反攻；這個階段因資方自以為反敗為勝的機會很大，即使衝突不斷，都還維持著文鬥的表象。[10] 然而我在報社內「叛逆」的形象，已經使我的身體的破壞力也按照那個形象來被誇大地認識。

我們和資方開始搶奪工會籌組權後，報社就利用媒體特權，透過市政新聞組組長張昌彥，和紅牌女記者王美玉，向掌握工會核准權的勞工局和其上級單位施壓；某日，我寫完當日稿件後去找市政組張昌

9　台灣閩南語，「戴帽仔」是基層群眾對警察輕蔑痛恨的稱呼。

10　唯一暴力的跡象是某天我們在報社內開會到凌晨才結束，發現我停在報社大門口停車場的車子的側門玻璃被擊碎，但資方不理會我們調閱監視器錄影帶的要求，因此我們都懷疑車子是被資方派人破壞。

彥交涉，但他不在，另一個暗中同情工會（認識鄭村棋和我）的年輕女記者鄭曉華，謹慎地和我交談幾句，突然說：「吳永毅，我覺得你一定是小時候常和人打架的那種小孩。」我雖然假裝鎮定地回應她說：「我不是這種人」，但其實是愣在那兒，因為我從來沒有和人打過架，也不敢和人打架。

那天晚上我想了很久，「該如何看待自己形象的轉變？」猜想應該是很得意於這樣的轉變或「演出」，並自覺是成功的而後安心入睡。籌組期間前半段身體並沒有直接受到暴力衝擊，而是受到工作壓力嚴峻的考驗，白天跑新聞、晚上寫稿，寫完後等工人午夜下班，到附近酒攤搞組織工作，往往凌晨兩、三點才能回家睡幾小時覺；感冒發燒一次後，似乎是永遠無法痊癒的支氣管炎，整個工會發起階段我好像都是咳嗽不止，幾次在工廠樓梯間咳到吐出胃酸，身體好像退化到當兵和大學海邊游泳訓練前的虛弱不堪。然而，對身體真正的考驗，是在第二個轉捩點——9月4日工會成立大會——之後，大會選舉時資方代表全軍覆沒，報社董事長余紀忠終於決定殲滅工會。

（一）桂林分局的「痞子秀」

9月4日千餘人參加了在報社新大樓中堂舉行的工會成立大會，資方提案要求副主任級主管可以入會，以及選舉改為對少數人有利的限制連記法，兩案在激烈辯論後均遭否決，勞方連線搶下全部理監事席次。9月10至11日惱羞成怒的余紀忠絕地反撲，他不再信任在工廠被群眾逼哭的次子余建新（工人稱小老闆），改授命大女兒余範英（當時是《中時晚報》社長），在力霸飯店召集了兩天兩夜的高階主管祕密會議，擬定打擊工會的計畫，情治人員和勞委會官員也可能參與了會議。[11] 工會的辦公室和電話開始被監聽，9月12日資方先解聘鄭村

11　1999年底鄭村棋擔任勞工局長後，他在調查局的同學告訴他，當時余紀忠親自向李登

棋，並將我及張玉琴調離勞工新聞組，改聘為國際編譯，且限三日內
報到。接著對外說為防止被解僱的記者串連工運外力來破壞報社，當
日啟動廢止多年的民防團演習，由主管糾集單位內身高體壯或頑劣分
子，手臂纏繞「民防團」臂章，持大型手電筒在各單位站崗、巡守，各
主要出口一夜之間都裝上了監視器，民防團再派人持手提攝影機，試
圖營造肅殺氣氛。[12]

　　9月16日，五二〇事件的農民被台北地方法院判決有罪的同一
天，資方公告解僱拒絕調職的我和張玉琴，也立即禁止我們進入報社
（自然包括設在報社內的工會辦公室），這當然是企圖癱瘓工會並設計
我們陷於違法的策略。我當日仍試圖強行闖入報社上班，警衛搶奪我
的員工識別證但未成功。19日發生另一波肢體衝突，工會按預定時間
進行籌委會和理監事的交接會議，我和鄭村棋分別從側門混進報社，
進入工會辦公室沒多久，資方安全室主任周玉鵬和大批警衛，就闖入
工會辦公室，搶走鄭村棋的識別證並和工會幹部扭打。社方報警後，
鄭村棋和周玉鵬在桂林分局主管前互控妨礙自由，警方卻只將鄭村棋
帶回分局偵訊，表示國家暴力正式成為資方鎮壓的後盾。警察打電話
通知夏林清到分局，偵訊長達三小時到午夜結束時，由她簽了一張領
據，證明她老公未被刑求、完好無缺地被「領回」（趕到現場的還有夏
林清的哥哥兼拉派同志夏鑄九）（夏林清，2008：125-126）。國家暴力
的闖入，將隱於幕後的左翼家族網絡給翻箱倒櫃地捅出來並曝露於公
眾之下，因此夏林清寫到「這個場景是我成年生命嵌卡鑲入台灣工人運
動中滑移推進的重要節點。」（同前引，頁126）對她說來，直接捲入運
動現場是一種「推進」，「指的是自己對性別階級權力與知識權力關係的

輝報告，並透過總統府調動情治人員介入協助資方打壓工會。

12　資方解僱鄭村棋的同時貼出另一公告，主動補發勞基法實施以來積欠員工的假日工資
　　（總金額估計達一億元以上），並主動將撿排廠二職等員工升為三職等。這種恩威並施的
　　策略，既讓工會失去發動抗爭的理由，又可孤立被解僱的記者和激進的工會幹部。

覺識能動的行動能力」（同前引頁）。她特別描寫隨眾人回到報社門口
的氣氛：

> 走出警局，聞風而來的工人更多了些，憤怒的工人和鄭村棋
> 在大雨中走回大理街《中國時報》，我跟在隊伍的後段往前走。微
> 雨中，我感受到前端怒氣之外的焦慮和害怕！因為原工會辦公室
> 在大理街《中國時報》社址內，現在進不去了！百餘人便聚攏在報
> 社鐵條門大門口與看守警察的街道上，鄭村棋開始演講，接近凌
> 晨的狹長街道上遠遠近近佇立著中時的工人。微雨中，被衝突事
> 件激活的憤怒在空氣中流動著，焦慮與害怕被身體包裹著。（同前
> 引頁）

她描述的焦慮與害怕之中，不知有多少是被之前我獨自演出大鬧
分局的滑稽風險秀所加重的——因為當我和工會會員趕到分局看不到
鄭村棋，（也許與五二〇經驗有關）我的第一個反應就是他會不會被刑
求，於是要求一樓值班的警察讓我們看到他本人，警員說二樓刑事組
在偵訊鄭村棋，按規定嫌犯被偵訊時只有律師可以見到嫌犯，他的理
由很正當，但那時夏林清、夏鑄九和鄭村棋要求警方通知到現場的郭
吉仁律師都還沒到，所以我只能想些歪理來和警察吵架，一方面讓警
察知道我們不是膽小的順民，另一方面通常可以逼使更高層級的警官
露面。值班警察起先不理我，我就藉口要去二樓找主管，情急的他追
上來，我們一邊爭執，一邊在通往樓上的大迴旋樓梯上拉扯。那天下
雨，我帶著一把大黑傘，警察和我分執雨傘兩頭，上下左右的來回角
力、拔河，成了最滑稽的卓別林式雜耍畫面；反應慢半拍的基層警員被
我抓到話柄撩撥，氣得鐵青著臉，底下觀看的工會幹部卻忍不住笑了。
我覺得與警方的角力中我已經取得主動權，不久夏林清兄妹、郭

吉仁和我通知的黨外雜誌攝影記者也趕到，我更人來瘋似地遊走於風險邊緣的囂鬧，樓上高級警官（可能就是叫夏林清簽領據的那位）聽到有人在自己的地盤上撒野，衝出來厲聲喝叱，我被將住卻又不能示弱，就改為裝乖並欺上到他身邊糾纏，求他透露偵訊進度，郭吉仁正好下來傳達鄭村棋即將被釋放，替我解了圍。

其實只有在特殊的情境下，我的「痞子／耍賴」性格才會被激發出來，桂林分局那次是因為原來的領導鄭村棋被捕，決策的責任突然落在我的身上，又是那麼尖銳的警民對抗情境，幹部明顯也是害怕，我被逼得必須強裝鎮定，就會採取這種耍痞子的手段，驚險地遊走在爆發真正衝突和鎮壓的邊緣，操弄著風險、顯示膽量，希望可以使其他人也壯起膽來。耍賴模式操作最困難的地方就是要如何比對方更不要臉，以至於破壞整個現場慣有的運作、互動的邏輯，使對手不知如何應對；因此每個動作都在挑釁，遊走於衝突、暴力、違法的邊緣，卻不能真正衝突──因為居於弱勢才耍賴，一旦真正衝突必然使耍賴反而成為對方反擊弱者的藉口。1988年這次過後，等到2001年《中國時報》中部及南部編輯部自救會抗爭時（我自認為達到成熟的痞子境界，見本書第七章），和2005年在香港因反世貿被捕時，與香港警方纏鬥時也出現過耍痞子的手段。這種特殊的能耐好像又不是歷練出來的，1988年大鬧桂林分局時，我還沒有經過工運現場的鍛鍊，只有籌備過程中和勞工局官員鬥智、鬥法時醞釀練習過，不過那更多可能是記者耍特權的餘毒（剛剛被解僱所以還沒有去除）。如果一定要心理學式教條的追溯童年根源，應該就是小學時因為打不過鄰居小孩，但又不服氣，而在日式宿舍鄰居的後院的泥巴地上裝死賴皮的身體。

我以為這種「痞子秀」是一種鼓舞在場者勇氣的示範方法，但是根據夏林清對中時工會第一屆幹部的敘事研究，幹部對政治性的激進懷著深層的恐懼，形塑他們看似保守卻堅韌的生存和抵抗策略（Hsia, Lin-

Ching, 1992），所以我那種走在剃刀邊緣的激進行為，效果是很矛盾的，既有可能使旁觀者學習抵抗的能力，也可能使人更警覺到現場那極端不確定的風險而更畏懼；那晚算是遇到處理群眾抗議經驗不足的桂林分局，才幸運收場。[13]依照夏林清記錄的工人口述史推測，這種動作在中時工會脈絡下，至少使工人更確認我的「極端分子」標籤，擴大了工人與知識分子之間的不信任（同前引，頁157-160）。所以身體的激進展演不見得必定帶來解放或培力的效果，有時候甚至是間接協助鎮壓的，具體的作用一定要放回特定場域內去檢驗。

（二）觀看他人之痛苦：鐵門與身體意義

接下來幾天，資方有策略地恩威並施，成功地孤立工會激進的力量。[14]10月3日是資方打壓工會的最高峰，因為自主工運團體醞釀退報抵制《中國時報》，余建新通告3日下午舉行全體員工說明會，準備給工會致命一擊；工會要求應給予工會當事人及三名記者當眾辯駁的機會，但遭資方拒絕。下午資方人馬先行占據說明會場主要座位，使工會幹部無法接近主席台，我們三名被解僱的記者，帶著事先準備的白布條，與十幾個聲援的外力抵達報社南大門，門口的鐵門只留下四、五公尺的通道，由大批警衛防堵著，少數工會幹部跑出來告訴我們會場被資方占領的狀況，鄭村棋拿著剛收到的地方法院同意恢復原職的

13　2005年底在香港抗議世貿，我們台灣工委會代表團有8個人被捕，我也在警署搜身程序時，試探性的操作這個模式，讓警方知道我們並不是害怕警察的菜鳥。

14　1988年9月20日總經理余建新發函給每位員工，21日資方破紀錄地在《中國時報》頭版刊登半版啟事：措詞極為強烈地譴責工會，並指明三名記者是不務正業的野心分子，因此被解僱是合情、合理、合法。22日報社則用紅紙公告：放寬員工申請無息房貸和車貸的門檻，中秋獎金加發一個月。24日又向福利委員宣示：將開辦夜間交通車和購地建築員工休閒中心。董事長余紀忠並在23日再發表談話：指不惜主動休刊、玉石俱焚，也絕不接受工會要脅。此時大多數的會員開始不敢接近工會幹部，工會辦公室門可羅雀。

假處分通知，要求資方依法讓他進入會場答辯，和警衛發生推擠。這時安全室主任周玉鵬在後方吆喝：「把鐵門關上！」那片鐵柵門是由約半尺見方的鐵管焊接成垂直格欄，高度比一個人略高、長度約二十米長，沿著地面鐵軌由馬達推動，而我正好站在鐵門關閉處的門柱旁和警衛爭執，鄭村棋在我側後方。當鐵門緩緩移動過來，我本能的反應就是伸手去推阻，那個力量當然擋不住，為使出更大的力道，我轉過身去，用背抵著水泥門柱，四肢並用地想頂住前進的鐵門，那顯然是百分百符合「螳臂擋車」所形容的畫面，只有兩、三秒鐘鐵門已經壓在我的胸膛上，並且繼續向內強力擠壓，當我意識到自己的力量毫無撐開隙縫的可能時，已被夾緊得無法逃開，那一剎那，連吸一口用來大叫的空氣都來不及，就痛暈過去。

1988年的事發十年後（1997年），「綠色小組」剪接完成「自主工運大事記」，我們才親眼看到那個被夾扁的過程。當我逐漸被夾緊的時候，門外聲援的外力被急著拉我的鄭村棋和他身邊一、兩個人（張玉琴、黃麗玲、夏林清）擋著，門內的工會幹部則被警衛擋著，即使在一、兩公尺外的夏林清也還不知道發生什麼事，以為只是繼續爭吵而已，從舉高的攝影機角度看來，鐵門和門柱間幾乎沒有間隙，我被壓得好像已經凹陷進水泥門柱一般。可能是鄭村棋呼救，或是我的小聲慘叫（錄影帶裡無法分辨），門裡外幾十個人迅速意識到意外，而紛紛轉身試圖拉開鐵門，一陣晃動混亂，眾人幾乎都半蹲下去用身體重量增加力度，最後鐵門終於被拉開一個口，我像斷了線的木偶似地從鬆開的門縫滑落在門邊，一個警衛焦慮地蹲下察看，其他更多警衛一窩蜂從缺口裡衝出，防堵鄭村棋趁機衝進大門，報社裡的會員聞訊嘩然退席從會場裡跑出來，齊力將整個鐵門拉開，讓外力進入門前廣場，畫面裡鄭村棋最先進去，和工人拉起「工會不是雞，不能任人宰！」的白布條。

　　接下來工會幹部找來一個桌板，將暈倒的我抬起，與鄭村棋闖入了資方說明會的現場，余建新講話中斷，被迫與鄭村棋和幹部關室談判，我被救護車送到和平醫院。結果是余建新毫不讓步，談判破裂，隨後大批強固保全人員進駐會場，[15] 主管並要求所有員工簽署支持報社的〈反對休刊聲明〉，不簽者當天下午就不准上班，成功地瓦解工會最後一波的反彈。

　　我意外地被壓傷當然也意外成為工會抵制資方說明會的籌碼，但是「痛苦」是主觀的，無法客觀檢驗，因此我又親歷如何產生「嗜血」效應的複雜情境，包括我們的對立面（認同資方的人）以及我們自己人，是如何「旁觀他人之痛苦」[16]。資方的說明會動員了全社員工，包括支持工會的藍領工人、反對工會或冷漠的白領工人都到齊，一個工會幹部（可能是李剛藩）事後生氣地告訴我，當我被抬進新大樓禮堂時，沒有參加工會的藝文組記者黃寯蘭看見我在門板上發抖，當眾丟下一句話：「這種演技在小劇場看多了！」[17] 事後幾天資方的確在冷漠的白領工人間散布「吳永毅假裝暈倒，是工會的苦肉計」的謠言。幾十個參與拉鐵門的工會會員不認同這種說法，因為他／她們不僅體驗到鐵門的重量，還親自聽到周玉鵬在鐵門被拉開後冷冷地說：「壓死活該。」但是我相信十幾年來，暈倒的真假問題，對某些中時工會親密的戰友說

15　鄭村棋事後說：談判破裂後，他回到現場看到大批保全進駐，因為制服與警察過於相似，使他誤判為警察介入，他認為工人無法承擔法律後果，而沒有將衝突升高。原先沙盤推演也的確沒有我的暈倒，更沒有模擬進入會場的狀況。

16　此處引用蘇珊‧桑塔格（Sontag Sontag）（2003/2004）的中譯書名《旁觀他人之痛苦》（陳耀成譯），她書中討論充斥的真實戰爭影像，既使得人們記取教訓但又曖昧地使人們減損對災難的同情心。

17　八〇年代末，伴隨政治解嚴來到，的確是前衛小劇場最蓬勃也最政治化的時期，小劇場充斥著裸露身體反對政治高壓的表演形式。藝文組的記者經常採訪這些劇場，因此簡化地將對劇場表演的懷疑，投射到與自己利益相衝突的現實事件。

來，也是個問不出口的懸案。[18]

其中一個原因是我「沒有受傷？！」當我被抬著繞場一圈展示後，救護車正好抵達大門，工會幹部史忠勇隨車送我到和平醫院急救，確定我沒事後他又趕回說明會現場，領導工人與資方對峙的鄭村棋要他報告我的傷勢如何，史忠勇當眾照實宣布我已醒來，並經醫生檢查沒有嚴重傷勢後，使整個勞資對立的氣勢大為減緩，也因此留下「真假」的懸案。

被鐵門壓到的那剎那，也許因為疼痛，也或許是驚恐過度，不論生理上是否以致暈死，但我當下的確失去意識，「回神」時我已經躺在搖晃的門板上，耳邊聽到會場吵雜的人聲，10月初秋的天氣應該不冷，但我可能因為驚嚇而冷地發抖（那就是黃窘蘭所謂看到的「演技」）。工會拍的照片裡，我的襯衫被打開，露出被鐵門壓到的左肩，那天正好穿了背心（推論氣溫並不低），肩膀到左臂上的血痕明顯可見；工人在我身上蓋了一件報社工廠的藍制服夾克。那時的確猶豫著要不要睜開眼睛，讓人們知道我已醒來，但又決定繼續「昏迷」，讓自己發揮抗爭工具的作用。不過隨著意識清醒，也焦慮地希望盡快可以離開現場，除了真的很痛之外，開始擔憂拖太久會不「逼真」。

因為救護車來得特別慢，所以其實在上車前我已經完全清醒，我聽得到其他人交代史忠勇陪我去醫院，所以離開報社後，就睜開眼睛叫了史忠勇，他高興地鬆了一口氣。到了和平醫院，我才能仔細觀察自己受傷的程度，發現左肩到左手臂可能是血管受到擠壓，暴漲出七、八條十幾公分長、呈紫紅色的「血蚯蚓」（相片裡的血痕）；當我被壓的時候，左肩背著一個假皮書包，書包那條背帶和上面的一個金屬

18　記得在2005年某次與中時工會幹部聚會的場合，大家談到工會成立時的趣事，某個幹部忍不住問：「那次是不是真的暈倒？」我沒有回答。

環扣的形狀，竟然也整個呈紫紅色以瘀血拓印在我的左胸前；我左手痛得不能舉起，輕輕呼吸也痛，但醫生檢查確定沒有骨折，肺部X光也沒看出問題。猜想因為鐵門側面寬達半尺，壓力雖大卻平均分散而沒有破裂、可見的傷勢，只是連續幾天左手不能活動，笑或咳嗽都會痛；之後每當我比較勞累或背重物時，左胸都會刺痛，這筆帳能不能算到鐵門事件，也是永遠不可考的病理學之謎。

除非我沒暈倒，否則我在任何一刻醒來，暈倒都（可以被認定）是假的；因為「沒有受傷」使一切真實的部分也動搖了。所以當史忠勇宣布我沒受傷時，幹部可能既慶幸——又不免失落（包括我在醫院裡獲知時也是），[19] 失落是因為知道資方將更慶幸我沒受傷，可以好好宣揚整個事件不過是個計謀而已。資方也的確進行這種抹黑。我被鐵門壓的、價值不確定的身體經驗，就和整個抗爭失敗的記憶包裹在一起（見本書第七章），形成一個痛苦、不願碰觸的結點。

四、 身體不理性：營救蔡建仁 [20]

1988年10月新光紡織士林廠無預警關廠，工人強烈抗爭76天；中時工會被資方強力鎮壓之後，已被資方解僱的我幾乎全力投入新光的關廠抗爭。進入決戰時期的抗爭行動，工人前往位於南京東路的新光總公司「埋鍋造飯」，夜宿路邊騎樓。12月24日的清晨，我很早就醒來，例行地先在大樓四周觀察有沒有特別的狀況，見到工人正在搬運原來放在大樓後面的洗大樓窗戶的吊車架。去找大廳裡新光保全的領

19　鄭村棋在事件發生後不久對幹部回憶說：我當時拿著麥克風給史忠勇，我也不知道他要報告什麼狀況，等他宣布吳永毅已經沒事時，我楞在那裡，如果早知道他要這樣宣布，我會讓他晚一點再說，因為那時正好在跟余建新對峙，他一宣布我們這邊的氣就洩掉了。

20　此段改寫自吳永毅（2003a）〈蔡建仁被打了！〉一文。

隊（他長的很像保力達B廣告的主角，所以新光的員工都叫他「保力達B」），問他是不是要洗窗子，保力達B說不是，只是先把吊車架搬到大樓的前面而已。

上午約9點清潔工人卻故意在大樓前面架好吊車，開始從頂樓向下洗窗子。自來水順著玻璃向下流，就像下大雨一樣，員工夜宿的地方全都被水濺濕，只好把棉被搬開，人向馬路撤退。起先員工只退到慢車道上坐下，後來清潔工人又開始潑水洗騎樓裡的大玻璃和面臨馬路的幾根大柱子（柱子上還留有昨晚在憤慨之下貼的海報和噴的大字），員工只好再向外撤退，幾乎把南京東路由東向西的車道堵了一半；中山分局也派來大批員警，一字排開在騎樓下，保護洗窗子的工人。

自救會會長徐凌雲很生氣地拿起麥克風，用宣傳車上的喇叭責怪資方故意洗窗子逼走工人，中山分局的警官也不客氣地舉起警告牌制止徐凌雲講話，那是夜宿後第一次被警方舉牌警告。徐凌雲只好放下麥克風，但前來聲援的高雄社會運動工作室成員的蔡建仁，卻拿起麥克風，一邊指著站在鋁梯上撕海報的清潔工，叫他們不要當資方的走狗；他又激動地指責躲在警察後面，帶了白色頭盔的強固保全人員是「資方的狗！」

大約11點多時，警官又再度舉牌，徐凌雲叫蔡建仁放下麥克風，蔡建仁雖放下麥克風，但仍對保全人員大聲怒吼。這時鄭村棋直覺認為會發生狀況，趕緊跑去打電話給郭吉仁律師，請他來現場協助處理。

他剛離開不到幾分鐘，強固保全那個每次戴墨鏡、穿西裝的經理就站到警察後面，指著蔡建仁。徐凌雲和旁邊的新光的員工（很多是歐巴桑）就趕緊叫蔡建仁後退，圍成人牆把蔡建仁包起來，但一轉眼，七、八個壯漢就衝出警察的人牆，撲向站在宣傳車附近的蔡建仁。蔡建仁越過靜坐的員工和因紅燈暫停在車道上的汽車，往安全島跑去。但是保全人員追上他，並且在許多輛計程車和轎車前面，把蔡建仁絆倒。

　　這時來支援的輔大學生楊爝禎，衝過去要拉開保全人員；拉扯中，保全人員用楊爝禎頭上綁的抗議布條反勒住他的脖子硬把他拉開，使他脖子上留下明顯的約兩吋的傷痕，我跟著也去拉保全人員，但另外的保全人員用力把我拉開，我只好用力拖著其中一個抬著蔡建仁的保全人員，半走半跪半拉地到了警察的人牆前面，沒想到警察卻讓開一個大缺口，保全人員就把蔡建仁抬進新光總公司大樓一樓的大台北瓦斯展示間。

　　我則被保全人員一把推出去，那時保全的經理還指著我，對其他保全人員說：「還沒輪到他！」我非常地吃驚，但當時立即的反應是去看蔡建仁的狀況，我爬到大台北瓦斯展示間外的落地窗前，透過仍然濕淋淋的玻璃，看到蔡建仁背對著窗子，由兩個保全人員分別架開兩手，然後另一個保全人員在踢他，經理和四、五個便衣刑警則在旁邊觀看。

　　我只好用力拍玻璃，大叫：「有人打人！警察趕快救人！」但不論保全人員或警察都不理我，我又跑到大廳口，拉著一個看來像是現場最大的警官，對他說：「裡面有人被打，警察都不管嗎？」他沒表情地看我一眼，轉身走進大廳，就不出來了。這時，新光有些女工把我拉回靜坐的人群，大家都很生氣又不知道該怎麼辦，就哭了出來。

　　那時已經中午，背後的南京東路車流仍然不斷，有人送來午餐，但是我們男女老少都在哭，沒有人吃飯。鄭村棋回來時，還叫我們不要哭。蔡建仁被帶進去約一小時，才在徐凌雲等多人交涉下，一跛一跛地被放出來。我陪楊爝禎和他一起去驗傷，但保全人員都打肚子和陰部，蔡建仁除了指甲裂開和小腿瘀青外，沒有明顯外傷。隔天25日他去長老教會總會時，有一隻小腿腫了幾乎兩倍大。

　　這就是我目睹的第一樁工運暴力事件。

五、 學習的身體：遠化罷工的幾種暴力

1989年農曆年後，我第一次到「全國自主勞工聯盟」（以下簡稱「自主工聯」）上班，5月就遇到了象徵解嚴後第一波自主工運被鎮壓而階段性消沈的遠東化纖工會罷工，那也是代表台灣工運激進力量的勞動黨成立後發動的首次大型戰役，從某種意義上，勞、資、國家三方都將這場戰役當作決戰，但勞方明顯低估戰況可能的激烈程度，而經常處於被動地位。事後看來，資方其實布下陷阱逐步誘引勞方升高對抗，以利於一次殲滅。[21]

從5月8至25日的抗爭期間，暴力幾乎是如影隨行。第一階段的暴力是由勞方發動的，包括8日強行送票箱進廠區與資方推擠互毆，14日中午羅美文引誘警察毆打的苦肉計，15日傍晚工運外力搖斷鐵門等重大衝突；第二階段則是資方與國家使用暴力反撲，在新光關廠事件中打人的強固保全先進駐廠區，接著鎮暴警察也進駐，兩者聯手破壞罷工糾察線、毆打記者；最後資方策動外包工人包圍工會示威，製造勞勞對抗事件，使工會喪失正當性。

我應該是11日才和王蘋開車抵達工廠，因為8日的衝突我不在場，只記得工運外力吳錦明事後得意地描述資方管理幹部被他踹一腳，和工聯會會長張鳳和如何拿磚塊砸警衛；12日凌晨羅美文、曾國煤開始在打卡區靜坐，我就在現場幫忙了。11日白天（或許更早在8日之前），我記得參加一個各方外力頭人和遠化工會幹部的聚會，討論該不該將運動升高；記憶中有些爭執並沒有達成共識，我帶著疑惑但決定留下來協助抗爭。2003年底，聽陳素香轉述蘇慶黎訪談羅美文的內

21　有關資方設計勞方進入陷阱的初步結論，是2003年前勞動黨祕書長蘇慶黎生前為了準備寫回憶錄，到新埔對當時的遠化工會常務理事（也是勞動黨要角）羅美文、徐正焜進行口述歷史訪談，負責協助訪談的陳素香，聽到整個事件的重述後所做的推測。

容，才發現勞動黨的內部決策是要保住遠化工會，不要再升高抗爭；2006年10月19日鄭村棋在他所主持的「飛碟午餐」廣播節目中檢討簡錫堦在倒扁運動的角色時，提到遠化罷工期間他自己因為不同意主導者的決策作風，於是「退出決策，但不退出運動」——不參加核心會議，卻繼續加入搖鐵門等行動。

　　從這兩個事後的資訊看來，記憶中的外力聚會進行著工會保本與勞資決戰兩派的路線之爭，以我那時的新人資歷並不需要表態選邊，我顯然也沒有充分意識到那個攸關工運歷史轉折的爭論，推測我仍沈溺在中時和新光的挫敗裡，直覺地認為有抗爭總比沒有好，而暗中同意主戰的立場。

　　我當時因具有自主工聯幕僚的身分，形式上也僅是代表工聯前往協助盟會罷工，因此很多重要決策會議是被隔離在外的。由於工聯在當時的政治定位是與勞動黨敵對，是民進黨新潮流系企圖掌控的組織，所以雖然我與海外左派有淵源，又與蘇慶黎熟識，但經歷了海外左派（LA派，以蔡建仁為象徵代表）退出工黨、又杯葛勞動黨籌組的過程，加上我個人去了台獨勢力企圖掌控的工聯，所以勞動黨必然對我有所提防。遠化罷工的過程裡，工聯其他幕僚幾乎都不在場，執行長郭吉仁也沒有和我聯繫，基本上是我和王蘋（沒有任何工運職位）以夫妻身分互為討論對象，並不以工聯為主要認同，而是以左派同志的身分在聲援遠化罷工。所以雖然我們分擔罷工重要的事務：負責照顧一個側門的糾察線，很多工會的文宣也出自王蘋工整易讀的手跡；不過因為我們不屬於任何團隊，而被孤立在決策之外，和群眾一樣地面對很多突發狀況。

　　還有另一個因素，使我承受比其他外力更大的壓力，那就是我在新光關廠案中與強固保全的宿敵關係。12日凌晨羅美文開始靜坐，強固保全的白色安全帽頭盔和墨鏡的反光就在資方的防線現身，那是勞

動黨第一次與強固交手，之前在新光案與保全有交手前科的外力（包括蔡建仁和鄭村棋），在遠化罷工時都未全程參與，只剩下我孤單地面對那群惡棍。

14日勞動黨的盧思岳設計一個苦肉計，在長達24小時罷工投票於上午截止後，宣布通過罷工的高潮，則由外力帶領會員遊行到工廠大門口，羅美文以進入廠區執行會務為由，跳上封鎖的大門，強行進入工廠。盧思岳和汪立峽設想的狀況是鎮暴警察會毆打和逮捕羅美文，然後群眾就以羅美文被打為理由，衝進工廠向仍在上班的員工宣布工會已經取得合法罷工權。[22]但是大門後的防線布置卻不是一般的勞資爭議的鎮暴配置，而是由廿幾個強固保全站第一排，百餘個鎮暴警察站在保全之後幾公尺，當作第二道防線，第三道是資方將廠內的消防車開來準備噴水。[23]因此羅美文一跳進大門，混亂中就被保全圍住痛打後拖走，後方警察不動如山、袖手旁觀；汪立峽按計畫用手提擴音器高喊「警察打人」，群眾愕然不知是否要跟著喊，帶頭的工會幹部也一時反應不過來，變成要求警方制止保全、解救羅美文，警方指揮官反而要求群眾先解散，接著舉牌警告；我手上正好拿著「**勞資爭議、警察中立**」的保力龍標牌，慌張地走到警方警告牌旁邊舉起，帶動喊起牌子上的口號。但整個苦肉計因為保全混淆對抗的焦點而破功。

與資方對峙的高峰被迫延後到次日傍晚，來自各地的工運外力到齊後，才又發動一波攻勢，由於聲援者多達兩、三百人，各方媒體也都到齊，警察不便繼續躲在保全人員身後，只好直接以人牆在大門後

22　我是在罷工結束後，才聽到勞動黨的人討論這個苦肉計，並說明當時不讓大家知道是為了可以更為逼真。這個設計反映勞動黨主戰派在當時仍相當自信，而主動使用暴力作為抗爭的工具，同日晚間的搖鐵門也是這種自信的延續。

23　駕駛消防車的司機，原來是廠內的義務消防隊員，也是罷工後第一個背叛工會的理事。這是羅美文在罷工後不久告訴我的訊息。

與勞方對峙。勞方經過演講、叫陣，接著指揮車下令把鐵門拉開，那個鐵門和中時案壓傷我左肩的鐵門，屬於同一型式（一人高，由方形鐵管焊接而成，下有滑輪在軌道上由電動馬達推動），只是遠化的大門可能更長一點，約二十餘公尺。廠方似乎用某些裝置將鐵門臨時固定在地，當群眾試圖向側面拉時，卻無法像中時大門那樣被蠻力拉開，即使滑輪脫軌也動彈不了。某個外力，忘了是張鳳和還是吳錦明，發現脫軌的現象，於是叫大家不要向側面拉，改向裡面推。鐵門的兩端是被門柱卡死的，當群眾依指揮口令開始有節奏的推搖鐵門時，鐵門變得像個巨大的彈簧，眾人推時它向內彎曲，眾人鬆手時它就反彈回來，起先幅度小，隨著眾人力道加大，反彈就愈大；連原本欺近鐵門並用警棍敲打群眾的鎮暴警察，也嚇得退避幾步，不知如何是好。那時我站在第一排群眾的中間，起先跟著大家推擠，興奮地體驗著集體力量的可觀效果，但是當力道變大時，鐵門中間部位的擺幅和速度超出預估，我發現自己完全無法隨著節奏從鐵門撤回再向前推；我根本不是在推，而是半掛在鐵門，被鐵門來回甩著，膝蓋不停地撞擊鐵門而疼痛難忍；我不敢鬆手，因為鬆手後若來不及立刻跳開，反會被彈回的鐵門擊傷（背後擠滿著推著我背部的群眾，也沒有空間跳開），又無法停止鐵門的劇烈搖晃；而只有我單獨陷入這個危險——體重太輕又擠在擺幅最大的地方，身手又不如其他工人矯健——我其實嚇得想喊救命，但這種場面怎能容許求救，我只能咬著牙，死命地攀住鐵門，並祈禱自己不要被甩出去。那時鐵門已經瀕臨斷裂，發出巨大的金屬爆裂聲響，就在我幾乎撐不下去的一剎那——鐵門上方主樑在我手邊不到半公尺的地方斷開——眾人停手歡呼，準備再把它完全推倒時，我發現自己內衣全被汗水浸濕，手臂顫抖不停。當時我身旁好像是亢奮的大同三峽廠和板橋廠的工會幹部，並沒發現我是慘白著臉，還強作鎮定地重新加入推倒的陣容。持續又推了一、兩波，那個巨大

的鐵門竟然真的斷成兩半，眾人又硬是把裂口兩端壓平在地上，讓所有的聲援者可以向廠內擁入。

　　我算親身體驗，並見證群眾力量之大和其不可預測性，但這個體驗還沒完結。鎮暴警察不知是被從所未見的推鐵門聲勢所震懾，還是故意讓檢察官蒐集暴民違法的證據，隊形凌亂地沒反應過來，曾茂興、劉庸又已經指揮大家連結成所謂非暴力抗爭的標準隊形，左右相鄰的人互相勾手，由帶頭者下令，邊喊口號邊跺腳，以Z字形左右移動逼向鎮暴警察；[24] 該隊形使用的模式是先虛晃兩、三次推進，在貼近警方時突然喊停撤退；這樣既可醞釀群眾的心理準備，也有欺敵的效果；之後就會直接與鎮暴警察肉身接觸，用人牆擠進警方的盾牌人牆。因為推鐵門時我在第一排，鐵門推倒後重組的人牆，我自然又在第一排，很快地隨著口號前進並和鎮暴警察發生第一波推擠。因為整個動作的目標看起來是要突破警方防線，所以當雙方人牆面對面接觸時，人牆後方的群眾很自然的反應是用盡全力向前頂，把第一排的人壓向警方盾牌，希望衝破防線；而後排警察必然也同樣頂住前排，避免防線崩潰；因此第一排的人實際承受著前後各一、兩百人推擠的重力。那是我第一次陷入這種陣勢，起先還能用手臂頂著盾牌推擠，當群眾在後面開始喊：「一、二、三，推！」時，我整個人就被壓扁在盾牌上，當警察也用力頂回來時，我發現自己完全無法呼吸，想張口喊口號卻剩不到半口氣，立即瘖啞中斷。推擠很快發生效果，警方防線弱點呈漏斗狀凹陷進去，後面群眾更興奮地側身全力推擠，沒人顧及

24　這個標準動作應該是民進黨透過台灣長老教會，將許多政治人物、社運幹部，送到美國接受URM城鄉宣教會的非暴力抗爭訓練時的基礎課程，我看過幾個受過URM訓練的人，習於在抗爭時操作這個動作。在工運圈推廣最多的應是勞工陣線的簡錫堦，1988年至九〇年代初，他幾乎在每一場幹訓營裡帶動這個動作。遠化罷工時曾茂興和劉庸應該是使用向他學來的技巧，這個新潮流的招牌動作，卻藉勞動黨的主戰場實地操兵。

前面同伴承受的重量，我又陷入想要喊停求救的不堪局面，擔心再推擠下去肋骨就要斷了。但衝突怎可能說停就停，我只能在推擠的空隙間像溺水者般的大喘一口氣拖延著，警方的防線終於變成V字形而崩潰，潰口一團混亂，警察舉起盾牌和警棍狂打，我終於能鬆手閃躲，卻被一堆自己人堵著，瞬間我從眼睛餘光看到一個戴著帽子的人從後方飛竄出來，就在我旁邊對著警察噴了某種煙霧或粉劑，盾牌染成一片白色，這人已消失不見，我和周邊的人嗆得立即流下眼淚且視線不明。警察很快補起中間那個潰口，但防線兩端激烈的互毆，警衛室的玻璃被砸碎，聲援的農民聯盟的成員搶到一根警棍，拿到指揮車上炫耀，汪立峽在資方的強力探照燈照射下對著警方喊話。

也許是勞方展現某種實力，那波大衝突後警方竟然沒有反撲，舉牌三次後與勞方對峙到深夜就撤除重兵。近午夜工會終於順利在大門口倒下的鐵門前拉起象徵性的白布條「罷工糾察線」。我鬆了一口氣，當夜睡在自己的轎車後座，但其實次日更具體的暴力威脅正等著我。

工會在15日深夜拉起糾察線，16日開始防守各出入口，清晨員工上班前我被叫醒，分配到一個機車出入的側門，與幹部一起勸導會員不要上班。一到側門迎面遇到的就是一整排白色頭盔、深色墨鏡的強固保全，圍在打卡機前方不准工會幹部和外力靠近，但員工多數騎著機車進入車棚，停車後倒走回來打卡再入廠，若我們不能靠近打卡機而在門外，會員就只是戴著安全帽騎車經過我們，很難與他們交談，於是又只好推擠保全試圖進入打卡區。幹部在前面，我拿著擴音器喊話，1988年底那個下令打蔡建仁的領隊——身高185公分、相貌英挺，很多新光女工背著工會暗中談論的、唯一不戴頭盔只戴墨鏡的帥哥——認出我，他沒有制止工會幹部，而是直接衝著我，遠遠地微笑著並冷冷地說：「又是你，這次一定會輪到你。」其他保全就把我圍起來，作勢要把我帶走；工會幹部正一頭霧水時，恰好來了一組巡邏的

警察，幹部要求警方介入替我解圍，但保全領隊把警方隊長叫到旁邊耳語一番，整組警察就當作沒看到我們似的走開。

那個現場最後並沒有真正發生衝突，也許是生嫩的工會幹部妥協了，也許是勞動黨黨工恰好帶來的更多聲援人馬，我已經無法回憶；當天的流血暴力事件是發生在另一個側門（與強固保全包圍我的同一時間），鎮暴警察突然衝出驅趕外力，混亂中先用盾牌推打幾個記者，接著沿街追打工聯的會長曾茂興和工聯的同事李文忠，曾茂興因此右前額縫十針，李文忠左耳縫三針。[25] 但我清晰記得，後來幾天籠罩我的、潛在的暴力陰影，不是來自殺紅眼的警察，而是黑白界線難以分辨的保全；那不只是害怕，而是一種被糾纏的惡劣感覺。雖然16日晚間資方就宣布全廠停俥反制工會，因此剛建立的罷工糾察線就失去實質攻防的意義，但工會繼續守著幾個門口，宣示抗爭的決心。16日至18日我負責固守的那個側門，戰略上應該不重要，因為既沒有勞動黨要角，也沒有重要工會幹部長期駐守，王蘋負責文宣，有空時才到門口來參與；主要和我在一起的是工會的積極基層會員，女性過半，好像還有一、兩個勞動黨發展中的學生分配在此（例如曾若愚）。因為廠內分三班輪班，工會開始糾察的第一天晚上，資方又宣布鎖廠，所以罷工線除了16日早班和中班時執行真正糾察工作，而在零星的衝突、摩擦中維持著士氣外，其他漫長的時間卻更難熬過。以往抗爭靠演講、唱歌、喊口號等維持群眾動力，但遠化案的戰線分布在五、六個門口，根本沒有足夠資源支撐，特別能帶動群眾的盧思岳，一天裡大概只巡迴來到我那個門一次，其他時間都是我要設法硬撐、強撐。

我忘不了那個痛苦的場景，二、三十個工人們坐在地上面對大

---

25 曾茂興和李文忠當時的政治屬性就已經分別屬於台獨聯盟和新潮流，與勞動黨是競爭的關係，其實與遠化罷工保持著距離，只聲援幾場最大的抗爭，但因為被打受傷而共同成為媒體注意的焦點。

馬路、背對工廠側門，門下的陰影裡則是幾個保全晃動的白色頭盔，當我三不五時必須面對側門，拿起擴音器試圖提振士氣時，某個看不清臉孔卻叫得出我姓名的保全，就會從陰影中大吼，威脅干擾我的講話。我講一句，他就回一句，諸如：「吳永毅你少廢話！」、「你等死吧！」、「叫你斷手斷腳！」、「欠扁！」、「放屁！」、「幹你娘！」……之類的短句。而只有我看得見那個陰暗的畫面，背對它的工人應該也是害怕、憤怒的，只能將口號喊大聲一點試圖蓋過那個鬼吼，偶而也有女工受不了回頭反罵，我知道那是表達對我的支持，但我已經不知如何接話應對。我該順著她的支持而更堅定的反擊保全嗎？但那反而會給保全出手的藉口，我很肯定保全不會打斷我的手腳，但又幾乎完全不能（除蔡建仁和羅美文被打外，沒有經驗基礎）評估他們採取行動的時機與標準，我該去測試嗎？或者我該吞下來，當作沒聽到保全的謾罵，繼續執行工作即可？但對方已明顯在挑釁，如果你當沒這回事，在權力的關係上就等於不敢回應。我不是那種憤怒起來，就可以不顧一切去和保全幹一架的那種人，從小我就是能避免暴力就盡量避免的瘦弱小孩。所以我極度懊惱著自己所面對的是保全而不是警察，如果被警察打還「有得討」，被保全打卻是「打沒討」。身體所處的不只是對暴力的害怕而已，還有一個工具理性的計算，盤算著身體承受痛苦的代價及其政治效果；但不是工具理性論者所說的，因為計算而不害怕，更重要的恰好是計算的另一個面向——因為要克服恐懼，而產生理性計算的機制，藉著計算來說服、克服身體對暴力的恐懼。一直到18日工會宣布撤離糾察線，轉進到外部陳情施壓前，我都在那個鬼吼陰影下，勉強地維持著糾察線的形式，我清楚知道自己是消極地撐在那裡。對付保全這種吃定你不願意被「打沒討」的暴力結構，或許就是要非理性的去幹一架是唯一的出路，正如蔡建仁被保全痛打後，對鄭村棋說：「沒想到我還真耐打。」的解放效果，但我沒有膽量跨過那條

關鍵性的界線，我只是從逃走、裝死，進步到還能痛苦的撐在那裡。我想很難再遇到同樣情境，讓我去選擇要不要面對那條生命／身體的重要界線。[26]

到了17日，工廠因為停工已成空城，資方和情治單位也可能從現身罷工糾察線的會員人數遽減而自認掌握勝算，所以下令鎮暴警察全部撤離。但警方顯然在撤離前要貫徹震撼效果，所以反而從南部調動大批的新保警，在傍晚時乘坐黑白相間、布滿鐵絲網的大型保警巴士，從省道陸續分批抵達遠化廠區；工會和我們外力當然不知道警方準備撤退，我在距離大門約一、兩百公尺外的側門，只看到保警巴士一輛輛的從罷工糾察線前呼嘯而過駛入南大門，此時不斷地有耳語傳播到罷工糾察線，表示警方將採取強硬手段，要發射催淚彈、要逮捕全部聲援人士等等。大約在吃晚飯前，那個焦慮感伴隨飢餓達到高峰，工會下達「打不還手、罵不還口」的決策，我們只能被動地等待。

天黑後工會的指揮系統幾乎完全中斷，好長一段時間沒見到任何勞動黨或工會的核心幹部，猜想可能在開會研判情勢。但是一些決策外圍的新手、學生和外力，逐漸聚集在我看顧的那個離大門有段距離，卻仍是視線所及的側門，企圖打探狀況，當有人正想走去大門看個究竟，就聽那邊傳來鎮暴警察操練鎮暴操，集體的喊聲、尖銳的哨音、靴子跺地聲，和轟轟的盾牌敲擊地面的巨響，我們以為要開始鎮壓，在側門靜坐「剉著等」。[27]不久，勞動黨的主將汪立峽、盧思岳等人

26　反思身體面對暴力的選擇因素，是參照鍾君竺對公娼抗爭的回憶〈回家〉一文（2006年，未出版草稿），她描述自己在1999年陳水扁年終記者會遭遇警察時，無法立即挺身對抗，是因為她的中產身分使她有選擇的餘地，而不必一定要拼上去。

27　根據當時在大門現場採訪的陳素香於2006年11月回憶，她說當鎮暴警察開始演練鎮暴操時，原本每晚聚集在廠門口看熱鬧的數百名新埔居民，也被驚嚇地突然停止聊天喧嘩，鴉雀無聲地注視著警示威。她說幾百頂頭盔在探照燈底下閃閃發光，應和著鎮暴口號，讓她第一次具體感覺到警察暴力的威脅。

從大門那邊零落地走過來，告訴我們可能要大逮捕，要外力各自先避一避，等鋒頭過後再回來，但那個南北廠區夾著的大馬路邊，根本無處可避，我們好像分兩路，沿著工廠的圍牆邊走向廠外的稻田裡，稻子已經收割，我記得我、李文忠、劉庸等七、八個人走在田埂上，[28]一直走到稻田另端、幾百公尺外的某個客家農村聚落，李文忠突然說：「我覺得要逮捕也不會逮捕我們這些外圍的人，我們應該回到現場跟工人在一起。」其實當走出廠區，我的緊張就已解除，看到七、八個工運外力的影子，長長地投在乾燥的、還有稻頭的田裡搖搖擺擺，就覺得如此落跑真是滑稽、丟臉，但卻沒有開口要求回頭，我那時仍把自己設定為政治上的「菜鳥」、新人，應該跟隨有經驗的人行動，而沒有想承擔起責任；猜想其他人的狀況也和我類似，等李文忠一開口，我們就匆匆地循田埂走回工廠，在圍牆邊遇到折返的汪立峽等人，大家互相覺得尷尬萬分，趕緊回到各自照顧的門口。也許是看到勞方外力被嚇的潰散，「示威」已達效果，鎮暴警察在大門裡的廣場休息並脫卸裝備，不久一輛輛保警巴士又呼嘯離去，狀況才算真正解除。

　　從次日報紙刊登的照片看來，其實那晚鎮暴警察操演的陣仗只比15日的規模略大一點，又沒有真正的衝突，為何卻使15日「囂張」推倒鐵門的同一批工運外力倉皇而逃呢？是什麼嚇到我們？用常識很容易形容這個轉變──運動的「勢」已不在勞方。

　　鎮暴警察撤離後的幾天，勞方將戰場拉到廠外去陳情並遊說教授支持罷工，但資方在同一時間卻深入會員的家庭，成功的分化了會員與工會的關係，並準備更狠的反擊手段。21日資方策動「要求復工」群眾大會，幾家外包廠商動員七、八百名外包工人，在前幾天工會召

28　2006年12月6日，我去看「差事劇場」十週年作品《敗金歌劇》演出前遇到導演鍾喬，因為他在1989年遠化罷工時也是勞動黨的重要義工之一，所以我請他回憶當時還有哪些人一起「逃難」。鍾喬記得除了他自己之外，還有汪立峽、盧思岳、范振國。

開大會的操場集會宣誓，操演給媒體拍攝。汪立峽指揮宣傳車開到操場牆外，對媒體和工人喊話，內容不像新光事件時蔡建仁羞辱保全那樣挑釁，但是他站在指揮車上隔著圍牆居高臨下喊話的態勢仍然是挑釁的；包商立即指揮工人衝出廠外，包圍宣傳車，遠化的副廠長並衝上車，試圖把汪立峽拖下來。汪立峽的體型和我很像，那種典型會被認為弱不禁風的男人——瘦小、沒屁股、戴眼鏡，所以我會關注他在暴力前的反應。當資方人馬四面八方跳起來拍打搖撼宣傳車時，他緊握著麥克風邊掙扎、邊對罵，只有貼身對手聽得到的打架前的惡言相向，加上拉扯、混雜撞擊的聲音，全都透過麥克風從喇叭放送到省道公路上，格外顯得慌亂。他起先囂張喊話，轉為緊張警告（攀爬宣傳車的工賊），到急促呼喊對罵，那強裝出來的氣勢，不僅與體型不相稱，而且沒有展現出弱者的憤怒，反而歇斯底里，[29] 我覺得還不如我的童年的裝死／抵死不從。

　　雖然旁觀的警察在汪立峽被拖下車前，阻止準備圍毆他的其他工人，但資方利用工人暴力來擊垮工會的策略已經確立。次日工會到縣議會陳情，試圖透過議會向不核准罷工的縣政府施壓，但包商卻帶著遠多於工會人數的數百個外包工人反陳情，包圍縣議會的大門，當時門口有媒體、警察，我相信他們手上不可能拿著棍棒石頭，但是記憶裡的場景，他們幾百人在十幾公尺外一字排開，吼聲在新議會大廈的穿廊裡不斷迴響，好像立刻要見血似的。最令人意外的是他們並不是消極地配合資方動員，而是某種爆發式的叫囂、怒罵、挑釁，做出準備毆打工會的外力和明顯同情罷工的幾個記者的姿態。外包工以搬運、維修、清潔為主，所以黝黑粗壯、肌肉結實，甚至比工會會員更

29　我認為汪立峽指揮宣傳車隔著圍牆向外包工人喊話時錯估形勢，他沒有料到外包工人會立刻衝出操場，也沒想到衝到車子下面對他叫囂的斯文資方主管，竟然真敢衝上車用暴力拉扯他。

底層的身體，卻是在工運的對立面，是青筋暴露的具體威脅；我（和幾個記者）在迴廊下不知所措多於恐懼，那是既無法對抗，又無法與之妥協的結構，運動正展示著自身詭變、複雜、脆弱的情境。

正如鎮暴警察17日撤離前演出的「示威」一樣，外包工在縣議會的反陳情是資方最後一場「示威」，隔天清晨復工，資方卻用相對低調的手段展現勝利的傲慢——沒有保全、外包工人站在門口，只是用擴音器廣播著進行曲來迎接投降上班的工人——與細雨中羅美文淒厲地喊話，和無法面對挫敗的學生義工江斐琪的啜泣聲形成強烈對比。[30]

那是我在中時、新光之後所經歷的第三次重大挫敗。

六、 來自誰的規訓：新客罷駛被捕

1991年底，我二度回到自主工聯，此次接任新潮流撤走後的執行長職務，一個多月後，我、會長曾茂興、常執委劉庸和陳俊宏、積極幹部吳錦明和徐旺德等南下聲援新營客運罷駛，那天是去台南縣政府大門靜坐，抗議資方違法解僱工會常務理事翁明利。到了晚上八、九點，警方舉牌三次警告，曾茂興下令絕不撤退，不久警方開始抬人逮捕，第一波霹靂小組就跨越過前面的司機，直接衝到大門前抬走我們這些「外力」，在記者視線內他們只是抬人而已，一轉過縣府大樓，就被一路拳打腳踢，最後在一輛警車門前，其中一個警察狠狠跳起來在我背上踢一腳，把我踹進後座，我劇痛地全身冒出冷汗；接著我被銬在後座的鋼管上，兩邊各一個警察壓著我的脖子，不讓我抬頭，一路隨便問著話，不管你答什麼，他們就冷言冷語嘲諷（例如：「你從哪裡來的？」

---

30 我記得資方開始只用小聲播放著進行曲，當羅美文在宣傳車上喊話時，資方開始調高音量，干擾羅美文的控訴。在場還有幾個女工，但不確定她們有沒有哭，我只記得江斐琪哭的特別明顯。

「台北人，吃飽閒閒來這裡搗亂！幹！」），同時用拳頭狠狠捶打我的背部，就這樣一路十幾分鐘被打著玩，打到警局大禮堂才停止。[31]

　　我們幾十個人被集體偵訊，警方策略性地繼續讓幾個兇惡的刑警在咆哮、拍桌子扮黑臉，我相信每個人在來的路上都和我一樣被打，而且幾乎都是第一次被逮捕，那個充滿未知風險的情境，使這些不久前談笑風生喊口號的司機也都默不作聲地聽任警察擺布，只有吳錦明還對咆哮的刑警回嘴，我擔心他又被拉走毆打，制止了他。做筆錄的空檔裡，劉庸悄悄跟我說：「對不起，把你找回工聯，沒想到這麼快就遇到這種事。」我其實也沒有心裡準備上任立即遇到法律風險，但當下也沒有後悔，反而覺得終於可以放下離開《財訊》安定生活的最後流連，死心賭在工運上的踏實感，並且專心體驗著被逮捕的各種新奇狀況。

　　我們沒看到下令不惜被警方抬走的首謀曾茂興和當事人翁明利，後來才知道他們被帶到警局另一個地方做筆錄。大約過了三、四小時，台南漁權會的陳秀賢動員一個民進黨縣議員和他的宣傳車到警局外要求放人，那時被捕者的筆錄也已經做完，警局就順勢放人。

　　對我說來，更重要的經驗是人放出來後，民進黨縣議員要求被捕者上宣傳車向在場的記者控訴警方的暴力，但面對警局門口的蒐證人員，沒有一個司機敢上去拿麥克風，最後只有罷駛案主角——翁明利上車說了話，大約都是對資方違法解僱和政府無能的指責，沒有控訴警方的暴力；曾茂興接著講話，但他也沒有控訴警方暴力，只放話要再來之類的。後來知道他們倆沒有被打，警察的策略是要瓦解群眾、

31　那一整個月我的背部不能伸直，而且下半部疼痛到無法靠在椅背上，特別是行駛中震動的公車或轎車的椅背；那時我每天從士林家中搭公車310到板橋自主工聯上班，車程約40至50分鐘，我都維持向前傾、屁股坐椅子一半的姿勢。幾年後因為下半段背痛而不能開車，在榮總照X光檢查，醫師說我的最後一節弓椎多年前被外力壓迫而粉碎性骨折，我沒有其他背部受傷的記憶，推測應該就是那次被警方毆打的結果。

分化群眾與頭人的關係，所以隔離他們並給予特別待遇。我記得劉庸
也有講話，他一定也被打了，但他也沒有強烈控訴警方暴力；最後我
被要求代表自主工聯上車講話，我登上宣傳車，前方面對警方蒐證錄
影機，和準備舉起的警告牌，回頭看聲援的人，因為已經半夜只有一
個媒體記者在場（好像是《聯合報》地方記者），其他是縣議員本人和
他的司機，才理解為何每個人都那麼心虛；我也不確定領導者的低調
是策略還是顧慮（當時還沒機會知道他們沒有被打），也不確定自己
何時、在什麼狀況下會回到台南面對警察，要不要升高對立，我猶豫
著、有氣無力地控訴警方執法過當，沒有說出「被打」兩個字（更別說
過程），那個心虛的羞辱感覺現在都還記得。我認為逮捕時被打，然後
強作鎮定，終於能協助其他人做完筆錄的過程，是自己克服暴力的恐
懼而經歷「培力」（empower）的感覺，但是那個感覺卻在被釋放後，不
得不向警方二次低頭的羞辱中被擊垮。我相信那些在宣傳車旁面面相
覷的司機們，應該也體驗著類似的羞辱或挫折。[32]

　　被逮捕後完全由個人承擔風險和壓力，甚至連法律上如何自衛、辯
駁都沒有預先演練和教育，使逮捕前靜坐產生的集體感被抵消和懷疑；
領導者沒有反撲的規劃就算了，甚至連基本營救的準備都沒有；曾茂興
對群眾是不負責任的，只看到逮捕前的集體聲勢，卻不設想抵擋國家反
撲的應變方案；從造勢的自利盤算而言，他也失算，因為警方的逮捕、
鎮壓重挫新營客運司機對工會信任感和信心，那次之後就沒有能力再次
凝聚會員發動大型抗議，翁明利只好改走訴訟的司法程序。

32　2006年挺扁群眾在台南市包圍反扁紅軍，警方派出了派出所資深警員向不願解散的群
　　眾喊話，都直呼姓名和訴諸親情壓力，例如：「某某某！你爸爸在家等你，趕快回家
　　吧。」1991年在新營客運案中，我同樣見識了非都會地區警民對抗的難度，到場的管
　　區、刑警也都能叫出群眾的名字，直指他們家庭的關係。

七、 虛張聲勢的暴力：福昌紡織抗爭

1996年我擔任執行長的自主工聯的盟會之一——福昌紡織工會，遇到資方惡性關廠，我又面對暴力。

10月28日資方承諾發給資遣費商業本票的日期，資方卻違約沒有開出支票，一百五十幾人北上到仁愛路總公司等支票，當晚資方沒有任何讓步的跡象，協助抗爭的自主工聯幹部毛振飛、梁永和和吳錦明，認為要升高態勢，資方才會讓步，於是向工會的領導人黎萬輝建議，不准資方離開董事長和副董事長辦公室，並開始掀翻外面的桌椅表示憤怒。他們先和我討論這個策略時，我因為剛到現場（之前在桃園工廠留守），並且那個階段還沒有上位、準備扛起這場仗成敗的責任，只是停留在寄望大夥一起來打的狀態。所以也順勢同意資深工人幹部的激進建議，帶著不妨試試看的想法，沒有認真考慮後果。

毛振飛、梁永和都是自主工聯最大的盟會——桃園地勤工會的幹部，梁永和是理事，比他資深的毛振飛是常務理事，也是工聯的前任會長，但梁永和當時被工會派到工聯擔任常務執委，所以毛振飛把他推到前面負責協助福昌工會作戰。我沒有警覺到桃勤工會當時並不在一個準備投入要付出法律代價的狀態；[33] 而且毛振飛是想藉福昌抗爭訓練（或考驗）新任幹部梁永和等人，那晚梁永和為了表現自己的氣魄，在決策會議中堅持要升高情勢，我拿不定主意就同意他了；他帶著福昌幹部掀翻好幾張辦公桌，我跟在處於躁鬱症躁期的吳錦明後面，也

33　福昌開始圍廠抗爭時，毛振飛和曾茂興建議黎萬輝製作「假汽油彈」放在工廠門口，用來嚇阻資方和警方，工會發動會員用玻璃瓶裝水，插上棉布條，但只有布條淋汽油，說這樣警方或資方可以聞到汽油味，卻不知汽油彈是假的，也不會違反公共安全罪。我不同意這個動作，認為根本無法保密，只是自曝其短，讓對手察覺工人虛張聲勢、沒有決心打硬仗。

掀翻一堆桌椅，公司一片狼藉。接下來的24小時，女工等於「軟禁」了
董事長和總經理，當他們倆企圖以上廁所為藉口想要走出辦公室時，
幾十個歐巴桑一窩蜂的圍上去，以保護董事長為由，喧嘩著用肉身將
他簇擁到男廁門口，等他出來再一陣轟然地把他簇擁「推擠」回辦公
室。次日，各大報皆以明顯篇幅報導上市公司被員工搗毀並軟禁董事
長的新聞，大安分局局長白天就來放話恐嚇，說工人已經違犯妨害資
方自由罪，要求立即撤退並釋放資方；但也有更多市議員、立委和勞
委會官員終於出面關切，所以工會沒有理會警方的警告。到晚間，電
視新聞開始不友善，大安分局的抓耙仔放話，說要開始強力驅離，且
鎖定外力要進行逮捕。

　　當時正好陪同新黨台北市議員楊鎮雄與資方談判的鄭村棋，把我
們幾個協助的外力和工會領導叫到角落，說一定要有再度升高對決態
勢的方案，才能嚇阻警方的驅離，問我們有何對策？梁永和竟然說，
本來打算在警方介入時，要工會幹部淋汽油做出準備同歸於盡的樣
子，來嚇阻警方。這個提案他沒有跟我討論過，我當場也不同意這是
可行的方案，因為我認為幹部的狀態還沒有要拼命，不可能淋汽油抵
抗。鄭村棋反問梁永和：「汽油買來沒？誰要在第一線淋汽油？」當他
知道其實根本沒有真的準備時，狠狠地訓斥我們，指責既然沒有拼命
的決心，憑什麼掀桌子、軟禁資方？他要我們趕快想方案，他則請市
議員先出面拖延警方驅離的時間。

　　這時幾個鎮暴警察的先頭部隊已經進入六樓福昌公司一樓的玄關
大廳，控制電梯，驅離看起來已經箭在弦上，工會幹部叫我們外力先
離開，由他們出面與警方繼續協調；我們一行人從尚未封鎖的防火樓
梯向下走，一進樓梯間，聽到轟隆隆的眾多腳步雜沓聲，往下一看，
曲折的樓梯間迎面而來的都是向上移動的全副武裝、戴頭盔面罩、拿
盾牌警棍的警察，混雜著霹靂小組和為數不少的女警，從六樓到一

樓，有時我們被擠得必須與他們擦身而過，懷疑與敵意的目光互相交錯；到了地面，竟然還有一條人龍，從路邊停滿的大型警備巴士上陸續下車一直延伸到紅磚行人道上，加上救護車和警車，全都閃著紅燈，估計至少有三百個以上的警員；後來才知道連極少到勞資抗爭現場的台北地檢署的檢察官，都親自到樓下指揮。

我被那個法國警匪片般的大陣仗給警醒，[34]之前沒有意識到搗毀公司、軟禁資方的高度，碰觸到國家容忍的底限，檢方和警方已經把它當作階級暴動在看待。我們站在路邊焦慮地等待結果，這時樓上一個有心臟病宿疾的中年女工不堪對峙的壓力突然暈倒，由急救員用擔架抬下樓，送到公司對面的仁愛醫院急救，我們趕去看她，緊張的氣氛更加混亂。

那晚幸好因為資方另有利益盤算，不願事情鬧大，所以對警方說他們願意留下來與勞方繼續談判，警方只好撤隊。次日凌晨，資方終於開出九張商業本票，勞方撤退。一個月後支票跳票，工會的九個幹部也被地檢署以妨害自由罪提起公訴，外力沒有法律責任。[35]

那次衝突之後，梁永和代表的桃勤工會力量退出抗爭的決策核心，表示只扮演聲援的角色，我終於扛起全部的協助責任。接著陸續進行將近兩年的抗爭，在其他關廠抗爭也都激進化的環境裡，我謹慎地維持既不違法又增加資方壓力的平衡，但並不輕鬆，也可以說是「量變造成質變」的路線，工會總共發動近兩百次的抗爭行動，包括與其他關廠工人包圍李登輝打造新國家的最高共識會議——國發會。

34　福昌抗爭前不久，我在電影院裡看了法國導演盧貝松（Luc Besson）的《終極追殺令》（*The Professional*），所以從福昌公司走下來看到湧入樓梯間的鎮暴警察，就像目睹一個縮小版的追殺令，想像的場景卻在真實中上演，界線如此不分明。這段下樓的奇特意義，是同行的、很少看電影的工人幹部所難以體會的。2012年自主工聯會長陳德亮回憶，說他與我們一起下樓時，有對警方喊話，請警察同理工人處境。

35　工會幹部經一年餘訴訟定讞，被判緩刑和易科罰金，工會代繳罰金並給予補償後結案。

　　不過，企圖吞併福昌公司來借殼上市、騙取資金的新資方，是謠傳與黑道掛勾甚深的客家幫股市炒手「美濃吳」[36]，抗爭後不斷有黑道準備鎮壓工會的風聲，工會圍廠後資方密集放話要暴力驅逐，工會還到縣議會陳情要求警局保護；不久新資方更將劉姓黑道直接引入擔任公司監察人，他與美濃吳身邊總是固定有幾個理平頭、穿黑衣的彪形大漢貼身保護，但我幾次與劉姓監察人交手，判斷他不是打砸搶型的黑道，而是寄生在股市炒手身邊的圍事兄弟；他自己在苗栗別墅的農場養了雞，某次談判後，還邀請幾個工會幹部到他的別墅去野餐，屬於江湖義氣型、採懷柔手段的黑道；所以即使工會幹部老嘮叨著要提防暴力手段，還在圍廠夜宿的地方藏許多金屬棍棒，我卻沒有真正擔心過。那個篤定不是只依靠對劉姓監察人的判斷，最主要是吃定新資方未來有更大的增資利益，我認為他不會節外生枝，惹出毆打工人糾紛。所以資方想虛張聲勢嚇倒工人時，卻輪到他們被我們看破。

　　這個虛張聲勢的典型代表作，是次年（1997年）3月的「反圍廠」大動作。那段期間，我因為1994年蛋洗衛生署被判刑60天，我故意不繳納罰金也不向地方法院報到而被通緝中，因此我也不能回家，幾乎每天睡在福昌工廠。3月11日清晨四點半，天將亮時我在睡夢中被值夜的女工慌張地叫醒，告訴我說外面來了好幾輛大卡車，載著幾十個黑衣人、十幾隻狼犬、木樁和鐵絲網，準備反包圍工廠。廠內正好輪到第五組、約25人守夜，九成是中年婦女，她們很快衝到第一線和黑衣人對罵，落單的男工站在後面觀望；我醒來的第一個反應是叫女工報警、拍照，卻發現電話線被剪斷了；我又叫幹部跳牆回家打電話給縣議員，請議員幫忙叫警察。然後我跑到大門口女工後方觀察，看見資方人馬已經衝進鐵門，隔著勞方臨時推倒的桌椅兇狠與女工對罵，並

36　本名吳京遂，股市炒手，高雄縣美濃鎮客家人。

指著後排男工挑釁；十幾隻狼狗被人們暴怒的氛圍牽動的不斷狂吠；年輕的黑衣人從卡車上抬下大木樁和鐵刺網，在大門內占領的狹窄空地當場叮叮咚咚地施工起來，製作約四、五公尺高的大型拒馬，要把工廠反封鎖。

安裝拒馬的敲擊聲，夾雜著狗吠和激烈叫罵，衝突似乎一觸即發，但我也觀察到資方人馬衝進鐵門後就停了下來，邊罵、邊拉緊狼犬，不像要進一步衝入廠區的樣子；而且他們還沒有把工人趕走，就開始大張旗鼓地豎立木樁和鐵刺網，更像是在嚇唬人，而不是真要清場。我鎮定下來，開始推敲資方的意圖。平常工會行動時，警車在三分鐘之內就會抵達監控，那天卻遲遲不見警方到場，事後我們都懷疑他們已被打點；終於來到工廠的三、四個警察，也散漫地放任黑衣人繼續施工與威嚇工人，趕來聲援勞方的國民黨縣議員黃婉如要求警方增援，分局長也終於來到現場，多方人馬僵持到天亮時，黑衣人陸續在警方壓力下將狼狗牽回卡車上安置，我覺得危機已經解除；但黃婉如為了完全逼退黑道，要求警方查驗外來者的身分，劉姓監察人聲稱那些都是資方聘僱的保全人員，抗議警方保護非法占廠的工人。那天天氣很涼，他竟流著汗，沾溼了乾洗店燙出漂亮摺痕的黑色名牌襯衫，那是我看到他最兇狠的一次。被指責而惱羞成怒的分局主管，一氣之下命令警員查驗所有在場者的身分證。

原本正參與對罵的我，一聽到分局長的指示，趕緊悄悄地撤出人群，向親信的女工幹部黃秋鴻交代：我是通緝犯必須落跑。一個男工帶我穿過近百公尺的廠房，到廠區側面工人蹺班時經常攀爬的一個圍牆缺口，讓我從那裡跳出廠區。我從一樓高的牆端跳下巷弄，仍然必須走到警方控制的大馬路才能離開，那幾十個警員全都圍著大門口，竟然也沒人注意到我從側面假裝散步而過。我跑到黃秋鴻家找她老公，並等她打電話來通知情況。這次落跑與1989年遠化工廠門口的落跑不同，當

年頗接近落荒而逃，這次雖稱不上從容，但多一點黑色幽默。

　　早上約八點多，黑道、警方陸續撤退，我回到廠區，幾個趕來的記者在廠區拍照採訪，女工興奮地談論著逼退狼犬的英勇事蹟，卻又突然驚覺當時為何沒有害怕而相擁哭泣（林文婷，1998：28）。那排聳立在大門空地、中世紀古戰場風格的杉木超高拒馬，事後看來真是突兀而滑稽。[37] 九點多，我到大門口對面的公用電話打給鄭村棋，[38] 向他報告凌晨的狀況，他問我：「資方做這個動作想要幹什麼？」我很篤定地回答：「想逼我們上談判桌，先製造衝突讓工人不敢開太高的條件。」他應該是同意我的判斷，接著問：「為什麼沒有早點打電話給我？」我說：「自己可以應付，讓你多睡一點。」他聽了奸笑幾聲後掛上電話。[39]

　　不到中午，美濃吳果然請他的說客──民進黨籍桃園地區立法委員鄭寶清──傳話給工會要求立即談判，鄭村棋、新黨國代紀欣、新黨桃園地區立委賴來焜、他的辦公室主任李新等人趕來協助勞方與資方談判，勞委會、縣政府的官員、縣議員和鄭寶清也到齊，談判一直到傍晚才告一段落，勞方原本要求資遣費一次發放、不得分期，讓步到同意分三期支付，第一期以現金當天交付，另外兩期必須有房地產抵押給工會作為擔保。記得吃過晚餐便當約晚上八點，劉姓監察人押著兩輛黑頭轎車，由五、六個人從車上抱出 3,680 萬現金，堆放在工會

37　這種資方把自己當作城堡主人對抗野蠻人式的自力救濟風格，只有在1988年華夏玻璃開除陳建佳事件中，資方在勞動黨發動抗議遊行時，也用這種自製鐵刺網拒馬將廠區封鎖起來。

38　有關核心決策的討論我都不使用工廠內的電話，以免被竊聽；這是從中時抗爭後，我和鄭村棋養成的聯繫習慣。

39　我能夠做出這個判斷，除了資方當天凌晨欲衝還收的態勢外，還因為資方在幾天內做很多大動作，顯現出急於想了結勞方的心態；包括召開記者會，展示提領的一千萬元現鈔，表示靜候勞方領取；也個別約談自主工聯會長王耀梓，企圖軟化他的立場等。

圍廠的露天帳篷底下的破舊會議桌上，工人生平第一次看到這麼多現鈔，興奮到深夜也不肯散去。[40] 但因為來不及完成發放的準備作業，現鈔當晚藏在工會臨時辦公室桌下，我和七、八個幹部，就地挨著打包的鈔票睡覺，渡過一夜。

八、 期待社會運動中身體的知識生產

身體不是為運動準備好的，不同身體是被不同情境生產出來的。但我們缺乏理解這個生產過程的知識。

由於本章是至2001年截止的生命斷代史。呈現的是2001年組織「裂解」時的我及其身體的狀態，所以2001年後的身體不在敘事範圍內，包括2005年香港反世貿抗爭，和2006年東菱工廠點交抗爭，同年紅衫軍倒扁運動時，工作室內部有關「暴力vs.和平非暴力」路線之爭，及2012年再起的關廠工人激烈抗爭（被勞委會主委指為「將工人身體當工具」），本文未能涵蓋。無疑的，自2004年樂生青年聯盟組成，開始密集使用身體抗爭作為方法後，身體衝撞在運動中已占極重的分量。但組織者對於身體的意義，操作上作用的評估卻極度貧乏。本章只是一個透過深描來發覺異議的實驗，寄望經驗更豐富的後樂生時代的運動者能加入這個極具政治性的實驗。

40　當晚我反而真有點緊張，因為電視媒體報導資方送3,680萬現鈔到工廠，而工會準備次日發放的新聞，我很擔心看了電視臨時起意的搶匪，我們的防範設施比銀行要脆弱太多。

第四章

場域之一：左翼知識分子社群

　　這章主要記錄我在台灣的「左翼知識分子社群」中的位置和行動，包括兩個社群：一是從「在美台左」社群延續而來的第二代海歸派左翼知識分子社群，當年在學運圈被標示為「拉派」的社群；二是「拉派」在1990年解散後，重新組合的前衛左翼刊物《島嶼邊緣》[1]社群。

　　「拉派」的解散固然是社群內部「人」的因素所觸發，但也反映了九〇年代初期第二代海歸左翼知識分子的生涯選擇狀況，和他／她們與領導人蔡建仁工作方法的決裂；此事件也呈現第二代海歸左翼回台灣後所影響的新生代左翼知識青年——學運團體「民學聯」的政治盤算。我以很大的篇幅描述「在美台左」的靈魂人物蔡建仁回台後的狀態，因為他對我的發展和在運動路線差異的說明，都是重要的；他不只是我激進思想的導師，也是我在現實左翼政治上的啟蒙人（繼林孝信之後），我一度是信賴和追隨他的工作風格，到1990年「拉派」解散後才逐漸遠離。而他的工作方法，和我後來加入以鄭村棋和夏林清主導的「工作室」，是兩種運動路線的分歧，即蔡建仁代表「一流人‧謀略」路

1　　有關《島嶼邊緣》的歷史和論述效應，見陳筱茵（2006）的論文，已多處節錄訪談我的錄音謄稿，所以本文將著重於記述目前仍無文獻觸及的「拉派」分合。

線，工作室代表「二流人‧蹲點」路線（見本書第八章）。前述兩種路線的代表，不僅影響九〇年代後校園左翼力量的消長，也是工運第一線工作者與左翼海歸學者之間緊張的來源。

一、 拉派解散事件

「拉派解散事件」是「第二代海歸左派」回台發展後最重要的轉捩點，被社群認為是領導人的蔡建仁，因為脫離原有「在美台左」支持系統，以及對台灣局勢過度急躁的期待，而採取冒進的動作，試圖強迫「第二代海歸左派」政治曝光，與左翼學生聯盟的「民學聯」結合為「新左陣線」，而使社群提早解散，除了少數從此專心學院生涯外（例如王振寰），從此分為三路發展。第一路是蔡建仁鞏固部分「民學聯」力量，維持校園內學運社團運作，另以台南漁權會為基地，結合社運梟雄陳秀賢，試圖以社運力量滲透進入地方政治；第二路是以《島嶼邊緣》為集結的立身學院、跨足文化和性別論述戰場；第三路是鄭、夏的蹲點集體生活。從歷史回顧，小蔡的第一路線雖延續少數學運社團，但未能留下學運菁英，民學聯多數資深成員各自進入民進黨中央和立法院擔任智囊，棄守另立左派路線的目標；第二路線從八〇年代延續到九〇年代中期即已終結，海歸學者各自回復散兵狀態，但在性別／酷兒運動議題、論述上發揮著領導位置；鄭、夏的路線持續整個九〇年代，是唯一發展出群眾性的政治力量，至二〇〇〇年代中期，從工運路線轉向另類選舉路線，以「人民老大」直接民主方式在選舉期間爭取底層選民認同。1990至1991年我的位置是以第二路線為主，跨越到第三路線，最後在九〇年代中期完全進入第三路線。

「拉派解散事件」對說明左翼知識分子在特定歷史條件下的生涯選擇、及其在學運中的映射、對於集體與領導之間的關係、領導產生的

條件、我和威權之間的關係等，都有重大的意義。

（一）「拉派」形成淵源

　　1990年夏天發生所謂「拉（LA）派解散事件」，那個事件裡我所扮演的角色，可能使鄭村棋（也許包括夏林清）更加認為我是沒有擔當的人。「拉派」是「洛杉磯（LA）派」的代號，但是這個代號我們在美國時並不使用，是回到台灣後在特定脈絡下發展出的稱謂，指我們一群在留美時受到保釣左翼團體影響的歸國學人，回台後由蔡建仁（我們暱稱「小蔡」，筆名趙萬來，原先以洛杉磯為基地編輯左翼刊物《台灣思潮》的活躍分子）所召集的不定期聚會，多數成員同時參與學運活動，所以被年輕的學運分子稱為「拉（LA）派」，而我們自己之間，偶而會以「拉group」當作聯絡的暗號。

　　「拉group」成員包括（大約按照回台灣先後的順序排列）：井迎瑞和王介安（筆名王菲林，和井迎瑞兩人創設新動力電影公司）、瞿宛文（中央研究院經濟所）和鄭鴻生（資策會工程師，筆名曾雁鳴）夫婦、鄭村棋和夏林清（輔仁大學應用心理系）夫婦、王振寰（東海大學社會系）和李玉瑛夫婦、何春蕤（中央大學英語系）和甯應斌（中央大學哲學系，筆名何方、卡維波）夫婦、夏鑄九（台大城鄉所）、蔡建仁（高雄社運工作室）和紀欣（九〇年代初仍在美國）夫婦、我（中時記者）和王蘋（文化大學景觀規劃系講師）夫婦，還有郭文亮（逢甲大學建築系）。其中，郭文亮和王振寰、李玉瑛三人，因在台中較少參加拉派的聚會。[2]

2　還有與洛杉磯社群及蔡建仁沒有直接關係，回台灣後也沒參加拉派聚會，但與拉派成員我和王蘋是死黨的丁乃非和陳光興，也被學生視為「拉派」。性質類似的是夏林清的大學同學吳正桓（中原大學心理系，筆名吳其諺），他是由夏林清推薦，和鄭村棋一起去參加洛杉磯社群的《資本論》讀書會，也因為他非常敏銳、政治敏感度高，所以鄭、夏會不定期找他討論，但他不屬於狹義的、有實質聚會的拉派。

　　我們這群人，除王菲林和井迎瑞因為同在加大洛杉磯分校學電影，而與蔡建仁夫婦在生活與組織關係上特別密切外，我、王蘋、郭文亮因為1986年暑假在洛杉磯打工，因此與小蔡也算熟識，其他人在美國的政治聯繫，並不必然以洛杉磯為主要（或唯一的）認同或歸屬；台灣拉派個別成員間的親疏關係也很不同，例如我對王菲林的認識，除了蔡建仁在美國不斷地推崇之外，幾乎沒有其他共事經驗，我和他的熟識程度，遠不及他和讀書會學運分子——例如和他一起翻譯阿杜塞（Althusser）著作的曾昭明、蔡文熙，或是他和井迎瑞、蔡建仁所出面支助的後期綠色小組成員（如謝文生）那樣親近。

　　我們之所以聚集成「派」，是當年留美台灣人保釣運動發展出來的兩個高度重疊的左翼網絡有關係。一個是以洛杉磯為編輯基地，但寫手和成員跨越美國東西岸的《台灣思潮》；另一個是以芝加哥為基地，以林孝信為核心的「台灣民主支援會」，發行《民主台灣》刊物。「拉派」中的大部分人，都同時受過這兩個既結盟又競爭的網絡影響。

　　「拉派」裡不同的人，因為地緣或者自己選擇和運動的遠近，而和兩個不同組織有親或疏的關係。例如，何春蕤、卡維波夫婦當時在印第安納大學（Indiana University），比較接近林孝信活動的芝加哥，他們會來參加夏令營，但並沒有深入到參與事前籌備活動。也許他們也投稿給《台灣思潮》，因此蔡建仁對他們的動態也相當熟悉。

　　我、王蘋以及郭文亮，是被兩個團體爭取的留學生，輪流安排我們暑假去兩地打工。我先在1985年暑假到芝加哥協助林孝信籌備和裝修中文書店，1986年我和王蘋及郭文亮三人，被蔡建仁透過夏鑄九安排，到洛杉磯「老湯」（湯元智）夫婦經營的五金店打工並參加讀書會，因此與蔡建仁、紀欣夫婦關係較近；1987年暑假，我和王蘋再到林孝信書店打工，並充當夏令營的工作人員兼學員。鄭村棋和夏林清1985年底回台灣，所以雖然我在1985年林孝信辦的夏令營初次見到鄭、

夏，但是營隊中太多其他傳奇人物，我並沒有特別去認識他們夫婦。1986年暑假的打工兼《資本論》讀書會末期，又見過一次路經洛杉磯準備回台灣的鄭村棋。我和何春蕤和卡維波只在民主台灣的夏令營見過一次；和瞿宛文、鄭鴻生除了在夏令營見過外，1987年暑假，他們夫婦為回台灣作準備，辭掉芝加哥的工作，遷居到台灣人社群較多的洛杉磯，我和王蘋在芝加哥打工結束，替他們把車開回洛杉磯，補完留學生應有的開車穿越美國西部的經歷。

當1987年底我們陸續在解嚴前後都回到台灣，林孝信卻因為個人因素的考慮沒有回台，所以由已經返台的《台灣思潮》主將的蔡建仁不定期召集大家聚會，故而得名「拉派」（LA派）。

「拉派」大約每隔一、兩個月，輪流在不同成員家聚會，因為當時許多人剛回台灣，處於摸索如何生存發展的階段，見面時會交換彼此找工作或職務上的最新動態；用拉派內部的語言，各成員按照與社運的相關位置，分為所謂「第一線」和「第二線」：蔡建仁、鄭村棋、工黨時代的王菲林、我，這些直接參與社運、或是當記者直接接觸社運的人，是所謂「第一線」成員；其他在校園裡的人屬後援的「第二線」成員。在大學任教的「第二線」成員，會比較各校的制度和交換與行政體系鬥爭的訣竅，也協助分析各校和不同專業中的人脈政治背景；「第一線」的成員會報告運動的現況，其他人再提出詢問或給些建議。蔡建仁除了報告海外同志、舊識的狀況（例如美國王義雄的女兒安安、兒子丹丹的趣聞，對大家的想念等），通常也會做簡短的時事分析，他的特長就是將近期發生的重大新聞事件，用一個拉高層次的左翼視角加以生動解讀，並能指出運動應該切入的大方向；他報告後，成員會進行討論，但很少做成具體決議。成員之間的聯繫，多半是聚會後視工作關係互相連絡，或由蔡建仁單線連絡。偶而蔡建仁會透露一點《台灣思潮》系統在台灣資助社運團體的狀況，例如他們募款贊助「綠色小組」

的硬體設備，並設法在美拷貝另類電影和紀錄片，交人攜帶回台提供
給「綠色小組」和學運社團組訓之用；但基本上，蔡建仁對於《台灣思
潮》的財務是守口如瓶，並不向在台「拉派」成員透露。所以拉派的功
能是聯誼、互助、交換訊息，加上部分政治學習的功能，對於實際的
集體行動，助益並不大；更稱不上基本的組織生活，不過對當時的我
說來，已經是一個集體的認同與歸屬；或者說，我以為那就是某種左
派組織。

　　我隱約知道鄭村棋對這樣的聚會方式不滿意，希望有進一步的集
體功能產生，當他和夏林清決定成立自己的「工作室」，還來不及對拉
派有所要求時，1990年3月就爆發野百合學運，使拉派以個人面貌浮
上台灣主流政治的舞台。當年學運內部左右兩派激烈內鬥是眾所周知
的事，其中所謂左派學生以「民學聯」為代表，而民學聯幕後的主要指
導者就是蔡建仁和其「拉派人馬」（早期如電影人王菲林，稍後包括鄭
村棋、夏鑄九）。蔡建仁回台後先參與工黨的籌組，當工黨內的左翼勢
力——夏潮系，於1988年成立大會的選舉敗給相對屬右翼——主張溫
和改良社會民主路線——並當選黨主席的王義雄勢力後，蔡建仁撤退
到高雄，和社會運動圈中的梟雄陳秀賢合作成立「社運工作室」，以農
民、漁民和河川環保運動為主（偶而介入工人運動）吸納和培訓學生；[3]
1989年底，學運前夕，蔡建仁和「民學聯」的核心成員創辦跨校的學運
刊物《實踐筆記》，[4] 雖然聲稱刊物並非屬於任何機構或團體，但實質
上是民學聯的機關刊物，用來串連和訓練學生。所以在1990年三月學

3　野百合學運前的寒假（2月8至14日），社運工作室和陳秀賢主導的台南縣漁權會合作，
　　延續1988和1989年暑假的學生下鄉工作隊，組成多達一百餘名學生的反後勁溪污染的
　　「清流工作隊」，堪稱解嚴後最大規模的學運社團下鄉活動。

4　《實踐筆記》共出版4期，試刊號出版於1989年11月10日，最後一期為第3期，1990年
　　5月16日出刊。社長為蔡建仁，社運工作室的主要工作人員黃志翔為發行人兼總編輯，
　　編輯為謝文生（當時為綠色小組成員）、陳信行、林正慧。

運前後，蔡建仁對幾個大學的偏左進步社團有著重要的影響力。鄭村棋和夏鑄九在學運時，由民學聯推舉他們成為「五人教授顧問團」的成員，[5] 但其實「民學聯」最核心的指導者是檯面下的蔡建仁。「拉派」的親密戰友陳光興，雖然不是教授顧問團的成員，但他是廣場上最活躍的、親民學聯路線的年輕教授之一。

（二）野百合學運・民學聯・「拉派」

　　三月學運發生時，我已經是《財訊》月刊的編輯兼記者，離開運動的第一線，只是偶而參加「反惡法行動委員會」（活動最多的時期是1990年底到1991年初）的工會幹部組訓活動，以及「工作室」半公開的學習活動（我不是成員，所以其他內部定期聚會、小組等，我都沒有參加）。學運起於3月16日，19日我在學生社團活動裡見過面的東海大學學生方孝鼎開始絕食，20日廣場人數暴增，22日乍然結束；那段時間恰好是四月號《財訊》截稿的時間，所以我從白天趕稿至午夜，下班後才到中正紀念堂觀察學運，凌晨三、四點再搭計程車回士林家睡覺。《財訊》四月號已經截稿，下次出版是五月初，所以總編輯謝金河根本沒有打算報導三月學運，只在四月號中臨時補了幾張學運的照片應景；我到學運現場不是為採訪，而是想湊熱鬧，覺得自己的戰友鄭村棋、陳光興，以及認識的學運分子，都在這個重大政治風暴的核心，很想貼近並發揮點作用。但當時學運有個引發各種檢討的「糾察線」，將學生與一般群眾隔開，我如果不想用記者的身分進入，就只能在線外晃蕩，到處聽那些民進黨的群眾小心翼翼地談論著學運；偶而遇到認識的學運分子，他們會帶我進入糾察線，與民學聯系統的外圍學生

5　另外三個則是代表自由主義路線（親李登輝和民進黨）的台大法學院教授賀德芬、中研院瞿海源，以及「新青年」等民進黨力量推出的台大物理系教授張國龍。

聊天。我當然很想貼近設在國家劇院走廊下的指揮中心，但由於學運膨脹過於快速，學運分子不是忙著招呼新到的學生或應付媒體，就是捲入內部鬥爭，無時無刻不在召開決策會議；教授忙碌的狀況也相去不遠；如果不是廣場上某個力量的代表，不但無法接近指揮中心，甚至沒人理你。整個學運期間，我可能只見到鄭村棋、夏鑄九一次，匆匆講過幾句話；某日凌晨和陳光興交換過意見，他滿臉鬍渣地對我說：學生的鬥爭能力讓他自嘆不如，各自盤算著政治利益，根本不是教授能夠影響；他用慣常誇張的口氣說：「媒體都被學生騙了！」三月學運是陳光興第一次政治鬥爭的洗禮，他從沒經歷過「組織生活」，很難想像那些過著組織生活的學運菁英被歷練成老謀深算的境界，根本不是媒體報導想要塑造和窄化的純真、熱情、理想的學生。最後學生撤離廣場的黎明，我也是和他一起在場觀察，其他很多學運廣場的內幕，則是事後在不同聚會（包括拉派聚會）上聽到。

　　由於野百合學運並不是學運社團在校園組織動員實力的表現，而是資產階級統治者內亂——國民黨主流派接班危機——觸動社會不安而引起的突發運動，當時不夠成熟的左翼學運社團「民學聯」的菁英，對於因為單純所以激進、卻又沒有政治訓練的大多數學生群眾沒有信心，因此在野百合廣場上終究不敵「自由派教授」、「新青年」、「台大學生會」三股既矛盾又結盟的力量（何金山等，1990：104）同意被總統召見，使學運成為李登輝、宋楚瑜等主流派奪權的助力，並撤離出廣場。

　　三月學運可能是二次戰後台灣最具規模，且直接影響政治發展的學運和知識分子運動，但是對我的影響卻不大，作用可能還不及1988年我親身經歷的五二〇農民暴動事件；不僅是因為三月學運過於短暫，更因為我不曾在學運裡面，回台後與任何進步學生社團都沒有固定的關係，只是偶而參加民學聯的組訓活動；在學運現場更沒任何角色，甚至稱不上外圍，只是擠不進權力外圍的觀眾；還有總的來說那

個階段應該是我自美國回台灣後，距離「運動／工運」最遠的一個階段，不在工運第一線，而是在股票資訊月刊當上班族，和工運團隊「工作室」也處於一個疏離狀態。當然在學運現場，我會像觀察其他群眾運動一樣，習慣性地不斷設想自己如果是當下的指揮、幕僚或群眾，將如何反應（也可以說是一種自發性的「運動同理心」學習技巧），但如果不用負擔任何成敗的責任和風險，也就不會有太多的學習效果。相對來說，五二〇事件因為自己數度誤入群眾或警方的包圍圈，如果不立即做出判斷，就會有被打的風險，因此對於警民雙方躁動的規律，有很深刻的印象。

在三月學運的最後一天（或倒數第二天）的深夜，在廣場糾察線的外圍，自主工聯用簡陋聲援布條圍起小區塊，聚集曾茂興、許守活（也許有劉庸）等十來個工會幹部（那時李文忠應該已經離開工運準備選國大代表了嗎？），可能是他們草莽氣完全無用武之地，區塊裡氣氛十分低迷；而我也不知道能在那個區塊對學運做些什麼。對工會幹部來說，我雖是以前的同事／同志，但現在也是外圍。我想，那種脫離第一線，因此無法參與這麼「大攤」的事件的扼腕感覺，一定有助於我在1991年夏天被鄭村棋和劉庸說服回到工運。

那個深刻的遺憾感，毫無疑問是在野百合運動當下所遺留的，此外，我開始意識三月學運對運動的意義，也是1991年底重回工運之後。工運裡主要合作對象「工作室」的成員中，許多人是學運的外圍分子，例如輔大勞工社的李易昆、柯逸民、董榮福、王醒之、顧玉玲、與文化大學的陳柏偉等；或是被學運感染而在後期到廣場的單純非激進社團學生，如卓玉梅、蘇雅婷等，鄭村棋常會將他們與轉進勞工陣線的學運菁英（新潮流和中興法商兩個系統）做比較，來闡明他的「二流人運動哲學」（見本書第八章）；成員自己也這樣解讀當時在學運

中、功能性而非決策性的邊緣位置。[6]這個對比其實延續到工運現實裡激烈的競爭，主要是和組織者透過工運向上爬升的新潮流和中興法商協同的勞陣派系成為對照，並且競爭路線的正當性。2000年民進黨執政後，大量學運幹部包括曾自稱左翼的民學聯核心成員曾昭明等，進入權力核心並「背離」[7]社運路線的時候，正也是「工作室」本身面臨著領導世代交替困難的瓶頸；民學聯成員背離運動的歷史，就成為我思考**「左翼運動到底要有什麼基本條件，才可以持續原本的路線？」**時，偶而出現的對照背景。

(三)「新左陣線」和「拉派」解散

　　當年拉派的被迫解散，是否是某種左翼運動條件和方法成敗的指標？民學聯在野百合學運挫敗後，約於1990年暑假前（最可能是五月），[8]蔡建仁運作《實踐筆記》所串連的學生領袖，準備發表〈台灣新左翼綱領〉之類的聲明，[9]企圖宣告成立一個左翼學生與左翼教授（基本上以拉派成員為主）的聯合陣線，名稱類似「新左翼陣線」或是「人民民主陣線」。但是他在運作這個高度政治敏感的聲明時，完全沒有事前告知被列入名單的拉派學者，就與學生密謀將他們的姓名列於草稿，並流傳到各學運社團去閱讀連署。而當時也沒有任何與拉派成員熟識的民學聯幹部，將這個大動作告知拉派成員，可見民學聯學生領導和蔡建

6　見李易昆（2005），轉引自夏林清（2006），頁213。

7　鄭村棋用語，他認為用「背叛」太沈重，因為台灣左翼沒有典範、傳統，左翼學生要甘於寂寞長期的耕耘，比較幸運的人可以得到扶助的機制，否則就是焦慮，並在挫敗中妥協而背離。引自何榮幸訪鄭村棋，見何榮幸（2001），頁67-68。

8　鄭鴻生對時間有不同的推估。

9　由於這份綱領文件當時是「閱後銷毀」，所以無法確定文件的名稱、內容與日期，是根據陳筱茵（2006）的碩士論文，《島邊》成員提到「卡維波與何春蕤不久前曾與小蔡衝突」，來推測這事件大約發生於五月。

仁是有比較清楚的內部組織關係，而「拉派」在這個組織外部。

當王振寰透過學運社團的學生手中看到這篇聲明時，[10] 緊急告知其他拉派成員，大家的反應普遍是震驚與覺得被「出賣」而憤怒（我自己的狀態見後）。我們可能與蔡建仁進行一次或兩次的談判。印象中有一次是在台中某旅館的房間裡，但拉派成員並未到齊（至少鄭村棋、夏林清好像不在），在場的卡維波、何春蕤是主要發動者，與蔡建仁發生激烈的爭執，我和王蘋（還是只有我自己？）在爭論中幾乎沒有發言。談判結束後，其他人都先離開，但我（還有王蘋嗎？）不知為何和蔡建仁仍留在房間裡，隔著台灣味的暗色花紋床罩大床，無語地對坐著。

我猶豫著不敢挑戰與蔡建仁的關係，是害怕他激烈的報復情緒，或是因為洛杉磯共處的情誼，或是面對導師的敬畏，而試圖掙扎出一個不是立即斷絕的可能。蔡建仁必然是看到我的軟弱或情感，而開始極度嚴厲地詛咒起卡維波，並且用哀怨的語氣對我解釋那份左翼綱領在政治上的重要性；也許他企圖將我和王蘋中立化——我們至少與他相處過一個暑假。但我只是僵持著，最後也沒有給他任何一句結盟或支持的話。

第二次談判鄭村棋和夏林清在場，而鄭村棋似乎取代卡維波成為主要發動者，我記得與蔡建仁激烈爭論的焦點之一，是蔡建仁到底是否願承擔起「拉group」的領導責任。鄭村棋對蔡建仁說：「大家都期待你能夠上我們這個團體領導的位置，事實上也只有你有能力上這個位置，你能做政治分析、情勢判斷，但你卻不上。」蔡建仁卻說：「我認為大家覺得有些事該做、想做，就湊在一起來做，那有誰領導誰的問題！」他又說了「我何德何能，可以領導你們這些大學者」之類的話。當時我可能已經處於準備與蔡建仁「劃清界線」的心理狀態（更精確的

10　根據自己模糊的記憶，是否為王振寰率先得知並不確定。

說法應該是：準備等別人發動與蔡建仁劃清界線，然後跟在後面也劃清界線），所以不理解鄭村棋在最後談判時，提出這個要求的動機。現在想，鄭村棋當時的狀態和其他「拉group」的人並不一樣，他還試圖做最後努力，要將「拉group」組織化──在有權、有責的領導下集體決策，但其他人卻已經準備鳥獸散。那次談判裡，我仍舊沒什麼發言，讓鄭村棋在第一線與蔡建仁對抗。

在與蔡建仁攤牌之後，「拉派」其他人又聚會商討善後的對策（地點在延平北路上一棟日據時期仿西式透天磚造樓房的二樓，是蔡建仁的朋友提供給《實踐筆記》作為編輯部之用），所作的決定大約是傳話給民學聯的學運領袖，表示並沒有所謂的「拉派」，且左翼聯盟公開亮相的時機並未成熟，不會參與那個聲明。那次會議並且請民學聯推派的代表──已經從輔大畢業，仍是民學聯領導之一的《台灣時報》國會記者蔡文熙──全程參與討論，並作為傳話給其他學生社團的窗口。

也許從蔡建仁的認知裡，這是試圖將他在學運圈中判下政治死刑的聚會，學生知道他不但無法領導左翼學者，而且是被當紅的進步教授們抵制的孤鳥。

（四）「拉派」解散和「民學聯」的向右偏離

如果參照捲入「後野百合學運（廣場集會之後）」的黑手那卡西團長陳柏偉在2003年的回憶，[11] 以及民學聯領導人陳信行2000年的回憶，[12] 在拉派解散前後，其實學運分子處於積極找出路的狀態；包括陳柏偉提及的三月學運分子發動的「整合校內各派系」的密謀會議，還有陳信

11　見陳柏偉寫於2003年1月28日的文章〈2003年的舊文：青春之歌〉，2006年4月10日載於http://blog.roodo.com/nakasi/archives/1397282.html。

12　陳信行的回憶，見陳信行口述，江仁傑整理的文章〈1980年代至1990年代初期學生運動的檢討〉（網址：http://www4.webng.com/wda2/xxx.asp?eID=177）。

行提及的「民學聯」的分裂——部分領袖決定放棄群眾路線，加入民進黨。估計「拉派解散」發生的時序是這兩個行動的同一階段。何榮幸將後野百合學運當作一個整體來描述：

　　　　野百合學運之後，「全學聯」與「台灣學生教授制憲聯盟」陸續成立，並且歷經〔1990〕「五二○反軍人干政遊行」、〔1991〕「獨台會案」與〔1991〕「一○○行動聯盟」等重要抗爭事件，一直到學運由盛而衰、呈現多元面貌發展，則又歷經了四、五年左右的餘波盪漾，成為野百合學運的續曲終章。（何榮幸，2001：11-12）[13]

　　事實上野百合從不是一個整體，特別是撤離廣場之後，其實各派系在校園內外展開更激烈的競爭。不過從何榮幸排列的重大校園政治行動來看（其實1990年12月有「台灣教授協會」的成立，1991年4月還有「台灣學生教授制憲聯盟」的抗爭，5月有史上最多學生參與的一次最大規模的反核遊行），顯然後野百合時期的校園政治，繼續由非民學聯系的政治掛帥路線所主導，包括自由派教授、民進黨新潮流外圍的「新青年」學生和台獨路線的台教會教授網絡等。

　　因為同一時期李登輝任命軍人郝柏村擔任行政院長，重組內閣（1990年5月），不但正當化民進黨政治掛帥路線在學運圈中的壟斷地位，且使提供民學聯路線再生產的社會運動，遭到郝柏村的強力鎮壓。猜想「民學聯」和「新青年」在「全學聯」內藉著「整合派系」來爭奪後野百合時代的校園地盤時，「民學聯」落於下風，因此蔡建仁試圖動用各種資源來鞏固「民學聯」對學生的影響力，所謂的〈台灣新左翼綱領〉和「新左翼／人民民主陣線」的構想，可能就是這樣產生的。

13　此段引文中的〔〕代表年份，為本文作者所加。

　　蔡建仁後來不免忿恨地將民學聯的崩解，歸責於拉派學者的軟弱膽怯。由於目前缺乏民學聯內部的歷史發展可供對照，所以很難論斷拉派解散與民學聯路線瓦解之間的具體關連。根據投靠民進黨的民學聯核心成員沈發惠2001年的回憶，1992年國會全面改選，民進黨立委席次從12席暴漲為50席，亟需大量的國會助理，民學聯部分成員討論後，認為進入國會體制內改革，也是一種運動路線選擇（何榮幸，2001：229-230），所以他們半集體地投靠民進黨；民學聯另一個大老周家齊也用當時曾有「體制內改革」的想法，呼應沈發惠的回憶（同前引，頁290）。再加上社運被打壓的低迷氣氛，我猜測資源薄弱的「新左翼／人民民主陣線」即使成立，也不足以改變民學聯菁英想要快速介入主流政治的野心。所以拉派的半公開解散，可能加速民學聯菁英向右偏離的時程，但不是決定性因素。

二、 威權的差異：蔡建仁和鄭村棋

　　本節將處理我在運動中的四個導師（mentor）對我的意義，包括林孝信、蔡建仁、丘延亮、鄭村棋。他們每個人對我發生的作用並不相同，威權的程度也有很大的差異，但相似處在於都有某一時空對我進行「貼身教練」（embodied coaching）。夏鑄九就比較不是「導師」，而是「師兄」角色。

（一）蔡建仁的行動風格和後果

　　與蔡建仁談判之後，鄭村棋（夏林清也在場）特別和我檢討與蔡建仁的關係，我仍然沒有明顯地站邊。鄭再度追究到1988年底，新光士林廠關廠抗爭平安夜撤退之前，當天中午的「三字經事件」。那天中午蔡建仁在沒有照會其他人，又不聽勸阻的情況下，不斷單槍匹馬地

用三字經刺激保全人員，但其實治安單位已經和保全人員設下圈套、準備挑釁群眾來製造暴力鎮壓的藉口，蔡建仁帶著一廂情願、以為是將計就計的盤算跳入那個圈套，他想製造事端、激發群眾抗暴；最後他被警察掩護的保全人員拖到新光大樓裡私刑毆打，實力懸殊的自救會當時根本沒有能力奮起抗暴，[14] 使得女工最後的士氣全面崩解。蔡建仁之所以失算，其中一個主因就是他沒有蹲點，因此既與群眾關係疏遠，又不理解當時內部領導已瀕臨瓦解的窘態。

鄭村棋認為蔡建仁在「新光三字經」和「新左陣線」事件中，對待同志和群眾的態度都是把別人當作棋子在下。的確，回想小蔡在這兩個事件中都是用一個「將軍」的險棋，將場域內的對峙結構立即升高為攸關生死（至少是成敗）的決戰布局，迫使敵我陣營的人都必須在這個結構下做出選擇。「三字經事件」中，小蔡挑釁保全，其實卻將了群眾和我們這些在場領導一軍；「新左陣線」事件中，小蔡用學生製造群眾壓力，來將左翼學者一軍，企圖把拉派班底趕鴨子上架。鄭村棋表明這不是他所認同的領導方式和同志關係，鄭村棋說：「我承認有時候知識分子的確需要趕鴨子上架，他們才會面對自己與運動的關係，但不可以像小蔡這麼粗暴。」

無論如何，當時我仍然沒有在新光事件上表態，沒有明確同意蔡建仁突出自己的挑釁動作是違反集體行動的原則。我那時仍用很教條的道德標準判斷對與錯：蔡建仁抗暴被打，不能說他錯，只是他不了解自救會內部的狀況，是我們沒來得及給他彙報戰況。

14　類似的事件在2006年5月31日，學生林柏儀違反集會遊行法宣判日，蔡建仁與學生和社運人士前往聲援，因為警方拿DV攝影機拍攝聲援群眾，蔡建仁主動拍擊警方DV，干擾警方蒐證，無預警地引發衝突，蔡建仁被警方拘留四小時。事後他憤怒地對《破週報》記者抱怨在場學生沒有跟著他學習正當防衛：「學生看不懂，訓練給學生知道，學生也不上來。」顯見蔡建仁的典型行為模式，到2006年也沒改變。見郭安家（2006）〈在那種場合沒有抗議是豬〉。

然而蔡建仁的行為不只是道德問題，還牽涉到極度關鍵的組織或集體的關係問題，但我那時候沒有真正經歷嚴格的集體生活，不會從這個角度去看待對蔡建仁的糾纏情緒。例如：他與我們是什麼關係？而我們必須給他彙報？是領導、顧問、還是戰友？彙報之後他仍按照自己的判斷行動時怎麼辦？他很能煽動、激勵士氣，但他對於特定運動事件的投入程度，需不需要有具體承諾？

蔡建仁的專長是分析政治風險和機會，對於各種產業背後的利益勾結知識豐富，可以快速將一個勞資爭議抽象到較高的政治對抗層面，並轉換成生動的日常語言激發群眾意識、掀起對立。他應該也是自許為煽風點火的職業革命家，所以他參與運動的方式，是在不同事件的現場穿梭，哪個現場火爆、緊急，他就優先出現於那個現場，以救援軍師身分介入，向幹部提供戰略指導、向群眾演說，並經常身先士卒，到第一線挑釁衝鋒。當運動處於1987至1988年的高峰時期，他這種角色可以發揮著爆破的作用，遺留的負面效果也容易被消化掉。但即便在運動高峰，其實仍然必須培養「幹部／群眾」間的信任，也就是讓群眾相信外來組織者是利害與共，而不是利用群眾凸顯自己。同時也要處理群眾之間的各種差異，使之能夠集體行動──也就是組織工作，還有同樣考驗著耐心的後勤、行政、協調等煩瑣的事務。蔡建仁很少蹲下來負擔這些責任，通常是他的門徒們，例如社運工作室的黃志翔、陳信行和林正慧夫婦會幫他解決這些幕後工作，那是因為他們之間有個相對明確的師徒關係，所以可以這樣分工。但是蔡建仁跟我們「拉派」，或者工黨時期合作的夏潮人馬之間卻很曖昧；只有我和王蘋算是他的門徒，然而拉派的其他人都不是，他也沒有試圖積極地去界定這些關係。

若用軍事組織的比喻來看社運組織中的分工，是否要求社運組織的每個成員都要變成全能的組織工作者：既是可以帶兵打仗的連排

長，又得熟悉後勤幕僚作業，且兼具處理人的能力的政戰人員（政委）？

　　理想狀態是按每個人的不同特長，每個部分發展的比例各自不同，然後透過集體關係的互相搭配。但現實上，每個成員當下可能只具備單一較成熟的能力，且處於不對等的分工位階——以新光關廠抗爭時期為例，蔡建仁專於戰略和煽動、鄭村棋善於組織（加上搭配的夏林清）也能掌握戰略、我和王蘋勝任幕僚後勤工作。這些分工不是專長的差異／差別而已，並有著權力關係，上一層的能力決定著下一層工作的方向與內容，蔡建仁偶發地以戰略指導者（和著手實施者）角色占據領導作用的位置，其角色和行為影響著團體的行動和發展，引爆衝突後又不留守處理後續的關係。即使他假設我們其他人應該替他營造與群眾的信任關係、醞釀抗爭可能、善後轉化衝突的效應，那麼在現場外，他也必須和我們有另一組集體關係來處理這個分工，但是顯然在他的世界裡沒有這個需要。

　　也許從他個人的角度設想，具有爆破煽動專長的人，掌握最多的穿梭串連的機會，才是擴大烽火最有效的方法；所以他不願受到任何約束，也不做具體承諾，以保持最高的機動性，隨時轉移陣地。

　　但從團隊效果來看，我、王蘋和鄭村棋（以及當時較少到第一線的夏林清）的搭配，明顯發揮著整體大於個體總和的集體效果（1+1>2）；但是蔡建仁無組織性地即興加入，卻反而抵消了他的長處。

　　對於這些矛盾，我明顯採取逃避的態度，當然是因為蔡建仁在我身上留下的父權印記。蔡建仁是性格極端、愛恨分明、表演性強而霸道的人，他的情緒會因為政治工作的需要而顯得極度誇張、強烈，我屬於那種經常被他震懾並佩服那種震懾力的後輩，從1986年開始被《台灣思潮》吸納時，就是這個狀態。

（二）鄭村棋和丘延亮的導師位置

　　2003年，台社15週年的研討會上，我、鄭村棋和丘延亮同台討論，我在描述自己作為一個左翼知識分子的發展歷程時，說林孝信、蔡建仁、丘延亮在美國時是我的師父，鄭村棋是我回台灣後的師兄。鄭村棋在當場糾正我說，丘延亮如果是我思想上的師父，他就是我實踐上的師父，而不是師兄、弟關係。

　　顯然他的糾正是要釐清一個路線的繼承問題，對他說來，集體生活基層蹲點的組織路線，不是從美國保釣左翼人士思想教育裡繼承下來的，而是他和夏林清及「工作室」在台灣實踐出來的。特別是九〇年代，每個人選擇與運動的關係位置後，當年美國的這些思想啟蒙大老，反而遠離組織生活的實踐路線。

　　但如果從我和這些啟蒙「大老」或導師的權力關係來分辨，這些人當中，真的只有蔡建仁最符合刻板化的父權形象。丘延亮總是想當父親，但沒有那個威嚴感；我2004年到香港後，重新觀察他身邊弟子對待他的關係，都是從公到私大小瑣事全部包辦打點；我想1985和1987年暑假我在丘延亮身邊時，應該也是同樣角色；但那種服務關係，更像服侍寵壞的小孩，而不像服從父親。林孝信是我的社會主義思想的啟蒙者，他對待新人的方式是循循善誘、不厭其煩地重複闡釋，所以更像兄長，而不像父親。鄭村棋對人要求極度嚴厲，從態度和語氣來看，的確符合負面的父權形象，但他會盡力讓被要求者理解被嚴厲對待的意義，而且經常刻意要求被督導者提出自己的看法和意見，所以不論是要求的同時還伴隨說明的過程，或是因為被督導者面對一個以威權方式要求自己挑戰威權的師徒關係裡，所產生的主體意識，使被督導、被指揮者即使不一定有能力挑戰，仍確知關係上保留可以挑戰、討論的空間；所以他是男性嚴厲，卻又非毫無反駁餘地的嚴父角色。

　　我開始和鄭村棋關係密切起來，是1987年底回台後，被鄭村棋介

紹到《中國時報》當勞工記者，旋即又「意外」地發生組織中時工會的事件（見本書第七章），從採訪新聞、觀察工運到自己成為爭議當事人，都是鄭村棋貼身指導；但那時鄭和夏林清還沒有成立工作室，我又直接和他們一起參加「拉派」會議，除形式上居於領導位置的蔡建仁外，其他人似乎都是平起平坐的成員，所以對鄭村棋之於我的另一組實質的領導或組織關係的認知被混淆，我總覺得他不過是屬於同一輩分的戰友；如果再加上1989年後我自己以夫妻為小單位的運動生涯設想（見本書第二章），應該是我和鄭在1991年後到1994年加入工作室前，對彼此關係的認知產生極大的差距與衝突的來源之一。

　　我和鄭的師從關係，與我和蔡建仁的師從關係質地不同；我也曾忤逆鄭的指導（1999年公娼抗爭），但從沒有像1990年與蔡建仁衝突時，那麼恐懼和不安；又因為我血緣上真正的父親，是個沒有威權的「小男人」，所以某種意義上，蔡建仁是我生命經驗中的第一個「父」。因此「弒父」般強烈的陰影，在我心中與「拉 group」的解散不可分割。

　　雖然拉派解散實際並沒有「弒父」情節，因為主要出手的人是卡維波和鄭村棋，對他們說來，蔡建仁不是「父」，甚至不是「師」；蔡建仁只有對我說來是「父」，但我沒有膽量做出「弒」的動作，只是站在鄭和卡背後，默許他們出手。我的心理上，應該是恐懼、膽怯，混合背叛父親的自責與羞辱。

　　拉派解散事件，是以陰暗與痛苦為代價的，似懂非懂地面對左翼知識分子組織倫理的第一堂課。但是這堂課的效果，並不是立即發生作用，這個教訓一直等到1996年前後，我自己走上抗爭領導位置，特別在福昌紡織關廠事件單獨面對成敗之後，才逐漸清晰起來。

　　如果不是拉派事件，因為鄭與卡提早完成我的弒父情節，或許我還繼續效忠著蔡建仁式的煽風點火運動路線。民學聯的黃志翔，1999年九二一大地震後，擱置他相當成功的主流電視劇編劇的生涯，回頭

追隨蔡建仁，南下災區擔任「九二一災盟」祕書長，也許就是一個沒有
完成弒父的我的可能寫照。

（三）蔡建仁路線下我的分量

在蔡建仁的左翼陣線名單裡，我相信自己是排在很後面，因為搞
運動我遠不如鄭村棋的「快、狠、準」，搞理論我又不如卡維波的刁鑽
古怪；我是個只改造半吊子的書生，既失去年輕學者的風格，又還沒
有長出搞運動的草莽氣魄和流氓氣質，更沒有眷村出身的王菲林的豪
爽與熱情。陳素香後來形容我那時的氣質——根本是個「卒仔」。

而且我又是「純」外省人——生父母都是外省人，老婆王蘋也是
「純」外省人。蔡建仁一定不滿意夏鑄九撮合我和王蘋，因為他在我們
面前抱怨過某個外省人找女朋友時，還要找外省人，不利於拓展政治
工作；他明顯偏向外省人應該透過跨省籍聯姻來使自己本土化。他雖
然沒有明白說過外省人搞社運難有作為，但從他對其他人的評價可以
推測出大約的結論；他唯一讚賞過的外省人運動者就是王菲林，總是
興奮地講述王菲林在洛杉磯Bel-air富人區當管家時，將洋酒牛排偷帶
出來的膽識，還有他替華人旅行社打工擔任賭城導遊時的賭徒性格，[15]
以及效仿切·格瓦拉（Che Guevara）騎機車環島拍攝工廠和台灣農村地
景的傳奇旅行。1986年在洛杉磯，蔡建仁也在我和王蘋面前與眾人討
論過「勞支會」（勞陣）要角——外省人賀端藩，說賀端藩來美後找他
談過好幾次，但是賀有外省人原罪情結，無法走出台獨的道德壓力。
蔡建仁特別激賞那種可以講流利閩南語、酒量好、嚼檳榔、葷腥場所
不忌的學運「大老」。[16]他可能和學運出身的「痞子劉」（劉一德）一樣，

15　王菲林在UCLA電影系時代生活趣事，見李天任的〈I-House的王吉柯德〉，收錄於簡娸
　　等人主編（1993）《一曲未完電影夢》，頁335-344。

16　某次，應該是拉派解散幾年以後，我聽到蔡建仁描述民學聯大老周家齊（應該也是外省

認為這是知識分子自我改造的某種指標；[17]我想蔡建仁一定認為我從省籍、語言能力到書生身段，都難以在群眾運動中生根、發揮領導作用。

猜想蔡建仁1990年版的「革命幹部」排行榜上，夏林清的名次一定比我高，但也一定靠近末段班──外省人、個人主義心理學背景、改良主義傾向。但我一度卻是蔡建仁式識人哲學的忠貞信奉者，懷疑著夏林清那種助人專業為基礎的組織方法；這個信仰在2001年我面對自己領導工作室的失敗時，才開始漸漸動搖，並且比較能理解夏林清發揮的各種作用（我與夏林清的關係，見本書第八章）。

三、 自我生涯盤算與集體

本節將闡述因為「拉派解散事件」，而暴露出有關個別知識分子行動者的盤算和集體利益之間的選擇，將之放回當時社會氛圍來解讀。左翼知識分子在「組織」上無法「出櫃」，既是現實壓力，也是生涯選擇的結果。

（一）左翼可流行、不可組織化的現實壓力

前面比較集中於回憶和理解蔡建仁個人的行事風格，以及他與我的關係。我想再將蔡建仁放回「拉派」的集體關係中，來理解解散的意義。表面上拉派解散的原因是與蔡建仁爭執「亮出左翼陣線時機是否成熟？」但決裂的檯面下原因卻也包含拉派大多數的成員「不願進入組織／集體生活」。與蔡建仁同樣希望拉派更加組織化的鄭與夏，卻又對

人第二代）在進入民進黨後攀升迅速，其中原因之一是他能徹底融入酒家文化。

17 劉一德於八〇年代期期就積極參與學運，主張工學聯盟，反對選舉；1991年卻在謝長廷支持下，參選國大代表並當選。2003年他接受何榮幸採訪時說了一句名言：「跟周伯倫去酒家，才覺得百無一用是書生」（何榮幸，2001：285）。

於「什麼是同志關係？」與蔡建仁徹底的分歧。雖然後面這兩個分歧當時幾乎沒有成為檯面上爭執的焦點。

我自己在那個時刻，對這三個問題（時機成熟否？是否進入集體生活？和什麼是同志關係？），我都沒有清楚的立場，又陷入一個投機狀態。對於第一個問題立場不堅定，可能因為我的當時位置是記者，所以沒有被列在「左翼陣線」的名單裡（印象是未列入，但現在無文獻可供考證），因此沒有迫切感？如果我還在工運第一線，又在名單裡，我一定被迫要更清楚地選擇反對蔡建仁的立場，因為豎起「左翼」旗幟，在工會核心圈內將與勞動黨路線混淆（當時我們延續《台灣思潮》的立場，認為中國改革開放是背離社會主義的走資路線），在工運核心外的群眾裡，則會妨害組織工作，例如在中時工會，或是鄭村棋蹲點的國際機場桃勤工會，如果當時我們這些外力亮出左翼招牌，一定會遇到極大的阻力（尤其是政治敏感的中時工會），包括被資方拿來當作鎮壓工會的理由。

然而我在拉派從不是以「記者」的身分參與，而是以「暫時離開第一線的成員」的身分參與，對蔡建仁的密謀我一定有政治迫切感。我沒有清楚向蔡建仁表達反對的立場，主要還是因為我與他有師徒關係，那個父權效應使我不只害怕與他衝突，而且認為他的指導有權威性，對於自己對風險的判斷能力沒有信心，覺得也許可以一試。不過那也是因為自己不在第一線，因此可以不負責任地縱容這種姑且一試的逃避心態，所以比較像是自己所處的現實位置和蔡建仁對我的父權互相強化的結果。

其他拉派成員對於「左翼陣線時機尚未成熟」的判斷，則因每個人在運動中的角色而有差異，但是對於白色恐怖的戒懼與謹慎，應該仍是一個普遍的憂慮。拉派成員全部都經歷過即使在美國也要為「安全問題」隱姓埋名，甚至改名換姓的戒慎氛圍，例如我在美國的任何台

灣人政治聚會的場合，都叫做「小吳」，盡量不透露真名。回台後所處的八〇年代末、九〇年代初，白色恐怖不僅是一個心理的後遺症，還是具體可遇見的鎮壓手段。至少我在1988年參與中時工會籌組時，正如每個活躍的社運人士一樣，也被調查局的人「約談」過，[18] 1988年底和1989年5月，我又經歷情治單位和鎮暴警察聯手鎮壓的新光士林廠關廠抗爭和遠化罷工，我想即使不在社運第一線的學者，也不會相信政治解嚴會真正落實到社運和學運的層次，更何況當時是軍事強人郝柏村出任行政院長。1991年5月9日凌晨調查局兵分四路逮捕獨台會成員，包括為了碩士論文而去日本訪談史明的清大研究生廖偉程，可見情治單位當年對於海外左派的監控，並沒有因為解嚴而有所鬆懈。

　　不過解嚴三年後，1990年在大學校園內討論、教授左派理論幾乎已經沒有禁忌，反而因為四十年反共戒嚴體制的壓抑突然解禁，使年輕學生對新舊左翼理論特別饑渴好奇，甚至成為一種流行指標；不但翻印為繁體字的盜版古典《馬恩選集》和《資本論》在校園旁書店公開熱賣，夏潮系稍早（1983年2月至1986年7月）的《夏潮論壇》，後來的《前方》雜誌（1987年2月至8月），也不斷推出討論社會主義動態的文章；新馬克思主義思潮，則隨著《南方》雜誌的創刊（1986年10月至1988年6月），和南方叢書出版社的新馬叢書（陸續於1987至1989年間）出版，也成為學運社團必讀的出版品。野百合學運前後，校園裡流傳著一篇名為〈如何在七天內成為馬克思主義者〉的文章，諷刺左翼風潮的膚淺，但也反映當時左翼思想當道的特殊現象。

　　正由於左翼思想以流行消費的方式傳播，所以威脅性反而降低，

18　調查局的人約我到永康街的東來順吃晚飯，飯後他談著時局和政治，並詢問我父母的狀況等，簡單提及有關「中國時報」工會的事。不知是否調查局因為問不出情報，所以那次晚餐後，就再也沒有和我聯繫。另外，拉派成員王菲林也被調查局人員（他的大學同學）約談過，見簡娉等人編（1993）《一曲未完電影夢》，頁361、415。

幾乎沒有右翼學者發動反撲或消毒。然而當思想落實為具體組織，仍有非常敏感的政治風險。解嚴後第一個公開的左翼政治性組織，當然是工黨，然而工黨中的左翼——夏潮系，被迫向王義雄的社會民主路線修正，也是夏潮系在白色恐怖深入民心的社會求存的必然妥協策略。對於準備在校園潛伏發展的拉派左翼學者，更不願提早公開組織化。除了其中部分人（何春蕤、卡維波，也許還有郭文亮、王蘋）首次進入學院體制，且尚未通過升等考驗，很容易被當權者以程序性藉口不再續聘之外，更有被孤立的危險。當時拉派學者是趁著學運熱潮和左翼思想流行的形勢，在各領域引介進步理論或以新的教學方法與親密的師生關係（特別是夏林清）來吸引學生；若直接亮出社會主義的招牌，雖然菁英的民學聯領袖將多增加一個旗幟來與新青年或中興法商系競爭，但也會嚇走可能被吸收來改造的較單純的學生。

（二）「第一線」和「第二線」的運動位置

　　所以除了白色恐怖的疑慮之外，拉派多數成員對於「亮出左翼招牌的時機」的判斷，主要關切的是「是否有害於自己在校園內生存？」將校園內生存當作首要的個人利益（或將之認為是某種服務於運動的目標），的確是拉派內部的一種默契，蔡建仁也相當鼓勵回台的成員開發這種進步學者的「第二線」生涯策略——即先在校園內生存，再發展學生，發展出來的學生輸送到社運部門訓練改造。至少他對我和王蘋回台後的生涯規劃，也清楚地循此輸送路徑發展。記得我們倆回台前，蔡建仁知道我們抗拒婚姻的形式，還特別叮嚀一定要去辦理結婚登記，因為合法夫妻有利於在校園潛伏，不會因閒言閒語而受到矚目。若不是回台後鄭村棋意外邀我進入《中國時報》，我可能也會像王蘋、郭文亮一樣，開始尋找大學建築系的教職，而走上完全不同的生涯。

　　從發展社運的角度來回想，不能理解蔡建仁為何沒有積極催促我

和王蘋學習王菲林的榜樣，進入「第一線」的社團或工會擔任專職運動者？是他判斷我們能力後適才適所的規劃嗎？還是他認為我和王蘋沒有草根氣質，在「第二線」校園反而可以發揮更大的作用？成員如夏鑄九或王振寰，留美時已經是留職停薪的講師或副教授職位，或是像卡維波、何春蕤，在校園發展的主觀意願強烈、又具學術功力，回校園當然是首要選擇；但我和王蘋，客觀成就和主觀意願都不見得適合在校園發展，但蔡建仁仍然沒有積極鼓勵我們走向第一線。也許當時社運還沒有創造出可供溫飽的工作職位，或是蔡建仁擔心我們吃不了第一線的苦？

　　在拉派裡占多數的學者成員（夏林清除外），主觀上也認為自己最適合扮演這種「裡應外合」的「第二線」分工，或是說，他們當時設想個人生涯從體制內軌道偏離往社運的上限，就是擔任這種分工，而不直接成為「第一線」社運人士。蔡建仁胎死腹中的「新左／人民民主陣線」，逾越那條大家默認——包括他自己先前也從不挑戰、甚至積極維護——的紅線。夏林清在2001年將自己定位為「側身學院」（夏林清，2002a：152），就是以運動中的發展為主軸，學院是提供反思、結盟、開拓新人的空間，以有別於主流學者的「躋身學院」；或是有別於「側身運動」——即以進步的學術生涯為主軸，間接聲援社運，或僅在思想戰線上鬥爭。台大城鄉所任教的夏鑄九是這種「第二線」分工中「側身運動」的典範，在美國柏克萊時期他把我、王蘋、郭文亮引介給蔡建仁和林孝信發展，回台後在城鄉所將學生輸送給無住屋等都市運動；東海社會系的王振寰在九〇年代初期，也是東海進步學生社團「人間工作坊」主要的後援力量，雖然後來他走回體制內，最後成為校園內保守力量。當時何春蕤、卡維波夫婦剛到中央大學就任，後來在校園外比較活躍的何春蕤，那時專注於學術上的生存，幾乎不在公開的政治場合露面；卡維波反而比較投入運動，校園外他非常活躍地在報章和政論

雜誌上進行（與累積哲學專業資歷無關）人民民主論的筆戰，不過仍是
謹慎地用筆名發表，參加座談會時也用自由作家的身分，刻意迴避中
央大學哲學系講師身分；到1994年5月22日何春蕤在反對性騷擾遊行
時，高喊「只要性高潮、不要性騷擾」後，他們才由校園內跨足到校園
外性解放運動的「一、二線雙棲」學者。1990年，何春蕤和卡維波雖沒
有立即生存威脅，但亦非地盤鞏固，更可能沒有預見自己會那麼鮮明
地跳上「（性解放運動）第一線」的角色，所以他們當年不想在校園內曝
光，而蔡建仁的密謀卻強迫眾人提早「見光死」，可能是他們反應特別
強烈的原因之一。

再看拉派中占少數的「第一線」成員當時的動態。雖然拉派只有
極少數人直接捲入1987年下半年的工黨籌組（12月6日成立大會）和
1988年上半年的分裂（5月正式決裂），但那個左翼初試啼聲的重大挫
敗，卻決定性地影響拉派「第一線」成員的動向：包括拉派形式領導人
蔡建仁，決定南下高雄開拓自己的地盤成立「社運工作室」；行動力最
強的王菲林因親身經歷工黨內鬥，對於第一線政治極度失望而退回文
化戰線，[19] 1988年9月和井迎瑞創立「新動力傳播公司」，準備承攬競選
文宣，試圖以另一種方式介入政治和培養年輕人；鄭村棋和夏林清發
現既有左派與自己的工作方法差異太大，決定發展獨立的實務團體，
1988年下半年開始籌備成立訓練工運組織者的「工作室」。

1990年5月，蔡建仁的「社運工作室」已經是台灣最活躍的左翼學
生團體民學聯的地下總部；鄭村棋與夏林清的「工作室」也初具規模，
4月14日剛協助工人成立第一個體制外的區域性工會聯合會──「中正

19　王菲林離開工黨以後，對於自己所受到的挫折守口如瓶，代表著王菲林是如何堅持著老
　　左的組織紀律底線。直到他1992年5月20日去世，我都沒有直接或間接聽他說起工黨
　　內部到底發生什麼事，使他對於「政治圈」變得熱情不再、選擇沈默。王菲林紀念文集
　　中的23篇親友悼念文，也都沒有提到他曾經談論過工黨挫敗的內情。

機場工會聯誼會」，夏林清的學生陳青黛是專職會務人員。井迎瑞與王菲林的「新動力傳播公司」於1989年4月結束，王菲林進入宏碁電腦公司廣告部上班，1990年5月6日參加「反軍人干政」第一次大遊行時貧血昏倒，送空軍總醫院診斷發現是晚期直腸癌，於5月20日第二次大遊行同日開刀切除，他應該完全錯過我們與小蔡的爭執與談判（如果他在場，以他重兄弟義氣的個性，卻又處於對工黨粗暴政治關係的失望谷底，他會「挺」小蔡嗎？小蔡是否因為王菲林的缺席，而與拉派談判時感到孤軍奮戰嗎？）。

　　至於我，因為1989年初拒絕鄭村棋、夏林清邀請，沒有回到中時工會擔任總幹事，反而跑去新潮流企圖主導的「自主工聯」工作，5月遠化罷工失敗後離職，10月到《財訊》當記者，算是「暫居第二線」的成員。

（三）蔡建仁代表的組織手法

　　這些動向都是個別成員各自決定，幾乎沒有蔡建仁主動促成，他自己南下成立「社會運動工作室」，拉派也是事後才被告知。在發展人的優先順序，他到底怎麼放置拉派？我試著組合腦海中幾幕當年蔡建仁的圖像，一種是他對於年輕學者近於諂媚和辛苦攏絡的樣子；另一種是新進學生欽慕地圍繞著他，聽他用激烈生動的左派語言侃侃而談；第三種是他威嚴地訓斥學運幹部，幹部（像我一樣）被震懾地言聽計從。雖然他是靠個人魅力（charisma）和師徒威權為維繫組織關係的手法，但不可否認他和學生幹部過著要求組織紀律（即使大多數時間是片面單向）的集體生活；他從不對拉派這類進步學者要求紀律，因此也反映他將拉派視為組織的「外圍」。當然他不可能用組織學生的威權手法組織拉派，但我很好奇蔡建仁沒有著手將拉派進一步嚴密組織化，是因為他沒有（除了威權之外的）know-how？還是知道，但沒有耐心？或是根本有計劃地忽略——盤算過，因此認為用「架」的反而比

較可能成功？

　　挪動人（尤其是知識分子）的社會位置除了客觀的情勢外（即所謂「形勢比人強」，也就接近「架」的意義，雖不一定是人為密謀或陽謀的「架」），也需要複雜細膩的操作技術，鄭村棋與夏林清至少擁有開始發掘、摸索這種操作手法的kown-how，那是他們的生命歷程、自我選擇、加上幸運的專業訓練累積而來；蔡建仁沒有專業訓練的機會，但他也有豐富的政治經歷、左翼知識等其他許多有利的條件，也可以像王菲林那樣土法煉鋼嘗試做組織工作，他卻沒有。他必然知道成立「新左翼／人民民主陣線」，就是必須將拉派學者提升到與學運幹部同一層次的政治組織高度；他也知道幾乎每個成員都會抗拒，所以採取密謀手段。這個硬幹如此不理性，使我不得不再問，他的「硬幹／趕鴨子上架」真是粗暴，還是策略？

　　如果「將軍」是小蔡常用的行動模式之一，他將拉派趕鴨子上架就是策略，而不是簡單的粗暴。他覺得營造形勢（或鼓動運動浪潮）來改造形勢下的人是最有效的方法，也就是用改變結構來改造人；而我後來經歷的鄭村棋與夏林清的「工作室」路線，卻更著重於改變人如何面對自己在結構中行動的選擇與意義。我不會把這兩個改造人的面向對立起來，因為這其實應該共存，如果只有小蔡面向單獨操作時，它才會變得粗暴。

　　另一方面，也可以說蔡建仁是自己這種路線內在矛盾的受害者。自視甚高的蔡建仁，忍辱負重地為運動求才若渴，為吸引學生，他消耗著自己的生命力，用討好、思想餵養的方式攏絡占領校園或思想文化戰線高地的進步年輕學者（1990年的台灣拉派已經歷過這個階段，拉派成員在美國時比較接近這種對待），因此很少要求學者改變自己；被菁英吸引來的菁英學運分子，卻受到另一個極端的威權方式對待，要求他們遵守紀律、改造自己。

蔡建仁明顯低估學運菁英改造的難度，只以表面的身段改造為是否改造成功的判準——放下書生身段、習得草根氣質就算改造成功。其實聰明的菁英反而比二流愚笨的學生更快發現「草根身段」的利益，而盡量表面貼近基層，新潮流「勞陣」的李文忠、郭國文就是這種典型，民學聯的年少大老多數也在野百合學運時強迫早熟地被推上權力鬥爭的全國性舞台，而不甘於寂寞的基層工作。如果左翼的「典範」都在校園裡當教授，只有蔡建仁自己是專職社運工作者，但又四處移動令人難以捉摸，學生如何憑空產生改造自己的「典範／模範」？

我不記得拉派解散後我們是否透過關係向洛杉磯的「在美拉派」——《台灣思潮》的其他成員，轉達這個政治決定。其實「在台拉派」並不清楚《台灣思潮》內部的決策機制如何運作，我推測當蔡建仁回台時，《台灣思潮》應是全權授權他作為在台灣的窗口或樁腳，包括決定資源如何分配。我猜想拉派解散前《台灣思潮》對於島內支助的重點應是：「社運工作室」為主，其次為「綠色小組」，鄭與夏的「工作室」不是支援的對象。

《台灣思潮》的另一重要成員在美國的王義雄也為此專程來台，他應已先聽過蔡建仁的說法，也與部分核心學生談論過此事，再到工作室了解我們與小蔡的衝突原因。他表示之前洛杉磯的成員多依靠蔡建仁的單線資訊，所以希望以後可以有更多的管道跟上台灣的變化。按照1986年暑假（三個月）我每週去王義雄家聚會時對他的理解，他是《台灣思潮》內部性格較溫和、有耐心化解各方歧見的和事佬型人物，他一定希望《台灣思潮》能夠繼續和工作室及其他拉派保持關係，但不知他回美國後，是否有說服《台灣思潮》其他成員？後來，《台灣思潮》在美成員裡，也只有王義雄繼續與工作室保持幾年的聯繫。1994年底我進入工作室後，沒有聽過有來自洛杉磯的任何資源；[20] 除了夏林清

20　2009年4月25日，我的論文在內部討論時，夏林清澄清洛杉磯社群沒有提供過任何贊

「側身學院」換取資源外，鄭村棋自己也「賣身」進入民進黨尤清執政的台北縣政府勞工局勞教中心工作，收入相對穩定，也養活好幾個輔仁大學的學生。

（四）《台灣思潮》走入歷史

　　隨著台灣島內政治的開放，以美國為基地的《台灣思潮》本身也就逐漸失去凝聚的動力，首先民進黨的不斷崛起，使《台灣思潮》內原先傾向台獨左派的李義雄，更加肯定自己的路線，他回台時會聲援工運抗爭，但好幾次我在與左翼無關的民進黨政治街頭活動中，看到他興奮地搖旗吶喊；到九〇年代後期，《台灣思潮》另外兩個要角金寶瑜和許登源，也開始陸續回台灣來教書或帶領激進左翼青年讀書會；21世紀初，金寶瑜和社發所、苦勞網的青年關係親近，藉讀書會撰寫一本分析全球化的書《全球化與資本主義危機》（金寶瑜，2005）；許登源則成為激進宗派主義「新世代青年團」的理論導師，2002年反高學費運動時，「新世代青年團」以左派理論強烈攻擊「工委會」的「學費按家長薪資比例收取」的訴求；2003年又公開批判工委會的百萬廢票運動。

　　不論《台灣思潮》的內容如何缺乏田野經驗資料，也可能沒有緊跟美國本土的新左翼流行思潮，但仍然企圖用左翼理論來對台灣社會進行分析，並吸引留美左派知識分子集結，但由於基本屬性是海外流亡團體，無法涉及現實政治，因此是極端以思想（即腦袋）運動為誘因的「團體／刊物」。所以當鄭村棋與夏林清回台後，發展出的「實務取向」路線，其實在某種意義上已與《台灣思潮》歷史「告別」。

　　蔡建仁組織手法的粗暴和離隊，以及活動力強的王菲林，和對

　　助資源，海外左派只有芝加哥的陳津渡曾經以個人薪資贊助工作室一個組織者的薪水約一年，其他沒有任何海外資源。

現實政治變化特別敏感的外圍友人吳正桓，[21] 相繼於1992年和1995年因癌症於壯年去世，並非是拉派無法發展為更具政治行動力團體的主因；更關鍵的因素，該是當時絕大部分的成員並沒有集體行動的想像和準備，多數人的狀態的確接近蔡建仁的圖像：遇到社會事件大家按各自的興趣一起來搞一搞，是個偶發性的知識分子鬆散結盟團體。

所以，拉派的解散，與其說是蔡建仁作為領導的失敗，倒不如說是第二代「海歸」[22] 左翼學者以鬆散的政治聯誼為組織型態的終結。之後不久，蔡建仁之外的拉派東山再起，串連「戰爭機器」和「週末派」等後現代文化新秀，共同創辦《島嶼邊緣》雜誌，成為校園另類菁英必讀的刊物（陳筱茵，2006）。然而《島嶼邊緣》可能也是「海歸派」左翼學者（後拉派）集體運作的最高峰，之後就沒有其他的聚集行動了。[23]

四、 同代其他左翼知識分子動態

如果「代間」的歷史質（每一個世代的歷史質historicity），與個人的生涯軌跡發生著互為形成的作用，對比於「拉派」活躍的歷史時段（1989

21　某年鄭村棋面臨一個重大政治決定，他和我商討後仍不能定案，他說要去找對政治觀察特別深刻的吳正桓討論；隔幾日的上午，鄭開車載我到中壢吳正桓家，那時他已罹患鼻咽癌，不斷喝著水和我們交換意見，之後我和鄭好像也去了何春蕤和卡維波在中壢的家。吳正桓從沒參加拉派聚會，卻是鄭、夏的重要諮詢對象。

22　近年大量中國留學生返回國內，而有新名詞「海歸派」來指稱海外歸國的學者，這個名詞在中國和香港已成為經常用語。在七〇年代末，海外歸來並發揮傳播左翼文化作用的夏潮派王津平、蔣勳、梁景峰、馬以工、夏鑄九、王墨林、李元貞等，屬第一代海歸左翼學者（見郭紀舟，1999，頁73-75；有關王津平和蔣勳在海外受影響的簡述參見同書，頁75、134），所以我暫時將「拉派」稱為第二代海歸左翼人士。

23　約1994至1995年，陳光興、夏林清、鄭村棋和夏鑄九等曾經構想將《島嶼邊緣》班底，轉換成影響大學生的體制外左翼思想教育機構——「國際大學」，但，尚未成形即因陳光興的躁鬱症進入鬱期而胎死腹中。

至1993年），同時還有幾股異議知識分子的世代歷史過程在發生。

第一股當然是自由派學者，他們透過野百合學運的舞台，演出最後一場謝幕大戲，從異議分子逐漸走向與當權者結盟的角色。野百合學運可以說是自由派學者、自由派學運分子與台獨學運分子和李登輝之間不甘願的結盟（reluctant alliance）的結果。此後，當所謂形式民主憲政國家的打造，在1996年總統直選時趨近完成，自由派學者的代表性團體「澄社」，在九〇年代中期以後成為推動國公營企業私有化的急先鋒，在藍綠資產階級政黨建立自由主義經濟霸權的共謀中扮演國師。2000年，戰後自由派的象徵性人物李鴻禧出任總統府顧問，成為新體制的擁護者。

第二股是「後進」台獨知識分子開始進入歷史舞台的階段。這群知識分子的代表人物，包括一〇〇行動聯盟的李鎮源和陳師孟，台教會的林逢慶、林山田與陳儀深，還有外獨會的廖中山等。將他們冠以「後進」，是因為這些知識分子在戒嚴時期幾乎是一言不發，被動地享受著校園偏安的教授生活；不論在美麗島、後美麗島的黨外時期，或是民進黨組黨時期，都沒有積極參與反對運動，而是在解嚴後、李登輝取得政權時，才開始加入反對運動，並因為戒嚴期間的菁英身分或德高望重，[24] 而成為某種中產階級「覺醒」或「憤怒」的象徵，迅速竄升為群眾運動的明星。然而他們政治「覺悟」的時間遠落後於他們對應於校園內的學生群體（如「自由之愛」和後來的野百合學運）。不過他們至少後知後覺地發現台獨政治環境的成熟，而努力付出有限的代價，成功搶搭上台獨體制外政治運動光環的最後一班便車。2000年民進黨執政後，除廖中山、李鎮源去世，陳師孟從陳水扁的副市長一路晉升到總

---

24 解嚴前，李鎮源曾任台大醫學院院長（1991年參加街頭運動時為中央研究院院士）；林山田在解嚴前曾任警察專校的教授和政大法律系系主任；陳師孟則為名門之後，祖父是陳布雷（蔣介石來台之後的文膽）。

統府副祕書長，林逢慶曾任資策會主委。

　　第三股知識分子行動是前面已描述的島內左翼統派知識分子的籌組工黨失敗。

　　當然還有第四股知識分子的移動在醞釀中，那就是海歸派台獨左翼分子。受流亡日本的台灣民族主義者史明所影響的廖偉程，1991年因參加討論史明著作的讀書會「獨台會案」而短暫被捕，之後在九〇年代中期加入勞工陣線；美國的台獨左派代表人物洪哲勝的門徒——廖年村、劉格正，先後回台成為勞工陣線的重要組織者；另一股流亡美國的台左人士張金策，1993年回台創辦《群眾》雜誌，1995年更創立「群眾（地下）電台」，他的人馬——鍾維達也於1992年加入勞工陣線，與野百合學運後加入勞陣的中興法商系「紅燈左轉」新生代結盟，成為新潮流系的競爭對手，1995年被新潮流系清出勞陣。[25]不過這股回流台灣動向發生於拉派解散之後，在社運中的壽命也相對較短。九〇年代末，海歸台左人士幾乎全都退出了工運，廖偉程離開勞陣到「獨台案」同案受害者陳正然所創設的蕃薯藤網路公司工作，鍾維達回到立法院擔任民進黨「三寶」立委之一林重謨辦公室主任，洪哲勝的人馬廖年村、劉格正則重新回美定居。

25　鍾維達、中興法商系學運分子和台獨聯盟曾茂興人馬結盟，企圖挑戰新潮流系，1995年他們藉勞陣祕書長簡錫堦被新潮流徵召參選民進黨不分區立委時發難，但反而被新潮流清除。中興法商系學運分子因此發表了《紅燈左轉》小手冊，公開批判新潮流和勞陣，並轉進到石油工會和中華電信工會，之後極力催生「全國產業總工會」，但全產總成立時又被新潮流掌握理事會和祕書處的主導權。之後投靠高雄市市長謝長廷的勞工局局長方來進；2008年謝長廷代表民進黨參選總統，紅燈派又成為謝長廷的勞工政策幕僚。

五、　弒父的完成：《立報》解僱事件

本節將跳躍到1997年的「《立報》解僱事件」，來呈現蔡建仁在「拉派」解散後，脫離「海歸左派」社群支持，使他的局限性更加暴露，而留下近二十年社運「惡行史」。[26] 我試圖用「《立報》解僱事件」來描繪「惡行」產生的場域，和其中各方對「左翼集體關係」預設的落差，而不是只歸因於個人行為結果。該事件中我不是當事人，只是一個被利用的棋子，但那是我面對蔡建仁的威權的一個突破，所以將它和「拉派」解散併置，可以作為對比。也可參見「洛杉磯摸魚事件」（本書第二章），也都反映類似的核心問題。

（一）主流媒體收編左翼文化人環境下的《立報》

蔡建仁沒有耐心蹲點並重新培養自己的班底（除了短命的高雄「社運工作室」），認為校園學運社團出身的菁英學生是協助他到處搧風點火的最佳人選，不必太長的培訓過程就可上手、善於謀略、動作精準。另外他一廂情願地想要「陷害」「拉派」學者，來成為新班底卻失敗，[27] 手段的「工具性」傾向就更變本加厲。社運高峰過後，因為沒班底、沒地盤和未放棄的野心，蔡建仁繼續在社運外圍的政治高位求生存，並寄生他人的地盤，包括相對長期的《立報》、台聯黨立委賴幸媛辦公室，短期的如宋楚瑜總統競選總部。[28]

26　蔡建仁會在社運或學術研討會場合（或《立報》辦公室），歇斯底里地叫囂或謾罵，控訴知識分子的投機或背叛。

27　指拉派解散事件。蔡建仁九〇年代晚期去英國Warwick（華威大學）取得社會學碩士，曾為世新大學公共關係暨廣告學系專任講師（2012年退休），講授「草根遊說」和「勞資與公共關係」。

28　1999年九二一大地震，他召集黃志翔、彭盛青等「社運工作室」班底，試圖推動「九二一災民聯盟」，是他唯一一次回眸基本盤，最後也不了了之。

　　「社運工作室」結束後不久，蔡建仁就到世界新聞傳播學院的《立報》工作，擔任社長主任祕書。社長成露茜是世新創辦人成舍我的么女，九〇年代回台灣前是加州大學洛杉磯分校移民研究的知名左派學者，小蔡在美國的舊識。成露茜將《立報》編輯方向交給小蔡掌舵，希望《立報》從學生實習報轉型成為台灣的社運文化思想報。然而《立報》也是在世新的家族鬥爭夾縫中生存的媒體，成露茜回台苦撐《立報》雖然是繼承父志，但世新的財務大權卻由長期留在台灣的姊姊成嘉玲所掌控，報社裡又有父執輩的老臣不退，成露茜要在世新立足，得透過《立報》的成功（包括帳面收支效果）來證明自己的能力，所以徘徊於擴大編制與節制支出之間，我們經常從圈內間接聽到報社內決策混亂、捉襟見肘、壓低勞動條件的各種傳言。成、蔡的結盟也許還反映一個時代性的共同點：兩人都是在台灣沒有社會基礎的台美族知識分子，解嚴後回台急切地想要發揮超越她／他們社會實力（基礎）的影響力，小蔡特別是。國民黨的白色恐怖直接或間接地使那一代人無法回台灣，因此一整段人生在原鄉的社會關係完全空白，這大大限制他們可以從容選擇的機會；一旦失去耐心就可能跌入更深的窘境，小蔡在《立報》正是如此。

　　成露茜和小蔡也低估主流媒體的吸納力量，又高估左派知識分子介入現實政治的決心。他們所期待的火紅青壯年筆陣（包括「拉派」學者和《島嶼邊緣》編委），在不同的主流媒體（例如《中國時報》、自立報系等），都已可以開設專欄或有不定期稿約，所以難以向資源與讀者都有限的「小報」集結，《立報》因此無法提升校園內的知名度，而又不甘於再轉向更邊緣或激進的尷尬狀態。第一線的新聞編採由兩股人——年輕的文化菁英和邊緣文化青年——混雜組成，從外部觀察，菁英文化新人也和校園內火紅的師父／師娘一樣不甘屈就小報，將《立報》當作職訓場所，取得資歷後就跳槽到主流媒體（有線電視、公視、誠品

書店等）[29]，對《立報》的左翼使命並不認真；猜想另一股邊緣文化人對《立報》使命多一點認同，然而依我與她／他們（離開《立報》後）於社運圈交往得到的印象，大都擁有熱情，但個性突出、生毛帶角、紀律散漫、不善於團隊工作。糾葛的情結可能是：小蔡看得上的文化菁英，志不在《立報》，隨時準備跳槽；沒有跳走的邊緣文化人，小蔡又看不上，嫌棄他／她們生產力太低、不爭氣。

（二）左翼青年陣地轉移引發的勞資衝突

　　1997年應該是社內矛盾的總爆發，促使成露茜採取激烈的管理手段，根據當年任《立報》教育組組長的孫窮理於2007年回憶：「社長把編輯部全體資遣，然後擇優聘回，之後改採一年一聘的計畫，引發了《破報》、《立報》長期累積對勞動條件不滿的抗爭，爆發了最後一次的『《立報》事件』。」[30]

　　被解聘的《立報》員工發聲明、連署，最後在台大校友會館召開一個介於記者會和座談會之間的會議，邀請社運團體的代表「評論」這個事件。這個會當然是「來者不善」的抗爭手段，既要社運團體選邊表態（要正義？或是媒體關係？），同時破壞《立報》在社運圈中的正當性。我受邀代表工委會發言，會議進行不久，在我發言之前，小蔡進入會場坐鎮，全場氣氛立刻緊繃起來，那是1990年拉派解散後，再次在利益衝突中直接面對他的威權。

29　例如曾是《立報》記者，後擔任《誠品好讀》總編輯的蔣慧仙；以及跳槽到TVBS的女記者曾惠敏。

30　見孫窮理2007年8月11日的部落格文章〈工會的工會〉（網址：http://www.blackdog.idv. tw/wordpress/index.php/2007/08/11/unionsunion/）。孫窮理描述當年與恩師成露茜爭執的膠著場景，並認為《立報》事件「以內部民主始，而以勞資爭議終」是個遺憾，但他仍然始終將勞方一體善良化，沒有提到如何看待混雜在勞方中的投機菁英等著跳槽，屬不屬於他所說的「燃燒理想」？

　　我倒沒有緊張，那時已經被訓練地相對能夠獨當一面，也知道發言內容並不會直接打擊他，甚至可能對他有利。我沒有直接評價《立報》勞資雙方的對錯，而是簡單回顧「洛杉磯摸魚事件」，並承認當年認同蔡建仁的訓斥，理由是洛杉磯《台灣思潮》社群是一個值得付出的左翼集體；接著我也談到由於《立報》的矛盾結構使得「勞資」雙方互相嫌棄的可能，並問在場雙方：如果《立報》是他們心目中的左翼集體，那麼他們為這個集體付出什麼？期待怎樣的關係？

　　我的發言與前面其他社運團體發言者的調性不同，是唯一沒有一面倒向勞方的發言，而且間接指出某些「勞方」的投機性格。幾個在場的菁英文化新人默不作聲，小蔡看到縫隙，以出奇低調、哀憐的姿態（與他常見的跋扈表演風格迥異）順勢反擊勞方。座談會的主持人是勞方請來，並以溫和討好著稱的知名文化評論人王浩威（我甚至研判是他介紹某些菁英跳槽到主流媒體），一反常態提高音量，粗暴地壓制小蔡的發言，同時宣布座談會結束。小蔡竟也精準地沒有搶話，以受害者姿態黯然離開現場。

　　從事後看，以孫窮理為代表的邊緣文化青年，被《立報》解聘後反而在艱苦的狀況下形成新的集體，次年（1998年）創辦「苦勞網」，至今仍是最重要的社運另類網路媒體；成露茜留任的文化菁英黃孫權和其班底，擔任脫離《立報》後獨立的《破報》總編輯，也維持著另類印刷媒體的路線；那些離開《立報》的文化菁英新人，絕大部分沒有再回頭理會社運。《立報》本身在衝突後轉型為教育專業報，小蔡淡出編務。衝突可能帶來道德的傷痕、也可能「生產」承諾與堅持；因為人在衝突中做出選擇，而不得不（或強化）繼續堅持下去的信念與理由。如果沒有《立報》事件，孫窮理等那群波西米亞邊緣文化人，不知道什麼時候才會奮發圖強，獨立撐起「苦勞網」？[31]

31　見孫窮理2007年6月19日部落格文章〈苦勞網懷舊風〉（網址：http://www.blackdog.idv.

　　蔡建仁的「惡行史」，必須從解嚴後左翼知識分子集結失敗、政治化停滯的角度去理解。如果用「父」這樣的家族關係比擬，那麼，八〇年代我在洛杉磯認識的如「父」般的蔡建仁，是在一個有集體互補機制的左翼家族裡的「父」。當他回台灣和拉派集結失敗後，他就像家庭破碎的「父」，他的「惡行史」也許接近結構擠壓下的「家暴」行為。至少我覺得這樣同理的「拒絕認親」，讓我走出了他的威權陰影。

第五章

場域之二：自主工聯

我們搞工運時，經常聽到「知識分子利用工人」或「工人被知識分子煽動」的說法。這些說法可能來自資方、官方，或者保守學者，甚至很多沒有工運實務經驗的進步學者，也會輕易有這種誤解。西方的群氓論中早已有這種醜化的論述，Hoffer以碼頭工人為描述對象的《狂熱分子》(*The True Believer*)最具代表性。[1] 有時左翼自己的工運歷史，也會過度誇大知識分子領導的作用，而將工人群眾視為匿名、單一形象的概念複製人。[2] 但事實上這是過度刻板化的臆想，工人群眾其實是複雜的，即使在團結的情況下，也是不同個體流動的暫時結盟，而不是固定、統一化的、無個性的組合。

本章將描述1991年10月我離開《財訊》回自主工聯擔任執行長的時期，那個體制外「全國性總工會」的場域性質，和工聯頭人的狀態，以及我和他們互動的情形。工聯是一個沒有「群眾」，甚至沒有「幹部」的場域，所以這個場域有別於1988年中時工會的基層工會經驗，也有別於1989年新光抗爭的生產體制霸權斷裂經驗(吳永毅，2003c)，當

---

1 請見埃里克·霍弗(Eric Hoffer)(1951/2008)《狂熱分子：碼頭工人哲學家的沈思錄》(梁永安譯)，特別是頁30-31。

2 見李思慎、劉之昆(2005)《李立三之謎》一書中對安源煤礦罷工的描述。

時基本上忙於應付這幾個難纏的個人主義式幹部，透過理解我和這些頭人周旋的經驗，就不會對工運整體的面貌有天真的幻想或誤解。這些在自主工運中歷練不過三、四年的頭人，帶著工運前的社會生存能力，根本不是左翼知識分子可以領導的，那是一個雙方既結盟、相互利用和學習，又較勁和鬥爭的複雜關係。在此必須強調，工聯經驗不是工運場域的普遍性質，也不是所有頭人的共同現象，在全國性自主或半自主總工會層級（也就是對階級政治有最多發言權的組織層級），只具有一部分代表性。本章試圖記錄工聯在特殊歷史條件下的特殊組合因素。

工聯場域的限制，使我發展特定的工作方法、關係和團隊，也強化我在工運中的畸形偏跛能力。這段經驗也影響後來我和工人的關係，一方面使我更接近工運菁英頭人的現實；另一方面卻也成為某些關係障礙，有時對幹部過度多疑而關係緊張。

我擔任執行長期間為1991年10月至2000年5月，但因為我所發展的菁英團隊，於1994年4月後逐漸轉移至「北縣產總」，所以本章敘事範圍是任期的前三年，等於一個階段和工作方法的結束。第一節將描述政治認同的微觀運作，第二節將細緻描述我和頭人間的互動，呈現工人菁英的多面向盤算能力；第三節則是描述我介於頭人和「工作室」（我後來才加入的工運組織者團體）之間的複雜關係。[3]

一、自主工聯場域的政治

本節將描述工聯在自主工運政治光譜中的位階。此外我也將描述我的「省籍」在工運頭人中引發的政治效應，說明台灣政治最深層的矛

3　多處涉及對他人的道德評價，故盡可能提供脈絡，而難於精簡。

盾，映射在工運中發酵的方式；另一方面，我也會描述工聯作為一個國際性組織，使我這個會英語的知識分子，在台灣工運內部如何取得更大的權力。

（一）自主工聯：1991年底在工運中的位置

　　1991年10月底我再回工聯時，工聯的政治位置已經和1989年初我第一次短暫任職時很不一樣（見本書第二章），當年勞支會透過親密「黨友」郭吉仁，結盟新事中心古尚潔神父，和「勞支會／新潮流」成員曾茂興來掌控工聯；當郭吉仁在1991年6月離職轉任北縣勞工局長後，工聯只剩已退出新潮流加入台獨聯盟的曾茂興，[4] 以及勞支會派駐工聯的全職祕書張照碧（他是1990年1月被大同公司解僱的工會幹部，也是勞支會台北分會的重要組織者）。郭吉仁所遺留的執行長位置因懸缺幾個月，勞支會並沒有積極推薦人選來占缺，所以劉庸為首的工聯內非勞支會又非勞動黨的自主派（劉庸、林子文、陳素娥、毛振飛、半個王耀梓[5]），趁郭吉仁走後留下的歷史缺口，想透過聘用我——沒有黨派的幕僚長，來確立工聯的非統、非獨的自主路線；由於鄭村棋也支持「將工聯中立化」的方向，[6] 所以也答應劉庸一起遊說我接任執行長。

　　劉庸找我接任執行長的人事案，被老奸巨猾的曾茂興用先斬後奏、霸王硬上弓的謀略通過，即使勞支會想阻撓也來不及——曾茂興

4　根據《四海仗義》的記載，曾茂興於1989年加入新潮流，於1990年赴美參加台獨聯盟活動時決定加入獨盟，回台後，又因為新潮流女將袁嬿嬿批判他加入獨盟，憤而淡出新潮流（何明修，2008：94-96）。

5　王耀梓是民進黨員，也是勞支會基隆分會會員，又是曾茂興的門徒；他雖然不是政治狂熱分子，但1992年罷工前，應該還沒有看破民進黨的虛偽性，所以我稱他為「半個」自主派。

6　摘錄自陳素香工作筆記1992年6月7日（我加入工作室面談時的摘要紀錄），我說：「去工聯之前，與劉庸在工作室〔討論〕……把工聯中立化→這點鄭〔村棋〕有接受……」。

在9月9日劉庸與郭慧玲婚禮酒席上，當著各派系的頭人，突然宣布並
要大家表決通過聘用我當執行長，理由是「工聯執行長的英文要好」。
勞支會的幾個頭人一時反應不過來，就已經起鬨通過了。不久王幼玲
（當時勞支會的核心決策者之一，《自立晚報》記者兼工會主導者）轉達
南部幹部對我的統、獨立場的疑慮，顯示新潮流雖沒有實質反彈，但
多少有點不甘（見Box 5.1）。

　　曾茂興沒有全力阻擋工聯的「自主化」，應該被新潮流記上一筆，
但他一定不在乎，他那時是以獨盟成員身分與新潮流互別苗頭，結盟
自主派是為了穩固工聯會長的基礎。另外，郭吉仁試圖把我的接任定
性成過渡階段，他幾次公開放話，說1992年底要辭去勞工局長，回工
聯設立教育中心；不過從王幼玲並沒有搭理他這個說法來研判，那大
概是郭自己想預留回工運的退路，而不是新潮流的政策。我能接任執
行長，顯示勞支會比1989年更具體地放棄工聯。1992年5月1日，勞
支會又正式將「台灣勞工運動支援會」改名為「台灣勞工陣線」（勞陣），
並修改章程接受工會加盟，擴大為「準體制外總工會」，毫不客氣地準
備將自主工聯取而代之。

　　當時夏潮系早已將重心放在勞動黨，新潮流系逐步棄守工聯，所
以在1991年底，工聯是空殼的「體制外總工會」，兩大派系外的自主派
工會幹部群龍無首，祕書處形同虛設，會長心不在工聯。所以劉庸是
想透過和我的結合，藉「鄭村棋／工作室」的力量，主導工聯的方向。

（二）工運裡的省籍與統獨經驗

　　我回工聯任職初期，主要工作伙伴是勞支會人馬的張照碧，其次
是偶而進辦公室的劉庸。會長曾茂興當時支領30,000元車馬費，比我
執行長的薪資25,000元還多5,000元，理論上他應該負起等同於專職者
的工作量，但他正一頭熱捲入台獨聯盟，心不在工聯，一星期只進辦

公室一、兩天，進來戴起老花眼鏡看完幾份報紙，偶而談論一下國家政治的大方向後就走人，如此可想像我接任前的工聯會務是幾近停擺的情況。而劉庸因為被解僱所以比較空閒，但他不足以領導工運上與他同梯隊但政治覺悟更高的張照碧，而張的雙重身分──既是支薪的工聯祕書，又是勞支會台北分會的組織者，使張的工作成果更多被勞支會的個人會員網絡所接收，而不是累積在工聯的工會結盟。

　　張照碧年齡比我大，學歷只是國中畢業，低調、認真、學習力很強，1991年那個年代幾乎沒有藍領工人使用電腦，他卻已經可以跟我一樣有能力操作全是英文的DOS指令。台北縣活躍的親勞支會／民進黨的工人裡，他也最有親和力，成功地凝聚一群北縣工會幹部，屬一流的組織者。2003年他因多次腦中風於壯年去世，公祭時勞陣所發的紀念小冊子封他為「工運傳教士」，的確是個精確的形象；他可以透過一個很小的勞資糾紛或社會事件，用普通人的閩南語，一層層地慢慢講到國民黨的「鴨霸」。1992年6月基客罷工後，工運幾乎天天有事，以致我無法回辦公室外，在此之前我經常是與張照碧共處一室，他時而不厭其煩地對我做「政治教育」，他大概認為我是外省人，早期又與勞動黨人士友好，一定是統派，所以要給我灌輸國民黨是台灣的罪魁禍首的觀念。這種「外省＝統派＝支持國民黨」的刻板公式，也顯示張照碧沒有曾茂興精明。曾茂興基本掌握勞動黨的政治脈絡，知道左派與國民黨有不共戴天之仇，也知道我與勞動黨並不同路，不會浪費力氣來改造我，他更高明、靈活地用「省籍」來試探與框限我的認同（見Box 5.1）。1988年底反國民黨的客家人運動剛興起──工運裡這股客家力量的多數人選擇加入勞動黨，支持台獨的客家人反而更顯罕見，所以身為客家籍工運頭人的曾茂興，從新潮流跳槽到獨盟，都因為具備階級與族群的雙重樣板而被特殊關愛。他的工運「換帖兄弟」──外省人毛振飛也常有意識地用罵外省人來取得類似的位置。

Box 5.1　「外省人」如何成為工運中的問題

- 日記 1991 年 11 月 5 日（到工聯第七天，頭七下馬威）

　　王幼玲：「台南有人關心你（吳）的統獨立場。」❶

- 日記 1991 年 11 月 7 日

　　6:30pm 品冠紙業的員工約 20 人來 NAFITU（工聯），很久沒看到那麼像工人的人了，使我對自己不會說台語有些壓力，選代表時，我叫阿碧要他們選一個女的 ❷……但六個……歐巴桑都不敢當代表……

- 日記 1991 年 12 月 9 日

　　下午李文良成立申訴中心記者會……之前曾茂興說：「敢衝的都是台獨的，資方的都是洪門的。」❸

- 日記 1992 年 2 月 27 日

　　下午我在（工聯辦公室）打給 WCL 的信，曾（茂興）讀報紙上二二八的新聞，突然感慨地說：「外省人也是受害者，我姊夫是湖南麻子，當年我替他們證婚的，家裡反對被我硬擋下來。榮工處也有很多外省人是國民黨的受害者。」❹

　　「台獨裡面大部分都有省籍情結，但都不說。很屬害的心理學技巧，利用那些激進人的恨。」「台獨成功，最倒楣的是客家人和原住民，外省人很有力量，不會變成弱勢。」

　　「說母語，母語底下是省籍情結。我在新潮流一定講北京話 ❺，（他們）說聽無，（我就說）我講客家話你更聽不懂。」「我小學的時候，講方言的人就被掛牌子，抓到別人講的時候就可以把牌子掛到他身上，但常常放學時牌子都掛不出去，在自己身上。」「二二八時我們鄉下叔公，也是用鋤頭柄和本省人對打，為了保護外省人小學老師。」

　　「我氣鄭村棋，明明底下有問題，他都不公開談，統獨就是省籍問題！工運最大問題就是在省籍。」❻

・日記 1992 年 10 月 16 日

　　去埔心味全農場替味王工會上「勞基法修法」，因為不會講台語，所以工人睡覺。我之後是林子文講 20 分鐘，之後是鄭村棋講「工人、工會、爭議」，工人一直笑。

註：
1　台南的工聯盟會多數為被長老教會系統影響的民進黨激進支持者。
2　我需要張照碧協助將我的「國語」轉譯成台灣閩南話講給工人聽。
3　洪門為外省黑道幫派，桃客罷駛時資方收買洪門打壓工會，曾茂興將此個案擴張為普遍的省籍矛盾。
4　曾茂興進入桃客當司機前，受僱輔導退役軍人的榮工處，曾外派至沙烏地阿拉伯建築工地工作。
5　國民黨稱其推行的普通話為「國語」，台獨人士則稱之「北京話」，在日常對話中使用哪一種命名，是識別政治敵我立場的簡單方法。
6　曾茂興在二二八前夕用他的生命傳記來交換我的鬆懈，最後不忘批評鄭村棋所代表的「不統不獨」主張。那時我和鄭這支路線已強調區別左、右才是工運的關鍵問題，而不是區分省籍與統獨。

　　這幾段日記微妙地記錄省籍與政治認同的關係，反映九〇年代初，在工運內部省籍還是一個非常敏感和頻繁被操弄的元素，特別是有台獨傾向的工人，會以此識別政治黨派，工聯又因為新潮流長期影響的歷史，遺留很多這類因素。工運裡公開討論過統獨問題，但記憶裡省籍議題從沒有成為正式討論的議程。1992 年底曾茂興卸任會長，改選時鄭村棋屬意由罷工被解僱的王耀梓接任，但劉庸、林子文、陳素娥夥同我，改推毛振飛接任，鄭村棋非常擔心工聯會長和執行長都是外省人，會妨害擴大結盟。[7]

　　我有省籍情結，不過 1992 年初曾茂興誘導我交心之前已經大部分被轉化。我爸、媽都是外省人，不過爸在淪陷區學過日文，我們從小

7　摘錄自陳素香工作筆記 1992 年 12 月 4 日。

居住的板橋酒廠職員宿舍，並不是封閉性的眷村，接近一半家戶是受日式教育的本省技術人員，爸與他們以日語溝通、交往頻繁，二二八事件時又被本省鄰居庇護，所以我們家雖有「本省人到底不是自己人」的省籍界線，也享受著外省人「國語」相對標準的語言、文化優勢，[8]但至少不是種族隔離式的基本教義派；從小學到大學我在學校的死黨包括本、客、外省籍，本省籍的包括──嚴松茂（家裡開小雜貨店）、SYK（地下二奶之子）、陳瑞憲和林嘉孚（本土大資本家小開）、陳元璋（彰化世族之後），以及開雜貨店的外省老兵爸爸、本省媽媽，台客味特重的羅智成。七〇年代爸捲入工會事務，不久成為體制內向下沈淪的憤世嫉俗者，所以更少灌輸小孩忠黨愛（中）國思想，我很小就聽他說過非官方版的二二八事件；那時起省籍作用的，是蔣經國推動「崔苔青／催台青」本土化而使他喪失升遷優勢的危機感。[9]爸媽常給的家訓之一，是將「天下唯有讀書高」的士大夫意識與省籍社會學融合：「我們外省人不能跟本省人比，人家家裡有田有地，我們只能靠唸書、有學歷，才不用看人臉色！」

　　省籍認同與血統和家族史並不必然直接聯繫，而更多是被當下社會情境再創造（articulate）出來。我從1971年進入高中成為反叛青年，到1976年進入淡江遇到左派老師，八〇年代初讀到林濁水等人撰寫的去中國化經典──黨外地下讀物《瓦解的帝國》（1984），所經歷的情緒震撼，幾個月都不能平復，1985年赴美進入台左社群，我身上的國民

8　很台客的羅智成要透過我的外省人口音打電話約他的外省女友，因為可以降低女友家庭的防衛（見本書第二書）。不過，其實我的「母語」是混和母親常州話與父親揚州話口音的「國語」，所以並不標準；1985年在柏克萊時期與幾個台灣同學去應徵「普通話」助教，學弟──來自台大城鄉所的本省人王維仁通過口試，而我沒有通過，這說明八〇年代中期都會本省菁英已經相當「國語化」，使省籍區辨愈來愈困難。

9　學歷低的爸常抱怨沒有實務經驗的本省大學生入廠後跳級升遷，成為他晚年回憶的重點之一。

黨愛國意識形態又再被鬆解，自以為此後不管在理智或情感上都已走出省籍情結；然而1988年初回台後，以記者身分直接被拋進解嚴後民進黨街頭狂飆的時空，親身遭遇強烈反外省人的民進黨群眾力量，那些殘留的省籍情結又浮現出來。自己以為在十年前就已經被處理的外省人原罪感也被激活起來，成為新的混雜物——既有反思、再覺悟，又混和對上升台獨力量的媚俗表態、錯亂與愧懼。1989年我第一次去工聯想貼近新潮流，除了接近權力的慾望外，也與這個原罪有關，而在那裡遇到挫折也使原罪終於走入尾聲。

在《財訊》兩年又發覺優勢本省人對外省人的反向排斥，又參與1990年反郝柏村（外省）軍人干政行動，到1991年底因為已準備長期走上「外省文化沒有任何優勢的工運生涯」，心理上算站穩與統治者對立的位置，所以對於來自曾茂興和張照碧這類的立場檢驗就比較不是向省籍原罪內縮，而是促成另一種抗拒性的外省意識。不能講閩南語的重大缺陷，1989年以前是政治問題，到1991年底大概更多是工具性問題——面對群眾無法更具親和力的焦慮，而不是認同危機。

（三）吃台灣米、喝台灣水，不說台灣話？

有幾次特別感到不會閩南語的挫折，第一次是前面所述的剛回工聯階段（見Box 5.1），第二次更強烈的挫折約在1995年發生（推估的時間），基客工會在罷工後，歷經完全停擺然後慢慢康復成功的那屆理事會，因為資方將運作空間壓縮到極小，幹部內鬥得非常激烈，王耀梓又因為曾主導罷工而被歸類為過度激進派，他又不擅長整合意見，所以逐漸不去參加會議，而林子文以產總理事長身分每次都親自列席，但我不完全同意他協助的方向，可是以司機為主的幹部全程用閩南語爭執，我幾乎插不上話而無法代表工聯發揮影響力。第三次是1996年底的福昌關廠抗爭，絕大部分的女工是四十歲上下，用「國語」與她們

溝通沒問題，但是有幾個不識字的歐吉桑（男性老人）、歐巴桑（女性老人）工人，我一直擔心他們跟不上複雜的集體討論，所以不時在會後找他們聊天，掌握他們的狀態，但都必須有其他幹部或當時協同的組織者周祝滿、陳怡蘋或陳柏偉陪著當翻譯。公娼抗爭時，我也很想更親近公娼和某些冒出來的邊緣無名嫖客，也再次感覺到語言的阻礙。

　　進一步地思考，當初的福昌和公娼案比較是語言問題，但1995年基客工會的障礙經驗其實不只是語言的問題，因為更早期1992年基客罷工時，我的閩南語程度更差，卻可以跟草莽氣質幾乎完全相同的司機、技工打成一片，為何1995年卻感到語言成為主要障礙？一方面，1992年因為有團隊的互補，我只是幕僚團隊中的副手，上有鄭村棋、側有莊妙慈，之外我負責生產抗爭的文化資源，也搭配有熟練台語文化的綠色小組的林信誼；而1995年時，工會祕書由罷工時被解僱的技工朱阿海接任，他自己都需要協助，所以也無暇顧及幫我在場中出現與介入。另一方面，是無能協助工會運作的問題：1992年罷工時，總體策略是鄭村棋、王耀梓為首操盤，我只是觀戰實習；但1995年重建的工會裡力量複雜，有當年與資方妥協的吳文川等，又有想要與資方對抗但毫無經驗的新幹部，我缺乏協助工會復健的耐力與能力。所以總結是在深層「講不出內容」的焦慮，而不是被錯認「講不出閩南話」的挫折。

　　我的閩南語能力長期毫無進展，除了常見的學習障礙——講不標準被取笑，所以更不敢講——之外，也因為常被逼表態，產生抗拒心態——「我搞工運的行動不就是和台灣人民站在一起了嗎？憑什麼還要用講哪一種話來質疑我的誠意？」然後會賭氣的想：我就是要繼續保持「外省人」的樣子，我不需要用更像「台灣人／本省人」的省籍化妝來取得群眾的信任。這種賭氣很不理性，因為逼我表態的高度政治化頭人，與我必須相處、組訓的基層工人並不完全是同一群人。我的閩南

語說講能力真正大幅進步，是在2001年離開工作室後，因長期失業居住於陳素香三芝鄉錫板村家，被迫與完全不講「國語」的岳母、親友和鄰居溝通的結果。

其實這種不理性，也是另一種省籍情結，但那與曾茂興從台獨運動學來，企圖用來框定我心理結構的內容正好相反，我開始參與少數外省人對於當時李登輝結合民進黨推動國族打造的叛逆：1992年底到1993年中，卡維波和我兩個外省人為主、本省人鄭村棋為輔，籌劃《島嶼邊緣》第8期——「假台灣人專號」（1993年7月出版），正式挑戰李登輝打造新國族的文化論述；[10] 我更在〈大家作夥當台奸〉的短文中，露骨地表達對「外省人台獨促進會」（外獨會）——以外省人原罪作為主體內容，向台獨表態效忠的外省人組織——的不屑（吳永毅，1993b）。專號出版後我親自去過幾個親台獨的場合擺攤賣《島邊》雜誌——包括建構國族論述的學術研討會，以及一部替台商歧視大陸勞工的種族主義辯解的紀錄片《台胞》首映典禮——顯示我已經完全擺脫「原罪」情結，[11] 以另類外省人身分挑釁著上升中的新國族體制。在同一階段（1993年6月），我替廖咸浩主編的《中外文學》「電影與文化結構專輯」寫下《香蕉天堂》與舞台劇改編的《桃花源》的影評〈香蕉・豬公・國：「返鄉」電影中的外省人國家認同〉（吳永毅，1993a），那兩部電影是部分菁英外省文化人回應新國族打造、探索如何重新定位的文化產品，我敏感到這個動態，並且試圖用影評來支持放棄國族、以「離散」（diaspora）為認同的外省人政治。

10　這期專號引發親台獨的成員退出《島邊》編委會，並將《島邊》的結束怪罪於這個分裂。但我認為退出者在更早之前，就已對刊物「非正文」的怪異風格極度不滿。

11　具體內容見《島邊》第9期（1993年10月）我所寫的兩篇紀錄（吳永毅，1993c；1993d）。

（四）自主工聯的國際經驗：英語與組織

對照我不能說閩南語的「缺陷」，我講英語及翻譯能力的「優點」，在組織工作上發揮另一種作用，成為一個互補／替代的關係。因為工聯加入「BATU-WCL」，所以祕書處有不算輕鬆的國際事務工作，包括：聯繫出國開會事宜、協調出國人選、陪同出國翻譯、接待上級工會來台行程和活動、聲援國際友會、申請補助與核銷等，這些全部由懂英文的我一人包辦（除了出國翻譯，會找工作室和新知輪替）。1992至1994年是出國機會最頻繁的幾年（每年出國參加講習或會議約五至六次），我持續擔任幹部正式或非正式交流時的即席翻譯，針對工運範疇的口語傳譯能力已經相當熟練。我常跟幹部說在工聯說英語的時間比在美國留學時還多（因為在美國時很少和美國人交往，而是生活在台美左派社群裡），是我「國際化」最高的一個階段。那也使我累積抵制跨國結盟的強烈情緒，大概就是一個被再殖民化，而因此伴隨產生反殖民意識的過程。[12]

我之前的執行長郭吉仁，幾乎都是由他一人代表工聯出國或擔任翻譯，而我的政策則是希望更多工人接觸國際關係，不要由固定的人出國，也盡量爭取增加名額，避免我因為會英文而固定以翻譯或代表身分占用出國的機會。當我陪同工人出國時，我會鉅細靡遺逐句即席翻譯，從開會致詞、分組討論、會後聊天、聯誼時的笑話、上街觀光購物、討價還價等，除了買春我沒跟上外，其他都盡可能的翻譯。雖然我自認為是將英語去菁英化，並使用來作為一種組織手法，但英

---

12 所以我一直都很懷疑陳光興倡導的「亞洲作為方法」，因為這種國際串連極可能陷入一個以英語能力連結的新後殖民菁英網絡。1999年11月28日陳光興在台北月涵堂召開「亞際文化研究系列會議」，其中一個panel是「Why Inter-Asia? Critical Encounters」，我負責報告台灣參加跨亞洲工運結盟的經驗，將這些情緒作初步梳理，錄音謄稿的英譯見 Wuo, Y. I.（2001）。

語同時是我權力運作的一部分，工人立即覺得我比郭吉仁更認真「服務」，毛振飛、王耀梓、林子文、陳素娥等與我的關係，有一大部分是在出國時必須日以繼夜依賴我陪同翻譯培養而來。

對於在觀光城市的四星級酒店舉辦勞教（地點先是在新加坡Sea View Hotel，後來移轉到曼谷Royal Palace，偶而在馬尼拉某酒店，隨機票價格和當地物價酒店價格而移轉），發給遠超過實際需要的零用錢，名為犒賞辛苦的組織者，但實際上也起著腐化的作用。參加國際講習成為各國組織頭人壟斷的權力，或是酬庸親近的手段；為了哪個工會、哪個幹部該出國，工聯內部就不知引發多少次糾紛。其次跨國會議必須使用英語，非英語殖民國家的工人必須依賴像我這類知識分子，否則無法參與討論學習，反而強化工人與知識分子間的差距；國際工運結盟重視會員人數的「量」，而不重「質」，使更小型或激進的工會或非正式的組織形式被排擠。

最後，國際工運資金也扭曲著在地的組織工作優先順序，首先就是幹部想透過上級工會搞到國際資助，因此幕僚一定要會英語而限制人選；國際資金背後有特定意識形態，不必透過給予經費、指定宣傳內容來達到目的，用間接的權力關係就可以影響路線（見下一段新事如何影響工聯路線）；有時不是因為意識形態，而是因為會計監督和財務控制（例如，希望在地的NGO可以自給自足），國際資金只資助特定的項目、計畫、用途，也妨害在地工作的自主性；例如，WCL基金只資助勞教活動本身的開支，不資助人事費用與辦公室房租，使工聯一定要挪動投入抗爭有限資源來辦理勞教，才能緩解財務困難；更重要的是，幕僚一定得做假帳來符合國際資金的要求，其實這種抵抗國際支配、將經費挪用到本地優先內容上的「善意做假帳」，已成為發展中國家NGO最主要的工作內容之一，是可做不可說的公開祕密。這些經驗的累積，使我後來極端排斥國際串連。

二、菁英頭人和幕僚的緊張

　　本節將描述我的工作氛圍，以及緊密工作的三組工聯頭人，他們各自有不同的行事風格，「群眾基礎」（也就是他們生存的場域）也有差異。他們和我交集於自主工聯這個層次較高的場域，我試圖將他們的行事風格放回他們個別的生涯軌跡（即傳記路徑）中詮釋，這有助於理解我專職工作九年的場所，也就是占據我主要工運生涯的工聯職位的情境。三組人物會在不同敘事脈絡下重複輪轉出現，但每次出現是在不同主題下，說明個別頭人的行動脈絡，和我與他們互動的邏輯。

（一）孤立的幕僚

　　前面已處理我回工聯遇到的省籍與語言文化認同的處境，以及和政治界線的微妙關係，現在再回到我的工作位置與組織的處境。我接執行長後發現，勞支會台北分部的會議不在勞支會召開，而經常借工聯辦公室召開，[13]因為召集者是張照碧，用工聯的空間開會對他最方便。我開始上班就成為入侵這個被勞支會滲入的空間領域的「外人」，新潮流一定擔心張照碧用工聯空間發展的北縣幹部組織關係曝光。1992年5月1日勞支會改名「台灣勞工陣線」，不再需要工聯，6月基客罷工、7月嘉隆抗爭，我都很明顯選擇和勞陣是競爭對立而非合作的立場，8月初張照碧辭職，被安排轉任勞陣台北分部專職祕書，象徵新潮流從工聯的徹底撤退。

　　張照碧離開後，工作室推薦的張雋梅於1993年3月接任祕書（過程涉及我與工作室的組織關係），她上任兩個月就因憂鬱症而離職，之後

13　曾茂興1988至1989年是勞支會副會長，1989至1991年任會長。任內他應該會列席勞支會台北分部的會議，極可能也是為了他的方便而在工聯召開台北分部會議（何明修，2008）。

工聯因經費短缺沒有再聘專職人員，[14]到1996年底工聯遷址到機場附近後才與工作室短暫合聘兼職祕書（劉小書和陳怡蘋）。也就是說，我在工聯任職的1991年到2000年間，幾乎沒有穩定的幕僚團隊，特別在頭幾年，形成我依賴菁英工會頭人的工作方式，導致組織留下致命的弱點。接下來我會說明工聯內部路線的差異，並描述我所結盟或鬥爭的幾類頭人，與這個致命弱點的關連。

（二）勞教與救火隊的路線差異

當時工聯內部路線的角力，我姑且稱之為「勞教派」與「抗爭派／救火隊」的矛盾（以大陸的說法，就是「培訓派」和「鬥爭派」之分）；而從表面看，幾股頭人和我自己在這兩派光譜間的分布（見圖5.1，稍後我會分析表面之下的實質立場）：

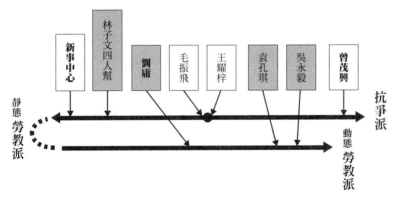

圖5.1：工聯主要頭人「勞教或抗爭」派分布
（黑體字代表三股主力；灰底代表「自主派」核心）

14　自主工聯最主要的經費來自盟會上繳的會費，即使在九〇年代前半段各盟會繳費較穩定的階段，大約只能供2個人的工資，除執行長工資外，還要支付會長的車馬費。1988至1992年的會長曾茂興與1993至1997年的會長王耀梓，都是因工運被解僱的失業者，所以發給車馬費，曾茂興月領30,000元，王耀梓月領15,000元（另補貼手機通訊費1,200元，交通費則實報實銷）。

　　（表面）光譜的兩極是新事中心與曾茂興。對工聯決策影響力最大的「新事中心」，信仰歐洲天主教和基督教教會背景的折衷式勞資談判路線，希望推動法律知識、工會運作和社會民主理念的勞教（所以很排斥勞動黨的社會主義路徑，而與新潮流推崇的北歐模式相契合），主要精神領袖是古尚潔神父，闡釋者是林獻葵，執行者是郭吉仁；不過工聯「體質」並不適合這個路線。工聯誕生於工運高峰，集各地爆發抗爭的工會於大成，組織誕生的方式，和組織誕生的歷史環境決定組織的「體質」，以致根本無法安定下來推動勞教。曾茂興和工聯誕生於同一個歷史環境，他有足夠的個人魅力來煽動群眾，不耐於一般勞教，也非他所長，因此他發展獨特的「反勞教」理論，他常說：「工運不要浪費時間講什麼三法（當年勞教的主要內容），工運三法就是刀法、棍法和槍法！」可以想見他和律師出身的郭吉仁有多大的矛盾。

　　介於這兩極之間可粗分為三種力量：第一是最積極投入工聯的劉庸，他強調應該透過「組訓／勞教」使工聯重新「自主化」；第二股力量是理論上應該更有影響力的後續兩任會長毛振飛和王耀梓，但他倆都是遊走派系間、獨來獨往，沒有明顯的路線主張；因為毛、王並沒有投入工聯基礎會務，所以形成第三股力量是劉庸不得不結盟更保守的「勞教派」——主要是林子文（北縣新海瓦斯工會）和他的搭檔陳素娥（厚生橡膠板橋廠工會），以及林、陳發展出來的新手梁武劬和鄭玉珠（以下簡稱這四人為「林、陳四人幫」），下一段落我會更具體描述這三組力量的狀態，以及和我的關係變化。

　　三股主力外，就是工作室正在發展的「自主派」新手袁孔琪（自立報系工會），[15]他雖然積極參與各種工作小組，表達工作室的「勞教／抗爭」動態整合路線，但影響力有限；台南地區親勞支會的頭人方來進

15　袁孔琪是自立報系編譯，是工作室在自立工會裡重點培養的男性幹部，因參與工會被調職為體育記者，1995年加入工作室，2002年自立工會解散後，他成為北市產總專職人員。

（國際紡織工會）和陳慶才（三新紡織工會），因為不在台北而很少介入決策，所以沒有放進圖5.1。王幼玲，是親勞陣、支持新事路線，對工聯內親勞陣幹部有很大的影響力，但她將公餘時間投入勞陣，在工聯只象徵性參加幾次會訊編輯會議，所以也未列入圖5.1。

　　劉庸找我回工聯的原因之一，是他不信任當時唯一可結盟的林子文、陳素娥，希望透過和我的結合，能借助「鄭村棋／工作室」組訓專長，讓工聯在盟會間有實質影響力，恢復自主工運龍頭地位。幫劉庸遊說我回工聯的鄭村棋，知道我的缺點，從他的角度把我放回工聯，是考驗我能否更紮實地學習組訓能力，而不是去發揮專長；所以他曾提醒劉庸，組訓不是我的專長，需要工作室的協助。然而在我決定接執行長的起始，就與鄭村棋因為對「運動」和「組織」的認知不同產生衝突；劉庸也沒有明確地選擇和工作室結盟，和我一樣遊走各方關係，想取得最大利益；因此我們都失去向工作室求助的機制。新事的古神父，甚至曾茂興，可能對我也有錯誤的期待，以為我已經跟鄭村棋學到組訓的能力。

　　當年我的確缺乏如何為工聯組織打好基礎的能力。依執行長第一年的工作軌跡來看，我比較有意識試圖讓工聯上升到代表工人政治利益發言的總工會位置（策劃曾茂興入獄遊行、反金牛記者會、統獨辯論、工聯的未來研討會、三法一案夏令營與1112大遊行等），以及如何在工運重大抗爭中維持重要角色（新客解僱案、基客罷工、嘉隆關廠等），但作為這兩者基礎的組訓工作不在我的圖像裡面，所以我也可被歸類於接近「抗爭派」。我的好鬥、高視野思考習性、失去工作室協助、工運經驗的限制、以及工聯的結構，互相強化這個工作取向。那時我比較深刻的運動經歷只有中時與新光兩次抗爭，以及遠化罷工的外圍參與；若引用Bourdieu的橄欖球賽比喻來區分經驗[16]：中時工會

16　見皮埃爾・布迪厄、華康德（Bourdieu, P. and Wacquant, J. D.）（1992/1998）《實踐與反

籌組的那場，更多是鄭村棋下場的「示範賽」，鬥爭又過度快速與密
集，各種決策會議外我們大概只能討論戰略，或進行由他口述，我則
記錄執筆寫文宣的幕僚工作；新光關廠案時，比較是我下場練習，而
鄭村棋更像場外教練。兩場都是勞資關係斷裂的激烈抗爭，而不是勞
資關係內的日常工會組訓。所以我就是那種畸形的——總是錯過日常
訓練，卻有豐富實戰經驗（不論是被資深教練臨場指導或缺乏教練）的
球員。原本「訓練一實戰」是互不衝突的一個整體，但是在工聯卻變成
「組訓／正常化」對抗「抗爭／救火隊」的嚴重矛盾，能力偏失的我，無
法解決這個矛盾，反而使之加劇。

　　接下來我將詳細地描述工聯的人力結構，和我與幾組頭人關係變
化的性質，因為不但互相強化工聯的畸形，也形塑我後來（和反映當
時）的工作「慣習與方法」。

（三）「與工聯頭人的關係性質」之一：三屆會長

　　曾茂興的基本教義派抗爭路線，呈現一個極度關鍵的難題——當
工運尖銳到一定程度，衝到頂峰的領導者絕大多數遭遇被解僱的命
運，當他們脫產後，面臨的是被打壓後的工運谷底，那運動要如何創
造位置，使他們既可解決生計、又能發展新的適應谷底狀態的領導能
力？張照碧因為原先位置沒曾茂興那麼高，所以可以在工聯和勞支會
雙重協助下轉型成功，但曾茂興卻成為失敗的例子。客觀結構上，曾
茂興任期內一半時間正逢工運低潮，百般武藝全無用武之地，因此主
觀意願上他無心放低身段經營工聯，企圖躍升到參選立委的層次，[17] 又

思：反思社會學導引》（中譯本），頁23。

17　摘錄自吳永毅日記1992年5月16日，剛出獄不久（5月11日出獄）的曾茂興告訴我，他
　　計畫參選民進黨不分區立委，若不成功，要投入年底台北縣立委選舉攪亂新潮流的局，
　　再等1995年回桃園地區參選下屆立委，因為他太太姓黃（琬珽），幻想投給黃主文的黃
　　氏宗親票源會轉投給他。

不耐於在勞支會的參選梯隊裡排隊等候，所以投靠更容易被提名的台獨聯盟。物質條件上，工聯經費不足供養一個精神領袖，由於他支領相當於全薪的車馬費，便直接排擠幕僚的人事費用，除執行長（我）外沒多餘經費可加聘祕書，於是他從「歷史資產」變成「負擔」。

曾茂興是典型的有實戰經驗，卻沒有平時帶兵、操演（即日常組訓）能力的主帥；他瞧不起組訓，認為還不如打仗時臨場煽動有效；甚至到戰場上，他也不發揮「現場教練」的作用，他固然膽識十足，但完全獨斷獨行、不顧團隊。作為「抗爭派」，他的抗爭能力無法被轉換、傳承，在工聯內是孤立、沒班底的領導。

毛振飛一方面臣服於曾茂興的抗爭魄力，一方面又經驗過鄭村棋在機場聯誼會操作的基層勞教，知道那與新事的協商式勞教非常不同，但他態度曖昧，試圖在三條路線（曾茂興、鄭村棋和新事）之間遊走。他擔任會長的1993至1994年是工運的第二波高峰，工聯參與工委會主導的修法及反賤保抗爭，以他靈活的反應能力和口才，他很稱職地代表工聯站上一個面面俱到的位置。而且他是唯一沒有被解僱而脫產的會長，桃勤工會又是鄭村棋協助組訓的扎實工會，所以他把梁永和等一組新的幹部帶入工聯，是工聯幹部人氣最旺的階段。但大而穩定的工會在工聯裡畢竟是少數，也反映在會長的結構上。

王耀梓也是曾茂興的追隨者，但口才特差，卻屬深思熟慮又有行動爆發力的主帥，除了和劉庸一樣不滿意曾茂興在工聯的消極角色，也認為曾茂興在協助其他工會抗爭時過度粗糙、不夠細膩；基客工會罷工時他見識過鄭村棋的組訓與戰鬥結合的效果，罷工後更因「久病成良醫」，變成好為人師的勞工法律專家（我稱之為「赤腳律師」），所以也算半個「勞教派」的支持者。但他所屬的基客工會在罷工後幾乎瓦解，無法成為後援，他就是孤鳥會長。

（四）我的組織手法：以一般會務工作建立核心團隊

　　不管是反勞教、三面遊走，或是勞教的半個支持者，三個會長的共同點是都能快速站到舞台中央被人注目，所以也沒動力去學習基本組訓能力，更別提層次更低的行政庶務能力。但行政庶務其實與組織發展息息相關，會最忠實地反映組織日常的權力運作，例如庶務分工、聯絡動員、收取會費、財務報表、工作計畫、會刊編輯、接受申訴服務等；我在工聯唯一自發的組織工作（雖然因為對象錯誤而失敗），就是要求幹部來分擔一般會務，藉此增加參與感、建立團隊默契，並使頭人雙腳站穩在組織的現實問題上。因為我的工作網絡是以「會務」為核心建立的，所以曾茂興和毛振飛與我的工作關係都不深，他們倆基本上都不進辦公室，不參與日常會務，曾茂興甚至只挑選層次夠高的對外事務，連一般對外活動也不一定參加，當然不分擔行政會務。1992年底接任會長的毛振飛，因工運復甦，對外活動已漸頻繁，又仍在桃園機場上班，更無暇分擔內部會務。

　　由於曾茂興、毛振飛不分攤會務，因此特別認同工聯又因被解僱而可全時投入的劉庸，以及上班地理位置靠近工聯辦公室並容易請公假的林子文、陳素娥等三人，就成為工聯的會務核心。[18] 我到工聯初期主要的討論對象是劉庸，但後來與他關係惡化，而逐步加重對「林、陳四人幫」的依賴；1992年8月底張照碧離職後，「林、陳四人幫＋我」的「五人小圈圈」已見雛形，1993年初劉庸官司勝訴回廠上班，6月張雋梅又離職後，我對小圈圈依賴更為嚴重，直至1994年4月北縣產總成立，「林、陳四人幫」的動力轉移至「台北縣產總」而告終結。到1995年初，王耀梓接任會長，「林、陳四人幫」差不多已完全另立山頭，只剩

18　劉庸的角色比較接近三個會長，對外站上舞台的時候有一種魅力，且看起來誠懇，公開場合上他會發揮很大的說服力跟影響力——特別對女工，但他就是不進入實質的工作。

我和王耀梓「相依為命」，他分擔一部分（以個案申訴為主）會務；雖然仍不進辦公室，不過他不挑三揀四，各種大小活動一律出席，活動前的庶務工作他也會參與，我們藉那些時空來保持密集的工作討論。王耀梓擔任會長時，我已經加入工作室，所以工作室有一個團隊將王耀梓捲入工作和決策，而不是我孤立和他相處，所以三任會長中，我僅和王耀梓發展出較深刻的關係。

（五）「與工聯頭人的關係性質」之二：劉庸

因為是劉庸促成我重回工運，也曾經是最重要的合作對象，為何最後卻變成運動裡我最鄙視的頭人之一？究竟我有無責任？所以，清算我與劉庸的關係顯得非常重要。

2008年初因為大同三峽廠大幅裁員，劉庸選擇提早申請退休而喪失工人身分，他重回1991至1993年和我相處時的身分——失業但全時搞工運的頭人。回頭看他這十幾年在工運裡的作用應該是過大於功——1990年被公司解僱成為工運犧牲者；1991年站出來重整工聯，使工聯提早擺脫新潮流控制；1993年回廠上班後因外遇而淡出工運；1994年又擠入北縣產總，重回舞台；1997年他抹黑林子文，並結合保守幹部當選北縣產總第二屆理事長，任內分配官方收編工會的利益，使產總再度閹雞化；產總理事長任內並看衰工聯與工委會力量，而貼近財力雄厚的國公營工會，促成後來被民進黨新潮流操控的全產總成立；2000年全產總成立，他沒有任何職位，他才重新對工聯積極起來。不過早年他還不是「逢舞台就上」的投機工頭，1993年初工作室還認為他是工聯裡最具階級意識的幹部之一，這使我不得不自我檢討：如果當年有更好地與他互動的工作方法，可不可能避免他走到今天這個令人生厭的地步？

1991年底回到工聯，劉庸是我最親近的討論對象，協助我逐一理

解各工會和其幹部的網絡，但很快我們因為對彼此預期落差太大而發生分歧。表面上劉庸像似偏向「勞教派」，但事實上他對新事或曾茂興都不滿意；他自己經歷激烈抗爭被解僱，嫌新事的勞教路線太保守，他想像的勞教應該比較偏向鄭村棋在北縣執行的勞教，不論抗爭或平時的組訓，都是扣緊現實鬥爭脈絡，並將基層會員（而不是頭人）教育得更「能鬥」（militant）[19]的對話式教育；而不是「新事／BATU」所提供的大量團體操作技術、國際工運知識訊息、導向勞資協商的靜態推填式（banking）勞教。另一方面，劉庸更怨恨抗爭派的曾茂興——因工運逢谷底、無爭可抗，就只能「擺爛」的消極狀態。劉庸找我回工聯，期待我透過組訓活動重建與盟會的關係。他也憂慮郭吉仁離職和勞支會逐漸從工聯撤退後，所造成的會務真空狀態，因此他也寄望我組織工會幹部到工聯辦公室輪值，使「會務正常化」。

簡化地說，他希望我替他「安內」，讓他可以「攘外」；即我為他所用，對內替他做組訓打好根底、搞定各派系，他才能放手代表工聯在工運舞台發揮。但是我沒有發展基層的圖像與能力，而且一回到工聯，沈寂近兩年的工運轉為多事之秋，接踵而來的大事件包括：（1991年）9月28日統聯工會罷駛，12月蔓延月餘的新營客運罷駛、12月底自立工會抗爭、次年（1992年）3月曾茂興因遠化案入獄遊行，五一勞動節南下聲援顏坤泉入獄，6月4日基客工會罷工（同一時期還有嘉隆製衣關廠抗爭），全省串連累積到8月的工運夏令營，然後是11月12日的第二次全國秋鬥，開啟了第二波工運浪潮。一連串事件完全打亂劉庸對於「會務正常化」一廂情願的期待，客觀的情勢也使我的工作時間被高度拉扯，更難達到幹部所期待的「專心作組訓」。劉庸與其他幹

19　militant常指「有能力鬥爭、不畏於發動鬥爭」，更接近「善鬥、敢鬥、能鬥」的意思，所以在此不用「好鬥」來翻譯西方工運中常用的形容詞「militant」，因為「好鬥」有負面意思。

部一路都頗有微詞並否定工聯「救火隊」的角色，但我卻反而認為那是比較符合現實條件的角色，也開始主張抗爭就是一種最佳的勞教。1992年下半年，我已取代曾茂興，成為被劉庸所代表的「正常化／勞教派」批評的主要對象。這中間還要加上幹部試圖用行政事務來約束我（與郭吉仁）這類知識分子幕僚的鬥爭因素，以及工聯頭人對崛起中的工作室和工委會的敵意，所以用「會務正常化」來限縮我參與外部事務（主要為工委會）的時間。劉庸、林子文、陳素娥等，結盟毛振飛、古神父來向我施壓，並開始將之與更複雜的「工聯與工委會競爭」和「知識分子與工人差異」糾纏在一起。

而我對劉庸的失望，則是經過具體的合作後，發現他的群眾魅力與誠懇外表底下，是不願進入實質苦工和細密討論的浮誇與愛現；而那段時期我極度缺乏幫手，又有新官上任後得有「業績」的壓力，所以工作方法就是緊拉著幾個能力最強的幹部彌補幕僚的缺位，我很快對他的言行不一失去耐心，轉向與更菁英、效率更高的林子文和陳素娥等人，發展更親密的合作關係。1992年8月底張照碧辭職，後張照碧時期的工聯會務完全由我一人負責，我與劉庸的「會務」鬥爭也進入高峰期。當時劉庸積極參與的嘉隆成衣關廠抗爭結束，我積極參與的基客罷工也告一段落，劉庸藉機強力推動由我常駐辦公室，而其他幹部來輪值駐會與我搭配；但那根本不符合幹部的客觀條件（只有少數人有足夠公假）和主觀動力（對工聯認同不足，並對庶務工作沒興趣）。我一方面不同意這個工作方法，一方面也想反擊他對我的政治牽制；我回鬥的策略則是刻意準備兩本記事本，一本詳細記載我的每日工作日誌（詳細到分鐘），另一本則是給輪值的幹部登記的工作日誌，最後幹部的日誌多半空白，因此很快暴露劉庸自稱要以身作則，卻又因自由成性而不腳踏實地的缺點。所謂幹部輪值方案也就因劉庸自身而徹底失敗，也因此，他從保薦我入工聯的人逐漸變成反對者。推測我們的

蜜月期在1992年8月勞工夏令營之後，我忙於參加各種抗爭和工委會
行動時就結束。11月底他祕密召開幹部會議開始鬥爭我，我們之間的
關係已形同水火。

　　11:00am-6:00pm工聯北部的素娥、子文、玉珠、孔琪、劉庸
〔在厚生板橋〕談工聯的發展，策劃出「工」辦政見會、園遊會、以
地下「幹部聯誼會」為主，「1112北基區執委會」為基礎。

　　會是劉庸召開的，原本不要我參加，是玉珠說漏了嘴才叫我
去的。12:30（中午）劉庸才來，很激動的說：

　　「我不願建立〔會務人員為主的〕行政系統，別的團體都是會
務人員主導，我主張工人應該自己作決定，自己承擔工作。」「要
吳永毅把時間多放在對內組訓，比例要提高……吳永毅不是很好
的組訓人才」，並問：「你到底是來〔客串〕幫忙的，還是來〔和工
人〕一起做的？」

　　我說：「我覺得是我來〔工聯〕求人幫忙的！」[20]

（六）劉庸的「休息」：道德規範必須以行動實踐

　　1993年初（可能是3月前後）劉庸官司勝訴回廠上班，約半年後他
與厚生板橋廠陳素娥最親近的一個未婚女性幹部LYJ過從甚密，又經常
以工聯開會名義請公假卻消失不見，且繼續批評工聯的會務不正常。
我推測劉庸當時發生外遇，並也有離開熱鬧眩麗的工運舞台，無法面
對工會柴米油鹽的繁瑣、派系林立的艱困，而想逃避等因素。工聯特
別召開一個幹部會議處理他的狀態，但他不願面對檢討，用「搞工運幾

20　摘錄自吳永毅日記1992年11月23日。（）為原筆記的註記，〔〕為補充原筆記省略
　　之字句。

年太累了，想要休息」為理由擋掉進一步的討論，其他人都不知如何回
應時，鄭村棋當眾說：「每個人都很累，你想要休息也是應該的，但是
其他人還在繼續拼，希望你不要有一天休息夠了，出來指指點點，批
評別人努力不夠、做得不好。」當時我認為鄭在關係上毫不放過的發言
非常不近情理，「怎麼知道人家再出來會罵我們？劉庸若真是這樣，等
出事再反駁他嘛！」然而鄭村棋的話卻全盤應驗——劉庸不久復出，成
功地在林子文和侯晴耀籌組的「北縣產業總工會」裡分到舞台一角，而
愈來愈少參與工聯事務；他還常用工人身分，批評工委會搶了工聯的
位置。

　　鄭村棋這個「打預防針」的斷語，對我來說是個很大的學習，因為
面對集體內的道德準則，除了要做出判斷外，你還得用行動來執行（包
括講出你的判斷），而行動就得勇於面對可能的衝突和代價；一般人通
常是像我當時一樣，雖對劉庸做出判斷，但不會用行動表達出來。所
以雖然鄭村棋當時的發言並沒有阻擋劉庸後來的行為，但是對於當天
在場的幹部而言，鄭的發言（從選擇要發言到內容）很清楚的產生一個
規範作用。

（七）「與工聯頭人的關係性質」之三：林、陳四人幫

　　與劉庸的蜜月期結束後，我轉向第二組工作關係——林子文、陳
素娥、鄭玉珠和梁武卻；從1992年中期起，他們是我最常相處、辯論
以及相互影響的工人幹部。

　　林子文精力過人，當年仍個人主義色彩濃厚且交往複雜。他所經
歷的新海瓦斯工會雖然是經抗爭而誕生，但當時的主帥是擅長法律鬥
爭的白領工程師侯晴耀；基本上，侯晴耀不相信基層群眾力量，而企
圖用「股票工運論」領導其他工會，林子文當時是他的同事兼工會裡的

左右手。[21]林子文條件特殊，海事專科畢業後跑過幾年船、見過世面，在新海瓦斯又是配管設計師的白領職位，加上工會因為打勝仗，爭取到全台灣民營企業工會罕見的全日駐會——除每週一晚回公司值班外，其他時間領取資方全薪搞工運。

陳素娥是女強人型幹部、商職畢業的白領、公司的會計人員，手腕靈活、盤算精明，在職場自保能力特強。她和林子文一樣善於法律鬥爭的細節，又是會計專業，所以一度也跟隨「股票工運論」（我和新近幹部袁孔琪替她取了「老佛爺」的外號，可見其霸氣的性格）。她主導的厚生板橋廠工會因為生產線幾乎全部移往桃園，所以沒有籌碼發動抗爭，爭取年終獎金等福利，都是跟在藍領工人主導的桃園龍潭廠工會後面聲援。

林子文和陳素娥倆人都與工聯的競爭者——北縣總工會的鬮雞頭人有複雜的人際關係（林子文更與北縣勞工局的國民黨籍女課長郭雪月關係密切）。國民黨在工聯成立時刻意另組「中華民國勞工聯盟」，來抵銷、混淆工聯成立的政治效應，林子文還當上聯盟的理事。[22]

大同板橋廠工會的梁武卻，以及1992年籌組五大製衣工會的鄭玉珠是林子文和陳素娥協助帶領的新進幹部。梁武卻是憲兵退伍的技術工人，屬工會二線新進幹部，苦幹實在，抗爭時頗有膽量，但歷練不足難以參與決策；鄭玉珠是成衣廠藍領女工中繼續苦讀夜校的上進女孩，有時對與自己出身相同的低學歷基層女工失去耐心，工會籌組過程中她發現有很大的學習與成長資源，而開始崇拜、追隨林子文和陳素娥。

21　見林子文（2004）碩士論文《秋鬥：台灣勞工運動的儀式性集體行動》第二章，記錄新海瓦斯工會誕生的過程。所謂「股票工運論」是指工會可以利用其員工兼具股東身分，杯葛股東大會程序或檢舉公司違反股東權益作為籌碼，向資方施壓換取勞方利益。

22　林子文（2004）在碩士論文記錄他參與勞盟的過程，但未反思其政治立場。基客罷工時，林子文未知會工會，私自與郭雪月聯袂去參加地方議員召開的反罷工說明會。他經過正大尼龍罷工和東菱電子關廠抗爭後，越來越激進，也不再熱衷股票工運論。

　　他們四人的學歷略高於一般國中畢業的基層工人，能勝任各種行政工作；陳素娥和鄭玉珠都能熟練操作電腦，梁武卻也有記帳能力，所以他們能夠分攤庶務、協助處理個案、輔導盟會、參與工作計畫擬定、工聯會訊的編務等。回想我發展他們的策略是透過大量的工作討論，以為這樣可以提升他們工運意識；並且針對陳素娥和鄭玉珠，推動她們成立「女性工會幹部聯誼會」，想在女性議題上發展兩人；但對於他們四人在自己工會內的發展，卻是一片空白。

　　1992年12月，我在日記裡記錄一個工作場景裡的對話，很具體地反映我和林子文、陳素娥的工作關係，以及工作室成員和我在對人的判斷上有極大差異：

　　　　在新海瓦斯工會和工聯準備大會〔的資料〕，觀察：
　　雋梅愛問問題，工作效率低，但能引發動力、挑戰。因為一直處理其他關係、聊天。

　　　　素娥把人當棋子、籌碼，階級意識不特別強（雋梅提醒）；我叫她「老佛爺」，袁孔琪自稱「小棋子、小孔子」。

　　　　林子文很會摸魚。

　　　　雋梅及小沐子〔顧玉玲〕怪工聯放棄陳俊宏，素娥說目前花力氣處理俊宏不經濟，雋梅生氣。林子文也表示沒有辦法。

　　　　我有點難過，因為工聯的確是工作取向only，沒私人感情。
　　我說：搞工運後只有一個朋友→吳錦明。……

　　　　劉庸有退縮，因為家庭壓力，但工聯沒處理，只批評。[23]

23　摘錄自吳永毅日記1992年12月20日。張雋梅、顧玉玲（「小沐子」是她的公開外號）、袁孔琪屬工作室派，袁孔琪雖然到1993年才加入工作室，但當時已經和張、顧關係緊密。（ ）為原筆記的註記，〔 〕為補充原筆記省略之字句。

　　1993年3月張雋梅正式到工聯接任祕書，她非常直接地批評我不該將力氣全花在林子文、陳素娥這組菁英幹部身上，他們學習越多、越脫離基層；她也預言過度精明的陳素娥不會留在工運。[24]她更指出在工運對外層次（立法、遊說、性別議題）培養鄭玉珠是無效的，而應該協助她回頭面對被資方分化而面臨瓦解的五大工會，否則她自己最直接的集體經驗是挫敗的，如何去組織別的工人？張雋梅的當頭棒喝使我非常焦慮，但是因為我1989年沒有回中時工會蹲點，錯過鄭、夏的組織實務訓練，不知道如何在挫敗的基層中行動，我期待張雋梅可以補位擔任組訓幹部的角色，但她卻快速「陣亡」；於是我又回到以「完成工作」為取向（而不是發展人）的合作關係，繼續依賴這四人分攤會務。

　　劉庸，以及林子文、陳素娥等支持的「會務正常化／勞教」路線，除了因為他們各自能耐的限制，以及運動路線選擇外，還有結構性因素：當年沒有進步的總工會模式可以參照，幹部只有體制內總工會的經驗（他們當時的心態是既不滿、又不捨，偶而想要奪權），而工聯盟會也幾乎都加入地方總工會，的確有競爭壓力；所以他們用體制內總工會的想像來經營工聯——必須有會務人員在會所（辦公室）服務會員、辦理大型勞教，維持對基層工會的影響力，並提供幹部表現的舞台、舉辦參訪旅遊犒賞利誘幹部等。

　　現在看來，當年工聯並沒有舉辦進步的勞教來與地方總工會區隔的空間，沒有資源、也沒有能力像鄭村棋入主的勞教中心（可以使用縣政府相對豐富的資源舉辦高度有勞工意識的勞教，既有集中大型的講座討論，也接受個別工會申請「入廠勞教」），但或許還有可能的組訓空間——是勞教中心無法兼顧的部分——也許是非正式小組或一對一

24　1996年厚生板橋廠與總公司遷移桃園，工會面臨解散，陳素娥轉往北縣五股工業區一　　家布料出口公司工作，脫離工運。

的討論方式，以協助個別幹部培養在基層發展群眾的能力（雖然這不是多數幹部想像的「組訓」規格）。但如果我當初能夠和劉庸或梁武卻和鄭玉珠等二線儲備幹部，發展這層學習關係，幫他們在工會裡形成自己的團隊，就可以使「正常化／勞教派」走出自己的路，而不必然靠向「林子文—陳素娥」執行的菁英化、形式化的勞教。

三、工聯與「工委會／工作室」的矛盾

1992年6月4日開始的基隆客運工會合法罷工，捲動起第二波自主工運，也悄悄地改變第一波工運留下的政治版圖（1987至1989年活躍的工運團體以親近民進黨的「勞支會／勞工陣線」和不親民進黨的「工黨／勞動黨」兩支為主），「工作室」路線正式在工運裡立足，成為第三股力量。除了挑戰當時地盤最大的工運團體——勞支會，以及次大的勞動黨／勞權會外，也使自主工聯的定位受到衝擊。我當時並沒有意識到基客罷工對工運組織生成有這麼重大的歷史性意義，我當時經歷與工作室的衝突和工聯頭人的衝突，其實是在碰撞這個路線生成的一部分，但當初我只狹隘感受到個人被孤立的危機，這段歷史胎動是現在回觀才恍然發現的。本節將以日常的摩擦和衝突來描述這個胎動，和我在其中的結構位置，以及行動。

（一）基客罷工與工運版圖變化

王耀梓常說，「基客罷工」是他送給師父曾茂興的出獄禮物（3月12日入獄至5月11日出獄），但其實年初已經因調薪案與資方開始產生爭議。另一方面工作室則是透過派駐工會的祕書莊妙慈和協助角色的鄭村棋，也參與其中。當原資方家族決定放棄所有權，將股份賣給惡名昭彰、實施軍事化管理的大有巴士老闆吳東瀛之後，爭議手段不得不

激烈化。工會經過密集的討論，決定發動罷工逼新老闆接受工會的方
案，但吳東瀛毫不理會，故工會於6月4日召開會員大會，投票通過後
立即開始罷工。基客工會是工聯的盟會、又是客運業，曾茂興當然想
一手主導罷工，但是他幾年來沒有進步，仍然套用1989年底在其他客
運業證明被擊敗的舊策略；[25] 罷工前他信誓旦旦預測資方將在七天內投
降，但資方不但沒讓步，即使輿論也意外地支持勞方，資方仍頂住壓
力、步步進逼；曾茂興束手無策之際，退而冷眼觀望鄭村棋的操盤，
並改口說如果撐到7月初大學專科聯考期間，資方一定會讓步。由於罷
工的主帥是心思細密的王耀梓，他雖尊稱曾茂興為師父，但兩人作戰
風格完全不同；尤其鄭村棋再從勞工局內部角度協助王耀梓，並親自
帶幹部討論戰略，整盤布局之周延複雜，完全超越曾茂興的即興、草
莽式戰法。罷工沒幾天，曾茂興就無力主導，被當作精神領袖供奉著。

　　罷工以一切合法為最高操作原則，目的是爭取輿論和地方民眾
支持，並迫使過去毫無例外當資方打手的地方勞工局到中央政府勞委
會，都不得不站到工會這邊，也為後來（當合法手段被證明完全無效
時）的抗爭建立更大的正當性。「女線／工作室」協助工會組織司機、
技工的妻子成立「牽手大隊」，並由會員子女組成的「工運小虎隊」，
聯手到基隆各地區掃街演講、發文宣，甚至到台北的消費者基金會去
遊說，爭取乘客不要反對，甚至支持罷工。這個戰略相當成功，使資
方在初期處於挨打的地位，進而鞏固工會團結的力量。從工會內部整
合、法令解釋、文宣製作、家屬組訓、媒體公關到全國募款，都是工
作室的幾組人馬主抓，除了莊妙慈和我，經常還有五、六個人下班後
到工會幫忙。

25　1988年和1989年的時候，曾茂興試圖要組一個全省客運業工會聯合會。從豐原客運到
　　宜蘭客運、台南新營客運，都是失敗收場。固然當時官資和情治單位聯手打壓是重要因
　　素，但曾茂興不做內部組織也是重要因素。

　　主張「刀法、棍法、槍法」的曾茂興，不斷在王耀梓面前冷言冷語地嘲諷這個戰略，離間王與鄭的關係；當罷工後期進入法律邊緣的激烈抗爭時，曾茂興講話又大聲起來，好像我們終於迷途知返，回到他的正確道路上，而不提前面取得激烈抗爭正當性的過程。[26] 1991年起曾茂興熱衷「獨盟」政治活動，1992年底卸任工聯會長並淡出工運，直到1996年下半年的關廠風潮才又將他捲回工運；基客罷工是他淡出前的最後演出，卻也是第一場並非由他主導的客運業戰役，透露當時他心不在焉、沒有全力以赴的狀態。我作為他最主要的幕僚，也沒有察覺這個生命史的政治意義。勞支會祕書長簡錫堦，在罷工一個多月後，想挾著在嘉隆成衣廠階段性勝利的戰果，移植同一手法來介入全國矚目的基客罷工，他主動要求到工會替會員做「策略討論會」，先進行「權利之星」團體動力訓練，之後又操作SWOT分析。[27] 他不知道工會會員在鄭村棋組訓下，早已超過那個入門層次，參加者陸續離席、難看收場，之後簡也不再插手基客抗爭。曾茂興和簡錫堦在基客罷工案不得不間接受鄭村棋的領導，象徵工作室在工運的正式立足。

　　藉著全台自主工會被基客罷工所捲動，鄭村棋順勢在8月的工運夏令營裡，推動將原為工作小組性質，但停頓已久的「反惡法行動委員會」，重組為跨團體結盟的傘狀組織——「三法一案行動委員會」，並決議於11月12日恢復自1989年起中斷的全國工人大遊行，祕書處輪流

26　合法罷工後，台北縣勞工局以公眾利益為由下達仲裁令，命令工會停止罷工、資方恢復營業，但資方為拖垮工會，繼續停駛、拒絕復工，工會決定遵守仲裁令，強行在7月24日「自救發車」。這個行動看似遵守勞工法令，卻嚴重觸犯資方控制生產工具的財產權和管理權，也因此挑戰刑法與民法，發車次日因數百鎮暴警察反包圍而終止，王耀梓因此入獄兩個月。

27　SWOT分析為管理學上基本的分析法，即以「優勢點」（Strengths）、「劣勢點」（Weakness）、「機會點」（Opportunities）、「威脅點」（Threats）來交叉自我分析，並做進一步的策略規劃。

設於各單位，第一輪設於工作室（對外面貌是「女工團結生產線」），我和陳素香是主要工作人員。工作室成為新一波工運的核心後，除了面對勞支會的圍堵外，也引發工聯內部複雜的反應。

（二）工聯主要幹部的野心

　　夏令營後工運再起的趨勢已經非常明顯，「三法一案行動委員會」又成為工運發動的核心，這使想要維持工聯領導地位的幹部，既有危機感又產生幻想，認為工聯應該取代這個核心，我也不自覺跟著誇大工聯的影響力。當時由劉庸、林子文、曾茂興等發動，而我應和，召開一個「武林大會」──1992年9月19日至20日在烏來迷你谷會議中心，由工聯邀請各團體大老辯論統獨與工運的關係，鄭村棋則順勢想考驗各工運派系號稱要工運大團結的虛實，他建議我們在大會上討論各團體能否降下自己的旗幟加入工聯？[28] 工聯則願意重新選舉常執委、會長、副會長，重組權力結構。邀請對象包括5月1日剛改名為「台灣勞工陣線」的簡錫堦、親勞陣的郭吉仁，勞動黨羅美文、汪立峽，和代表「工作室／女線」的鄭村棋、陳素香等，[29] 還有各團體的重要工會幹部。

　　19日先進行統獨大辯論，最激烈的交鋒不是統派與獨派之間（因為1988年統派夏潮離開獨派勞支會去籌組工黨時，統獨已理解彼此差異），反而是統、獨雙方夾擊「不統不獨」新力量的鄭村棋；這算工運史上第一次各團體完整地聲明自己的政治立場，當然也就不可能達成任何共識，因此次日討論整合加入工聯的議程，被邀者均反應冷淡，不是遲到就是早退。

28　摘錄吳永毅日記1992年9月7日，記錄我和鄭村棋討論的內容，他提到「要以各團體合併到自主工聯來考驗統獨工運團體」。

29　鄭村棋和郭吉仁當時都任職於北縣勞工局。

　　實力最大的勞陣代表簡錫堦，和桃竹苗地區有影響力的勞動黨代表羅美文與汪立峽，雙方都不贊成降旗加入工聯；羅美文說出類似「先鼓勵勞動黨可影響的工會加入工聯」之類的話，而簡錫堦連這種客套都省了。這個結果是可以預期的，由於勞動黨不信任之前被勞陣掌控的工聯，何況會長曾茂興加入台獨聯盟、又曾受新潮流支持，執委會中仍有不少親勞陣的幹部（大同板橋廠、大同三峽廠、自立報系工會等），也不認同工聯上級工會WCL的社會民主綱領。而勞陣仗恃著當時自身已是最大的工運團體，正準備改名吸收團體會員，進而取代工聯，所以當然不可能放棄自己的旗號；而且新潮流也不信任難以駕馭的曾茂興，以及1990年後排擠勞支會的「自主／中立派」（包括引入我接任執行長）──劉庸、林子文為主（也許波及立場未完全確定的毛振飛、王耀梓）。會議第一天被統、獨雙方夾擊的鄭村棋，則明確地提案「工作室」會降旗加入工聯，那時他雖然對我擺放工作室的態度極度不滿，但仍主張工聯是最恰當的工運集中組織；不過工聯幹部對鄭的表態並不完全買帳，因為他們認為鄭本來就是工聯自己人，工作室當時又沒有像勞陣、勞動黨般成氣候，所以並不覺得有所突破。

　　工聯幹部想要一統天下的幻想挫敗的同時，一方面是勞陣隨民進黨力量上升而快速擴張的時候，另一方面也是工作室輔導的機場聯誼會（1990年4月14日成立）展現比工聯更具實質工會結盟力量的時期（1993年11月7日成立的倉運聯也在集結中）；勞動黨在桃竹苗地區也重新鞏固地盤（羅美文1991年參選新竹地區國代高票落選），勞陣、勞動黨、泛工作室系統（含工聯）等三股力量，因為基客罷工集結在「三法一案行動委員會」旗下，工聯鬆散的個人主義英雄作風，已經無法領導這種格局的工運。但頭人們沈溺於集榮耀於一身的權力感，也認為工聯的特殊歷史地位──台灣第一個，也是唯一的體制外總工會（我也是帶著這份虛榮心接任執行長）──永遠不變；幹部最喜歡以波蘭團結

工聯為榜樣，把曾茂興比為台灣華勒沙。這些開創一個時代的英雄／
梟雄，不安於退居為聯盟中的成員之一，這種失落心理逐漸在1992年
夏天之後──「工委會」開始活躍時，在幹部間發酵成「工委會把工聯
吃掉了」的說法，並被工委會的競爭者（勞陣和勞動黨）用來分化工聯
和工作室的關係。

（三）「工聯和工委會的矛盾：我的角色」之一

　　矛盾從一些具體的利益衝突先引爆，例如工聯為義賣募款製作一
大批印有「自主工聯」徽章的白色polo休閒衫，在1991年夏天推過一
波義賣後，因休閒衫品質不佳而銷售困難，囤積大批存貨，常執委還
希望我搞計畫再推銷一次；而另一方面，工委會則是在1992年夏令營
為了籌措年底遊行經費，決議製作「工人鬥陣帽」進行義賣，由於「鬥
陣帽」比休閒衫實用，又有很強的認同意義，所以在9月推出後非常搶
手，不必宣傳就被搶購一空，間接就排擠休閒衫的義賣機會，兩者就
直接發生實質上的利益衝突。工聯常執委開始批評我只幫工委會賣帽
子、不努力替工聯募款。

　　事實上，休閒衫輸給帽子的銷售量，除了銷售的技術問題外，也
有結構性的原因：一個組織納入更高的結盟架構，必然得將部分的資
源重新調整，分擔聯盟一部分的成本，以拓展更大的公眾利益空間；
而且一般而言，加盟者的領域感一定比聯盟更小，但工聯因為自認是
「全國」總工會，階層最高、領域最廣，所以覺得被新興的工委會給入
侵。工委會前身的「二法一案」或「反惡法」行動委員會，都是臨時性或
任務性的架構，沒有實體組織；進入工委會階段，有「半固定」的辦公
室、日常動員、募款等，成為持續運作的組織型態，必然取代工聯某種
應有但實力不足以落實的領導角色，工聯頭人很不適應這種新的結構。

　　工聯頭人開始意識到工委會的出現將動搖工聯原有地位，也認

知到工委會是工運集中的焦點，但也機敏地發現是可借用來壯大自己的機會，[30] 所以他們避開「工聯—工委會」的矛盾，反而是將矛頭指向我——工聯的受僱者，但兼任工委會祕書處工作。因此「休閒衫輸給帽子」的矛盾在我的身上也強烈呈現出來，我的工作時間分配、工作的優先順序、公開場合使用的身分，都變成工聯頭人斤斤計較的細節。這裡面又參雜幾層路線鬥爭——對於知識分子角色的限縮、對會務人員應「安內」的分工設定、對「救火隊」角色的否定等，最後都攪在一起，用「會務正常化」的大帽子，牽制我在工委會的工作。經過1993年工會法和勞基法修法鬥爭後，工委會確定取得全國工運領導地位後，工聯除了在定期大、小會議上討論這個「危機」，內部還召開一連串的特別會議，初期以檢討工聯未來出路為名，約莫到1994年以後，就直接討論工聯與工委會的競爭關係。

> 今(94)年初或〔1993年11月12日〕遊行前，到勤益〔工會〕大會，我用工委會名義上去動員，劉庸在下面反彈、策動〔其他幹部〕：「這個人〔指我〕已經不提自主工聯，〔講話都是〕工委會長、工委會短」……[31]

我當然也慢慢形成策略去減緩這個矛盾，一開始是用抽象的運動結盟倫理來說服，慢慢地針對「工聯被工委會吃掉」的危機感，發明「工聯應該將工委會吃掉」的反話策略——即「工聯應設法取得工委會領導權」的說法。現在回顧，這個方向是理論上唯一的出路，但從現實條

30　工聯頭人想以「1112北基區執委會」為基礎，發展工聯的「幹部聯誼會」。「1112北基區執委會」是工委會為動員11月12日遊行設立的委員會。

31　摘錄自陳素香工作筆記1994年6月22日，記錄我在進入工作室面談時所做的陳述。( )為原筆記的註記，〔〕為補充原筆記省略之字句。

件剖析就相當有欺騙性，因為崩解中的工聯事實上根本領導不了當時工委會代表的工運力量！

　　這個欺騙性甚至是在欺騙我自己，我自以為說服工作很有效。印象最深的一次，是1994年6月在石門水庫召開兩天一夜的密集研討會，由於主辦者是福昌紡織工會常務理事之一徐盛煌，他的家族在石門水庫後山「阿姆坪」開設一間客家活魚餐廳，還有大型遊艇一艘，工聯幹部十數人登上遊艇即開始遊湖激辯，行至湖中一個浮洲，眾人登岸遊玩，不久上船繼續爭辯，再行舟到一個陰涼的灣靠中，於蟬鳴鳥叫聲中再戰，日落蚊群來襲方止，返回岸邊享受客家美食後，晚上及次日上午又在旅社繼續辯論。這次辯論除了奇特的感官經驗使其記憶鮮明外，也應該是我比較完整地提出對工運現實力量的分析以及對應策略的一次，即：工聯應該積極介入工委會，設法在聯盟中發揮領導地位、擴大組織，而不是脫離工委會另起爐灶。

　　那次湖中大辯論之後，工聯內反對工委會的聲音似乎沒有再擴大，我以為是成功地說服曾茂興、劉庸、林子文，還有桃勤新進幹部梁永和等人，使他們面對恢復當年風光的想像不切實際。現在判斷，其實那是因為最有實力的「反工委會」主將林子文的動力，已經轉移到北縣產總；而帶有強烈情緒、但沒有實力的劉庸，暫退到私生活領域；另一方面，工聯的領導王耀梓，和工聯的新血——桃勤工會的二軍梁永和、孫嚴孝、劉自強等四、五人，還有福昌工會的黎萬輝等幹部，他們在工委會內都非常有影響力、也有學習機會，所以不會積極「反工委會」，我的說服論述只是提供一個讓他們在矛盾中安置自己的指引。

　　到了1994年底，工聯內反工委會的力量巧妙移轉到「勞權會／勞動黨」。當時「勞權會／勞動黨」因為不滿自己在工委會八個發起單位

中，[32]僅屬一員而非主導者，而退出「工委會」；勞動黨有意識地重啟「工聯與工委會」的矛盾，[33]透過勞動黨中常委、桃園縣厚生廠工會常務理事徐福進，好幾次在工聯會議上質疑為什麼工聯到基層工會推動工委會的動員計畫，而沒有自己的行動計畫？同時批評我花太多時間在工委會祕書處的工作；這個質疑一直延續到1996至1997年福昌紡織關廠抗爭後，才告一段落。1995年桃勤工會因為支持國民黨籍勞委會主委謝深山替李登輝輔選，而與工委會決裂，[34]幾個挺謝頭人將不滿移轉到工聯內部，刻意拖延會費繳交時間，也用類似徐福進的論述，在工聯內批判工委會。

（四）工聯與工作室的矛盾：有「組織」關係才有訓練

　　1988年各工運團體為聲援苗客案而發起第一次1112大遊行，組成「二法一案行動委員會」；1989年遠化案後由勞動黨發起「反惡法行動委員會」，也是圍繞著如何延續和聲援抗爭個案的結盟；1992年基客罷工後的夏令營，以工作室協同基客工會重新籌組的「三法一案行動委員會」，仍引用這個模式；同年底舉辦第二次全國1112大遊行後，改組為「勞工立法行動委員會」，1993年初勞陣退出後，又改名為「工人立法行動委員會」（工委會），這一路工運從個案升高到整體勞動體制的鬥爭。很明顯地，當時有一個外在「政治機會」使各派系都意識到必須將運動高度從個別廠區的勞資爭議，提高到對抗勞動體制改革──為

32　八個單位包括：基客工會、工聯、勞權會、機場聯誼會、倉運聯、北縣產總、女線、工傷協會。

33　不確定是勞動黨的政策，或者黨主席羅美文，還是徐福進個人的行為，印象中工聯在厚生工會召開的幾次會議，羅美文都有到場督陣。

34　黑手出身的謝深山，是桃勤工會長期保持友好的國民黨立委。1994年12月李登輝任命謝為勞委會主委，上任後即想收編自主工運龍頭桃勤工會，為桃勤爭取行李車登載廣告而使工會增加大量福利，也因此在李登輝競選時，要求桃勤工會幫忙輔選。

配合李登輝打造自由主義新國家，行政院經建會、經濟部等代表資方利益的強勢部會開始向勞委會施壓，勞委會因此提出三個重大勞動法令的修法草案送進立法院，[35]這波立法動作引發自主工會極大的疑慮。但危機意識能夠轉化為可操作的動員，且捲動足夠的群眾力量，我認為關鍵因素是鄭村棋發明「基層工人自主立法」的模式，加上他在北縣勞工局體制內的便利，以及工作室集體經過兩、三年蹲點訓練，與工人建立信任關係，為發動大規模運動做好準備；當工作室捲動群眾後，也刺激勞陣和勞動黨跟進，接著兩、三年彼此間激烈的競爭幾乎到達肉搏的程度，不斷將工運推向對抗國家和資產階級國會的高度。

「工人自主立法」操作的程序大約為：先由工會幹部講述實際鬥爭或受害經驗，由鄭村棋和工作室成員協助整理口述，進一步提煉成概念，再由（鄭村棋邀來）全程參與討論的政大勞研所教授黃程貫，將概念翻譯成法律語言，再和工人辯論後修訂為法律條文。長達幾個月的討論過程，同時也訓練「工人版勞基法」種子講師（有組織者、也有工人），之後由他們把這個最原始的初稿帶到不同工會去進行深度諮詢，再召開區域性中大型討論會來彙整意見，彙整後的版本再發回各工會，由工會決議是否連署支持，最後才組成遊說團，帶著連署結果去尋求立法委員支持。

第一階段（1993年2月到7月）的立法鬥爭準備工作，完全由工作室主導，多數是不公開的小型勞教種子講師訓練，鄭村棋決定將工聯頭人和我排除在「種子講師」之外，他的理由很簡單：

1993-0204（1993年2月4日工作室大團體紀錄）

勞基法修法組訓原則——有組織關係方有組訓計畫，工聯排

35　《工會法》、《勞資爭議處理法》和《勞動基準法》等三個修法草案，陸續在1988至91年送進立法院等候修法。

> 在機場後、勞陣前；新知／王蘋為何參一腳，女性團結與女性不
> 同社會位置不可混淆。[36]

　　0204工作室的決議，是針對原始初稿出來後，排定到各地討論的
順序。基本原則是，資源應該優先分配給有組織認同的工人群眾和幹
部。而工聯當初被排定的順序，除了這個基本原則外，也跟鄭村棋對
當時工聯頭人和我的定性有關。他認為我們精明過人，卻對於基層工
作常感不耐，所以不能讓我們「搭便車」習得基層經驗焠煉出來的精
華；其次，「工作室的路線是這樣的：在集體中發展弱勢者的能力，重
視強與弱之間的關係對待，改變強者的邏輯。我認為這是我們搞運動
的目的……」因此為了讓二線新進幹部（以及二線組織者）能夠有充分
的空間成長，同時必須壓抑我們的參與機會。當時工聯的頭人們並沒
有充分意識到這個「隔離政策」，他們在各地區的「工人版勞基法」大型
討論會上仍有舞台（例如，林子文就擔任「1112北基區執委會」的召集
人），只有我因為常在「工委會祕書處／工作室」出入，才敏感到另一
層級的訓練安排，但那時我還沒有「有組織關係才有訓練」的認識，所
以我把這個原則當作「鄭村棋／工作室」對我的防備。

（五）「工聯與工作室的矛盾：我的角色」之二

　　「工聯─工委會」的分化效應，其實更集中表現在「工聯─工作室」
的矛盾上，我與「工作室／女線」的特殊關係，又更深強化這組矛盾。
最表面的一層是我的工作角色、工作時間分配和合作對象的問題：我
以工聯代表身分部分工時進駐工委會「祕書處」（無償使用「工作室／女

36　摘錄自陳素香工作筆記1992年2月4日的大團體紀錄。「機場」指「機場工會聯誼會」，是
　　工作室協助組成的區域工會聯盟。「新知」指「婦女新知」，被認定是中產菁英而被排除
　　於種子講師訓練的脈絡。

線」的辦公室），和我在「祕書處」聯合辦公的主要成員就是「工作室／女線」的專職工作者，1992至1995年為陳素香、顧玉玲（之後陸續為郭明珠、李易昆、莊妙慈、何燕堂、賴香伶等），我們全部都不從「工委會」支薪，僅領取原單位的薪資，這本來是聯盟架構正常的作法——祕書處由加盟單位義務人力所組成；但從工聯幹部有敵意的角度來看，我是「領工聯薪水，幹工委會的活」、「投奔工作室，讓工聯唱空城計」；有時甚至賭氣地認為若不讓我參與工委會祕書處，就可以解決工聯無法成為工運領導的困局。工聯頭人並認為我和工委會的主導者鄭村棋是師徒關係、親密戰友（幹部不理解我們當時的重大歧異），所以當我試圖說服工聯頭人，工委會是有利於拓展工運空間時，「反工委會」頭人就會認為我是「內神通外鬼」，總是將「工作室／工委會」的利益放在工聯的前面，這種情緒產生後，愈來愈難理性地去分析現實力量並做出正確決策。

　　但這些情緒也不是完全沒根據，因為客觀上工運的資源的確向工作室那個空間集中，幾股新興的、挑戰工聯位置的工運力量——機場聯誼會、倉運聯、女線，也全都和工作室直接有關；再者，這些工運力量是以知識分子出身的組織者、會務人員在工作室呈現出來，又是高度的有紀律、有集體意識、組織嚴密，甚至遠超過工人的團體，這種神秘性對個體化的英雄主義頭人非常有威脅性；然後還有知識分子鄭村棋和基層工人互動的能力、過人的政治敏感度、強勢的善惡分明等，都使投機的菁英頭人備受壓力，所以工作室本身既是象徵的、也是實質的妒恨目標。

（六）工作室怎樣看工聯頭人：是同志、不是互相利用

　　鄭村棋一方面認知到這種公開和潛在的妒恨，但一方面他認為「體制外總工會」（而不是工人政黨）是工運初階段最好的政治集中組織型

式，所以雖然他對工聯當時的頭人組合很不信任，但他仍試圖加入工聯權力結構，設法從內部影響工聯的路線。他在1992年9月迷你谷「武林大會」承諾降下旗幟加入工聯之後，同年底先以「勞工教育資訊發展中心」（簡稱ICLE，勞教中心）名義加入工聯，[37]後來又鼓勵機場聯誼會所屬的復興空廚工會、外圍友會台豐印刷電路工會陸續加入工聯，成為那個階段工聯新盟會的主要來源之一。

　　但同一時期還發生好幾件「工聯頭人—工作室」的較勁事件。先是因為我陸續幾個不尊重工作室的動作，引發鄭村棋明確地和我「劃清界線」，而我當時補救的方法之一，是提案讓鄭村棋成為工聯的會務顧問，[38]這使曾茂興、王幼玲、林子文等增加更多疑慮；另外，1992年底我又設法從自立工會抽調工作室成員張雋梅，到工聯填補被勞陣召回的張照碧（1992年8月離職）所留的遺缺，引發王幼玲、陳俊宏的不滿。接著，又恰好碰到郭吉仁放話要回鍋擔任工聯執行長的插曲，林子文、陳俊宏、桂宗鈞、王耀梓都表示歡迎，[39]這當中其實透露「非工作室」力量（以林子文為主導）對兩個工作室成員進入工聯——鄭村棋當顧問、張雋梅當祕書的間接抵制。

　　當張雋梅正式去工聯上班前，工作室大團體討論過對工聯的政策，那時候「外省人」毛振飛已當選會長，所以鄭村棋將工聯放到國族打造的歷史結構下，分析勞陣、群眾和工聯的位置，提醒成員對省籍

37　摘錄自吳永毅日記1992年11月27日，鄭村棋打電話給我表示工作室決定以「ICLE」（勞教中心）名義加入工聯。

38　摘錄自吳永毅日記1992年4月2日，我對鄭村棋說要聘他當顧問，他拒絕，建議我改具體project來合作；12月18日，我打電話通知鄭村棋，工聯通過聘他為顧問。

39　摘錄吳永毅日記1992年11月26日，這個「歡迎郭吉仁回鍋」的組合非常複雜，有林子文明顯想用郭吉仁牽制工作室；也有桂宗鈞希望借用民進黨地方政府力量的投機派；也有挺勞陣及其友人的陳俊宏；還有王耀梓那路線未定而想多方討好，勞陣通過招收團體會員，他還想讓基客工會加入勞陣；然後，說郭回來他就要辭去常執委的劉庸，以及陳素娥並不喜歡工作室，只是太討厭郭吉仁。

和階級的互相作用要有認識，並做出在工運上全力與工聯結合的結論：

1993-0221（1993 年 2 月 21 日工作室大團體紀錄）（雋梅去工聯前報
告和討論）：

　　（雋梅去工聯是）工作室與自主工聯的結合。

　　與自主工聯的關係→同志關係，不是互相利用。

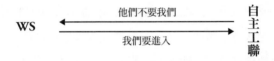

　　劉庸→有階級意識

　　林子文、侯晴耀→　　〔空白未定性〕

　　陳素娥、毛振飛→可結合前進……

　　〔接著推測是鄭村棋分析國族、省籍、階級和性別四者的歷史
情勢〕

　　自主工聯→階級運動高位→階級立場的壓力團體，站階級立
場發言……郭吉仁、勞陣→未掌握良機，錯失歷史任務……

　　〔WS〕與自主工聯合併，How ？[40]

（七）工聯頭人看工作室：知識分子與工人的矛盾？

　　然而，工聯頭人初期並未接受工作室成為「盟會」，他們不能適應
一個由工會受僱者的「知識分子幕僚」組成的NGO，在工聯架構下和

40　摘錄自陳素香工作筆記1993年2月21日。「WS」是「女線／工作室／勞教中心」的簡
　　寫；( )為原筆記的註記，〔〕為補充原筆記省略之字句。

「工會」平起平坐，更受不了在工委會架構裡，「女線」與「工聯」平起平坐。我入工作室面談時對幾個情境簡要的描述，很傳神地呈現那些緊張關係的細節：

> 更早之前討論產總……林子文、陳素娥把WS放在與勞陣同一個位置，是知識分子寄生工會的菟絲花，劉庸也抱怨WS，知識分子與工人的關係。
>
> 有關出刊物，〔《工聯會訊》和《台灣工運》〕合併或寄生，大部分人都反對，除〔工作室成員〕袁孔琪外，工聯幹部怕失去主體性，惹來飛〔毛振飛〕對WS的反彈。
>
> 去年遊行前→〔工聯幹部稱工委會時都用〕「你們工委會」……〔他們對工作室〕有不滿，但我已經聽不到，我猜他們有疑問：
> ‧why基客與工聯同一位置？[41]
> ‧女線〔的分身「勞教中心」〕是工聯盟會，何以和工聯同一位置？
>
> WS〔勞教中心〕剛加入工聯時，〔在公開場合〕介紹WS，常常會變成是自主工聯的人出來補一句：「她們也是〔工聯的〕『盟會』」[42]。〔工聯幹部〕他們認為〔「勞教中心／女線」〕原只是盟員，怎麼〔到了工委會〕上升為〔與工聯〕對等平行關係？[43]

有關「知識分子與工人的矛盾」，大部分是以正式場合外的抱怨和

41　「三法一案行動委員會」因基客工會罷工而組成，工委會是從「三法一案行動委員會」改名而來，所以基客工會雖然只是基層工會，但和其他工會聯盟、總工會同列為工委會發起單位。

42　這個表達有點複雜，1992年底「勞教中心／工作室」加入工聯，1993年工委會已是工運火車頭之一，所以當工委會祕書處──即「勞教中心／工作室」和「工聯」一起被介紹時，工聯幹部不希望工人群眾將兩者平等看待，而要補上「他們也是（工聯的）『盟會』」。

43　摘錄自陳素香工作筆記1994年6月22日，記錄我在進入工作室面談時所做的陳述。

耳語此類次文本方式呈現，而且並不是多數工人都不信任工運知識分子，甚至大部分工人其實是放棄戒心的，例如縱容勞陣的知識分子在工運「搵豆油」之後去參選民進黨公職。通常是比較難集體化的工人菁英，因為自主意識高而對知識分子有警覺和（自主意識過高而有）敵意，工聯頭人就是典型代表。這也有歷史經驗因素，稍早有統派的勞動黨，夏潮文化左翼知識分子的不夠耐操持久的前例（也許還有蔡建仁在組工黨時臨陣抽腿，和鄭村棋在要不要投入勞動黨的猶豫不決都有貢獻）；之後又有獨派的新潮流台大學運菁英的「搵豆油」教訓；都影響「不統不獨」派的頭人更不信任知識分子，他們其中一個策略就是將知識分子限縮在受僱於工人、應受工人（菁英）指揮的「幕僚／祕書」位置，不接受「女線／勞教中心」與「工會」平起平坐，就是這個心態的具體呈現。當時工運歷史也許太短，不足以考驗知識分子或工人；現在自主工運已經超過20年，歲月證明不只是多數知識分子難以通過考驗，很多工人菁英也不過是「菟絲花」而已。

（八）無法集體化的工人與知識分子的摩擦

　　「工人和知識分子的矛盾」至今仍繼續緊張中，也沒有一個可以當作典範的模式，這個緊張的背後，其實是「有沒有集體性」的問題。回顧八〇年代起的自主工運史，1985年長榮司機組織工會（積累到倉運聯）、1986年計程車司機上街（積累到工黨）、1987年桃竹苗兄弟工會成立（積累到工黨和工聯、再轉勞動黨），工人名符其實是工運先行者，到1988年勞支會改名，從法律個案服務轉型為工運組織，以及工黨成立，工人開始面臨和知識分子合作的挑戰；幾個關鍵組織陸續成立後，到1991至1992年這個階段，似乎不願「歸隊」、沒有集體性的個人主義頭人，全都集中到自主工聯（曾茂興、毛振飛、劉庸、林子文等）。前面描述的種種工聯頭人行徑，大都與這個分化後的組合有關。

　　先看勞動黨這個系統，龍頭的遠化工會是先知先覺的工會，早在八〇年代初、工運大規模爆發前，就以集體合作方式領導工會，兼容藍領和白領工人，又能率先跨出工會，與其他鄰近工會結盟，所以羅美文、黃文淵等不僅有開創性的敏感知覺，後來也能在工黨內，與其他工人和左翼知識分子協同，一路波折地轉型為勞動黨的集體分工領導。顏坤泉雖然是單槍匹馬地從台塑集團冒出頭來，靠固執的蠻勁一人對抗大財團，但他憨直謙虛、勤於學習，所以在勞動黨和工作室的協同下，能夠將高雄一群個性火爆的男性幹部整合成一個工人團隊——台灣工聯會、南台灣工運的火車頭。

　　再看獨派的勞支會系統，背後主導者新潮流雖然極度菁英取向，但強調組織紀律，初期在工運圈扶持的檯面人物，像蘇芳章（石油工會）、方來進[44]（國際紡織工會），或之後九〇年代的黃清賢（石油工會）、白正憲（大同公司工會）等，基本上都能服從組織紀律；而且檯面下還有一大群來自「黨外／民進黨」的草根型黨工樁腳，像張照碧（大同公司工會）、江清通、許守活（兩人屬大同三峽廠工會）等，都非常的行事低調，可以團隊工作。

　　稍晚一點成形的「工作室」系統，機場工會聯誼會的領軍者是桃勤工會柯正隆，搞工運之前，他賺外快的工作是在路邊和人下棋賭博，可見其老謀深算的功力；他善於運籌帷幄，所以重視團隊，有限度開放工會讓鄭村棋進行幹部勞教，到基層會員層級他仍有防備；可惜後來他將所有對抗公司的賭注押在勞委會主委謝深山身上而與工運決裂。鄭村棋也在機場聯誼會推動大、小工會平衡、輪值理事長制度，相對來說也是比較集體化的結盟實驗。工作室在中時工會培養的楊俊

44　方來進和新潮流的關係，比較是新潮流為在台南地區擴張而結盟的地方派系，所以方來進在新潮流內組織紀律相對較差，老是跟新潮流討價還價，不過他遠比曾茂興聽話，所以被選為不分區立委，之後為尋求連任跳槽到福利國連線。

華等藍領幹部，比較接近張照碧這類社群，沒有明星式個人魅力，但有親和力、尊重團隊、靠勤走基層「把沬」（台語bar-rua，交陪之意）建立基礎，只是政黨化程度遠低於勞支會的工人。最晚成立的倉運聯更是一個典型「工作室」集體領導、集體工作路線的實驗組織，幾乎沒有突出的明星，但最穩定並有可持續性。

最後再回頭盤整工聯的頭人。會長曾茂興就是自主工運中蹦發出來的極端英雄式個人主義頭人，火爆的梟雄，鮮明的「打天下」草莽膽識，具備煽動群眾的口才魅力，不做苦工、鄙視組訓、也不與人協同作戰、沒有集體性，他認為：「組織是要來遷就個人，而不是個人去配合組織。」（何明修，2008：97）他加入新潮流後又「劈腿」加入台獨聯盟，因此被新潮流除名。毛振飛是曾茂興的追隨者，又是鄭村棋影響過的幹部，所以他有雙面性。既得到部分煽動群眾能力的真傳，也知道實力必須來自於基層組訓，他會操作部分權力下放，又不完全信任群眾。對知識分子也是既結盟又疑懼，到二〇一〇年代，他是唯一仍有基層地盤的第一代工運頭人，與台大學運社團出身的姚光祖等年輕一代的工運組織者結盟，但在頭人間仍是個人主義的單打獨鬥。王耀梓謀略深、自恃也高，雖不是像曾茂興那樣囂張，但也是隱性英雄主義，不善於和其他工人協同合作，幸運的是1992年罷工後他成為專職工運者的階段，正好是工作室與工委會力量大幅上升的年代，有足夠的條件將他帶入集體運作。

然後還有工聯的關鍵人物劉庸，他是另一種英雄主義，喜歡跟人攪和、喝酒、唱歌，但通常關係較為膚淺，熱情也經常半途而廢，所以在工會也處於「原子化」的孤立狀態。劉庸還有一個特殊性，他可能是最具知識分子氣質的第一代工人頭人，雖然他父親是在三重開理髮店的小生產者，但他外表高度符合「白面書生」的俊秀，他的語言（國、台語標準）、慣習（參加中產合唱團）、婚姻（娶了勞工記者郭慧

玲）都接近知識分子，擅長用他斯文容貌，搭配理想主義的修辭，塑造自己有別於草根工人的獨特氣質，使他在女工和年老工人間有魅力。

　　林子文的位置要和侯晴耀一起評價。侯晴耀以「股票工運論」在第一波工運中有其代表性，典型的菁英工人路線，如果曾茂興是「武」梟雄，那麼侯晴耀可說是「文」梟雄；他鄙視基層工人，他的工運世界裡底層不會說話，只能由他代言！林子文初期是這個路線的追隨者，到1994年自己在北縣產總獨當一面，操盤正大尼龍罷工等硬仗後才脫離侯晴耀的影響，但仍個人主義十足。

　　劉庸、林子文（還有陳素娥，以及部分的梁武卻、鄭玉珠）他們都是高職畢業，具備知識分子使用象徵符號資源／文化資本的能力，除基本寫作和處理公文書能力外，掌握法律鬥爭細節的能力特別強。這使他們不必依賴知識分子，但也不能簡化地說他們因此難以和知識分子合作；劉庸其實非常喜歡周旋於知識分子的氛圍，尤其在一批仰慕他的年輕學生們中。[45]林子文基本上是獨行俠，即使他2000至2003年進入世新社發所碩士班依然如此，他跟勞動黨、工作室、社發所，或是學運社團的合作都不深入。2000年我卸任自主工聯執行長時，當面挑戰過林子文為何不面對十幾年來沒有離開運動的知識分子的關係；2002年他找我談他的碩士論文時，又跟他對峙過一次。2012年我們因為全國關廠工人抗爭再合作，他已經被新海瓦斯解僱5年，上升到全職運動者的明確位置，整波抗爭中團隊意識很高，也發現他在新海工會有相當穩固的群眾基礎，支持他發展工會外的運動。

　　本段簡略描述九〇年代初在我身邊工運場域活躍的工人幹部的性

45　最典型的是「工人民主協會」（工協）和他的關係。工協原來是左翼學運分子楊偉中組織的學生讀書團體，到21世紀初決定直接介入工運而成立工協；當時各大派系頭人各就其位，不和工協結盟，劉庸正好被全產總冷落，又有工運光環，所以工協以他為象徵性領袖，來發展工會關係，算是一個較長期的合作。

質，希望可以大略勾勒出工聯場景裡「工人和知識分子關係」的輪廓。
幾個沒有歸隊的頭人，選擇工聯作為工運舞台，不面對客觀形勢上工
運已經從「打天下」發展到需要基層拓展、「建立根據地」的階段；他們
留戀著當家作主那種風起雲湧的感覺，不願自我調整心態，誰也不服
誰，更不甘屈就於更大的聯盟中的一部分。但他們其實是看不起1992
年以後出現的第二代幹部，[46]那些以集體方式——包括與知識分子合
作——來展現領導能力的工人幹部（機場工會聯誼會、倉運聯、北市產
總、工傷協會），工委會就是這種第二代力量集中的基地，以知識分子
為主的工作室和他們緊密結盟；鄭村棋在1993至1995年的確又是「工
委會」最實質且外顯的領導人，所以劉庸等人將他們自己與更大的集體
（工委會內集體化的力量）之間的矛盾，框架為「知識分子與工人的矛
盾」，使他們可以避開被這些第二代工運力量孤立，又可反過來孤立工
作室的知識分子。而我就是在這個框架下，與他們在第一線碰撞的工
作者。

（九）與菁英工頭相處的後果

　　我在自主工聯的前三年（1991年底至1994年），基本上是應付幾個
難纏的個人主義式幹部，1994年北縣產總成立，林子文將我與他共同
培養的人馬（陳素娥、鄭玉珠、梁武卻）全部帶去產總，我才走到張雋
梅預言的結局。

　　現在盤整起來，我在自主工聯工作近十年，透過工聯鞏固的工人
幹部，只有王耀梓、吳錦明和陳德亮。劉庸離開工聯核心後愈來愈投

46　最具代表性的例子，是2007年4月倉運聯的張通賢決定參選基隆市長，曾召開一個爭
　　取各社運團體支持工人參選的聚會，劉庸在會議一開始就直接問張通賢：「是你自己要
　　選，還是有人要你出來選的？」劉庸假設張通賢沒有自己的政治主張與動力，只能被別
　　人決定，或被工作室知識分子操弄而已。

機；林子文是在北縣產總主導正大尼龍罷工，與帶領東菱關廠案抗爭後，而與侯晴耀的菁英「搓圓仔湯」（藉談判桌上利益交換妥協解決爭議）路線分道揚鑣，他並不是在工聯期間變得比較進步；桃勤工會客家籍的梁永和也算在工聯架構下和工作室成員一起發展的幹部，但他在1994至1996年活躍一陣後，逐漸淡出工運。工聯盟會福昌紡織關廠抗爭發展出的女工黃秋鴻膽識出色，但抗爭結束後她創業經營家庭成衣加工廠，沒有「平台」讓她以小老闆娘身分側身工運，而只成為我的私人朋友。正大尼龍的反叛女工高金葉，是我用工聯代表身分聲援正大尼龍抗爭時，引介回工作室架構下發展的，她短暫在台北縣勞教中心任職，不久離職並發現初期子宮癌，病癒又在工傷協會內發展一段時間，最後也沒有條件接納她走向專職工運生涯，她目前以種菜和養殖蜜蜂為生，2006年吵著要選里長未果。

在工聯與頭人周旋的經驗──而且我多數時間處於守勢──使我以更世故的態度對待與工人（頭人）的關係，既不可能再浪漫，也不可能帶有馬基維利式（machiavellianism）的想像（以為工人可以輕易影響／操控）；這個世故使我更接近工運菁英頭人的現實，卻也是後來運動上的某些障礙。我大概只有在激烈的抗爭中才能欣賞普通工人的勇氣與立場，一般時候總是對頭人們感到多疑而關係緊張；這個現象在1998年底回到中時工會擔任顧問，再次與工會頭人密集工作時特別明顯，那時資方的凌屬攻勢使工會內部互相擠壓，我處處提防著工會幾個頭人。分辨不清究竟是因為工會當下鬥爭的結構，或是因為過往在工聯的經驗而有先入為主的偏見，使我不能冷靜地同理他們複雜的生存處境，其實他們躲閃的性質與我當年在工聯所周旋的、充滿權謀的工頭有所不同。

第六章

場域之三：工作室

1991年10月重回工聯任職到1994年8月我加入工作室，這段期間可說是生涯中關係最多矛盾、最複雜的一段時間。上一章已經記錄我進入工作室前與工聯頭人互動的性質，以及工聯與「工作室／工委會」之間既合作又緊張的聯盟，和我在其中的角色。本章將描述我作為一個個體在工聯的位置上，與工作室集體之間的碰撞，與這些碰撞同一時間發生的我和王蘋「夫妻為單位」的裂解，以及「新知」和「女線」兩個「路線／組織」的競爭關係，在我和王蘋身上反映出來的矛盾。

第一節是「夫妻單位」在這段期間的裂解過程，主要是因為敘事時間序的考慮，而不是要呈現因果關係。我作為個體和集體間的摩擦、碰撞，並不是「夫妻裂解」導致的後果，更多是平行發生而互相強化的作用。第二節是我和「工作室」，以及代表工作室和我工作關係重疊最多的鄭村棋之間的多層關係；第三節記錄我加入工作室的過程。

本書的第五章和第六章是一個動態的聯繫，雖然是描述兩個場域，但卻是多重的次場域互動所構成——工聯、工委會、工作室、新知、女線、夫妻單位的組織想像、拉派，交互貫穿與發生影響的過程。所以敘事會在幾個場域間輪轉，而且大部分缺少關鍵事件的衝突場景，而更多是內部關係的鑑別與評價，所以「議」多於「敘」。除了

試圖探究我作為個人，如何在不同「單位／集體」中進行利害考量與行動，及其與集體的利害考量與行動的矛盾和衝突，藉此說明工作室這支路線的特別之處——工作者的「集體性」。這個「集體性」和知識分子的改造的密切關連，會在本書第八章中再進行說明。

一、　我・王蘋・新知・女線

　　本節將試圖描述與第五章所記錄的時空平行發展的另一組關係——我和王蘋以及她所屬的組織「婦女新知基金會」（簡稱「新知」），以及其延伸出來的「新知」與「女線」在女工議題上的競爭張力。這關係到菁英女性主義運動和女工運動的差異，以及具體合作之困難；這不是人際衝突，而是運動路線的差異，如果不面對這種差異，多元主體的人民民主（或多元激進民主）是不可能被實踐的。

（一）婦女新知的性質與王蘋的角色

　　1994年6月7日，我和陳素香進行加入工作室的第一次面談時，陳素香問我：「女線、新知的緊張關係是什麼？」我回答的摘要如Box 6.1。接著我會分段處理其中的不同元素。

Box 6.1：我的世界裡的女線和新知的緊張關係¹

※新知是婦運的壟斷地位，

　　　支持工運者→李元貞、柏蘭芝、王蘋，這三個人，會動員來聲援

　　　其他〔新知的成員〕對工運並不了解

　　　•女線並不能達到平等結盟的條件

　　　•女線成員對婦女新知定位為中產階級的團體

　　　•女線→不一定要求中產階級的團體來關心女工問題

※王蘋推動女工議題→〔新知在〕秋鬥〔提出的訴求〕
- 小紅帽反工作場所性騷擾
- 男女工作平等法

→〔新知〕走在女線〔隊伍〕後面／but新知主體性太強

王蘋從1991年5月到1992年1月回美國柏克萊寫她的景觀建築碩士論文，沒有完成，於1月底返台，2月初接任新知基金會的祕書長（1989年底她已先成為新知吸納女大學生的讀書會的帶領義工）。我們夫妻以LA派式的角度思考，認為她是去占領婦運高地。她就任之後發現董事會不如想像的激進，所以又將祕書處推向一個實驗式組織形式——由年輕工作者輪流當祕書長的「新知工作室」，[2] 結合拮角度讀書會的部分成員，以一個智囊型兼半體制外的祕書處運作。王蘋可以用「新知工作室」名義，推動董事會未達共識的同志與愛滋議題或被邊緣化的女工議題，而不受董事會直接干預。因為行動成果仍隸屬於新知基金會，董事會是既戒懼、又放任其作為一個吸收校園女性菁英的一個管道。

新知董事會由中產階級女性主義學者、律師和文化人所主導，王蘋接任祕書長時，董事長是吳嘉麗，但實際掌舵的仍然是創會董事長李元貞，李元貞是我淡江大一的國文老師，前衛、特立獨行的第一代婦運開創者，那個階段新知主要是爭取女性在家庭內的婚姻、撫養、財產權，倡議修改民法親屬篇；到了九○年代中，律師尤美女接任董事長，大學教授蘇芊苓加入新知，推動性別議題進入教科書為主要工

1　摘錄自陳素香工作筆記，1994年6月7日。

2　摘錄自王蘋與吳永毅通信電子郵件，2008年6月15日。王蘋為了讓工作夥伴有上檯面鍛鍊自我的機會，祕書長一職以輪流方式由新知工作室成員擔任，所以她那時的組織工作對象是組織新知內部成員。

作，總體來說新知以倡議為主，既不組織中產婦女群眾，更不重視藍
領勞動婦女議題。而「新知工作室」的主要組織對象是校園內的女性意
識覺醒的菁英，關切的議題包括：因反愛滋歧視而關注同志議題（在董
事會內並未取得支持的），接著1994年5月又因戰友何春蕤喊出：「我
要性高潮，不要性騷擾」，而連結性解放主張；之後幾年又大量投入實
質同志活動，與董事會的分歧已愈來愈大。累積到最後成為決裂理由
的則是公娼事件中對立的政治立場，1998年挺扁占多數的董事會找藉
口，將積極聲援公娼打扁的組織部主任王蘋、祕書長倪家珍解僱，辦
公室主任隋炳珍同進退請辭。半年後，文宣陳俞容被解僱。[3]

　　回想在1992年初，我和王蘋都沒有警覺這個趨勢，那時對如何
推動婦運也沒有清楚策略，而把董事會吸納年輕菁英的企圖當作是進
步取向，並錯誤地寄望藉此空間有所作為。王蘋的動力，是繼續發
展1988年回台後與丁乃非以引介西方性別理論滋養的菁英大學女性
主義社團，並沒有組織校園外基層婦女的意圖，這使得她與董事會的
路線無法真正區隔，也沒實力去鬆動董事會的結構。她們培養出來的
兩個進入工運領域的台大「女研社」研究生──也是挺角度讀書會的主
力──張聖琳（新埔製衣工會）、柏蘭芝（北縣關廠案件），這兩人以女
工為研究對象寫完碩士論文後，[4] 都沒有繼續在基層工作而離開工運。
而我當時顯然也沒有在張聖琳寫完論文仍沒有蹲點的打算時，去理解
到女研社的都會菁英路線已大致扺定。

3　　民進黨支持者在新知董事會內占主導地位，1994年底她們輔選的陳水扁當選台北市
　　　長，不久陳水扁宣布廢除公娼。

4　　見張聖琳（1989）《空間分工與勞工運動：新埔地區的個案》；柏蘭芝（1993）《經濟再結
　　　構中的婦女就業變遷與地域空間轉化：台北縣成衣業關廠女工再就業的個案研究》。並
　　　摘錄自陳素香工作日誌1993年1月16日，記載嘉隆女工向女線抱怨柏蘭芝取得研究資
　　　料後就「過河拆橋」，不見了。

（二）姊妹各自登山？──「揉角度」不加入「女線」

鄭村棋應該已預見這種都會及校園菁英路線終究只是替中產婦運化妝、作嫁的趨勢，所以在1991年春末王蘋赴美前或1992年初王蘋回台後，鄭村棋和當時負責工作室「女工團結生產線」（簡稱「女線」）籌備工作的陳素香（當時夏林清回波士頓寫博士論文，完全沒有涉入此事），邀請在運動第一線活躍的王蘋、柏蘭芝到「工作室」討論婦運的方向及合作的可能性，[5]並試探她們與工作室團隊的界線。我也受邀出席那個會，除了討論婦運與工運的關係、運動組織型態，和接不接受鄭村棋男性領導身分等問題外，柏蘭芝比王蘋更明確地挑戰以男性為領導中心的組織型態，以及她認為工作室階級比性別優先的立場；[6]王蘋因為有拉派關係，所以沒有直接批評工作室，但她同樣不願被納入工作室的團隊。聚會雖然不至不歡而散，但我相信工作室在當時已經定調將來雙方「各走各路」的對待關係；王與柏應該也有認知，故婉拒合作的邀請，但對於合作、工作、結盟、組織等關係的細緻差異，應該和當時的我一樣，分不清楚或不願分清楚。

回台後到1994年入工作室前，我想像的集體關係，一部分是從美國經驗的延續，也就是我和王蘋既有夫妻親密關係、也是運動同志，我們是夫妻搭檔、分工搞不同社運──王蘋負責婦運、我負責工運，兩人兼顧文化戰線。我們倆獨立工作，是工作室的外圍戰友──隨時（以我主觀知覺）關注並配合鄭村棋為中心的工作室所推動的運動方向。我認為這種個人主觀意願的搭配就是運動上的同志關係。對我說

5　丁乃非應該也有參加，但印象裡她的角色不清楚；那時她選擇居於運動二線，面對各種衝突都是退縮隱藏，也常會聽到王蘋埋怨丁乃非的支持不夠穩定，1997年公娼戰役後她才變得比較積極。

6　這次對話，引發當時面對工運內部壓力的女線成員張曉梅表態支持女性主義運動，鄭村棋事後對王蘋等抱怨，揉角度的存在與說法是讓張曉梅找到逃離工運壓力的出口。

來，「運動夫妻」的位階和「工作室／女線」幾乎是對等的，即使不對等
也是雖從屬但獨立的主體，用這主體和工作室「合作」就是集體的一部
分。除了夫妻的親密關係，我無法想像將自己開放給另一個接近夫妻
這般深刻的關係。

　　因為王蘋自己沒有開發女工的組織對象，1991年我接工聯執行長
後，就寄望她協助我發展工聯的女性工會幹部，她認為可以使新知的
工作範圍擴人到女工議題，所以也盡量配合；然而面對工運，她除了
是我老婆的身分外，更有新知祕書長的身分，所以她以老婆身分協助
我在工運上的成果，也會轉移給新知；我們夫妻關係間的利害考量，
因此被挾帶進入並混淆運動領域的複雜界線。工作室——當時面對工
運的組織面貌是「女線」[7]——又是我個人以及工聯組織上主要合作的對
象，也必然要發展女工議題；假如我們夫妻當時一起加入工作室，或
漸進地先與女線建立緊密的工作關係，那麼或許可以促使王蘋以新知
幕僚身分開拓新的基層婦女組織，形成女工與婦運（階級與性別運動）
的聯盟，但這個關係沒有形成，反而是我們沒有集體化（被參與者無法
討論與檢驗）的夫妻聯盟導致「女線—新知」演變成競爭的局面。

　　不過「女線—新知」這組競爭關係，並不是使我逐漸變得與工作室
緊張的唯一及主要的因素，而是幾組同時重疊的衝突、投機、搞平衡
關係中的一組，但卻是涉及最貼近「自我」的親密關係，所以特別凸顯
我將個人與集體混淆的狀態。

7　「工作室」是對內的稱呼，對外（工運圈）又有兩個分身：「勞工教育資訊發展中心」（勞
　　教中心，ICLE），和「女工團結生產線」（女線）；ICLE是對國際和工會勞教時使用，「女
　　線」是在有組織目的、或抗爭性的場合使用的名稱。此外，還有與「工作室」設於同一地
　　址的「團體動力工作室」（立案名稱為「團體動力協會」），是夏林清以專業角色開辦收費
　　團體動力訓練課程，提供工作室財源。

（三）女線處境以及與工聯的關係

　　在進入描述女線與新知在工聯場域的衝突前，先簡略說明女線的處境與工聯初期的關係。解嚴後的自主工運遇到的歷史階段，恰好不是工人階級上升的階段，而是勞力密集產業大量外移的前夕，所以台灣女工的主體形象幾乎都以歷年的關廠抗爭為背景而浮現（1988年新光紡織、1989年安強十全美鞋業、1992年嘉隆、1996年聯福、福昌、矢崎、東洋）；相對可持續發展的工會區塊裡，女工為主的工會非常罕見，即使少數工會內女性會員比例較高，但也很少由女性出任幹部。所以組織女工是非常困難的工作。1988年遠化工會輔導成立的新埔製衣工會是第一個藍領女工工會，自然歸屬於勞動黨系統；之後就是第二波工運曙光前，1992年4月由女線協助籌組的嘉隆成衣工會，7月女線又協助五大成衣女工籌組和經營工會。

　　嘉隆工會6月組成、7月迅速夭折，除了見證女工主體提早走入歷史外，也見證女工組織者在男性主導的工運中的孤立處境。嘉隆成衣女工因為工作量下降而到勞工局尋求協助，透過鄭村棋負責的北縣勞教中心轉介到女線，由女線協助整個工會籌組的工作；工聯則由劉庸負責跟進嘉隆案，他的魅力和工運受難者的光環，使他輕易在女工間取得與做苦工的女線一樣的主導權。老闆朱英龍（台大教授）在工會成立後就立即宣布關廠，當時女線主張立即抗爭，而劉庸則決定暫時不要抗爭，所以將工會推向調解；這時籌組階段完全沒幫忙的勞工陣線，因為有女工認識國代李文忠，由他轉介後就一腳踩進來，並搶走整個抗爭的決策權。他們挾著官員與民代是自己人的優勢（國代李文忠和賴勁麟[8]、省議員周慧瑛、立委盧修一、局長郭吉仁、縣長尤清等），更調派大批人馬投入——除祕書長簡錫堦全力進駐外，還有剛回國的

8　李文忠和賴勁麟是勞支會／勞陣的要角，於1991年12月參選台北縣國大代表雙雙當選。

台獨左派教授兼勞陣文宣部長劉進興、台大學運出身的勞陣組織部李建昌、靈巧有創意又會撒嬌的美術系男學生細胞皮、還有親勞陣的紀錄片工作者李孟哲與羅興階，可以說是清一色男性菁英班底，將空有魅力但沒有團隊、又不具操盤能力的劉庸擠壓出決策圈（當時我和幾個主要幹部都在基客罷工現場），女線的主要人力也因為投入基客罷工而被牽制，在嘉隆同樣被排擠到邊緣的位置。

　　嘉隆抗爭後，勞教中心又接到五大成衣女工申訴的個案，轉介給女線和工聯共同協助籌組工會。工作室當時還有幾個人與鄭村棋一起進入勞工局──龔尤倩、王秋月、何燕堂、賴香伶等，她們有兩重身分：公開的是被員工和資方視為勞教中心的小「官員」，另一方面不公開的身分是女線成員，可以和女線的工作人員陳素香搭配。不過她們擁有兩重身分的方便並不能轉化為組織利益，雖然她們容易進入工廠、接近工人，組起的工會卻不得不加入工聯，而不是女線。女工議題在當時的自主工運裡不可能另立組織，必然被指為分化工人、而被圍剿和孤立。女線將五大工會當作「務實組[9]」的重點工作，認真分析個別幹部來擬定發展策略。但工聯負責輔導五大工會的是林子文、陳素娥，和配合他倆的我，三人都沒有對人的發展有具體想法。林子文容易陷入與資方的法律鬥爭枝節，陳素娥的專長則是來自她經營工會累積的熟練會務能力，都不是會員分裂的五大工會最需要的資源人物。然而林、陳的搭檔對決策有很大的主導權，吸引工會最積極的幹部鄭玉珠（林的粉絲）。所以五大工會成立後，關於會址要不要設立在工聯，就成為「女線─工聯」的一次「較勁」。[10]

　　工會在某次理事會討論──可能是林子文給工會的建議──將工會地址登記為工聯地址，這樣可以嚇阻資方外，工會可以節省租用辦

9　工作室內部在基層工會擔任工作人員的成員所組成的討論小組，每週開會一次。

10　摘錄自陳素香工作筆記1992年8月14日，務實組討論五大工會會所設置爭議。

公室的房租，新幹部也可以輪流在工聯學習會務。然而工聯距離五大工廠10公里以上，沿途路況複雜，這明顯是工聯基於本位主義（因為工聯缺人駐會、接電話），也使幹部脫離群眾的荒唐建議，所以主張幹部應該在勞動現場群眾中歷練的女線，當然反對此提案，卻礙於與工聯的結盟關係，不能過度挑戰林、陳，就在他倆主導下通過這個決議。

（四）我在「女線－工聯」緊張中擺盪

　　我夾在工聯幹部與女線之間，為了不得罪幹部，即使知道某些女線的方向比男性幹部提出的更正確，卻也無法表態支持，而是逃避或放任幹部，或者很自我中心的做些無謂行動。例如，嘉隆案時，我從沒找劉庸討論他忽略培力女工，以及他以個人為中心的指導方式；五大會址案，我明知會址設於工聯是對工會不利，但也因為對我有利而默認。嘉隆抗爭第一階段結束，撤離工廠後的某日，簡錫堦利用台北縣縣立體育場的觀眾席召開露天的女工會員大會，準備通過第二階段抗爭方案，那時勞陣在嘉隆工會的領導地位已經很穩固，但我覺得我們（我把女線也當作工聯外圍團體）籌組起來的工會，奉送給勞陣很不甘心，於是硬向主持人簡錫堦搶一段時間說明工聯的性質，並希望嘉隆工會通過加入工聯。此案在尷尬、冷漠的氣氛中表決通過。其實工會已不可能運作，女工的民心又已認同勞陣，只是賣個人情給我而已。我就是在這種層面上會好鬥不懈，但在大方向上卻又搖擺不定。

　　如上所述，女線與工聯在輔導嘉隆和五大工會的合作上是充滿張力，分歧多於合作的。女線應該是刻意不要把工會組織工作納入與工聯合作的正式框架，因為那樣會將成果全部歸於政治立場還沒確認的工聯。女線與工聯比較正式的合作關係只有工聯會訊的出版，這是因為在我上任後想恢復中斷已久的會訊，於是重組編輯委員會，以自主派的劉庸、陳素娥為主，勞陣派的記者王幼玲為輔，並請女線的陳素

香來協助，陳素香又找當時女線發展中的郭慧玲來共同參與，[11] 所以
這是女線透過工聯決策架構，對我個人和工聯最直接的合作關係，也
應該是女線試探如何與工聯合作的具體項目，但這個工作到1992年
中期，就因為工運又進入兵荒馬亂而中斷。「女線─工聯」的合作，是
從結構到個人（我、也許加上劉庸）都對女線相對不利的框架下進行。
處於台北縣那個時空矛盾特別強烈的盤局中：一方面「朝中有人」，以
鄭村棋提供的地方政府勞教中心資源作後盾，是女線資源最豐富的地
區；二方面卻在組織上受制於不得不結盟卻難以信任的工聯，女線在
底層的苦工，極容易被組織高位的工聯給吸納掉；第三方面是女工主
體在工運裡難以成為主體的邊緣狀態；第四方面還要面對我這半個「自
己人」的偶而扯後腿。

（五）女線基層工作與新知宣傳高位的張力

　　婦女新知在占據運動高位這個層面與工聯有相似的優勢，幾乎是
那時唯一跨議題的女性主義代言團體，媒體曝光度高，也與部分立法
委員關係良好，國民黨政府在不得已要找體制外婦運代表時，也會找
新知。而且由中產階級所支持，資源也相對豐富。[12] 這種透過夫妻關係
聯繫的物質性依賴，一定延伸、滲透到我對新知的政治感受，我把新
知當作工聯可挪用的資源，而沒有考慮新知與女線兩者的位置差異，
尤其是兩者與工聯的關係。女線要花力氣在女工的基層組訓工作，但
新知不必，[13] 當我使用王蘋的關係時，新知自然就可以在工聯架構內取

11　郭慧玲既是《自由時報》勞工記者、劉庸的老婆，也是鄭村棋帶討論、陳素香負責組織
　　的「勞工記者讀書會」主要成員。

12　我記得自己總是羨慕新知租用的新型影印機，不論功能、品質、速度都遠比工聯二手破
　　爛影印機好，工聯辦活動作文宣，或是要製作《島邊》的拼貼插圖，我都是在下班時間
　　到王蘋辦公室使用新知的設備。

13　摘錄自吳永毅日記1992年10月17日，記載一個沒有細節的抱怨：「早上與王蘋在床上

得與女線一樣的位置，最具體的就是我推動成立「女性工會幹部聯誼會」的例子。

1992年底，我和工作室／女線的矛盾，因3月曾茂興入獄事件、8月五大工會會址事件、10月聘用張雋梅事件等（見下一節），已經累積相當大的張力，到了11月12日大遊行時，雙方的怨氣已經蠢蠢欲動。

為了在12月25日至26日工聯大會上提出年度工作計畫，12月初我和陳素娥想出了由她擔任召集人，籌組跨工會的「女性工會幹部聯誼會」的計畫，[14] 由於要替這個「超級政治正確」的計畫造勢，我又規劃在大會第二天下午舉辦「女性意識與工運座談會」，我腦袋裡的構圖是邀集進步女生來衝擊大男人沙文主義幹部，替「女性工會幹部聯誼會」殺出一點空間；但到座談會現場才發現各方矛盾之大，超出預期，最後以尷尬、難堪收場。從我的日記找不到具體內容，只簡略記載會後的焦慮：

> 「女性意識與工運座談會」由素娥主持，王蘋、素香、雋梅、妙慈等主談。男性工會幹部都非常沙文。
>
> 女線的人都不理新知的人，關係緊張，我想鄭村棋可能以為我在用新知平衡女線。
>
> 王蘋也不知怎麼辦，要求與鄭村棋及素香談判。

談，王蘋認為〔對工作室／女線〕已無幻想，工作壓力又大，工作室的成員只想企畫案，做不完的要王蘋收尾。」企畫案通常是用於對外的申請經費，所以從女線的角度來看，實際的組訓工作更顯耗時，所以希望王蘋負擔更多企畫案、結案等的行政工作，但因為王蘋和我拒絕組織關係的中介，於是這樣的分工衝突不斷累積，也加深我們與女線的距離。

14 12月1日至7日，陳素娥和鄭玉珠代表工聯去曼谷參加亞洲白領總工會的女性勞工研討會，我擔任翻譯，應該是那段時間我們激盪出「女性工會幹部聯誼會」的構想。12月12日我向鄭村棋報告這個構想，他回答說：「那要找陳素香商量，因為我們（女線）已經決定明年（1993）把她們組織起來」。

Box 6.2：1992年秋鬥遊行中對女線的怨恨

11月12日遊行，十天後我記下了對女線的怨恨，都是片面的情緒，當時沒查證女線這些「小動作」，是刻意還是極度忙亂中的疏忽，14年後也無從查證了。引用這個代表性段落，是要呈現我的情緒，而不是證明事實。同樣的，註釋說明了每個怨恨的邏輯，不是現在對當時抱怨的事實確認。

• 日記1992年11月22日

> 遊行籌備中、和遊行時的問題：
> (1) 1110、1111晚，陳素香把布標製作的主抓丟給我❶，
> (2) 女線在現場才把五大〔工會〕的14至15人拉到女線隊❷，
> (3) 女線沒有告知婦女新知和全女聯可以成為鬥陣盟友❸，
> (4) 女線叫新知和挺角度的女生去拿布幡❹，
> (5) 女線在動員女工時，既沒有找五大去參與討論，女線事後檢討也沒找新知和五大。
> 而且女線及鄭村棋認為沒有任何不當的地方。
> 難道組織壯大就必然有這種小動作嗎？弱肉強食。

註：
1　因此我沒有時間去動員工聯的隊伍，包括五大工會。
2　這樣五大女工就不是走在工聯盟會為主的北縣大隊了。
3　若不是鬥陣盟友，團體名稱不會出現在遊行的主文宣和手冊上。
4　新知和挺角度的人去幫忙拿公用的布幡，因此隊伍人數變少。

　　這個活動明顯是「性別冒進」——當時女工工作無法開展，主因不是工聯男性幹部的沙文主義，而是其他結構因素（嘉隆是因為勞陣的政治優勢和女線的分身乏術，五大是工會路線問題）；即使有一部分性別因素（例如劉庸、林子文和勞陣的男性優勢），在公開會議用抽象的女

性意識來鎮壓，只會促成男性更加團結，但卻無助於在具體事件中檢驗性別權力的互動關係。而且我也沒有事先協助女幹部針對性別議題培力，她們沒有準備好與男性對抗，當天現場是曾茂興擺出死不悔改的大男人姿態，但生動地塑造自己是女權抬頭的受害者，一路嬉笑怒罵，既消解女性的批評又結盟男性，充分掌握論述主軸。印象中，女強人形象的陳素娥被曾茂興調侃到無法招架，而我則一直退縮到會場一個大冰箱的側面，不知如何出手收拾殘局，只剩王蘋越來越孤立地硬撐。

新知不需要和女線一樣協助女工的日常組訓，但在工聯大會的性別議題座談會上，立即取得與女線一樣的女工代言人位置；這個位置當然是出於我自利的安排，既抬高又「陷害」王蘋，不過她這麼「白目」地被我陷害，也是因為她不必在工運第一線求生存。我在規劃座談時，沒有考慮女線的生存位置，她們多數成員在男性主導的工會當祕書，性別和女工議題只能多做少說，我等於把這個潛在張力強迫曝光，所以她們當然不能簡單地和王蘋結盟，這樣會妨害她們未來在第一線的組織工作。我和王蘋顯然沒有意識到這個重大差異，而耽溺於我（也許我們）與工作室／女線的怨氣中。

除了在工聯內部，新知可以透過我的關係而上升到與女線一樣高位外，對外的活動也是如此；不論是立法院的「男女工作平等法」公聽會，或是工業總會和商業總會辦的同類座談會上，新知幾乎一定會被邀請發言，而與工聯女性幹部共同出席，所以新知的角色也因此上升到女工代言的位置。雖然當時女工議題在新知總體工作中其實非常邊緣，平時也不做基層工作，但恃著歷史累積的公眾知名度，仍然會接到類似飛利浦新竹廠的申訴個案，以及後來的單身條款個案。王蘋又熟練於將個案擴大為媒體事件，維持新知在女工階級議題上的熱度。1993年秋鬥的飛利浦事件，相當尖銳地反映「新知─女線」的矛盾，並在「新知─我─女線」關係中逐漸擴大。

(六) 與女線最嚴重的衝突：「飛利浦事件」

　　1993年秋鬥的遊行路線是從大安森林公園出發，由新生北路右轉民生東路，經勞委會前抗議，最後在國父紀念館解散。遊行除動員工會和工運團體外，也動員其他的社運團體，包括新知和捱角度發展出來的「小紅帽」[15]。因為遊行路線會經過民生東路台灣飛利浦總公司（荷蘭外資分公司）的大樓，於是新知提出在飛利浦總公司演出行動劇的構想。同年初，新知接獲飛利浦新竹映像管工廠生產線女工的申訴案，該女工因懷孕並按勞基法申請調往不必搬運映像管的部門工作，卻被資方拒絕；新知調查時發現更多因為懷孕繼續搬運重物而導致流產的個案，於是和各校女研社設計「資本殺女嬰」的行動劇，主道具是一條寫著口號的大黑布，黏上許多沒穿衣服的裸體洋娃娃，再潑上紅漆，準備拿到飛利浦大樓前抗議。

　　遊行前，我擔任遊行祕書處和來參加的新知之間的窗口，聯繫協調各種訊息（包含行動設計、行動時間、隊伍安排等），而新知的窗口是王蘋；所以這個遊行活動，透過我們的夫妻關係與我們所代表的兩個組織的公眾關係，全重疊在一起。因為這次遊行路線過長，抗議焦點多，每個行程都經過反覆討論並「卡」的很緊，新知除了在飛利浦大樓前演行動劇外，李元貞透過王蘋要求在大樓前還要演講，我將這個要求帶回祕書處討論，結論是「視遊行速度到現場再決定，若時間允許則可演講，但限制三分鐘之內結束」，李元貞可能認為限制太多而向王蘋透露不滿，我又接收到這個訊息，但身處祕書處規劃者，覺得不應再爭，但也無法處理王蘋的訊息。這除了是歷史性的結構緊張外，也因為遊行前關係的混淆，以致我身上累積極大的焦慮。

　　遊行行進的順序，是工運弱勢代表在最前方（工傷及女工，1995

15　又稱「全女聯」，全名為「全國大學女生行動聯盟」，1994年主打的議題是反對校園性騷擾，所以又以「（反抗大野狼之）小紅帽」自稱。

年才有外勞大隊）、工運之外的聲援團體在最後方——即女線在隊伍頭、「新知＋小紅帽」在隊伍尾。當遊行隊伍轉向民生東路並宣布休息後，我按照遊行前的計畫，到長達近六、七百公尺的隊伍後方將「新知＋小紅帽」小隊帶領往前走，希望休息後再繼續前進時，「新知＋小紅帽」可以趕到隊伍前端演出行動劇，這樣整個大隊都可以看到飛利浦大樓前所進行的抗議活動。但是當天人數超過預期，將民生東路幾乎塞滿，我找到由桃勤工會擔任糾察隊的工作人員，試圖從人群中開一條通路，讓聲援的「新知＋小紅帽」到最前方，在好不容易擠到前方飛利浦大樓時，女線卻已經在那裡舉著自己的旗幟喊抗議口號，記者圍著她們拍照。我立即火冒三丈，將新知和女研社人馬調動到大樓前，拉開「資本殺嬰兒」的黑布條，站在女線成員的前面，讓她們匆忙開始演出第二輪抗議行動。

在碰到女線現場負責指揮的賴香伶後，我的焦慮全傾洩而出，忍不住就當眾開罵：「你們很不夠意思，講好聯合行動，結果自己就先幹了！」她被罵的一頭霧水，解釋說：「隊伍在飛利浦大樓前休息時，小蔡（蔡建仁）看到大樓前的警察就抓狂了，在記者面前跳出來破口大罵，為了避免他與警方衝突成為媒體焦點，才決定提前行動，把女線隊伍調到大樓前喊抗議飛利浦的口號。」這段靠回憶建構的細節可能不精準，[16] 但那天是第一次我與女線在群眾面前的公開衝突是確定的，而衝突的高度從以前與女線成員的私下交鋒，也上升到「敵我」的性質；顯示我對工作室組織界線的情緒，已經累積到一定程度而爆發。

（七）「人民民主」理論和組織位置

這個「敵我結構」一直延續到1994年初我進入工作室前，當時正當

16　這是我的「飛利浦事件」版本。2006年初將本段落初稿給陳素香閱讀，她說從女線角度來看，故事並非如此，事隔14年，她仍然感到憤怒。

化自己在工作室集體外又和新知結盟的意識形態資源，不是右翼的個人主義，而是左翼的台灣本土化「人民民主」理論。為對抗八〇和九〇年代相交時期的反對運動顯學——逐漸為民進黨資產階級民主服務、內容去激進化的「民間社會」理論——拉派成員卡維波，與拉派友人陳光興和丘延亮等，將Laclau & Mouffe的多元激進民主和Stuart Hall的認同政治，加以改良並通俗化，貼上本土化的「人民」兩個字，生產了大量的論述，並被外界認為此代表《島嶼邊緣》的政治立場。[17]「人民民主」強調社會運動包含性別、性解放、族群、環境、無住屋、階級等多元主體，所以社運內部沒有一個固定的優先順序，必須依個別情境平等協商如何結盟，是社運主要的倫理與目標；既反對「民間社會」

Box 6.3：入工作室前與女線的「敵我」對立狀態：

• 日記1994年1月4日

　　去年1993年，組織間的衝突除了工委會與勞陣外（勞陣反動員1112秋鬥），秋鬥過程中女線與新知有矛盾，我夾在中間。
• 矛盾：鄭村棋將女線與新知組的小紅帽隊分開，不像去年的合一而各自訴求。
• 矛盾：小紅帽要求在飛利浦及勞委會前演講，但都是小紅帽或李元貞硬要來的。

17　代表性作品之一，是卡維波一人用多個筆名撰寫的厚達562頁的《台灣新反對運動：「邊緣顛覆中心」的戰鬥與遊戲》（機器戰警主編，1991），穿插卡維波名之為「後正文」的無厘頭荒誕文字與圖片，部分學者就承認閱讀過此書但拒絕評論，因為文本的真偽無從分辨，一旦評論就可能陷入被嘲弄的風險。《台灣新反對運動》一書的網路復刻版，請參見：http://intermargins.net/intermargins/IsleMargin/alter_native/robocop.htm。

> ‧矛盾：英文報的頭版是小紅帽死胎圖，阿香說：「為什麼不登遊行照片？」等等。
>
> 12月底（26至29日）CAW組織女工訪問團來台，事前沒知會新知，只告訴新知會安排CAW的人來參觀新知。而新知的人沒有參加座談。但之前CAW也對新知說，可提供 $[錢]合辦此活動。
>
> 王蘋：女線將新知歸為婦女團體，不是女工團體，阿香的準則是有工會經驗的人才能參加。
>
> *但早在1987年柏蘭芝、王蘋已在新竹與新埔製衣工作，女線的沐子、阿香等都還沒做女工甚至工運。❶
>
> 註：
> 1 最後一段是我在日記加的註腳。不過較早參與運動，並不表示永遠有運動位置，還是要看當下參與的狀態。但日記裡評價女線的方式反映出我對女線的情緒。

主張政治運動具有優先性，也反對傳統左翼主張的階級運動有優先性。

我那時衷心相信「人民民主」，現在看來也是因為符合我在集體外貼近又遊走的利益，卡維波這些左翼知識分子可能也是。但多元主體結盟只是處理不同社運之間關係的抽象理論，對於這樣的政治哲學在實踐時反映出什麼樣的組織形式，包括多元平等協商的原則是否適用各主體本身集體內部的——個人與集體關係？多元結盟可以延伸到個人與個人間的協商，但是個人與集體呢？個人與集體可以是對等的概念嗎？以及各社運集體協商的組織形式是什麼？落實到現實操作面的部分，從西方到本土化的人民民主都是空白的。「飛利浦事件」被我理論化，將工作室在「飛利浦事件」中的表現，解讀成是階級優先、違反

人民民主精神的例證，以正當化自己不滿的情緒；那時我沒有具體「集體生活」的體驗，也不可能藉著反身思考而發現理論與現實的差距。

二、 我・鄭・工作室・工聯

（一）工作室在工運中的位置

　　前面提到「女線在政治上受制於不得不結盟卻難以信任的工聯」，在此重新描述一下工作室當年缺乏對外面貌的困境。工作室自 1988 年非正式的成立，定位自己是工人教育組織，想要協助當時已經有組織的工人啟發意識，並訓練大學生成為工運工作者，並不想要另立山頭、成為新的工人群眾性組織。所以第一個面向工運的面貌是「勞工教育與資訊發展中心」（ICLE），最核心的運作是以不同層次的方式，組訓在工會蹲點的會務人員[18]及 NGO 工作者（敬仁中心、基層教師等）[19]；工作室也在南部協助親勞動黨但屬性仍相對開放的（位於高雄市）的「台灣工聯會」——主因是鄭村棋特別激賞工聯會的主將顏坤泉，他具有天生草根的膽識與埋頭苦幹的工人特殊階級氣質，以及他所結交的幾個比較草莽、義氣型的工運頭人；在北部，工作室則協助籌組桃園「中正機場工會聯誼會」（在工作室內簡稱「機場聯誼會」，成立於 1991年）；以及在汐止、基隆地區協助籌組「台灣區倉儲運輸業工會聯合會」（簡稱「倉運聯」，1993 年成立）。不過工作室第一次亮出獨立的工運旗號，是在 1992 年 5 月 1 日顏坤泉入獄時，以「女工團結生產線」（女線）

18　1992 年蹲點地點，包括中時、自立、基客、桃勤、復興空廚、多友免稅店、東亞運輸、基隆聯結車工會等。

19　1992 年工作室的成員常建國，在北市萬華天主教敬仁中心協助籌組「工作傷害受害者協會」，於 1992 年成立；李易昆在希望職工中心組織外勞；夏林清輔導的候務葵、林吉茂夫婦於 1989 年開始醞釀，至 1995 年 3 月 7 日組成「基層教師協會」。

為名號現身的，「女線」也成為工作室日後在工運的「分身」。

　　即使亮出旗號，「女線」作為一個新的、但也只是特殊群體——女工代言的組織，不論在工運和婦運內部都處邊緣位置（見本書第五章）；而且「工作室／女線」當年的主要成員多數又是基層工會會務人員（僅董榮福是機場工會聯誼會的總幹事），或是北縣勞教中心的臨時僱員，對外難有政治面貌。工作室能夠影響的「（機場）聯誼會」，雖然是具備實質力量的行業別聯合會（實力甚至可能超過當時已然受創的勞動黨），但以紮穩地勤行業及機場地區利益為主，沒有向全國性工運政治團體去發展。在鄭村棋的工運地圖裡，仍然屬意各方工運力量（包括工作室／女線）應該向自主工聯集結，作為工人階級全國性政治的代言者。但是工聯的政治屬性卻一直不確定，除了被「新潮流／勞支會」主導，還有「投機派」曾茂興、劉庸和不夠堅定的林子文等因素，鄭希望我可以在工聯組訓出一股比較穩定的基層力量，來制衡搖擺的幹部，但我沒有朝這個方向努力，反而反過來去適應搖擺的幹部。

（二）回工聯初期與鄭村棋的認知差異：集體及路線

　　回台後進入工作室前，我以「夫妻」為單位來想像運動中的同志關係（見本書第二章和本章），王蘋和我都是社會菁英，自以為可以獨當一面（發想行動、企畫細節、製作道具文宣、宣傳造勢、包裝論述等部分，我們的確可以獨立作業），所以與工作室是「合作」關係而非屬於其「集體」。先是1989年我抗拒鄭、夏的邀請下中時工會基層蹲點，也就沒有進入與工作室的實質關係，接著遇到1990年拉派解散，間接又強化「夫妻」為運動中心的想像。1992年2月王蘋又和我路徑相似地上升到婦女新知祕書長的菁英高位，我不自覺地將拉派解散後另起爐灶的「鄭＋夏＋工作室」，當作是與我們「夫妻」平行的另一個拉派分支；我們只在發生具體合作時（例如新光抗爭）接受鄭的領導，不必接受

鄭、夏的全面領導，更不願納入工作室的集體生活。然而，鄭村棋期待我與「集體」的關係，是他已經在實踐的（我後來才經歷的）工作室集體生活。「運動夫妻」與「工作室」這兩者的差距當然很大。1991年夏末的「新光抗爭紀念冊」邀稿事件是雙方的差距初次浮現，[20]只不過鄭村棋沒有告訴我，而只是在工作室內部單方面發作，所以沒有演變成衝突。

　　鄭村棋協助劉庸說服我回工聯，但我還沒上任就和他發生歧異。鄭村棋找我回去，主要是希望我能結盟劉庸和工作室，透過基層組訓凝聚盟會的向心力，使被「新潮流／勞支會」淘空的工聯，慢慢恢復「體制外總工會」的地位。但我整個人的狀態就不是走向基層，就任前我先去新事「述職」、由古神父「召見」面談（見本書第五章），之後才去工作室向鄭村棋報告：

> 　　又去老鄭工作室，談我與古神父談話的狀況，交換後，他說我獨立發展為主……
>
> 　　他對權力沒興趣……我才覺得這次去會很孤立，而且是沒有組織的支持，我與工作室只有工作關係而已，沒組織關係。這點我是不滿意的，因為鄭在重複 J. Tsia〔蔡建仁〕的角色。
>
> 　　我講我在《財訊》的功能及慰留狀況，鄭反問：「你有猶豫嗎？」我說：「沒有。」

　　鄭村棋顯然對我陶醉在早已熟練的頭人權謀分析感到很不耐煩，他看我無心提出一套發展工聯的計畫，準備觀察我何時才能腳踏實地

20　工作室第一次為新光戰友會編輯抗爭紀念冊，向在《財訊》工作的我邀稿，我寫了一個回憶紀錄，鄭村棋看到時極度不滿（陳素香，2003：8），說我的敘事位置完全是否定和他的工作關連，而以一個獨立的參與人角度敘事。

做基層工作，再來和我談組織關係；而我卻認為他既然找我回工聯，就該開放組織關係，不該把我「放牛吃草」、獨自去闖，所以我抱怨「鄭在重複蔡建仁的角色」，是指他像蔡建仁的行事風格一樣——發揮領導權力，但不承擔領導責任。

　　我正式上任後，忙著在各派複雜的關係間周旋，連最親近的盟友劉庸都沒辦法影響，反而和他互相強化「各方力量搞平衡」的投機性格，使鄭村棋更為不滿。例如劉庸竟然緊抓從不協助工聯做苦工的蔡建仁，諮詢最核心的組織問題：「〔去〕劉庸家與鄭村棋和蔡建仁談會長人選」，[21] 次日我約鄭村棋談余世昌案，鄭表達對劉庸和我在重大問題上沒有關係界線的不滿，[22] 我說將提案聘用他為顧問，使他的位置比蔡建仁這類客卿更為明確正當；他可能已經厭煩而拒絕，建議我改用 project 來和他合作，也就是說，若沒有 project，他也不會再為我所用，幫我擺平「人事／權力」問題。

　　我回工聯後和鄭村棋的關係大約就是如此：他覺得我搞行動都不知會他，而我覺得自己決策定案後第一個通知的是他，而且過程中也已經揣摩或接受鄭村棋指導方向。但這種單方面的「揣摩、知會」，距離實質「同志關係」（決定的過程就要開放集體參與，而不是決定後告知）很遠，甚至常常造成反效果。1992年的兩個事件——曾茂興入獄和聘用張雋梅，使脆弱的關係更為惡化。

（三）曾茂興與顏坤泉入獄事件

　　1992年3月和5月曾茂興和顏坤泉兩人先後入獄，我在這兩個事件中的表現，一定讓鄭村棋／工作室將我定性為「準叛徒」。1992年2月，曾茂興因1989年5月聲援遠化罷工與警方衝突被新竹地方法院一

21　摘錄自吳永毅日記1992年4月2日。

22　摘錄自吳永毅日記1992年4月2日和4月3日。

審判刑兩個月；2月底，勞動黨的顏坤泉因1989年11月安強十全美關廠抗爭案，已經二審定讞，判刑長達一年十個月，顏拒絕報到，計畫逃亡到五一勞動節遊行後光榮入獄。曾茂興決定放棄上訴二審，我們推測他是為奪取「全台灣第一個因工運入獄」的光環，搶在受迫害意義更尖銳的顏坤泉之前入獄（鄭村棋推測是新潮流獻計的結果）。兩人被通知報到的日期分別確定後，各工運團體召開一個協調會，勞支會不希望曾延後與顏在五一勞動節一起入獄、勞動黨也不希望顏提前與曾茂興一起在3月12日入獄，對於我提出了無意義的曾茂興延後15天入獄的折衷案，雙方當然也都不接受。

協調失敗後，我當然轉為大張旗鼓地幫工聯會長曾茂興搞入獄遊行的宣傳與活動，勞支會也積極動員參與這個歡送入獄行動，勞動黨因為5月1日也要發動大家聲援顏坤泉入獄，所以也積極動員主要幹部聲援曾茂興；當天多達數百人從新竹火車站遊行到終點——入監報到地點——新竹地檢署，是1989年工運低潮後罕見的大規模行動。曾茂興在一把黑傘下「落髮」，象徵「無髮無天」，鄭村棋在2007年評論林宗弘悼念曾茂興一文過分歌功頌德時，特別回憶那天顏坤泉熱心協助打傘，[23] 曾茂興卻一直閃避，不願讓顏坤泉成為共同主角。[24]

到了五一勞動節，勞動黨為顏坤泉舉辦光榮入獄大遊行，自主工聯也動員各盟會代表南下參加，我製作二、三十個手舉牌，都是曾茂興的大頭照，搭配「釋放曾茂興」的標語，完全是以工聯的本位主義來凸顯曾茂興，沒有顧慮當天顏坤泉是主體。其實那時曾茂興只剩十天就可出獄（5月11日），我的企畫除了誇大其詞、喧賓奪主、不懷好

23　我記得我當時事前還有特別設計顏坤泉的位置；因為以工聯為中心，擺放各方力量和搞平衡是我的「長處」；但那個時候還沒有能力自己掌握擴音器，所以現場不見得可以按我的設計調動。

24　摘錄自鄭村棋在2007年9月20日飛碟電台「飛碟午餐」節目中的講話。

意，又間接強調曾茂興比顏更早入獄以搶奪第一，實在不夠尊重刑期長達一年十個月的顏坤泉。顏坤泉雖是勞動黨中常委，也是工作室的主要組織結盟對象「工聯會」的負責人，所以鄭村棋還安排自願南下的淑惠去高雄協助他，並協助出版《工聯會會訊》（《台灣工運》雙月刊的前身）。我當時為自己職務的利益，抬高曾茂興而貶低顏坤泉，除了普通工作關係上的不友好外，更跨越到背離工運的基本原則。

（四）「最後才考慮張雋梅」與工作室的組織邊界

「勞支會」改名為「勞陣」後，就徹底放棄原本想要占用工聯的企圖（見本書第五章），1992年8月底將張照碧撤出工聯後，我在找新的祕書人選時，幾乎毫無自覺地繞過工作室的集體存在，使鄭村棋對我徹底失望。

1992年10月，我試圖從基隆客運工會殘存的幹部中找人，那時工會已被瓦解，只有15個人拒絕報到投降，寧可失業與資方進行訴訟；我原先屬意的人選是與王耀梓一起被提報社運流氓的徐旺德，他是那種講話每句必帶三字經、混過黑道的司機，現在回想起來，他根本無法勝任祕書職務，聘用他只會害他挫敗、難堪求去而已；我那時選擇他，可能是因為他很積極參與外界工運活動，又特別需要收入，而且與我很投緣；他幾乎不說國語，而我也不說台語，但我們卻很能相處；他小老婆就住在基客總站旁國家新城巷內，莊妙慈是他乾女兒，我和莊妙慈就常到她那兒吃飯閒聊。然而，聘用祕書案又與我們想安排罷工的領導人王耀梓競選工聯下一屆的會長案混淆在一起，[25] 其他人

25　工聯會長曾茂興應於1992年底卸任，鄭村棋希望王耀梓接任會長，但王耀梓工作紀律太懶散，而且很少與林子文、陳素娥搞攏關係，所以林、陳拉攏對王耀梓也不服氣的劉庸，運作財力和人力雄厚的桃勤工會的毛振飛接任會長，而我因為擔心王耀梓不分擔會務，也加入這個密謀。

以為我和鄭村棋要吸納團隊裡能力最強的人進入工運，而將其他比較
草莽的人冷落一旁。而罷工時投靠工會的年輕站務主管賴宏達，首先
被懷疑是工聯祕書的人選——其實我們並沒有優先考慮他，因為他年
輕、學歷高，另找工作並不困難；反而是徐旺德自認沒有能力擔任祕
書而婉拒我的邀請後，我才問過小賴，而他也沒接受。工會團隊中較
率直的、有領導魅力的、兼開計程車、也是八堵地方小角頭的司
機——米酒，在某次借酒裝瘋中發出抗議：

Box 6.4：工聯聘用祕書引發基客工會幹部反彈

• 日記1992年9月4日（星期五）

　　9:00米酒開始喝三瓶竹葉青，配豆腐乳。

　　講到王耀梓要來工聯，林金在、米酒、林明德都認為梓是不要基客
工會了。

　　米酒自稱學歷不好，不被看重，工聯工作人員找賴宏達。我們（我
和鄭村棋）說本來不是找賴，是找旺德。米酒失望、挫折，開始搖頭。
之後又哭，和他太太、女兒、妙慈及郭明富的太太。

　　村〔鄭村棋〕：你和工運一直有畫一條界線……你是好戰將，但是生
活習慣要改。

　　12:30他〔米酒〕闖進會議室，突然叫華阿隆和賴〔宏達〕不要坐在
〔彼此〕旁邊，不要分派系。華阿隆氣的走了。

　　從這段插曲裡看出鄭村棋被推到第一線處理工人的情緒，但始作
俑者的我，角色卻很隱晦——我掌握工作機會，卻跨過（倖存）工會
的集體，直接詢問個別幹部是否願意到工聯工作的動作，客觀上對挫
敗、低潮的15人隊伍產生分化效果，粗暴地撕裂工人間的信任，而據

此引發強烈反彈的爛攤子卻由鄭村棋來收拾。

　　在基客工會惹出風波後，我又轉向嘉隆成衣工會，那時嘉隆工會改組為自救會，進入第二階段抗爭，我大概仍然不甘於這個工會被勞陣吞掉，所以動腦筋想從自救會的幹部裡挖一個人來工聯遞補張照碧的位置。我究竟接觸哪幾個女工，現在找不到線索，極可能包括學歷最高（專科）、最機靈的雪燕，也許還有籌組工會階段時的頭人吳麗娜；但那時嘉隆女工已經認同勞陣，集體又在抗爭中，個人先脫隊來工聯工作，幾乎就接近背叛；再加上代表工聯的劉庸不斷在群眾間講勞陣壞話，反而失去女工對他的信任，所以她們都沒有意願接任工聯的祕書職務。當在基客幹部和嘉隆女工找人都落空後，我才正式向鄭村棋要人，鄭村棋最後安排準備離開自立報系工會祕書職位的張雋梅來接任。

　　自立報系工會的主導者王幼玲是勞陣的執委，她本來就想把工會裡窩藏的兩個與勞陣不同派系的會務人員（工作室的顧玉玲與張雋梅）弄走一個，但是這兩個會務人員又很受群眾愛戴，以致其他多數幹部不願放人。當她知道工聯準備從工會「挖角」聘用張雋梅時應該是暗自高興的，一來因為張雋梅本來就是比較隨性、工作紀律較差的祕書，她等著看工作室因此被工聯幹部批判的笑話。二來她就不必再設法解聘張，可以省下工會內規裡比照勞基法的資遣費；然而我卻用工聯執行長的身分到自立工會去力爭，主張張雋梅是被上級工會（工聯）聘用，而非「自願離職」，要求工會發給資遣費。為此我還與王幼玲和陳俊宏吵過兩次，日記上記載著王幼玲在討論張雋梅離職的理事會提出「年資超過五年才有離職金」的門檻，陳俊宏迴避沒有表態；我只寫下兩個工人幹部的態度，卻忘了記下最後是否通過，反映我首次體驗到會務人員受僱於工會、面對工人作為「資方」的複雜處境，自己雖不是離職當事人，但捲入具體的衝突裡，開始模糊的意識到工作室所主張

到基層蹲點、將工運組織者生涯和工人命運綁在一起的難度。[26]

　　替張雋梅爭取資遣費，我自認為也是替工作室爭取利益，但是工作室那端並不是這樣看待。1992年10月3日的日記寫著：

> 11:20pm與鄭村棋談張雋梅的事。鄭認為我先找過基客幹部和嘉隆女工，顯示把雋梅當作備胎，所以工作室要與自主工聯「劃清界線」，有利才作，不利不作。[27]

　　從我現在的記憶裡，以及從日記檢查，那時我與工作室雖有很多工作方法上的差異，但真沒有意識到我把張雋梅當最後選擇的問題，反而是如前所說，把爭取她來工聯當作是對工作室認同的表現之一。現在看，我提供工作機會給基客工人，事前沒有與工作室或鄭村棋商量，當我詢問工人後，鄭又不能反對，只好跟著遊說；但是從工聯的需求角度來看，那時最需要的是有能力發展工人幹部的組織者，最適合的就是工作室的成員；如果只是解決工人就業，到工聯上任後也會因無法獲得有經驗的組織者協助，而會挫敗離職，還會背負白白浪費工人繳交會費的道德壓力。找嘉隆女工也有同樣的問題，但我那時沒有「發展人的條件與策略」的視角，我只盤算著如何一舉兩得──既安排工人就業又吸納抗爭成果。這種功利性的思路，大概使鄭村棋忍無可忍。兩週後，10月16日與鄭村棋去埔心味全農場替味王工會上課，一定是我主動反駁他10月3日「要和我劃清界線」的言論。1992年10月16日的日記（參照Box 5.1引用之最後一段，兩者同）寫著：

26　摘錄自吳永毅日記1992年10月2日，參加自立理事會的簡短紀錄。工會會務人員與工人幹部的「勞資關係」是工運內部經常出現的衝突之一，女線的會務人員就常面對這樣的「資方」以及高難度的抉擇。

27　摘錄自吳永毅日記1992年10月3日。

去埔心味全農場……。6:30pm 我搭村〔鄭村棋〕的車回台北，車上談到村曾邀我入工作室，我說不記得，他說要關係清楚，以後雙方有利才合作，〔其他〕不會配合；又說集體生活，對成員的要求，會變成對他自己的要求。

我說我因為沒有組織，所以考慮事情會從個人〔角度出發〕。

在封閉的汽車裡，鄭村棋邊開車邊就組織問題，對我說了有史以來最明確又最嚴厲的話。他兩次連續表態，加上勞陣又於 10 月 17 日在新竹聖經學院開代表大會，修改章程，開始招收「團體會員」，直接威脅工聯的地位；我一定陷入極大的焦慮，不到一週後——10 月 21 日我約王蘋去鄭村棋家，試圖緩和衝突。我為什麼會約王蘋？那個階段女線與新知的衝突應該還沒有太尖銳，[28] 相信是我把鄭村棋訓斥我的事，跟王蘋談過之後所引發的情緒聯盟。而我自己清楚意識到「女線—新知」競爭是在 1992 年 11 月 12 日秋鬥，所以極可能是因為前面這波被拒絕而產生的新情結。我認為找王蘋一起去鄭家，很清楚是一個指標，顯示我總是將我和王蘋的「夫妻檔」當作一個運動單位——即使那時王蘋並沒有進入工運的實質工作，這個單位和拉派解散後的「鄭村棋、夏林清」的「夫妻單位」是「對等」的單位。我把我自己在工運中遇到的問題，快速的上升到夫妻為單位的危機，是（無意識的）想回到拉派脈絡裡，希望可以用舊關係，更快地與鄭、夏緩解緊張。但，他們顯然不吃這套，當晚我和王蘋被親切地招待，談得應該也算深入，但關係不可能如此簡單就被緩解。日記上簡短記著：

晚上 10:15pm 與王蘋去眼鏡 No.1 家，[29] 談我、工作室、工聯、

---

28 根據前述，日記裡第一次記載王蘋對女線的抱怨是 10 月 17 日。

29 「眼鏡一號」是鄭村棋在基客罷工時，工人為了防止被竊聽而替他取的代號，我的代號

與鄭的關係。結論是工聯必須先有動力，及因應勞陣吸收團體會員之道，再談合作。[30]

　　我記憶中很清楚，夏林清在場，但她顯然沒有積極介入談話，內容也沒有涉及王蘋和新知，焦點很謹慎地維持在只處理我個人的問題。結論是：是否緩解，必須先對我「聽其言、觀其行」；對於這個結論，我當時應該是這樣理解的：「主動找王蘋去鄭村棋家『談判』，關係上仍然被拒絕了」。[31]我妄想藉著與鄭（夏）的私交來緩解、繞道避開與集體──工作室（包含鄭，但不等於鄭）──的衝突，顯然沒有得逞。從接下來日記的觀察，這次攤牌後，我再也沒有與鄭村棋談論過「組織關係」，直到1994年4月上旬，又主動向鄭村棋開口說要加入工作室；這段長達一年半的時間，我既意識到自己被（工作室／組織）觀察，對工作室又仍有敵對的情緒，又嵌入「工作室／工委會」綿密的工作關係，是非常複雜的處境。

（五）囂查某：張雋梅

　　折騰半年的人事案終於搞定，張雋梅在1993年2月底到工聯上班。遇到她，我算被打敗了。

　　與人交往，你總是會摸索著關係如何在雙方可以模糊預期的情況下前進或停止，但是張雋梅的出現，破壞我原本認知的各種規則，重新學著如何放置自己和她的關係。台灣搞運動的激進知識分子小圈內，遭遇過「工作室」但最終沒有深入合作的很多人之間，流傳著或可

　　　是「眼鏡二號」。

30　摘錄自吳永毅日記1992年10月21日。當天下午台南縣勤翔工會到勞委會抗議。

31　這一小段話，是2007年10月沒有重新閱讀日記時所寫下，我認為這反映某種「比較原始」的記憶。

稱之為「工作室衝擊（shock）」的一種東西——個別碰觸到組織界線的既好奇又因自我保護與被排斥的效應。我與張雋梅相遇的經驗，肯定是發生在我身上的一次「工作室衝擊」。

張雋梅是工作室的「嫡系」人馬——輔大中文系中輟生，輔大草原社成員，工作室1989年草創階段已加入實務小組，之後下基層到自立工會擔任祕書。不過並非每個嫡系成員都能像她這樣接近「激進社工」訓練下的「成功」模式（她甚至可能是原本的氣質多於訓練結果）——在人際關係上能夠徹底開放自己，進而賭進關係與人親近（對一般社會化程度高的人而言，可能是過度親近而被認知為「迫近」）——「工作室Fu」的過度典型的典型。[32]

當時我是工聯執行長，也是最高職位的幕僚，為了聘張雋梅又得罪自立工會的幹部，當時還有劉庸等人要求會務正常化的強大壓力，任用新人的成敗我當然得負最大的責任。一生中第一次成為領導者和管理者，卻遇到難纏的對象，我對張雋梅的態度既夾雜著隱晦的「管理／分工」鬥爭，又加上第一次與工作室成員共事的小心翼翼。而她也不是簡單的受僱者，多數時間她反而扮演著教育我和爭取她自己有利分工位置的頑強角色，也就是說，更多時候是作為沒有形式權力的她，設法用實質力量「反管理」我。3月1日的日記這樣寫著：

> 張雋梅來工聯上班，經常遲到、挖腳。

這是對她的第一印象，可以看出我作為她的「上司」，很不習慣她的身體和工作紀律如此不被規範，即使在正式會議，她也常把拖鞋脫了並盤腳在椅子上參與開會；那個黝黑、略微粗壯、總是侵入他人領

32　但是和張雋梅在高雄有更長期的工作關係的王芳萍，不同意我將張雋梅當作「典範」，她認為張雋梅過度開放人我界線到失去防衛機制，會引發協同的工作伙伴的辛苦和糾葛情緒。

域空間內去展示貼近的非女性化身體，是她破壞社會常規認知的敏銳氣質的一種表現。

　　我規訓她的方法之一，是訓練她使用一點也不友善的電腦，那時DOS作業系統沒有圖形介面，得用磁碟片開機後，在黑色螢幕上鍵入閃爍的英文指令，電腦才會逐步運作；文書處理就更麻煩，得啟動「漢書」軟體，不同文體格式和字型都必須背誦複雜的指令，可以想見操作電腦有多高的階級門檻，因此各工會都依賴知識分子幕僚協助處理文件。張雋梅的前任祕書張照碧顯然是特例，雖然是中年的基層體力勞動者（大同公司電扇廠生產線上裝配員），卻憑毅力自學中文輸入和文書處理，不論會議紀錄或複雜的會計表格，都可以獨立完成，並用經常墨色不足、噪音擾人的撞針印表機列印出來。所以當連基本開機程序都不會的「大學生」張雋梅來到工聯後，使我很訝異，也開始設法讓這個電腦白癡變成像張照碧一樣的祕書。

　　不過，她似乎更專注在和我分工的鬥爭，我卻沒有充分察覺。她主觀希望專心負責組訓，而不願意分擔太多行政庶務；對我說來，也不想為了讓自己更自由而把她變成會務小妹，她如果能夠補足我缺失的組訓能力，反而可以降低我的焦慮，然而這不符合幹部的利益。由於當時工聯幹部希望會務正常化，辦公室要有「人氣」，我抗拒過這個要求的策略就是反過來邀請他／她們分擔責任；所以好不容易增聘一個會務人員，幹部當然要把責任轉移給張雋梅，例如要求她（比照一般工人）早上於九點上班，我一面替她擋掉這種僵化的規定，一面設法讓她接受部分庶務工作。也因為這種底層勞務分配是權力的象徵，我作為執行長，如果沒法搞定這個分工，對於表面的權威，和對於我正進行中並要求其他幹部分擔勞務的鬥爭，也非常不利。我很認真地替她補習電腦操作，想出各種比喻來解釋硬體、作業系統和應用程式間的關係，還準備常用指令中英文對照表的講義，她卻以咬指甲、傻笑、

問些蠢問題等來回應；她顯然沒有意識到我們彼此的處境，仗恃著自己寫字好看，仍然經常遲到和抵制學習。

不過，在運動路線上她發揮著領導我的作用。我們相處的短短幾個月，她不斷地直接挑戰我的操作哲學，而這些挑戰對我來說是非常深刻的學習；這也許違背工作室當時指派給她的任務方向，以我後來對「工作室式」盤算的理解，一定認為她太快出手鬥我，是「便宜了我」。某日，我們在辦公室討論五大成衣工會常務理事鄭玉珠的發展，張雋梅給我一個當頭棒喝，「基層蹲點」這個抽象概念，第一次用一個具體個案清楚地烙印在我的意識裡，不過至今她自己可能也不知道曾經發揮過這個作用。鄭玉珠是工聯和女線同時當作重點培養的年輕女工，五大工會籌組後立即被打壓，與資方交手無功而返，內部充斥挫敗氣氛，理監事會流於形式且愈開愈挫折；女線（包括張雋梅）希望協助鄭玉珠面對工會內的挫敗、分化，但工聯的林子文、陳素娥反而經常帶她向外跑，參加工聯的會議和工運活動，形同大哥、大姊頭的小跟班，助長她逃避工會挫敗的動力，並使鄭玉珠脫離群眾和工會，趨向「一人化」。那時「林、陳四人幫」（林、陳、梁、鄭，見本書第五章）是分擔工聯會務的主力，因此我為了自己的利益，放任鄭玉珠當他們的小跟班；又為了正當化這個政策，我自我建構一套邏輯：「讓鄭玉珠觀摩各種工運來培養能力，希望她將來能協助其他工會幹部」等等，張雋梅聽我講完之後，輕輕吐嘈一句：「如果她自己的工會都搞不好，帶著挫敗的經驗怎麼去輔導別人？」

這句話當頭棒喝的作用，不僅在於內容，也因為她當場揭穿我自圓其說的虛偽性，使內容與強烈的羞辱感一直黏貼在記憶裡面，難以忘記。

她上任兩個多月（5月初），電腦還沒有完全學會，第一次的憂鬱症就發作了，從遲到幾個鐘頭，到偶而不上班，最後乾脆無預警消失

整星期都不聯絡。張雋梅的老公許銘洲——也是輔大草原社和工作室的成員——在工作室務實小組報告張雋梅的狀況：

> 她在工聯找不到著力點，不知如何發揮，上星期她與女兒均生病，使她狀態更差。她生病好了之後，思想很灰暗，晚上跑出去亂逛。……與她對話，沒什麼反應，後來我也累了。最後一次碰到，兩天前，我覺得很難再做什麼努力，建議她脫離工作室一年，或去當工人。談一些需要面對的問題，〔她〕很冷漠。[33]

張雋梅初期的遲到偶而曠工，我都盡量替她掩護，因為強調會務正常化的期間，我爭取聘用的會務人員竟出現如此嚴重的紀律問題，加上她又是工作室成員，我會像1992年底一樣再度被鬥；另外，我把她、她的散漫、以及她的發病，當作是「工作室／鄭村棋」給我的試煉，[34] 所以對她特別謹慎照顧；但當她終於無故消失時，我就再也無法替她遮掩，必須向會長毛振飛報告她發病的事，工聯因此召開臨時工作會議，針對此案的檢討長達兩小時。我和袁孔琪力爭應該給生病的員工協助，其他人消極回應，好像是劉庸折衷出「重新給予三個月試用期」的方案；然而等到6月初她再出現時，卻連穩定上班都無法維持，拖到7月下旬終於辭職，我和袁又替她爭取病假期間的工資照發。

（六）「工作室模式」踢到「工聯鐵板」

記錄張雋梅事件與我的自傳有何關係？我認為她在我身上發揮一個代表「工作室／集體」的先鋒性作用，她的奇特氣質增加我對於靠近

33　摘錄自陳素香工作筆記1993年5月23日（務實小組會議筆記）。張雋梅自工聯離職後失業一年多，1995年工作室介紹她到高雄港偉聯貨櫃運輸工會工作。

34　幾年後才發現鄭村棋、夏林清也不知道她會發病，甚至不太知道她紀律散漫的嚴重程度。

集體那股又愛又恨的動力。她與人對話時，不會放任對方隱藏自己的位置和狀態，如果對方在聽過她的看法後，沒有具體回應，或是只回應內容而沒有在關係上回應時，她會貼上來問你：「你覺得呢？」、「你的想法呢？」、「你在哪裡？」、「你沒有想法也該告訴我。」……後來我才發現，這些關係探詢的對話，在工作室大團體集體互動脈絡下，像「口頭禪」般常見，張雋梅只是把它們延伸到集體外的日常生活裡使用。但是集體外的對象並不熟悉、適應那個脈絡，也不具備那個關係開放的前提，就產生個人互動層次的「工作室衝擊」效應。而我說她是「過度典型的典型」，是指多數工作室成員——包括1994年中期加入後的我——相對不會如此徹底、一致的實踐這種互動模式，我們（至少我）總是摸索著環境調整自己，非到必要時不會那麼費力地挑戰主流人際模式；只有她特別貫徹。用工作室的「行話」來說，她「比較積極在發揮影響人的工作」，而我們比較消極。也不能說她不分內外都用同一原則行動是對環境不夠敏感，因為她還是有區別對象，只是「用力」的範圍比我們這類人大很多；還有她對當下的互動質地必須保持高度敏感——否則她無法操作那種貼近的互動會變成騷擾；也有時她過度敏感，而思緒不知跳躍到何處，以至於他人認為她突然「脫線」。或許我這類人比較有保守性的環境敏感度，而她的敏感度較為進取（雖不安定）；也可想像她承受的壓力特別大，因為在工作室（對實驗人際關係的前提有高度共識的環境）之外實踐那樣的行動，維持互動中的敏感度和品質的責任，完全落在主動者的身上。這應該是造成她從運動中提早「陣亡」的原因之一；她的紀律特別散漫也可能與此有關，她專注的把精力消耗在互動關係裡，再也沒力氣管理自己的總體作息，而她耗盡精力發展出來的關係卻因為散漫又失去信任，陷於情緒沈淪的惡性漩渦。

　　不過工作紀律的散漫卻非常不符合工作室的典型，工作室多數成

員下基層工作的第一關，就是被嚴格的訓練去適應惡劣的工作條件，哪怕是再不合理的規定，也必須先證明自己可以通過考驗，再去向工會領導要求調整。這是鄭村棋強調的知識分子體驗工人被非人性管理的過程，但張雋梅在這方面沒有被充分規訓，她那種直接而開放自己的風格，比較容易與底層工人文化融合。加上工會裡還有工作室的同志顧玉玲，為保護集體利益而掩護她，[35]所以她在自立工會存活的很好，缺點未被暴露。當她被拉拔到脫離基層的工聯，原先與工人攪和而發展組織的武功就全被廢了；每天關在「全國性」的工聯辦公室，不但接觸不到草根會員，連一般工會的幹部都見不到，最常遇到的是牛頭馬面、各懷鬼胎的菁英頭人；她偶而會被派去盟會開會，但盟會日常運作的權力結構不可能隨便開放讓她介入，通常只有在幾種情形下工會的結構會向「外力／組織者」開放：第一、工會是工人與外力共同籌組；第二、有專職會務人員與工人日常相處、建立群眾基礎；第三、工會遇到重大爭議，日常結構無法解決而必須引入外力時；第四、有勞資關係之上、更大力量的公共議題捲動（例如勞基法修法、全民健保立法等），動員的過程中有部分空間可以介入。最後，即使有這四項情形之一，還得通過「政治的親疏遠近和資歷」這兩關——工會通常只對關係夠的資深「外力／組織者」開放；不一定輪得到工聯勢力，即使輪到工聯勢力，也不一定輪到祕書張雋梅。

　　張雋梅面對的工聯盟會都不是第一和第二種情形（除了自立工

35　顧玉玲也是特別散漫的成員，遇到更散漫的張雋梅而顯得較有紀律。雖然顧玉玲不同意我這個評價，並表示因為鄭村棋曾訓示：「有種半夜和幹部去唱卡拉OK，就要有種第二天打卡上班，工人也是這樣過生活……」，所以她以這句話要求自己和晚起的學運分子作為識別（摘錄自顧玉玲於2009年5月21日給運動會群組的信）。顧玉玲當時也被鄭村棋標示為尚待充分改造的野百合學運菁英，她的討巧靈活與張雋梅的用力碰撞形成兩種工作者的風格對比，常是工作室內部反思的教材，1994年8月我入工作室後還聽過這類訓示。

會），第三情況不可預測，沒辦法據以規劃勞教，且1993年幾乎沒有重大爭議，組訓祕書無用武之地；雖然1993年勞基法修法在各自主工會捲動的非常熱烈，符合第四種情形，但這種政策層次的動員一定是我和資深頭人優先占據，輪不到張雋梅。若再看地緣因素，她的交通工具是一輛破機車，行動可及範圍不過是辦公室所在的台北縣，但台北縣的勞教已被勞工局包辦大部分範疇；縣內幾家盟會各自有複雜的政治角力（大同板橋、大同三峽）或穩定山頭（新海瓦斯、厚生板橋、泰電電纜），不可能讓工聯祕書介入，唯一可以做組訓工作的是1992年剛籌組的五大工會，但同年底又遭遇解僱兩批工人，所以1993年張雋梅接手祕書時已奄奄一息；還有面對林子文、陳素娥主導的（和我放縱的）非經營基層路線，使張雋梅難有作為。

（七）透過張雋梅看到的「工作中的我」

　　Box 6.5是陳素香1993年6月23日工作筆記的謄稿，記錄張雋梅消失後，工作室把她從家裡拉出來，到工作室討論她的狀態的內容。應該是其他成員要求她（或她自己決定）描述她病後第一次回到工聯上班時，與我互動的細節。為什麼大量地節錄這段筆記？因為這是目前唯一找到，對「工作中的我」的樣貌的描寫文字。可以清楚看見張雋梅（或任何一個人）面對無法突破的困境時，將問題轉移到其他領域（例如家庭），而避免碰觸核心問題的策略。當不得不碰觸時，她又建構出一個「我不知道幹部要我做庶務」的故事，來規避「組訓」工作的困局。而我的技術性回應（用工作內容去回應張雋梅人的關係上的需求），又互相強化一個「封閉系統」的思考邏輯和行動指引。

　　現在回顧當時的處境結構，發現實際上很難創造一個負擔工聯發展重擔的教育program，可能根本沒有這種東西！也許隨機進行處境化、局部的、非正式的個別幹部協助，較為實際可行且有意義，但是

Box 6.5：張雋梅描述重回工聯上班時與我的互動[36]

• 1993年6月23日，雋梅〔的報告〕

吳打招呼　交代工作→執委會聯絡工作

〔吳〕讓梅開始工作　停止互動

〔又〕主動提厚木〔工會的〕工作→梅說「我有……」

〔梅〕焦慮，不知如何開口，開口以後，要如何定位……他會和我討論如何處理。

中午2:00多吃飯，他一直看電視，兩人悶頭吃飯，〔吳〕又拿出一張紙交代工作〔，〕回去〔各自座位〕，他忙三小時《島嶼邊緣》工作。

梅打電話給〔陳素〕香，問如何開口說。

〔梅當下的〕狀態阻礙〔手邊進行的〕工作……

吳處理《島邊》，又主動過來交代工作，談工作會議處理2個小時梅之事，吳停住，〔又〕先談工作，再處理……

之後，吳焦慮問：要不要請心理醫生？

我〔梅〕接：心理醫生可以解決母女之情嗎？

梅開始談「女性」故事。「梅—母親—褓姆」三組競爭關係。❶

吳介入→「有沒有可能在板橋找褓姆」

吳出現自己的經驗→斷然。

認為應該處理(1)接孩子來(2)調整工作時間。

梅回應→創造條件讓自己更出來，〔可以繼續〕走工運之路。

〔梅〕陳述菲律賓（運動環境，有沒有創造女性走工運的條件）

吳未反駁，他似乎同意，但工聯沒能力處理——

吳：工作會議——〔幹部說如果梅〕不進入工作狀況，〔就只要〕處理庶務、事務，不要出去開會。

吳說，他曾出來質疑。

袁孔琪出來〔替梅辯護〕→會務人員發生這種事，其他幹部如何協助
〔希望有人〕分擔工作、壓力，〔例如〕陳素娥、鄭玉珠。

〔接著很大篇幅是我轉述工作會議中幾個幹部對張雋梅的期待，多數人認
為她既然做組訓壓力太大，就退而求其次，至少分擔庶務工作。張雋梅解
讀為幹部一開始就設定她要負責庶務。〕

〔梅：〕我都不知道……沒有任何幹部來和我談這些，我的認知比較來自
吳……在工聯工作，蠻孤立。
吳出現經驗談，趕快做出成績，再調整工作關係。
吳認為梅在抗拒庶務工作，〔所以〕一下子把關係弄得很緊張。
〔梅：〕我以為我的工作是做「組訓」，這訊息是吳給的。
〔但現在才知道在〕幹部世界〔裡，梅〕「來就是做庶務工作」，
每個人對我的期待，是我第一次聽到。

註：
1　張雋梅因為要到工聯上班，請褓姆照顧二歲女兒，她講給我聽的故事是她、她媽和褓姆
　　三人，對如何照顧女兒有爭執。

幹部又不會承認那是一個領薪水的組訓祕書的「業績／工作項目」。如
果張雋梅當時直接挑戰最早設定給她的不切實際的任務，也許還可能
衝撞整個加諸於她、祕書處、或工聯整體的期待（包括鄭村棋和工作
室），而我也將責任丟給她並失去警覺（即使警覺，以當時的我也沒能
力意識到那個困局）；使她面對這個困局並內化到自己體內，於是引發
「憂鬱症」（也可能只是落敗逃亡回家而已）。

36　摘錄自陳素香工作筆記1993年6月23日。（）為原筆記註解，〔〕為補充筆記之字句。

（八）不同潮濕低地裡的位置差異

所以她的「發病」必然與轉換到工聯職位有關，她面對超出先前經驗的處境，又沒有同志掩護；對她說來，我只是既需提防、鬥爭、又必須合作的可疑盟友。借用Schön所說的，實務者是在潮濕低地（而不是乾燥高地）工作的比喻（薛恩，1983/2004：51），張雋梅可能就是那種在污泥沈底的水溝裡活躍的泥鰍，工聯的頭人比較像海邊退潮濕地上的螃蟹，各自有洞穴為巢，卻又能弄潮或橫行；泥鰍被撈出來，越過池塘、小溪、河流，放在海邊濕地只能翻騰窒息。張雋梅的發病，也呈現「工聯」這個組織位置（和我在其中）的「病癥」──與群眾基礎斷裂的、過度早熟的上級工會；從後來的工運發展觀察，機場工會聯誼會、倉儲運輸業工會聯合會、地方產總、甚至也是過度早產的大眾傳播業工會聯合會，都是某種水溝匯集的池塘或沼澤，所以能延續溝底生物多樣性的繁榮狀態。我和她也可以說是「高位vs.基層蹲點」兩個路線的對照──我從螃蟹的位置想像著海鷗俯瞰全局，她卻是鑽進混濁的淤泥裡去探索。

1993年7月張雋梅正式辭職後，工聯又只剩下我這唯一幕僚，那時工聯與「工委會／工作室」的緊張仍處於高峰，張雋梅事件又使幹部多一個口實來批評工作室，加上工聯經費確實拮据，我自知難以再爭取另一個成員來替換張雋梅，之後三年就一直維持一人祕書處，庶務工作又再度依賴陳素娥、鄭玉珠、梁武卻等人分擔，然而她們的頭人林子文，在同一時間與侯晴耀進入積極籌組北縣產總的階段，和我競爭著陳素娥等人的時間，到1994年4月產總成立雙方的對立形勢浮上檯面。1996年9月工聯因被產總淘空而遷往桃園機場，與「工作室／桃園勞工教室」及機場工會聯誼會共同聘用劉小書為祕書，[37]會計工作改發包給復興空廚

---

37 劉小書是工作室在1994至1995年反賤保抗爭中發展的新人，她接受過小劇場訓練，善於文化創作，且手腳勤奮，先被放在「工劇團」擔任義工組織者，1996年決定將她調往

工會的祕書、工作室成員陳怡蘋，我才脫離一人工作的型態。

（九）與鄭村棋在集體外的師徒「特權」關係

　　然而我與鄭村棋及工作室的鬥爭關係又不是直線的、單向的愈行愈遠。一路雖然有曾茂興入獄、聘用張雋梅、飛利浦事件等，累積我與「工作室／鄭村棋」高度的對立，然而我屬於「二流頭」（第二等人當中的較優秀者）、「一流尾」的菁英能力，經歷1988至1989年的主要工運高峰，又在中時與新光士林廠兩案成為鄭村棋的貼身徒弟，使我的對外協同作戰能力遠超過當時仍在基層蹲點的早期工作室成員；我和鄭村棋又有拉派的淵源，那時我和陳素香經常是鄭村棋最高度機密政治討論的對象，工作室裡鄭村棋的入門弟子反而無法像我這個「外人」一樣，參與那種密室會議。[38] 例如1992年6月基客工會罷工時，儘管我有「曾茂興、顏坤泉入獄案」的「前科」，在同時發生的嘉隆案裡又踩過女線，和工聯男性幹部劉庸共謀，想爭奪、瓜分勞陣從女線篡奪來的組織成果，鄭村棋仍不得不把我當成最重要的左右手來共同作戰，我甚至比工作室派駐在基客工會蹲點的成員——工會祕書莊妙慈的位置更有利一點，她被會務限制而有很多外部行動無法參與，我則以工聯執行長身分全程學習、內外兼顧，還能分身去嘉隆抗爭現場。

　　1992年夏令營後，工運從個案抗爭上升到勞動法令修法鬥爭，我的角色更容易穿透到運動核心。勞陣、工委會、勞動黨等三股自主工運力量，從1992年一路火拼到1995年，鬥爭節奏極為緊張，我的能力也跟著工運「升級」，進入到高度複雜的政治經驗（與官員、政黨、其

　　一線運動位置工作，最後因為我沒有帶好而挫折離開工運。

38　巧仁在2005年香港行時，與我、夏林清及林瑞含的一次對話中，提到我沒加入工作室前，她跟著鄭的政治學習機會還不如我，夏也同意這個觀察。她倆的看法等於驗證其他成員也認知到我的「特權」位置。

他路線的團體鬥爭）。這段期間，「鄭村棋／工作室」對我的政策看似矛盾，又有理可循。「鄭村棋／工作室」既設法隔離我在某些核心學習之外，例如第一階段（1993年2月至7月）的工人版勞基法勞教種子討論；又開放我進入工作室最核心的決策圈，例如整個1993年修法鬥爭的對外政治戰略討論，都是鄭村棋帶著陳素香和我作為班底；而「鄭村棋＋陳素香＋我」三人作為工作室最高的對外策略決策內核，一直延續到九〇年代末，鄭村棋入北市勞工局前。這個對我既隔離又開放的矛盾對策，在1994年我加入工作室後聽到更多集體對我的定性：「精於算計、善搞平衡、陰沈滑溜、鬥雞性格、學習力強、點子多、手腳快、肯吃苦、不甘於基層工作」等，可以理解當時「鄭村棋／工作室」如何阻隔我進入與基層細膩互動的小組，防止我觀看將實務經驗轉化為法律體制鬥爭的抽象提煉過程；一方面當然是「不能便宜我」——不能讓拒絕蹲點的我，透過工作室其他成員的提煉，掌握到辛苦蹲點的精髓；另一方面，是要讓相對沒有抽象理論訓練、學習速度較慢的「二流人」成員能夠先被訓練得長出多一點能力，才不會在運動開展時，被我這類精明的人快速取代並占去領導高位。

另一方面，鄭村棋又不得不將我編入決策核心，因為當他作重大政治決定時，工作室成員中幾乎沒有人可以與他進行腦力激盪，唯一勝任的是陳素香，她八〇年代初期就長期擔任黨外雜誌記者，解嚴前後與綠色小組過從甚密，工運高峰期又以《首都早報》記者貼身觀察，因此對工運人脈熟悉、對政治變化有敏銳嗅覺；我的政治資歷遠比她淺，全靠著1988年初回台灣後直接捲入鬥爭而快速補課，但我的長處是比她更會謀略算計且「鬼點子」特多，能將鄭村棋的總策略轉化為具體戰術。所以我們三個人的討論角色通常是這樣搭配的：鄭會提出較總體的中長期預測和戰略，陳素香比較穩重敏感，可以補充使之更周全，我則擅長於連結他們提到的各種利害分析，加入刁鑽的細節規

劃。還有，我和陳素香倆人擁有極強的幕僚能力，能快速地將戰略變成行動計畫，使其他成員可以很容易進入工作位置；我們也能將戰略立即轉化為文宣材料，提出主題、口號等論述包裝。這些都是當年年輕的工作室成員無法取代的，工作室會輪調在基層歷練夠久的成員，到「女線／工委會」辦公室（內部稱為「中央」）工作，她／他們會以第二層備位領導的位置參與策略討論，藉此鍛鍊在基層學不到的政治能力。1993至1995年主要是顧玉玲，接著陸續有莊妙慈、郭明珠、李易昆、何燕堂、賴香伶等。[39]

（十）共患難卻又互相提防的準同志們

　　1993年夏天，勞陣與工委會的競爭白熱化，其中一個高潮事件，就是10月4日我們（陳素香、我和顧玉玲）被勞陣設計，在他們的辦公室被工會幹部圍剿。那時工委會擁有1992年秋鬥取得的優勢——勞委會承諾舉辦三場公開辯論會，4月先與勞委會辯論工會法，迫使勞委會在5月將送入立法院的草案撤回；這個重大戰果，使各工會積極參與預定於10月1日舉行的第二場針對勞基法的辯論，「工委會／工作室」在各地進行《工人版勞基法》大、小規模的研討會都受到高度關注。勞陣因為在1993年3月退出「工委會」，所以無法參與這波直接與官方對峙的運動，並利用在立法院有民進黨新潮流立委做靠山的優勢，規劃另外一系列的行動來與工委會抗衡；按照規劃，10月5日動員工人將

39　工作室的另一個知識分子菁英冷尚書選擇「站穩根據地」，在大基隆港地區組織倉運聯，並更具野心地想像領導一個港區總罷工，而不太理會工作室「中央」的事物。淑惠在2009年5月11日回應我的博士論文初稿時指出，「不是參與中央就是上領導位子，中央對外負擔高位政治鬥爭，但中央與組織者個體（及基層工會），並不是全部的領導與被領導關係……工作室，有中央負責工運政治大的鬥爭策略方向是為工運路線領導，但人的改造、工作方法、團體集體關係等，我不會認為是被『中央幾個個體』進行領導，而是團隊集體前進的」。

勞陣的《盧修一版勞基法》送進立法院，是預定的高潮；勞陣將主行動放在這天本來就充滿謀略，一來企圖收割工委會1001辯論的成果，二者可消耗工委會照慣例於1112舉行的秋鬥的動員能量；當時很多與兩個團體都交好的自主工會，極力想促成兩者再結盟，所以工委會宣布，配合勞陣在同一天將《工人版勞基法》送入立院。

果然，形勢比人強，由於1001在劍潭活動中心的辯論，官方代表層級高、現場交鋒又相當尖銳，成為媒體關注的焦點，以至於部分記者誤以為接著的1004（勞陣為1005準備的暖身造勢）和1005行動都是工委會主辦，而不是兩團體的聯合行動。1004上午勞陣動員數百人到立法院造勢，工委會動員數十人聲援，然而午後發行的《聯合晚報》搞出烏龍新聞，[40]刊登一張勞陣群眾的相片，但文字報導卻指行動主辦團體是工委會。可以想像勞陣的幕僚和從全台各地動員來的頭人有多憤怒，於是勞陣工作人員以「協調明天聯合行動」為由，打電話找我們去開會。當我們到羅斯福路樓上的勞陣辦公室，發現幕僚都躲進隔間裡，外面的會議室則坐著七、八個憤怒的、挺民進黨的工會幹部，桌子中央攤著一份《聯合晚報》；我們被輪番圍剿（以石油工會高雄分會洪明江等為主），說我們故意混淆視聽、搶奪媒體效果、完全不顧運動倫理等，幹部罵完之後，簡錫堦等幕僚才出來，又指責一輪，要求我們發聲明給《聯晚》請求更正；最後幾乎沒有給我們解釋的空間，「協調會」就散會。

一個月之後，11月3日，工委會在秋鬥前到勞委會下最後通牒，官員仍然沒有退讓的跡象，王耀梓想出一個很瘋狂的點子，他對主持接見的陳伸賢處長說我們工人內部要開會達成共識，想借501會議室使用半小時，請官員暫時離席；當官員被騙離開後，他指揮我們搬動

40　此處根據顧玉玲2009年5月21日提供勘誤，她記得這則新聞是高中同學、聯晚記者邵冰如所撰寫。

大型會議桌把門口堵死，並宣布我們將「原地自囚」直到勞委會退讓為止！勞委會召來警察試圖破門而入，但發現必須用非常激烈的破壞方法才能進入，就放棄了。當晚我們透過掀起門口上方的一塊吊掛天花板送進食物與飲水，自囚的九個人用椅子圍起來當廁所，這樣度過一夜後，當晚王耀梓又發明更刺激的方案，他建議我們次日早晨坐在面對民生東路的窗台上抗議；於是我和陳素香、顧玉玲用向勞委會官員借來的A4影印紙，拼貼成幾張大字報，第二天早上近十點由七、八個人拿著，並排坐在相當危險的（僅約 1.5 尺寬）的窗台上抗議。[41] 工作室另一成員（好像是郭明珠）前一晚先回去辦公室發新聞稿給各媒體，工人坐窗抗議當然是大新聞，成為各晚報的頭版頭條；最後是我們主力王耀梓和毛振飛，憋不住尿，從窗台下來上廁所時被警方逮捕，帶出勞委會，我們其他人也就跟著收兵。

　　我舉這兩個特殊經驗的例子，說明1993年下半，在敵我絕對分明的鬥爭下，我沒有平衡擺放各方關係，並遊走於組織邊緣的空間，我與「工作室／女線」成員在某個面向的戰鬥關係相當緊密；而且這些特殊事件外，還有更多的徹夜討論至凌晨結伴離開辦公室（或在空蕩街道尋找宵夜地點）的氣氛、與官員鬥爭時流露的默契、與警察周旋得逞時的勝利喜悅、或危險時的互相掩護支持等等，都是相當深刻的同伴經驗。但我和陳素香、顧玉玲發展實質同志和戰鬥情誼，和「工作室／女線」與我的組織摩擦交疊並存——緊接在1004圍剿事件和1104坐窗事件之後，就是日記裡被當作「敵我矛盾」來記述的「飛利浦事件」。

41　當時勞委會是向國泰建設公司租用民生東路的辦公大樓5至12層，第5層的501和502會議室是用來接見各種陳情代表用的中型會議室，11月4日「自囚坐窗」參與的人包括：「女線／工作室」的陳素香和顧玉玲、機場聯誼會的董榮福、敬仁勞工中心負責組織工傷者的常建國（以上為工作室成員）、桃勤工會的毛振飛和劉自強、工聯會長王耀梓、工聯幹部林子文和黎萬輝，還有我等十人。

必須有這些多層矛盾氛圍的勾勒，才能理解我在1994年4月申請加入工作室前的複雜狀態。

三、 加入「工作室／集體」過程

這個入會過程代表我從「運動夫妻／個體」過渡到「集體」的運動單位，入會前的矛盾顯示我如何感受集體和個體之間的摩擦和碰撞，並因此決定選擇集體；這其中也可能是集體刻意或無意營造的組織界線，使我們彼此意識到組織內、外的不同位置，這使我更敏感於自己的集體外狀況，而有所行動。我也試圖探究我原先的「運動單位」——「運動夫妻／愛人同志」的裂解，和我加入集體的關係，但仍必須強調，這不是單一的因果聯繫，而是互相強化的過程。

關於申請加入工作室的動機與過程，以及工作室審查入會幾次面談的內容，我的日記裡都沒有記載，本節絕大部分參考陳素香的工作筆記，她是由工作室推派來負責「面試」我的代表，並將幾次審查的問答內容做摘要式的紀錄。

(一)親密關係的崩解

在「我—工作室」既親還疏的矛盾關係外，還有另一個同樣重要的「既親還疏」的關係變化，就是「我—王蘋」夫妻關係的裂解。這部分雖然日記有所記錄，但因為涉及他人的隱私，無法描述細節，只能簡略說明變化的性質，以及對加入工作室決定的可能影響。

前面說過，加入工作室前我的運動單位想像是「夫妻為單位」（見本書第二章），但這個單位的「內部團結」被情慾出軌，和我們分處於不同運動場域給破壞和分離。1992年9月中我先出軌，在王蘋陪父母到美國旅遊的三個星期當中，與採訪某抗爭現場的年輕記者M「無預

警」的發生關係，[42] 甚至可以說是以我自己都沒有意料到的速度進展；月底王蘋回國那天，我去機場接她，並主動將出軌事件告訴她，她立即介入並試圖確認我們間的關係，最後結束這個「外遇」；雖然我與M的關係仍斷續延伸兩、三年，但的確也以一個快速遞減的曲線分手（包括M重回她男友的身邊），兩、三個月後我們就降到保持距離、甚少見面的友誼而已。而在一年多之後，1993年11月底，也就是飛利浦事件過後不久，我和毛振飛、王耀梓和古神父代表自主工聯到非洲莫里西斯參加WCL的大會（11月25日至27日），會後我提早一天回台灣，發現王蘋與女友J已經發展親密關係，我先是失去反應能力，接著變成極端憤怒、難堪，然而我沒有像王蘋對我的出軌一樣，採積極介入並阻擋外遇的擴大，反而是採取「冷戰」策略，將結束出軌的責任完全丟給王蘋。

　　這種態度顯然無效，我開始背著她，用一張廣告年曆卡片做記號，將她沒有回家且推斷是去J家的日期都打上「X」號，一直持續約一年。[43] 那段期間，我多次拒絕王蘋的試探、示好、承諾，幾乎每天早上都是臭著臉出門上班，晚上盡量晚回家（多數時間的確因工作太晚而無法提早離開），這種逃避、抵制、不容許、不確定、想要一個徹底「贏回」的姿態，其實將王蘋推得更遠，我們間歇的激烈冷戰，多半由她主動緩和，之後無效又冷戰。

42　我以「無預警」稱之，是因為當時並沒有明顯的想要出軌或對關係厭倦的意識。

43　2007年底為論文重讀日記時，找到日記本中夾著這張卡片，卡片是印了半年的月曆，另外半年是在卡片反面手抄幾個月的日曆，然後在上面打「X」。我竟然完全想不起來這些「達文西密碼」的意義，經過好幾天的推敲和翻閱其他線索，才恍然發現是當年的妒恨之作，一個普通人一生中難得的毅力。

（二）我與王蘋家庭的差距

我們之間到底發生什麼問題？王蘋的出軌，與我先發生外遇一定有某種失去信任的因果關連，但我為什麼那麼輕易的、沒有準備的先出軌呢？「沒有準備」是指在外遇前幾乎沒有「婚姻出問題」或者親密關係需要被滿足、或彌補慾望的意識，對我這樣膽小的人說來，要有勇氣（色膽）做出那麼大的背德行為，不是M採取主動就可以解釋的。我和王蘋最親密的階段當然是在柏克萊同居的時間，我們的公眾生活幾乎完全重疊（台左社群、箴言社、寒暑期打工、甚至修課），又有充裕的私人生活時間（購物、準備三餐、洗衣、拖地、閱讀、互相黏膩），革命與夫妻等於合為一體（見本書第二章）。回台灣後，這個浪漫共同體被放回現實社會壓力中，才受到真正世俗的考驗，例如我們兩個姻親家族隱晦的「門不當、戶不對」，我們回台灣前幾年，正好是她的家族上升而穩固的階段，我的家族是停滯於某個谷底的狀態。

王蘋家族早期因六個女兒支出龐大而入不敷出，需依靠借貸苦撐渡過，但在女兒們成人就業後家境獲得慢慢改善，到九〇年代初成為無可挑剔的外省「小康家庭」典範，父親是教官退役、身體健康、領終身俸、擁有兩間公寓（一間是眷村舊宅，後改建優惠配售）；除大姊護校畢業外，其餘皆大學以上學歷，老四王蘋和兩個妹妹更赴美攻讀碩士；三個婚姻「美滿」且繼續工作的姊姊全屬中產職位，大姊是榮總台中分院資深檢驗員、二姐（九〇年代中期移民加拿大）和三姐（2007年成為富邦銀行駐香港高級職員）都是外商銀行高級祕書。

王蘋的家族明顯是經濟和感情的支持系統，對比我家，爸在經濟上雖自足，但幾乎沒有風險準備，一次領取的省營事業退休金只夠支付宿舍改建公寓的頭期款，之後生活全靠那間公寓的租金和不穩定的小額稿費；他再娶小學畢業的繼母，兩人獨自撫養我的祖父和不識字的繼祖母，家族相對破碎，又有潛在的負擔。因此在夫妻的姻親關注

比重上，王蘋家族占主導地位，我們常一起回她台中娘家，而只有每年春節她會到我爸家團聚。對王蘋說來，樂於將我拉入她家族的小康世界，將親人關愛分享給我；但我介意這個門戶差異，卻沒有正面告訴她，而陰暗地將此當作她是「自我中心」的證據。但其實我的家族被輕忽，大部分要怪我，因為我自己就是這樣擺放我爸的位置——一個只要不惹麻煩就好的父子關係——九○年代初我還沒有經歷「再認識」他的過程（要到2001年離開工作室後才開始），還將他擱置在1984年自殺未遂的歷史當中。也許當時我爸也是這樣擺放我的位置，將我看成家裡的麻煩製造者，尤其當我和他一樣走上工運生涯時，他更是矛盾，搞工運對他說來既引以為傲，但又是不該讓子女學習的榜樣；他也將我還當作是那個1984年底母親剛死，就帶著年輕女孩回家胡搞的兒子。他堅持框構我是被「洋鬼子匪諜」騙入工運，直到2007年他還叨唸著：「你都是被那個外國左派神父利用了〔才去搞工運〕」。[44]

　　我的祖父於1992年9月1日以99歲高齡去世，我在日記上只留有一句直呼其姓名顯得毫無情感的紀錄：「凌晨三點，吳正南死。」當天我的行程滿檔——上午陪同基客工會去監察院陳情、中午等王蘋姊夫接她去機場與台中家人會合搭機赴美旅遊、下午嘉隆女工來工聯、晚上編輯會訊到深夜；接著幾天，日記記錄著連續每日滿檔的行程（見Box 6.4：9月4日的基客工會內訌），直到6日晚上，我才抽空回板橋：

　　　　晚上去爸家，幫太太[45]搬床，太太囉唆，但爸比她更急躁，有

44　摘錄自2007年夏天，某次探望爸時的談話。外國神父是指古神父，我去工聯後曾經向爸提過古神父是工聯可否得到外國資助的關鍵人物。爸因經常閱讀體制內的工運刊物，某次他跟我說：「你們那個外國神父政治有問題，被逼出境了」。因此，他將自己七○年代搞工運時的政治多疑氣氛投射在我身上，認為我是被外國神父所利用。

45　摘錄自吳永毅日記1992年9月6日，「太太」在揚州話中是祖母的稱謂。

恨，全身急得出汗，狀況不佳。

　　我沒有理會這個急躁，7日以後繼續行程滿檔，10日和M出軌，19日在烏來召開統獨與工聯前途辯論大會，26日王蘋自美歸國，我告訴她出軌的事，接下來一連串的爭吵、談判、彌補、再背叛、還有不能停的工作占滿日記，竟然連祖父出殯的日期都沒有記錄，直到「尾七」前一天（10月8日，我和王蘋回台中娘家），終於才又出現祖父的姓名，老人的死亡像閃電一樣，讓眾人突然瞥見黑暗中姻親不對等的裂縫和與女婿家族不可理解的距離：

　　　　和wp爸談到吳正南死的事，wp爸怪wp沒講，我卻不能告訴wp爸，我們是各管各的〔家族〕。[46]

　　不確定「各管各的」的定性有沒有浮上檯面成為倆人共識，至少我用這個底線，抵制再被拉向活力十足的小康世界，和占用工作時間的親情累贅。除了和常人一樣的家族差距外，倆人走上不同運動道路而引發的生活節奏的分歧也是原因之一。1992年7月11日週六下午的「林憶蓮演唱會」事件，大概使我在家族疏離之外，連走上工運前最後交往的幾個朋友都開始割裂：

　　　　與符耀湘、羅紅芝、光興、老非、王p，去聽林憶蓮，我罵會場宏鑫的主辦人員，王p、符＆老非生氣。
　　　　晚上去耶盧，Colleen & David來，光興為符買生日蛋糕，Colleen吃芋頭的，王p晚上都不和我講話。

46　摘錄自吳永毅日記1992年10月8日。大部分時候日記裡以wp代表前妻王蘋。

0712上午、中午整理衣服裝箱。下午和王p「談判」。晚上光興生日，去小蜜房。[47]

　　林憶蓮是符耀湘（我赴美前的「大哥」兼打工的老闆，見本書第二章）當時的偶像，他認為我和王蘋搞運動很辛苦，多買兩張演唱會的票慰問我們。可是我莫名其妙地一進場就開始挑剔服務細節，對工作人員發飆，掃了大家整個下午的興。我還記得，演唱會開始後，我不得不臭著臉，隨著林憶蓮繁複幽雅嗓音扭動身體的彆扭勁，真像逼近躁症患者。那個週末是夾在基客罷工和嘉隆抗爭的高峰中間，5日基客工會在基隆市大遊行，7、8、9日是嘉隆最密集的抗爭，10日選舉談判代表，14日早上基客工會大會（13日會前理事會）、下午嘉隆勞資談判，15日嘉隆開大會宣布（一階段）結束；我同時還在籌備8月3日至5日BATU各國人士來台開會的瑣事；前前後後行程爆滿，根本無法承受那樣的慰問，又不知怎麼拒絕——包括興高采烈拉我一定要去聽演唱會，但最後被我遷怒的王蘋。

（三）夫妻關係的分岔路口：回工聯

　　新光抗爭是我們最後的緊密合作，之後就走到（沒有意識到的）革命夫妻分道揚鑣的岔路口，她先去新知當全時義工，之後我到《財訊》，我們的公眾生活開始長期分離，然後1991年4月底她回美國寫論文，9月初她不在場情況下，我片面決定離開《財訊》去工聯，那又是另一個不能回頭的路口；1992年1月她放棄論文回台，2月接新知祕書長，我們的私密生活也已經難以搭配，只剩每天幾小時一起躺在床上的睡眠時間而已。1991年我在長途電話告訴她準備離開《財訊》時，她

47　摘錄自吳永毅日記1992年7月11日和7月12日。王P亦指王蘋。

女人的直覺應該已經有所警覺：

> wp〔自美國〕來電，我說決定去〔工聯〕，她說：「我支持」，
> 我：「我們誰也不支持誰，誰也都互相支持對方」，她：「好煩」。
> 而且她說「我支持」時很勉強，又有些調侃，不得不說出 political
> correct 答案的味道。[48]

日記很少、很少記到對話那麼細節的層次，這次卻記了，一定因
為有特殊的感覺，我與王蘋的「單位」這麼早、這麼準確的出現龜裂；
而且如果沒有重新檢視日記，我早已選擇性遺忘那個重大的人格問
題——令人厭惡的大男人欠反應的僵硬姿勢；九〇年代中期以後的記
憶裡，我和王蘋的衝突都是在互相外遇之後，把關係崩解怪罪給第三
者，好像如此在情緒上自圓其說會比較容易一點，以至於今日已無法
追索那個龜裂的真正脈絡。

1993年底我和王蘋開始冷戰，到1994年6月加入工作室審查的階
段，日記裡對王蘋的怨恨，和替「王蘋／新知」的辯護交錯發生；女線
與新知鬥爭時，我總是一面倒向新知、怨恨女線；所以，那階段與王
蘋之間是「既親又疏」——「私領域」冷戰、「公領域」聯盟——的極端
壓抑的心理組合；也可以說我是維護為我所用的「新知／王蘋」利益，
而不得不忽略親密關係中的對峙，蠻力堅持著「夫妻為單位」的運動
圖式，肯定是極度扭曲的存在狀態。1994年4月初，我向鄭村棋提出
加入工作室申請，同時每天回家還繼續著打「X」的妒恨儀式，非「X」
的次日也是臭臉離家，只有回到工運現場，因鬥爭中強烈動力，能
暫時忘記夫妻間的糾葛、妒恨。但又絕不是 Goodwin 藉用「性慾動能

48　摘錄自吳永毅日記1991年9月7日，wp為王蘋的簡稱。王蘋在美國寫論文期間。王蘋
　　於2008年回憶，她的印象是我一直不相信她真的支持，而使她變得煩躁起來，她也認
　　為這顯示我們之間的信任已有問題（摘錄自王蘋和我的私人通信，2008年7月18日）。

經濟」（libidinal economy）解釋的社運中的親暱互動所引發的慾望能量（Goodwin, 1997; Jasper, 1997: 187），在工運場域裡的確遇到愉悅、慾念與出口，不過總伴隨另一層痛苦和糾葛——被與最貼身戰友（女線成員）提防的「既親又疏」的關係。

　　加上我最依賴（雖不信任）的工聯幹部——林子文四人幫——已經將絕大部分精力移轉到即將成立（1994年4月）的北縣產總，當時的我不折不扣地處於「眾叛親離」狀態，幾乎所有社會關係都不確定、沒有絕對信任；像「我」這樣不獨立的人，大概無法承受如此原子化的存在，那應該是我主動提出加入工作室的一個深層原因。當時所面臨的四個不同層次的關係危機中（夫妻、運動、工作、父子），我選擇只解決運動層次的「集體／組織」危機，而放棄或背離夫妻關係，並擱置與工聯幹部的工作矛盾，甚至完全忽略不影響生存的家族危機。[49] 進工作室是我和王蘋愈行愈遠的第三個重要岔路口，而且相對於前面兩個路口（1989年她入婦運，1991年我去工聯），我已經清楚意識到這個岔路口是分與合的臨界點，我沒有想要伸手牽她（關係本來也不是我帶領她的質地），也顧不上確認彼此是否理解選擇不同岔路的意義，甚至連道別也省卻。現在看來，加入工作室也有在夫妻間報復和宣示分手的意味，王蘋應該也隱約知覺。

（四）加入工作室的多重動機

　　現在回看當初的自己，是沒有意識到加入工作室的多重動力與意義，只認識到眾多「負面推力」的一個面向，也就是「工作室／女線」對我明或暗的提防所產生的效應，使我想要彌補在運動倫理上的過錯，希望與集體和解；有關親密關係崩解的推力（或運動對夫妻怨恨的轉

49　我與家族中的姐、妹也是高度疏離，父子關係是那個疏離的集中表現。

移作用），卻並不自覺。我想強調，不是正面的因素使我想要加入一個集體，例如溫暖、學習、被接納；而是諸多負面因素，被提防、被排斥、被隔離等，驅使我想加入團體。

「我們要上樓去開會了！」或者「對不起，我們要用這個空間了！（請你離開）」這種空間界線間接包含工作室抵制我的訊息：「你已經因為和鄭村棋的關係而占組織那麼多『便宜』，起碼必須讓你知道，集體的利益不是由你予取予求，有些活動還是『僅限會員參加』！」

我常和工作室成員開會開到一半，她們必須結束會議去樓上參加大團體，或務實小組等內部會議（或者是我必須離開工作室的空間），是這類團體界線的自我防衛給我的刺激，而不是「正面利益盤算」驅使我申請加入工作室；所謂「正面利益盤算」，是指：我從運動中得到很大的學習和樂趣，如果加入工作室會有更大的收穫。例如工作室最內核的神秘大團體，甚至不算是一個正面誘因；「大團體／工作室」的精華——基層組織工作方法、自我覺察與改變——是進入工作室後才令我大開眼界的，1994年加入前，我還不懂那是更重要的寶藏。

因為「工委會祕書處」和「工作室」空間重疊，使我不斷在身體上碰觸到敏感的「組織界線」，當然使我對各種神秘會議有很大的好奇和抗拒，但那到底是想像門後有無窮的寶藏，或者反而使我醞釀「被拒於門外的」的不安感覺，到現在還很難分辨何者更重要。最後，還得將（因為還沒有認識到集體與自我的經驗，所以存在的）「在集體中喪失自我的恐懼」[50]因素考慮進去，它們又可能抵銷大部分對門後寶藏的好奇心。所以，如果說有利益盤算，這也不是可以簡單計算的。

即使知道進一步貼近工作室是我的利益，至少足以減少矛盾的消極利益，但我還緊抓「搞平衡的自由」——不放棄與其他力量發展的可能，

---

50 例如楊照對林正杰街頭狂飆的回憶（楊照，1998：233）。

即使1993年以後，在工運場域裡，除了「夫妻／新知」，我已經沒有其他選擇。我最後堅持著——即使與工作室最親，也不能是唯一的選擇。

　　1993年修法戰役和勞陣進入貼身的激烈競爭，我自認終於證明自己沒有辜負工作室路線，這替申請入會鋪平道路；而夫妻關係的崩解，使我直接面對未來的孤單（也許還有「報復」的動機），產生加入工作室的積極推力；1994年初我認為與工作室改善關係的時機已到，於是主動提出入會申請。

（五）負責面談的人選及其組織意義

　　1993年11月27日的縣市長大選，尤清連任當選台北縣長，但是鄭村棋在選前為了避免替尤清站台輔選，提出不續任的辭呈。[51] 1994年3月底，失業的他和夏林清，在台中東海大學趙剛和郭文亮家，以及新竹陳光興家，邀集左派學者連續聚會，試探原來的LA派和《台社》季刊關心工運的左翼學者，和他們幾年來培養的學生和社團，可否重新結盟，開闢新的文化思想戰線。[52] 那幾天達成的共識是應該有中程性的project，最好有人出來搞政治；但同時鄭村棋也宣告他想「休息、看書」。鄭村棋大概覺得工運本身已經上升到政治層次，但面對台灣社會卻相當孤立，沒有人在意識形態領域開闢戰場；他早就不滿《島嶼邊緣》過度校園菁英化，想促成左派學者在《島嶼邊緣》更直接介入現實論述的鬥爭，以集體面貌走向基進公眾知識分子的角色。這是他無法抽離過度繁重的現實事務做較長遠的思考所產生的——不斷幻滅卻仍

51　郭吉仁則是一直做到1994年底，陳水扁競選北市市長時他辭職輔選，之後接任北市勞工局局長。

52　聚會分幾段，3月28日在趙剛宅，又轉郭文亮宅；3月29日在趙剛家與李清潭談；4月2日在新竹陳光興、丁乃非夫婦家。先後參加者包括鄭村棋、夏林清、我、王蘋、卡維波、夏鑄九、王振寰、趙剛、侯念祖、紀欣等，邀請了蔡建仁，但他沒有來。

長期不死心──的主觀願望；直到1997或1998年，記得是我逐漸接棒領導後，有一次他還要跟我討論哪幾個學者可能幫忙做理論工作，我很清醒地告訴他：「不可能寄望別人，只能靠自己，做多少算多少。」他還不太能接受的反問：「真的嗎？我不知道原來你已經放棄對這些人的希望了。」從LA派到台社的學者是一盤散沙，最有組織能力和興趣的是卡維波和陳光興，他們倆加上相對來說比較靠近運動第一線的我和王蘋積極協助，才拼湊出《島嶼邊緣》的鬆散團隊，不可能再形成更具戰鬥性的論述隊伍。鄭村棋從台北縣勞工局退役，重新想促成學者團隊，但又不可能分身去實質領導（他說要「休息、讀書」，就是預防自己被推上領導位置），結果必然是一場空談。鄭村棋把我申請入會和「左派學者整合」的願望綁在一起，日記裡第一個有關我申請加入工作室的片段如下：

> 與S吃晚餐時，
>
> S ：你對老鄭提說要加入工作室？
>
> W：是。
>
> S ：鄭說要先處理與工聯的政治關係，把你和左派學者的整合一
> 　　併考慮。
>
> S ：為何要加入工作室？
>
> W：單打打不下去了，很多事要大家一起決定。[53]

　　在此之前，鄭村棋也曾經寄望我可以去組織學者和文化人，一次是1991年《島嶼邊緣》籌組的時候（見本書第四章），另一次是1999年黃德北發起籌組《左翼》期刊的時候；[54] 所以鄭村棋應該很清楚，1993

53　摘錄自吳永毅日記1994年4月19日。在日記中，陳素香簡寫為S，我簡寫為W。

54　2000年政大政治研究所的黃德北試圖結合不同派系的左翼知識分子辦一份刊物《左翼》，鄭村棋本想推薦我去當主編，我和陳素香也去參加過幾次重要的籌備會議，但那

年初他不應該規劃我擔任左派學者的組織者，因為會抵銷促使我「向下
蹲」的方向，所以我認為「整合左派學者」雖然的確是他想嘗試進行的
工作，但也是某種拖延我進入工作室的藉口，猜測鄭當時還沒決定要
不要讓我這麼快進入集體。我加入工作室之前，工作室的成員相對來
說比較「均質」，即絕大多數為非學運出身或學運邊緣成員，沒有受過
理論訓練，多是在1989年工運低潮後進入工運、沒有經過工運第一階
段重大戰役的「二流人」大學生（見本書第八章），如果不是第一代鄭、
夏直接訓練的學生，也是經輔大學生社團的過渡，由第一代工作室成
員輔導，熟悉工作室的互動邏輯後加入的學生。我加入工作室後，才
聽到在我之前有兩個被認為需要特別「調教」的「菁英分子」──師從人
類學者潘英海的冷尚書和學運二線領袖顧玉玲；陳素香則是運動資歷
最深，且非輔大系統出身，但是沒有心機、易於合作，不像顧玉玲及
我的機敏過度外顯，或冷尚書的眼界過高。鄭村棋擔心集體中相對單
純、魯鈍的成員無法對付滑溜的我；以及我的快速反應能力，可能壓
抑某些速度較慢的成員的學習空間。用武俠的比喻來說，鄭村棋的擔
心是：工作室多數成員武功尚未練就，能否收留外功形體走火入魔、
內功底子輕浮投機的「叛將」？

　　所以入會面試程序，也是讓集體學習如何「對付」我的過程。工
作室指派兩個人負責我的「入會面試」，一個是運動資歷深的陳素香主
考，另一個則是和我一樣有菁英背景的顧玉玲陪同。[55]除了因為她們
是和我工作最緊密的成員外，也因為她們被賦予將來在集體裡面要擔
起領導其他人「對付」我的責任，面試也算鍛鍊她們；對顧玉玲說來，
可能還希望發生「鏡像效果」──讓她面對和她一樣的菁英，能否使她

　　時我對知識分子的工作、溝通方式已經非常不耐煩，根本沒有去爭取主導。

55　顧玉玲屬野百合學運的二線領袖，有基本政治鬥爭能力，夠靈活卻總是少一根筋而丟三
　　落四；她當時被調動到「中央」，負責編輯《台灣工運》月刊。

自明缺點。而所謂「入會面試」，並不是進行能否入會的資格調查和審問，因為這些內容根本不能從談話中被觀察；這部分通常是在實質工作中，經相當長一段時間的具體觀察後，由集體討論總結的；如果已經準備接受這個人入會，才會進到面試程序。一般而言「面試」的重點是關係的確認，釐清雙方對加入集體的意義的認知，如果在加入前曾有摩擦、衝突、誤會，也會藉此澄清。

（六）兩次面談：欲迎還拒的發現「集體」

從陳素香的工作筆記看來，6月7日和6月22日分別和我長談過兩次，6月25日陳素香和顧玉玲在大團體簡短報告面試的狀況，並討論我入會後的對策；7月30日她們又為這件事和鄭村棋開小組會議，分析我身上的幾組關係；8月21日的大團體，我被邀去進行正式入會程序，然後通過入會。

6月7日陳素香、顧玉玲很少發問，基本上是給我機會比較完整的陳述為何要加入工作室？包括動機和脈絡。依陳素香在我報告之後寫下的小結──報告分三部分：**與工作室關係的發展脈絡、與工聯關係、與新知關係**。那時候對自己信奉「夫妻為單位」的運動路線還不自覺，說明為何去工聯不久後曾經婉拒鄭村棋邀請我加入工作室時，我說：「想進入工作室，但因為剛進工聯，無法負擔工作，想過一段時間再談。」[56] 這顯然是一個搪塞的技術性理由，不過面談本來就不是問口供，只要我當著其他人敘述一個可以自圓其說的脈絡，自然就會因為意識到其間的破綻而有所反省；負責「面試」我的陳、顧是否要追問，也是一個關係互動中的選擇，預演進入集體後的互動可能；對於我沒有回應工作室的邀請這個部分，她們可能也不理解事實經過而暫時放

---

56 摘錄自陳素香工作筆記，1994年5月20日至12月24日。在日記中，陳素香簡寫為S，我自己簡寫為W。

過我。我也抗議被放在「整合左派學者」的條件下，來決定我可否加入的問題，因為我和學者明顯「**位置不同**」；對於我進一步成為工作室組織成員之後，各方關係將怎麼變化？我表示與工聯幹部間不會形成新的緊張，因為「現在他們已經那樣看我（把我視為女線的地下黨員）」，反而是「與婦女新知關係，我比較難處理」；接著陳、顧追問幾個與「新知—女線」衝突有關的問題：「女線、新知的緊張關係是什麼〔性質〕？」、「如果沒有親密關係，新知、女線會是你的困擾嗎？」、「〔如果新知和女線有〕搶奪主體性〔的問題〕，應該兩個組織去談〔，為何你要介入？〕」，除了有關「新知—女線」衝突的性質我回答的比較有條理外（見 Box 6.1），有關組織與個人之間的分際，我當時根本沒有明確的意識，所以支吾其詞，以至於陳素香的工作筆記也無法寫下大綱，都是破碎的詞語。

　　6月22日第二次面談時間非常長，主要是陳素香就第一次面談所觸及的三層關係：**與工作室、與工聯、與「王蘋／新知」**，進行比較深入的追問，其實多數問題我是答不出來，或是前後矛盾的回答。第一部分「**與工作室關係**」，我說刺激我想加入工作室的原因是林子文四人幫棄工聯而組產總，使我領悟利益結合的「**合作關係**」與「**組織關係**」的差異；兩次面談我都把加入工作室的動機，「外化」給工聯幹部的「心存二志」，以繞開我自己的「心存二志」──我與「女線／工作室」的內部衝突（如曾茂興入獄、聘用張雋梅），因為那會更難堪。陳素香沒有和我直接對峙，只在原則性問題上緊追不放：

　　S：要一個組織對你來講，為什麼那麼重要？

　　W：快四十歲了，沒什麼可以選擇了，不太可能走別的路……如果要走下去，不是偶而想和誰結盟一下可以解決的……和工聯現在這些〔幹部〕沒有辦法，我的嘗試是失敗的。對運

動……工聯幹部沒有清楚認同，在工作關係上，我想〔和他們〕變成同志，但後來還只是結盟關係。

S：若和工聯變成同志關係，就不一定要進工作室？

W：不是這樣，應該……如果只為了維持工聯可能是這樣，但從原來最早〔的想法是〕……若工聯得以發展，再擴大與鄭的關係。〔但〕工聯沒發展，組產總才認識結盟與組織的不同。[57]

　　面對陳素香的逼問，我鬼扯地回到原點。她沒有將我逼到牆角，卻問了比我自己事前沙盤推演時，根本沒有預想到且更尖銳的問題：

S：你對鄭村祺的領導沒有意見嗎？

W：以前有意見，覺得是權威式的領導，理想式的結盟不管年資多深多淺，應該是平等的結盟。但這個問題，〔當我〕回到工運〔第一線〕後就解決了。〔可以〕內部解決，〔回到集體內部去鬥〕假平等的結盟。

S：WS〔女線／工作室〕有能力解決嗎？

W：現在還是他在領導，沒錯！但工作室〔成員〕若工作能力夠，就可以制衡他。就分工來講，還算平等。

S：男性領導這部分？

W：這對我說來不是問題，以前就和陳光興辯過一次，不是男女問題，其他男的也是他領導；王蘋、丁乃非她們有意見，就我個人立場、情緒是沒有這部分，也許我是男的。女線〔主打的議題〕不是集中在性別，而在階級，但並非鄭領導的關係。[58]

57　摘錄自陳素香工作筆記1994年6月22日，原記錄為綱要式語句，〔〕為補充原筆記省略之字句。

58　同前註。

　　現在重讀這些問答，發現涉及領導與民主、領導的性別、集體的分工、性與階級主體的優先順序等，幾組非常關鍵與複雜的問題，以「女線／工作室」當時的歷史年齡來說，都太年輕而未必能成熟的解答，何況在集體外的我。這些問題後來一一在工作室內部浮現——包括我成為領導之一帶來的結果——有的被解決，但更多是懸而未決。不過陳素香的提問是衝著「新知／捱角度＋夫妻單位」曾經批判鄭村棋的男性領導而發的，她想知道我是否改變原來對「女線／工作室」的批判，以及如何解釋自己的改變。我的答案有一部分是為了想加入工作室的外交修辭，另一部分也真實反映我進入工運第一線後，想法逐漸和「王蘋／新知／LA派」產生距離。

（七）告別「夫妻為單位」：最後的閃爍與遲疑

　　面談的後半段，陳素香集中詢問我加入工作室後，準備如何處理「王蘋／新知—我—女線」的三角關係，重點在釐清夫妻與組織之間的界線。一開始，我仍想要偷渡夫妻關係：

> 〔我想〕把她和新知分開來。……譬如，工作室的想法，〔我〕還是會和她討論，但〔她〕不能跟新知講，她若有關於新知的困難，我會幫她轉達〔給女線／工作室〕。……她〔以前〕沒有把自己和新知分開來想……〔其實〕她〔在工作室外，仍有LA派關係〕和鄭也有結盟的關係。
>
> 　　我覺得應該跟她講！〔因為藉此可以〕讓她成為組織內一員的可能——但好像〔又〕不應該讓她知道WS內的事情。她和捱角度的討論，不跟我講，反過來，她應該可以理解〔我和女線的討論不跟她講〕。如果她〔將我告訴她的工作室討論〕去和她們〔捱角度／

新知〕講，她和誰比較同志……就很清楚了。[59]

　　陳素香清楚地指出我不該混淆界線，認為我如果將加入工作室後所討論的內容告訴王蘋，然後觀察王蘋是否轉告「捱角度／新知」，來判斷她認同的親疏遠近，是將維持組織界線的責任丟給王蘋；而且當我作為「**女線和新知的媒介**」更清楚時，王蘋也會因與我的關係而越過工作室的集體界線，使得新知不必以組織形式去面對女線，討論雙方路線和工作方法的差異，矛盾會轉而在我和王蘋的夫妻關係中交戰、發酵、變形而失焦。她為了讓我理解，畫了一個示意圖：

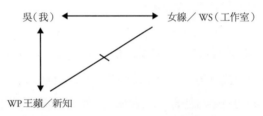

圖6.1：「WP／新知—我—女線」三角關係示意圖
（資料來源：陳素香工作筆記，1994年6月22日）

　　陳素香代表工作室，清楚地要求我（未來的集體成員之一）負起維持組織界線的責任，希望我練習在夫妻關係裡保守組織祕密。面談結束前，她再確認我有沒有這個警覺，她記錄下我的閃爍和遲疑：

　　〔我：〕這是新的挑戰，比跟丁勇言學還有趣，[60]我會盡量朝向這個方向去做，不敢保證會做得很好，但一定不會出錯！

59　同前註。

60　丁勇言是野百合學運時代表中興法商學院派系的頭人，1994年仍潛伏在勞工陣線當專職工作者，1995年中期與勞陣決裂，而另立「紅燈派」。當時工作室和我都認為他是勞陣中最狡猾的工作者，我被公認最有可能勉強追上他幾分狡猾，所以常開玩笑要我趕快學會他的能力。

〔對我們夫妻關係〕不見得是壞的影響，because我們對運動的看法，也不能說分歧……（停頓）……譬如對婦女運動……和勞陣、上班族團結組織[61]……要〔維持〕什麼關係，我不是那麼確定，〔我〕加入組織，反而比較好〔和王蘋〕討論……也不見得是這樣子……（停頓很久）。

我和她的同志關係是不實際的，讓她清楚這個，不見得是壞事，可以讓她面對這個問題。[62]

依陳素香的紀錄，面談結束時我們約定：「親密關係，next談。」但翻遍我的日記、她的工作筆記，都找不到另一次面談的蛛絲馬跡。如果是這樣，面談極度象徵性的以告別「夫妻為單位」的自我聲明來劃下句點，我終於從「夫妻為單位」走向「組織生活」。而我自己一直有一個對加入工作室的特別記憶，那就是當時有個很糾纏的（也可說是刻板印象的）對工作室的負面想像——即加入集體就不可以有個人的祕密。所以自我檢查有無尚未告知工作室祕密的結果是——與M在1992年9月的外遇還沒被揭露。雖然1994年初夏，我與M早已只是普通朋友，但M回到師範體系唸書，與工作室的基層教師團體往來密切，這也使我覺得必須處理這個祕密。[63]陳素香約我到她新店家進行「面談」前，我想了很久要如何描述外遇、王蘋和工作三者的關係，我甚至還記得這個突然的「懺悔式告解」，將陳素香置於一個代表集體的神父位置，而使她不知所措，但文字紀錄裡卻找不到這個情境描述。

我也記得沒有將王蘋的外遇告訴工作室，當時給自己的理由可能

61　「上班族團結組織」是勞陣當時針對女性上班族成立的外圍組織，也是為了與女線的外圍組織「粉領聯盟」競爭而成立的；因此也與新知的領域密切相關。

62　摘錄自陳素香工作筆記1994年6月22日。

63　摘錄自陳素香工作筆記1994年8月21日，記錄了大團體通過我加入的程序，之前也記錄了團體恰好在討論M與基層教師的關係。

是「這和工運或女線的工作關係沒有直接關連，是新知內部的問題」，不過面談過程中處處出現類似的、我試圖保持夫妻間「心不甘、情不願的忠貞（reluctant royalty）」——我們之間其實已經喪失基本親密，但是在工作室透過面談探測我的認同疆界變化時，我仍迂迴地盡量維持「夫妻為單位」的自主空間；與其說那是「夫妻為單位」認同的殘留，不如說是我想要藉夫妻與集體的矛盾，爭取更大的自我空間；但因為陳素香緊逼不放，我就一路撤離那個不堅定的「忠貞」，「變節」靠向集體。1994年8月21日「審查」我入會提案的大團體上，鄭村棋嘲笑負責和我面談的陳素香和顧玉玲，說她們倆被我的「外遇八卦」煙幕彈所耍了，讓我逃過應該追究的踩過集體的事件，而且沒有具體討論我對於進入工作室做了何種準備？和打算如何調整各種關係？[64]我的確可能在潛意識中想用「外遇」來逃避清算舊帳的壓力，但從工作室的歷史發展來看，如何處理夫妻（或親密）關係與組織關係之間的利害衝突，一直是非常重要的課題，也是我那次面談中最大的學習。

（八）最後加入程序：大團體的確認

　　第二次面談後兩個多月，我被通知於8月21日到大團體去直接面對其他成員，這表示負責「初審」的陳素香和顧玉玲已經向團體報告過面談的內容，如果團體還有疑問或認為不足，會再請「初審」代表進行第二輪面談，以解決雙方未釐清的問題，能出席大團體就表示入會案

64　根據陳素香工作筆記，6月25日大團體討論我入會的議題，推測是鄭村棋建議繼續面談時應該追問的方向，包括：「他（指我）和WS誰比較能合作？如何評估（與工作室有工作關係的）每個人的能力？進WS可以如何發展？加入WS之前與工聯，（以及）之後與工聯，關係有何不同？可以如何發展與工聯及產總的想法？」同一本工作筆記記錄7月30日的簡短討論，推測是陳、顧、鄭三人在大團體之前的小組會議，分析我身上的幾組關係：LA派、夫妻、新知／挺角度、工聯／工運、女線／工作室等。並認為應該再問我：與「LA派可能合作的關係」，還有我「與WS合作的經驗」，因為「WS人力上是強勢」。

幾乎已經過關，最後只是讓個別成員藉特殊儀式場合，練習用最直接的方式直接揭露、面對與新成員的關係，彼此確認集體的性質。後來很意外自己只被「約談」兩次，因為第二次才算比較深入的面談，我以為我這種問題人物會被一再詢問。由於那時因為不了解工作室的慣例，心裡其實是準備到大團體受到更嚴格的質疑。

我被通知在某個時間到達工作室——通常都是大團體先開會，對接下來的入會案作初步討論和安排，然後休會、邀新人進入大團體、開始入會程序。工作室在仁愛路樓上屋頂違建加蓋的空間，因為也是工委會祕書處，是我日常工作的場所之一，所以再熟悉也不過；工作室成員內部討論或邀請外部友人舉辦講座時，大家圍坐在黑色橡膠地板上的場景，我也經歷無數次；但那天入會程序的座位，仍是一次難忘的「空間設計」。我，準備入會的新成員坐在中間，這屬於平常的安排，但負責「初審」我的兩個人——陳素香、顧玉玲——面對我，也坐在中間，就是比較特別的安排；其他成員圍著我們席地而坐。這種空間安排通常是由夏林清（偶而由鄭村棋）決定，後來我知道「內、外圈」座位方法是團體動力裡常用的模式之一，當某些成員的角色必須從團體中分化出來，使該成員及團體都自覺彼此差異時，會採取這種空間安排。[65]

至少在我進入工作室之後所見的其他新人入會程序，沒再見過這樣特殊的「排場」。這都是由於我和工作室的特殊關係，我申請入會被定性為（又是武俠比喻）「鄭村棋的室外（工作室之外的）大弟子半路帶槍投靠」，本小節開始時說過，如何讓特別菁英的我中途插隊，還可融入集體，能力和我較相當的陳素香和顧玉玲被指派要發揮中介、領導其他人的責任，所以從面試人選到大團體特殊座位，都在凸顯這個角

65　對團體動力不熟悉的一般人，很容易把這些特殊的團體形式誤認為是某種「鴨蛋教」（神祕崇拜），這種妖魔化工作室的說法在一些不願進入基層蹲點、排斥集體生活的學運分子間流傳。

色意義。

正如一般入會程序，我先發言說明為什麼要加入集體，然後由陳素香、顧玉玲補充，接著開放給團體成員發問。經過兩次面談，我陳述「我—鄭村棋—工作室」的歷史脈絡相對清晰很多，但報告也局限在這個軸線，而略過占面談大部分時間的「女線—我—王蘋—新知」軸線，猜想是我在面談時被逼問的失去自信，而無法重新講出一個順暢的故事，所以把它放到優先順序之後，最後乾脆省略。報告結束，顧玉玲（接著是張育華[66]）抓住我忽略的問題近逼上來，她們提到1993年秋鬥的「飛利浦事件」，也希望我說明與王蘋（在運動上）的關係，以及為何沒有在加入工作室同時也和王蘋處理組織問題？對於我在「新知—女線」之間的夾心矛盾，我大概還是比照面談時的內容回答（見Box 6.1），但沒有透露婚姻面臨崩解的狀態，只敷衍說「〔和王蘋〕馬上處理〔會有〕很多問題」。接著有成員質疑，我的故事「why把工運、婦運對立起來？」，因為沒有組織關係也可以有工作關係的結盟。我沒有能力回應，所以（可能是）由鄭村棋作總結，給我一個「作業」，包括第一、對我說來什麼樣的關係是同志關係？什麼時候是工作關係？什麼時候選擇親密關係？第二、整理我眼中的「王蘋／新知」實踐經驗。[67]

---

66 張育華是工作室嫡系成員，1989年就被派到圓山（空廚）工會擔任祕書，1991年後陸續幾次在台北和家鄉高雄來回未決，1994年初又回高雄，1995年與抗爭中認識的高雄台塑重工工會幹部李鴻章結婚，透過婚姻將身體融入工人階級家庭的實驗，婚後被實驗的艱難拖垮而離開工作室，2002年回工作室。見張育華（2006）的自傳體碩士論文。

67 大團體審查入會的過程，摘錄自陳素香工作筆記1994年8月21日。但筆記過於簡要而沒有細節，部分語意是我根據筆記綱要的推估還原，不一定精確。筆記後段也沒有記載發問人的姓名，所以我是根據鄭村棋的口氣推測他是出「作業」給我的人。陳素香對大團體的紀錄如此簡潔，是因為另外有成員輪流做詳細筆錄並且有錄音存檔；1994年我入會那次大團體的對話紀錄簿可能被收藏於某成員家中，而當時是分批收藏且未編列清冊故難以找到；存檔的卡式錄音帶則收藏於成員鄭素粉住處，但她在2007年底大掃除時也已丟棄。

　　10月22日我在大團體報告第二部分的功課，分析新知的權力架構，簡介新知主打的議題(性騷擾、性別、同性戀)，並依此將王蘋的團隊(王蘋、柏蘭芝、古明君)定性為「純女性主義」，而不是「狹義的左派」。這種定義相當曖昧又很粗糙，幾乎已經背離了卡維波主張的「人民民主多元激進主體」。將「王蘋路線」推離「狹義左派」的我那時加入集體、取得安全感之後，也沒有準備花力氣進一步處理更複雜的「女線─我─王蘋─新知」矛盾；而在利害關係中，我是工作室成員中最直接被這個多元主體的矛盾牽扯的人，假如連我都選擇被動，就更不可能向「多元激進人民民主」的正面結果去探索。這個矛盾被擱置著，遇到工運必須與性別、同志議題結盟時就反覆浮上檯面。工作室和「中央性／別研究室」及王蘋的性權會的合作關係也總是充滿歷史遺留的張力。

第七章

場域之四：中時工會

　　本章將描述我的基層工會經驗，基本上是《中國時報》工會的三個段落為主，從最早的（1988年）以在職勞工記者身分參與籌組工會到被解僱，跳躍到1998年底重回工會擔任顧問，期間經歷兩次重大抗爭，一次是2000年的「人力／團協抗爭」，另一次是2001年的中南編自救會抗爭。這三個段落都涉及複雜的情節，論文中將著重於描述我的處境和角色的變化，以及已出版或未出版文獻中未涉及的內部反思。[1]

　　工作室工運路線有三個層次的典範組織，中時工會代表最基礎的基層典範工會（同一層級還有個別工傷受害者組成的工傷協會，上面的第二層是區域和行業結盟的倉運聯，第三層是政治性結盟組織的工委會），也是實現工人民主的最基層和最日常的場域。[2]所以我和中時工會的關係，是非常直接涉及我和工作室路線的關係，本章的描述將可具體呈現我在不同階段的狀態，以及在這支路線中的變動位置和其意義。第一節是處理在籌組階段我如何成為一個「冒進鬥雞」的負面樣板，和最後逃離工會的脈絡；第二節記述近十年後我重回工會當顧

1　對於事件全貌的紀錄，將於註腳提供文獻請讀者自行參閱。

2　1992年鄭村棋將他所經歷的中時工會組織經驗寫成一份長達38頁的綱要（未出版），可見其豐富、細緻與繁複。

問，因為當年逃離工會而缺失的基層能力，如何成為我的致命傷；第三節記述我在基層工會外的抗爭歷練，加上是個脫離原先工會架構和文化的特殊抗爭，使我終於擺脫鄭村棋為最後指導者的陰影，而能在回觀自己的局限中繼續行動。

　　必須特別說明的是，我的基層工會經驗不限於中時工會，擔任工聯執行長期間我參與五大成衣工會的籌組，後來整個在職期間也必須「輔導」十幾個盟會，但幾乎都因為盟會本身不開放，且我沒有能力協助，而沒有發展深刻關係。1995年我參加工作室北縣小組，主要是由巧仁[3]示範會務督導，對象包括三光惟達工會的祕書劉于甄，和欣欣天然氣工會的常務理事陳德亮，之後我更成為欣欣工會的實質顧問，這兩個工會更貼近九〇年代後自主工運中占多數的「消極不作為的非閹雞工會」[4]。1998年底我接手中時工會顧問，也同時接手《國語日報》工會顧問，該工會雖然也有抗爭，但更接近三光和欣欣工會——沈悶、膠著的各種僵局，它們的環境和運作風格與中時工會的鬥爭性格完全不同，兩種處境對照非常有意義。

一、　籌組中時工會

　　即使我和鄭村棋都是帶著左派背景工運的記者，但籌組中時工會卻完全不在規劃之中，鄭村棋甚至是強力反對。這個意外抗爭事件卻成為我的生涯中最重要的轉折，也是最重要的經驗資源之一；也使我和鄭村棋的身分從記者（白領貴族工人）變成了工運當事人（工會組織者），又變成非法解僱受難者；一切細微的矛盾，從勞資對抗、揭發官資勾結、勞方內部衝突一直到日常事務，全都得做出選擇，使我們更

3　「巧仁」為本書所使用的匿名代號，非真實姓名。
4　見陳德亮（2006）的碩士論文《從小工會的故事看組織者的困境》。

貼近工運當事人的經驗，也使我和鄭村棋的路線差異，經由實踐檢驗而明顯浮現出來。對工作室來說，這個意外從此樹立基層工人民主的典範工會，也成為工運區塊成員的養成之地，包括楊俊華、淑惠[5]、郭明珠、蘇雅婷等。也使我成為工作室內的「負面教材」，鄭用我的生涯路徑所建構的「鬥雞魔史」來教育其他成員。[6]

　　這是我生平第一次直接面對國家與資方的霸道結構，在鋪天蓋地的權力前面，不甘心想要突圍，那種刻骨銘心的憤怒，使我一度貼近其他工運當事人；然而那個憤怒對日常生活又太不真實（或超真實──過度真實以至於變得不真實起來），即使當事人自己也很快將之封存，常常要遇到相似境遇才又被激活起來；如何在這種遺忘、激活的輪轉之間，尋求不要絕對遺忘，也不要冒進的平衡，大概就是「運動」了。

（一）進入《中國時報》

　　國民黨在戒嚴時代實施報禁，民間報紙市場由發行份數第一的《中國時報》和其次的《聯合報》寡占，利潤豐厚，中時的董事長余紀忠（工人稱之「大老闆」）一方面重金籠絡思想進步的文人，打著「開明、理性、求進步」的旗號，另一方面出任國民黨中常委，進入統治權力核心，可見他是個手段高明的雙面報人政客。

　　中時為因應1987年爆發的社會運動風潮，將環保署和勞委會的記者併入最核心的政治組要聞小組之下。在我進入之前，鄭村棋（1987年初入報社）是受余紀忠召見褒獎的紅牌工運記者，他吃力地帶領（1987年底）新聘的、對勞工外行的歸國碩士張玉琴，其餘時間還要參

5　「淑惠」為本書所使用的匿名代號，非真實姓名。

6　夏林清在她的博士論文中，記錄工會幹部如何處理拒絕回工會擔任會務人員的我時，將我標示為「uncommitted radical」（不願涉身投入的激進派）（Hsia, L.C., 1992: 157），這與「鬥雞」還是有差別；這是她自己的脈絡，而非跟隨鄭村棋的語言來描述我。

與工運，因不堪負荷而想要脫離採訪牽制，退到第二線寫深度調查報導；我正好回台灣不久，透過「拉派」網絡（見本書第四章），由夏鑄九推薦給鄭村棋，再由鄭費力說服主管再增聘一人，並推薦我。我因為是柏克萊名校畢業，又得過時報文學獎，所以經總編輯林聖芬面試後就錄取，鄭村棋帶我不到一個月（至1987年4月），他就被升為特約撰述。勉強上手的我，和張玉琴在第一線輪流採訪工運和勞委會新聞。

　　我挾著這個特權，以及當時工人急需媒體報導而不設防的狀態，方便地進出工人抗爭的現場，不但取得第一手的資訊，又可直接觀察幾乎是最核心幕後權力運作，包括中油和台電工會勞方連線的內部會議和發誓儀式，大同三峽廠工會的廠內抗爭、苗客罷工、工黨分裂等。鄭村棋參與工運時一定以私人身分進行，他很謹慎的維持記者的中立形式，不留把柄；但我卻經常毛躁地逾越記者客觀中立的角色直接介入事件，例如在現場直接替工會幹部幫腔，或提一些很挑釁的問題使資方難堪；因此某次華夏公司主管忍不住反駁我：「聽說你是留美的，但我告訴你，美國那套（咄咄逼人的提問）在台灣是行不通的！」而在顏坤泉案中，台塑主管也威脅過我：「我會告訴你們總編輯，你們記者都預設立場，根本不中立！」不過大部分資方仍畏懼第一大報記者的特權，使我半採訪、半介入的身分仍是安全的，而且還享受被工人重視的「權力的滋味」。

（二）組或不組工會？——鄭村棋的猶豫

　　雖然官方和工運圈內都將中時工會貼上激進、好戰的標籤，但是籌組的衝突卻是由資方挑起。1988年初，因為不斷有改造閹雞工會和籌組工會的抗爭，國民黨希望資方掌握先機控制工會，文工會對媒體行業資方下達應盡速籌組工會的通令。同年4月19日，中時資方連署一份工會發起人申請書，36個發起人中，僅有1名是基層員工，其他

都是各部門的高級主管，約有一半是工會法明定不能加入工會之人事和安全主管。台北市勞工局接獲這份發起申請書後，不敢承擔核准的後果，於是將名冊報請中央要求解釋。5月中，張玉琴負責採訪勞委會，因為記者都有翻閱官員桌上文件的習慣，她意外地在工會課官員桌上發現勞工局報請解釋的公文，包括全是主管的發起人名冊。

張玉琴出身自眷村，男友是調查局探員，政治上屬保守派，但她又在美國自由派新聞專業的根據地密蘇里大學新聞系取得學位，之後立即被中時僱用，因此她沒有被新聞圈的逢迎生態所沾染，而保留軍人世家的素樸正直、不知變通的性格；她會穿著正經八百的套裝窄裙到工運抗爭現場採訪，只有那個體制崩解的時代下，才會出現她這種奇特、混和的氣質。她完全不能接受報社一手在新聞版面批判閹雞工會，另一手卻偷偷扶植閹雞工會，她氣憤地向官員索取工會發起申請書，當晚回報社上班時就從要聞小組開始，在報社內進行發起人連署。

我坐在她旁邊，她自己連署完之後傳給我，我既興奮又猶豫地成為第二個連署人；興奮是因為自己將成為工會發起人，猶豫是因為採訪時看到的籌組工會的風險全都會發生在自己身上，這麼有利的飯碗可能會搞丟，但道德上又不能不簽。張玉琴下班後，我馬上打電話給鄭村棋通風報信，出乎我意料之外，他毫不遲疑地反對籌組工會，並懷疑我轉述的過程，認為是我這個「惹禍精」慫恿出來的後果。他認為當時工運的聲勢一大半是靠媒體撐出來的，所以應該抓緊中時這個宣傳高地，替運動開拓更大的社會空間，讓運動發展的更紮實，而不是在毫無群眾基礎的報社內組工會。

1990年8月鄭村棋在工作室內部回顧中時工會籌組過程，當時幾個脈絡使他特別怨恨我這類的位置。第一，中時工會被打壓後，我在1989年2月拒絕他的邀請回到工會；第二，除中時工會外，他也正協助復健被打敗的遠化工會；第三，因為蔡建仁冒進導致「拉派」解散的

事件剛發生不久。他將自己的基層經驗與我們這些「大頭症」的「海歸左派」做出對照：

> 他〔吳永毅〕是直接出去唸書，到外面才受到意識形態的訓練，和我是不一樣，我是〔在台灣〕工作很多年才出去，所以對台灣的現實掌握的感覺跟他們不一樣；他是帶著一個腦袋進來的，對他的個性、對他這種抱著意識形態回台灣的狀態，因為我自己也完全是靠意識形態〔對他〕做了很多的相信，一直以為他受過左派訓練，應該是有一定程度，所以也沒有覺察到。他們當時認為台灣工運起來了，回來的時候是想像要搞一攤；我回來的時候根本毫無工運可言，我是蹲著在基層慢慢磨。[7]

然而在我們通電話的同時，另一個烏龍事件使情勢一發不可收拾。報社內跑社會新聞的攝影記者沈明杰，因與警方熟識而常替同事、主管解決罰單等瑣事，成為報社內的包打聽，早已風聞大老闆在籌組工會，當他接到包含二十幾個大牌記者的連署書（他所屬的攝影組的位置和大牌文字記者在同一樓層），不疑有他，認定就是資方發動的連署，所以熱心的把表格拿到樓下藍領工人集中的檢排廠去湊人數。這個天大的誤會使發起人的群眾基礎跨出白領樓層，進入民怨沸騰的工廠，已經不是張玉琴和我可以掌控的。

即使在幾天後收回的名單上有很多基層工人，鄭村棋還是反對籌組工會，他認為我們不了解報社生態、半個工人也不認識，無法對抗資方；他要求我不可推動，因為我是他保薦的新人，如果在報社內惹禍，他一年來建立的信用將完全泡湯；當時黃輝珍已經開始勸退記

7　摘錄自「1990年8月5日工作室中時工會小組討論錄音謄稿」（未出版），部分口語破碎的文句和多餘贅字經過本書作者修改。

者，鄭村棋判斷記者挺不過壓力，預期動力會自行冷卻下來。1990年
他回憶自己被解僱的原因，堅持是因為我「謊報軍情」，誘導他捲入籌
組工作。張玉琴送件後幾天，資方指派副採訪主任（兼資方工會發起
人）代表林國卿約談張玉琴和我，林應該認定是我發動搞事的，要求我
撤回發起申請，並質疑我們倆的採訪表現，詢問我們的英語能力是否
能轉調國際編譯組。鄭村棋堅持說我轉告約談內容時，將報社試探、
半恐嚇的訊息誇大為確定要調職，使他誤判為「既然連宣傳高位都保不
住，只好下海組織工人」。他認為張玉琴只是擦槍走火，而我是故意引
爆勞資對決的炸彈，「如果真要開除，當然是開除他〔吳永毅〕！如果
真要講惹禍精，他是真正的惹禍精，這個事情是他惹起來的。」[8]

　　我是冒進、大腦袋的「鬥雞」知識分子，這個封號一路又被印證，
但其實也映射鄭村棋在自己首次抗爭時摸索運動策略的龜毛與謹慎，
以及他對拉派式冒進的怨恨。

（三）排擠工人的「鬥雞」知識分子

　　鄭村棋在不情願的狀態下投入抗爭，前半段他和我的分工基本
上是他只在重大場合露臉，主抓戰略、重大決策和群眾性的煽動與教
育，我則負責文宣、庶務、人的聯繫及組織工作。他事後檢討和我的
合作關係，非常後悔把人的工作交給我負責，他的說法是：

> 　　吳永毅外表好像憨憨的，理個短頭髮好像一個小孩子，其實
> 是一個非常好鬥的小鬥雞。
>
> 　　他事務能力非常強，寫東西非常快，做事情非常細，叫他做
> project，他馬上能夠抓到我的意思，所以我跟他合作是非常快的，

8　同前註。

像文宣，我大概把重點講一講，架構、脈絡、表達方式等，講完他就可以做出來，我根本不必管。所以他是非常好的幕僚及作業的人。張玉琴是一點群眾能力都沒有，所以直接和工人接觸、聯繫的都是吳永毅，發揮的作用非常大。後來才發現他在這個地方出現一個嚴重的問題，他跟工人的關係搞得是非常的不好，而且他喜歡鬥人，用很多謀略鬥人，後來很多工人都怨我，我都接下來了。

因為我和他的關係裡，我沒有這個警覺性，他一副娃娃臉，我都被他騙了，我後來想說，他這個是扮豬吃老虎，裝著一副娃娃臉吃人。[9]

而且鄭村棋認為我在他不在場時，將他的指示操作得更激進化，又用誇大的情資誤導他升高對抗。他回憶說：「基本上我接受要衝，後來覺得吳永毅耍我，他大概知道我想衝，他就往那個方向誘導；另外是他自己的個性，很想搞一下，他非得搞一下不行。」[10]

我雖然有大腦先行於實務的缺陷，但更多是運動本身的動能使我激進化。中時的工資雖然高，但管理非常不上軌道，主管完全是惡霸作風，求職要送紅包、分配工作隨其主觀好惡，又曾引入黑道壓制籌組工會的工人，多年來的積怨藉張玉琴的意外全爆發出來；那時我們三個記者下工廠，就在一個工廠和編輯樓層之間、有回音的夾層開群眾大會，擁擠的百餘人躁動的力量，一度逼使余紀忠的次子余建新（工人稱之「小老闆」），被逼得落淚無語，空間裡的管理霸權早被徹底顛覆，加上鄭村棋語言精準的煽動，激情根本很難冷卻下來。其實鄭村棋一邊籌組，一邊企圖把有關工會的認知做最徹底的教育，對於每個議題、概念，他都會拋出兩個以上的方案讓工人辯論，我總是支持比

9　同前註。

10　同前註。

較激進的方案，帶動工人激進化，又循環地使他也更激進化。這種操作模式幾乎不可能不激進化，而使鎮壓提前來到。應該是他自己也猶豫不決，否則依我那時的「老二」加「祕書」個性，即使好鬥也不敢負責，如果他有明確指示，我不可能不聽從。

　　過程中發生兩件事情，使我更被認定為好鬥成性、無法妥協。籌備工會選舉時，鄭村棋提出要不要開放讓少數資方的人馬進入，讓資方力量和不同的聲音進入集體，又可激起工人鬥志，並訓練工人應付纏鬥的能力。我附和當時被資方激怒的多數激進工人（以韓光宜為代表），反對鄭的提議，他自己偏向開放但又不能獨斷堅持，最後籌備會擬訂的章程草案裡，入會和競選幹部的門檻都極度嚴苛，多數中低階管理幹部也被排除在外，資方因此決定徹底消滅工會。當時積極參與工會籌組的另一個檢排廠工人胡志德，也是發起人當中人際關係較廣、思想較細密、口才又好的幹部之一，我印象裡總是在會議上跟他抬槓，其實他代表比較謹慎的工人觀點，也是鄭村棋猶豫的兩極中的溫和一極，當我用更精巧的激進推理駁倒胡志德時，鄭村棋也遲疑的沒有再反駁我，而使激進方案成為主導方向。後來胡志德曾經批評鄭村棋過度授權給我這類知識分子，使當時需要親信幕僚，又因「拉派」的意識形態同志關係，而不得不依賴我的鄭村棋，有口難辯：

　　　　他〔吳永毅〕因為是寫小說的，思考能力非常強，非常能夠抽離地來看事物，而且觀點常與人相反，非常具有挑戰性，但有時候有點固執在那兒，太快跟工人槓起來。我覺得自己的毛病是有時候為了要教育他們〔工人〕，把很多理念講得太透澈；他的問題是有時在理念上就要辯倒推翻他們〔工人〕，這是他的另外一個毛病……[11]

11　同前註。

　　其次，在大會前的理監事參選登記時，我無情地鬥掉一個非常核心的印刷廠幹部鄧恢常，這也種下資方日後可以成功分化（生產流程裡最關鍵的）印刷廠員工與工會關係的致命後果。鄧恢常是一開始唯一跳出來參與籌組的印刷廠工人，直到理監事參選登記截止日，他還表示要謙讓給其他部門；然而當天午夜12點過後，他來印刷廠上班時，卻拿報名表格來工會，說要參選監事（或理事）；我很生氣，因為之前很早就開始運作各部門比較大膽的人出來參選，也徵詢過他的意願，並保留他參選的可能；他每天來工會該完全知道狀況，卻在登記截止後又表示要參選。其實當時工會辦公室只有我一個人，只要我通融保密，他也可以成功報名；可是我卻決定把他的案子提交給審核小組討論，這事一公開，他當然不可能補登記。事後看鄧的猶豫是有理可循的，因為印刷廠非常特殊，是資方保證出報順暢的心臟地帶，員工多數是資方刻意安插的「皇親國戚」，主管又有流氓作風，在這個部門要出來擔任工會幹部，必須冒很大風險，他的猶豫是希望工會其他人能給他更多的支持。但那時我沒有組織概念而和他陷於意氣之爭，用自己掌握的官僚程序權力封殺他。

　　鄭村棋對這件事特別生氣，因為我的好鬥使最關鍵的印刷廠在理監事裡沒有代表，讓資方有藉口搞分化；這個事件也的確埋下印刷廠和工會長期若即若離的因素。

（四）拒絕工人（以及蹲點）的極端（radical）知識分子

　　1988年9月我被資方解僱後，經過一個月的抗爭後工會癱瘓，次年（1989年）1月開始復健，我沒有回到工會和工人一起共患難，反而選擇上升到全國工運暴風的中心位置（工聯）的背離過程，成為工作室兩個領導人——鄭、夏的組織敘事中的主要負面樣板，用來對照工作室的寂寞蹲點路線，並教育、鼓舞其他成員。鄭村棋依照他的需要，

建構了關於我的「鬥雞鬥工人」故事：

> 他〔吳永毅〕選擇做常務理事，我〔鄭村棋〕一個職務都沒有
> 占，一開始我就講明白，我只負責推動，而他當時掌握了power做
> 常務理事，當他被開除的時候，答應由工會付錢請他做幹事，可
> 是被打敗時是很難搞的，沒有耐力是做不來的，他蹲不下去。後
> 來才跑到新光去跟我打，新光打呀打的，工人叫他回去，他不回
> 去就跟工人產生衝突，最後選擇離開了。[12]

其實過程和時間序比他說的更曲折一點，但是我也不會說他建構
的故事過度主觀，因為從1988年10月我們離開工會，到1990年8月這
一段敘事之間，的確發生一些符合他這個敘事主題的事件，所以他的
故事是那些關係的一個綜合。我被解僱後，的確希望工會能夠更激進
化，當1988年10月7日中時工會內部會議上多數幹部以沈默表達不願
再延續報社大門前（愈來愈冷清）的靜坐時，我和主張降溫以保住工會
生存的工人發生嚴重口角（以謀略深沈的「豬公」孫璟華為代表），但是
鄭村棋當時比我更激進，他甚至以「切割」來表達決心，他說：「你們
〔工人〕不抗爭，我們被解僱的三人還是要繼續行動」（Hsia, Lin-Ching,
1992: 131）；而他對我提的祕密方案是我們倆在雙十國慶閱兵時，偽裝
成一般民眾潛伏到總統觀禮台前拉開抗議布條，我坦白告訴他我擔心
被憲兵當場誤殺，但硬著頭皮支持他，後來因為孫璟華反對我們脫隊
抗爭而作罷。

生平第一次抗爭卻又失敗的不甘心，明顯使我失去對現實的判斷
力，幻想再激進一點還有機會扳回頹勢，而沒有面對到工人的力量其

12　同前註。

實已經用盡。另一方面，在抗爭中和藍領工人建立的男性情誼（最親近的戰友是韓光宜，其次才是孫璟華、遲海冠、楊俊華）在壓力下崩解，我情緒上不能接受，認為是被戰友背叛、拋棄，深深受傷的感覺，使我根本不願回頭和他們工作。而且最後階段我已經是常務理事（正如鄭村棋所說的，已經直接在權力結構當中），這使我和工人的衝突更激烈。工會潰敗時我被推上（又主動製造，例如被鐵門夾傷）矛盾最尖銳的位置，既是受害者、又是好戰鷹派的主要代表，因挫敗而內部互相擠壓引發的焦慮與互不信任，也集中到我的身上；所以和（主張停戰的）工人領導間的衝突，這比已經（一半）轉化為顧問角色的鄭村棋更大，這使我的憤怒情緒難以轉圜。

　　1989年1月底新光抗爭結束，鄭村棋回到中時工會並正式被聘為顧問，準備將癱瘓的工會復健起來，不久（應該是農曆年前）他和夏林清到我和王蘋借居的水源路國宅找我，說服我回到工會接任專職幹事，他們說明工會復健需要有人專職，對我也是很好的訓練，以及我回工會成為工人的受僱者，才能彌補知識分子留下「打完就落跑」的壞印象；但當時我可能表示自己的心情還沒有調整過來，想再回去媒體找記者的工作，當場拒絕他們的邀請。

　　那時還有一個捐款事件反映我的情緒狀態，也更惹惱鄭村棋。1988年10月3日我被鐵門夾傷後，工會幹部發起慰問募款，一週內募集21萬元，由楊俊華轉交給我，並附了一個粗略的明細表。鄭村棋認為很多會員以捐款來解決和我（作為受害者的象徵）的心理關係──捐款取代風險更高的集體行動，用金錢表達對我的關切，將對抗權力的壓力外化給受害的英雄，而迴避他們自己也應該是對抗的主體。鄭村棋認為我應該退回捐款，以免工會動員會員參加行動的道德壓力被抵銷。那時王蘋有在文化大學景觀系兼課，我們其實沒有特別的經濟壓力，我也懂他的意思，但情緒上我認為工人虧欠我，而遲遲不願把錢

交回去。新光抗爭結束後我去工聯上班，每月只能領到幾千元薪水，我就把這筆捐款當作是中時工會捐給我專職搞工運的基金，更不打算歸還。所以，鄭村棋因此認定我在金錢上毫不上道。[13]

　　我在水源路國宅客廳拒絕鄭、夏的邀請，應該不是激怒他們倆的唯一原因，更嚴重的是我在拒絕之後，立即到全國自主勞工聯盟上班。當時找我去工聯的，是工會籌組時被鄭邀來協助的林獻葵（自主工聯發展部部長），工聯那時還被「新潮流／勞支會」掌控，「新潮流／勞支會」又是拉派最主要的「假想敵／競爭者」；但我當時非常想要貼近觀察上升最快的工運力量，由於那時也剛在新光抗爭中和勞支會的鄭文堂夫婦合作，關係尚屬友善，一定也起了降低敵意的效果。又因為剛剛拒絕鄭、夏，也知道他們可能會反對我去工聯，所以我沒找他們商量，甚至沒有知會，就自行決定去工聯上班。那個決定可能出於無法扭轉的情緒，或是鄭及夏所指責的不耐寂寞，或是想要貼近新潮流的權力慾望，但是對鄭、夏來說，卻是很清楚的一個背叛，從基本運動同志倫理、到蹲點路線、政治敵我界線、和工人的關係等，都是背叛。

（五）冒進鬥雞出賣工人，也出賣工運

　　前段是鄭村棋在中時工會脈絡下對我的批判，但他更在一個自主工運的被殲滅、被耗損的脈絡下，將我「妖魔化」。如今遠觀那段歷史，鄭村棋所建構的「鬥雞魔史」也不算冤枉我。

> 　　一般人看他〔吳永毅〕，不會看到這麼細膩、這麼小、這麼多

13　在同一時期，鄭村棋因為疲於在各工會間趕場，某夜他從桃勤工會幹部家，趕去和曾茂興討論被解僱事宜時，在機場後門三岔路口撞死一個正要去上夜班的工人。桃勤工會發起捐款，鄭村棋和夏林清用自己的錢賠償工人家屬，將桃勤募捐的款項轉為工作室的開辦經費，裝潢仁愛路屋頂違建，成為第一間辦公室。（夏林清，2006：233）

的東西，比如說他非常能夠有左派的做法，他能夠蹲下來，但是你要看什麼時候蹲下來，有些時候他就蹲不下來。

像新光抗爭的時候，他能天天和工人住在一塊；中時他也能夠蹲下來，遠化罷工時他也能夠下去。所以意識形態告訴他應該蹲下去，但這會面臨考驗，真正到了最艱苦的時候他蹲不下去，因為沒有掌聲，沒有人看啊；而且好像沒有什麼意義，做這些東西這麼慢，看不到成效。打仗的時候蹲下去大家都看得到啊！遠化打完只有我還在那裡啊，還有誰會去？像我現在做這麼久，沒有一個人看得到啊，這個苦差事、吃癟的要死，多久也做不出成績來。最艱困的時候，我沒有一天離開過運動線上。

所以我後來有點火他，我們在前面累積了很多資源，很多東西，等到抗爭那個大場面，囤積的很多資源可以揮霍、可以幹的時候，他又回來了。他很懂得討巧，你在遠化那邊看到他，他比誰都能夠吃苦，他很懂得討巧討到尾，比任何一般的知識分子都強；沒有幾個能夠像他蹲下來搞那麼久的，他的耐力及作戰力都夠，但我對他的批評是，平常做苦工這塊功夫他沒有。[14]

這些抱怨、評價大部分是針對我個人，但又涉及我背後的歷史事件所代表的意義。第一層當然是中時工會的冒進籌組，使工運新聞傳播的高地失守，激進的抗爭引發國家的警覺，除了出情治單位協助資方反擊外，也促使媒體資方聯合起來抵制、醜化工運新聞，未成熟的自主工運從此陷入孤立狀態，無法擴大社會基礎，甚至種下後來幾大戰役（新光、遠化和安強十全美等）失敗的間接原因。鄭村棋還說他因此被工運幹部批判，指責他為樹立自己激進路線的典範，而犧牲工運

14　摘錄自「1990年8月5日工作室中時工會小組討論錄音謄稿」（未出版），部分口語破碎的文句和多餘贅字經過本書作者修改。

新聞的傳播管道。[15]第二層是我所代表的「拉派冒進風格」，從新光抗爭時「拉派」精神領袖蔡建仁，在抗爭已經挫敗時還去招惹保全，引來更激烈的鎮壓，而使自救會群眾心理上輸得慘烈；到野百合學運後，蔡建仁霸王硬上弓地籌組「左翼陣線」，導致拉派解散，及其背後所反映的「民學聯」左翼學運分子的冒進「大腦袋」路線。第三層是勞動黨內冒進分子（結盟左翼文化人）挑起遠化罷工，使國家動用軍警鎮壓，自主工運象徵性的龍頭工會一蹶不振。當鄭、夏投入善後，還被勞動黨批評為豢養「投機工賊」。[16]這幾件事都是在1988年底到1990年夏天，也就是鄭村棋述說「鬥雞魔史」之前發生的，我身上恰好匯聚這幾股冒進力量的某些元素，所以以「吳永毅」作為負面教材，來釐清工作室和其他冒進左翼路線之差異，是相當「好用」的。但這必然也影響我加入工作室前後，和不同成員合作時的互動關係。

二、 中時工會「人力／團協抗爭」

1988年9月中時資方鎮壓工會解僱三個記者，工會抗爭失敗而幾近瓦解，鄭村棋、夏林清設法以三年的時間復健工會，到1992年又和資方進行第二波總體決戰，資方被迫退讓而進入長達七年的對等拉鋸階段，鄭村棋持續擔任工會顧問，直到1998年底被馬英九徵召進入台北市政府內閣，才由我接替。接手一年後，1999年底資方就宣布全面精簡人事，於是爆發第三波決戰，持續近大半年的「人力／團協抗爭」，在小老闆余建新親自安撫下，消弭工會基層抗爭的動力，也象徵

15　同前註。

16　鄭村棋、夏林清協助挫敗的遠化工會復健時，因為代表激進路線的幹部均被解僱或鎮壓，繼續運作工會的是相對代表溫和路線的幹部（例如陳裕謙），被羅美文指為投機，並認為鄭村棋在保護他們。

戰鬥工會走入尾聲。2001年3月我離開工作室，保留中時工會顧問的職務，6月資方無預警裁撤中部和南部編輯部，我又協助抗爭到11月。

　　「團協抗爭」是我在集體內負責的最後一場戰役，「中南編自救」則是跨出集體外，又因抗爭而維持聯繫，我和工作室的關係像似回到1991至1994年間的灰色地帶，激烈的苦戰使我和個案團隊的工作室成員王醒之、蘇雅婷（以及工會幹部陳文賢、賴清俊、張天強等）綁得很緊，又跨過集體接受鄭村棋的指導，但和大團體冷漠以對。這兩個戰役橫跨我掙扎成為工作室領導和最後敗逃的兩個階段，「團協抗爭」充分反映我的一殘一壯「肥瘦腳」症候群——缺少基層組織能力，卻有豐富鬥爭策略和技術；而且同一階段也是我嘗試擔任大團體領導的失敗過程，兩者密切糾纏在一起。到「中南編自救」抗爭時期，我扮演一個尚屬稱職的「現場教練」，和王醒之及羅英銀、林雅惠、李萍等白領女工形成作戰團隊，也終於告別鄭村棋的「最後指導者」的角色。

（一）在中時工會外圍徘徊的妒恨

　　1989年1月新光抗爭結束後，鄭村棋、夏林清決定全力復健中時工會，他們邀我重回中時工會擔任幹事，被我拒絕，於是鄭、夏找到新手淑惠去接任工會祕書（見本書第四章）。資方當時趁虛而入、大力推動排版電腦化，1991年報社許多單位工種消失、調動和職訓頻繁，搞得人心惶惶，工會經過兩年的低調重整，也以電腦化議題恢復動能，1992年春工會發動反對電腦化裁員抗爭，成功地在7月26日召開會員大會，並通過「落實八小時工作案」的「怠工」決議，不過「怠工」還沒有真正執行，資方已經讓步，公告自動化期間不裁員的人力政策。

　　我沒有回工會擔任總幹事，1989年先去自主工聯三個月，年底又去《財訊》月刊擔任記者（見本書第二章），各種媒體的人事權力變動是

我負責的其中一條「線」，當然也包括《中國時報》。我在《財訊》兩年大約寫過三次中時內幕，前一、兩次寫報導時，我習慣性地先向熟悉的工會幹部打聽有沒有聽到某些高層人事異動的內幕，不久從某個工作室或工會的管道告訴我，我不該跨過工會，直接向幹部要求提供資訊。我當然很不高興，我自以為在有影響力的雜誌上暴露中時資方的內幕，也算間接對工會有利，而且採訪內容和工會決策又沒有直接關係，我為何不能私下詢問？我把這個「保密防諜」措施，認知為是工作室對我背離工會的「懲罰」的一部分，這個被「懲罰」的感覺和其勾起的情緒，每年工會召開大會時就被召喚出來；工會大會上鄭村棋當然是主要的靈魂人物之一，他會致詞詮釋這次大會的焦點，幹部主持會議遇到問題會私下問他，或請他以顧問身分公開解釋；我通常就被安排坐在台下的「來賓、友會」席，當主席、顧問、資方分別致詞後，提案討論開始前，司儀會按照簽到簿順序朗誦來賓姓名，將我們介紹給在場的工會代表和小組長（或會員），我的參與在整個大會中只是被唸個「榮譽會員」[17]的頭銜和姓名而已，和其他來應酬的友會幹部一樣地位，我很不滿這種關係。

　　1991年9月，也是我在《財訊》工作的最後一個月，我陪同工作室從香港邀請來「工運私塾」上課的年輕學者梁漢柱等人去觀摩中時工會大會，[18]當天晚上日記洋洋灑灑記下三點「假如」我能上台發言所要說的話，以及最後我的情緒：

17　鄭村棋、張玉琴和我被中時解僱後，喪失工會會員資格，工會決議授與我們榮譽會員資格。

18　九〇年代初工作室會不定期的舉行短期內部學習課程，透過丘延亮、舒詩偉自香港邀來的年輕學者擔任講師，包括陸德泉、梁漢柱；劉健芝、許寶強、潘毅也曾在其他場合到工作室進行專題討論。陳光興在九〇年代中也邀過將要返回大陸教學的汪暉、王平、王曉明等人來工作室專題演講。

　　……但顯然沒有我講話的份，因為我沒有賣力。[19]

　　印象中，有關被中時工會隔離的情緒一直延續到我入工作室前，當我加入工作室後，仍然沒介入中時工會的工作位置，每年去參加大會也仍是被介紹頭銜和姓名的幾秒鐘現身而已，但卻不再有那種妒恨情緒，而安心的覺得都是「自己人的場子」，組織界線的作用就是這麼的神奇。我也是加入工作室後，才聽到淑惠敘說苦守寒窯終於成功重建工會的經歷，那段悲喜劇故事也是工作室內最常被提到的「蹲點典範」──工作室「家族史話（saga）」不可缺少的情節。她說那段期間她每次到工作室討論，都因挫折而以淚洗面；她進工會是想擺脫原本在廣告公司當業務人員的無意義感，想實現捲動工人的激情；她的動力是跟工人接觸，四處遊走並想要吸引會員到工會「交誼廳」來。但工會幹部卻背負強大的組織生存壓力，當時主導工會的豬公（孫璟華）所採取的策略就是叫她每天抄寫整理會員的通訊地址，說這種掃地砍柴式的基本功可以增加對基層的認識，但事實上也是設法冷卻她的胡亂攪動。淑惠曾抗拒自己身為大學生卻淪為抄寫員的角色，而經常頂撞豬公，因此被鄭村棋修理。[20]淑惠的中時工會敘事，以及她1992年進高雄某電子廠當女工的敘事，和我1989年和1991年兩度進入工聯的「向上攀升」的生涯選擇是鮮明的對照，不過那些「家族史話」是我進入工作室後，已經加入集體的脈絡下聽到的，所以並不覺得刺耳；但是到1998和1999年期間，我開始為領導問題和淑惠對立起來時，苦蹲寒窯

19　摘錄自吳永毅日記1991年9月15日。

20　1988年資方鎮壓工會後，雖沒有收回出借給工會的辦公室，但是工會也不願再使用，改在報社大門對面的鐘錶批發大樓1樓租下一個空間，稱之為「工會交誼廳」，實際就是工會辦公室。孫璟華是創會最主要的成員之一，屬奇魅型（charismatic）頭人，見本書第四章。

的敘事就變成非常有敵意（見本書第八章）。

（二）重回中時工會

　　1998年底剛當選台北市長的馬英九突然詢問鄭村棋出任台北市勞工局長的意願，短短幾天內鄭村棋做出入閣的決定（見本書第八章），工作室倉促討論各種接班、過渡的安排事宜。由於鄭村棋長期擔任實質（而非掛名）會務顧問的兩家報業工會──《中國時報》和《國語日報》工會，也就因為我也是報業工會的出身，所以接替鄭村棋成為工作室「領導人」的態勢顯得明顯，兩個顧問由我接手好像也顯得理所當然，以至於我也沒有仔細思考自己有沒有能力接手的問題；與此利害相關的成員，像《中國時報》工會的總幹事卓玉梅、《國語日報》工會顧問楊俊華和總幹事蘇雅婷，以及督導她們的大傳聯總幹事淑惠，也都沒「停、聽、看」的遲疑，很順勢的就接受團體的共識，以致衍生許多後來的衝突與矛盾。

　　當時的我沒有懷疑過自己接手的能力，即使在中時工會理事會的交接儀式上，將要離開工會的鄭村棋，照例對幹部提醒我沒有足夠的基層經驗，需要其他人的協助，但我也沒有像1991年底去工聯時（被指缺乏組訓能力）那樣惶恐不安，因為覺得不論如何都有工作室當靠山。另外，情感上的確已經躍躍欲試要接棒顧問的位置，而1991年那種妒恨也早已不存在，所以重新介入工會仍是某種釋懷和滿足。我一方面想重回早年抗爭時在決策核心的權力滋味，另一方面也認為終於可以彌補對工會的虧欠。然而中時工會在鄭村棋長期輔導之下，是工作室路線的典範工會，從基層小組到理事會的運作，十年鬥爭所遺留的各種內部民主遺產，以及不同階段領導的人脈結盟與衝突等等，已經繁複龐雜到我根本無法輕易掌握，再加上我原本就欠缺基層組織的經驗，剛接任顧問的頭一年又繼續兼任工聯執行長（全薪2.5萬元）、

《國語日報》工會顧問（象徵性津貼）、工委會執行長（無給職）三職，同時因工作室過渡到集體領導的難題而心神不寧，最後還有我和陳素香的新關係，也在極不穩定的爭吵中發展。

可以確定初期的大半年，我根本無法真正進入需要全神貫注的顧問角色，無法跟上工會繁複的運作細節，重要政策基本上由總幹事、工作室資深成員卓玉梅扛起來（稍後我會描述她和我權力關係的顛倒錯亂現象），她一直憋著對我的不滿沒有發作，直到2000年團協抗爭時，抗爭團隊內部情緒某次積累到爆炸邊緣而不得不請出夏林清來排解的微型檢討會上，卓玉梅終於開罵，數落對我的惡劣印象：

> 他是顧問，來開〔理事〕會應該像老鄭一樣介入討論，結果他給我坐在主席旁邊打瞌睡！不懂也不趕快學，快要被他氣死了！[21]

同時她還指責我在另一個場合不稱職。1998年2月底（225事件）印刷廠臨時起義，準備以怠工爭取補發加班費，顧問鄭村棋不知為何無法到場，叫我先去看看，但指示我不要介入是否怠工的決定，而要看工人自己的動力有多大。那是我1988年後第一次重回工會參與最核心的決策，所以貪戀鬥爭的氣氛，以至於忘記在幹部做決定前找藉口脫身，而被不知情的工會常務理事（工作室成員）楊俊華將了一軍，請我以「榮譽會員」身分提供是否怠工的建議，我支吾其詞、說不出重點。卓玉梅指責我是：

21　此段引言內容是根據我對卓玉梅的發言回憶所重建的。另外，蘇雅婷在「2004年11月28日第四次工人說故事團體」中，回憶我在同一個時期，以顧問身分到《國語日報》工會開理事會時，也累得打瞌睡。摘錄自未出版的錄音謄稿（台北市勞工教育協會，2004：8）。

看了最精華的討論，沒有貢獻就溜了，你溜了以後，人家印刷廠幹部就在背後說你〔沒擔當〕了，現在誰會服你？[22]

（三）個案抗爭的戰略盤算

經1999年夏天到秋季的十幾場工會會員分梯次勞教，年底時我對工會的基本運作才剛入門，卻遇到（1992年被罷工決議擋下來而延遲8年的）自動化裁員總決戰。資方選擇在此時與工會對決，因為第二代接班人余建新在家族和企業內地位終於穩固，想要展現新領導權力；其次「225怠工」一役工會雖然險勝，但也使資方發現，1992年後降低罷工衝擊的生產流程安排已經大部分奏效，[23]工會幾乎沒有抗爭的籌碼。所以余建新在1999年最後一季的勞資協商會議上，以罕見的自信口氣，向幹部宣戰，揭開長達近一年的總決戰序幕，他說：

報社將在未來二年內朝成本中心、利潤中心的企業組織轉型走，全報社將會「雞飛狗跳」！[24]

我在沒有充分準備下，成為精疲力竭又不稱職的主帥。我將在「人力問題／團協抗爭」這一段落呈現一個運動者所必須面對結構的、策略的與組織的三個因素間的複雜難題，以及在本案因結構的與策略的自相矛盾，而引起的組織內鬥和我在其中的角色。因此仍必須簡單鋪陳自傳所需的場域背景和結構，以說明這場戰役基本上「內耗」多於「進

22　卓玉梅在日期不詳的內部檢討會上，追溯我的「不進入狀況史」。引文內容是根據我對卓玉梅的發言回憶所重建的。

23　怠工第五天後，資方雖然妥協，但也成功的以替代方案順利準時出報。

24　見中時工會（2000）未出版文件〈人力問題決策過程理監事衝突大事紀〉，1999年12月28日勞資協商會議上余建新講話的節錄，頁2。

攻」的原因。

　　首先說明工會內部分裂的結構原因。從1992年工會用罷工決議成功的阻擋資方裁員，資方被迫在檢排廠（工會主力）自動化後也必須安排新工作給工人，但資方又不願投資足夠的資源來提供技術訓練，因此原本的（檢排）技術工人絕大部分轉業為瑣碎邊緣、去技術化（deskilled）的職位，例如影印、送稿、歸檔等工作，但因為工會實力猶存，他們工時短且繼續領取技術工人的高工資。工會只有一個主力部門還沒有被去技術化——因更換設備金額過高而難以快速自動化的印刷廠。資方的策略是一方面逐步將印刷流程分散到新設的三個印刷廠（台北民權分廠、台中、高雄），降低台北總廠（工會會員集中地）的印刷量，來減低萬一罷工時的衝擊。另一方面主管有意識的在台北總廠和工會未涵蓋的其他部門（例如編輯部、發行部、行政部等）散播「米蟲論」[25]——指多數工會會員對報社生產沒貢獻卻領取高薪，拖垮報社財務。這個「米蟲論」，在九〇年代後期中時因為失去寡占優勢而收入遽減時，特別深入工人人心，有效的使工會在報社被孤立，也分化工會內部的印刷廠和前檢排廠會員。

　　「米蟲化」的過程，使一度因工會制衡而削弱的「余紀忠式侍從文化體制」又死灰復燃，也加劇工會內部的裂縫；部分工人開始認為變成主管心腹比依賴工會更可靠，進可搶先占據新職訓和工作機會，退可保證不會被優先裁員。資方也有策略的用分配新工作來籠絡工會頭人。第二屆和第三屆理監事裡面，竟然有三個人被資方提拔成為小主

25　陳文賢在某次分析資方策略時，想起聽到生產部總經理張兆洛在印刷廠宣揚「米蟲論」：「在地面以上的（生產部員工）都是米蟲」，對照實際上報社無法自動化仍需體力勞動的流程都在地下室，包括印刷廠和發報組，而檢排廠自動化後的單位都在地面，張明顯在挑撥兩群工人。

管或破格升等，迫使工會通過幹部任內不准升官的決議。[26]

第三，是現在才更清晰的發現，我們（又以我為主）規劃的總體戰略是一個反而強化內部矛盾的戰略，所以是「一場勢必輸的仗」[27]。1998年2月25日險勝的印刷廠怠工，使勞資雙方都意識到這大概就是《中國時報》史上的最後一場「罷工」——資方確認防堵罷工的備案的確有效，工會也發現資方的部署只差臨門一腳，總決戰時機已經錯過。2000年初資方的備案更接近完成，核心小組（我、卓、賢，斷續加上楊俊華）祕密討論戰略時已經將罷工當作次要的備選手段，而打算用「社會化抗爭」來打擊中時的企業形象。某個週末，我們帶著戰略草案到工作室向鄭村棋和被調度來聲援的成員報告，我的主企畫案之一是「拒買廣告、保護森林」[28]的環保行動方案，將相當於中時一天發行的廣告總張數的廢報紙連接起來繞中正紀念堂廣場幾百圈，創下世界紀錄的大型行動方案。報告後被鄭村棋嗤之以鼻，他認為沒有這種環保「群眾」，因為沒有既存的中產環保團體具備這種大型動員基礎，即使有也不會為工運動員；而且從外部打擊報社經濟命脈，不符合員工的利益，工會內部會分裂。

---

26 摘錄自〈2004年11月6日第三次工人說故事團體‧錄音謄稿〉，頁6-9，以及〈2004年11月28日第四次工人說故事團體‧錄音謄稿〉，頁13-15。

27 卓玉梅在2003年的〈中時工會第三、四屆（工會民主）重點實踐議題〉（2003a）的報告大綱中，描述「人力／團協抗爭」是「一場勢必輸的仗」，她在其他三篇文章〈我與運動〉（2003b）、〈故事〉（2003c）、〈故事續集〉（2003d），也分別觸及報業外部環境和深描團隊內部的關係。上述四篇均收錄卓玉梅編（2003）《「工會民主與中時報業：組織工作者與工會幹部的生命對話」會議資料》。

28 以2000年7月的《中國時報》為例，週間17至20大張（1大張4頁），週日22大張，只有12大張是新聞、副刊、體育、生活等，其他全部是廣告；其中以分類廣告固定占5大張，對一般讀者根本沒有任何實用價值。

（四）破或不破龍穴？──身體無法認識的高度

　　鄭村棋也同意罷工等生產中斷的手段已非致命，他認為直接讓報紙創辦人余紀忠兒女覺得父親的安全將受威脅是唯一的險招，要我們去想怎樣在報社內用非常的手段使余建新面對，如果余建新不顧員工生死裁員，工會也會讓心臟有病的余紀忠難以安度餘年，不只報業王國的歷史形象可能晚節不保，人身都難以苟安。他這個建議有一定的空間基礎，因為余紀忠夫婦仍住在報社內（在刻意由大樓包圍隱蔽起來的一棟日本式平房內），除就近監督指揮重大決策方便外，報社內盛傳余紀忠篤信那是風水上的龍穴。鄭村棋叫我們找專家諮商，設法確認龍穴的性質，以及「破風水」的道術，當作最後的籌碼。他這個旁門左道的創意可以連結回1988年新光抗爭時的一個群眾經歷，那時新光創辦人吳火獅違法埋葬在陽明山國有保育山坡地，就是因為搶占龍穴；當時鄭村棋主張威脅吳家，如果不妥協，工人將去違法墳地灑狗血、破壞風水；這個風聲放出去後，資方的窗口不斷緊張試探虛實，我甚至聯絡葬儀社，開始籌辦「工人送終大遊行」，最後是工人自己臨時開會，認為對死者太不厚道而放棄這個行動。鄭村棋後來常舉這個例子來說明工人的善良，可以贏到利益的手段也不一定會使用（鄭村棋，2003：211-212）。

　　但是在「破壞余家龍穴」這個事件上，並不是工人遲疑，反而是作為戰略主帥兼軍師的我態度顯得很消極；我們核心小組後來的確規劃如何發動報社內的群眾包圍余紀忠住宅的方案，但是從沒認真去找風水師諮詢。這可能已經是（未被意識的）我和鄭村棋路線上的初步分裂，我沒法想像「準恐怖主義」式的操作，那基本不是我從小被規訓的身體的內涵；後來2001年中南編自救抗爭時的「狗屎炸彈」事件，到

2006年的「暴力倒扁」事件，都是這個路線分歧的具體結果。[29]

（五）「去技術化」即「去階級經驗」

從放棄罷工轉向「破風水」，象徵勞動現場鬥爭已落入窘境，也可回頭看到中時「人力／團協抗爭」戰略的「手段─利益」間的自我矛盾。客觀結構上如前段所言，工會會員被分為兩群人，一群是因自動化而喪失技能的「去技術工」，另一群是還沒被自動化取代而保有技術的「技術工」；所以要被報社裁員的會員恰恰是失去抗爭籌碼的「去技術工」，而有殘餘抗爭籌碼的「技術工」卻在相對安全、可以心存僥倖的位置。「去技術工」又分為兩種人，少數是不想被資方用錢（優退優離方案）買斷工作權的人，多數是把米蟲形象自我內化、喪失信心的會員，覺得能拿到優退優離、落袋為安就是善終，並趕緊趁達到中高齡門檻前出去開創第二春。所以只有要保工作權的少數人應該會「拼」，他們當中又分為階級意識堅定的抵抗者、沒有條件出去闖第二春的弱勢者、或對第二春沒有幻想的清醒者，不過他們都感覺自己是被孤立的，而難以累積抗爭氣勢。[30]

然後還有一個更大的矛盾，推動「非罷工抗爭」必須先否定最需要抗爭的「去技術工」的階級歷史經驗，說服他們放棄親身經歷的（最困難卻）最有效的決戰手段──罷工，無異於由我們出手再打擊一次士氣。而且說服過程中促使「技術工」更不情願罷工，因為他們發現將陷入孤軍與資方對決的險境，難怪兩群工人的分化加劇。更嚴重的是，

29　2006年施明德發起「愛與非暴力」的紅軍倒扁，鄭村棋卻主張組織群眾衝入總統府的暴力路線，但我反對。認為當時工委會沒有組織群眾，既然沒有做基層工作，就不該想要取得路線領導權；但是背後應該仍有身體抗拒主動暴力的因素。

30　見卓玉梅在（2003d）〈故事續集〉中所記錄的積極會員沈守山怒斥工會幹部，和得憂鬱症的會員王錦龍的故事。

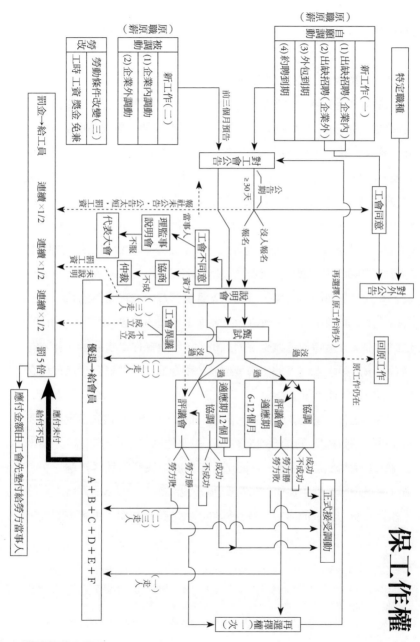

圖7.1：中時工會團體協約草案圖解

我們領導核心在否定罷工效果之後，沒有擬出一套可能取勝的非罷工方案，讓「去技術工」形成新的抗爭主體，與「技術工」的罷工進行聯盟。核心小組討論時常借用我的福昌抗爭經驗來參照，但福昌獲勝的關鍵是資方想要取得證管會增資的許可，「人力／團協抗爭」卻沒有類似的令資方致命的目標，我們因此心虛、搖擺，既不敢放棄罷工、又沒決心使用非常手段，使工人更加錯亂與氣餒。[31] 最後，抗爭的目標「團協」本身也造成更大的內挫。

我建議用「團協」把「保工作」和「優退優離」兩個目標包裹成一個單一訴求；「優退優離」是消極的從勞動關係撤退，可以用金額數字反應出終結關係的總帳，但是「保工作」卻是留在僱傭關係裡的持久鬥爭，無法用簡單的承諾來保障落實。卓玉梅深度訪談十幾個會員，歸納1992年公告不裁員後的幾類生涯典型，發現主管可用無效職訓、頻繁調動、獎懲（以及1999年實施的考績）制度等，我們稱之為「在職勞改」的手段來逼退員工；我又根據這些口述史，在「團協小組」討論出一個複雜無比的「保工作權流程圖」（見圖7.1）。然而這個流程過度揭露保工作的難度，每次在小組會議報告完後，都是會員們面面相覷的一陣默然，反而促使絕大多數人逐漸接受可能比較現實的、領取一點優惠就走人的方案。

（六）勞動過程結構反映於工會權力結構

「自動化」和「再侍從化」兩個結構現象明顯的反映在工會理監事的權力結構上，「自我錯亂戰略」也使內部裂縫難以被縫合。2000年1月理事會開始向下捲動「團協」動員，隨著勞資對立逐漸尖銳化，理監事內也逐步分化為「主戰」和「主談」派，7月9日會員大會決戰前夕的幾

---

31 大會表決的行動方案分為三個，A.抗議行動＋罷工、B.合法罷工、C.只抗議不罷工。A、B、C又各分為幾個子行動計畫，一個過度複雜的表決方案。

個月，工會已經分裂為「戰一談」兩個陣營：三個監事「主談」、七個理事「主戰」、兩個理事態度搖擺，我被認為是主戰派的幕後黑手。扮演反對派的監事分別為印刷總廠的劉國樑、廣告業務部的楊佳明和廣告輸入[32]的黃天源。劉國樑背後的力量是印刷廠部分資深員工，自信不是這波裁員對象，暗中支持精簡人事，希望「米蟲」儘早離開報社，自己才能存活更久；黃天源巧言機靈，穿唐裝上班也顯示他自恃甚高，突出於周圍的低學歷技術工人，他是典型自動化過程中的新「侍從」，經常陪主管打牌、喝酒，第三屆時期他在楊俊華的支持下出任職工福利委員會主委，已經使他更具收編價值，到第四屆擔任常務監事時，資方負責對付工會的白面書生老狐狸（副總經理孫思照）將他收為乾兒子；楊佳明是籌組工會後進入報社的白領美術設計，意識形態上就反對激烈抗爭，廣告部又是工會組織最脆弱的部門之一，然後他擔任監事後又和劉國樑成為酒友，就更影響他成為反戰派。

這個抗爭和我所經歷的其他「戰役」（新光關廠、遠化罷工、基客罷工、正大罷工、福昌關廠、東菱關廠、公娼自救）相比，相異之處在於它不是勞資關係全體斷裂的對決，而是在生產體制（regime）內保護部分人的預防性對抗；誰該被保護卻又因資方不到最後一刻不宣布而不確定。因此抗爭主體模糊、勞方內部團結脆弱、容易被分化；運動者的精力也不得不偏重於內部整合，而難以顧及對資方的戰鬥，在那段生命印象裡很少浮現與資方的衝突，反而是團隊內部的多方擠壓所產生的挫折感。記憶裡，當時的我有永遠治不好的慢性咽喉炎，和反覆發作的口內炎，以及精疲力竭睡在工會黑色沙發上等待凌晨三、四點的小組會議，縈繞不散的垃圾桶氣味和蚊子的低鳴聲；還有公開的指控、私下的互相質疑與激辯的場景，及各種管道來的主管搞分化的

---

32 「廣告輸入」前身為「廣告檢排廠」，電腦化後改名。

危機警訊；像極了一齣失去自信但堅持苦撐到底的受虐狂的勵志連續劇。所以也無法真正參照1988年的中時工會籌組經驗，因為那時資方鎮壓手法粗糙，激發一個相對清晰的工人主體，內部也沒有分裂；且那時我也不必承擔領導的責任，只是最重要的配角之一而已。

（七）強迫「跨性」（transgender）的運動者：卓玉梅

1994年楊俊華因為籌備台北市產業總工會而辭去原中時工會總幹事職務，由原祕書卓玉梅接任，她幾乎與第三屆理監事一起上任，該屆的幹部團隊完整，且工會運作也趨成熟，《工興》的編輯委員和她關係也很緊密，顧問鄭村棋也正好是最有時間參與的階段（卸任北縣勞工局專員、尚未退隱學佛）。工會不但對工運做出貢獻，又投入籌組「大眾傳播業工會聯合會」（大傳聯，1997年成立）和「台北市產業總工會」（北市產總，1997年成立）；對內打了一場以粉領女職員為主力的精彩小型戰役，將工會力量延伸到廣告業務部，並成功罷免抗爭中表面強勢，但實質投機的印刷廠常務理事南寶山，處理了皮建輝被資方升官案，[33] 鼻咽癌案又和台大頂尖職業病專業醫生纏鬥，[34] 最後一年又推動繳交「團結（罷工）基金」，將拒繳的一百多個會員除名。

所以第三屆是工會戰鬥最緊繃的一屆，身心俱疲的老幹部敏感到勞資對決已逼近眼前，沒人願意再挑大樑，全部沒有連任。1997年9月第四屆理監事改選時，截止日只有4個人登記，再延一次還是只有4個人，最後一個晚上硬湊成了12個人，一半以上是準備接任常務理事的楊俊華（工作室的第一個工人成員）用友情「哄來」的兄弟會成員，他

33　資方為了分化工會，故意將能力強的幹部升官，工會發動了密集的各層級會議，討論工會幹部升官是否需經工會同意。

34　台大職業病醫生與工會合作，對工會會員進行鼻咽癌流行病學研究，卻未經工會同意，將結果拿到國外發表，而被工會追究。

們是沒有和資方交手經驗的新人，誰也沒想到當選一年多後會遇到總決戰。而楊俊華自己也因為身心俱疲而沒有扛起帶頭的責任，3月他又當選北市產總理事長而無法分身，鄭村棋又開始學佛而處於半退隱狀態，且之後又被公娼抗爭所牽制，所以協助中時工會新理監事「上位子」的重擔，就落到剛從楊俊華手中接下總幹事的卓玉梅肩上。

　　卓玉梅作為我的對照，也呈現性別因素在特定運動中對成為領導的限制。從外貌看，她是典型的弱女子，瘦小、清秀、白皙、多病，但是在1994至1997年間，她在男性的包圍下逐漸成長為強悍的工會總幹事。[35]特別是前任總幹事楊俊華，經工作室密集訓練，對複雜的基層民主操作已經嫻熟，又處於工運生涯狀況最好的階段，亦師亦友地協助卓玉梅「上位子」（卓玉梅，2003b：13）；尤其卓玉梅被鬥爭調動起來時那種不眠不休的「拼勁」，和楊俊華的自我期許相符合，而那時楊俊華所交往的女友BC，雖在某工會工作，卻對是否進一步投入工運猶豫不決。所以他和卓玉梅日以繼夜、水乳交融的工作關係，難以和異性親密關係區分。

　　楊俊華因為經歷承擔第二、三屆的重擔，主觀希望第四屆可以由陳文賢接手扛起主要責任，所以他發起核心工作討論團體，稱之為「四口組」，包括他、卓玉梅、陳文賢還有當時想追求卓玉梅的侯仔。侯仔是《工商時報》的編輯，兼工會《工興》的義務編輯，是楊俊華的好友；楊利用異性相吸的動力，將侯仔捲入團隊。卓玉梅把楊俊華對她的特別照顧，視為工作室的組織任務，需兩人攜手去發展組織外的陳文賢及侯仔，完全隔離她和楊俊華之間情慾的可能性。對於侯仔，卓玉梅也維持著界線，使她更像是三個男人的哥們兒之一。當時「四口組」也

35　2001年初她幾近崩潰地離開工會，不久轉往基隆倉運聯工作，每提到中時工會她必痛哭而不能言語。2003年夏林清試圖以「社群說故事」的方法，將中時離職會員重新聚集起來，卓玉梅在這個脈絡下開始書寫她所認識的男性幹部的故事，見卓玉梅編（2003）。

協助陳文賢面對婚姻危機，他無法決定要不要和認同中產，因此無法
忍受他隨性、懶散習癖的老婆離婚，所以「四口組」是個承載過度飽和
的工作和情慾張力的小團體。

　　不論四口組的內外，工會的氛圍是多種陽剛氣質的組合。《工輿》
編輯核心有相對細緻、敏感的男性知識分子──陳文賢和侯仔，以及
兩個個性古怪的中年男人──詩人張敬忠（校對組）和失意早死的酒鬼
洪鍊賢（廣檢）；在理事會領導層，卓玉梅經歷的是透過廣告部戰役對
抗霸道的南寶山，從自卑到自信十足的甘冠智，還有始終剽悍性感的
「男人婆」張巧萍（廣檢女工），以及最高權威如「父」般的鄭村棋，最後
是既親密又嚴厲的師兄楊俊華。卓玉梅為了反叛嚴厲的父親而逃離家
庭，投身輔大學運社團，從學運又選擇進入工運（卓玉梅，2003b），然
後加入工作室；她沒想到在中時工會裡，身上的「父性／陽剛」氣質一
步步被誘發，使她成為既敏感細膩卻又好強剛烈的陰陽混和體，然而
她過度柔弱的體態並以女性的祕書位置，遮蓋住這個混和體中的「父
性／陽剛」部分，沒有被辨識出來而已。

（八）無用男人與實習顧問

　　「四口組」在第四屆初期半年發揮很大的黏合團隊作用，但是當楊
俊華的精力時間轉移到北市產總，而工會面臨的危機愈來愈迫近時，
「四口組」成為一個互相擠壓的空間，楊俊華和卓玉梅的緊密關係終於
因彼此過度期待而爆裂，兩人爭吵到不願見面，四口組形同解散，楊
俊華和侯仔都逐漸遠離核心。男性團隊瓦解之後，第一次當總幹事的
卓玉梅承擔起工會的政治責任，單獨面對兩個不成材大男人的「第一
次」──先是第一次當常務理事的陳文賢，之後又遇到第一次當顧問的
我。她的哥們兒陳文賢，從擅長的刊物文字戰鬥，轉換到面對複雜權
力的實質領導，完全失去師兄的風采，被師妹總幹事逼到壓力過大而

「恍惚狼狽」（卓玉梅，2003c：14）。1998年底「父」鄭村棋也離開工會到勞工局，換上脫離工會脈絡的我插隊加入，卓玉梅發現我不但不能「顧、問」，反而需要她的「罩、顧」；形式上我占有顧問權力，實質上卻是她要花力氣帶領的「實習」顧問，使她難以竭盡全力協助其他「第一次」的幹部。資方宣布「雞飛狗跳」之前，她還可以選擇心情好的時候push我、太累時不理我，然而當爭議發動後她就被卡死，她不得不費力督促我保持緊繃的狀態，因為我若有閃失，她只能跟著善後甚至陪葬。

我是那種一遇到鬥爭就精神百倍的人，不需她督促也可以很快進入戰鬥狀態，只是「心有餘而力不足」。我之前累積的專長是戰略分析和戰場創發，以及戰術的操作和指揮；然而要上作戰指揮位置，心中必須掌握一個動態的「盤」——各種力量的分布與行動後可能的消長圖像。面對2000年中時抗爭，那個「盤」總是沒辦法清晰到伸手可及，它模糊飄移，因為「盤」的另一半在卓玉梅那裡，她對生產流程裡各單位的力量熟到透，可以唸出基層會員和主管的姓名，包含他們的人際關係甚至基本生涯史；所以力量分布的具體感覺在她那裡，然而她又被工會基層的生涯所限制，沒有機會參與到大型戰役裡訓練，所以對生產流程外的戰略、戰術想像，她毫無自信。對抗資方需要的「盤」，像某種拼合起來才能發揮力量的寶物，我和她整天面對面，知道對方持有另一半寶物，也知道彼此的缺失不是靠臨時惡補可以習得，大敵當前又來不及從容修練，加上工作室內部的關係衝突（見本書第八章），所以潛意識裡奇妙地產生對他方體內擁有的那一半的嫉妒，而使整個抗爭的過程充滿扭曲的張力。[36]

36　卓玉梅自己描述她和陳文賢的搭檔「就像一個斷腿跟一個瞎眼的人一樣，必須彼此扶持才能往前走」（卓玉梅，2003c：15），我和她也有類似的互相期待。

（九）「領導—被領導」的顛倒關係

卓玉梅可能是那場仗最該擔任操盤手的人選，我可以用顧問位置來補強她創發戰略經驗的不足，但是各種（工會和個人的）歷史的、性別的因素，既逼她實質領導幾個占著領導職位但無能領導的男人，又不容許她真正站上領導地位，這組表裡顛倒的領導和被領導關係，深深蝕入卓玉梅的身心；其次是我和陳文賢，在最核心的決策圈裡捲動起大小風暴，使面臨大地震的工會瀰漫著某種末世氣氛。我時而與卓玉梅聯盟，對陳文賢採取恨鐵不成鋼的抱怨態度；時而又與陳文賢結盟，以被卓玉梅「迫害」的男性情誼，互相勸勉要再努力和包容；時而為了楊俊華無法分身回來分攤責任，而又聯盟卓玉梅在工作室內部鬥楊俊華；總之，是個完全失去自信的錯亂階段。

以前工會團隊角色分配的模式是：強勢顧問鄭村棋作為議題的發動者，由他催化幹部成為行動者，卓玉梅則是協同幹部行動的協助者兼領導者。但是第四屆幹部無法形成作戰核心，卓玉梅和我不得不越位成為行動者之一，更選邊支持主戰。這對組織工作者說來已犯大忌，尤其是被鄭村棋訓練過的工會，反對者對幕僚應有的分寸也非常敏感，即使我作為顧問，也沒有一點灰色地帶可以利用權威來掩蓋越位的後果，稍微不中立就被監事會盯上，一路當作把柄來攻擊。卓玉梅作為女性還多一層風險，女性幕僚被界定為工會的「賢內助」[37]，但她常板著臉督促我和陳文賢，有時甚至在小會議室裡大聲斥責我們，流言很快傳開，說總幹事對幹部「三娘教子」；但其實卓玉梅更因兵源不足而被迫「代父出征」，她披掛上陣的壓力當然很大。

我清楚記得卓玉梅在第一場小組長聯席會的樣貌，那是我們核心小組討論出總體戰略後第一次在基層群眾面前測試。按以往慣例，應

37　郭明珠於「工會民主與中時報業：組織工作者與工會幹部的生命對話」會議上的發言，見卓玉梅（2003a）。

該是常務理事報告，框定討論的議程和焦點；顧問則接手主持，以中立的引導，設法讓不同的意見可以出現並對話，再試圖凝聚共識；總幹事則政治性的協助補充脈絡。但這次的主將陳文賢還沒準備好，所以破例由卓玉梅打頭陣報告，事實上也只有她能掌握那個高難度的報告，因為要鋪陳出一個替抗爭定調的危機感——只剩印刷廠在年底前還有一點罷工的籌碼，其他部門必須要採取非罷工的行動。前面我說的多層矛盾、我們的心虛（雖然那時並未清楚意識），全都會先在她身上作用。

我坐在主席台，從她身後看見她全身發抖地完成報告，但她幾年來一點也不缺乏面對群眾的經驗，早已可在大型會議場面從容進行複雜的報告，我把她的發抖理解為第一次上直接領導位置的壓力和決心——她正勉力撐上一個不被承認的領導位置。使我第一次意識到我們顛倒的「領導—被領導」關係，也成為後來無數次與她爭吵或被她責罵後，仍激勵我和她走下去的場景記憶。

我們那組顛倒關係，隨著內外矛盾的激化而加劇，最高峰是在某次「七人祕密小組」前，她對我的怨恨終於公開爆發。「七人祕密小組」的由來是這樣的：11個理事中有7個傾向「主戰」，其中陳文賢、楊俊華、凌霄雖然主戰，但楊俊華選擇退出決策核心，而凌霄因為是發行部派送報紙到各大超商的發行員，工時長而耗體力，無法負擔工會的冗長會議。其他四人對「主戰」也是不穩定的：史忠勇在報社關係良好、工作穩固，因為挺兄弟楊俊華和陳文賢而主戰；賴清俊是牢騷派，對作戰毫無概念，經常發言卻幫倒忙；和主管關係良好的徐中元骨子裡反戰，但被楊俊華和史忠勇的兄弟會網絡挾持而不得不主戰；張岑君則在1996年領導廣告部抗爭，立場堅定但對混亂的戰略和內鬥有極大的疑慮。5月底監事會決議反對理事會將罷工作為行動方案之一，內部分裂正式公開化，監事會接著做出一連串杯葛理事會的動

作，我決定置之不理，看能不能藉此激怒並攪動觀望中的會員。卓玉梅卻警覺到理事會在內亂狀態下士氣瀕臨瓦解，但她看我毫無反應，以為我是面對強悍的監事會怯戰。某次她邀夏林清來核心小組討論團隊如何再整合，她急得質疑我：

> 你到底知不知道怎麼團結人？你以為你還有主戰團隊嗎？理事會都快垮了，你還後知後覺、無動於衷。[38]

　　人的工作原本是卓玉梅主抓，我、陳文賢、楊俊華分擔。但實際能掌握政策又的確對幹部有影響力的人，仍以她為主。陳文賢手腳拙劣、楊俊華若即若離，我通常只是被動地在幹部來找我解決疑慮或抒發挫折時，順便做一點不太有效的說服安撫工作，所以我跟幹部的情感關係不夠深，對個別的利害脈絡掌握的也不充分。當戰況開始混亂時，卓玉梅已無法負擔一對一的人的工作，她希望以團體的方式進行。她主張由我出面組成「七人（祕密）小組」（七個所謂「主戰派」理事），加上我和她，在正式會議外形成共識團體。前面幾屆也有這種體制外共識小圈圈，由早已存在的「兄弟會」為核心進行，所以並不會直接挑戰工會的決策體制。我其實不贊成組織「祕密小組」，因為我已被監事會盯上，如果再由我把地下小圈圈正式化，豈不罪加一等、百口莫辯。但是，我又提不出其他方案來執行團隊的「人的工作」，只好接受卓玉梅的建議。

　　我期待會員反彈監事會的現象也沒有發生，會員變得更加遲疑，已經受挫的他們更寄望領導中心能團結一致。於是我們在6月下旬召開兩次「理監事共識會議」，第一次幾乎沒有進展，可能是在第二次會

38　內容文字是根據我自己的回憶所重建的。

議前（也接近「主戰─主談」兩派必須攤牌的調解會前夕）[39]，「七人祕密小組」借工作室舉行，時間安排的很緊迫，但賴清俊遲到很久使大家無法開會，我卻還在跟其他人閒聊，並沒有主動打電話跟進賴清俊的狀況，瀕於崩潰的卓玉梅終於爆發，她甚至連組織界線也不顧，當著幹部的面歇斯底里地大聲喝叱我：

> 是你當顧問，還是我當顧問？難道這個會是要我主抓的嗎？你搞清楚沒有，監事會要罷免你，不是罷免我！你到底能不能拿起你的責任？[40]

之後她好像還摔了杯子（或門），然後奪門而去，忘了是誰（我、陳文賢或張岑君）追到樓下，將暴怒又痛哭的她勸回來開會。稍早她督促我和陳文賢時，都還顧及我們及她自己的情面，都會在工會小會議室關起門來指責，那天密室裡的「三娘教子」卻曝光，可見她已忍無可忍。總幹事一怒之後，我才真正告別「實習顧問」的日子；那天以前，我雖然抓起領導的責任，但仍隱然設定「人的工作」由卓玉梅分擔。行動不會說謊，願意承擔的底線都會反映在行動上，對於團隊節奏的專注程度是非常精確、敏銳的指標（例如反映在會議細節的掌握程度上），完全揭露我的心態。工作團隊裡存在著或可稱之為「壓力不滅」的定律，你不承擔的壓力不會消失，而是會移轉給幫你分擔的同志，那壓在卓玉梅的肩上，終於使她不堪負荷。而且對她說來，以鄭村棋為範本所認識的「領導能力」是無法切割的，「操盤」或「主抓」是一個整

39　依照《勞資爭議處理法》，必須調解不成立，7月9日的大會才能表決是否罷工；若調解成立，等於放棄罷工案。因此理事會若不能在調解會前說服監事會，就要決定是否要跟監事會公開決裂。

40　內容文字是根據我自己的回憶所重建的。

體能力，策略不可能憑空實現，必須貼近人的狀態，才能「接合」各種
人的動力來落實，領導者對策略和人的狀態的關注同等重要。

（十）人體雕塑裡的抵制

抗爭末期，可能是開大會後，卓玉梅擔心團隊進一步瓦解，某
次理事會時請出夏林清來協助整合，夏林清在鄭村棋出任台北市勞工
局長後，成為工作室最後可依賴的協助者，卓玉梅在「人力／團協抗
爭」的過程中，每當我及陳文賢無法和她一起撐起團隊時，她通常會
尋求夏林清的「加持」。這次夏林清使用一個我沒見過的方法——人體
雕塑，來促進團隊理解彼此的狀態。先經過一輪對話後，她讓每個人
擺出一個姿勢，來表達自己在團隊中的狀態，當成員逐一加入時，姿
勢也會呈現出互動的關係，她會再詢問之前擺好姿勢的人，是否要重
新調整。我忘記是哪個幹部（蕭木旺？還是楊俊華？），輪到他擺身體
雕塑時，他搬來一張椅子站在高處俯瞰其他一堆糾纏在一起的人體，
我事前雖知道他將自己放在很邊緣的位置，但看見那麼具體的身體意
象，如何對待這個人的狀態才進入我的意識。

不過，這個方法很難使深層的對抗（或權力關係）出現。夏林清讓
我拖到最後一個才加入，等其他人擺好姿勢之後，才讓我決定自己的
位置，表面像似顧問的特權，但實際上是我自己抗拒加入，我不想讓
自己的領導無能透過身體再一次被揭露和自願性的被羞辱。最後，我
的雕塑是一個用盡全力把重物向前拉的姿勢，一手緊拖著陳文賢（或
楊俊華）的褲腰帶，另一手引著身體向前傾，前半身是衝鋒的姿勢，但
頭部卻轉回來盼顧陳文賢以及他後面的一大串人鏈，表達的是我想帶
大家往前衝，但總有後顧之憂；可是我自己的無能才是最大的後顧之
憂，我雕塑自己的時候，迴避掉這個部分。還有我的身體和卓玉梅的
身體沒有任何連結，我甚至不記得她在那個幹部的身體附近，似乎是

陷入眾雕塑包圍之中。我和陳文賢因為和卓玉梅間「領導─被領導」的顛倒關係，形成某種「無用男性」聯盟，在集體雕塑裡也無法看到。

　　團體動力的方法只能是一個引導進入更深刻互動的初始介面，一個鑰匙或敲門磚，真正的權力關係改變還是要靠當事人回到日常的關係中，用日常的方法糾纏前進；而簡錫堦這類從URM學到團體動力技術的「專家」，就會在群眾面前將團體動力展演成改變權力關係的特效藥、專業秘方，他在九〇年代初到各工會的第一個秀，通常就是「權力之星」團體方法；社會工作學者中也不乏同樣的類型，最具代表性的如加入民進黨政府的重量級學者林萬億，就用一整本教科書來鞏固團體方法的專業神秘性（林萬億，2007）。夏林清雖然會在回顧自己的經驗時，用一個多種團體方法來呈現她對運動團體的介入歷史（夏林清，2006：234），但是她與運動的實際關係並不是停留在操作團體方法的時空而已，只是她在敘事或詮釋上，都沒有將她的日常介入與她的專業介入兩者間的關係進行探究。

　　也許加上2001年我離開工作室後所衍生的情緒，使我回憶起身體雕塑那個場景時特別有敵意。我猜想原因之一是夏林清帶淑惠來見習她的人體雕塑操作，從夏林清的角度淑惠是最了解中時工會的資深會務人員，而且正在帶工作室的新人小組，所以讓她協助兼學習最適合，但這個活動前不久，淑惠正跟我們中時團隊鬥爭，她初步進入團隊就發覺到處是問題，「記得是一堆卡，我沒有發生協助鬆解卡的行動」[41]，而且她發覺已經脫離中時內部脈絡，因此「一知覺到卡進去但發生不了作用，我就打退堂鼓了。」[42]但我記得她說過類似不願幫我「墊底」的語言，而拒絕再加入團隊。所以我根本不想在她面前揭露任何自

41　摘錄自淑惠於2009年5月11日對我的博士論文初稿的回應。

42　同前引。同時她還表示：「沒有陪著同志進入痛苦的團協一戰和打完中南編，我在自己運動道德上，是有歉疚的。」

己的狀態，更何況是失敗無能的狀態，然後還要用身體演出給她看。

領導與身體的權力是聯繫在一起的，應該也是離開工作室後的重新認識。我離開工作室的原因之一，是因為不斷的被拿來和鄭村棋（以及夏林清）比較，然後被否定，因此我開始會問：「如果鄭村棋還是中時工會顧問，他會不會下來擺身體雕塑？」我認為幾乎不可能，他的權威容許他不必成為集體身體的一部分。但也不能簡化為那是一種「特權」，因為鄭村棋行使顧問這類領導權力時，其實是相當透明的和可被檢驗的（至少在他全力投入運動的時期），因此他可以不必透過身體雕塑這類方法來再呈現他與其他成員的關係。還有他在權力結構的頂端，也不可能有另一個人可以在他之上（或之外），操作一個團體動力程序，並將他當作成員之一來輔導；夏林清和我有這層「領導—被領導」關係，她作為外部督導（以及另一層的工作室領導角色）的權威是高於（我這個）顧問的，所以我的身體和其他幹部一樣，必須自我暴露並被夏林清詮釋。

（十一）「不斷運動」路線：鬥爭日常化與組織能力

為什麼我在福昌抗爭中某種程度的獨當一面可以整合群眾的利害，而在中時團協抗爭時，幾乎完全失去「組織」的能力？

福昌抗爭時（甚至可以回溯到1988年底新光抗爭），我沒有「組織幹部」的意識，甚至也沒有「組織群眾」的意識，所謂「沒有意識」並不是說我完全沒有感受到這些人的狀況，而是指我沒有清楚意識到這是「組織」問題，是應該設法用某些工作方法來處理的問題，就是以「要搞好團結」的壓力概括性的浮現而已。當時也沒有工作室的成員穩定的代替我做組織工作（周祝滿、陳怡蘋、陳柏偉都間歇地在某一個片段參與），然而我認為總體來說，福昌抗爭的「組織工作」算是成功的，至少在絕大部分抗爭過程中會員能保持團結。

　　我想關鍵原因在於新光、福昌是關廠抗爭，遠化、基客是罷工，都是生產關係（永久或暫時）斷裂的抗爭，所以組織者隨時隨地可以接觸到工人群眾和幹部，我其實用最傳統素樸的「三同」——同吃、同住、同勞動（抗爭）——來「搞組織」，也就是幾乎整天和群眾與幹部混在一起，透過非正式的密集討論、聊天、廝混、吃大鍋飯、聽八卦、做道具等來建立信任，並獲知和處理各種矛盾；因為生產停止，又隨時可以召開的群眾大會，能將個別矛盾帶到集體場合被認知和對待。

　　但是像中時工會這類在生產體制運作下的工會鬥爭，是在管理人員和制度的監控下進行，根本不可能複製關廠、罷工製造的運動中的「三同」條件，工人自身能做到「一同（抗爭）」就很困難；運動者（不論工人幹部或知識分子幕僚）進入勞動現場後更受到重重限制，所以中時工會（以及許多自主工會）初期基本上靠勞動現場外的非正式網絡進行組織工作，例如釣魚社、兄弟會、酒攤等。鄭村棋在中時工會實驗的極度繁複的基層民主，[43] 試圖用制度性的操作和內部不斷運動來克服這個難題。勞動現場有常設的小組長（shop steward），[44] 勞動現場外可以召開小組會議、小組長聯席會，一路上升到會員大會，這是第一層其他工會沒有的（或虛設的）直接民主的架構；然後工會法規定的形式民主代議制架構，從代表大會到理監事會到常務理監事會，也一個都不能少；一般工會理監事一旦當選，就像民代一樣不受會員監督，在中時工會卻有第一層的群眾架構固定監督第二層代議架構。從工會籌組時起，鄭村棋就刻意將各種現實鬥爭，轉化到建立第一層的直接民主操作，逐漸形成兩重民主架構。建立後他又有能力將不同時間爆發的內

43　簡要描述見卓玉梅（2003a）〈中時工會第三、四屆（工會民主）重點實踐議題〉。

44　對比歐美或其他工會運動成熟的國家來說，工會沒有shop steward簡直不可思議，台灣卻幾乎只有中時工會是唯一（曾經在工會最健全的階段）有小組長實質運作的工會，其他工會是沒有小組長制度的，只有每年開一次大會的代表制而已。

外矛盾，接合（articulate）為公共議題，透過這兩層架構運轉，促使「群幹關係」在工會這個「中介公共領域」（mediate public space）內——而不必過度依賴領域外的社交網絡——可以盡量趨近於（至少政治生活的）「三同」的狀態。

這是一個在空間和時間上都是創造「不斷運動」的架構。我不想將這個概念太快連結到托洛斯基（1931/1991）或毛澤東的「不斷革命論」，[45] 因為這兩者都涉及社會主義國家強制權力應如何組合的爭辯，與沒有任何強制力的工會運動不可並置比較。從防止當權者脫離群眾而官僚化的角度，它們有部分類似的動機，不過那是最膚淺的類近。從行動者主體形成的角度來看，主體在運動中誕生，但不會因此在行動者身上產生化學或物理變化，使之改變氣質而從此永遠是「主體」，永遠有運動性。沒有運動就沒有主體，運動消失，主體也就消失。所以「不斷運動論」是一個運動的「本體論」，運動本身就是為不斷運動而存在。用美國主流的社運組織學者遲來的發現來說，社運組織是存在於「社運場域」中的，當場域消失時，組織和成員自然也跟著消失；即使成員可以透過社運網絡轉化到別的運動，也已經是新主體。

另一個關鍵是「不斷運動」體制運作的成本和條件的問題。「共產黨會多」是一個對左翼運動的負面刻板意象，然而中時工會的會可能比共產黨更多，第三屆資深幹部不願連任，全都選擇退役，其中一個原因就是無法負荷日以繼夜的密集會議，完全失去私祕和家庭生活。這本來就是一個民主條件的歷史兩難，要做自己的主人不可能不付出沈重的代價，最極端的可以追溯到希臘城邦的公共領域與私人領域裡自由的零和關係，只有用得起奴隸的城邦人才有參加政治的自由；Polletta 總結美國民權運動以來的草根民主實驗的專書書名，也是一

45　劉宇凡（2003）〈勝利中的失敗：《毛澤東思想論稿》代序〉，網址：http://www.marxists.org/chinese/wangfanxi/1964book/wang-1964book01.htm。

句廣泛被研究社運組織的學者引述的話——「自由來自開不完的會」（Freedom is endless meeting）（Polletta, 2004），一針見血且生動說明在非極權國家的社運或草根民主，其組織性代價也是不可避免。

（十二）前顧問陰影底下的顧問

　　然而制度是靠人運轉的，從國家到工會都不例外。不可諱言，中時工會的基層民主經驗很大一部分和核心領導人鄭村棋的個人風格有關，失去他的催化，這個「體制」就停滯、鬆懈下來。至少「人力／團協抗爭」時，我的主觀感受是如此，「傳說中」的草根民主典範像個霧中沈睡的巨人，既掌握不到輪廓，又重的怎麼拖也拖不動。我不能進入報社（鄭村棋也不能），[46] 只能透過在工會空間召開的小組會議才能與基層群眾面對面，但幹部掌握小組動員的管道（傳說中應該反過來，是小組長可以監督幹部召開小組會議）；如果幹部消極不動員、或散播不正確的訊息，甚至反動員，那個單位的小組就動不起來，但卻是最需要對話的對象。例如反戰派幹部所在的印刷廠台北總廠幾個小組，小組會議總是開不起來，當勉強召開時，反對派又故意集體缺席抵制，使對話無法產生；廣告輸入的黃天源用相反的策略，他自己一定參加小組會議，但他故意找藉口不動員其他會員，降低出席率。卓玉梅和我們從工作室調來的專案祕書朱瑩琪，[47] 她們倆雖然可以直接進入勞動現場，繞過幹部的抵制，但是資方的控制已經很嚴密，不容許工會祕書在現場召開小組討論，或極度限縮聚會的時間、地點，所以她們通常只能接觸到個別會員，難以促成不同意見的會員間產生互動。

46　我和鄭村棋1988年被解僱後就「永遠」不准進入報社，幾個門口的警衛室一直留存著我們的姓名和照片，每當勞資關係緊張時，警衛就會被再提醒一次。

47　除朱瑩琪外，工作室還調動完全的新手蔡宜玲與朱瑩琪搭配；2001年初三個全職祕書在抗爭壓力下陸續離職，工作室再調動原本在東埔原住民社區工作的張競中來接手祕書。

　　我到現在還無法完全分辨，巨人沈睡是因為前領導鄭村棋不在場？還是結構變化的結果？包括過度生嫩的幹部組合、工會籌碼的喪失，以及前幾年的征戰過度、兵疲馬憊。當然是幾個因素都有，但我當時主觀感受到的，更多是鄭村棋的陰影；一方面是因為整體策略的沒有出路，而實質依賴與他討論做出最後定奪；另一方面是我同時在工作室經歷領導失敗的過程（見本書第八章），我不斷的被成員拿來和「鄭」、「夏」對照，相信那個挫敗的情緒，一定和工會內的挫敗互相起著強化作用。陳文賢、卓玉梅倒沒有像工作室內部那樣赤裸裸的把我和前顧問做比較，我們有某種相依為命的、天助自助者的團結情感；卓玉梅當然是帶著鄭村棋留下的標準衡量我的表現，但至少語言上不會把「如果是鄭，他會這樣……那樣……」掛在嘴邊，即使我感覺到她恨鐵不成鋼的抱怨後面是鄭村棋的陰影，但對我說來仍比較善意。唱反調的監事會倒是用鄭村棋當榜樣來攻擊我，在一次我主動貼上去列席的正式監事會上，他們清楚地批判我在介入討論時不中立，並說：「如果是鄭顧問，他絕對不會這樣！」不過，真正的陰影在我心裡面，每當我因為無法吸收和掌握龐大複雜的工會經驗，並極度受挫時，我總是忿忿地暗自咒罵：「一個典範工會如果一定要依賴英明領導才能典範，那真是一點也不典範。」當時我沒有條件反思自己的挫敗，也就沒辦法區分挫敗的來源，更不可能檢討鄭村棋的陰影真正的問題。

三、　中時中南編抗爭

　　「人力／團協抗爭」發生的隔年（2001年）6月，《中國時報》資方宣布裁撤中部及南部編輯部，引發長達五個月的抗爭，我相對又成為稱職的領導，不僅是被裁員的白領工人的「準偶像」，並且和工作室成員王醒之發展出「準師徒」關係。如果把1996至1998年的福昌抗爭、

2000年的「人力/團協抗爭」和2001年的中南編抗爭排比，就會發現這並非一個簡單的成長、發展軌跡，而是不同場域情境與運動者當下的整體狀態（身體經驗、位置、動力）互動的結果，影響著我的表現。

（一）脈絡：虛偽的本土化

　　號稱「自由派」的《中國時報》，在1988年解僱工會發起人、聘用保全鎮壓工人、動用頭版醜化工會，已經被揭穿自由派的虛偽面貌；1995年起成立的中部及南部編輯部在6年後遭到無預警裁撤，又是余紀忠政治投機的典型作品。1988年1月蔣經國去世，他緊跟當權派，率先支持李登輝掌權，不久國民黨分裂為支持李登輝本土化的主流派和反對李登輝的非主流派，報紙立場也跟著分化，《聯合報》鮮明的支持非主流派，地產資本家監察委員林榮三收購的《自由時報》鮮明的支持主流派，唯《中國時報》兩面投機。1991年林榮三競逐監察院長，《中國時報》和《聯合報》都以新聞打擊市場對手，林榮三一怒之下動用鉅資，在1992年起以「訂報送黃金」和大量免費贈閱來強攻市場，1993年《自由時報》成為第三大報，1996年7月聲稱發行和閱報率均超過《中國時報》，成為第一大報。

　　余紀忠在這個威脅下成立中南編，但他大張旗鼓地把這個市場爭奪戰包裝成向本土勢力效忠的形象工程。[48]將《中國時報》的形象重新定位為「菁英本土報」，將《聯合報》區隔為停留在戒嚴時代的「統派報」和「重北輕南」，另一方面又將《自由時報》定位成「庸俗本土報」，試圖將它壓縮成和中南部「本土小報」（《民眾》、《台時》、《台灣新聞報》等）自相殘殺。然而，整個戰略與地方派系生態不相容，成立後效益不彰，加上次年李登輝發表兩國論，引發導彈危機，房地產泡沫破裂，最

48　中時投下鉅資在電視買時段播出「台灣魚形地圖」的廣告，將慣例北朝上的台灣地圖橫躺過來，表示中南編成立後，南部將和北部一樣重要。

大的地方性廣告來源——地產廣告也跟著劇減，余紀忠發現無利可圖後，就打算悄悄收掉中南編，年年在勞資協商會議上也不諱言有此打算，只是在等代價最小的時機。李登輝的霸權鞏固之後，不惜於1998年底以廢省來殲滅叛將宋楚瑜，之後阿扁於2000年當選總統，這都使本土化「再中央化」，所以裁撤中南編的時機逐漸逼近，最後選在2001年6月1日宣布，是要用其剩餘價值來殺雞儆猴，警告工會會員。

（二）群眾：乖乖牌找死、死不瞑目

　　中南編年輕、優秀、溫馴的白領勞工，與總社藍領、低學歷、中高齡的工會會員的對比關係，既是中南編能苟延數年的原因，卻也是誘使資方特別粗暴裁撤的原因。中南編是《中國時報》的人力結構裡，學歷最高、年齡最低、工時最長、薪資最低、第二專長最多、加入工會比例低、最聽話的單位；大學學歷的編輯立正排隊等主管審核版面，主管將不滿意的大樣扔在地上，編輯乖乖的撿回去修改，這是南編裁撤後最常敘說的悲情之一。這樣一個「乖乖牌」單位，經常被資方接班人余建新誇耀為「莒光連隊」[49]，要求其他單位向中南編學習；特別是2000年「人力／團協抗爭」時，余建新為消弭工會預定在五十周年社慶的抗爭，全台走透透拍胸脯保證不裁員時，更一路強調其他單位必須追上中南編的效率。也就是說中南編存在的價值之一，就是作為「壞樣板」，讓資方可以藉此來打壓、威脅總社那些高工資、低效率、少專長、愛鬧事的工人，削減工會的籌碼。

　　余建新拍胸脯保證的之前和之後，我和工會幹部也都親自到中南編去提醒會員不可相信資方的承諾，但會員沈醉在小老闆的誇讚裡，相信暫時不裁撤的保證。他們不斷被灌輸自己的工資、福利遠低於總

---

49 「莒光連隊」是台灣軍中的用詞，師部或軍部舉行各種競賽，其中表現最好的連隊就會被授與此榮譽。民間也常用此比喻來形容可供效法的模範團體。

社的說法，而產生自己在市場上很有競爭力的錯覺，其實他們的工資不但高於同業，且工時僅5至6小時，只有一般服務業的一半。小老闆在2001年工會會員大會上終於說出心底的盤算：「假如就生意論生意，中南編早在兩年前就該裁撤了！」尤其資方決定對總社進行大裁員時，中南編這種「榜樣」的價值也不存在。而且資方在2000年底為應付工會而推出「50專案」優退優離，卻乏人問津，因為中時的歷史中沒有裁員，[50]大家明知來日不多，但不見棺材不掉淚，總以為可以拖更久、賺更多。2001年資方既然計畫以「優退優離」逼走數百人，當然必須要準備一副「棺材」，把員工嚇去申請優惠方案，於是馴服、善良、工會會員數少、遠離總社的中南編就成為資方選中的那副「棺材」——樹立《中國時報》也會裁員的樣板，裁撤時不但沒有預告，甚至連勞基法最低標準外，也只發出象徵性的零頭優惠。

　　資方對乖乖牌的態度倒很一致：「既然生是資方的榜樣，死也要作資方的榜樣！」連死不瞑目都在資方幕僚的計算之內。策劃整個裁員的智囊核心，是八〇年代黨外雜誌的明星才子寫手胡鴻仁，他投靠中時後一路棄文從「管」，上升到負責人事業務的副總經理，當年與國民黨鬥爭的歷練，全都用來鬥爭工會；他安排先裁撤中南編，幾個月後再推出總社的優惠方案，就是要確保總社的主戰場不會發生大會戰；他故意無預警裁撤就是挑釁工會，企圖把決戰誘導到勞方最脆弱的邊疆地帶，想一次擊垮或者牽制戰力，他就可以好整以暇地警告總社員工：「你看，抗爭也沒用，趕快申請優惠離職吧。」

　　中南編抗爭的怨氣能夠集中爆發，也歸功於第五屆幹部弄巧成拙的怯戰心態。5月18日勞資協商會上余建新宣布將要大裁員；5月24日胡鴻仁找工會三個常務理事和常務監事私下去見余建新，表明中南

50　工會發動反自動化抗爭前，資方曾一次資遣二、三十人，但1992年大會取得成果後，沒有集體裁員的紀錄。

編即將裁撤，但希望四常不要先對外講。避戰的新任常務理事徐中元以「資方又沒有確定的時間表，工會為什麼要製造緊張」為由，主張不必轉告中南編，另外兩個沒主見的常務賴清俊和張天強也不敢扛起責任，我因為是顧問而知道這個祕密卻又捲入保密的共犯，因此特別焦慮。5月26日至27日正好舉辦年度小組長勞教營，中南編的小組長全部未到，但台北有一個小組長逼問裁撤的流言是否屬實時，三個常務理事才招認已被告知。會後三常又找鄭村棋（當時鄭以局長身分受邀當講師）商議，鄭村棋要他們確認自己準備承擔保密的後果後，也接受他們的決定。我私下焦慮的問鄭村棋，6月1日極可能就會裁撤，他們能負責收拾什麼後果？鄭村棋反問我：「你幹嘛那麼焦慮？這樣中南編反彈一定會更大，對抗爭有利。」我才恍然大悟。後來無預警裁員的手段的確是資方最難獲得社會認同的部分，使自救會抗爭更有正當性；如果工會事前告知中南編，必定促成某種協商，最後改變不了裁員的命運，反而會大幅軟化抗爭的動力。

　　歷經2000年「人力／團協抗爭」，總社藍領工人的心理上某種程度都已經「準備好被裁員」，但是中南編員工反而更有自信不會被裁員，最後卻被把自己捧上天的老闆狠狠摔在地下。白領知識分子工人經歷（錯置的）自我肯定的遽然破滅，尊嚴被踐踏的感覺特別強烈，抗爭初期的動力明顯是怨恨大於利益：「我們為報社犧牲最多，卻被這樣粗暴對待……」說不出口的潛台詞則是：「竟然連台北那些米蟲都不如！」這個微妙地既被資方羞辱，又在藍領工人面前失去階級內部優勢的難堪對比，加上工會幹部怯戰而隱瞞資方的訊息，促使中南編自救會寫下工運史上新的一頁，成為網路泡沫破裂後，大量白領裁員風潮中唯一的集體抗爭，也可能是史上唯一由藍領階級工會後援的白領階級關廠抗爭。

（三）失而復得的領導能力：另類知識分子的典範

「人力／團協抗爭」時我是跛腳、心虛、混亂的顧問，次年（2001年）3月更因為領導無方而黯然離開工作室，6月就遭逢中南編抗爭，意外又被尊為名副其實的顧問。其中之一原因當然是抗爭性質又是僱傭關係斷裂的關廠事件，雖然自救會沒有占廠，外力無法與之「三同」，但至少可以「兩同」──同吃、同抗爭；而且我和主要的協助者王醒之已經跳過幕僚的身分，清楚的成為領導者，和混亂中推選出的工人幹部協同決策、行動；這兩者都使自救會的「群幹關係」，和工會裡的結構關係非常不同。另一個因素是自救會的運轉機制幾乎完全脫離中時工會的架構，所以自救會的成員看不到我無法適應那個複雜框架的殘障側面，我也可以比較按照我累積習性去行動。

這場抗爭的群眾是白領階級，也使得和福昌這類藍領工人關廠案有所差異。福昌案開始時沒人把我當主要領導，我只是次要的外力，靠著跟工人一起吃苦，慢慢累積工人對我的信任，而慢慢取得領導權；到中南編抗爭時，我卻可以在人心惶惶的氣氛裡，立即站上領導的位置。開會又是一個敏感而具體的指標，我沒有到會場時，誰也無法有效主持會議，我一到，交頭接耳的人們就會安靜下來，等我將紛亂的利益，透過討論慢慢梳理成一個個行動方案。比如說，我成功的將資方分化的手段，轉化為激勵士氣的因素。資方沒想到一路成功重金收買自救會幹部卻是一把兩面刃：一方面，自救會當然備受打擊；另一面卻被我拿來證明一個道理：「抗爭愈有效，收買的價碼愈高。」所以資方採取收買的手段，反而使其他人團結情感增強、理性計算上也增加成員留在自救會的誘因。

那時跟我到中南編跟得最緊的工會幹部之一賴清俊（uncle賴），他原本只認識我在「人力／團協抗爭」裡狼狽的樣子，大概從沒有對我的顧問地位真正服氣過，他幾次跟我到中南編現場，發現一堆令他束手

無策的意見，大部分到會議上都可以被我搞定，於是他開始幫我「開路」，對有疑問的會員說：「待會兒跟顧問講，顧問會幫你解決。」

中南編自救會的組成分子，和我之前協助的兩大類抗爭（客運業和關廠）非常不同，她們分布在文化產業白領勞動力的中層（占少數的文編和美編）到底層（占多數的製作組）職位，以女性為主。從客觀結構到主觀認同，她們都屬於知識分子群體的一部分，也許因此很快可以適應，甚至欣賞我複雜、嘮叨的分析性語言並且覺得親近。我和她們類似的知識分子階級出身，卻走上工運生涯，這種另類生涯選擇顯然對某些人產生特別的吸引作用，那大概也是我第一次被放置到「準偶像」的角色，開始有幹部對我說，有些成員是因為對我個人好奇而來參加聚會。

中編的廖德明和南編的汪信成是最明顯的例子，廖德明是典型懷才不遇、自恃甚高的文化人，參加過小劇場、拍過紀錄片，最後落腳在中時中編當編輯，他不屑加入工會，說工會代表是單位內的特權分子、主管的心腹，當總社突然宣布裁撤時，工會會員又享有特別優待，[51]所以他根本不相信工會能對抗資方，也不想參加抗爭，是他的同事參加我主持的第一次自救會會議，被我說服而去轉告廖德明，並向廖德明描述我的樣子，於是廖德明決定**「去看一看」**，就這樣他逐漸捲入自救會的核心，當原先幾個幹部因為資方收買分化或其他原因退出抗爭，他被迫成為主要替代者，抗爭進入停滯階段時他又以記錄抗爭

51　中南編成立時，報社是從台北總社調動員工跟隨主管南下設立據點，其餘大多數的員工是據點設立後於當地招聘，因此人事結構裡就有「台北下來的」和「當地人」的分化，台北下來的員工與主管關係良好，其中的技術人員又都是藍領檢排廠轉任的版面傳輸人員，掌握生產關鍵，工資甚至比新聘白領高、工時又短，且幾乎都是工會會員，主管也讓他們三分；非會員的白領編輯（台北或當地新聘）卻認為這些工會會員能力低、享特權，所以對工會印象特別差。當中南編裁撤時，資方提供「台北下來的」員工更高的優惠，造成進一步分化，最後「台北下來的」幾乎沒有參加自救會抗爭。

畫面為由，退縮回旁觀的（拍攝者）身分。抗爭結束後他提案要拍攝紀
錄片，我透過工作室挪用了80,000元給他當製作費，工會小組長聯席
會議也決議撥付特別基金180,000元委託他製作紀錄片；幹部和我也參
與好幾次毛片討論，但他後來將完成的紀錄片當作是個人創作，和工
會漸行漸遠，[52] 我決定不再主動發展跟他的關係。

　　汪信成是長老教會教徒，他的家族、妻子都希望他能夠在報社向
上攀升，但他屬極端憤世嫉俗型性格，認為《中國時報》是虛偽的大
報，不屑於自己的編輯職務，幻想考上公務員可以逃離虛偽的現實；
參與中南編抗爭後，發現社運是更刺激的避難方法，一度成為幹部的
角色，最後卻又被壓力拉回家庭。抗爭結束後他閉關準備高考，每當
人生最徬徨時，他會以一個愧疚的姿態——「對不起，我在體制內苟且
偷生、沒有跟你們繼續奮鬥下去」——找我做「生涯諮商」，[53] 我知道他承
受不起運動生涯的不確定性，所以總是勸他盡力去完成逃逸的夢想。

　　自救會的女性成員裡應該也有廖德明和汪信成這種「準粉絲」效
應，只是沒有直接表露出來而已。這種效應也不是來自我的個人魅
力，當時協助抗爭的（知識分子）外力團隊——初期是我為主，之後加
入我從大傳聯借調來的淑惠和北市產總的袁孔琪（過渡期），和之後全
程協助的北市產總王醒之，以及王醒之借用的夏林清，共同建立自救
會成員的對外力的信任感，抵銷工會幹部初期怯戰所造成的疑慮。王
醒之習性中有一部分和我一樣龜毛，我更多是源自策略考量的求全、

52　工會及我在紀錄片製作過程中，沒有花力氣和廖德明溝通什麼叫作屬於集體的文化產
　　品，他自然就沿用文化圈習得的個人創作式經驗，覺得工會處處限制他的（創作以及發
　　表）自由。

53　汪信成閉關三、四年後考公務員失敗，2007年初面臨必須選擇繼續再試或回職場找工
　　作，他透過林雅惠，約我到廖德明桃園家討論；同年底他父母因健康問題而找他接手經
　　營南北貨雜貨店時，他又手寫一封信徵求我的意見。兩次他都說希望到工運圈找工作，
　　但他連試探接近的動力也沒有，所以我判斷是一個逃逸的出口而已。

反覆、龜毛，他則多一點對人的狀態的細膩、嘮叨的體貼；我相信這種氣質，在女性為主的自救會裡產生著維持團結的情感作用。

（四）羅英銀：運動的「識人學」如何產生

幾個肩負起最大領導責任的女性幹部，包括中編的羅英銀、陳宜君，南編的林雅惠、李萍。她們把我、王醒之和淑惠不同程度的當作「典範」，但她們卻超越「粉絲」角色，比廖德明和汪信成還更接近工運爭鬥的核心堅持。陳宜君是中編製作組乖巧、文靜、美麗的女生，展現典型的抗爭中乖女孩被激發出令人驚嘆的耐力與能量，抗爭前她從不是意見領袖，只是默默無聞的工會會員，是個下班趕回家撰寫網路美食評介的夢幻宅女，但是當男性幹部被資方分化、退出自救會後，她被義憤激勵而站出來，羞澀地接手領導的位置，並撐到整個集體行動告一段落的8月底，直到後段的「小蜜蜂」式游擊戰才逐漸交棒給羅英銀；抗爭中她和同事謝振益交往，之後結婚，屬革命情侶的佳話一則。南編製作組的林雅惠因小兒麻痺而殘障，好強又善於理性思辯，曾在電腦公司兼職當軟體製作技術員，是製作組中社會經驗最多、能力最強的成員之一，在職場裡是代表製作組與編輯組溝通的半幹部角色，但又是脫離群眾的獨行俠；抗爭發起後擔任替弱勢的製作組發言，便成為南編自救會的主要領導，男美編汪信成一度是與她搭配「抓場子」的幹部；她的學習力強，很快就掌握勞動法令的精髓，成為高雄市在地紅燈派（工委會競爭者）爭取的對象，抗爭後便將她安排到高雄市就業服務中心工作，之後她自己又決定轉任高市產總祕書，成為一個專職的運動者。李萍是對人特別熱情的屏東客家人，來自中時（工會）家族——她的父親是高雄印刷廠工會會員，經歷報社黃金年代於2001年幸運退休，很支持女兒向資方抗議——她是林雅惠的好友兼自救會副手，並包辦一切庶務；抗爭後她受聘於人力派遣公司，進入萬

泰銀行屏東分行擔任催討卡債的行政工作，每年都北上參加工委會秋
鬥，秋鬥停辦後，她仍主動用電子郵件聯繫當年戰友，目前自救會的
小型網路社群就是靠她來維繫。

　　當恢復工作權的目標已無法達成時，陳、林、李三人因為年資
淺、工資低，繼續抗爭可爭取的實質利益其實很小，但羅英銀就不一
樣了，她是「台北下來的」資深員工，薪資高於其他人至少五成，工作
權之外的實質利益損失難以估計。所以前三人是為公道而抗爭，但羅
英銀是為利益而抗爭嗎？我初步接觸自救會的時候也帶著這種標準，
但是隨著抗爭時間拉長，複雜而多層的經驗出現時，我必須重新學習
對待每個人的行動動機。羅英銀的故事始終被當作最有代表性的受害
控訴之一，她可能也是晚期我最器重的自救會頭人，甚至比林雅惠還
要親近，然而她在工會幹部眼裡卻是最具爭議性的人物。她原本是台
北檢排廠的藍領女工（所以也是資深工會會員），為爭取晉升為白領編
輯，自費完成大學新聞系學歷；報社籌備中南編時，她自願隨主管到
台中打天下（被其他會員認為是擅於鑽營），到當地她又自費補習電
腦編輯，因此從助理員擢升為編輯（所以不是弱勢者），一切前景美
好時，她貸款在台中市買下一間公寓，隔年九二一大地震卻變成未倒
危樓，既無賠償、又無市值，銀行貸款卻要照付，再隔年被無預警裁
員，加上自己開刀、父親生病、當弟弟的保人被連累，所有人生的如
意算盤在那兩年內全崩盤，還揹下一身債務。

　　她的房屋貸款中有60萬元是福委會配合報社政策低利貸給中、
南編員工，但房子既然已經被震廢，又被無預警裁員，她主張拒絕償
還貸款；但部分福委會委員不敢向資方爭取代價，反而用「福委會的
資金是全體員工所有（不是資方的）」來壓制羅英銀。這反映當時工會
幹部的整體心虛、怯戰的狀態，所以羅英銀跟工會推派的福委公開大
吵幾次，被貼上「**自私自利、不顧工會大局**」的標籤。她當時的表現的

確是非常計較自己的利益，一點虧也不能吃，對工會發放生活補助的方式、對中編與南編自救會的經費分攤比例都分毫必爭；但是她也異於常人的直接，要什麼利益都會擺明說出來，並且不惜付出代價去爭取，從為了升編輯而南下台中和補習，到拒絕償還房貸，到抗爭時高難度行動也不缺席，她至少是很表裡一致的人。

運動裡，抗爭付出愈多的常常不是利益損失愈大的人，反而經常相反，因為利益牽涉太大而左顧右盼、考慮過多、易被收買；「既計較、又投機」是常態，羅英銀是少見的例外。一方面由於她非常好強，資方雖提供她回台北工作的機會，但她自覺沒有顏面，以落難的方式回到自己曾經出走尋找騰達機會的舊單位；而資方又擔心引發其他人的骨牌效應，故不願付出那麼高的代價為她勾消房貸或提高優惠來收買她。另一方面她的主觀鬥志特別強悍，她對資方背叛她的傷害要不計代價討回公道，以至於能覺悟到（至少潛意識的認定）「不計代價」也是她執著的一種利益，這使她散放比其他成員更強的感染力，不論在行動現場哭訴苦情，或廖德明的紀錄片裡的自白，都顯得特別有力量（廖德明，2005）。抗爭結束後，她完全轉業，跑去拜師學茶藝，成為品茶活動中的示範員兼賣高級茶葉，投入一個需要費盡全力裝扮自己文化氣質的辛苦（售貨員）工作，大概只有運動者（和她的戰友）可以看到她的一生計較與運動交錯的生命片段裡珍貴的意義。我從原先有點防備她，到透過貼身戰鬥的觀察，逐漸接受她那種不顧情理計較的奇特力量；可能也只有透過這些難得的人際遭遇，才能累積出一個運動者較寬容的「識人學」，不再拘泥於教條而可以容納各種潛在的力量。

（五）市長官邸裡的痞子顧問

自救會抗議分為兩個階段：（1）7月底之前的傳統群眾式抗爭；（2）8月下旬後開始的「小蜜蜂」游擊式抗爭。7月下旬是個分界點，多

數成員默認的（群眾戰）決戰點是22日在「國家發展會議」和（同一天由阿扁剪綵的）「大學博覽會開幕式」鬧場，但兩者沒有取得明顯的戰果；8月初資方逕行公告總社的「優退優離」裁員方案，自救會原本還期待總社的工會會員也能加入抗爭，當8月12日工會召開臨時會員大會流會時，自救會的抗爭動能也跟著遞減，陷於半休兵的狀態，等待10月的中時社慶時，準備再出來洩憤與最後告別。另外，由於是媒體的勞資爭議，所以其他媒體同業都封鎖或淡化處理此段抗爭的新聞，在8月下旬後我們開始實驗由王醒之主要籌畫的「小蜜蜂」式的抗爭方式，即不期待媒體報導、非群眾式、由少數人纏鬥的游擊戰法。此抗爭戰法的難度極高，通常是我們兩個外力，加上中編的羅英銀，和兩個文靜的女助理員——賴秀芬和陳惠明，偶而林雅惠、李萍等兩、三個南編成員北上替換；以五、六個人就撐起一個最小規模行動。[54]

　　因此中南編抗爭大概是我經歷過「抗爭劇碼」最多種類的一個抗爭，至少是一次實驗最多新劇碼的抗爭。也由於在8月以前形式相對傳統，且針對特殊對象的抗議方式，例如在中正機場、中央銀行、職訓教室、南投國小圍堵阿扁等，已使一部分群眾可以進入難度更高的行動；9月下旬到10月初密集操作的「小蜜蜂」實驗，形式開始突破傳統的抗議方式，包括「痞子式鬧場」、「潛入銘傳大學上課（吐槽兼課的總經理黃肇松）」、「拿破崙展問卷調查」等，當時主要鎖定的目標是兩個暴露於公眾的資方營業空間，一個是資方承包的活化古蹟案——前市長官邸；另一個是資方在國父紀念館舉辦的拿破崙藝術品展覽。

54　2003年我看廖德明（2005）的紀錄片初剪版本時，驚訝地發現在台大小巨蛋「大博會」鬧場時（衝突性最高的場面之一），真正感情流露、挺身保護孕婦、怒罵並出手推開便衣憲兵的是平常沈默寡言、患有甲狀腺亢進症的陳惠明。她是當年在拿破崙展覽會場外纏鬥到最後的三個成員之一，我一點也不能理解，她和同樣安靜且中產溫馴的賴秀芬，為何能堅持到最後。紀錄片沒有拍到拿破崙現場，那個階段廖德明已經淡出抗爭；她們倆不擅言詞，事後也沒有被訪問；但大博會的場景，至少讓我發現她們的堅持早就有理可循。

官邸是台北市市定古蹟，當時由中時集團承包經營為文藝沙龍，包括咖啡廳和多媒體小會議廳，我們藉此空間打擊中時在文化菁英圈裡的形象，攻擊中時把古蹟當作牟利手段、違反公眾使用的政策；當時官邸的直接主管是余紀忠的入幕御用作家、文化局局長龍應台，一方面我們也想對她形成壓力，逼她出面遊說資方。「小蜜蜂」的行動前後發生五、六次，包括在門口發文宣、舉辦夜間迷你遊行，以及我為主角的一次砸場、兩次鬧場。

9月21日那次砸場，是我、王醒之、林雅惠和南編的另一個女生，五、六個人去參加某次大型沙龍活動，會前我們先發文宣，保全人員堵在門口不讓我們進場，我率先翻牆爬進官邸、大喇喇地坐在最前排，由於文化圈的人士都已到齊，所以保全也不敢當場粗暴拉人；我們等到儀式結束後，開始對散去的文化人大喊口號，並叫嚷著自救會的訴求，中產觀眾極度錯愕、驚嚇地逃開，幾乎沒有人敢回應我們，我一怒之下踢倒幾張椅子，資方和承包活動的音響公司工作人員也激動地向我們回嘴叫囂，於是我抓起地上的椅子砸向舞台看板，然後把舞台下方的長桌全掀翻，礦泉水和麥克風滾落滿地。這完全不在原計畫內，所以王醒之、林雅惠都嚇呆，王醒之楞住幾秒後決定挺我，也撿起一張椅子砸向舞台，林雅惠則強裝鎮定，繼續喊著口號；耍完流氓之後，我又和工作人員繼續對罵，在文化局官員報警後，大安分局的警車很快到達，把正要離開的我們全部架回現場詢問，再帶回杭南派出所做筆錄。後來警察很快釋放沒有動手的林雅惠和她的同事，而我和王醒之則因為拒絕做筆錄與警方鬥法到凌晨，派出所所長雖然已經被我們激怒，但因為資方代表崔盛國無法找到上級請示，不能決定是否提起告訴，最後警察也只能恨得牙癢癢地讓我們揚長而去。[55]

---

[55]　毀損罪在台灣是告訴乃論，必須有人提起告訴，警方才能偵辦。另外，王醒之認為警方調閱他的資料時，已經確認他是立委王拓的兒子，因此對於我們的處理顯得非常謹慎。

事後檢討時，我說如果不能讓資方感覺抗爭即將失控，他們就會看破自救會的纏鬥也不過是理性盤算內的行動，根本不會讓步，所以自己在現場判斷必須把動作升高。王醒之也很愧疚地承認他不該遲疑，並認可我率先砸場的魄力，他透過（類似黑道的）準暴力的追隨儀式，認受我的領導地位。現在回顧，我應該是感受到群眾力量遽減，又對生疏的「小蜜蜂」戰法沒有信心，而在焦慮下反射式的演出激進動作。即使那個階段的確該更激進，也必須先在內部取得共識後再行動；先前我們與成員集體評估每個行動的風險，所建立的安全感和信賴感，被我突發的砸場破壞，南編自救會最後的少數配合者也不再積極參與；也許幸好那次中編的羅英銀等沒有北上，否則她們也可能被驚嚇而使後來的「拿破崙行動」也流產。

　　一次的砸場接近失控，另外兩次鬧場就是我刻意、篤定地操控自己另一面向的某種蠻纏、爛鬥的特殊技藝與痞子氣質。第一個鬧場是在我們已經被資方提起告訴之後，我覺得不能讓他們認為法律恐嚇有效，非得繼續鬧下去不可。那次鬧場的沙龍主持人是時報副刊主編楊澤，主講人是原住民盲詩人莫那能；兩人雖然都是我的朋友，但楊澤不可能得罪老闆，所以我事前只打電話給老戰友莫那能，知會他我將在演講結束時鬧場，他也很乾脆地表示歡迎。沙龍開始前我已經發出文宣，當時剃光頭的楊澤也感到氣氛不對勁，所以演講一結束，他就拉著莫那能準備離開，但剛好有幾個讀者急著想問莫那能問題，所以我趁觀眾還沒有散去，開始在那大聲譴責中時，楊澤無法阻止我在那叫罵，也只好緊張地守在旁邊。一個沙龍的工作人員忍不住對我反唇相譏，罵我一句「媽的」，我興奮地抓著他的語病，一路貼上去挑釁、

之後資方還是提起毀損告訴，年輕女檢察官當庭訓斥我們一頓（如：抗議也該講求手段，否則社會也不予同情……等）之後，決定不予起訴；但那已經是兩年後的事，顯見資方的法律恐嚇手段，對工人和工會幹部早就發揮作用，遲來的「正義」其實沒有意義。

撩撥他，把攻擊中時的口號和那個員工脫口而出的「媽的」編織在一起狂喊，弄得資方在場的人哭笑不得，最後楊澤終於把阿能拉出會議室時，我看到拄拐杖、戴墨鏡的阿能嘴角也在偷笑。

更巧的是，那天法國某電視台的兩個女記者也想採訪台灣原住民盲詩人阿能，並透過朋友找陳素香當介紹人，所以她也在官邸現場，我鬧場時她只好假裝不認識我，事後她表示大為驚嘆，因為我們共事十幾年，她從沒有看過我這麼無賴的一面，並認為這是我改造成功的一個指標——不再有知識分子矜持的身段，而她自認無法像我這麼耍賴。

第二次「鬧場」的時間約在10月初，之前自救會已經到監察院檢舉龍應台和中時間的利益人關係，又到文化局攔截龍應台向她陳情，要求她轉告余紀忠自救會的訴求，但兩者她都一直沒有回應。所以我在報紙上的沙龍節目預告中發現有一場研究民初上海《申報》的德國漢學家的演講，是由龍應台親自主持，所以我決定去官邸沙龍堵她。我照例在會前發出文宣，又坐在講台的正前方，龍應台介紹完漢學家之後，回到聽眾席，和我的座位中間只隔兩個位置，聽演講的過程中，我故意用文宣當扇子，在她面前不斷搖晃。她的屬下也應該向她報告過之前我們曾經大鬧官邸，她也認識我就是協助自救會的主要外力，所以顯得有點不自在，可能也盤算著如果我大鬧時她要怎麼應付。但沙龍結束後我卻沒有叫囂，我只走到她面前，提醒她對自救會的承諾，她則苦笑著說還沒見到余紀忠；如此達到讓她知道自救會不會輕易放手的目的。

之前一次工運中的「痞子／耍賴秀」是在1988年鄭村棋被桂林分局逮捕，我有大鬧過一次分局的經驗，[56]這次刻意的操弄，使我的角色超越(工作室團隊的)知識分子搞工運的「另類生涯」集體典範效應，

56　見本書第三章和夏林清（2008），頁125。

更加上我個人的身體氣質示範，也就是陳素香說的「能夠徹底放下身段」的示範。這也是為什麼整個抗爭中，我覺得是和撐到最後的中編羅英銀、賴秀芬和陳惠明特別親近，因為她們原來都是最循規蹈矩的女孩，卻能夠貼近晚期的痞子式的抗爭風險，一定有更深的憤怒情緒被觸動。[57]

（六）榮總病房的不戰而敗：「對手」的意義

　　之後抗爭即將劃上句點時，就在10月6日上午，我們意外逼近威脅余紀忠人身安全的邊緣，卻因為我臨場退縮，[58]永遠無法驗證效果是否像鄭村棋的評估可以達到「一槍斃命」。10月2日余紀忠親自主持《中國時報》51周年社慶，並將董事長交接給兒子余建新，之後就住進榮民總醫院的總統病房動心臟手術，我們從工會幹部處得知這個訊息，由王醒之透過朋友確認余紀忠的病房號碼後，規劃10月5日下午在榮總醫院大門口搞一場貓哭耗子、不安好心的「為董事長祈福」行動。然而那兩天幾波小蜜蜂行動後，中編自救會的幾個孤軍已經兵疲馬憊，我們連道具都來不及製作，只好臨時取消祈福行動。6日下午是直攻報社的「報格已死：抬棺大遊行」總決戰，大家都有心知肚明那是最後一個大型抗議行動，但我和羅英銀覺得不甘心，當天早上和小明及秀芬共四人，決定去試闖榮總。

　　我們根據王醒之的資訊，一路找到總統病房，原本想像會面對

57　南編的林雅惠相對是過度冷靜理性的幹部，一般狀況下她會極力壓抑自己的情緒，而試圖用精確的說理取代，所以外顯的爆發力就比較弱，廖德明（2005）的紀錄片裡也捨掉她過於冷靜的反思性語言。不過她也有偶而爆發的時刻，抬棺遊行時她是唯一衝動起來，失控衝進報社撒冥紙的幹部。

58　第一次初稿我用「下不了手」來形容我當時面對余紀忠的退縮，但當我回憶、書寫細節時，發現不是「有耍狠的機會，但卻因為心軟而住手」的性質，更多可能是面對權威的畏懼。

警衛森嚴、插翅也飛不進的病房，所以策略就是藉故與警衛爭吵、大喊口號來驚動余紀忠；但不確定是否因為前一天行動的取消，發揮欺敵的作用，所以除一樓的電梯口有警察鬆懈地看守外，樓上竟然通行無阻，我們就這樣闖入總統病房。因為是總統級，空間大而複雜，我們走進一個像玄關的小空間，轉彎看進去有一個客廳，客廳裡面至少有一個以上的房間，我瞥見其中一個房間裡，側對我們坐在床尾沙發上的就是余紀忠的大女兒余範英。當時如果我們要直接見到余紀忠的話，只要穿過客廳直入房間，就會面對躺在床上的「一代報人」，而玄關裡搞不清狀況的護士，也來不及阻擋我們。眼看就要得手，可是我開始遲疑，心跳加快而全身緊張，這不像耍賴那樣可以操弄，因為見到余紀忠後，就是一翻兩瞪眼、勝負立見。剎那間我發覺自己沒有真正為這場抗爭準備好，我沒有氣勢去面對這個最高權威的老人，甚至慌亂地開始害怕自己無法以三言兩語精確地表達此次抗爭的訴求，更害怕萬一把他逼死的嚴重後果。但決戰時刻是殘酷無比的，毫秒間即決定最重要的關口，我卻無法通過，我沒有準備把命賭在這場仗上，因為對方的生命也使我顯得畏懼。我的腳步停下來，沒有踏進客廳，轉身向護士說：「我們是中時中南編自救會的代表，要見余小姐」。

當時我作為領導的退縮，使得身後的羅英銀自然也被壓抑，接下來的場景是性格歇斯底里的余範英，極度壓抑自己快要爆裂的憤怒，在玄關裡用發抖的低聲警告我們：「我父親剛開了一個大刀，你們憑什麼來打擾他？」她怕我們在病房裡發作，所以自己也不敢發作，強裝鎮定地擺低姿態：「你們知道我作不了主，我會轉達你們的意思給我弟弟。」她邊安撫我們離開病房，邊找榮總副院長安排一間會議室，再打電話把報社幾乎所有的高層和警衛都找來，權力比姊姊高的弟弟余建新顯然被余範英訓斥過一頓，百般不情願地率領與裁員有關的主管們，在姊姊的監督下，再聽一次中南編成員的訴苦。他從頭到尾一

言不發，並用憤恨的眼光怒視我，但他不知道我一點也沒有得逞的感覺，我剛被他父親的影子擊倒，是一個徹底氣餒，且不堪的敗將。

余建新原本是不成材的公子哥兒，透過與工會交手而逐漸成長，甚至奪取能力較強的姊姊的接班地位，他大概從來都只把鄭村棋（領導下的工會）當對手，把我當作跟班的搗蛋分子。2000年的「人力／團協抗爭」，我雖然自身也焦頭爛額，但也逼迫剛上任董事長準備接班的他，親自出面在基層做出保證，我知道自己氣勢上已經撐到跟他（所代表的資本的權力）對等，不過他卻可能認為只是又一次擺平搗蛋分子而已。2001年他大膽裁撤中南編，顯示對自己的領導權更有自信，所以對工會（和我策劃）的糾纏明顯不耐煩，6月自救會第一次到報社抗爭，他被逼出來接見自救會，也不過重申報社出於逼不得已的立場外，其他毫不讓步，然後就避不見面。所以只要余紀忠還活著，就仍是報社的「話事人」[59]，即權力與利益的最後定奪者，即使當時他只不過是躺在床上的病人，但我們仍必須以威脅到他的安寧，才把躲避四個月的余建新，再度逼出來面對自救會。我當時雖然打算與報社決戰，但沒有上升到將余紀忠當作對手，所以遇到這個關鍵考驗就等於必敗。頑強的痞子終究只能對付敗家子，而不敵暴君。

但沒有經過在榮總這個「隔空交手」的經驗，我也不會領悟鄭村棋在前一年「人力／團協抗爭」中，要求上升到威脅余家人身的高度之必要性，至少從作戰主將的心理準備必須如此。這不表示鄭村棋料事如神，他不可能預料到我們真有機會與余紀忠對峙而敗下陣來；但他有一個我明顯不及的深層憤怒，他有時會激動地詛咒余紀忠作惡多端、死後必下地獄，那個憤怒和他對工人生命的理解有關，所以在「為何而戰」的政治道德層次有更深刻的力量，而能睥睨余紀忠；我在抗爭中也

59　香港粵語，指講話有決定權的最高權位者。

會被激發出憤怒而全力纏鬥，但多半停留在戰術（最多戰略）上的不服輸，那個氣勢、力道明顯不夠。

也因為那次我的氣勢全垮，所以自救會代表在榮總會議室的對抗層次也就無法拉高，僅能聚焦在抗議「一國兩制」——質疑為何總社的優惠比中南編高？這是最能用數字說明的不公平，但是卻是利益最小、最不重要的部分；如果無法上升到報格和工作權，不可能觸及到自救會訴求的工作權損失補償。[60]我當時感到極度焦慮，並想要虛張聲勢地挽回一些頹勢，所以對談結束時，我和幹部一起去「感謝」余範英促成談判（實際是提醒她要督促余建新檢討政策），我說下午自救會本來準備在報社大門口做招魂、祭弔儀式，現在都不會針對余前董事長，她立刻聽出我在討人情兼威脅，輕輕地說：「我不吃這套。」反而狠狠重擊我。那天下午我這個被大小姐看破手腳的痞子，心虛地拿著麥克風硬撐完整個遊行。

（七）拿破崙展覽與「狗屎炸彈」

9月底開始執行的「反拿破崙行動」又是另一個特別的抗爭經驗，我們在資方控制的空間裡操作，但不和資方直接對抗，而是面對面和消費者（第三者）互動。我們五個人分兩組，兩人在展覽入口發「導覽地圖」，另外三個人在出口邀請參觀者填寫「滿意度調查問卷」，前後配合來營造消費者對主辦單位不滿的情緒。這個行動的想法來自於，因為資方想強迫參觀者另外花錢購買導覽手冊或租用導覽錄音機服務，所以除了門票外，沒有提供任何導覽資訊。所以我們就在入口處一邊

60　隔沒多久這個訴求的確實現，資方按照總社的優惠方案將差額補發給中南編的員工，因為平均年資都很短，補發的總金額並不龐大。離開病床後，大概就已注定不會再有突破性的成果，所以在那個會議室裡，能不能把訴求拉高，不是決定性因素，只是我自己不願面對那個挫折。

發自製的「導覽地圖」，一邊解說資方惡質的賺錢手法。另外在出口處我們準備幾張大掛圖，對參觀後的人潮用趣味的問答方式，講解展覽如何偷工減料、賺取暴利，最後邀請聽眾填寫一張極簡單的「滿意度調查表」。絕大多數的參觀者會配合作答，而且大部分人也對展覽表示不滿。而因為中時的行銷策略是免費招待學校主管和老師，促使校方將展覽列為可以累積點數的課外活動，學生只好花錢參觀、寫報告，因此家長和學生都有怨言，我們的行動正是把這些小市民的積怨調動起來。但行動的難度也很高，一方面警察、保全、國父紀念館的管理人員、資方的員工都會來干擾；另一方面，雖然可以與消費者面對面的溝通，立即得到回饋而不會覺得冷漠孤立，但也必須有推銷員的厚臉皮心理素質，面對千奇百怪的質疑，更需要快速的臨場反應。負責設計行動的王醒之和我先摸索、示範，機敏的羅英銀先跟上，幾天後沈默寡言的小明和秀芬也能勉強補位。然而這個行動雖然有擴散性，但需要長期的醞釀和發酵，雖然沒有立即的對立面，但每天是高度消耗精力的馬拉松式迷你說明會，需要極大的耐力。

　　9月底我們找鄭村棋討論（我始終沒有告訴他，我在榮總病房裡的怯懦），他認為這樣的消耗戰還無法逼使資方出面談判，一定要有殺手鐧使展覽徹底癱瘓，他異想天開地建議我們去展場放置「氣味炸彈」──找某種混和後會發出惡臭、令人接近窒息的味道、又很難清理的東西，偷偷帶進去，設法讓它爆洩出來。之後我和王醒之絞盡腦汁，想出勉強符合鄭村棋標準，又相對易於取得材料的「狗屎加油墨炸彈」。狗屎很臭、油墨難清洗，一個水溶性、一個油溶性，若用水沖狗屎，油墨就會擴大污染，若用有機溶劑洗油墨，溶劑本身有臭味且狗屎無法清除，我們把兩者混合，包在小塑膠袋裡，分批丟進展場，被參觀者踩破後就變成所謂的「氣味炸彈」！

　　約是10月初，在榮總事件之後，因為我的心有不甘，所以真就去

買了上百個塑膠夾鍊袋，請工會幹部從印刷廠帶回一大筒黑色油墨，在某個陽光燦爛的週日，我在三芝小屋的院子裡開始準備做「炸彈」。我編造要替植物施肥的理由，拜託陳素香的大嫂在她收留的七、八隻流浪狗的狗圈裡，挖一水桶陳年狗屎給我，然後我戴起醫學手套和口罩，便一杓狗屎、一杓油墨地裝進夾鍊袋，沒幾分鐘，滿山的黑頭蒼蠅都被惡臭吸引過來，在炸彈附近縈繞不散；我從起初覺得興奮——臭味有效！裝到第十幾個，自己也被惡臭燻得受不了時，突然想起賓拉登，[61] 而覺得自己的三腳貓恐怖主義實在太荒唐。我終於徹底清醒，甩開榮總病房裡的挫敗，告訴自己既然是搞群眾運動，當群眾已經無法被動員時，運動者就應該認輸放手！我把做好的「炸彈」和剩下的「炸藥」（狗屎）拿去田邊掩埋，正在清理水桶時，準備叫我去吃午飯的陳素香出現在我面前，發現我真的著手製作前一天晚上被她取笑的「狗屎炸彈」，又狠狠數落我一頓。大概從那天起，我開始認真地想中南編抗爭要如何收尾。

（八）王醒之：「準師徒／師兄」關係

隔幾天後我碰到王醒之，告訴他我試圖製作狗屎炸彈，但最後放棄的過程。令我很意外地，一向把鄭村棋的話當聖旨的他，竟然吃驚地反問我：「你真的去做炸彈？鄭村棋只會出些奇奇怪怪根本無法執行的點子，我們不能聽他的，還是要自己想辦法。」

對於王醒之在那個當下比我更清醒的現象，我到現在都還半信半疑，懷疑他是先聽到我已經放棄後才那樣說，這樣的懷疑也呈現我們的關係。由於王醒之的父親是黨外知名作家王拓，父親因美麗島事件

61　我們在拿破崙展覽的鬧場，大約是從9月20日延續到10月中旬，之後斷續出擊到11月上旬秋鬥前；而賓拉登主導的九一一事件正好發生在之前，還使中編自救會取消原訂9月12日的某個北上行動。

入獄時他還是小學生，所以雖在政治犯家屬備受歧視的年代，卻也被母親和眾多黨外長輩寵溺呵護下成長。當王醒之考入輔大進入學生社團前，王拓脫離工黨跳槽到敵對的民進黨；當他畢業後準備加入工作室時，父親已經是民進黨基隆地區立法委員。鄭村棋早期不看好他，認為他不夠獨立，無法走出王拓獨子的陰影，而當時我也是這樣想的。

　　王醒之行事細膩、對人溫柔有耐心、操作能力強，但缺點是毫不果斷、沒有魄力。我對他軟弱猶豫的印象，一直停留在一個畫面：他是北市產總的祕書，已有六、七年工運資歷，有一次他負責協助的南港輪胎工會發動抗爭，我代表工委會去聲援，資方完全不讓步，會員已經焦躁的全體停工、四處亂竄，幹部們卻反覆討論一個早上的時間，無法決定要不要升高行動圍堵工廠大門，當時我旁觀著王醒之跟著焦慮，不敢介入要求做出「是或否」的明快決策；直到北市產總總幹事（工作室資深成員，前中時工會祕書）郭明珠到場，聽過十幾分鐘的討論，就忍不住親自起身指揮幾個積極幹部開始搬桌子去堵大門，也終於堵到拿著紳士傘的股市炒手董事長，逼他表態。

　　我和王醒之比較密集合作的經驗是2000年春鬥（工人賭總統），我主抓整個決策和設計，他分工擔任總協調；那是一次成功「無中生有」的大型活動，也許他因此更認受我成為工作室準領導的地位；對於我，雖然也充分發現他的操作能力，但由於魄力沒有通過考驗，永遠只是個生手。透過中南編抗爭，他是在工作室內第一個和我建立「準師徒／師兄」的關係的成員。之前在福昌紡織抗爭時，工作室將準備吸收的陳柏偉派去見習，但我們沒有發展為「師徒」關係，一方面我在那個階段沒有清楚的「領導」意識，福昌案過程中我才逐漸發展出領導意識；另一方面我對於照顧別人的學習本來就比較被動（沒有領導意識的結果，也是原因之一），也因為陳柏偉那時太生嫩，也不是主動爭取討論的類型，所以我們很少進入深刻的督導，他只是個助手位置。和王

醒之合作時，我已經有領導意識（但不一定有領導能力），而他從倉運聯、電信工會北三分會到北市產總，具備相當的資歷，性格上也擅於主動爭取關係，而且我也授權他負起絕大部分的政治責任，所以我們互動密切，並且進入最核心的戰略判斷。

其實中南編抗爭那個階段我正離開工作室不久（3月下旬），對工運的態度一如情人分手般的錯亂與反覆，既想完全割斷卻又不甘心就此結束，也還在賭氣想證明自己能夠領導打仗，另外又要顧慮離開工運後的退路（陳素香正準備開張經營「山藥小舖」，見本書第八章）。有時被抗爭捲動的焦躁起來而蠻幹，有時又想盡快抽身離開。王醒之的耐力在當時發揮穩定的作用，如果不是他特別想要實驗新的抗爭手法的動力，這場仗可能會更早、更無力的結束。因此我們更接近是協同關係，而不是指導與被指導的「師徒關係」，他是因為我背後的「前」工作室領導身分，所以覺得和我「不在同一層次」，[62] 這個「被領導想像」使我們關係類近於「師徒／師兄弟」；但又不相符合真實的比較對等的合作關係，所以用「準師徒」稱之。我並不是在發揮一個「師父／師兄」的作用——以明顯高一層的功力給予指導——多數時間他已經擬定好策略，我只是協同做最後的確認，偶而提示整體戰略的圖像（即「盤」）而已；但王醒之也許就是需要一個這樣「準師父／師兄」陪同的過程，才能發展出自己的信心。領導力可能也是被領導人的想像、或需求策略的一部分，領導者如何讓這種想像和策略不變成依賴，這點我還沒來得及習得，就已經狼狽地離開了領導位置。

62　王醒之是我離開工作室後唯一有寫電子郵件給我，並試圖修補關係的成員，他在那封信裡用「我認為你跟我不在同一層次」，來形容他寫信給我時感到畏怯的原因。（摘錄自2001年4月18日的我和王醒之的私人電子郵件）

（九）人肉沙盒：社運的一個面向

沙盒，是西方兒童的遊戲設施，沙子可以堆砌、雕塑、繪圖，也可以輕易抹掉重來；網路時代的專家用這個名稱來表示在虛擬環境中嘗試新軟體、程序或技術，確認其無害或順暢時再轉移到實體環境的方法。中南編抗爭有幾重「沙盒」的效應：第一，對資方來說，就是故意誘發一個可控制的抗爭，以便操弄並壓低總社員工的期待心理。中南編自救會6、7月旺盛的戰力，雖然無法為自己爭取到工作權，卻促使資方略微提高總社的優惠離職方案；這可能也在資方計算中，他們故意先釋放較低的方案，之後一邊用中南編這個「沙盒」來示範抗爭無效，一邊又透過勞資協商略微提高價碼，給工會一個下台階的空間。

第二，對工會，或者對擬定戰略的運動者來說，中南編抗爭是將「人力／團協抗爭」時虛擬的「非罷工／社會化抗爭」沙盤推演落實為實兵作戰，如果僅以具體訴求是否達成來評斷，抗爭無疑是挫敗的，似乎也證明（沒有威脅余家命脈的）「非罷工／社會化抗爭」手段效果有限，無法重創《中國時報》的形象，只能使資方收買幹部的成本增加，也可以使資遣費獲得蠅頭小利式加碼，但明顯不足以保衛工作權，工會之後幾年更加地怯戰應該也與此有關。

過程中，我不斷苦思如何揭露中時將「本土化」當工具的偽善報格，還有最順服的員工如何被資方拿來玩弄踐踏；而王醒之不斷試圖要對社會聲明「工作權」不能用現金買斷的意義。這幾點的確是資方的道德致命傷，但是這個戰略分析無法找到相應的戰術形式──某種一目了然的抗爭手段，由被資遣的員工向社會展演出資方的不正義。可能只有經歷藍綠對抗的八年和工運的逐漸式微，才能慢慢發現當年無法說出的無力感，是因為戰略中預期結盟的社會力根本不存在。我們揭露《中國時報》是操弄本土化的「假自由派」，預設可以破壞中時在「真自由派」和「本土派」心目中的品牌形象，但從挺扁到挺馬的歷史證

明台灣社會沒有「真自由派」，也沒有不權謀的「本土派」，因此中時的偽善在文化菁英中恰恰好有頑強的社會基礎；從中時豢養的大牌記者到捧紅的文化人，以及相應的中產讀者皆為共生。

另一面，我們想訴諸失業同理心的白領勞動階級也不存在，至少在「自為階級」的意義上不存在。從1996年關廠風潮累積到阿扁執政八年，即使失業開始以更殘酷的高自殺率表現出來，一般白領階級對「失業」的認知仍然心存僥倖。「工作」與「失業」和人存在的關係，只有透過階級運動才能生產的具有階級性的文化意義，中南編抗爭發生在沒有白領工運、藍領工運又消失的歷史階段，這不到百人的力量（加上聲援的崩解中的自主工會網絡）不足以生產文化符號。如果當年沒有打過那一仗，在沙盒中留下難以名狀的無力感，也很難在今天對整體社會的投機結構有所洞見。即便歷史中的行動是失敗的，仍可能變成行動者未來的武器。

第三層是最抽象的，抗爭對當事人產生的「沙盒」效應，沙上一切皆可抹去，但玩沙的孩童已被那個過程改變。中南編抗爭的主訴求幾乎沒有兌現，甚至遠比前一年的「人力／團協抗爭」更挫敗，但抗爭行動種類繁複，湧現的多層次體驗，甚至使我將榮總的挫敗從記憶中抹除（覆蓋）。抗爭的當事人應該也是有同樣的經驗，在抗爭中的學習更有意義，金錢補償已不是最重要的（雖然仍是行動是否有效的指標）。一般成員至少是經歷一個再社會化的過程，從壟斷企業溫室裡順服、自傲的員工，學習面對赤裸裸的叢林規則；進一步則可能像羅英銀在廖德明（2005）的紀錄片《那天我們丟了飯碗》中說的：「*如果不抗爭，我沒辦法面對自己。*」也就是透過抗爭來重建被資方差辱的自我認同（尊嚴）。對後來成為專職運動者的林雅惠，或成為工運長期支持者的李萍，則可能更多一點，除了自我修補外，更轉化到長期的參與工運，重新發明自己。

　　絕大多數成員在抗爭後回到日常生涯，抗爭期間是一個與日常生活斷裂的時空，各種衝突戲劇性的爆發和逼近，而不得不嘗試平時不易發生的手段和關係，當新能力被學習、激發或釋放出來時，就是賦權（empowering）過程。社運創造了一個「沙盒」，讓平常不可能組合的力量元素碰撞，提供人們發現自己的機會。雖然Scott（1985）對大型、有組織、公開、正式的集體抗爭非常質疑，認為它們罕見、稀有、引來鎮壓、又不見得符合農民利益，反而認為日常非正式的抗爭像偷懶、裝乖、裝瘋賣傻、偷東西、縱火、怠工等才是可持續的「弱者的武器」；但「抗爭沙盒」的作用和「弱者的武器」並不抵觸，社會運動發揮著類似「魔鬼訓練」的作用，使當事人回到日常生活時有更多的勇氣和技術資源去對抗權力。孩童每次抹平沙盒，不表示在沙上創造的世界也跟著消失，那個沙堡、雕塑、圖案會在她／他們回應世界的行動中重新出現。

第八章

去組織化：領導與挫敗

　　本章主要的時間背景是1997年下半至2001年中旬，主要討論組織路線、組織型態、運動者生成、領導能力、領導和集體成員的互動關係等。在敘事軸線上看起來，像似一個以個人發展為中心的敘事——我如何從只是一個集體成員，逐漸上升為集體領導之一，最後失敗而離開集體的故事；但更試圖透過這個故事來呈現我所經歷的「運動」和「集體」的基本價值和困境。

一、 二流人・蹲點・領導

　　接著將說明工作室的「組織哲學／路線」，即「二流人・蹲點」路線，以及這個核心哲學下所產生的組織型態和其運作模式（包括與其他主要工運路線的比較），包括最具代表性的機制「大團體」；希望使讀者初步理解工作室路線的工運「工作者／教育者／組織者／運動者」持續生成（becoming）的場域概況，並說明「組織生活／集體生活」對於運動的重要性。也將簡述工作室創辦人夫婦鄭村棋、夏林清在組織中的領導角色與分工方式，並將討論他們領導角色的變化，對組織及「集體接班人」（特別是我）的影響和限制。

（一）二流人與蹲點「哲學／路線」

「二流人」哲學或「二流人」認同，是鄭村棋常用來區分工作室和其他運動團體之不同的說法，[1] 這個哲學或認同其實在內部並沒有被有系統的討論，也不是具體的「綱領」或「教義」，更接近一個長期積累的「集體自我認同論述」或「組織敘事」，另一資深成員李易昆稱之為工作室的「運動倫理」[2]；但這幾乎是工作室創始人（特別是鄭村棋）搞運動的最高準則之一，是上升到「組織哲學」的層次。

所謂「二流人哲學」，是指「二流人」才會是自主工運的主力，因為「一流人」（尤其是菁英知識分子）擁有太多選擇機會，並在生命中累積過多的菁英經驗，而認為世界可以按照自己的看法來改變，對於現狀容易不耐煩，又急於看到成果，因此難以忍耐寂寞、抗拒重複性的事務工作，並難以面對弱勢者生命裡的無奈和糾纏；所以無法貼近基層生活世界，並抗拒冗長而出路不明的蹲點生涯。

我第一次聽到這個論述是在九〇年代初，在以歡樂儀式為主的「無殼蝸牛／無住屋運動」短暫成功後，主導的台大城鄉所菁英認為那是社運典範，鄭村棋很不以為然，在某次《島邊》聚會他強烈的質疑夏鑄九滋養菁英的路線，而說出「二流人」才能長期留在運動的理由。後來鄭遇到學運社團的學生想要參與工運（或其他運動）或對工運好奇時，他會先給學生某種「下馬威」儀式，「二流人」標準就會被用來對話；還有九〇年代中期以後，「工委會／工作室」成為自主工運的主力之一，又是最能長期留住年輕學生的工運團隊，外部社運同道（台灣內部或海外結盟的團體、學者）感到好奇而詢問時，鄭村棋也常會用「二流人」來

1　夏林清沒有具體用過「二流人」這樣的名詞，但也沒有反對鄭村棋這樣使用；在反菁英路線上，夏與鄭一致，只是夏林清對於人的改造比鄭更樂觀，因此可能更「有教無類」。

2　摘錄自李易昆在日日春舉辦的「第二屆夏令操勞營」（2006年7月1日至2日在淡水聲寶活動中心），代表工作室中生代向新生代說明工作室之前的沈重歷史經驗時的用語。

闡明工作室之獨特性。

鄭村棋常這樣介紹工作室的成員：「二流人比較有機會通過基層（時間）的考驗，工作室留下來比較久的人，都不是學運出身的菁英，大部分是傻傻地被我們一步一步騙進運動來的。」[3]因此二流人是工作室吸收成員時優先考慮的對象；或者更精確的說，準備吸收的對象是否具有「二流人品質」，是重要的觀察標準。鄭會挑戰想加入工運的學生，問他／她能不能做最單調、最死板、最一成不變的事務性工作，且至少做個三年、六年，看自己能不能撐下去。他解釋這樣要求的意義：「你受不了的時候可以跑，你就可以想想過這種生活二十年、三十年，甚至一輩子只能待在工廠裡，跑也跑不掉的勞工們，他們的心情是怎樣？」[4]

因此「二流人哲學」不是獨立存在的，背後更高的邏輯是「基層蹲點原則」，兩者合在一起就不只是一個選人的標準，還是一個運動的時間尺度（scale of time）標準；參與運動不是投入一個事件、一個月份，而是去經歷一個歷史階段、年代或世代。運動的核心價值就是和弱勢者建立日常的緊密互動，貼近群眾的直接現實利益和困境，一種生命的投資、交換和糾纏，不是資歷（或資料）的取得。

「工委會／工作室」和工運領域的主要競爭對手──「勞陣／新潮流」與「勞權會／勞動黨」──的路線差異有好幾層向度，包括：左右之分、統獨認同、與主流（藍綠）政黨的關係、組織的工人對象、組織手法、組織本身的成員性質等，但最根本的路線差異，仍是由「二流

3　摘錄自2005年12月工委會反世貿團與香港科技大學潘毅交流時鄭村棋的談話，我寫下的紀錄。當時對話的脈絡，是我舉台灣勞支會於1984至1987年的歷史為例，說明幾年間僅有個案服務，沒有集體行動。鄭轉問潘毅團隊的成員：「在中國勞工領域工作的知識分子，能不能在看不到任何轟轟烈烈的成果下，熬五年、十年，甚至更久？」

4　顯然鄭村棋的挑戰使學生印象深刻，而特別將鄭的發言摘要記錄於批踢踢實業坊／精華區（網址：http://www.ptt.cc/man/Salary/D4D8/M.1088175039.A.F32.html）。

人‧蹲點」哲學切割出來的。

　　工作室訓練人的主要方式，是將新人送到組織關係較接近的基層工會擔任會務人員——也就是成為工會的受僱者，成為工人的工人——而且優先選擇發生過勞資爭議的中小型民營企業（工會會員人數在數百人上下，會費足以支付會務人員薪資的規模）。[5]鄭村棋認為「工作者／組織者／運動者」領工人薪水並受僱於工人組織，是強迫自己從生存上依賴工人組織，才能使知識分子的行動受到現實嚴酷考驗，運動策略才會來自工人的現實利益，而不是來自（大腦裡的）意識形態。且立足在這基礎上，又不至淪為群眾的「尾巴主義」[6]，所以一定得通過一個痛苦的自我改造和實務訓練的合一過程。1994年我進入工作室後聽到最多的白頭宮女話當年故事，是以淑惠等人為代表的「（女性）工作者」成長之路：那是一段初入工會突然遭遇被工人管理，而自覺階級地位下降的經驗，並且只能在週末回到工作室務實小組裡，邊討論、邊以淚洗面的故事。[7]

　　勞陣的工作者則是完全不同的路徑。勞陣是民進黨新潮流系掌控，經費來自台獨社群和民進黨支持者的募捐，主要的組織對象是國公營企業工會，工人工資高、工作有保障、資源豐富，是從民進黨嫡系發源地——台大學運社團——透過學長學弟的管道吸納新的菁英成員，在工運中活躍一、兩年取得資歷後，以基層代言人形象參選地方

5　工委會的幾個區塊，包括自主工聯、機場聯、倉運聯、大傳聯都屬於這類工會，具代表性的個別工會包括大傳聯的中時工會、自立工會；機場聯的桃勤工會、復興空廚工會；以及倉運聯的所屬盟會。

6　「尾巴主義」是鄭村棋在內部教育時最常引用的毛澤東用語，不過已經是在一個完全「在地化」的語境下使用，與中共群眾運動歷史的直接關連不強。

7　有關工作室草創初期蹲點工作模式的形成史，見夏林清（2006）的〈在地人形〉一文中的註4（頁233-234）。而工會蹲點經驗見夏林清、王芳萍、周佳君等（2002），頁179-180。而張育華（2006）的論文第二章也提及部分經驗。

公職選舉，[8]然後晉升到中央層級民代，部分成員在阿扁執政後，甚至進入勞委會任主管職務（王幼玲、賀端藩、賴勁麟等）。所以勞陣是運動團體本身為核心的運作模式，成員從不受僱於基層工會，最日常、最低的工作位置就是勞陣直接僱用的組織者，跨越不同地區、提供不同工會協助，發掘可以政治化的頭人，再透過頭人掌握工會。她／他們隨時有民進黨的公職人員作為後援，所以工作者兼具新潮流派系代理人的身分，是政治資源的仲介者，與工人的關係則成為地位比較高的資源提供者，這和受僱於工會的關係質地絕對不同。1995年自勞陣分裂出來的「紅燈左轉」派系，和勞陣搶奪國營工會地盤，也進入石油、電信、銀行工會擔任會務人員，但那是全國性議題層次的幕僚，且負責民營化政策研究，相對於工人日常生活的現場（shop floor）層次，仍是「高高在上」。

　　勞權會的統獨立場和勞陣完全相反，成員也只是偶而參選，不像勞陣將參選公職當作常態生涯策略；勞動黨也是個邊緣的左翼政黨，沒有公職人員當靠山，所以必須比勞陣做更多的群眾性工作；勞權會的工作者學歷上也不如勞陣菁英化，但在意識形態和文化領域當屬「前衛」人口。勞權會基本上也不「蹲點」，[9]至少不受僱於基層工會，最低、最日常的工作位置是勞動黨的桃竹苗（地區）勞工服務中心的組織者，她／他們從服務對象中吸收黨員，再以黨員影響群眾。直到1998

8　包括李文忠、賴勁麟、周威佑、蕭裕正、李建昌、鄭文燦、林宜瑾、郭國文等。工運圈裡以「搵豆油」來批評新潮流菁英藉工運進入政壇的過程。「搵豆油」是台灣閩南語「蘸醬油／蘸生抽」的意思，指臨時性、沒有持久恆心，嚐到味道就想抽身離開的意思。

9　不過，勞陣和勞動黨的早期知識分子要角，都在1984至1987年（統獨共存）的勞支會「蹲點」過，是統獨兩股知識分子自我訓練成為組織者的重要過程（例如獨派的唐雲騰、郭吉仁、賀端藩；統派的汪立峽、蘇慶黎），那時統獨勢力提供的資源非常有限，工人集體行動也未出現，面對的都是繁瑣的個案維權服務。但1987年解嚴前後爆發的工潮來得太凶猛，將他們推向進入民進黨和組織工黨的高位，漸漸脫離蹲點路線。

年新竹縣產業總工會成立，最低、最日常的工作位置成為地區中心和地區產總並行運作，還是沒有落到基層工會。

「工作者／組織者／運動者」進入工運場域的位置和方法，相當程度決定（至少強烈影響）了她／他生涯中的行動取徑。[10]勞陣和勞權會的工作者進場的位置，和工作室的「二流人・蹲點」取徑非常不同，而我從1992年起在自主工聯擔任執行長的角色（我進入全職工運生涯的長期位置），其實比較接近勞陣和勞權會工作者的進場位置，這也是我在工作室集體中和其他成員不同的來源之一。

（二）內部集體生活場域：小團體到大團體

二流人到基層蹲點也不是整天做一個「盲修瞎幹、頭腦簡單的實務者」[11]，至少有兩個向度的機制，會把工作者鑲嵌到複雜的（夏林清謂之）「社會學習」的脈絡裡。第一個向度是外在的各種場域：從第一層的基層工會（或協會），到第二層的行業或地區總工會（機場聯、倉運聯、地方產總），再上升到第三層的政治性的跨區域結盟——工委會或自主工聯，然後是第四層的跨團體的既聯合又鬥爭的結盟關係——例如1995年活躍的「反金權聯盟」或2000年的「八四工時大聯盟」等。這四層場域的具體行動內涵則可能是日常會務、內部衝突、勞工教育、

10　值得觀察的是近幾年工作室／工委會因為工運低迷、工作者疲憊以及地理位置所在的大台北地區工業外移等因素，而愈來愈少成員在基層工會蹲點；但同時卻是學運菁英開始嘗試蹲點路線的階段。例如冷尚書組訓的學運菁英到桃園縣產總蹲點、「工人民主協會」進入自主工聯工作、《亞太勞動快訊》成員進入銀行員工會擔任會務人員以及九五聯盟做個案服務等。

11　此為夏林清重述他人醜化工作室成員的用語（夏林清，2004a，頁141）。夏林清是描述團體機制最多的工作室成員（夏林清，2002a；2004a；2006），不過她著重於工作室的實踐和她「百衲被」式的多元理論的關係，而很少描繪實際操作的場景。特別具代表性的段落可參見〈一盞夠用的燈〉一文，描述行動研究和反映實踐方法介入工運的過程（夏林清，2004a，頁140-142）。

爭議談判、抗爭行動、團體間競爭、政策對抗、國會遊說動員、例行年度儀式的春鬥和秋鬥等，在各層組織間交錯作用。一般工運史或工運研究，都只碰觸到上述第一個向度，在此則著重描述第二個向度，也就是在這些外在場域包圍下的內部場域——「工作者／教育者／組織者／運動者」的內部組織生活。

工作室的組織生活分為好幾層，最內層、最核心的組織生活，即所謂的「大團體」；介於這兩者間的是（通常是每週召開的）「各區塊實務督導會議」，由各區塊的資深工作者督導工作團隊；在區塊督導會議之外，還有針對各區塊內的新手，幾乎是常態召開的「新人督導」（小團體或一對一面談）；然後是跨區塊、組織界線較開放（關係相對較鬆散）、用來吸納外圍對象的「議題小組」；以及針對特定工作或處理人的關係而召開的專案小團體（或一對一面談）。

最核心的「大團體」基本上由幾塊主要內容組成：一、各區塊工作報告和督導；二、當前重要運動情勢分析（通常是鄭報告後帶討論）；三、成員之「人的狀態」的檢查與處理；四、各不同區塊間訊息交換和工作交辦。這四個內容形式上分段進行，但實質操作卻是交錯作用，很難切割。此外還有不定期的議題組報告和專案工作協調（例如秋鬥等大型活動），以及偶而提早聚會附加的學習時段，通常是邀請結盟的學者或其他團體的工作者（或來台的國際友人）做專題報告。所以大團體不只是層次較高的學習和督導平台，也因為只有正式入會的成員才可以參加，所以也是組織認同和界線的最高形式。

大團體的多層次繁複內容，從分工協調、工會實務、社會政策抗爭、政治情勢分析，和成員之間的互動關係到婚姻衝突等，此外還有理論學習和國際交流時間，以及新人入會儀式等。所以僅僅就其討論內容而言，已是超級高密度的學習過程，然而構成更特殊團體經驗的，是討論的方法和過程，夏、鄭兩人會在任何層次的討論之間，隨

時插入或轉移焦點到成員彼此的自我察覺上面。團體裡常用的問句如：[12]

- 你覺得你的回應XX有聽懂嗎？
- 你覺得XX的發言有回應你的提問嗎？
- 你認為你當時那個動作是什麼意思？現在有不同的看法嗎？
- 不要只總結別人的意見，你自己的立場呢？
- 這件事跟你有關，你為什麼選擇不發言？
- 聽完其他成員一輪的發言，跟你原先對團體反應的解讀有哪些差距？

　　那是超密集的「人—我」互動訓練的空間，1994年我加入工作室後，長達一、兩年都是既興奮又害怕地期待大團體的時間到來，興奮的是可以觀摩到鄭、夏對複雜問題的英明解答，和成員多變反應的戲劇效果；害怕的是團體內幾乎沒有躲藏的空間，從領導到成員全程都得精神貫注地負起自己參與的責任。

（三）個人與集體生活：「實驗社群」的組織方法論

　　我進入工作室後，親歷幾件工作室成員重大的人事處理程序，包括：CY和她工運圈外的男友從結婚到離婚長達數年的冗長鬥爭、已婚成員ST（他的妻子SL也是成員）和未婚女成員YT的祕密外遇（是YT主動向團體「自首」的）、教師夫妻成員WK和JM的痛苦離婚（外遇的先生JM後來選擇退出團體）、女成員張育華因嫁入工人家庭不堪負荷而

12　當然在團體進行時，每個提問都是高度脈絡化和具名性（指名道姓），因為我的工作筆記沒有詳細對話紀錄，我只能憑感覺記憶某些去脈絡和匿名化的問句。

逃離團體又回來、[13]周佳君因「不上位子」而自請處分暫時離開大團體、桃園機場聯工作的夫妻檔周祝滿和董榮福的退出工運（因為夫董榮福覺得工運前途不明而投靠民進黨，並拉著周祝滿一起離開）、冷尚書唸清華社會學研究所導致他退出的事件、[14]公娼抗爭中成員「淑惠」涉及的「八卦」事件[15]等，無一不是複雜而直接牽涉到個人最私密的選擇與利害的難局。

　　剛加入大團體時，我對「事」的發言很敏捷到位，因為沒有加入工作室前已經常和鄭村棋、陳素香密集進行政治討論，所以判斷能力已屬成熟；但對人的狀態的回應我卻很龜毛（猶豫緩慢），可能出於「功能」原因——我過多的思慮和盤算，也可能是「展演」因素——我總是想「語不驚人誓不休」的表現自己。所以遇到類似狀況，鄭村棋都會很不耐煩地催促：「快點、快點！哪有那麼多時間等你想清楚，就講你最直接的感受，如果沒有就快點說沒有！」所以那也是訓練成員在複雜、多變關係下，誠實快速的反應能力。工作室的香港友人林瑞含回憶1996年底，張育華陷入婚姻困境而決定離開的那次大團體中我的表現：張報告完之後是每個成員回應的過程，輪到我時，我雙手抱頭，表情痛苦，並表示：「怎麼會有這麼複雜的問題，真希望我已經去坐牢了！」[16]這個場景反映我在這個部分的學習障礙，自然也無法轉化為積極的行動能力。

　　每次有關「人」的討論，對我說來都是非常痛苦的過程，因為我是那種慣於把自己的問題包起來回家自我消化的類型，用自我調整來逃

13　見張育華（2006）的第二章。

14　見冷尚書（2004）的第二章。

15　見冷尚書（2004），頁24-26。

16　那時我因為1994年秋鬥蛋洗衛生署案被判刑60天，原本打算放棄繳交罰款而直接入獄，直到1997年4月才繳款結案。

避問題，當不能忍受時，就用傷人的語言刺激對方來表達不滿，醞釀更多的衝突後，又退縮回到被動狀態，不去碰觸問題的核心。我和第一個同居人K，以及前妻王蘋的關係都是如此，這應該是因為整個青春期的失去自信的狀態，一再被召喚使用。這種「刺蝟策略」使我缺乏改變「人—我」關係的行動能力，更不能適應私密的利害衝突在公共空間被討論。

記得討論教師夫（JM）妻（WK）的外遇事件時，鄭村棋當眾「逼」問WK：

> 「你有沒有因為JM外遇而痛恨過他？」WK發抖地、沈默許久後回答：「有。」鄭（村棋）又問：「那你有沒有當面告訴過他？」WK繼續發抖地答：「沒有。」鄭說：「那你要不要現在直接對他說出你的感覺？」聽到這裡，我幾乎已經要被我所片面認識的WK的「不堪處境」給窒息了，而衝動地想出面打斷這個程序，但是鄭繼續著（冷靜的調整WK的姿勢）：「你要面對JM說，不是對我們。」這時候WK繼續發抖卻異常有力量地轉向JM並大聲罵了他，扭轉了幾個月來在大團體裡她處於被動防衛的局勢。[17]

我當然不全然是支持WK的狀態，可能更處在自己同時是外遇男人和被外遇男人的雙重投射、複雜情緒瀕於擠爆邊緣，而對鄭村棋的大膽介入又驚奇又防備，才有想要阻止的衝動。雖然我終究沒有行動，但是那個場景總是在往後我遇到類似關係時浮上腦中，成為眾多行動選項之一，但又常被放棄。

對於抗拒集體生活的知識分子或工運頭人，很難理解工作室的集

17　非摘錄自當時的筆記，這段是根據我自己的記憶和印象重建。WK閱讀過我的這段文字後，認為我對鄭村棋的描述太刻板化他的強勢，她的記憶中並沒有這麼強烈。

體性，她／他們認為利害盤算是個人（主義）化的，認為工作室式的組織生活是「公一私」不分、入侵他人隱私的。例如1998年暑假丘延亮來台，工作室安排他帶讀Marglin（1974）的經典文章〈老闆是幹什麼的？〉（What Do Bosses Do?）[18]時，周佳君因為「不上位子」等多重問題被大團體處理中，幾週前她正好拖著沒有提出自我檢討報告，因此大團體也不准她參加學習活動，丘延亮發現周佳君缺席，就一直記恨這件事，2003年後還跟我叨唸：「工作室把我當作資源去處罰周佳君，所謂『集體』就可以這樣利用我嗎？」

其實在集體行動裡（或任何社會活動中），每個成員無一不被自己的利害所限制或啟動，行動中也隨時夾雜著個人的利害考量，只是社會常規的互動模式（即「主流的做人處事道理」）基本上是避免衝突的，因此迴避、掩蓋那些考量。夏林清接合社會心理學和社會學理論，[19]從Luria、Honneth到Giddens，加上她自己在中時工會研究的發現，所得出的結論：社會團結其實是成員從衝突中看見彼此不同而行動所產生的。作為工運工作者的主要的責任之一，是促成工人在集體行動時盡量看見集體內其他人的利益，並且能夠以追求共同利益來行動。[20]也就是發展一種「另類的做人處事道理」的能力。除了直接在工作場域的「日常／抗爭」（蹲點）中嘗試錯誤的學習外，還有工作室內部生活的直接實驗。工作室不是服務於對外界場域中的反映學習與督導的需要而已，也是自成主體的場域，是集體刻意創造的一個實驗社群（Schehr, R. C., 1997），讓自己可以不斷的「以身相試」，實踐那些「另類的做人處

18　我們使用閱讀的文本是丘延亮未出版的譯本。

19　見夏林清（1989）；Hsia, Lin-Ching（1992），特別是夏林清（2002a），頁136-140。

20　見Chiu, F. Y.L.（丘延亮）（2003），頁359-364。觀察到鐵板一塊的「工業團結」並不存在，「團結」是流動、脆弱、多變的處境化現象；所以在此我用「盡量團結」，呼應丘延亮的觀察。

事道理」，培養面對利害衝突的行動能力，最後才可能「以身作則」──堅持以某種自己相信的準則去影響他人。社運工作者如果不能改造自己，是無法改造別人的，更不可能促成他人改變進而改變社會。也可以說工作室內部的集體生活是一個「社會衝突技術」的練習，不是壓抑、安撫衝突的負面控制，而是練習如何直接面對衝突，並將之轉化為集體行動的力量。

　　工作室和基層工會是工作室早期成員在家庭和學校之外，真正被「社會化」的兩個主要場域（男性還有服兵役時在軍隊中的社會化，但女性為主的工作室成員沒有這個歷程），因為她／他們絕大多數畢業後就直接進入工會蹲點的職場生涯──涉世未深、嘴上無毛的小鬼，如何和社會叢林裡打滾生存下來的工人對話，甚至產生影響？所以工作室的「社會學習」機制提供一個強迫成長的環境，讓成員大量暴露於直接衝突和對話中，加速累積社會互動能力。工作室的實驗社群和基層工會蹲點，兩個場域交互作用且缺一不可；如果只有社群的烏托邦實驗，可能產出熱情青年的過度自以為是（「新世代青年團」式的狂傲）；如果只有蹲點，可能淪於「盲修瞎幹、頭腦簡單」，或另一極端的新潮流菁英，僅能練就選舉政客式的世故與圓滑。

（四）「上位子」：模糊又清晰的「政治」責任

　　所以工作室是以「實驗社群」和「基層蹲點」內外搭配地創造個別成員挪動自己的條件，到「非主流／非建制」場域裡進行「自我改造」的方法，但在這兩個靜態的場域裡，其實還有動態的位置移動作為改變人的方法，在工作室內以「上位子」稱之。**所謂「上位子」，最簡略的定義是指成員主動拿起她／他所在工作位置的總體「政治」責任。**「政治」在工作室的語境下，指的不是政黨、國家、選舉、路線鬥爭等狹義的政治，而是指「涉及最核心利害衝突的抉擇或行動」。運動的「職位／位

子」和主流勞動力市場中的職位很不一樣，主流市場裡可以根據工作說明書，給出一個靜態的工作範圍，但運動裡職位更像傳統雜貨店的店員，得解決從打掃、排貨、收銀、防鼠、存貨管制、進貨價格談判、市場調查、客戶關係，甚至職業安全和在職訓練等全部問題，但身分卻並非管理學假設的主管。從應用到理論的管理研究，從不碰觸這種社會最鮮活的工作方式；而在工運裡的基層會務最接近這種「低地」[21]，是指混亂卻有序的豐富狀態。所以即使在基層「上位子」也是極具挑戰性，從灑掃應對到工會存亡的戰略都要逐漸能學會應付然後發揮影響力。

　　工作室會按照成員的學習或「對峙自身問題」的需要（例如比較沒有能力自我管理的成員，就會被設法調往工作團隊較緊密的場域去被督導），調動成員到不同「職務／位子」去鍛鍊不同的能力和責任。當成員在基層工會蹲點一段時間，已能夠「上位子」，或已蹲點夠久而顯露發展局限時，領導（鄭、夏）和集體（可能由成員的督導發動）會設法安排她／他轉換到其他職務去「上位子」（也可能自請調動），最直線的路徑是逐級向上一層的位置調動，例如：

　　但是直線路徑並非常態，以淑惠和巧仁為例，她們倆都不是簡單直線型路徑，而是曲折的。淑惠從中時工會（基層工會）調到高雄工聯會（地區勞工中心）後，再去當過八個月的女工，再轉高雄女線（地區勞工中心），再調回台北大傳聯，最後移動到性工作者NGO—日日春協會（基層協會）。巧仁則是從基客工會調到「工作室中央／工委會祕

21　在此的「低地」一詞是與「高地」之分，見薛恩（Schön）（1983/2004），頁51。

書處」，再調中華電信北三分會（介於基層工會及地區總工會之間的超大型國營工會地區分會），再調往工聯（接近工委會性質），再回「基層勞動家長協會」。這個方法用俗語說就是：「換了屁股就（可以）換了腦袋」，用理論語言說就是**將行動者放置到不同的結構位置，行動者必須依照她／他所面對的生存處境來行動，所以就可以改變她／他的行動模式，以改造自己和增加能力**。一個在基層工會擔任祕書的成員，儘管在大團體參與過無數次有關和主流政黨鬥爭的討論，她／他還是不會將此問題當作她／他的生命焦點，只有將她／他調動到必須跟政黨直接鬥爭的場域（例如工委會祕書處）才會真正發生人的改變的效果，而「上位子」就是這個改變的過程。

然後在這些「場」之間還有「秋鬥」，鄭村棋堅持每年舉行大型儀式性活動，除了標示工委會政治路線外，主要的目的就是創造一個操練工作者、幹部和群眾的演習場域；雖然只是大型儀式，但從例行的年度夏令營凝聚共識，到各地區動員和正式舉行，是長達半年的籌備期間，幾乎等同於「工委會」自身一樣，接近一個組織性的場域，秋鬥的活動可以有多重空間訓練不同的人，工運的很多文化行動，工劇團、黑手那卡西等，源頭均與「秋鬥」有關。

所以工作室對其成員的組織方法，是以「（大團體）實驗社群」和「基層蹲點」為基礎，在幾個不同場域間緩慢「移動位置」組合而成，是高度的脈絡化和量身打造而來。[22] 但是這個經驗有其歷史局限性，當工運場域在九〇年代後段開始縮減時，這個「上位子」路徑方法就難以複製，甚至成為阻礙某些成員多元發展的歷史經驗；因為現實中已經沒有「位子」，但新成員仍被當作有位子要「上」的狀態被要求，而發生更大的摩擦和挫折。

22　文中我所舉的例子僅是非常片段的場景，將這些場景用抽象的語言重新描繪、賦予意義，必定有所簡化，但有助於往後的討論。

（五）工作室領導組合：鄭、夏的分工與差異

　　1994年8月我加入工作室後到1997年左右，所經歷的團體領導方式，明顯以鄭、夏為領導核心，其他成員則是被領導的模式；鄭負責形勢判斷、提出戰略、發動議題；夏林清負責財務、實務督導、處理人的狀態和對成員的感情支持；更重要的是夏林清「側身學院」的穩定作用，她在輔仁大學心理系的教授職位，是工作室早期「人力」的主要來源，她同時兼校內運動社團的指導老師，將社團成員和實習生引進運動田野，逐漸影響並促成在田野中受衝擊較大的學生，畢業後成為專職工運工作者。[23]她擔任教授一職的收入穩定，結盟的非主流心理學學術社群網絡，也是工作室的精神和物資主要支持者之一，因此工運或學運圈常稱工作室為「輔大幫」，也確實反映出由夏林清帶入門的嫡系人馬在工作室占多數的情況。

　　一方面，因為我在工作室內主要學習的對象是鄭村棋，所以夏林清的角色在記憶中顯得比較模糊；另一方面，夏林清在工作室內區塊的位置，也使她的作用比較不容易被看見。1998年以前，工運區塊的成員占絕大多數，工作室作為一個集體，整個對外的政治面貌也是以工運為主導，夏林清負責的部分包括：基層教師團體、導航基金會（青少年工作）、粉領聯盟（導航發展出來的服務業女性勞動者權益倡議團體），「女線」則是工作室初期在工運圈對外的面貌，所以運動性更強，當時雖由陳素香負責，但鄭村棋也常給予策略性指導，夏林清則主要會協助女性幹部的組訓。鄭村棋的領導作用非常外顯，他的決策（看起來）決定整個團體的生存、方向和「路線／性質」。而夏林清所扮演的支援性角色（例如人的工作和財務募款等）都是在大團體幕後，以各別小組或一對一面談進行，所以她的作用與鄭村棋相比，是隱含、不

23　見卓玉梅（2003a）；張育華（2006），頁31-43；冷尚書（2004），頁17。

外顯，甚至在外部的組織工作也是如此。例如：1989至1991年工作室對中時工會和遠化工會復健時期，鄭村棋是工會的顧問，直接介入決策；夏林清的角色則是研究者，以傾聽工人的故事發揮重要的組織性功能。[24] 夏林清在2005年也簡短地回顧過她在團體裡的角色：

> 我也不同意〔1999至2001年吳永毅領導期間〕這樣的分工（「人的工作」和「政治決定」的區分），所以我在大團體從不放棄在重大政治問題上的發言。但工作室早期在艱苦的條件下，的確只能這樣分工……我負擔較多的感情、情緒的部分，也負擔財務的部分，現在回頭看仍然也想不出撐出那樣空間的其他可能性。[25]

乍看之下，鄭、夏的分工接近傳統夫妻的「男主外、女主內」的分工，但從內部關係和歷史發展來看，簡單的性別切割很難理解真實的複雜性。八〇年代初期，鄭村棋赴美留學前的政治啟蒙人其實是夏林清，帶他參與黨外前進系的地方選舉活動，然後他們一起在美國與保釣運動遺留勢力接觸，結識在美左派社群，而有回台後的「LA派」短暫關係。工作室成立後，內部的「內、外」分工並沒有「性別式」的等級之分，甚至在「二流人‧蹲點」的路線下，其實更重視夏林清負責的「內」的部分（人的實務督導工作），那幾乎是工作室創立精神的全部。我也確定她在大團體各種討論裡，扮演著把關人的關鍵性角色（特別是對人的判斷），也經常對鄭村棋過於激烈的手段扮演踩煞車的角色（例如冷尚書離開事件）。工作室在1988年從一無所有開始，面對激烈競爭的

24　見Hsia, Lin-Ching（夏林清）（1992），頁238-242；夏林清（1993），頁280-282。

25　2005年1月23日夏林清來香港開會，邀約正好路經香港的巧仁和熟悉工作室的香港友人林瑞含，無預警地發動有關我離開工作室事件的討論。夏林清的回應內容，摘錄自我事後所作的筆記。

環境，又沒有結盟對象可以在「二流人‧蹲點」路線上分擔工作（見LA派之解散），只能靠夫妻間的分工完成全部開創與領導的工作，互相擠壓成為必然。

　　不過，鄭、夏的確也有風格差異，在美國師從兩大反映實踐導師時就各有所好，夏林清形容過兩個大師的差異，Argyris授課時唇槍舌劍、課堂如戰場般刀光劍影；Schön是專注傾聽、哲思般破碎的句子撐出弧形多層次的空間（夏林清，2004b：8）。而鄭則偏好速度緊迫、智性辯論的Argyris；夏則持續跟隨給予學生較大空間的Schön完成博士論文。也許正如這兩個風格極端相異的大師仍可長期合作十幾年，鄭、夏也在巧妙互補下，完成了工作室前十年（1988至1998年）的領導工作。這個互補搭配在鄭村棋1998年到勞工局當局長後正式斷裂，直接衝擊到正在適應集體領導接班的我和陳素香。

　　2001年我離開工作室後，我常用另一個比喻去框構（frame）鄭、夏的兩極差異——我將鄭的方法理解為「斯巴達式訓練」，而夏則是「愛的教育」路線，我繼承「斯巴達」路線而敗給「愛的教育」。不過，現在回觀那個工運場域，就發現其實不是兩條路線，而是一種方法的兩面，分裂在鄭、夏兩個人身上實踐。整個九〇年代，工作室協助的中小型私營企業的工會，一旦發生爭議，極可能是生死鬥爭，如果不能暫時取得勝利，就會面臨幹部被逼退、解僱、起訴，工會被瓦解的下場；關廠抗爭也涉及同樣激烈的鬥爭，輸贏都是資深工人的棺材本、年輕工人的血汗錢和法律的鎮壓。所以工作者的訓練，無可避免的是一個軍事化的訓練，處處要求精準、膽識、體力、耐力和嚴苛的紀律；但是工作室又沒有軍法的強制力量，全靠團體的自律和自發性凝聚來對抗種種壓力，所以人的工作就是維持戰鬥團隊的唯一方法。鄭、夏如果缺少對方的分工，整個九〇年代的「工委會／工作室」路線都不可能實現。

二、 集體圖像變化（1997至1999年）

　　本節將回到工作室的一個階段史，也就是1998至1999年間工作室
的領導變化和區塊增生的過程。1997年工作室的主要領導鄭村棋，因
為需要休息和信佛，而相對退出第一線的決策與督導，在1998年因公
娼抗爭又復出，年底又被推薦進入台北市政府勞工局，正式脫離內部
的集體運作機制，所留下的領導真空狀態，迫使我（和其他中生代）在
還沒有準備的情況下，提早進入接班位置，成為引發2001年內部衝突
的原因之一。除了領導離開的衝擊之外，工作室內部區塊的變化，也
造成成員的互相擠壓。以工運區塊為主體的工作室，在1998年增生出
幾個活躍的、非傳統工運的區塊，包括公娼自救會延續而來的「日日
春協會」、新創立的蘆荻社區大學，和隨鄭村棋入閣而增加的勞工局團
隊。誇大的形容，即組織發生「突變」，因為新生區塊雖然和階級議題
相關，但是其場域性格和原來工運的（工會或抗爭）場域非常不同，運
動或教育的對象也不同，而使工作室原本的組織方式受到尖銳的挑戰；
而此同時，又是原工運區塊（以工委會為組織象徵）大片萎縮消失的階
段。

（一）學佛的領導：鄭村棋閉關之效果

　　前一節記錄工作室以鄭、夏分工為核心的領導型態，這個領導結
構在1996至1997年開始變化，主要是因為鄭、夏（特別是鄭村棋）相
對抽離第一線的運動，希望爭取休息的空間；其次是他們夫婦也開始
思考如何將團體過渡到更不依賴他們的階段，其中一個指標是經常談
論如何「整理經驗」，以及計畫將實務督導、組織發展、勞教互動的精
華，用錄影記錄起來，以便可以不依靠鄭、夏仍可將工作方法傳授給
新成員。另一個指標是他們開始描繪願景來激勵成員加速成長，希望

每個成員也能像他們同樣獨當一面。鄭在大團體（可能不止一次）對「中手」說過：「如果十年以後你們每個人都可以像我和夏林清一樣，各帶十個新人，那工作室就有一百個新人。」他也用生涯賭注來激勵成員：「你們到底對人有沒有興趣？有沒有決心要帶出新人和想獨當一面？如果沒有，我和吳永毅趁現在四十出頭還有最後機會可以轉行，再晚就沒有退路了」。

鄭村棋一定沒有預料到1998年底他自己會進入台北市政府成為勞工局長，1997年6月底，鄭、夏、我、陳素香、顧玉玲等工作室非正式的領導小圈圈，組團到香港觀察改朝換代的氣氛，那時鄭、夏相當的輕鬆，類似退休前帶領家族接班人出遊的狀態。1996年底到1997年秋（幾乎一整年）鄭、夏已處於比較抽離第一線督導的狀態，之前鄭村棋因為要紓解工作壓力，闖蕩於仁愛路附近的古董字畫店，認識學佛的氣功師父，夏林清為保護他而尾隨認識學佛的友人，夫婦開始信仰密宗佛教，並修習氣功。赴港參觀回歸大典之後，鄭在氣功師父建議下閉關49天不得言語，以收斂他造口業之衝動。[26] 這段期間夏林清成為工作室的暫代領導，把關重大決策，並闡釋鄭修練的意義和進度。[27]

我不知道鄭、夏的學佛和工運走到一個關口有無關連，但對我說來卻是一個他們夫妻在運動道路上是否「動搖」的不安訊號。鄭村棋還在閉關中的某日，我忘記是否因福昌案還是其他重大事務必須找他諮商，到了仰德大道他家，發現除了禁止講話外，他也不能理髮、刮

26　釋迦摩尼得道後也曾隱於山林內49天拒言語和傳道，「深寂離戲光明無為法，無得猶如甘露之妙法，縱為誰說亦不能了知，故當無言安住於林間。」見索達吉堪布（2000）《信源寶藏》，頁487。

27　摘錄自夏林清在2009年4月25日對我的論文內部討論時，說明兩人的差異：「在學佛的道路上，我是一個比較簡單、不提什麼疑問的人，我跳進去，我用我的身體學習，我就進入了；他是腦袋會有很多疑問的，所以反而比較坎坷。可以這麼講，不是我引導他，是他先闖入，我尾隨進入。」

鬍子（從鬍鬚的長度來推斷，我們該是在閉關尾聲去他家的），客廳裡原來堆放工運文件、書籍和報紙的雜亂角落，改放置一個供桌，前面有跪墊，桌上有燒香的小盒、誦經的法器、花和水果，牆面則掛上一幅大約一米半見方的五彩刺繡大唐卡；供桌邊的小茶几放著筆、墨、硯，還有鄭所抄寫的經文。他只能點頭和搖頭，似乎也有寫下幾句話指示決策，然後我們才離開（已忘記當時有誰跟我一起去），當時夏林清也在場，她一邊沏茶，一邊帶著略微興奮的表情觀看這場師徒間默劇式的互動。

這個景象，和以前我們必然因為重大事件才出現在仰德大道鄭夏宅內的世俗激烈鬥爭內容，實在太不相稱，簡直是超現實的落差。我第一次接觸藏傳佛教是在八〇年代初期在淡江建築系，那整代學生崇拜的偶像之一是剛從美國回來的建築大師李祖源（我的同居人 K 也暗戀著他），某年寒、暑假我都在他的事務所打工，後來他的 partner（合夥人）王重平成為我的畢業作品指導老師。[28] 我就經常聽到有關李祖源和國民黨高官在家供養喇嘛的八卦，雖然沒有在事務所親眼見過喇嘛，但記得某個場合李祖源沒有戴他那條招牌式的長黑圍巾，而在脖子掛上寫著藏文的金黃色綢緞，像圍巾的飾物，總之那是一個貴族、神秘和權力的意象，我簡直沒有辦法將此意象和鄭、夏運動夫妻的混亂客廳聯繫起來。

與其說我因此開始懷疑鄭、夏，不如說我自己的信心開始產生動搖。1997 年 3 月福昌抗爭總決戰，我自己設法撐過第一回合，建立了初步「獨立作戰／作主」的信心，但是在總體運動的高度上，鄭村棋仍是靠山，夏、鄭學佛的衝擊，使我那一陣子有很大的不安全感，擔心失去領導而因此失去集體。

---

28 王重平為後來 101 大樓工殤紀念碑的設計師之一。

> ……他〔鄭村棋〕與集體的距離愈來愈遠，我曾經想過，如果鄭真的跑去當教授或學佛終老，而我們因此工運搞不下去而失業，我就去他家抗議；反正學會鬥爭本領，又不是只能對外，對內也能用。[29]

鄭村棋出關後在大團體作出一次閉關經驗報告，他講述一段非常存在主義現象學式的身體經驗，他說師父要求他將自己「放空」，但是他在吃一口麵，或是在後院拔一撮草的日常短暫勞動裡，仍意識到自己的思緒已經在幾十個聯想、推理脈絡中滾動，他的腦袋就是沒辦法停下來。後來沒機會和其他成員檢查鄭村棋的那次報告對她／他們產生什麼效果，但對我說來，大概是真正看清自己和鄭村棋的「絕對」（而非相對）差異，不過這個認識卻是在往後兩、三年間才逐漸嵌入我的「領導無方」的自我否定意識裡面：

> 我加入工作室之前和之後，每次看到鄭村棋很英明的時候，常會想：「他比我大四歲，四年後我至少可以達到他目前功力的八成吧！」但是當我逐漸走上二哥位置，並漸露敗象時，就發現我永遠跟不上他；而且不是我累積經驗速度太慢；或是他也在進步，因此我追不上他的問題，而是「我根本就不是他那種人」。[30]

作為我的師父的鄭村棋逐漸遠離團體的狀態，在初期產生正面作用，使我開始有自己能否獨當一面的危機感，並逐漸轉化為正面的「男

29　摘錄自吳永毅（2007）的〈讀書〉，2007年7月底寄給工作室成員的內部公開信，回顧鄭、夏學佛對我的衝擊。

30　摘錄自吳永毅（2006）的〈YY對操勞營的快速回應〉，2006年7月1日參加日日春「操勞營」之後，寄給工作室成員的內部公開信。

兒當自強」(不是「取而代之」)的自我意識；他的閉關使我從要求自己
在一個戰役上獨當一面(不是單獨行動，而是重大決策不再依賴鄭村棋
的最後定奪)，上升到面對整個運動未來的壓力，只是那時候還沒有將
之聯繫到具體「上位子」的自我要求──即擔任「組織／團體」的領導責
任，那個責任是鄭村棋突然去當局長後才被迫接受的。

　　1997年底公娼抗爭如火如荼，夏林清在鄭村棋出關後搶時間組織
為期兩個月(1997年12月至1998年1月)的第一期氣功學習班，指定
幾個她認為「身心疲憊、需要保養」的成員(包括我、陳素香、淑惠和
巧仁等後來發生衝突的主角，以及冷尚書和婚姻衝突中的王秋月)，加
上自願參加者共十幾人，每週一次在仰德大道她家後院，由她們夫婦
的氣功師父指導集體練習；我後來解讀那是她們夫妻試圖提供資源，
將每個人的生命交給自己去修煉，將身心狀態準備得更好，能早日「出
師」或獨立「長大」的第一個步驟。不過這都是沒有預見後來又急又猛
的結構性衝擊的隨緣式安排。

(二) 未被警覺的工運場域緊縮和資深成員的離開

　　然而與內部鬆弛平行發生的，是外部工運場域的消逝過程。1996
年底到1998年是我擔任聯絡人的「全國關廠連線」抗爭的高峰，1996年
和1997年秋鬥的主題也都和失業有關，工作室的基盤──民營中小企
業工會隨著資本外移而大量折損，沒被關廠的也被高失業率驚嚇成馴
服默然；但是關廠女工集體臥軌、包圍老闆、衝撞國發會，使失血的
工運看來卻動能十足。工委會最核心的區塊──北基區倉運聯，面對
基隆港地緣優勢的沒落而難以起死回生，1998年12月台聯貨櫃工會明
知資方將以關廠殺手鐧回應，仍然決定罷工爭取尊嚴的死亡，地區同
業結盟的工運等於劃上句點；但當時鄭村棋入閣，集體沒有時間冷靜
的總結那個罷工的悲觀意義。我們的競爭對手勞陣和紅燈派的地盤也

陷入危機，1999年4月號稱最有實力的國營工會──電信工會在強力動員下仍無法阻擋立法院釋股案；但是全產總成立在望，眾國營工會和地方產總反而誤以為力量在上升。

這個場域的緊縮，似乎被兩個較敏感的成員（恰好是男性）察覺。工作室派駐桃園地區的董榮福最早敏感到工運的關口，1995年他負責蹲點的機場聯最大的工會桃勤工會，因協助勞委會主委謝深山輔選李登輝而和工委會決裂，影響力居次的圓山空廚工會也跟著杯葛，幾家工會又同時發生經營權危機；1996年底關廠抗爭在桃園爆發前的夏天，董榮福因為父親生病而請調去高雄女線，他同時盤算著轉換到收入更高的工作，「以便彌補對〔破產〕家族的虧欠」；年底他承認「在〔高雄〕別人的地盤上發展，我不敢再賭下去、我輸不起。」[31] 而離開運動生涯，接著成為民進黨屏東地區立委助理；1997年初他的妻子周祝滿也決定跟隨他回屏東照顧婆家，轉業擔任小學老師。工作室損失「桃園／機場」地區最資深的兩個成員。

接著是1998年，「北基區／倉運聯」的領導冷尚書，因唸研究所而導致與工作室集體的衝突，最後離開團體的事件，他的碩士論文第二章記載了他的版本的離開過程（冷尚書，2004：16-27）。他描述唸研究所的動機，是來自對家庭的愧疚，認為自己沒有給空服員妻子和幼子一個安定的生活，所以要以唸書來「改變生活方式」；另一個因素是1997年一整年他在經歷一連串激烈抗爭而感到疲憊，需要「休息、提升和沈澱」。我記得1996（或1995）年的工作室年度「退修會」上，鄭村棋要每個成員寫下未來的運動目標，冷尚書寫下豪氣十足的「推動基隆港總罷工」，令我大大自嘆不如，如果1998年夏天他繼續懷著這個雄心壯志，他必然對此野心有所動搖。1997年他獨撐暴力對峙的快順工

31　摘錄自董榮福給大團體的書面大綱，1996年12月10日。

會罷工，已經顯露他碰到「極限」，他事後寫到：

> 這群工人在抗爭中願以死相搏，來爭取自己作為勞動者的最
> 後一點尊嚴……在基層工會抗爭中，其組織工作之深淺、組織動
> 能的強弱、其抗爭的經驗與技能、對於組織工作者、工人、工人
> 領導幹部們生命的啟示，無一不讓我覺得「極限」，這不太是個人
> 的，是結構的，……（冷尚書，2004：20）

在工作室內部針對冷尚書報考研究所而引發的辯論和互動中，鄭村棋觸及到「工運關口」的選擇問題，[32] 他用的比喻是：

> 如果大家在同一條船上，而你比其他人先看到這船要沉了，
> 或根本到不了目的地，那你也該先告訴大家要不要一起棄船逃
> 生？而不是你自己先決定跳船看看再說。[33]

我把鄭村棋描繪的「沉船」當作是用來教育集體的比喻，而不是對具體情勢的判斷。從鄭村棋1997年香港遊輕鬆的姿態看來，他好像真的沒有充分預見低潮的到來；所以傳承、接班等焦慮，都沒有進入正式的安排，也擱置領導班底交接的議題。而我，儘管處在被通緝而不能回家，睡在工廠、幾天不洗澡的體力緊繃極限狀態，卻樂在鬥爭和其帶來的挑戰之中；另外和王蘋的緊張關係，也因為我不能回家，而

32　工作室一向特別關注個別成員做決定時如何放置其他成員的利害，冷尚書想去讀書的動
　　議，在內部經過各層次的處理，包括大團體授命我和田淑蘭去參加北基區特別召開的小
　　組會議。我們給他的壓力必然使他認為自己「不被信任」而產生離開之情緒。
33　摘錄自吳永毅（2007）〈讀書〉，給工作室成員的內部公開信。對話內容依據我的記憶所
　　重建。

失去空間所中介的親密關係對峙，意外得到短暫鬆弛；總之我也完全沒有因為關廠風潮和成員出走，警覺到工運將走入停滯。即使公娼抗爭闖進來，緊張刺激的決戰也使集體興奮不止，更不可能察覺已經來到面前的「運動關口」，直到「新人小組」衝擊工作室的「傳統文化」。

（三）漲裂的集體之一：「公娼＋新人」的撞擊

　　工運區塊萎縮等於工作室集體生成場域的緊縮，但真正直接衝擊工作室發展的卻是1997年9月爆發的公娼事件。如果純從負面角度看，這個事件的力道過大到扯裂工作室，至少是迫使組織面對危機不得不轉型的「建設性破壞」。一方面使馬英九看見社運的爆發力，而將鄭村棋引入市府擔任內閣，造成工作室領導突然真空，而失去漸進接班的「軟著陸」機會；另一方面，急遽地吸引不同於工作室草創時期的主流類型「二流人」，包括大量以「性／性別」為主要動力的年輕女大學生，也有行事風格相對前衛的夏林清的學生加入（例如洪麗芬和陳妍明）；也捲動稍早因為對中時工會路線好奇，而來當工委會的義工的台大學生鍾君竺等。[34] 而公娼抗爭爆發前，工作室各區塊也已經有幾個等待被帶領的新人，所以1998年下半到1999年上半，夏林清促成當時負責公娼抗爭又是工作室實務小組科班出身的淑惠，將這些新人組成「新人小組」定期聚會，由淑惠協同幾個中手（以工運區塊的領導為主，包括冷尚書、郭明珠、顧玉玲）分工，一方面是中手的自我鍛練，一方面組訓新手，也試圖拉近新人和資深成員的差距。

　　但是各區塊原本已經面臨環境的壓縮，「督導／中手」又歷練不足，無法提供新人在混沌、低靡、停滯的結構中看到出路，因此新人對「督導─學習」關係是處於不滿又緊張的狀態，這時將不同工作位置

34　鍾君竺是被王芳萍到台大勞工社演講時報告的中時工會經驗所吸引，公娼事件前就已經在工委會當義工。

的新人組成一個團體，客觀上促成某種看似對抗督導的新人聯盟（在新人組之前的督導關係，都是「中手／督導」和新人在各別場中進行「督導—學習」）。新人組中來自公娼抗爭的成員，又激烈的挑戰工作室「親疏有別」的組織界線，一方面是因為她們貼身參與在戰鬥中，以為自己在最核心的決策圈內，卻不時發現還有另一層更高的決策機制把她們排除在外（這應該和當時在現場擔任主將的淑惠和周佳君無法獨立做出戰略和戰術判斷，而必須回頭接受鄭村棋、夏林清、我及陳素香的指示有關，因此強化組織界線的排斥感）。另一方面是我認為的「路徑／進場」經驗的差異問題。公娼義工進入運動的路徑，和工作室原本的「工運／階級運動」蹲點路徑很不相同，公娼抗爭的女性義工一開始就以極度刺激的高峰經驗（peak experience）進入場域，所以運動意義好像已經是自明、自然的存在，不是刻苦忍耐、磨練日常互動的過程（這又很接近我的路徑，以至於對運動高峰後的日常意義認識不足）；[35] 但工作室早期多數「二流人」的工運蹲點模式的入場場景，則是1989年工運低潮後，在工會裡從日常灑掃進退磨練起，靠耐力和督導提供養分來認識運動。工運入場的身分通常是受僱於「工人／工會」，必須遵守資方管理紀律的受僱者，而「公娼／自救會」和「學生／義工」的關係則較為對等，甚至被寵愛。這些都構成「公娼抗爭」和「工運」兩個場域有某種文化差異，因此工作室想要將高峰經驗中吸引的義工轉化，與工作室原本看似「反高潮」的蹲點生活倫理接軌，但遭遇重重困難，而工運區塊的傳統價值也因為新人的挑戰而陷入自我混亂。

　　夏林清其實也想藉這股新人力量，來挑戰原有工作室的某種停滯

35　鍾君竺在針對我的論文的回饋〈君竺看吳yy論文〉（2009年5月22日）裡，說她是因為經歷高峰經驗而覺得蹲點可貴，和我說的正好相反。高峰經驗之後能否向下蹲與場域內的條件有關，或許是日日春協會提供工作者進場並轉化為蹲點較佳的條件，也可能是因為公娼運動算是「成功」的運動，並非以挫敗收場。

狀態，淑惠被夾在中間，一方面她要代表「舊」工作室體制價值觀去說服新人，接受組織生活而受到激烈的質疑；[36]另一方面她又要將新人的挑戰帶回大團體，希望團體調整並接納新的成員。淑惠的習性之一就是自我焦慮時，會以攻擊他人的動作來散放自身的焦慮，所以她在大團體以挑釁「舊工作室體制」的姿態出現，直接衝撞的就是我（以及陳素香）——所象徵的固守「舊」價值——「斯巴達／基本教義派」，這是我們衝突的結構性脈絡之一。我們那時都沒有能力看到這是兩種運動場域的互相撞毀，並嘗試再重新融合的破壞性過程，而把這個視為不過是幾個個人之間的衝突。

（四）漲裂的集體之二：工運無間道——市府區塊

　　鄭村棋接任勞工局長的過程非常倉促，從他接到第一通馬英九幕僚的電話，到最後回電表示同意，[37]不到一星期的時間。一開始他就傾向接任，首先找我和陳素香商量，除了認為他入閣可以使公娼的後續權利更能確保外，大意是說「要證明我們有能力進入體制，而且有能力再出來，將來堅持體制外路線才更有說服力。否則人家嘲笑我們只是酸葡萄，沒辦法進體制才反體制」。我的反應充滿矛盾，既興奮於工作室的路線將直接進入政治領域接受考驗（那時還沒有警覺到，鄭村棋缺

36　比公娼自救會更早接觸工作室的校護協會新人王芝安，她在2009年5月12日給運動
　　會群組的信中，說她自己對團體反彈的脈絡：「工作室有好幾組資深工作者有這種習
　　性……鄭村棋帶我們這種新人組時，有時也會罵兩句，罵完，我們就覺得他老人家何
　　必這麼激動，我們也感覺不到什麼革命意識：『明天就要打仗的話，我們今天哪有時間
　　拖』。這種對人行動紀律的道德喊話與上綱，我們沒法被感召ㄟ。在我們工作的組織，
　　就真的沒有這種氛圍」。她的自白證實區塊間的位置差異，會影響對於組織紀律要求的
　　認受程度，並形成組織文化差異。不過當年我對新人組的認識很「狀況外」，顯示我的
　　「領導」僅限於工運區塊。

37　回覆馬英九之前，工委會在工作室召開一個臨時幹部會議，鄭村棋徵得各區塊主要幹部
　　同意後，才確定同意接任的。

席後的工作室集體運作能力才是更大的考驗），又擔心工委會十年所建立起來的不被政黨收編、不藍不綠的「等距外交」路線，會被批評者徹底「抹藍」而失去基層的信任。最後我應該是被鄭村棋所說的另一個理由：「賣身去換一點資源，來完成幾個勞工文化的工作」所「利誘」，而支持他入閣的。

鄭村棋入閣後對工作室內部的衝擊分好幾層面。最直接的（反而不是最嚴重的）是他無法參與團體和工會的內部運作；其次是集體在工運場域中如何和他的官方角色互動的複雜「無間道」難題；第三是調整一個兩百餘人的官僚機器，所需帶進局內的班底規模遠超過原先預期（最高峰有四個核心成員、近十名外圍友人），包括一個工運場域所陌生但金額高達百億的「身心障礙就業基金」的管理業務，成為督導、協調的沈重負擔。初期我們還妄想鄭可以遙控參與決策，所以我的任務是選購一支新手機，給他專門用來和工作室祕密討論，[38] 我東挑西撿拖著沒買，他還怪我為何誤大事，當他上任滿兩個月時果然發生「公娼自請作廢」的失聯烏龍事件。

公娼案也涉及極為複雜的法律鬥爭，極簡化的說，陳水扁廢娼最大的弱點就是他違法不公告議會所通過的給予公娼緩衝兩年的《公娼管理條例》，而馬英九打扁的主要政見之一，就是他將依法公告議會通過的法規。但是馬當選後卻說：「會尊重新選出來的議會。」他不願得罪中產婦女團體，放任民進黨繼續凌遲公娼，既凸顯民進黨的鴨霸，又掩蓋他自己的投機。1月25日馬英九終於公告《公娼管理條例》，26日民進黨市議員段宜康又提出廢止該條例的動議，因馬英九態度不明，部分揣摩上意的國民黨和新黨市議員，又開始發表廢娼的言論。那時我取代鄭村棋，貼身協助淑惠和另一協助公娼抗爭的組織者周佳君做

38　鄭村棋一直有白色恐怖後遺症，認為情治單位會監聽運動團體的電話，平時核心的訊息就禁止用電話溝通，接任各方虎視眈眈的局長位置，當然更為謹慎。

決定，當天下午我提議進行一場政治豪賭，由公娼自救會自行宣布要求廢娼，目的是將燙手山芋拋回給議會過半數的藍營：「別借刀殺人，如果公娼該死，有種你們就自己下手！」[39]

我們和公娼自救會的幹部在市議會旁聽席開會討論，她們在僵局下也同意不如賭賭看，我們集體下樓衝到議事廳大門抗議，吸引媒體並召開記者會。行動前淑惠問我要不要和鄭村棋先商量，但當時鄭在市議會大廳裡備詢，我試著打他座位上專用的電話卻沒人接，內部祕密通話的手機又還沒買。作為一個臨時主帥若顯示猶豫，其他人會更沒信心，所以我從未如此果斷地下命令：「不管他了。將在外，君命有所不受。開始行動吧！」

馬英九的局，是他依法公告後看民進黨還能怎麼耍，他再擇期出來當拯救弱者的英雄；但公娼「自請作廢」後，整個政治壓力回到藍營，馬不但無空間可操弄，而且25日的公告變得愚蠢不堪。所以馬看到電視播出公娼記者會時，當場氣急敗壞的打電話痛罵鄭村棋，[40]鄭又落入了中時工會籌組時，啞巴吃黃蓮的承擔「鬥雞」（我）留下的橫禍。那個週末大團體開到一半，夏林清接到一通電話，告訴我去對面國民黨政策會後面的巷子裡，鄭村棋在那裡等我；我就在路燈底下，邊趕蚊子、邊被他狠狠修理一頓，他沒有完全反對豪賭，但非常不滿我們轉向前沒有知會他，完全不顧他在市府生存的處境。最後當然是提醒我趕快去買手機後，結束這場對話。

這場衝突事後回憶起來像似烏龍的諜對諜滑稽劇，但在當時卻是沈重無比；因為情勢曖昧不明，公娼生死未定，[41]而我和鄭的關係完

39　本段鬥爭細節，是我根據淑惠（2008）未出版的〈馬英九公娼政治〉所回憶建構的。

40　幾個月後，公娼復業告一段落，鄭村棋才告訴我們這個過程。那應該是鄭第一次領教馬在儒雅外表下的雙面謀略性格。

41　那陣子我住在工作室，2月2日凌晨接到公娼自救會會長官姐的電話，告訴我她和阿草服

全無法拿捏，從沒見過他那麼憤怒。這個沈重一直延續一、兩年，以「府一團」之爭——「市府組」和工作室其他團隊的高度拉扯關係表現出來，包括最直接相關的（北市）產總組，其次是日日春，再其次是涉及工運政治策略的「中央」[42]；對於體制內、外如何搭配，包括：最低層次的我（代表大團體）應該多密集地和鄭維持聯繫？如何裡應外合，但不能讓市府保守勢力發覺有人走漏「內線消息」？如何既不被誤會鄭是當官後高高在上，又不能造成工會幹部「朝中有人好辦事」的依賴心理？應該由「府」（市府組）發動協商這些複雜問題，還是「團」（團體）該主動？每次聚會時反覆爭辯，都無法總結出明確結論。

　　這些都顯示「鄭村棋／市府組」在內部決策過程中「異化」的現象。1998年底前大團體成員基本上是在同一主場，雖各有差異，仍說同樣的語言；但是「後鄭村棋時代」大團體主場變為多個，成員生存利害差異大幅擴大，「君命有所不受」事件是我和鄭村棋關係的轉捩點，終於不得不放棄依賴他，「團」和「府」的分化，即場域的分離，催生我的獨立。

（五）漲裂的集體之三：社區大學的「脫離、增生」

　　如果公娼是「撞向」工運區塊，那麼「社區大學」則是「脫離」工運區塊的增生。九〇年代末階級運動走入谷底，但是在「本土化」的潮流下，社區總體營造和教改的力量卻不斷擴張，「社區大學」就是這兩股動力匯流的產物，試圖透過成人教育平台，將邊緣文化菁英和社區群眾結盟的運動。[43] 夏林清抓住這個趨勢，試圖將她累積二十年的社會學

用安眠藥自殺，我趕緊叫救護車後趕到馬偕醫院，媒體已包圍急診室，她們以烈酒服下足以致死的藥量，幸運地被搶救回來。這個用性命的豪賭，才真正使互鬥的議員們退讓。

42　「中央」是工作室內對「工委會／工作室」辦公室和在此專職的工作者的稱呼。

43　從1994年四一〇教改第一次大遊行，到1997年5月白曉燕案時，教改主導團體「人本教育基金會」已有實力主辦十萬人的大遊行。相對位於教改邊緣位置的理想主義者黃武雄，主導社區大學的推動，但是台灣並沒有相應的社區文化和成人教育運動，所以近十

習經驗，透過社大伸向非工會組織的對象；對內則希望成為工作室的教育訓練機構，資深成員可以擔任講師，通過面向社會的考驗賺取講師工資，使運動能部分自給自足。這是繼集體練功之後，鄭、夏試圖再度營造一個集體出路的嘗試。

1998年底她指派在「中央」工作的資深成員李易昆，到台北縣創辦蘆荻社區大學；也派陳素香去暫時支援人類學學者潘英海籌備汐止社區大學。1999年9月蘆荻社大正式開學，「湧入了452名學生，而70%為在地婦女，平均年齡為45歲……以在地勞動與小店家、小廠主為主要背景的學員身上攜帶與積澱著豐富卻糾結壓制的婚姻與家庭經驗」（夏林清，2006：210）。那顯然與工會或抗爭的受僱勞動現場非常不同的新場域。

蘆荻社大在草創的一、兩年較不穩定外，之後逐漸變成工作室的新「根據地」，從提供開會空間、訓練新人、安插因工運區塊萎縮而失業的中手，到器材和訓練的提供等等。但是1999至2001年我被趕鴨子上架初任領導時，看到更多的是社大創辦帶來的壓力，更不可能看見工運退潮後區塊間消長的結構性趨勢，所以不能掌握非工運區塊的發展意義，只覺得鄭村棋入閣而增生的「府─團」關係已經夠令人頭痛，「鬆下來」使用社大資源的構想根本不實際，所以希望不要再開發其他領域。我為此和掌握非工運區塊的夏林清公開爭執幾次，特別是1999年她決定承包為期三年的「NGO論壇」，又要派人去九二一大地震災區蹲點。當時我的語言是「版圖能縮就縮，人力集中，不要再擴張了！」[44]，但對夏林清來說，開拓新場域可吸收新人甚至工作室的生

年後能夠維持非市場化課程的社區大學所剩無幾，蘆荻社大是其中之一。

44　摘錄自吳永毅（2001）〈叫二哥太沈重〉，是3月離開工作室後，未完成、未寄出的給大團體的信。

存和財務來源，都在她的場域開拓地圖裡，但當時我沒有這個視野。[45]

　　1999年因為事務龐雜的社大開始啟動，另外加上夏林清最熟悉和共同協作[46]、督導的基教、導航／青少年、日日春、災區實驗點等，內部辨識這些工作位置為「文化／教育區塊」，簡稱「教育組」。所以鄭入閣後，工作室從工運主導的「一大區塊」圖像，分裂腫脹為工運、市府、教育等三大區塊，這三大塊包含交互作用的結構性變化：工運動能萎縮、資深成員流失、經營的場域擴張、運動主體多角化、區塊間比重的轉移等。從圖8.1可以看出整體區塊繁複的程度，而這幅「中央」視角下的地圖明顯是以工運區塊為中心，教育組的多元區塊——（除資格最老的基教外）包括導航、日日春等，都只是藏在地圖中「教育G」之內的匿名區塊，充分的反映工運取向的領導「中央」的局限性。而下一節我所整理的集體領導的實驗，都是在這個局限性下進行，也正是我慌亂的核心。

（六）組頭、八仙與三毛：集體領導的反覆摸索

　　表8.1整理出工作室領導形式變化的幾個階段，可以發現最密集的嘗試集中在1998年到2001年，主要因為原領導鄭村棋進入台北市政府，幾乎和團體決策脫離關係，我將簡述幾個變化的脈絡。

45　但，相對的，夏對工運的判斷也有盲點，見本章第四節。

46　我的博士論文初稿的用語是「操盤」，但帶回工作室討論時，基層教師的成員認為用「共同協作」更適當。

1999年10月15日（五）

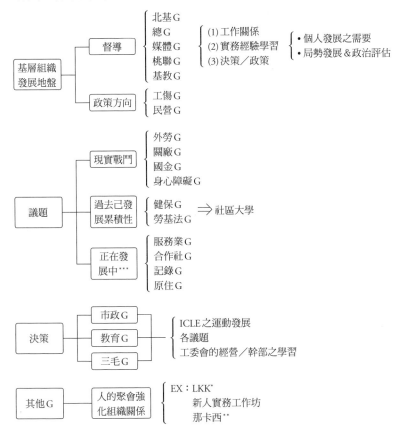

圖8.1：1999年工作室的「區塊」圖像[47]

*　　LKK為「老寇寇」（台灣閩南語，中老年人的意思），「LKK組」是工作室用來組織幾個中
年男性工人的聯誼性團體，他們積極參與工委會行動，卻又無法透過既有工會的組訓，
包括被保守的工會主流派排擠，或根本只是積極會員。

**　「黑手那卡西」樂團來自工運區塊，但當時已經半獨立運作。

***　「正在發展中」的四個G，全部沒有成功，但持續了幾個月到一年之久。

47　摘錄自陳素香的工作筆記，1999年10月15日。

表8.1：工作室領導過渡階段表：

時間	領導型態與組成人員	改變的背景
1995年以前	鄭、夏領導，每週召開大團體	工作室以鄭、夏為核心穩定發展階段。
1995年5月	開始「組頭」會議	工作室工運區塊擴張的高峰，嘗試各組組頭在大團體之外另行聚會，練習集體領導。
1997年	沒有重大變化，領導半真空 鄭村棋進入半休息狀態	1997年初，鄭部分退出第一線，鄭、夏開始學佛，9月公娼抗爭前鄭閉關49天。吳永毅整年在福昌抗爭，年底高雄女線結束，陳素香北上。
1998年下半	籌組「八仙組」 （成員不詳，初期含冷尚書）	1997年底到1998年初集體練氣功。公娼抗爭吸引新人，「新人小組」衝擊大團體，大團體開始討論鍛鍊中生代準備集體領導的問題。
1998年12月	重組「八仙組」： W+S+MZ+HL+MC+PP+QR+XL； 三層制集體領導： ①W+S②MC+PP③HL+QR+MZ+XL	12月25日，鄭就任北市勞工局長；因應領導真空，將原鬆散的「八仙組」集體領導機制常規化。
1999年4月	三毛會＝（W+S+PP） （又稱「豆腐組」，原因不可考）	三層機制運作不理想，仍回復由「中央」的三個工作者為主要領導，「中央」的責任是「開好大團體」。
1999年冬 至 2000年4月	領導組＝（W+S）+組頭	1999年8月由PP負責籌備工作的蘆荻社區大學開學，PP逐漸淡出「中央」，三毛組剩下W+S兩個老手。
2000年5月 至 2001年3月	W+S+三區塊 （工運、文化、市府各自提前2小時開會前會；W+S負責開好大團體；年底S指定工運區塊由SH+QR負責）	SH持續認為大團沒有學習；4月29日大團體，夏表示過去十年作墊底工作，不願再和W、S共同領導，未來十年要看集體領導；她建議大團改兩週一次，一週改為自由活動，但未實施；又建議三區塊各自提前開會，被採納落實。
2001年3月	W、S離開工作室	W+S和成員SH+QR衝突，夏突然介入支持SH+QR，W+S決定離開團體。
2001至2005年	「大團體」逐步轉型為不定期召開之「運動會」	HT+QR+XL調至「中央」，夏將「大團體」頻率降低，逐年改為自願參加的「運動會」。

*　各「組頭」代號及代表之區塊——W吳永毅、S為陳素香、PP李易昆（中央）；MZ顧玉玲（工傷）、MC郭明珠（北市）、QR巧仁（電信工會）、XL賴香伶（市府）、SH淑惠（新人小組）、HT何燕堂和HL黃小陵（倉運聯）。

　　追溯工作室「集體領導」的實驗起源，是在1995年中期出現的「組頭G」，[48]即大團體之外由各組「組頭」召開的小組會議。增加這個小團體的脈絡是隨著1992至1994年工運的上升，和「工委會／工作室」地盤的拓展，工作室從草創時期的一個務實小組，擴張到好幾個大區塊、以及好幾個同時進行的議題組、和不同的專案任務編組，原本由鄭、夏搭配，藉大團體進行「全景式」督導的模式，在小團體和議題增加情況下，大團體沒有足夠的時間「掃瞄」到每個角落時，而需要「組頭G」，即由各固定區塊（1997年：北基／倉運聯、桃聯／機場、大傳聯），加上較穩定（或運動有急迫性）的任務編組，各推派一個代表分擔大團體的負荷。「組頭G」當然有集體領導的意義，但是起初仍是輔助大團體（和鄭、夏的督導），功能性大於「政治性」；約到1997年，「組頭G」成為大團體前固定召開的「會前會」，並已經超出原本工作協調會報性質，且必須為各組在大團體的討論品質負起責任，這應該是工作室第一次實驗集體決策的機制。

　　到了1998年，鄭村棋雖然復出成為公娼抗爭的主要決策者，但仍很少參加大團體，「組頭G」才轉換成「八仙過海組」（因為成員共八個人，簡稱「八仙組」），成為針對團體發展和討論如何過渡到集體領導的小團體，由各區塊推派最資深的領導參與。然而其進度散漫，總是在處理個別成員不夠投入的問題，我也還沒有很清楚站上主要發動者的角色；只有等到鄭村棋出任局長，「八仙組」匆匆重整（原因之一是冷尚書離開），改為固定聚會，準備應付「大人不在家」的無政府狀態。

　　但是八仙中除了我、陳素香和李易昆等三人的生存位置在「中央」（不是領薪水意義下的「生存」位置，因為1998至1999年我和陳素香都已不從工作室支薪），其他五個人的生存位置都在「地方／區塊」，她

48　即「組頭小組」，我們當時的工作筆記常以group的字首G代替「小組」兩字。

／他們沒有「上位子」的壓力和動力，也不會帶著工作室整體的「盤」的框架在思考或行動，狀態最好的成員大約只能做到八仙組會議時能積極參與。我們一直沒有實驗出一個分散權力和責任的機制，所以一度又回到「中央＋組頭」的（雖舊但可能較現實的）模式。2000年上半我（及陳素香）和淑惠衝突升高（見下一節），經夏林清建議，將集體聚會的方式調整分兩段開會，第一段為三個區塊（工運、市府、教育）在大團體之前兩小時到工作室分區開會，確認自己在接下來的大團體如何和其他區塊互動，第二段才是大團體，而我和陳素香負責召開大團體的會議。兩段式的初期，工運區塊的前段會議還是由淑惠、巧仁和其他組頭（例如顧玉玲和郭明珠）輪流當主席，淑惠和巧仁仍扮演著工運區塊支援中央的角色，但責任並不明確；約在2001年初，陳素香要求淑惠和巧仁負責「開好工運組的會議」，要主動提議程並且做出政治判斷；也就是她們必須上工運組「組頭的組頭」位子，而不是「主席」而已。這個調整，將工運區的領導權力下放給兩人，使淑惠和巧仁的責任無可「遁逃」，只要是她們對我和陳素香的挑剔、要求，同樣會作用在她們自身上；也許因此使淑惠更加扭曲，終於引爆最後的衝突。

　　現在回顧，1999至2001年的集體領導實驗是必敗的，因為過度繼承「鄭村棋時代」的工運區塊主導模式，輕忽「後鄭村棋時代」的多個新生動力；想像幾個實習司機一起擠在駕駛座上，關切（更常嫌棄）視力不佳，而且只會使用3到5檔開車（因此慢不下來）的正駕駛的技術（副駕駛陳素香伸手幫忙握著方向盤，並安頓預備駕駛的輪替順序），而那方向盤卻又只能控制前輪中的一個，另一個前輪則按照它自己的動力奔馳著。這個比喻中的正駕駛就是我，比喻中缺席的正教練是鄭村棋，而可以控制另一個前輪的副教練是夏林清，她坐在後座，偶而出手調整擠在正、副駕駛旁的預備駕駛們的姿勢。最有趣的是，全車的乘客們竟然都沒有人對於前座瀕臨失控的狀態喊停。那時候也許最好

的方法是把「車」停下來，集體下車走路。但誰也沒有拿起責任喊停，不知道是那個顛簸可以忍受？或是沒有察覺顛簸？或是對於前座的一群駕駛過度信任的關係？[49]

三、 跛腳的接班人

工作室在1997至1999年間的組織圖像，隨著社會板塊的消長發生劇烈變化，團體也開始嘗試由集體領導來替代鄭、夏夫妻的領導，而我在板塊漲裂和領導轉移的過程裡，被推上最高的位置，集體領導（八仙組、組頭組或三區塊組）的領導。

（一）我在二流人間的位置：來自對外征戰的領導權

> 看那「命定的二流人」在「二流天花板」的限制底下，不服氣，
> 加上被眾人責難，卻又被加油和鼓勵地拚命跳躍，才貼近真正工
> 作室轉型的核心「沈重」。
> ——吳永毅（2006）〈對「夏令操勞營」的快速回應〉（未出版）

前面提到鄭村棋以「二流人」來闡釋工作室的成員在運動中較為持久的原因，如果我在場，他又會加上一句對我的評價來對照：「吳永毅除外，他是『一流的』，是被我們搞了很久才留下來的。[50]」

---

49 2009年4月25日和2009年5月9日，兩次對我的博士論文內部討論，都有涉及為何對我說來，衝突關係人之外的其他成員都等同於不存在，也完全忽略她們的行動？檢視3月17日的裂解事件前一年的不完整大團體紀錄，發現不同成員多次提及團體出狀況，但是沒有人發動具體行動。

50 鄭村棋的這個說法在不同場合說過，具體例證是2005年12月工委會反世貿團到潘毅家交流時，他又說出這句話。

　　鄭村棋是多層次的定義我為「一流人」，包括我的文藝少年歷史，得過時報文學獎，又是加大柏克萊分校的碩士，還有台社總編輯陳忠信對我論文的欣賞等；更具體的判斷來自他和我貼身工作後（中時、新光到《島嶼邊緣》籌備），對我工作的效率、創意、對細節的精準要求、愛好利害盤算等，才認為我是「一流人」。這部分的確和工作室創始期的多數成員有所差異，不過最關鍵的「一流vs.二流」的區辨，還是來自我的生涯選擇。1989年初，我拒絕鄭、夏的邀請，沒有回中時工會蹲點，而做了「一流人」的選擇──到全國性高位的自主工聯，因此錯過蹲點訓練的歷史契機。這個訓練的錯失造成我一路落後於「二流人」能耐，只能在1998年以前夾在團隊人群中互補前進，而不自覺於自己的跛腳缺陷，直到重新進入工作室路線的基層環境時（例如中時工會、《國語日報》工會和工作室本身），才發現寸步難行。但更值得探究的弔詭現象是，我為什麼又在這種缺陷下成為主要的預備接班人？

　　從某個無法查證的年代開始，我開始被工作室成員稱為「二哥」，可能是1995年打完全民健保抗爭後，我已經加入工作室，我和陳素香是鄭村棋主要策略的討論對象，以及工委會的主要幕僚身分都已經明確的時候。在我被叫「二哥」前，成員多半暱稱鄭村棋為「鄭」或「老鄭」，偶而戲稱他為「鄭老大」，卻從沒有直接叫「大哥」。更重要的是在我之後沒有成員被叫「三哥」（顯示比我年輕約10歲的中生代比較具集體性，[51] 沒有各別成員像我一樣突出，可以被「論字排輩」。）陳素香和我的位置類似──她雖然早在1991年4月加入工作室，但和我一樣都不是工會蹲點的「科班出身」，也更擅長運動的戰略分析；所以在我加入工作室之前代表「中央」督導，當我加入後就逐漸取代她（僅次於鄭）的領導位置，所以她沒有機會被稱為「二姐」。雖然我在工運現

51　鄭村棋1952年生，夏林清1953年生，我1956年生，陳素香1960年生，王芳萍1966年生，莊妙慈1968年生，王醒之1972年生。

場的鬥爭能力更刁鑽，但是陳素香在八〇年代初期就進入黨外雜誌工作，在大方向上更敏銳、沈穩和老練。但她沒有「姐」字輩頭銜，應該是因為工作室進入轉型階段時，她仍在工作室高雄分部（1995年7月至1997年12月），所以不能充分參與逐漸形成的集體領導。

我和陳素香共同屬於「鄭、夏」和「（中堅）中生代」之間的「夾心」地位，不只是自然年齡或個人社會經歷的「代間」距離，更是「組織（生命）史」的一個重要現象。工作室因為歷史限制和路線選擇，而以「二流‧蹲點」為哲學，開創特殊的工運場域，所以既因為成員必須是耐操的「二流人」，又因為場域中基層蹲點的位置限制，缺乏高層次工運版圖鬥爭的訓練，但組織生存又需要這個層次的拓展地盤團隊，陳素香就是在這種需要下，被鄭、夏邀請加入工作室，擔任鄭村棋（為主，部分夏林清）的左右手。我則是先拒絕邀請，自己以個體戶在外闖蕩，又被收服，再「帶槍投靠」回工作室；而投靠前後，我都是被放在政治戰略這個高度的工作位置——工委會祕書處和工作室的「中央」。所受到的都是不同層次的戰鬥訓練；對於「對待人的問題」的訓練，當然有機會在大團體和部分戰役的現場觀察鄭、夏的操作，但均屬片段的自學，沒有被特別訓練過（直到1995至1996年的北縣小組）。

為什麼征戰和保衛地盤的能力可以超過更基礎的「蹲點」能力，而營造「二哥」的位置？就得簡略描述運動中生存的邏輯。「二流‧蹲點」路線是工作室和其他團體的主要差異之一，除了這個內在「組織方法論」的區隔外，還要有外顯的，使工人群眾可以立即辨識的政治面貌，就得靠持續的鬥爭來形塑和展現。包括從三法一案、反賤保到工人選總統，以及不同於其他團體的激進但貼近群眾利益的個案抗爭，例如新光關廠、基客罷工。

「沒有另立一條路線，只在下盤做苦工，就會被別人從上面收割（或吃掉）。」這類運動內部的行話都是從慘痛經驗中——特別是「工委

會／工作室」和勞陣短兵相接的大台北和高雄地區[52]——所歸納出來；
工作室在個別工會將組織做的紮實，如果沒有自己的政治和路線圖
像，集體的力量就會被勞陣所影響的幹部所占用。[53]我和陳素香也是透
過無數次實戰，來證明我們在抵擋來自「上面」的鎮壓、收割、掠奪的
時候，具備優越的察覺和鬥爭能力，才被集體所信服；用成員淑惠的
說法：她羨慕我們「會打仗」，而她不會。這個信服在1999年之前沒有
被拿來和「蹲點」能力做對比，因為當年有恰當的分工組合，我們是輔
佐將外部征戰和內部蹲點貫穿的最高領導組合——鄭、夏夫婦，當這
個分工「卡榫」[54]崩脫時，我們相對片面的能力就變成組織危機。

（二）老二哲學：不可超越的「本質」？

　　我從小到大的志願裡從沒有跟「領導」沾上邊過，我擁有某些「一
流人」的能力，但卻是「老二哲學」或是「右手哲學」的長期奉行者。[55]我
從不是孩子王，往往是跟班小弟；從青少年起大多數的階段，即使在
同輩死黨中，我也是跟隨男性「大哥」腳步的老二，從中學時代的曾憲
偉、高中時代的羅智成（最典型）、大學時代的林洲民（相對較平等，
另一個學長郝祺屬於性啟蒙的偶像）[56]、當兵時期的唐高駿（擔任醫官的

52　勞動黨的勢力集中在桃竹苗地區，與工作室較少在地方層級發生短兵相接。倉運聯所在
　　的基隆汐止地區，勞陣的威脅很小。

53　極端的例子如自立報系工會，工作室成員擔任祕書，勞陣成員擔任幹部，被工作室成員
　　組織的基層力量，有時就會變成勞陣的政治資源。

54　此為夏林清的用語。見夏林清（2008）。

55　心理學家席菲爾（Irvine Schiffer）（1973/1991）談論「奇魅」（charisma），是指那些有意選
　　擇不擔任領導，而樂於將自己放置於不必負責任的中間位階，既能接近領導，又討好
　　位階更低的同事的性格，翻譯為「右手人格」（right-arm character，取中文裡輔佐領導的
　　「左、右手」之意）。

56　郝祺是當完兵，並在社會上打過滾後回來唸大學的超齡學長，有豐厚的胸毛，天鵝牌男
　　性內衣的廣告模特兒，是那個時代的性解放實踐者。

初中同學）、到退伍後的符耀湘。在美留學期間，除了導師、教父級的蔡建仁和林孝信外，還有柏克萊的夏鑄九和芝加哥的丘延亮，屬於在教父之下（或之外）照顧我們的「學長／大哥」。我和鄭村棋的初期關係也是這樣的，1988年中時工會抗爭和緊接著的新光士林廠關廠抗爭，我都是在鄭村棋的指揮下作戰，他和我貼身相處後，對我的評價是：「好鬥成性，但老是躲在我的後面出手，不替自己的行為負起責任。」1990年發生的「拉（LA）派」解散事件，我在對抗威權的蔡建仁時保持沈默，使鄭村棋更加認為我是沒有擔當的人。

　　我在運動生涯中逐步擺脫「小弟鬥雞」形象，轉換到獨當一面位置，常常不是我個人意志的追求，更多是來自「上位子」的「組織性」因素。1991年底我回到自主工聯，和鄭村棋沒有直接從屬關係，很難再躲在他背後當鬥雞，而更多是站在我的生存利益，將他當作主要資源之一的「利益平衡者」；但我主觀上並不知覺那個客觀效果，而繼續認為我是在搭配工作室的路線，只不過是「組織外的老二」而已。經過兩、三年組織界線的激烈碰撞，我從「工運個體戶」轉為組織成員，在密集的工人立法和社會政策鬥爭裡，我從打手、鬥雞和幕僚升格為主要戰將，但仍是在主帥鄭村棋的指揮下行動。1996年福昌抗爭時的戰況瞬息萬變，原來擋在我前面的桃勤幹部知難而退後，鄭村棋也退居二線休息，使我終於強迫自己擺脫大部分的依賴。

　　過程中唯一可以稱得上有主觀動力想要上領導位置的插曲，來自運動之外，赴美留學前的同居人U的刺激。1997年11月我遇到12年沒有見面的U，和她重新發展半同居關係，她已經是壽險經紀人上線的成功範例，是公司派出巡迴全台訓練新人的講師，兼迪化街金融網絡創立的投資公司業務經理。她下班後在遠東國際飯店頂樓俱樂部的休閒生活，和我熬夜加班的工運作息當然毫不相容；但更令我驚訝的是她和1985年1月時我所認識的她的差距，那時她剛滿18歲，我一度以

為會墮入風塵的三流高職中輟生，與1997年煩惱如何管理員工、身穿Armani上班的女主管間巨大的差異。資本主義成功生涯竟然在那個時空對工運運動者的我發揮「激勵」作用，使我覺得這12年中我的成長遠比U更可以預測，而產生要在工運上更能獨當一面的願望。其中當然包含在親密關係中對U可能提供的物質後援的幻覺，那也是鄭、夏開始學佛，鄭村棋閉關，使我面對集體出路的同一時段；U的作用和原先的組織困惑正好交錯在一起，某種程度使我更有心理準備，而在面對1998年底鄭村棋入市府時，不算是全然的束手無策。

我和U雙方逐漸認知到不適合維持長期關係，所以在1998年秋正式分手。這段迷戀窗外枝頭鳳凰的過程，雖然使我主觀意願變得想負起更多責任，但在團體內部一定造成類似鄭村棋閉關對我產生的狐疑效應——二哥是否在運動道路上動搖？而那個階段我和鄭村棋一樣，在團體內有某種私生活不被討論的特權，但我和U的親密關係明顯影響到工作，卻仍可以從大團體討論中豁免，也可能和鄭村棋當時對我的放縱有關，猜想他理解為那是我和王蘋多年僵局下的情感出口。[57] 2004年整理生命圖表時，我驚覺這段期間的「動搖」，可能是後來領導權威被(暗藏不語的)質疑的遠因之一。

即使我的企圖心一度被戀情激發，但是鄭村棋入市府還是很突然，在混亂中自以為能夠應付，身上那塊最致命的「跛腳」成分卻凌遲般地、慢慢地被同志揭露，使自信心跌到谷底，2000年下半起大概就是在這樣的表裡不一中硬撐下來。

(三) 北縣小組的補課：巧仁的督導

1989年2月我選擇到自主工聯，而錯過工作室的基層蹲點訓練，

57　雖然還有償還當年赴美國前「拋棄」U的愧疚感。

直到1995年6月起參與「北縣小組」，才有間接補課的機會。成立「北縣小組」是因為當時有幾個北縣地區的新人沒有被其他小組所涵蓋——包括淡水三光惟達工會的新任祕書LYZ（夏林清的學生）、北縣勞教中心的新人劉小書和蘇建仁、以及工聯的盟會欣欣天然氣工會的常務理事陳德亮，所以工作室指派巧仁（基客工會祕書、兼工作室「中央」專職、有豐富的基層經驗）負責實務督導，我則擔任組頭兼學習（當時工聯辦公室仍在北縣）；正大尼龍罷工時被我挖掘的叛逆女工高金葉，因為開始在北縣勞教中心兼職，而於1996年3月加入小組。

　　北縣小組延續到1996年底解散，過程中成員進進出出，最穩定的是LYZ，她畢業後在心理諮商專業工作過兩、三年，熟悉如何在小團體互動中獲得最多學習，另外也因為她的工會問題不斷，所以一年半的北縣小組主要的焦點就是LYZ和她的工會實務。[58]三光惟達工會是一個典型的「沒有行動的非閹雞工會」，和我熟悉的激進工會或自救會相比，真是天壤之別。當時對勞方來說已是大難臨頭：勞動條件緊縮、台北縣連續幾起大型關廠案、三光新竹廠關廠、淡水廠精密機械搬往大陸子公司新廠、資方家族爭奪經營權而內亂、被併購的風聲不斷。工會諸多因應方案都陷入痛苦的「紙上談兵」，北縣小組解散前也還沒有付諸行動（金寶電子集團已經直接併購其姊妹廠——康舒廠）。原因之一是占員工絕大多數的在地農村婦女，沒有自信擔任幹部，因此幹部多數是低層白領和男性技術人員，她／他們雖沒有被資方收買，理性上也知道該抗爭，但卻為求自保而猶豫、掙扎，沒人真正負起領導責任，僅寄望多方外力可當靠山。

58　後來在北縣小組裡，女工高金葉激烈地挑戰我和巧仁，認為我們過度專注於回應有能力引起關注的知識分子，而沒有照顧身為工人的她的特殊學習需要。劉小書也加入這個反抗，她屬於不主動求援的內斂型工作者，也因此常被忽視。高金葉之後還發動一連串的挑戰，成為我工運生涯中，遇到最能尖銳逼迫知識分子面對自己和工人差異的人。

　　LYZ是鄭村棋負責的勞工局勞教中心介紹去工會當祕書，所以對幹部說來，她既代表體制內縣政府的保護，又代表向體制外工委會（因反健保戰役而得到眾望）「買保險」，工會因此不必加入（工委會系統下的）自主工聯，而買了第二家保險——加入看似較溫和的北縣產總，產總反群眾路線的「股票工運論」大師侯晴耀，成為不願面對現實苦戰的幹部的優先出口，被聘為工會會務顧問，想抓出資方法律上的小把柄來要脅換取利益。所以對幹部有持續影響力的是侯晴耀，工作室只能透過勞教時找鄭村棋當講師，或由我（以工委會及工聯執行長身分）去列席理監事會，間接發揮作用。LYZ既代表工作室去推動群眾路線，又受制於顧問侯晴耀的反群眾決策，處境已經夠複雜；然而年輕、聰明、伶俐的她吸引住剛離婚的侯晴耀，約她到自己的「股票工運工作室」閉門授課，並打算聘請她當兼職私人助理，而她順著自己對有權力男人的操控慾望，也迎向曖昧的師徒關係。

　　如果由我來督導LYZ，一定是以策略導向來和她討論行動方案，找出比侯晴耀更高明的、更可以使資方讓步的可能性；但是巧仁的工作室督導模式卻將策略擱在很後面，先要求LYZ進入工會處境下的自我察覺，檢查每個幹部的生存策略和可能協助的方法，以及她和幹部間（以及侯晴耀）互動產生的作用。其實依LYZ的專業背景，她比我們更熟練這些方法，只是還沒有決定要走工運生涯而散放著各種煙霧。巧仁的督導的確使我開始認識到工聯多數盟會「不行動的非閹雞」狀態的複雜性，以及工作者可能在其中緩步跌撞前進的方法；巧仁撥開LYZ的煙霧，尾隨她緊追不放的能力，也使我加深對人在運動中抉擇的矛盾性的理解，並見識對峙這種問題的方法。後來我擔任兩個和三光惟達同性質的「不行動的非閹雞」工會的顧問——最近似的欣欣天然氣工會，和部分相似的《國語日報》工會，很大一部分的應付能力來自北縣小組的學習。

這個階段，巧仁和我同在「中央」工作，我（在中央）雖比她資深，但只能說是半個領導，因為當時主要決策仍是鄭村棋在定奪；然而在個人學習上，她則是透過北縣小組作為我的督導。我認為她對我的領導更實質，而這個關係的殘影映射到1999至2001年領導過渡的鬥爭中，卻變成負面的作用。

（四）被否定的領導：媒體小組、中時工會、《國語日報》工會

鄭村棋入市府時，工作室不假思索地決定由我來接任他留下的中時工會和《國語日報》工會的顧問職務。但如前所述，我沒有基層蹲點經驗，1998年底卻突然空降到兩個蹲點示範工會當顧問。這兩個工會都屬於「大眾傳播業工會聯合會」（大傳聯），在工作室內部稱作「媒體組」，組頭是大傳聯的總幹事、工作室最具代表性的蹲點路線實踐者淑惠，1999年的組員包括中時工會的總幹事卓玉梅、《國語日報》工會的總幹事蘇雅婷、《國語日報》工會的另一個顧問（中時工會前任總幹事）楊俊華、自立工會的幹部袁孔琪、以及當時剛去C電視公司工會的祕書新人小朱。我接手兩個工會顧問後，卓玉梅和袁孔琪分別在媒體組表示我不進入狀況、沒有「上位子」（指標是開會時打瞌睡，見本書第七章），她們討論是否應該邀請我加入媒體組，淑惠表示我加入小組會使她感到壓力而擱置；約在1999年6月至9月中時工會舉辦系列會員勞教後，小組決定邀請我參加，我斷續出席幾次，但不知如何擺放我自己，每當討論到鬥爭策略和戰情評估時，我經常不同意或想修正淑惠的判斷，但又覺得那會擾亂督導的威信，所以我壓抑自己不發言，成為團體的負面動力，淑惠決定有需要時再找我開會。同年11月下旬，卓玉梅認為我還是沒有掌握顧問應扮演的角色，要求淑惠協助；淑惠建議撥出一次小組時間專門檢討我的狀態，並希望我先提出一個書面報告，我拖著沒寫，12月底爆發「人力／團協抗爭」，我就再也沒

有出席媒體小組。

　　但是我和淑惠的緊張關係已波及到兩個工會。2000年初，中時抗爭開始捲動，我代表中時工會團隊向大團體申請支援，淑惠公開批評我只會要人，卻不顧別人的學習，要求中時團隊必須為去支援的成員（主要是她）創造條件——「安排位置和開空間」，她才會「因為卡入客觀利益，而有動力協助」。她也表示只願意協助楊俊華和卓玉梅，而不願替我「顧下盤」；[59] 猜想她那時的看法是我之前不努力學習會務督導，她也拒絕在緊急時替我墊背。卓玉梅將淑惠編入預計舉辦數十場的小組會議的核心團隊，發現她無法跟上複雜的脈絡，反而變成我們必須一一給她補課，她自己也決定轉調文宣組，退出決策和會員組訓工作，只擔任功能性角色。

　　同年3月至4月中時工會抗爭尖銳化，保守幹部開始杯葛抗爭行動，我和卓玉梅要求最資深的楊俊華回來負責領導作戰，但楊俊華已經因為第三屆的密集抗爭而不堪負荷，且他和卓玉梅在第三屆末因為期待過高而落空的情結尚未消解；然後他對陳文賢未能全力戒除生活散漫的惡習、卯入抗爭而憤怒抵制；再加上他又剛接任北市產總理事長而分身乏術。卓玉梅因此和楊俊華發生激烈爭執，楊俊華生氣的在小組長聯席會否決我們的抗爭方案作為報復，並且遞出辭職書（辭去常務理事），我認為這明明是「陣前將軍叛變」，吃定我們非得向他妥協。我的回應也很強硬，楊俊華可以選擇自己位置，但關係上一定要認錯，若不認錯連理事也辭掉（因此北市產總理事長的職務雖合法，但失去正當性）。大團體討論此案時，淑惠和夏林清決定去瞭解楊俊華的立場，客觀上卻也發揮慰留的作用。淑惠如此判斷：

59　摘錄自吳永毅（2001）〈叫二哥太沈重〉。

想和他〔楊俊華〕談，但我也沒辦法對峙他的pattern。不覺得他是吃人，想聽他自己講。……他靠服務、跑腿起家，當條件不足時，就不敢面對了，不應簡化成個人衝突。你〔吳永毅〕這樣〔對付他〕，他必定和你對上。看過他〔楊俊華〕被鄭〔村棋〕處理，我不知怎麼解決，但吳的辦法是無效的。[60]

這個衝突很典型的展示我和淑惠的「深層次矛盾」，她認為我不會處理人的問題、不同理他人的處境，只以任務導向來評斷他人，然後她會以自己也沒有對策來甩開責任，並引用權威的範例（這次是鄭村棋，其他場合也會引用夏林清，最常「鄭、夏」一起用）來否定我的決策。她不信任我處理人的能力，應該來自大團體和媒體小組的經驗累積，我也總是承認這個缺陷；惹怒我的是我們（包括她）正嘗試過渡到集體接班，她卻偏要扮演高位的評審，引用權威來否定我的行動。這個模式在接下來的一年中經常出現，而累積了最後不可挽回的對立。

《國語日報》工會也算被這個「深層次矛盾」波及，只是更曲折一點。《國語日報》工會幾乎可以說是中時工會的「小弟工會」，會務人員都有強烈的中時工會色彩，鄭村棋和楊俊華是原先工會的顧問（鄭負責戰略，楊俊華負責會務），工會的總幹事蘇雅婷，由中時工會最「古典」的祕書淑惠（透過媒體小組）督導，多數工會幹部也羨慕中時工會能夠有實力逼迫資方讓步。然而兩個工會體質差異很大，中時工會由底層藍領主導，《國語日報》工會則是中層白領為主，藍領工人認同度低。中時是利潤掛帥，若沒有工會保障隨時會被解僱；《國語日報》則是早年由教育部撥款成立，遺留強烈的公營企業體制——鐵飯碗、勞動條件超好、人治管理、對市場反應遲鈍，因此危機是基金被坐吃山空。

60　摘錄自2000年4月8日的大團體紀錄，這是我被拿來和鄭村棋作負面比較的第一個文字紀錄。

1999年我接顧問前，資方找來顧問公司來搞「組織再造」，準備打破鐵飯碗來節流；但工會主張更換外行的經營高層，搶攻市場來開源（蘇雅婷，1998）。

　　資方先針對新進員工實施緊縮政策，成功的使占大多數的資深會員觀望，工會的白領幹部狀態和三光惟達工會很接近，都知道推翻高層權力非得拼命不可，但下盤實力空虛，沒有人願意挑起經營下盤的責任，兩者互為惡性循環。尤其2000年中時工會開打，《國語日報》工會則在「鬥雞」光環的陰影下仍難有作為，使幹部、蘇雅婷和我都更為焦慮，於是蘇雅婷在大團體表示自己遇到瓶頸。淑惠診斷蘇雅婷的停滯是因為「直接在現場」的顧問（我和楊俊華）沒有協助她走出幹部的權力小圈圈、去接觸基層（這大部分是事實，我除了不擅長外，當時已被中時抗爭牽制而無心關注）。淑惠認為她在媒體小組對蘇雅婷的督導無法深刻，是因為自己「沒有在工會現場」。因此我們（吳、淑惠、蘇雅婷）決定藉中時抗爭為由，由我辭去顧問改由淑惠接任，讓「淑惠—蘇雅婷」的督導可連成「一條龍」。

　　這對已經全力投入中時抗爭的我，的確減輕很大的負擔，然而2001年我和淑惠衝突到最高點時，她卻將這個顧問替換說成是「又是去幫你擦屁股的」。錯誤從1998年底就造成，我根本不該空降去接這個職務，負責最高戰略的顧問竟然是整個工作團隊中最不了解工會的人。工作室當初集體不思考地指派我去接任，而我「沒那屁股卻吃那瀉藥」也膽敢接任，更默認性別因素的作祟。當時新顧問的最佳人選其實是一路督導蘇雅婷，又是大傳聯總幹事的淑惠，雖然她是女性又是幕僚，反而應該教育幹部重新認識她的角色所代表的分量，而不該便宜行事地由看起來較有分量的男性，即「工委會祕書處召集人」的我去接任。當我接任又辭職時，強化幹部們被放棄的感覺，也使淑惠的位置更為不利；而且偏偏在我們交接前，幹部終於勉強搞出一波不算激烈

的行動（在園遊會掛上諷刺社長的漫畫），淑惠一接手就遇到秋後算帳而士氣低落，所以她把帳記到我頭上也不算冤枉。

（五）小結

　　我在運動中累積的專長是政治策略、工運鬥爭、議題勞教、行動創意，在比較完善的分工團隊中是個人的優點，但是當我逐漸從分工中的一員上升到團隊的領導時，片面的專長就變成致命的缺點；尤其是我成為團體領導的同時，兼任兩個基層工會的顧問，更加暴露我的殘缺，領導地位在「中央」和「地方」同時被否定，這個「四面楚歌」的圖像，有助於更立體的理解下一節將描述的衝突，而不致被簡化為個人之間的人際矛盾。

四、　離開工作室

　　工作室實踐的「二流・蹲點」哲學，但我因為錯過「蹲點」，在團體中屬於有缺陷的特殊地位，然後還有接近失控的（1997至1998年）內部區塊快速變化；接下來將說明這三個因素如何交匯在2001年的「三一七裂解事件」，使我和陳素香兩個主要領導決定離開集體。

（一）衝突另一端的主角：淑惠、巧仁和夏林清

　　我與陳素香累積的多半是軍師兼戰將的歷練（我在2000年左右，主、客觀上都已成為半個主帥），相對較少帶兵的訓練（更精確的說，是缺乏承平時期帶兵的能力）。因此在面對大團體、工運組、組頭組，這些主要功能是處理內部的人或組織發展（而非敵我鬥爭）的團體，我們常是賣力卻難以稱職。1999年中新人組解散後，大團體希望新

人組的負責人淑惠調回中央，[61]整合中生代成員的各層次組訓能力，[62]並彌補她所欠缺的「政治／政策／工運」層次磨練，或她自己說的「想學打仗」，[63]使我和陳素香可以鬆動出來，到社大修夏林清的團體動力課程，補足有關處理人的訓練。2000年1月工作室在蘆荻社區大學召開一整天的「退修工作坊」（簡稱「蘆荻會議」），再次確認這個方向。巧仁也在蘆荻會議上，自告奮勇地接手我在自主工聯執行長的職位，並到桃園地區發展，因為我說那是工作室版圖內僅存的製造業藍領工人的集中區塊；她還發表：「年過三十、必須面對自己可否獨當一面」的豪情感言，夏林清以巧仁的氣魄，鼓勵工作室的中生代都有機會出去打天下，經營自己的地盤。[64]

　　蘆荻會議在我（目前）的記憶裡是個「主旋律外的走音」事件，充滿正面的激勵和高昂的氣氛，似乎集體接班的坦途就在曙光中被照見，怎麼都無法和接下來整年的惡雜氣氛，以及後來幾年的低迷歷史連接起來。衝突激化，多半由這波人事總調動所醞釀而生，主線是我和陳素香嚴厲但笨拙的試圖挪動淑惠上位子，而不敢上位子的淑惠，反過來抵制我們，方法就是用「鄭、夏」的標準來檢驗並嫌棄我和陳素香。巧仁則和淑惠結盟，抗拒我和陳素香對她在桃園地區工作的督導。其他組頭和成員則抱著「大人吵架、小孩別插嘴」的立場焦急、擔憂。

　　起先只是個別事件的矛盾，第一件是2000年3月的春鬥分工，我和陳素香安排淑惠接手「總協調」職務，一方面鍛鍊她的能力，一方面

61　蘆荻會議還決定將倉運聯的何燕堂調來中央和淑惠搭配，因為何燕堂也缺乏中央的工運資歷。

62　約1999至2000年，組頭組的關鍵詞是「中生代實踐邏輯反思」、「場中指導經驗」、「新人所需資糧」、「清倉」、「盤整」等，代表想要將資深成員累積的經驗轉化成新人組訓資源的焦慮。

63　摘錄自淑惠在2002年的某篇自述文字，頭尾皆佚失而無法列為文獻。

64　夏林清並舉顧玉玲負責的工傷協會為例，認為那是成功的獨當一面案例。

為她接任工委會祕書處鋪路，但她拖到最後關頭才決定不接總協調（由比她資淺好幾年的王醒之替代），只願擔任五組總統候選人的聯繫工作。4月初大團體已結論她於6月離開大傳聯，要說服幹部接受由蘇雅婷接手，然而淑惠遲遲並無準備挪動的跡象。接著4月至8月中時工會抗爭，她一邊批評我的組織手法，一邊拒絕被徵召加入核心團隊，8月中她又夾著夏林清助手的高位，在身體雕塑工作坊裡俯瞰團隊；9月她帶著不情願（但沒有表露）接替我成為《國語日報》工會的顧問。到這個階段，我和淑惠的工作關係已經劍拔弩張，她在大團體反彈的姿態（甩髮箍、丟筆、不耐煩地詢問會議何時結束等）也越來越明顯和頻繁。

　　巧仁則在2000年5月中接任自主工聯執行長，一開始我就和她為「擺放關係的方式」起過爭執。例如，在通過她的人事案的工聯常執會上，和工作室有過節的桃勤工會幹部和親勞動黨的常執委，故意給巧仁下馬威，當場刁難她，但巧仁回答的姿態很高，令人捏一把冷汗。事後找她檢討，認為她應該找我召開會前會來掌握情況，她卻怪罪我沒有提醒她。不久之後某日，她穿著外罩透明薄紗之類的性感短裙、腳上蹬著當時年輕女孩流行的高跟麵包鞋，提著炫麗的編織手袋來工作室開會，當我知道她是剛去參加工聯盟會理事會之後，我訓斥她一頓，她不悅地反駁，說她有穿衣服的自由，我生氣的回應：「妳有自由、但也要知道因此會被人家定型，妳現在是執行長、不是工會祕書。」[65] 6月她又在大團體要求我繼續參加「桃聯小組」（桃園地區和機場聯誼會每週召開的督導團體），理由是她不了解桃園的複雜生態，所以無法督導小組的新人劉自強（桃勤工會幹部，黑手那卡西成員）；[66]

65　當時我常以威權的面貌在團體中訓斥中生代，例如2000年4月8日的大團體，因為顧玉玲在沒有告訴我的情況下，將工殤紀念碑案工作丟給新手，結果新手又來找我，變成我的負擔，我在團體中訓斥過顧玉玲。夏林清有感而發的說：「吳永毅罵沐子的樣子就像鄭村棋」。

66　根據極為簡略的2000年6月29日的大團體摘要紀錄所重建的記憶。

我立刻就拒絕，除了因為當時中時工會已經開打，根本沒有時間去桃園，另外我也認定她沒有真正「上位子」，早該主動約我討論的功課沒作，卻想長期依賴。可能是7月底，中時爭議進入瓶頸，鄭村棋罕見地回到大團體參加討論，我表示工作室已經沒有實力撐起這個樣板工會，鄭村棋似乎在重新詮釋中時工會的歷史意義時落淚，並主張調動集體資源把仗打完。中時戰役發動幾個月以來都沒有意願投入的巧仁（在之前的團體報告中，她是考慮暫時離開桃園三個月，替她爸經營店面樓上的涮涮鍋店），突然也哭著說她受鄭村棋的感召，如果集體同意，她希望擱下桃園的工作來協助中時團隊。我既是她桃園工作的督導，又是她將要（扔下桃園前來）「拯救的」中時團隊領導，對她突然的表態，我錯愕又覺得巧仁「無恥」，但我沒有勇氣在團體中爆發，因為會落入失敗的我在反對鄭村棋，還阻擋他調動資源。

關係惡化到這種地步，巧仁和我已不會找對方進行討論，這又形成新的惡性循環。11月22日馬赫俊神父回台酒會鬧場事件，使我對她更為不滿。那是一個極為複雜、敏感的場合（馬神父有跨派系的工運光環、卻是民進黨政府用來轉移基層民怨的外國樣板，協辦酒會的又是巧仁地盤上的龍頭老大桃勤工會），之前我催促她一定要沙盤推演，她拖到前一天還沒有把文宣做出來，當天到台大校友會館門口，才召集工委會動員的十幾人臨時分配角色。酒會進行到一半我們拉布條、喊口號，桃勤工會幹部出面制止，不但媒體效果非常的差，現場也無法統戰其他幹部，甚至對內也可能是負面的，（巧仁當時的「老闆」，即自主工聯會長）林子文就表示通知得太倉促，有被工作室挾持的感覺。

我和淑惠及巧仁的工作關係已經形同水火，而她們倆又是領導組最核心的中生代成員（第三個積極參與的是李易昆，再外圍一點的是郭明珠和賴香伶），事後看來領導組爆裂只是遲早的問題。而通常負責發現與轉化這類矛盾的夏林清（因為是非工運區塊的領導）並沒有參

加（以工運為主的）領導組，她只是在大團體間接了解狀態，並給予建議。1999至2000年，鄭因為局長的繁重壓力，私生活更為依賴夏的協助，[67]因此夏常常不能參與大團體，也就更脫離工運領導組的脈絡（她在非工運區塊裡有工作關係，除大團體外仍有其他互動，較不脫離）。2000年4月，因為巧仁意外地懷孕而引發親密關係被運動壓抑的討論，夏林清察覺我（和陳素香）在領導組和其他人的緊張狀態，而寄望中生代自己負起責任：

> 當年我們（鄭、夏）是以婚姻關係服務運動，但其實被壓擠的很厲害，現在你們30歲，面對這些盤，未來怎麼走下去？……過去10年……由0到1，由我和鄭的婚姻關係作支柱，我清楚經驗這個苦，也選擇對待這個苦；鄭更苦，但有沒有條件……但再下來的10年要怎麼走，你們要想。我不想做領導，也不想和毅、香一起領導，我過去10年做墊底的工作已經夠多了，再來我認為應該是你們集體做領導。[68]

　　她一路以「給予空間、保持距離」的策略，主觀希望領導組能長出解決問題的能力，當她發覺團體各種「症狀」時，基本上採用「放鬆治療法」——即盡量減少工作量和開會時間，希望釋放出非工作空間，讓成員休息、放鬆。如前所述，夏林清領導我所未能掌握意義的非工運區塊發展，相對地，她在團體內部位置是側視工運，因此也有盲點，她認識不到工運區塊無法煞車的動能；她會從保護個別成員的立場，對工運局勢做出不經意的結論。例如2000年初她看到陳素香催促淑惠

67　鄭村棋當局長後脫離大團體的運作，1999年自立報系及公娼抗爭時，夏表明不會擔任鄭的傳話人，她希望大團體發展出直接對待「無間道」處境的能力。

68　摘錄自2000年4月29日的大團體摘要紀錄。

接手春鬥工作而發怒時，在大團體裡主張：「春鬥沒有就沒有了，做不出來就算了！」[69]這對我和陳素香來說卻是草率的主張，秋鬥是工委會路線的主要象徵，1999年以大地震為由取消，同時宣布延後到次年3月總統大選前舉行春鬥，是鄭村棋「進入體制」後的工委會預定舉辦的第一次大型儀式，又逢四年一次大選，如果再取消，就會被解讀為鄭村棋當官之後工委會失去運動性。

2000年4月底因巧仁懷孕，夏林清首次建議降低團體聚會的頻率：

> 我不同意把工作問題／關係，和人的問題分成兩類。我們過去為了頂起一個陣地，很壓迫及剝削自己的情慾，是被割捨的，我在想工作室現在是否應該花更多的時間來面對。我提二個建議：第一，每週大團前1.5小時作區塊會前會，三個區塊可互動，然後再回大團，看三個區塊是否有需要提出協同的；第二，另外一週則考慮可以自由活動，這幾年下來，我們再不面對這〔情慾〕問題是不行的。[70]

5月下旬，她繼續推動大團體僅專注於討論三個區塊的「政治性」問題，[71]並儘量提早會議結束的時間。這表示她發現過去大團體（因為鄭、夏介入）所產生的學習動力，已經不存在，無效率的團體只會造成內耗。我不確定夏林清是判斷繼續拉扯無效？還是前面她說的不願「墊底」？或是她根本因區塊裂漲而分身乏術？她選擇干預的方法就是減少聚會，而不是像她以前的模式——進入關係、深入對話和尋找實質的解決方案。這個方向抵觸我和陳素香的利益，使我們更為焦躁。因為我們

69　摘錄自陳素香未完成也未寄出的給大團體的信：〈給同志的告別信〉，寫於2001年3月下旬。

70　摘錄自2000年4月29日大團體紀錄。

71　「政治性」為工作室內部專用語法，指最核心的利害衝突之判斷。

的世界裡各(工運)區塊是停滯、膠著的，更需要透過大團體來掌握動態、上緊發條(那時沒有充分意識到其實各地的低迷，有一部分來自整體工運場域的「萎縮／壓縮」)。淑惠和巧仁因為不同的動機，搭上夏林清所推動的「放鬆療法」，開始建構一個「鬆vs.緊」的內部對立情節。

(二) 內部路線分歧的「建構」：鬆或緊？

約從2000年下半年起，「鬆vs.緊」論述已經是淑惠在領導組的主要話語。前面曾以「空間」隱喻來說明工作室圖像變化——區塊間的撞擊、拉扯和裂解，以及「有機體」的隱喻來說明非工運區塊的「增生」。「鬆vs.緊」則是淑惠和夏林清的「速度和力學」隱喻，來建構「後鄭村棋時代」的內部路線差異，淑惠甚至說這是她和我及陳素香的「生命基調不同」。簡化的內容如表8.2：

表8.2：「鬆vs.緊」的對照[72]

標籤	鬆		緊
代表	淑惠、夏林清、巧仁		我、陳素香、(所象徵的鄭村棋)
論述	過去十年，工作室超負荷／超時／超戰鬥／超不人性／壓抑身上其他慾望情感的工作狀態，已經把身上累積的能量耗盡了。所以不是不願上位子，是沒有能量上位子，必須調整工作方式、休養生息。	vs. 對抗	工作室過去用不斷戰鬥的方法撐出一條工運路線和地盤，如果內部需要休養生息，那麼我們如何去維持這條工運路線及所代表的政治力量，而不至於消失？
哲學	「以人為優先」		「以運動為優先」
關鍵詞[73]	實然[74]、弱勢、情誼、女性、單身、要鬆、要休息		應然、強勢、工作、男性、有伴侶、要緊、要上位子

現在回顧，工作室自2001年我和陳素香離開之後，整體路線的確

72　根據陳素香在2001年3月17日在大團體發出的〈給大團討論的一個引言〉重寫。

在夏林清影響之下轉向「鬆」，我也認同這是必要的轉變，但是「鬆—緊」的隱喻並不符合2001年我們離開前的團體「症狀」，「鬆—緊」差異在當年是被「建構」出來的。1999年公娼復業後，集體早已不是緊迫的戰鬥狀態，2000年具體的工運「負荷」包括——春鬥、中時抗爭、《國語日報》工會躁動、八四工時大聯盟運動，其中引發內部衝突最激烈的、也是最能反映傳統工作室場域變化的中時工會抗爭，只是局部成員的「緊」（淑惠在外圍），也根本不能用「鬆」來回應和緩解；將春鬥和八四工時運動定位是「過緊」而造成成員內傷，也貶抑兩個運動在萎縮場域中以小博大的創發和突破作用。

　　而且從歷史看，「戰鬥」對成員身體能量造成的殘害會隨時間和年齡累積，而在某個時刻會壓垮運動者的歸納，是很片面的。淑惠帶著她當時的主觀意願，使用這個用片面結論來描述工作室的節奏：

> 需要有「不工作」的空間，需要玩樂，需要有安穩的睡眠，需要自律神經能正常，我不要在工作室的日子，像軍隊，只有鐵的紀律，連出軌的條件都被制約壓抑。[75]

　　然而在最緊的「鄭、夏時代」，「運動／戰鬥」和「情慾／能量」也不是被忽略或互相抵銷、零和的元素，[76] 不但制約不了「出軌」，更是彼此加成、互補、替代的作用。又例如1997至99年的公娼抗爭，固然添加身體的極端負荷，但運動帶來的高潮經驗，若用「能量」隱喻來結算，

73　摘錄自吳永毅，〈叫二哥太沈重〉。

74　「應然」與「實然」，是巧仁在3月16日所提書面報告的用語，指「中央」（主要是我和陳素香）認為她應該去開拓桃園地盤，但是實際條件比她想像的差太遠，所以她決定放棄。

75　摘錄自淑惠在3月16日所提的報告。

76　而且內部處理「情慾／親密關係」的密度也是相當高的，本章稍早曾列舉的大團體人事案，幾乎都是「運動」和「情慾／親密關係」交叉的議題。

其正、負相抵後的結餘當然是正數。將「工作／身體的負荷」與「能量／情慾」對立起來，就是一個不符合（我的）運動歷史經驗。而根據淑惠在諸多公娼文獻中的敘事，也不符合她的歷史經驗。陳素香當時也向大團體拋出她的疑惑：

> ……為什麼運動反而使人枯萎？運動反而使運動者長不出力量，這到底是出了什麼問題？（讓我很痛苦！——是一個很虛無的思考——不曉得為什麼還要往下搞？）……我同意〔淑惠〕這些說法嗎？不知道，我失去了觀點和立場。[77]

工運在高峰時，工作壓力當然是極端沈重，但那個身心被逼到極限的處境，正是成長、突破或挫敗的雙重來源，不能只看到「壓迫」的一面；運動者也不可能把身心準備好再投入（更高的）運動（例如淑惠上工委會位子的例子），而是投入運動現場後被激發、鍛練以及淘汰。而且工作室的歷史印證「緊」的激勵作用多於「運動傷害」，特別是運動有出路和領導有效時，再苦或緊也可以「甘之如飴」，包括淑惠自己。「搞運動要甘之如飴！」是鄭村棋的典型斯巴達式庭訓（對外人看來也許接近受虐癖），大意是說運動必然經歷極端的體力透支和精神壓力，要能視之為自我挑戰和學習；如果搞運動搞到叫苦連天，就是沒有真正的投入和體悟到運動的精彩之處。[78]

我就是那種「甘之如飴」的典範工作狂，除了幾小時睡眠，其他

77　摘錄自陳素香在2001年3月17日大團體討論前發出的〈給大團討論的一個引言〉。

78　Teske（1997）訪談美國社運工作者的專書，其中第四章記錄的三個社運工作者對工作負荷的看法，非常生動的呈現美國經驗裡的「甘之如飴」，反貧窮運動的David說：「全身投入社運不像外人認為的是負擔……而是啟迪……是非常解放的經驗。」（頁113）；環保運動的Gary抱怨工作的高壓力，但也認為運動使他的憤怒有出口，使他「每天起床覺得自己是個好人」（頁118-119）。

都在工作狀態，不抽菸、不喝酒、不賭、不嫖、不消費，不喝茶、咖啡或有糖飲料，每餐預算50元台幣；除了身體對揮霍的承受比較低之外，也是某種高度自律和節儉的結果。搞工運以前最喜歡的休閒是看電影和逛書店，到1993年淡出《島嶼邊緣》時，基本上也放棄這些休閒；工運高峰期的1993至2001年，床頭書都是和政策辯論有關的理論書籍。家族往來降到最低，甚至連非工運的朋友也不交往，幾乎所有年輕時期的死黨都沒有聯絡。唯一的「出口」，是網際網路普及化後，偶而去色情網站發現新事物，連帶發展對電腦知識的癖好（這可能和鄭村棋的賞玉和品茶類似），不過占工作總量的比例仍低；而且是隱蔽的出口，組織的成員看不到我在虛擬地下世界肉慾流動的那面。如果從淑惠的框架看，1992年我和M的短暫外遇，以及1997年底到1998年秋和U的重新發展（那時我和王蘋的關係已等同分居，而不算完全的外遇），就是一種「零存整付」的出口。雖然兩個外遇發生的時間都是在體驗工運高峰的（「緊」的）階段，卻很難簡化為因運動壓力或瓶頸而另尋出路，外遇和工運的關係還是要回到具體而複雜的脈絡去檢查。

　　我的存在既是榜樣、又是壓迫，尤其當我和U分手、全心回到團體且漸進成為領導、又住在辦公室時（1998至1999年），應該更為嚴重；連陳素香也覺得我接近「病態」，而加入淑惠陣營和我對抗。[79]然而，我、陳素香、以及淑惠三個人在安排「公—私」界線上，卻代表完全不同的光譜位置。陳素香極力維護成員在運動外有限的主體——應有私密的空間和最低的輪休假期，她也偶而會和年輕時的死黨「鬼混」[80]；而我則認為運動已經有足夠樂趣，為何還需要其他工作之外的

79　特別是她還沒有和我發展出關係的1999年上半年，她批評我沒有留給成員私密的空間。
80　不一定是墮落、懶散或揮霍時間，可能是徹夜聊八卦、睡到自然醒、喝茶、吃飯、串門子等，但對工運節奏來說已是「鬼混」。

「娛樂」？（若用理論解釋，應表示我的工作完全不「異化」）[81]但是為了回應成員（淑惠及巧仁為主）的抱怨——在工作關係外沒有情感聯繫，我曾建議不定期舉行聯誼活動，卻被陳素香澆了冷水：「每天工作見面已經夠煩了，休息時還要跟同一群人在一起，怎麼能放鬆？」那個階段唯一成功吸引跨區塊成員的集體聯誼活動，是在權力關係外圍的新人張競中所策劃的登山健行活動，然而高舉「鬆」和情慾流動的淑惠，也沒有參加過。陳素香形容在高雄所發現的室友淑惠，是「床頭一本閒書也沒有、不和同志有生活親密」的工作者；淑惠情願將自己描繪成和女工一樣沈溺於「異化」的休閒：「只有回家看豬哥亮歌廳秀才能放鬆。」[82]或寧可主張假日在家睡覺最能夠彌補「損失的能量」，而不敢真正爭取工運外的主體——包括陳素香式的鬼混主體，或她「自憐自哀」的、找不到親密關係的主體。

　　「單身」也是淑惠抗拒上位子的理由之一，她說每當會議結束離開團體時她就是單身，那種孤獨感使她無法像有伴侶的成員一樣，因為互相分擔壓力而能承受更大的責任。領導組的成員的確除了淑惠之外，都有組織內或外的伴侶，儘管個別關係中並不必然分擔壓力，甚至可能增加壓力，但客觀上確實形成淑惠的孤立地位，而使她可以如此建構其特殊性。1999年中期我和陳素香開始發展親密關係，到2000年夏天趨於穩定，我們在辦公空間中不小心流露的親暱，很可能刺激到當時34歲、抱著獨身焦慮的淑惠。我覺得淑惠在潛意識裡「故意」用「沒有親密關係」來「上綱」——製造一個督導僵局——我和陳素香沒能力協助，而且探索親密關係只有她自己可以行動——使我們無法在工

81　運動的勞動到底有沒有異化的成分？對我這樣在接近權力頂端的運動者幾乎沒有，但是「二流・蹲點」的勞動有嗎？工作室的督導、滋養和生涯發展部署都試圖要「去異化」，但可以去掉全部嗎？

82　根據對淑惠在多個場合發言的印象所回憶。

作關係上討論她上位子的問題。

她口頭要爭取情慾空間，但實際上並不付諸行動，因為那和她的生存策略有內在矛盾。2001年初，她提出一個很精神分析式的論述——「鄭村棋的精神召喚與道德強制性」，[83] 來反彈我和陳素香「逼」她上（工委會）位子的部署；她認為鄭村棋的堅持戰鬥形象和斯巴達式訓練，對成員是具有道德強制性的精神壓迫，所以她要反抗。我認為這個論述絕大部分是衝著「強擬／劣仿」鄭村棋的我，而不是真實的鄭村棋，因為淑惠的自我認同其實來自服膺鄭村棋的庭訓，她是工作室的當家苦旦，[84] 靠擁抱「（蹲點之）苦」而獲得集體中的典範地位，所以她不能「鬆」下來，鬆下來就是自我否定，否定她的「本體（人為何而活）」價值。她的行為是多重矛盾的，一方面不願在權威鄭村棋面前示弱，強裝獨立自主：

> 某次鄭回大團體，我（陳素香）對鄭村棋說「你最好回來，我們撐不下去了」；但淑惠立即反駁說，她不以為然，她認為大家還有動力，可以往前。[85]

一方面，她在團體中卻又自稱是被「強者」逼迫上位子的「弱者」，「弱者」反擊的策略卻是高姿態的扮演「鄭、夏」標準的把關者，當時她的口頭禪是：「如果是鄭、夏不會這樣……」，或是「我不知道哪裡不對，就是覺得怪怪的……」，[86] 來抵制我和陳素香的領導方式，並挪用

---

83 摘錄自陳素香在2001年3月17日大團體發出的〈給大團討論的一個引言〉。

84 工作室第一代實務工作者以「苦旦」為主，包括淑惠、張育華、張雋梅、陳青黛；晚一期的工作者是相對明朗、可愛型的「三朵花」（內部暱稱），包括周佳君、巧仁、郭明珠。

85 摘錄自2001年陳素香未完成的給大團體的信：〈給同志的告別信〉，草稿寫於3月18日到3月底。

86 記憶最清晰的一次，是我和陳素香決定釐清成員能否對集體財務做出貢獻，而發出一張

夏林清「鬆」的處方，來鞏固她反擊的合法性。

　　淑惠當時有三個工作位置：她擔任總幹事的大傳聯，掛名政策組組長（但實際是扮演總幹事角色）的日日春協會，和工作室內部「清倉」（中生代生涯發展和傳承給新人）的負責人。她其實判斷大傳聯已經無可作為（包括工會發展的局限，和所帶的新人都是不會走向工運生涯的外圍親友），但那份工作相對壓力較小，又可維持穩定生計，[87] 使她有空間從大傳聯遊走到日日春，滿足她所欠缺的政治學習和情慾探索，因為日日春的最後的政治責任當時仍由夏林清承擔。也就是淑惠的動能其實已經準備從工運區塊中撤退，但我和陳素香無能看透她的「想學打仗／道德強制」只是她的「超我稻草人」[88]（她紮來使自己相信有全力對抗逃避上位子用的），而跟那個稻草人拚命糾纏。

　　巧仁則創造出一個「應然 vs. 實然」的故事來為她對在桃園的「三心二意」辯解，也呼應淑惠的「超我強制」。2000年下半年巧仁其實已經傾向撤離桃園，但她拖延著沒有向團體表露，到2001年3月16日（大團體裂解前夕）才攤牌表示早已決定要離開桃園。她在報告中用很大的篇幅辯解「蘆荻會議」時的她不是「雄心壯志、主動爭取」，而是因為我「欽點」她去桃園，因此明知「孤軍奮戰」也要「義無反顧」的承擔「應然」重責。當曾茂興「挾特赦光環出獄」，「實然」的條件愈來愈差，「那個『應然』已不管用」，而「大團體沒有能耐處理人的狀態，大團體的弱化，沒有過去十年的能量」，也是「實然」的一部分，而和我與陳素香的「應然」政治要求差距愈來愈大。她猶豫著要不要質疑「應然」，所以

　　「家計負擔調查表」，請成員填完後於大團體逐一討論。隔週的大團體淑惠提出質疑，她說過幾次「我不知道哪裡不對，就是覺得怪怪的……」以及「如果是鄭、夏，不會這麼粗暴……會細緻一點……」。

87　依據淑惠在2001年3月16日領導組有關自己出路的報告題綱整理和詮釋。

88　夏林清形容淑惠和鄭村棋的關係時，說鄭村棋相當於淑惠的「超我」（superego），即鄭是淑惠內化的道德標準。摘錄自淑惠給吳永毅的電郵，2008年8月21日。

拖延著沒有對團體表態。[89]

　　巧仁的「應然vs.實然」論述繞過我們對她工作狀態的質疑，而且將我和陳素香建構成「應然」陣營，是不顧現實條件、不考慮「人的能量能做到哪裡」的一個道德壓力。她也和淑惠一樣「謀殺」自己（曾經豪情）的主體，唯有如此，失敗的責任大部分才會轉移到當時促成團體堅守桃園的我。追究她接任執行長之後的具體責任也同時被壓抑——我和陳素香以為她想在桃園苦撐的前提下與她進行的纏鬥，也變成「應然」之壓迫。從這個角度，她的「應然」和淑惠樹立的「超我稻草人」，有同樣戰略地位，彼此結盟。

（三）重複的跛腳故事：淑惠和巧仁對我的嫌棄

　　淑惠雖然在1999年初帶領「新人小組」時遭遇挫敗，但她成為工作室內「發展人的工作」的領導人，也就是夏林清的準接班人地位，則是無庸置疑的；不只夏、我、陳素香和其他組頭這樣期待她，她也以此自許，[90]現在看來這些期許可能也過於沈重。2000年她負責中生代清倉工作，9月底大團體根據清倉結果，討論出如何調動新人和中生代的草案，要促成兩代在更緊密的工作關係下進行「資糧」傳承，[91]但是淑惠自己是整體人事調整中首當其衝的停滯者，導致她的角色在2000年下半段變得模糊不清，「苦」的地位失守，迫使她變得更為焦躁、蠻橫。比較貼近她既有的能力和慣習的「夏林清接班人」角色，她都猶豫不決，更不用說移動到工委會祕書處，去歷練接近鄭村棋式的能力。只

89　這段對巧仁狀態的描述，是依據她自己2001年3月16日書面報告的語言摘要整理而成。

90　依據淑惠在2001年3月16日領導組有關自己出路的報告。她提出如果離開大傳聯，她可能去的四個位置，依序是：回工作室、去日日春、去工委會、未來去讀書。「回工作室」是排在第一優先順位，但是工作室不可能供養專職者，一定必須兼工委會角色；淑惠將兩者分割，

91　依據陳素香的工作筆記紀錄。

是她沒有直接拒絕，反而放任自己用更高的姿態來反擊——貶抑我和陳素香。

　　2000至2001年團體經常陷入無效或僵局，我與淑惠的衝突，其實重複著中時「人力／團協抗爭」裡我和卓玉梅的張力：我是殘缺的、沒有「發展人的能力」的領導，淑惠（相對）有此能力，既不服被我領導，也不像卓玉梅般的固執，是寧願崩潰也要撐起地下領導的重擔以取（我）而代之；淑惠選擇靠向夏林清來抵制我（和陳素香）。我則是將領導無能的焦慮投射到淑惠身上，期待她挑起「人的發展」的責任，她卻反過來要求我（和陳素香）要先學會發展她。陳素香也企圖指出這套邏輯的荒謬：

　　　　鄭、毅及1/2的香——為什麼成為壓迫者？真的有壓迫的問題嗎？是什麼性質的壓迫關係？……戰鬥的團體必然沒有溫潤的土壤嗎？這是什麼問題？誰在怪誰？……解決工作室的這個問題，還是「壓迫者」的責任嗎？真是弔詭。[92]

　　衝突更多來自於對彼此上位子的期待落空，而不是「鬆一緊」對抗。夏林清的主張「鬆」，表面上好像是回應團體內部的無效和敵意，但更可能是她準備走出與鄭村棋不同的運動路線的開端，只是她那時不自覺、我們也不如此認知而已。她們夫妻本來就有不同氣質傾向（指標之一是夏偏愛Schön、鄭偏愛Argyris），1988至1998年工作室受限於工運場域你死我活的環境，所以由鄭的路線主導、夏為輔助，第一線和第二線場域的差別又再強化夫妻間的差異；1999年鄭因入市府而脫離大團體，且既有工運場域萎縮，我和陳素香又沒有能力領導成員開

92　摘錄自陳素香在2001年3月17日大團體發出的〈給大團討論的一個引言〉。

拓出新的工運領域,所以以夏林清為主體、不斷拓展的非工運場域中的實踐方法,就逐漸成為集體的主導路線。(相對)「鬆」的路線,也的確較符合團體漲裂後生存的新場域。我和陳素香離開的原因之一,也是因為我們仍掙扎著「強擬／劣仿」原工運場域的方法,而抗拒融入模糊形成中的新路線。

　　巧仁在這場衝突中的角色值得玩味,那時她也有多個穿梭的空間與位置:她是自主工聯執行長,應該在桃園維持工會結盟的地盤;她卻選擇發展(非工聯盟會的)東菱電子關廠自救會的「離隊」女幹部陳滿屏和其同志情侶檔,她們在桃園創業開客家小吃店。同時巧仁的父親經商失敗,而必須協助解決債務,因此打算頂下父親店面樓上的涮涮火鍋店,自己來經營;然後她也是領導組成員。在工運外她有一個沒被滿足的慾望,就是自己創業搞一盤生意,這個遺憾可能與淑惠的獨身一樣,在35歲告別年輕的生命關卡前召喚著。因此接手涮涮火鍋店補貼父親,並協助失業女工再創業,更符合她當時的動力,卻也像淑惠欲求的戀情一樣,是不被「超我」認可的主體。尤其當她接手自主工聯後,工聯前會長曾茂興因聯福臥軌案入獄(2000年9月23日),之後被阿扁特赦(同年12月10日),2001年初又宣布二度參選立委,吸納當地的自主工運力量,原本帶著「打天下」豪情的巧仁,無法放下身段接受被邊緣化的位置,於是她更加流竄到其他空間裡(例如7月底要「搶救」中時工會),包括領導組。

　　在領導組,除了淑惠之外,巧仁是最積極參與的中生代,但她沒有負擔具體的領導工作,所以當(負責代間傳承,又有上位子問題的)淑惠和我在小團體中衝突時,巧仁常以第三者角色制止淑惠的挑釁[93](召集會議的陳素香,因為和我有親密關係而常常難以出手),這顯示

93　依據我的工作筆記,斷續記錄過三次巧仁制止淑惠挑釁,分別是2000年8月6日、8月
　　12日,和2001年1月29日。

她在小組中扮演仲裁者高位的角色。相對於我、陳素香和淑惠，巧仁的資歷完整，不算跛行於工運生涯；她受教於最早期夏、鄭親自督導的實務小組，1991年起在基客工會蹲點，1992年罷工擔任最主要的幕僚，1994年協助長榮重工工會抗爭，1995至1997年調工委會祕書處專職，1997年以後在國營電信北三分會反民營化；所以她是兼具「蹲點」、「抗爭」、「政治／政策對抗」多種歷練的中生代，領導組裡她可能是唯一能掌握全局的人。

2000年7月18日領導組非常罕見地跑去三芝陳素香家中聚會整日，規劃工作室未來五年的發展計畫。巧仁提出成立以群眾教育來創收的「事業部」，還要把女性區塊整合為「四色牌」——即：（半停擺的）粉領、（正活躍的）紅色日日春、（停止運作的）藍領女線、（從未開始的）白領上班族，並且還要集體購屋共同生活。[94]現在回觀那個三芝聚會，大概是工作室歷史中最難以解釋的一個會，所有領導者竟然都沒有意識到集體之前和之後的巨大困境（那時中時工會早已開戰，4月蔓延到工作室而幾乎決裂），卻用一個不符合當時緊張關係的額外親密的形式，到郊外私人空間中發個大夢，夢完，領導組的內鬥就惡化到難以撫平了（8月我和淑惠及郭明珠為中時案激烈爭執至少三次）。

那個脫離現實的五年大計，卻顯示巧仁的主觀動力，她在桃園地區受困，回中央卻可以規劃長期願景。多數成員必然有某種類似的經驗結構，也迷失在區塊擴張（社大和勞工局）帶來資源的幻覺，否則不會先有（1月）過度樂觀的「蘆荻會議」，接著（7月）又和巧仁在三芝腦力激盪出超高音走調大計。那時我深陷於厭惡巧仁自桃園不戰而退的情緒，而沒有敏感到在地區挫敗的巧仁，領導組已成為她的另一個出

94　對此聚會的「失憶」現象值得特別註記：我和陳素香兩人都忘記這個聚會，我是從陳素香的工作筆記「發現」這個聚會，而陳素香即使讀過她自己詳細的紀錄，也無法恢復記憶。可能因為這個會的內容和後來的現實發展完全脫節，所以不被記憶。

口。在領導組，巧仁以旁觀但又包攬全局的視角，親見無能的我時而色厲內荏，時而彆扭、僵硬和反覆，但她又不得不忍受（被她督導過的）我在桃園議題上對她的嚴苛糾正，她屈辱的情緒應該不下於我。

　　集體領導就是在我（以及位置接近我的陳素香）、淑惠和巧仁的互相嫌棄中前進，2001年的「三一七大團體裂解事件」就是這個結構終於承載不了過多的怨恨。

（四）總是賭氣的二哥：領導行為量表的負面樣板？

　　進入「三一七事件」前，再重新聚焦於我回應領導危機的行為模式，以及我和陳素香——既是位置與我接近的領導組「夾心代」成員，也是我的親密伴侶——作為一組（而非個別）行動者在集體領導困境中的作用。

　　鄭村棋入市府後我不得不「上了領導位子」，其實沒有任何任命程序，我繼續被叫作二哥，但是位置改變卻是很迫近的感覺。集體無異議（也可能是無意識）的同意我接替鄭擔任中時和《國語日報》兩家工會的顧問；每週大團體鄭村棋就不再出現，我勢必取代他成為重大政策的發動和定奪者。當我從「老二／右手人」變成「八仙組」的領導時，我原先的各種優點——幽默、靈活、刁鑽、創意、耐操、抽象分析能力等，在形成中的「鬆一緊」對立結構下，都消失或變成負面特質（traits）。到2000年中，我的形象大概就是負面形容詞的集合：不包容、不開放、沒幽默感、不正向思考、不能促成組織學習、不體貼成員等等。如果用「領導行為量表」來測量，我的得分一定接近「完美」的負面樣板；但是我又不符合團體動力大師Lewin界定的「威權領導」[95]，因為我只有威權的負面形象，沒有實質作用；大團體實際的怪物模樣

95　見Lewin, K., Lippitt R. & White, R. K.（[1939]1999）和夏林清（1983），頁87。

反而接近Lewin分類的「放任式領導」，上面安裝一個不適格的「威權」之頭。

離開工作室前一年，我在領導組的行為模式大約可歸納如下（當淑惠以挑釁來防衛自己，互動的模式就代換成括弧內的路徑）：

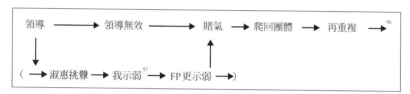

那個階段我大概已經被嫌棄到情緒完全失控，開會時一遇到挫折，（因為也不能發怒，所以）就在團體中出現「賭氣／鬧彆扭」（拒絕和團體溝通）的姿態，使整個團體變成僵局。任何第三者來觀察那時團體的動力，一定會斬釘截鐵地診斷我的不適任，該換人或變更決策機制；但當時的團體卻互相「嵌卡」，誰也不會革那個（無效的）權力結構的命。集體領導顯然是失敗的，革命就得取而代之，這不符合淑惠只當夏林清的「右臂人」的利益；巧仁只是把領導組當作躲避桃園的出口，她沒準備擔當全責；陳素香見到我已如此狼狽，她已有自知之明；我則是一再厚臉皮地堅持「強擬／劣仿」鄭村棋，大概也混淆其他成員辨識危機的能力，誤判領導機制還能運作。

2001年初，領導組開始討論我的出路，使我更加覺得不堪。2000年5月之前，我仍是自主工聯執行長，雖然工聯的財務能力已無法支付我全薪，但畢竟主要工資來源不靠工作室；5月交接給巧仁之後，

96　修改自〈叫二哥太沈重〉。

97　依據我的工作筆記，記錄過幾次和淑惠和夏林清的互動：2000年7月29日我對大團體說我是跛腳領導，但是邊跛腳、還要邊求成員幫忙；我不想再「搞」淑惠，因為淑惠是最有條件「搞人」的成員。那次大團體鄭、夏都不在。同年8月8日中時團隊和夏林清開會，散會時夏對淑惠說，周佳君告訴她，我沒有學習機會，淑惠應該多伸手協助。8月12日中時工會人體雕塑工作坊檢討，淑惠再度挑釁我。

我只領三個工會的顧問津貼，[98]工作室的薪資成為主要收入，同年底工作室本身財務也緊縮時，我就成為集體的「負擔」。次年1月29日加開的領導組會議，其中一個主題就是我要報告自己除了擔任內部領導之外，最想要的養活自己的工作位置。那次會議沒有激烈的衝突，但潛在的張力大到導致會後陳素香和我「暴力」相向，和我「離家出走」三天的「0129事件」。那天會議拖到很晚還沒有結束：

素香（晚上10點多）：〔有關你的出路〕你想得如何？

永毅【脫離現實的想像】：結論是我想做〔台北市〕勞工博物館館
　　　　長。[99]

香伶【代表市府組】：〔博物館〕兩年內不會成立。

永毅：可以成立籌備處、開始收集文物。

香伶：目前只有研究經費，也許可以撥出部分作收集文物用……
　　　　那你要發動，〔發動後〕就不會是你追我，而是我盯你了。

素香【夾帶私密關係中對我的認識】：你說想做博物館長但也沒動
　　　　作，上次講到現在已經一個多月了，也沒進度。

永毅【反彈】：不要把工作室的人事成本和我的出路結合在一起談。

淑惠：在中央位子上的人會有壓力，馬上沒有錢了。

素香：對，我有壓力，人事費用哪裡來？

永毅【脫離現實的想像之二】：寫書、翻譯，我養活自己很容易。

淑惠：你的出路和其他人的關係呢？

永毅【反覆】：該做的〔我仍會做〕：經驗整理……學習處理人……

98　中時工會6,000元，國語日報工會3,000元，欣欣天然氣工會2,000元；從7月起由工作
　　室補貼至20,000元。

99　成立勞工博物館是鄭村棋上任後的政策承諾，2001年領導組討論的階段，勞工局只爭
　　取到130萬元的可行性研究預算，而鄭的任期剩下不滿兩年，最後博物館的確胎死腹
　　中。可見我對出路的想像也是極端逃避現實的。

寫「八四工時」的書⋯⋯上領導位子⋯⋯[100]

　　現在回觀，團體要我去想「出路」，也是某種無法革命後的、改良主義式的將我撤離領導位置的策略。然而我抗拒自己的前途被討論，好像那是在剝奪我拚命上領導位置的權利；我那時是這樣解讀的：

　　　　覺得今晚陳素香用財務來說我必須重新選擇位子，是侮辱〔我〕，氣她。

　　　　自己已經成〔為〕半多餘，領〔工作室的〕錢卻無用而不自知。

　　　　沒有自覺應該自謀生路，等著被成員逼著走人⋯⋯。[101]

　　但我該怎麼對待挫敗？是認輸設法轉換？還是堅守崗位抵死再試？反反覆覆、令團體無所是從。因為我總是賭氣，脾氣比我剛烈的陳素香，不得不耐著性子成為領導組的「組織者」（更接近實質的領導），最後半年的會議都是她扮演主席的角色，我總是與成員發生衝突而失去主席的中立資格，或在鬧彆扭而停止互動，成為一個必須被陳素香處理的問題領導。

陳素香【試圖跳脫僵局】：要不要聽聽其他人對你的期待？

吳永毅【被動】：好。

李易昆【試圖移動我】：工作室的路線及運動方向是你的責任，抓起理論工作。

---

100 摘錄自吳永毅的工作筆記：2001年1月29日。離家出走的第二天（1月31日），在桃園荷雨素食餐廳根據回憶補寫的。論文書寫時加入的情境詮釋以【】標示，（）是原筆記的註記，〔〕是補充原筆記省略之字句。

101 同前註。

吳永毅【抗拒移動】：那是鄭村棋的責任。

李易昆：他沒有時間。

吳永毅：我們來創造〔條件使他有時間〕。

大家：不切實際。

吳永毅：目前工作室的困境是沒有理論出路嗎？

大家：【默然一陣】……

李易昆【勉強回應】：我們與其他團體的路線差異呢？是理論問題。

賴香伶【表達需要】：……如果〔吳永毅〕組讀書會我可以找五個人
　　　〔參加〕，有〔理論〕基礎才能想在勞工局做事背後的意義。
　　　鄭根本沒時間講，只有交代工作。

淑惠【回應不忘挑釁】：有關人的訓練，你要不要參與？淬煉及提
　　　升的能力我有限，你應該協助，例如袁孔琪在自立工會的
　　　那場仗不明不白。[102] 鄭以前就是可以領導各地，才能領導
　　　我們，如果各地無法領導，如何領導我們？

吳永毅【賭氣】：那又回到集中領導的模式，我不要。

陳素香【對我的賭氣不悅】：那你（吳永毅）的盤到底在哪裡？

吳永毅【反覆】：做領導，我的盤就是把工作室搞好，盯緊各種事
　　　務。但我現在不想做，想停一下。

巧仁【督導位置俯視】：停可以，但總要有時間〔範圍〕。

陳素香：可以停，但必須寫幾篇運動非回答不可的問題。什麼是
　　　非回答不可的問題？你可自己決定。……

吳永毅：社大三月開學到七月結束之間，讓我休息〔去社大上課〕。

陳素香：那麼春鬥和夏令營都要我自己弄？……

淑惠【挑釁】（近午夜12點，急躁）：怎樣，可以結束了吧？（用筆

---

102 指1999年初鄭擔任局長不久，自立報系資方將股權出售給國民黨市議員陳政忠，袁孔
琪帶領工會抗爭，淑惠是主要的協助者，我是次要協助者。

當Mic狀，湊到吳永毅的面前)請做最後回應。

陳素香【快要按耐不住】：我們在開會，妳很不耐煩是什麼狀態？

淑惠【再挑釁】：有辦法就來瞭解！

巧仁【調停的位置】：妳(淑惠)的確看起來很沒誠意。

淑惠：開始的時候我就說過希望11點可以結束。[103]

(陳素香宣布散會，淑惠立即走了)

吳永毅(對巧仁)：禮拜六大團體有什麼要清倉的工作？

陳素香【生氣】：開會時不提出來，現在散會才講！

吳永毅【賭氣】：那就算了。

(我生氣的開始收拾東西，之後和陳素香一起回新店)[104]

這段對話非常經典地呈現領導組內的極端張力，陳素香除了要強忍淑惠的挑釁外，還要處理和制止我的負面行為，而集體的張力全都會穿透到私密空間裡。1998年2月我準備和王蘋離婚，找鄭、夏討論，過程中夏林清說過一句：「不要以為愛人同志就比圈外人更親密，有時候反而更需要花力氣。」[105]當時沒有完全理解，以為她只是在講「凡是親密關係，不論內外都需要花力氣」的一般原則。1999年5月我和陳素香開始成為愛人同志後，我才想起這句話，發現夏林清是從她和鄭的經驗給我的提醒。我和陳素香發展初期因為我和U的分手還不明確，而爭吵不斷，到了2000年中，愛人關係相對已經穩固，反而經常為組織關係激辯和冷戰。尤其到離開工作室的前幾個月，幾乎每次大、小團體散會後，我和陳素香雖然一起回家(淑惠想像中的「愛人同志」畫面)，但經常是倆人都在賭氣，久久無法講話。既生氣團體中的

---

103 那時淑惠積極主張自己晚上12點以前一定要睡覺，以免自律神經不安定。

104 摘錄自吳永毅的工作筆記：2001年1月29日。

105 此處「愛人同志」是指既是「愛人」，又是工運「同志」的兩重身分。

狀況，更生氣自己的無能，最後才是互相生氣。

　　「0129」那天各種張力戲劇性的聚合與累積到頂點，我和陳素香先趕搭捷運，下車後發現最後一班接駁公車提早開了，陳素香罵了捷運站服務人員，之後搭計程車回到美之城，一路上我們一句話也沒說。回到家中洗完澡已經凌晨兩點，我試圖到客廳主動向陳素香尋求和解，被她拒絕，挫敗的我什麼也抓不著，因此失去耐心、穿上外衣、下樓離開。出樓梯間，回頭聽到陳素香在五樓陽台怒吼：

　　S：我要自己靜一下的自由都沒有嗎？
　　W：有，現在給你自由。
　　（S從陽台砸下一個白色的東西，「ㄆㄧㄤ」碎在我身邊路上，是馬克杯，學流風送我的。）
　　W：肖仔！[106]

　　然後我開走停在美之城的「工傷車」，[107] 回到工作室已凌晨三點多，拒接電話、睡了幾小時覺，次日清晨搭火車到桃園「流浪」。[108] 路程裡在不同的餐廳、小旅館間遊走，回憶最近團體內的挫敗，和因此波及親密關係裡的衝突，並做了紀錄。第一天還在憤怒中，但傍晚打過電話給陳素香，告訴她我要自己把事想清楚再回台北，她完全處於被動而更生氣，掛上電話。第二天也許是書寫產生治療效果，我開始努力說服自己：要體諒被領導人的困難，不該和被領導人計較、要有

106　離家出走的第二天（1月31日），在桃園荷雨素食餐廳根據回憶補寫的筆記。S是陳素香的縮寫，W是吳永毅的縮寫。
107　正大尼龍工會罷工勝利後，捐給自主工聯一台二手的九人座箱型車，因多處撞傷，故稱「工傷車」。
108　決定出走到桃園，也是因為爸正好準備隨繼母從板橋搬到桃園，先去看他的居住環境。

肚量、自己的脾氣要改；面對無能要自己承擔，不要把憤怒轉移到陳素香身上，應該向她道歉。第三天下午，我已經療傷止痛、準備再去面對淑惠的不服氣，並打電話向陳素香道歉。我一定是看太多的卓別林默片，主角帶著一身傷，拄著拐杖、背對鏡頭走向地平線的「片終」畫面，總是激勵著流蕩於路上的我，[109]那個「哪裡跌倒、從哪裡站起來」的毅力，不知道是天使、還是魔鬼，賜我力量，把我推回「硬撐／強擬／劣仿」的輪迴裡。

（五）「三一七大團體裂解事件」[110]：最後一根稻草

從前面的敘事來看，領導組的內部矛盾已經尖銳到隨時會爆裂，但為何「三一七大團體」會成為關鍵事件呢？既有累積的結構性因素，更有偶發的因素，使最後幾根極具象徵性的稻草在同一時空飄落下來，壓垮「硬撐／強擬／劣仿」的錯頭怪物。

長達兩年的互相嫌棄結構外，2月以來一連串的調整和盤點，使淑惠和巧仁覺得她們被「逼」到某個攤牌的臨界點。自從2000年5月大團體分為兩段，第一段是三區塊各自開會後，仍然沒有形成分散式集體領導的作用，各區塊的討論仍多半停留於工作協調層次，沒有上升到組織調整、區塊出路的高度。工運區塊起先採取資深成員輪流擔任主席的方式，想要訓練多人分擔責任，但反而是「三個和尚沒水喝」；年尾，工運區塊改由淑惠和巧仁固定共同擔任主席，但她們倆在大團體的參與仍然鬆散；2001年2月上旬，陳素香為了堵住淑惠、巧仁只嫌棄跛腳領導，卻不承擔責任的批評，而要求淑惠和巧仁不能只當區塊主席，負責當場的程序，還要負責實際討論內容，即要持續對整體區

109　2001年我和素香離開工作室後，接手工委會祕書處，後來也受到類似挫折的是何燕堂和賴香伶，2008年我和她們談到團體內部問題時，第一次說出離家出走三天的故事。

110　「裂解」是引用夏林清（2007）的用語。

塊有政治意識。這是第一個「逼」到淑惠和巧仁的近因。

　　第二個因素是農曆年後，領導組排定各資深成員對於其負責的區塊作盤整總結，淑惠被排在最後，2月21日她作出大傳聯的總結報告（我和陳素香的工作筆記裡沒有記載巧仁何時作出自主工聯的總結），之後幾次團體似乎對淑惠和巧仁未來的發展無法達成共識（見表8.3），而衍生出3月10日我和夏林清發生的衝突，和後續針對她們倆安排，加開3月16日領導組會議，希望在3月17日大團體達成初步決議。

　　第三個累積性兼偶發性的因素，是夏林清片面決定介入我和陳素香對淑惠和巧仁的督導關係。夏林清已經數度認為大團體運作有問題，並且不認同我「強擬／劣仿」鄭村棋的領導方式，但她沒有直接干預，只是呼籲減少團體次數。偶發性的因素則是指3月17日夏林清的果斷、強勢、甚至粗暴的介入行動，可能是由於3月10日我突然對她的粗暴所誘發的，使她意識到集體之病症已嚴重到非下定決心診治不可。然而，3月10日的衝突我只記得一個非常片段的場景：[111]

（之前可能是討論巧仁是否該放棄桃園，我和巧仁劍拔弩張的對話時，夏林清發言建議大團體停開兩個月，被我打斷）
吳永毅：夏林清，我希望妳先不要介入。
夏林清：我作為集體的成員之一，為什麼不能介入？
吳永毅：妳的分量和其他成員不一樣，妳介入就會不同。
夏林清：我觀察到團體的現象，我有看法，我當然要表達⋯⋯
（哭，接著巧仁也跟著哭了。我選擇沈默不回應，也不再反駁；我最想對夏說「妳是團體的威權」。但這句話，說不出口。）

---

111 沒有找到有關「3月10日吳、夏衝突事件」的文字紀錄，除了巧仁在3月17日大團體之後寫給部分較親近的成員的電子郵件〈2001年3月17日大團有感〉曾經簡述，此處憑2008年的記憶重建。

　　長期以來我的記憶裡，制止夏林清的片段都被嫁接到三一七的大團體「前段」[112]，這反映我從來都是將兩個動力（3月10日我制止夏，和3月17日夏協助淑惠和巧仁抗拒我和陳素香的「壓迫」）直接聯繫在一起，並且認為夏林清的介入是強勢的，因為我把她的哭從記憶裡抹除。

　　3月16日領導組會議是3月17日「裂解」的重要前奏，淑惠和巧仁的自我診斷都明確拒絕我和陳素香的督導方向。淑惠的報告是她可以「回工作室，負責內部經驗整理、沈澱和學習」（但這是她原本已經擔任卻停滯的角色），而不想按照「蘆荻會議」的決定接任工委會祕書處工作，因為「我無法做到毅、香模式，政治打那麼高。若工委會只有這種生存法。只好另找他人，我無能負擔。」[113]而巧仁的報告則是她認為桃園條件太差，首度表示決定撤離；也不接受我和陳素香的建議——應該厚著臉皮去貼近各種力量集結的曾茂興選舉團隊，因為她「不需要這種學習，不在一個往上提升的高動力的狀態，希望沈澱，在一個可以對比過去不同經驗的地方沈澱。」但我和陳素香都不同意她們的自我診斷（我又賭氣而陷入沈默，主要是陳素香在逐步釐清），[114]所以決定交大團體再討論。陳素香因此整理3月16日的爭議論點，在3月17日以〈給大團體的一個引言〉發給全部成員。

表8.3：「**3月17日大團體裂解事件**」大事記

日期	會議性質	主要事件
3月3日	大團體	議程不詳。S開始起草〈兩難與不得不然〉，3月8日完成；描述兩種路線（鬆vs.緊）爭執。此草稿後轉換為3月17日的〈給大團體的一個引言〉。

---

112 記憶中的「前段」，是指鄭村棋來報告退休金基金鬥爭之前的大團體，鄭來了之後，是記憶中的「後段」。

113 摘錄自淑惠在2001年3月16日所提文字大綱。

114 我和陳素香都沒有3月16日的工作筆記，巧仁的電子郵件〈2001年3月17日大團有感〉描述我無能回應她倆，而陳素香在逐步釐清並生成疑惑。

3月10日	大團體	夏主張大團體休息兩個月；W制止夏林清介入W和巧仁的爭執，夏哭、巧仁跟著哭；會後巧仁寫信給部分成員指責W對夏太殘忍。
3月16日	領導組加開	淑惠和巧仁分別作個人狀態總結，淑惠不願調動到工委會，巧仁想離開桃園，不願去跟進曾茂興選舉；W決定退出領導組，但S要求先回大團體說明清楚。S寫了〈給大團體的一個引言〉提交3月17日大團體，但沒有空間討論。
3月17日	大團體	淑惠和巧仁報告3月16日的過程，S表示不同意，夏林清介入表示「用逼的沒有用」，同意巧仁撤離桃園，淑惠調回中央，但政治部分由巧仁協助。後段鄭村棋回團體報告退休金監督委員會鬥爭，集體熱烈回應，S離席抗議。會後W和S分別決定離開工作室。

　　「三一七大團體前段」是淑惠和巧仁報告3月16日她們的決定，當我聽到淑惠的報告因為前一天與我們對峙過，而「自我防衛」的更加完備時，我又陷入「鬧彆扭」的狀態而不願發言，丟給陳素香單獨釐清我們為何不同意淑惠的決定；接著巧仁的報告，也是自我辯解而略過我們對她具體工作缺失的質疑，淑惠聽過這些質疑，但她選擇與巧仁結盟，沒有任何補充。也許是我已經完全退縮，使陳素香的反駁也意興闌珊但還堅持著；這時夏林清很快介入，她也沒有檢查我們之前在領導組的纏鬥的過程，直接說出否定陳素香立場的結論（大約是）：「如果人自己不想挪動，用逼的也沒用，她就是那樣的狀況了。」[115]然後她更罕見地、未邀請集體討論（或者有，但沒人發言），就順著她倆的報告，開始「欽點」淑惠和巧仁接下來的職位，甚至替淑惠開路，同意她一、兩年後去唸書；其他成員，不論是領導組或一般成員都沒有異議地默認。有關她們倆被安排到什麼具體職務，我找不到文字紀錄，[116]只

---

115 摘錄自吳永毅（2005）〈2005年1月23日彌敦道會面紀錄〉。2005年1月在香港的夏林清、巧仁和林瑞含約我見面，並回憶「三一七裂解」事件，這是我首次和工作室成員討論此事件。

116 按照不同文件的片段推測，淑惠可能同意調工委會祕書處工作，但政治部分先由巧仁分擔，巧仁調離桃園回台北兼顧工委會。

有3月17日之後極端妒恨的回憶：

> 　　她（淑惠）3月17日終於上位子〔接了工委會，而且不必負政
> 治責任〕，其中主要的因素是我和陳素香一路與她對峙，把她逼到
> 非抉擇不可，這結果我有一份，她卻用夏的女性包容，以及教母
> 威權，把她的上位子只歸功給包容與支持（3月17日大團當天的效
> 果），把我們與她的對峙，描述成負面的過程。貶完以後，再以簡
> 化的「結構問題」，把我們給數一數。
>
> 　　……
>
> 　　混水摸魚找到下台階的巧仁，又重新站上舞台（舞台雖然不如
> 以前亮麗，但還是權力核心）……[117]

　　依稀記得淑惠在人事案底定後講過一段感想，她突然清明起來，
看見全局，並將我和陳素香放進她建構的「結構問題」中分析，擺出諒
解我和陳素香的姿態。到這個階段，我感覺自己徹底被淑惠在集體面
前羞辱，起了永遠離開工作室的念頭。然後，最偶發的因素插進來，
就是預定來討論勞退基金鬥爭的鄭村棋剛好到工作室，[118] 他趁人事案恰
好告一段落，把我叫到隔壁基層教師小房間密商，[119] 他把我當作集體的
領導，跟我討論戰略以便工運跟他局長身分裡應外合。我聽他面授機
宜，看他回到大團體主持討論，眾人反應熱烈。巧仁敏感到團體回應
鄭村棋和我的對比，會後她以俯瞰的角度，高高在上的推測我的處境：

---

117 摘錄自吳永毅的〈叫二哥太沈重〉。

118 鄭村棋出任局長後以台北市政府代表身分成為中央勞工退休基金的委員之一，當時勞委
　　會主委陳菊動用勞退基金替阿扁執政後下跌的股市護盤，鄭激烈反對，而民進黨執政的
　　台北縣政府勞工局長曹愛蘭（新潮流系盟友）則是主要護航者，與鄭激烈互鬥。

119 「基層教師協會」向工作室分租的小辦公室。

　　鄭的英明及戰鬥力又再次被看見，再次被大家嘆為觀止，又再次被眾人所佩服。我想吳一定很不是滋味，似乎又間接暴露他這個領導比不上鄭。倒非全然否定他（吳），或有到無能的程度，但他得面對這個現實。[120]

　　巧仁卻不知道那個對比是最後一根稻草。我的確在比較鄭村棋「出現前」和「出現後」的團體，並且成為離開組織的關鍵因素——對集體依賴權威的狀態徹底失望。當然也可能包含我「被（鄭）比下去」而產生的防衛機制，但不是全部：

　　鄭……在基教小房間和我研判勞退金護盤的要害，但我根本在想離開團體，無心和他討論，〔但〕我沒講出來。後來他出來向大團報告，興致勃勃地教大家作戰，而團體沒有一個人出來澆冷水，讓鄭知道團體〔在他來以前〕無力應戰、無法裡應外合的現況。我覺得可笑，如果我也落到這種境遇，就是可悲。更確定了離開團體的決心。[121]

　　鄭村棋被大團體「嘆為觀止」時，陳素香獨自離席並在街上亂逛，團體結束時她才回到辦公室，我開車載她回三芝，一路沒有說話，大約到快到家時，我才開口說：「我想離開工作室。」原本可能在猶豫的她回答：「我也決定離開了。」[122]

120　摘錄自巧仁的電子郵件〈2001年3月17日大團有感〉。

121　摘錄自吳永毅〈叫二哥太沈重〉。

122　約在2002年夏天陳素香加入「全景工作室」的紀錄片訓練班之後，才能夠逐漸談論「三一七事件」，而不致陷入極端憤怒的情緒，她說也是因為看到團體在鄭村棋來之後的反應，而對團體失望而開始想離開的。2007年陳素香使用的舊電腦報廢，替她拯救檔案時才發現，當年各自書寫有關離開大團體過程的文件——她的〈給同志的告別信〉，和

我們倆經歷過多個成員以不同性質離開工作室的過程，所以知道離開團體不像割蓆絕交那麼簡單，即使逃避躲藏，工作室也會主動要求釐清。而我們對自己為何離開的理由、離開的模式、去留是否開放給集體討論、內外各層次關係如何處理等，都還不確定，所以我們決定各自分開整理離開的理由和處理關係的方法，並約束不要互相討論、以免影響對方的抉擇。

（六）「裂解」為何不能挽回？：夏林清的角色

對於如何對待集體，我和陳素香一開始就有差異，陳素香雖然憤怒，但她始終就覺得應該回大團體處理關係，只是如何處理的問題；而我因為是直接被嫌棄的一線領導，所以屈辱感更強烈而根本不願回團體交代。我決定要先跟3月17日否定我們的主角夏林清對話，然後再決定怎麼對待團體裡的非當事人，尤其是幾個有私人情誼的成員。淑惠和巧仁我已確定不想理會。

因為陳素香在3月17日之後一、兩天就打電話給夏林清，告知夏她（陳素香）已決定要離開團體，但會回去交代關係，3月21日夏林清約何燕堂（因八四工時抗爭而和我們較緊密）與陳素香面談，陳素香決定等我見過夏林清之後再告訴我她的面談過程。我則是想等情緒釐清楚後再行動，所以拖到3月30日才跟夏林清面談。

那天中午我帶著未完成的〈叫二哥太沈重〉的告別信，緊張地去工作室見夏林清，當我邊吃便當，邊讓夏讀我的草稿時，她就落淚了。我原本帶著憤怒來對話的，模模糊糊地覺得有一筆帳要算（要她為3月17日踩過我和陳素香的「粗暴」介入「認帳」）；[123] 她一落淚就使關係

　　　　我的〈叫二哥太沈重〉——描述鄭報告退休金基金的段落，竟然極度雷同。

123 3月30日我還沒有釐清這個憤怒的性質，或者根本「害怕」講出是夏踐踏我。等到2001
　　　年底我和陳素香經營「山藥小舖」後，斷續談到「三一七」，陳素香很果決、明快對當天

顛倒，因為我知道自己一定不會落淚，如果再表達憤怒，更會落入男性、無情感、冷酷的不利框架。夏林清哭著讀完後，一針見血的反問：

> 如果你是不願承受與淑惠和巧仁她們的關係，為何要用一個領導權爭奪的故事作 ending？[124]

因為〈叫二哥太沈重〉的草稿裡將「三一七」描繪為「政變」：

> 故事的主軸：
> 　　我、阿香、淑惠、巧仁原本講好，在沒有鄭、夏的情況下玩接班遊戲；當淑惠及巧仁發現遊戲有風險而玩不下去，沒先跟我及阿香講一聲，就利用夏來結束遊戲，並且還在集體面前扣我及阿香一個罪名，使 game over。
> 　　接班人抬出國母，推翻舊領導，完成了政變。[125]

我立即變得更慌亂、心虛，懊惱自己為何不能像夏一樣「直指核心問題」，反而編織一個權力爭奪的故事來攻擊夏，自我驗證「男性權謀」，且反轉成是我在粗暴的踐踏她。我們進行一小段我與淑惠和巧仁關係脈絡的檢查之後，她追問：

衝突的做出定性，才使我能夠認識三一七之後失語的挫敗是什麼性質。

124 摘錄自吳永毅（2001）〈2001年3月30日與夏談話紀錄〉（未出版），該紀錄的主標題是「為什麼是『被打敗了』的感覺？」。

125 摘錄自吳永毅（2001）〈叫二哥太沈重〉。「國母」是我在此信對夏林清的稱謂，指涉她是工作室創辦人的地位。

夏林清：我也是團體的成員之一，你們為什麼要把我特殊化？阿
　　　　香說你們在逼淑惠上位子，但因為我的出現使你們功虧
　　　　一簣。我參加團體，看到大團那樣的情況，我一定會介
　　　　入的。團體成員像淑惠會利用我，這本來就是團體中的
　　　　可能之一，它就是會發生的。如果是我，我會選擇帶著
　　　　矛盾走下去，為什麼你不能選擇帶著矛盾走下去？
吳永毅：我和你不一樣。（我想說「不平等」，因為夏不會被糟蹋，
　　　　而我會；但講不出來。）[126]

　　我陷入因為失語而掙扎、憤怒，因為被強迫站上一個斤斤計較的
位置（否則我為何不能帶著矛盾前進？），才能開口去對峙夏在關係中
的失手。夏沒有放鬆，她提出更尖銳的問題：

夏林清：你與我的關係未來如何發展？（夏在問這問題時憋著氣、
　　　　或氣憤或激動）……
吳永毅：目前還在釐清自己的憤怒的階段，與其他人的關係如何
　　　　發展還沒想，確定不願和淑惠及巧仁在同一空間工作或
　　　　同一團體工作……
夏林清【她以一個極高的導師等級的位置發言】：我問這個問題
　　　　會使你失措，我判斷你沒想過這個問題，太困難、太複
　　　　雜。[127]

　　然後她從一個性別為主的視框盤點（或清算）我和她關係歷史裡的
諸多問題，包括我在鄭、夏夫妻、大團體、「拉group」和《島嶼邊緣》等

---

126 摘錄自吳永毅（2001）〈2001年3月30日與夏談話紀錄〉。
127 出處同上註。（）是當時記錄，【】是書寫論文時的詮釋。

團體裡都是（重視鄭而）輕忽（選擇不出現的）她，[128] 我遇到親密關係難題時也是工具性地使用她作為諮商資源（她認為我所描述的女性對象是片面的，阻礙她看見我和她們的真實關係），還有我對「三一七」的性別解讀（例如「師母／國母」）也是貶抑女性的等等。她說的大部分都對，所以我只能接受，我們對話的主軸已經倒轉為我自己不得不「認帳」——承認我如何一路踩過她。「三一七」她踩過我的帳變得微不足道。

　　回到小屋，阿香問：被打敗了嗎？我說沒有，但卻真是這種感覺。她上次去士林見夏（3月21日），想表達憤怒，但卻被質問為何不能正面的思考，【她的憤怒反而被問題化】然後被迫進入尋找解決方案。[129]

夏和我面談時，雖然沒有邀我進入解決方案，且形式上開放平等對話，但是卻不可能，當年意識到一部分那個實質的不對等：

　　夏是威權，她在工作室有等同於鄭的權威；有關人及組織的狀態的處理，夏有絕對的權威。因此在面對她、處理與她的衝突時，覺得自己是透明的，而且很快會認為自己是錯的，她提的問題才是對的。[130]

因為在集體經驗裡只有夏林清出手處理其他成員的「人的狀態」，從沒有她自己也是「被處理的狀態之一（當事人）」；而我，我是「人的工作」

---

128 我的確是有很長的看輕「心理學專業」的歷史，但是我對夏的「看輕」是動態的過程，中時工會「人力／團協抗爭」時她介入協助，我認為是逐漸「看重」的過程；但是當淑惠用夏的路線來和我對抗時，我重新揀起對夏的「看輕」，並加上敵意。

129 摘錄自吳永毅（2001）〈2001年3月30日與夏談話紀錄〉的「後記」部分。

130 同前註。

的能力特別殘缺而被嫌棄的成員，卻遇見這第一次。但是夏從不接受她的「特殊地位」（與鄭性質不同的威權），以及因此產生的不對等；她和我（及陳素香）面談的過程中，既是當事人，又遊走到督導位置來協助我（及陳素香），所以我們倆不約而同地感覺找她對話反而是「二度傷害」。

3月30日見過夏林清之後，我更加挫折，憤怒和被羞辱的情緒再次被否定，也更加痛恨自己，為什麼在她面前如此無能；和前面一整年被嫌棄的經驗相接，我就更傾向把自己封閉起來，不要再硬撐和自取其辱。決定不再理會來要求處理關係的各種動作，死也不回大團體做交代。

（七）衝突後的關係擱置

4月中我和陳素香決定不再陷入勾起更多怨恨的脈絡重建工作，放棄繼續書寫給團體的告別信。4月22日陳素香自己回大團體「告別」，她對大家表示不想再進入「三一七」或之前的回顧，只想交代未來與集體的關係，她希望：

> 仍維持組織內的關係，但是暫時切斷與現在工作室的所有工作關係；獨自發展另外的運動領域……
>
> 不會放棄階級運動是肯定的，即便最後只有自己一個人，我還是會做一個人可以做的事（雖然沒有集體之後，它可能一點用都沒有）。
>
> 與現在部分同志的關係，我承認是放棄的。沒有意願再拉扯糾纏。[131]

---

131 依據陳素香在4月22日回大團體的書面報告〈有些放棄，有些不放棄〉的紀錄。

　　不過陳素香後來並沒有維持任何實質組織關係，不久她就辭掉技工工友職業工會的顧問，也不參加工作室任何層級的聚會或活動，從組織關係到工作關係全部切斷。接著手腳很快地開始寫企畫案，向國家文化藝術基金會申請三芝農村的口述歷史調查案，同時在三芝路邊賣陳素香母親種的蔬菜和三哥種的鮮花，又開始籌備經營冰果攤，準備脫離工運自謀生路。

　　5月3日，李易昆和夏林清先後打電話給我，希望約時間再談，我說會回電，卻一直沒有回，從此也不去工作室、也不參加聚會。不過我保留一個重要的工作職位——沒有立刻辭掉《中國時報》工會顧問，答應剛接任總幹事的成員蘇雅婷，我會做到她上手為止，要她盡快找人接替我的職務；另一個原因，是覺得突然辭職對不起在這場裂解「局外」的鄭村棋（而不是集體）。中時資方5月放出裁撤中南編的風聲，6至11月我就捲入激烈的抗爭，我還動員淑惠和夏林清協助鞏固自救會內部組織。這個僅存的工作關係和預期外的抗爭，像一根不確定的纜繩，將猶豫的我遠遠地綁繫在集體外圍，也使我脫離運動的過程有一個過渡空間，而不像陳素香那樣立即斷裂。

　　5月5日我和陳素香嘗試擺脫「三一七」的糾纏，在三芝濱海公路邊（芝蘭公園北方）、陳素香弟弟經營的海鮮餐廳停車場違建下面，開始我們的「第二春」，用一個二手冰櫃試賣山藥牛奶。[132]那年我45歲，陳素香41歲。

---

132 山藥牛奶是我和自主工聯幹部到南投某個山區度假村開會，在一個推銷山藥的原住民攤位喝到的，4月我在三芝試做給陳素香喝，決定先從這個特色產品出發。

第九章
「裂解」後的「異端生成」簡史*

　　本書關切的核心問題是左翼知識分子自我改造和組織生活間的關聯，書寫的時間軸線暫停於2001年的「三一七裂解」事件，但世界不會因此停止，本章簡述裂解之後我及團體的發展軌跡，時間軸線再次暫停在另一個「組織廢了（failure）」的事件——2011年的「祕密審查」事件。每個組織衝突都戲劇化地呈現平常難以發現的個體與集體間的深層矛盾和出路，但在此不提供細節，也許一整章不過是傳達一個「未完、待續……」的FU而已，但這種不確定、高度張力的FU，卻是運動現場最真實的存在。

一、 在集體外圍徘徊：2001至2008年

　　本節簡述離開工作室後，在工運場域外圍徘徊，想遠離、又糾纏的狀態；以及體驗中年失業，和突然得到赴香港讀博士學位的機會，試圖描繪工運生命裡一段生涯失落的對比圖像。另外，因為離開台灣

---

* 原論文《運動在他方》的第九章，是以專章記錄2009年論文帶回團體討論的詳細過程（吳永毅，2010），但本書因篇幅及關係考量，沒有收錄。本書第九章，是將原論文第八章尾段重新編寫，再新增2011年「密審」事件脈絡，整併而成。

的空間隔離，和夏林清發動的「鴻門宴」試探，以及工作室工作方法跨海在對岸影響的新人M提出的質疑，促使我重新申請加入組織的歷程。

（一）從「董事長」到「貧賤夫妻」的失業症候群

　　2001年7月，我帶領的中時中南編抗爭正進入高峰，陳素香決定將等不到觀光客的海邊剉冰攤遷移到台北市，擴充為一家有機食品餐飲店。我無暇陪她張羅，提出戶頭裡最後的20萬存款當作投資，因此成了「董事長」。陳素香在以公教中產階級為主的師範大學商圈租下一樓店面（青田街2號），朋友幫她取店名，叫作「山藥小舖」，販售有機食品和蔬果、精力湯、陳素香母親種的蔬菜、山藥牛奶、山藥雞湯和自製有機醋（四物醋、蘋果醋、檸檬醋）；[1]11月中南編抗爭告一段落，菜單多了一道「山藥水餃」，從內餡到包成水餃，都由「董事長」負責料理。

　　正如多數中年失業族想要甩脫厄運，創業倉促又昧於現實風險，陳素香也沒做田野調查，開張後才發現方圓三百公尺內已經有三家同性質的店，有限的有機消費人口根本不足以養活那麼多家店。開張不久，《壹週刊》正好製作山藥美食特別報導而採訪了「小舖」，那週營業額暴增近十倍，但熱度很快降回到入不敷出。接著是開店時怎麼也不會預料到的下水道接管工程，10月在店門口開挖一個大深井，至此展開幾個月的工程，從此泥濘遍地、噪音震天，谷底的營業額再也沒能爬起來。農曆年送禮高峰期間我們抱著出現奇蹟的希望，推出春節打折促銷，但終究只是飲鴆止渴。那時候我們枯坐在店裡等客人上門，無法決定要不要當機立斷、結束營業，每當終於等到的客人走後，我們總在背後嘀咕著：「這個客人到底是天使？還是魔鬼？」就這樣拖到農曆年後，「小舖」就跳樓大拍賣結束，我的「董事長」生涯壽命僅七個月。

1　　其中「四物醋」還經過夏林清的轉介，成為日日春公娼阿姨的創業產品，並拍成公娼轉業紀錄片《絕醋逢生》（鄭小塔導演，2001）。

　　以50,000元買的全新大同牌冷藏展示櫃，還在保固期間，回收商卻只願出價5,000元，我們決定搬回三芝送給大哥，也不願「廉讓」。「小舖」的投資全泡湯，陳素香的國藝會口述歷史案要等結案才能領錢，我們的生活費全靠中時顧問的6,000元津貼，但為了欺瞞陳素香的家人，還要忍痛開車出門、假裝上班，年節婚喪的禮金一分也不能少，以免家人起疑。2002年初夏大概是我一生中最能貼近失業困境的時刻，某次不知為何，陳素香叫我拖晚一點回三芝，因為看起來才更像下班的時間，我在二二八紀念公園的椅子上乾等一、兩小時，驚然發現大部分椅子都坐著穿西裝、提公事包的中年男人，神色木然的呆坐著，那是下午三點，不可能是找同伴的同志，而是阿扁上台後失業率和自殺率快速攀升的街頭風景。

　　如果不是自己失業，很難體會那種自責、沮喪和無從訴說的憤怒所混合的情緒，身體的反應又比意識到的情緒更難捉摸。「被迫」離開前半生投入的運動生涯之後，身心用它自己的方法裂解，感覺身體好像留戀著它所習慣的場域，不讓想要逃離的意識掌控。尤其完全切斷工運聯繫的陳素香，整體症狀完全符合初級的「創傷後症候群」，2001年4月或5月她開始失眠，發現自己會突然心悸，半年內兩次因為頭暈和嘔吐必須急診，卻查不出病因；只要聽到任何與工作室相關的語言就會陷入憤怒、暴躁和沮喪，而不能講話。由於失眠日益嚴重，我陪她看過長庚睡眠科、仁愛醫院家醫科，每次只是拿到更多的鎮定劑而已；最後陳素香在我的建議下同意去看精神科，我們詢問有精神病家族史的陳光興，請他推薦醫生，台大醫院掛不到號，改掛台北市市立療養院（現更名為「松德院區」）楊添圍的精神科門診（楊曾經是民學聯的成員），[2]他很坦白地說沒有什麼特效藥物，問陳素香要不要轉介去接

2　向民學聯成員尋求協助有其兩面性，既有社運圈內人的「後門」關係，也有與「病因」有關的組織經驗；但也因為是圈內人，敘說「病因」時有很多顧慮。

受臨床心理治療，但臨床心理治療必須自費，且涉及太多團體內的祕密，更難的是，組織生活與集體關係的經驗，無從對外人描繪，陳素香也就沒有進入療程。那個階段總是擔心她半夜叫醒我，說她身體從床上「飄起來」，然後她只能坐在小屋的椅子上苦等睡意再度降臨。

我自己可能是因為還有半隻腳留在工運，所以相對來說沒有那麼痛苦，當中南編抗爭結束後才開始「無病呻吟」。起先只是偶而的全身發冷、呼吸急促、好像連講話發音的肺活量都不夠（我跟陳素香說：「感覺好像氣管破了一個洞」來形容），這個症狀在幾個月後消失；接著是尿路結石急診住院，不過這個病症可能和我幾個月在小舖，幾乎每天都喝即將過期的鮮奶（不捨得丟棄的存貨），或現場製作但過剩的山藥牛奶有關；2002年小舖結束前，我開始持續的後下背部疼痛，劇烈到不能開車，我推測和每天開車來回小舖有關，但幾個醫院的復健科都查不出疼痛原因；最後是2002年整年的體重下降，從55公斤一路降到50公斤——重考大學那年的體重。自身難保的陳素香擔心我得腸癌，催促我從仁愛家醫科一直看到榮總直腸科，最後轉回榮總家醫科，做了糞便、超音波和直腸X光顯影檢查，[3]沒有任何症狀。

我和陳素香的身心症在2002年底與工作室恢復部分工作關係後，才逐漸「康復」[4]。陳素香雖然不再失眠，但在關係中碰到一點點有關工作室「人的工作」的情境或話語，她就會回到憤怒失控的狀態，而想切斷關係或封閉起來。

---

3 經過那次的檢查，也因此發現最後一節弓椎曾經粉碎性斷裂，推估那是1991年新營客運罷駛抗爭時被警察踢斷。

4 使陳素香「康復」的更大因素是2003年初參與全景紀錄片培訓，學拍紀錄片的樂趣轉移了工運生涯的創傷。

(二)恢復組織外圍的工作關係

2002年中我和工作室的關係，只有距離很遠的中時工會顧問，那個階段沒有集體行動，所以去工會的次數也大為減少。還有更外圍的，因鄭村棋擔任台北市勞工局長而促成101大樓同意建立工殤紀念碑，工傷協會邀請我參與設計會議。[5] 7月夏林清承包北市勞教中心的「沒落產業勞工歷史」計畫（台北市政府勞工教育中心編，2003），由工作室成員、她的研究生和不同的工人，分組進行口述記錄，其中包含中時工會幹部。夏林清應該想藉機把我捲回較密集的工作關係裡，所以邀我擔任培訓的助教，與王醒之一起示範報告自己的生命故事（吳永毅，2007：4）。那時我還帶著對集體的情緒和對組織新人的反感，卻要進入他人生命並開放自己，是個很不舒服的經驗。分組討論時我質疑研究生和研究對象的關係、並鼓動工會幹部挑戰講師潘英海；那次並沒有拉近關係，反而累積更多的張力。

2002年夏末，工作室從北市勞工局承包「台北市勞動歷史圖文資料蒐集案」，包括重新編輯新光士林廠的抗爭紀念集，找來陳素香負責編輯，使陳素香重新恢復（已中斷約一年半的）工作關係。我是她的助手，我們倆搬進民生東路勞工局勞教中心的一間臨時小辦公室，一方面與隨鄭村棋入市府工作的龔尤倩為鄰，另一方面為蒐集工運區塊的史料，常和倉運聯、北市產總、中時工會、工委會祕書處的成員聯絡，但我們倆又是獨立作業，避開因距離過近而可能的磨擦，和集體的關係是緩和與拉近的。同一時期勞工局副局長出缺，鄭村棋幾次問我要不要去接任半年（到他卸任為止），他說可獲得在官僚體系內鬥爭的資歷，並且薪水高，可補回我們失業後的經濟缺口；我覺得那反映出他根本不清楚我和陳素香離開的性質（事實上那時也沒有當事人之

---

5 代表101大樓出席會議的建築師是我在淡江畢業設計的指導老師王重平，他也很意外我們會在這種場合合作。

外的成員知道），才會用這種「特權式」的安排來照顧我們，我先是很酸地回應他：「沒那屁股，就別吃瀉藥。我有自知之明。」後來他又問起，我說：「以現在我跟工作室的關係，怎麼可能去接。」後來他就死心了。2002年底，鄭村棋和勞工陣線等團體的成員等，被美國在台協會邀去參訪美國工會兩週，他找我代替他去，我也以「自己不在運動鬥爭的狀態」拒絕。從2001年到2009年帶論文回團體討論之間，鄭村棋從沒問過我或陳素香有關離開集體的事，猜測最可能是諒解，知道那是我們的痛處而保持距離。[6]

　　2002年11月，我回去參與秋鬥的腦力激盪（陳素香仍拒絕參加，那年黃小陵提議到總統府倒垃圾），短暫而生疏地回到團體核心。2003年2月鄭村棋自勞工局卸任，我將中時工會顧問職務交接給他，5月中《那年冬天，我們埋鍋造飯：新光紡織士林廠關廠勞工生命故事及抗爭實錄》一書的編輯工作完成後，我們與工作室又完全沒有工作關係了。那時用「當代勞工文化資產調查」案向國家文藝基金會申請補助，但要等2004年結案才能領到現金，所以我和陳素香又失業了。

　　為了解決生存問題，我後來選擇依賴舊時的關係，由丘延亮「關說」進香港理工大學唸博士班，回到知識分子學院軌跡，陳素香卻自己闖出與工運不同的另類出路。2003年初她報名參加「全景傳播基金會」最後一期的紀錄片訓練班，2003年7月完成半自傳性作業《女兒家書》，可能因為找到工運外的出口，創傷症候稍微冷卻。膽大的她更在9月就以菜鳥身分（不顧我澆冷水），用工作室的「勞工教育資訊發展協會」名義，借用顧玉玲的前夫林靖傑的資歷，公開競標取得北市勞教中心專業紀錄片的外包案，《台北幾米》10月開拍，我掛名製片，實際上協助劇務工作。紀錄片案既可以為工作室帶來收入，也可以養活陳素

6　但經過2011年「密審」事件後，覺得也可能是他作為組織領導人不負責任的表現。

香，同時擴展勞動文化領域。大概只有如此較對等而半獨立的模式，可以讓陳素香繼續成為工作室的外圍。2003年9月底，工作室成員龔尤倩出國進修，原由她負責的移工區塊需要人手補位，而經過紀錄片學習稍微恢復元氣的陳素香遂同意暫時性接替龔的職位，進入工作室相對邊緣的NGO——台灣國際勞工協會（Taiwan International Workers' Association，簡稱TIWA）工作，先後兩階段我都是她的助手角色。

2001年我離開工作室後，才愈來愈確定自己也是「二流人」，也許只是相對來說接近「二流頭」，而不是「一流尾」的位置。一流人有開創的野心，有打天下的企圖，總要證明自己能獨當一面。像前工作室成員冷尚書，在1998年離開工作室之後，怎樣也要設法另起爐灶，而正好1999年的九二一大地震提供他在南投災區重新開始建立地盤的機會；他在清水溝的災區重建經驗，至今雖然難以維持當年規模，但至少相對於其他撤離的NGO，已被認為是災區另類發展的典範之一。陳素香某種程度接近冷尚書，她先到海邊擺攤賣山藥牛奶，接著橫下心開了「小舖」，最後又包下近百萬預算的紀錄片業務。不論這些舉動風險多大，她都跨出試圖轉換到完全不同生涯的一步。而我則從沒真正放膽想要另起爐灶，非常灰色的、被動地跟著她在有機食品店心不在焉的當「董事長」，一邊自己退縮到極端消極的個人發展想像中，例如開始詢問朋友當廉價翻譯的機會。

2003年秋，陳素香終於和我一起回到工委會祕書處，參加秋鬥腦力激盪，和當時負責祕書處的何燕堂和賴香伶等，一起決定針對次年3月總統大選，發起「百萬廢票」運動。2003年11月14日在立法院大禮堂舉行「秋鬥─勞工高峰會議」時，我還代表「百萬廢票聯盟」引言（賴香伶，2009），之後回香港理大，3月大選前一週又趕回台灣參加「反對爛蘋果苦行」。我與集體的關係短暫恢復到核心客卿的地位，這可能也為2005年暑假重新加入組織開了道路。

（三）赴港讀書和重新加入工作室

　　2003年暑假，丘延亮可能是從《台灣社會研究》編委的管道聽聞我離開工作室，並計劃寫台灣工運史，所以從香港寫信給我，要我盡快申請香港理工大學博士生學位；他轉述已經過時的資訊誘惑了我，他說每月可淨得獎學金高達18,000元港幣，可以當作寫工運史的生活費（其實2003年已經降到14,000元，每月還要扣除自繳的學費近4,000元、宿舍費用1,500餘元）。[7] 因為丘延亮和我及工作室有雙線關係，芝加哥時期他對我是亦師亦友，但後來他也是工作室各種理論學習的主要資源人物，當他提供可領獎學金的讀書機會，我覺得必須先告知工作室，請丘延亮先問工作室有沒有成員想去讀書，如果沒有，我才申請。丘延亮對於我把他當作資源，來擺放我和集體的關係非常生氣，但是他還是問過工作室，接近截止期限時他生氣的說沒有人給他回音，而狂催我填表格。撰寫學術履歷表時，發現從1988年碩士論文改寫的〈論營造業中的國家—資本—勞動的關係〉後，除了九〇年代初期的兩、三篇文化評論式雜文，並沒有其他學術成果，所以也就沒有抱著被錄取的希望，但是同年9月理工大學寄來錄取通知，2004年1月31日赴港註冊，成為系上最老的研究生。

　　工作室安排成員唸研究所，主要的理由是為了讓成員「休息、沈澱、回觀和整理經驗」，以及少數成員因此有側身學院、延伸運動的可能。但我決定去香港唸博士班，更多是為貪圖豐厚的獎學金，和挫敗後想脫離運動圈的情緒；也沒有太大的動力學習理論，那種慾望在碩士時期已經大部分被滿足過，在進入運動場域後，更覺得實作中的發現遠比學院理論更精彩。我抱著「台灣自主工運史」的寫作計畫，其實是很矛盾的心情，既是徘徊於工運外圍的理由，又想盡速對十年經驗

7　2003年港幣兌換台幣的匯率約為1：4。

做一個總結，然後可以告別工運、轉到外圍謀生。去香港之前，因為帶著組織裂解所夾雜的對「新人／學生」的厭惡感，也沒有想要轉到學院中去發展，只是盤算有博士學位可以增加將來回台灣申請文化創作補貼或翻譯時的籌碼。

2004年到理工大學後，將研究主題改為自傳，開始斷續寫下一些對離開工作室的回憶，並沒有關鍵性進展。直到2005年1月下旬夏林清到香港，約了香港友人林瑞含，以及路過香港到北京去看李易昆的巧仁，無預警地邀請我進行有關為何離開工作室的一場對話，那是「三一七裂解」後第一次討論此事，我稱之為「一二三鴻門宴」，我在沒有任何準備下，直覺地說出對「三一七」的詮釋：「我和淑惠的衝突是結構性的，和巧仁的衝突是個人的，淑惠利用夏林清把我們踢下台，而巧仁搭便車踹了我們一腳」。我將對話整理為文字稿，覺得可以逐漸面對那些情緒，但仍猶豫。7月中考完口試，林瑞含約我和兩個她正在發展的新人——大陸女工M和二手店的工作者小昕，到長洲島海邊深談，希望我能夠以台灣工運團體領導的身分傳授如何帶新人的經驗，我陷入無法回答的失語挫折，也無從解釋為何不能回答。M又逼問我：「為什麼用寫自傳來解決現實中的衝突，不是直接回團體去面對？」

可能又由於人在香港的空間距離，暫時遺忘挫敗的沮喪與憤怒，使我好像可以從林瑞含和M的激勵中重新撿起拐杖，站起來走向光明，情緒上雖然抗拒，理智上已決定該回工作室。7月下旬回台和陳素香討論，她很確定自己情緒還沒過去，無法回到團體。她問我：「你真的確定你的情緒已經過去了？可以面對關係而不會憤怒？」

可能因為她持續在集體的外圍工作，不時會碰到組織邊界，不像我從物理上完全離開台灣，脫離可能引發憤怒的社會關係。對她說來，如果不處理與淑惠、巧仁和夏林清的衝突就回團體，是「失去自己

的原則」，不過她尊重我的決定。

　　2005年8月28日，由當天的主席、工運組的負責人賴香伶邀請我回到大團體（地點在蘆荻社大），我提出將「三一七裂解」的詮釋保留到以後再來討論的要求，常建國說：「我們團體內目前對很多關係的處理也是『存而不論』，所以我可以接受吳永毅這個提法。」其他人也同意，我就這麼「存而不論」地回到組織。

　　雖回到組織，但實際上過半時間留在香港，等於沒有進入組織生活，但中間發生了兩個特殊的狀況：分別是2006年的「暴力倒扁」和2007年的「工人選市長」。2006年8月爆發紅衫軍運動，鄭村棋主張「暴力倒扁」，工作室成員集體跟進，成為我和陳素香與集體「決裂」的重要源頭。當時我重新加入團體剛滿一年，卻激烈地反對鄭村棋的主張，認為那是他以社運人士為標榜的電視名嘴的需要，他在媒體上必須維持最激進的角色，卻沒有實際群眾對應，所以回頭勉強工作室成員跟進的荒謬狀態。維護「暴力」路線的夏林清跳出來反駁我，但我沒有打算面對辯論之後的關係責任，也發現爭論使在第一線面對紅衫軍的賴香伶被夾擊，所以決定自己收手退場。

　　這個張力反而換來一段更緊密的工作關係。2007年2月我在某次大團體中，提議王醒之應該以無黨身分參加基隆市長補選，藉機釐清他和父親（民進黨立委王拓）的家族政治關係。夏林清帶著將我拉回緊密團隊的動機，極力促成這個參選計畫，3月至5月我便全時住在基隆，投入選戰。後來王醒之因故無法參選，改由貨櫃車司機、倉運聯的前理事長、工作室的工人成員張通賢參選，那是裂解後第一次再次進入極緊密的作戰團隊，睡在競選總部、吃大鍋飯、開宣傳車、與警察拉扯等，身體完全投入，但卻有一種尷尬，幾場夏林清協助團隊處理內部關係的會議，核心成員帶著2004年人民老大選舉的舊傷，激動地痛哭對峙，讓我覺得自己是剛闖入的新人，不知該擺在什麼位置。

那場選戰中，我的角色又回到「三一七裂解」前的類似分工，協助王醒之負責戰略、文宣、行動，而夏林清以團隊「人的狀態」的督導身分，協助王醒之和賴香伶整合團隊，以及協助王芳萍以性工作者組織代表卡入團隊；鄭村棋則是大戰略的總軍師、掃街拜票的實戰教練。整個過程中又讓我再經歷一次「鄭、夏效應」，鄭的英明準確，夏的樂觀開放，無人可以複製、學習。不過，引發最多衝突的小精靈夫婦，夫妻倆是夏林清長期發展的對象，經常於夏林清在場時，藉著夏的包容做出過度誇大的、使自己成為群眾焦點的行為模式。我常被激怒到爆發的邊緣，但都強忍著接受夏的處理，因為一旦爆發，自己沒有替代方案，又會被標籤為不重視人的狀態。那個深層次矛盾在基隆選戰勉強被帶著走，也因為打完選戰後我就離開團隊，而不是長期的關係。

二、 從2001年的「裂解」到2011年的「分裂」

2001年的「三一七裂解」事件，是不涉及路線之爭的組織內部衝突，但2011年的「祕密審查」就涉及了運動路線之爭的「分裂」。本節試圖簡述導致「祕密審查」的幾個因素：包括組織場域的多元化、組織從絕對剛性轉為柔性的不確定性、個人與組織間的歷史創傷、運動主場從工運轉向參選的路線爭議等。

（一）論文討論：2009年未完成的「對峙」

前面提到，透過2003年秋鬥延伸到次年3月總統大選的「百萬廢票」運動，陳素香和我在裂解後短暫以客卿身分回復到團體的核心位置，那應該是延續工委會的傳統路線而促成的短暫合作。2004年底立委選舉，鄭村棋發明了挑戰既有選制的「人民老大」另類選舉方法，推出張通賢和王芳萍參選，選戰在挫敗中收場，鄭村棋帶著小團體延續

「每個人拿起政治責任」的實驗，後來不了了之。陳素香在這波行動僅消極配合，成為張通賢的「老大」之一，此後更不認同「人民老大」選舉路線，而我人在香港準備研究計畫口試，沒有參與，也因此並沒有反彈的情緒。

　　我和團體新的張力來自2006年的反「暴力倒扁」（陳素香也表態反對），接著因為投入2007年基隆市長補選而暫時緩解，到了2009年的論文內部討論過程又復活起來。「三一七裂解」留下強烈的憤怒和挫敗情緒，一直沒有出口，透過書寫自傳論文重建一個能充分表達憤怒的故事，果然發揮治療作用，情緒逐漸可以掌握，但那個故事必須放回團體中和衝突當事人進行「對峙」，療程才算完成。同時在研究倫理上，也必須把記錄集體生活的自傳，回饋給被記錄的團體，並接受其他當事人的驗證。

　　2008年底完成論文初稿回台，工作室在2009年4月25日、5月9日和5月23日分別召開了三次大團體，專門討論我的論文。第一次大團體達成了論文開放給集體和作者（我）協商後再定稿的共識，也決定優先處理有關錯誤資訊的勘誤，和集體私密活動對外公開所涉及的「安全顧慮」。5月9日的第二次大團體進入實質內容討論，最關鍵的進展是我終於表明了自傳也是為了「控訴／對峙」而準備的見證文本，這反而使得團體成員知道如何對待文中鉅細靡遺的衝突細節，跳脫了原本暗含的組織審稿的局限。接著團體處理了一個重要的對照，也就是我的「三一七裂解」故事中為何只有衝突當事人（夏林清、淑惠、巧仁），其他團體成員卻都匿名缺席？不同成員回憶裂解前、後自己在集體裡緊張，但因為無能為力而噤聲的狀態，[8] 在衝突邊緣共同承受著擠裂團體的結構性壓力，「這群人不是沒有聲音，只是她的聲音是在⋯⋯

8　發言依序包括：顧玉玲、李易昆、袁孔琪、賴香伶、侯務葵、蘇雅婷、黃小陵。

在⋯⋯在她身體的各種角落裡。」[9]團體也進行了涉及最隱密內部衝突的論文第八章是否應該刪除的爭論，但保留、刪除和部分刪除的意見紛歧，擱置到第三次大團體再決定。

5月23日的大團體最後還是根據夏林清的建議，決定保留第八章主文，但新增第九章，以記錄回團體討論時的差異敘事。[10]原本打算用來和夏林清對峙的文本，仍由她來定奪最後對外面貌，「三一七裂解」的「只有鄭、夏能作為最終定奪」的深層次矛盾再度橫阻於前，自傳書寫的治療效果全被抵銷。在團體裡我猶豫地表達想要「對峙」的慾望，但其他成員的回應卻是要我以後自己再找機會發動，理由是修改期限的壓縮，當下只能處理論文公開時涉及的「安全」問題。這也是我自己拖延所造成的事實，但在關係上被我解讀為「**原來裂解不是大家的問題，而只是我的問題而已**」，我又再度進入某種賭氣狀態，不想主動發動對峙，而等著看團體能擱置到什麼時候。

（二）組織轉型：運動會、777、火盟和民陣

與人民老大、暴力倒扁、工人選市長同時進行的，是工作室組織性質的變化。從1994年加入，到2001年離開，我所經歷的工作室都是極端剛性的組織，入會資格嚴格、組織界線嚴明、紀律要求嚴厲，即使2001年因為組織內外擠壓、工作者操勞過度，夏林清推動團體往「鬆」的方向調整，包括試圖將大團體減少為兩週一次，但這個核心會議仍是強制參加的。「三一七裂解」之後，夏林清更努力地將團體向更鬆的方向調整。2005年我重回組織時，有關改變大團體性質的討論已

9　摘錄自黃小陵2009年5月9日論文討論會的發言（未出版之錄音謄稿，約於第2小時57分）。

10　記錄差異敘事的原論文第九章，由於篇幅及關係考量，並未收錄於本書。本書第九章為重新編寫，記錄「三一七裂解」後到出版時的簡史。

經持續一、兩年，約在2006年，大團體決議將大團體取消，改為成員自願參加的「運動會」。夏林清的想法是，每個成員要拿起自己要不要這個集體的責任，而不是用紀律來約束。

這個內部的改變，也反映在外部面貌的改變。2004年鄭村棋推動「人民老大」，就以「**每個人拿起自己的政治責任**」作為政治教育的關鍵句。還有本書第八章提及的工運區塊消失與工運外區塊增生，使工作室對外的面貌逐漸從工運轉向跨議題的社運／政治團體。2005年底周佳君、張競中、柯逸民等成員發起「不滿族777行動」，每週日到自由廣場擺攤嗆政客，開啟了組織政治覺醒散客（而非工會或工運NGO）的新路徑，次年紅衫軍崛起時，「777」轉化為「人民火大行動聯盟」（火盟），2008年與綠黨結盟，爭取不分區選票；2011年登記成為政黨，即「人民民主陣線」。

對照組織往參選發展，我和陳素香反對將整個階級運動累積的動力轉向選舉；而界定組織界線的核心團體——運動會——又改為自願參加，兩組變化交集下，以及論文想要「對峙」卻打進棉花的落空感，我選擇成為隱沒的反對者，長期不出席運動會，避免在團體內當烏鴉的不悅處境，只有火盟用社運議題進行動員時積極配合。陳素香非團體剛性成員，但她持續被納入內部群組，享有全部的資訊權利，所以她隱沒的型態不是缺席會議，而是愈來愈沈默，包括也不再表達任何異議。

我們逐漸成為隱形的「異端」，還有「鄭、夏情結」的舊傷脈絡，「三一七裂解」有鄭、夏因素，「暴力倒扁」又有鄭、夏因素，當我們在團體內反對鄭、夏主導的方向，並挑戰大家為何同意這樣的方向時，就會被窄化為「為什麼你們眼裡只有鄭、夏」。每遇到類似結構，資深成員如王芳萍、周佳君、莊妙慈和李易昆等人，就和我一樣陷入暴怒的情緒中，共構無解之結。

2009年我成為TIWA的工作人員，更形成運動會裡反選舉的成員（我、素香、靜如[11]）都集中到TIWA的表象。我們三人不贊成選舉路線，但會推派TIWA的新人陳秀蓮和許家儁去銜接工委會的歷史，也許在火盟眼裡，這種對策被誤認為是「老鳥杯葛、只利用火盟訓練菜鳥」。2011年分裂事件後，我們從不同組織成員那裡聽到「TIWA距火盟越來越遠」和「（不是我們先審查你們而）是你們先不要團體的」的說法，應該都是前面幾項因素積累的後果。

（三）「祕密審查」到顧玉玲離職事件

2011年9月發生了顧玉玲離職事件，如果沒有這個事件，也許我、陳素香和吳靜如，都不會意識到自己已經被團體祕密審查了。事後我們推估，最後一根稻草應該是TIWA沒有跟隨2010年的人民老大參選行動。那年火盟共組五個團，推派五人參選台北市市議員，[12]但陳素香反對人民老大，吳靜如更是反對任何選舉路線，我則是不完全反對選舉，但對團體成員平常不政治，每逢選舉突然比誰都政治正確的姿態不滿意；新人陳秀蓮和許家儁則是對選舉極端冷感。TIWA的另外兩個組織成員，龔尤倩和顧玉玲，也沒在辦公室推動任何人民老大的政策。2010年底，可能是由鄭村棋發動了「運動會」重整，將組織回頭向「剛性／精實[13]」調整，同時並對TIWA區塊進行政治檢查。組織先發通知給每一個成員，要求重新表態是否繼續加入「團體」，但TIWA三個（對人民老大冷淡的）成員沒有收到這個通知。之後，組織另設不包

11　吳靜如出身自「群眾電台」，有貼身參與傳統選舉的豐富經驗，因此深知頭人參選對基層組織的負面作用。2007年10月，眾人積極籌備2008年立委選舉（火盟與綠黨結盟），她透過內部群組正式邀請大家進行是否參選的辯論，但沒有人回應。

12　北市產總團隊組織了「苦工團」，推出當時在TIWA安置中心兼職的洪連佐擔任市議員候選人，因為這層關係，我和陳素香都加入「苦工團」，但沒有去開會。

13　摘錄自2011年11月5日大團體主持人常建國用語，他說：「我們組織要再精實化了」。

含我們三人的通信群組，把我們隔離在所有內部訊息（開會通知、場上情報、政治判斷等）之外，[14]再付委給一個小組檢討我們與團體間的關係。龔尤倩和顧玉玲也參加了檢查小組，甚至就是檢查依據最主要的「線民」。

顧玉玲能力很強，但工作常丟三落四，也不面對轉嫁他人的後果，所以TIWA的資深同事對她有很多抱怨。當她按兩年前的計畫，準備在2011年8月底離職，大家歡欣安排各種交接工作，準備好聚好散。然而在離職前一週，她突然在工作會議上宣布不離職了，而且決定留下的理由是「TIWA不夠政治化，她要拿起把TIWA政治化的責任」，這個片面決定不僅在關係上，也在政治路線上引發強烈反彈，我們一陳兩吳，加上已進入TIWA核心團隊的陳秀蓮，形成反對顧玉玲留任的「四人幫」，並在10月9日工作會議發動以無記名投票表決，通過她必須按原計畫離職，後來被抹黑為「**TIWA非法解雇女工事件**」。

起初我們以為這個糾紛只是顧玉玲某種對他人抱怨無意識的模式再現而已，後來經由一連串錯愕的衝突，[15]才逐漸意識到顧玉玲和龔尤倩背後是組織力量，原來她們在執行把我們「**鬥回集體、搶回TIWA**」的任務。[16]11月5日組織總動員，召開運動會邀我們三人回去面對，[17]那完全是「公審」的空間安排，我們三人的位置被安排在獨立的一排，面對所有人；衝突對造龔尤倩、顧玉玲和張競中，卻被兩層其他成員

14　但原群組繼續發些有的沒的次要訊息，使沒有警覺性的我們誤以為群組繼續運作。

15　包括一向善於調停的龔尤倩，卻在10月9日投票前，表態力挺顧玉玲留任，激化衝突。接著，10月16日我試圖入侵顧玉玲辦公室的電腦失敗，卻被張競中發現而半夜趕到TIWA算帳，他酒後吐真言，證實運動會的確刻意只針對我們TIWA三人隱瞞並另開群組的決定。

16　「鬥回集體」是摘錄自2011年11月5日運動會主持人常建國用語；而「搶回TIWA」是引自顧玉玲事後提出檢討時的用語。

17　那次在我們的要求下，破例讓陳秀蓮列席，但團體也同時另邀發展中的幾個新人到場觀戰。

「保護」著，鄭村棋坐在她們的後方、所有人的最外圍。質詢順序是由曾經和我們關係密切的成員先發動，再由工人身分成員上陣，最後由資深成員補位；明顯是經過沙盤推演、角色扮演的操兵訓練，我們當然不會因此被「鬥回去」。我在當下因為突然面對同志變成敵我關係而想逃離，沈著的陳素香開了條件，要求先做到資訊對等，公開隔離審查期間針對我們的檢查內容，才願意繼續進入團體互相面質。負責主持的常建國反過來要求我們先承諾願意回到集體，才考慮提供資訊，陳素香又反駁說：「我們從未離開」。混亂中暫代主席的王醒之在陳素香逼問下做出讓步，夏林清很技巧的出場，追究兩、三年前吳靜如在關係對待上的虧欠，企圖阻擋團體讓步，但沒成功。坐在暗處的鄭村棋從頭到尾一言不發，偶而露出意義不明的微笑。

（四）刪信、團練、亮槍與告別

11月5日運動會決議13日再開第二次運動會，散會後不到兩小時，我們三人都收到了一封信，告知已經被納入新的內部群組，但仔細查看，發現最關鍵爭議期間竟然沒有信件往來，然後有一堆刪除不乾淨、批評我們的內容，因此我們決定不再參加第二次運動會。組織發動了一連串的行動，逼我們回到集體，包括一連三天的分批「團練」（對我們稱是「懇親」）行動，由不同成員編組，無預警的整批到TIWA辦公室，宣稱因為我們不肯回團體，所以約集有動力和我們繼續對話的成員來找我們溝通，一談就是兩、三小時，完全不顧正在緊鑼密鼓籌備中的移工大遊行，似乎刻意要在人來人往的義工面前暴露進行中的「內鬥」，讓我們難堪。「團練」同時還搭配「亮槍」行動，因為TIWA由工作室協助成立，理、監事過半是組織成員，於是組織派出擔任TIWA理事和監事的成員，揪團到TIWA辦公室找掛名的理事長吳靜如談判，要求吳靜如依人團法召開臨時理事會，以便決議讓被「非法解僱

（未經理、監事會同意）」的顧玉玲繼續留任。運動會的理、監事們甚至以限時掛號通知開會日期、地點，又以簡訊要求吳靜如到場。

　　這些「奧步」對身經百戰的四人幫當然沒有鎮壓作用，反而刺激我們更加憤怒。11月24日，團體派了四個代表來提「分手」[18]（即宣告終止同志／組織關係，主要發言的李易昆表面上卻仍說是來「**做最後努力**」），並替顧玉玲離職的條件進行談判。顧玉玲的部分我們照單全收，但陳素香嚴詞拒絕了李易昆提出的「分手」說法，陳素香告訴他：「*要分手，我也可以接受，但是我要追究分手的原因……到底為什麼走到這一步？要當同志我也不排除，但是如果我們真要發展緊密的同志關係，也必須經過這一次的考驗……通不過考驗，當然是分手啊！我們彼此都要通過這次考驗的啊，對我來講也是啊！*」[19]

（五）五個提問與「人民歪線」臉書

　　團體原本想用「分手」來切斷關係，作為「內鬥」的停損點，但沒想到被陳素香以「高姿態」拒絕。2011年12月初我們整理了有關祕密審查之後，團體自相矛盾的立場和說詞，對所有成員發出「五個提問」，要求各別成員「**拿起自己的政治責任**」回應我們。不知是團體下了封口令，還是各別成員不願或不能回應這些質疑，提問石沈大海，[20]過程中只有賴香伶認真回覆，次年2月龔尤倩約我們見面談了一次，部分接受了我們的質疑，但針對「祕密審查」仍然否認。我和陳素香則主動整

18　四個代表是李易昆、賴香伶、龔尤倩和郭明珠。

19　摘錄自2011年11月24日錄音謄稿（未出版）。

20　成員賴香伶在2012年3月5日發信給其他成員，要求成員面對我們提問。但除了賴香伶於3月14日有回應提問外，我們沒有收到其他回應，於4月1日決定關閉對話空間。爾後，侯務葵在4月2日、李丹鳳在11月17日、王芳萍在2013年1月22日，先後以電子郵件回應和反駁了部分提問。

理了與團體漸行漸遠的過程，發信給賴香伶表示歉意；[21]因為我們2001年脫隊後，「中央」的工作位置由她（和何燕堂）接手，但工運的外在環境和團體內部條件備加艱困，我們作為資深工作者，不但未能供協助，還經常唱反調，使她更加為難。

2012年4月1日，顧玉玲離職事件滿7個月，五個提問沒有任何答覆，我們「四人幫」開設了「人民歪線」臉書帳戶，陸續張貼「祕密審查」相關之文件和動態，並只邀請組織成員加入。2013年夏天，由於各成員繼續保持緘默，我們將「人民歪線」的「朋友」向外擴展，增加邀請與「火盟／民陣」關係密切的非組織成員，維持著「局內人」的模糊邊界。目前為止，我們設定自己與「團體」（對外面貌是「火盟／民陣」）的關係可說是「內部分裂的暫訂狀態」——實質上處於分裂狀態，但分裂的事實沒有公開化，我們三人也不承認自己是組織外成員，而是待追究的內部懸置關係；但在現實運動場域的關係對待已形同陌路。

（六）「組織作為方法」的未解難題

維持這樣的暫訂狀態難度很高，因為我們在同一個社運場域內行動與生存，隨時發生碰撞和摩擦，激發新的情緒。但這個內鬥能否超克茶杯內風暴，就在於能否進一步釐清「左翼組織如何對待異端成員？」以及「異端成員如何對待集體？」的左翼民主大哉問。從這個角度來看，斷代於2001年的本書／自傳論文，仍可以回應2011年的難局，因為書寫時發現：「組織作為方法」的問題意識，不論在理論或實踐領域，都還是稍一懈怠就雜草叢生的廢墟景象。

---

21 2012年4月1日，我寫信給賴香伶感謝她回應我們的提問，信中回憶六個我和她因為團體政策或狀態而發生爭執的場景，既是表達歉意也是告別。陳素香寫於2012年9月的〈我的異端生成史〉（未出版）有較完整的整理。

後記

《運動在他方》，然後呢？

　　本書於2014年5月，我58歲時出版，就本書關切的主題——個體、集體和歷史現實交錯的意義來看，真是個弔詭的時空。我自己在2001年「三一七裂解」後，怯於重回需要緊密團隊工作和高度人際緊張的第一線工運位置，博士論文（2010）《運動在他方》寫完後，選擇到相對緩和，以移工個案服務為主的台灣國際勞工協會（TIWA）工作，卻因為1996年曾經協助過的關廠工人被勞委會追討「貸款」，伴隨勞保年金修惡法所促發的新工運浪潮，又被推上第一線，從凱道普渡、占領北車（台北車站）第四月台、六步一跪、讓雞蛋飛、突襲官邸、北車臥軌、絕食恨行，最後意外地因「九二九萬人威鞋」[1] 行動，成為倒馬力量的急先鋒。

　　更大範圍的情勢是國民黨的右傾，帶來文林苑王家、大埔、華光、紹興、反強拆迫遷和苑裡反風車的暴力衝突，滿足兩岸資本利益

1　全關為向執政黨施壓，宣布包圍2013年9月29日在國父紀念館舉行的國民黨中全會，之後卻發生馬王政爭和大埔張藥房張森文自殺抗議事件，全關意外捲入全台倒馬的巨大動能。

的「親中」政策帶來反旺中和反服貿的新台派力量，政權接班人江宜樺操弄核四公投引發中產階級的新串連，統治正當性崩解下洪仲丘案激發的1985宅公民反彈；既有在野黨的默許右轉和監督無能，促成了綠黨和林義雄第三勢力政團的抬頭。然而主張以參選推動社運政治化的「民陣／火盟」，在這波騷動中卻意外的沈寂，除台北市產業總工會積極參與工運行動外，[2]其他區塊似乎以等待2014年七合一選戰來回應快速變化的政治局勢。

這波工運的再激進化，從另一個角度，又分別意涵九〇年代自主工運的歷史復活，和「工委會／工作室」裂解出來的力量產生新聚合，填補「工委會」2006年轉型為「火盟」後，所留下來的群眾路線工運的空白。「全國關廠工人連線」（全關）由三個團隊所構成，分別是：1998年離開「工作室」的冷尚書所影響的桃園縣產業總工會祕書處、2011年從「運動會」分裂出來的TIWA、以及陸續與「工委會／火盟」合作的「非典勞動工作坊」的林子文。「民陣／火盟」大多數區塊對全關保持距離，僅後來因為榮電關廠案而加入的北市產總，和到現場客串的黑手那卡西有跟上這波運動。

毛振飛是桃產總團隊的頭人（前理事長）、自主工聯前會長，九〇年代中為了輔選李登輝和謝深山而與工委會發生路線之爭，我（和陳素香）代表工委會與他激烈對抗，但至今他卻是極少數僅存的，仍在一線活躍、且幸運沒有被解僱脫產的第一代自主工運幹部，[3]歷史的機遇讓我們十幾年後竟然再度並肩作戰。同樣是第一波自主工運催生的頭人林子文，出道時穿西裝、打領帶，以白領菁英為標榜，卻越老越激

2　「運動會」參選時的面貌是「民陣」，參與社運時的面貌為「火盟」。「火盟」以北市產總相關人員為主。

3　此外還有林子文。被遠東化纖解僱的羅美文目前仍活躍，但代表勞動黨而不是工會體系。

進，最後和毛振飛一起赤腳走進監獄服刑。[4]

　　然後，更意外的是在這個運動高峰，2014年2月我突然因為楊祖珺、丘延亮、黃德北的力薦、TIWA人事「汰舊換新」的考慮、以及我自己猶豫不決等多重因素，「轉行」成為國立台南藝術大學音像紀錄與影像維護研究所的專任助理教授，屁股移到本書不斷質疑的「第二線」知識分子位置。固然，前「拉派」成員井迎瑞，在該所推動紀錄片生產方式的「典範轉移」運動，對抗紀錄片的主流化和院線化，但我到底能不能「側身」學院，又實際「嵌卡於（校園外的社運）結構」，讓兩種自身都維持「有機」狀態？一樣得接受本書論點的全部考驗，讓本書出版至少有再度「自我綁架」的作用。

年輕身體作為抗爭工具的新浪潮

　　源自樂生保存運動的身體衝撞風格和策略，隨著參與者轉移陣地，成為其他運動的組織者，開啟社運高度身體衝撞的特殊階段。工運「再起」前，2012年3月28日台北市政府強拆士林王家事件的警民衝突，象徵這個路線已成顯學，往後幾乎每個社運現場（包括全關抗爭）都有年輕學生（或畢業不久的學生），不惜以身體和警察對抗及衝撞，甚至被警方冠以「跑攤學生」的污名。這種菁英知識分子直接「用身體作為抗爭工具」的現象，和我論文原本想要批判的九〇年代學運菁英，不是設法擠進民進黨棲身，就是與運動若即若離、猶豫是否挪動屁股的現象，完全不可同日而語。這個發展可能有眾多結構性因素，與樂生運動的特殊性交會而成，當知識分子身體不再消極被動，我的論文

4　林子文因凱道普渡案、毛振飛因讓雞蛋飛案，分別被判50天及20天拘役，都拒絕易科罰金。台北地檢署故意在2013年11月10日「萬人威鞋」及11月17日「秋鬥」前，通知兩人於11月1日報到執行，報前他們將鞋交給總指揮，赤腳入獄。

原本想要挑戰的運動倫理是否因此過時？

　　這波地產財團以都更（都市更新）吞噬民宅，政府為彌補財政赤字而圈地拆屋，甚至英華威風力發電機的強行搭建，都顯示新的結構矛盾來自空間利益爭奪和地產資本對政治的入侵，對照前二十年工運對抗的製造業和國家資本，抗爭性質的確可能不同，戰場都將煙消雲散，憑弔也難、何況組織積累；但也可能是跑攤者的流浪哲學順應結構的後果，多攤個案到底可否（以及該不該）積累出一個更高層次戰線的運動？以及相應的組織或團隊？身體衝撞不斷墊高運動的興奮點和門檻，對社運發展到底產生什麼效果？

　　工運板塊的風水輪轉、不同機遇的意外交會，都還是進行式，不能蓋棺論定。全關抗爭也畢竟是一個被動的激進化、歷史的偶然，難以作為運動路線的典範。跑攤學生未來生涯的路徑到底會如何旅行，身體將如何改寫學運和社會改造的歷史，能否超克野百合、野薑花、野草莓等植物圖騰？而我自己成為助理教授，能否實踐新的「一線」與「二線」知識分子的關係？

　　這些問題仍和本書的主旨密切相關。書寫九〇年代小歷史的本書，肯定無法解決這些難題。也許最差，本書的作用是把我們這些走過九〇年代社運的四、五年級生，介紹給來到運動現場相會的七、八年級跑攤學生，許多不堪難以當面表達，借用文字也許可婉轉洩漏一、二，但，臉書時代幹嘛需要一本近五百頁的「關於」？再高一點的期待，是藉自傳提供已經在運動裡又暫時不想離開的人，有關個體生命、組織生活和歷史場域之間關係的參照，高潮可以勵志、晦暗可以治療。更貪心一點，就希望撈到讀後突然熱血沸騰的宅青、廢材，從此發願成為社運小奴工，並在半世紀後寫回憶錄時感謝或唾棄本書。

　　本書原先也是企圖發動組織內部對峙用的文本，出版將使文本的內部性外部化，進入公共領域不可知的後果，因此期待對衝突保持緘

默的「運動會」成員，能夠生產與本書對峙或對照的故事。這不僅是為了平反或反駁本書所建構的裂解和分裂的故事，也是為了豐富公共領域內對集體生活的討論，唯有爭取更多人認同社運「黑暗面」的敘事屬於左翼的公共財，不該被掩埋私藏，才能鼓勵更多貼近真實困境的敘事誕生。[5]

身體到底要旅行到哪裡去？

最後，還是想回頭問假設的讀者：經歷了2012年以來的身體衝撞，身體到底要旅行到哪裡去？「高潮／抗爭—日常／蹲點」的身體可能重疊在同一個人的「多重自身」裡面，但如果屁股移動時稍有遲疑，就會錯失某個自身，或是肥了某個自身、瘦了另一個自身，行動時更難平衡、協調，動輒跌落。尤其不免憂心的是，原本抗爭的身體比蹲點身體更具有地位，經過這波身體化的浪潮，抗爭的身體被建構得更顯眼、有力，有沒有可能再次排擠日常的身體？

郭力昕觀察樂生運動世代的青年，下了樂觀的結論，他認為新一代青年擺脫了歷史包袱：「社會實踐不在外部化，製造一大筐必須馱負的沈重使命，而逐漸成為一種充分內化的生活信念或生命情調」（2010：70），聽起來非常「身體」，但過度的「內部化」令人憂喜半參。喜的是總體來說激進化更被學運社群所接受，憂的是力量分散於個體內部的運動觀；難道我們四年級生必須要學著接受新的社運，就是如此依賴自發、滅火式、點狀、卻又遍地都是的動能嗎？這到底是暫時的，因為組織條件不夠成熟的狀態？或是階段性不會改變，而需要全

5　2012年秋讀到宋玉雯提供的《酷兒‧情感‧政治：海澀愛文選》（劉人鵬、宋玉雯、鄭聖勳編，2012）初稿，發現書內討論海澀愛提出的「感覺倒退、感覺『背』」，非常能呼應我書寫組織黑暗面的企圖，在此借用作為背書。

新運動形式的世代精神？這幾年在場中遇到的青年，既有到現場爆發後隱身回動漫電玩的宅男、宅女，又有古典到不行的吃苦耐勞、有組織紀律的「小奴婢」志工，這使人更加錯亂困惑，組織工作進退失據。

走過組織者失語的年代，我們才剛開始學講話、學看身體、學如何告訴後人曾經活過一個成功又失敗的自身和集體，但歷史不會等待，不論新舊形勢，運動中每一刻都是困難的抉擇，謹以本書作為見證！

謝誌

首先要感謝丘延亮，若不是他關說古學斌收留我當博士生，就不可能有物質條件進行自傳書寫。本書理應邀他寫序，正如他應該是論文口委的不二人選，但我和古學斌聯手把他作掉了，因為我們都擔心他的求全癖會延誤畢業時間。出書前又因為我自己修稿拖延，無法讓他從容寫序，錯過被他挑剔和因此反駁的機會，必然是本書損失。

也要感謝在香港時的中國同學對我這個台灣同胞的寵溺，包括張和清、喬東平、郭偉和、楊靜、李林、李晶和袁小良。香港同學羅淑玲和謝柏齊、反世貿抗爭結識的「八樓／影行者」激進文青，帶我見識底層香港、發現香港的複雜性。當然還有工作室的香港成員林瑞含，雖然在2011年的組織衝突裡她決定與我們割蓆斷交，但寫論文的五年期間，一路協助我回觀衝突、反思書寫目的，並帶領我認識女工合作社和二手店，以及她們與潘毅合作的深圳打工仔服務據點的女工工作者。同樣曾照顧我們、分擔TIWA會計工作的三姐鄭素粉，也在組織衝突後反目，但她無息借用20萬元台幣，讓我繳交第四、五年的學費，[6]才能無後顧之憂的寫完論文，一併致謝。

6　香港政府只發給三年獎學金，第四年若未畢業，並無獎學金，且需自繳學費。

　　也要感謝在香港的台灣同學劉曉春，社工督導出身的她，在實務田野裡必須立即解決多變的生存、諮商難題，而累積的某種「雜」的能量，加上她的信仰經驗，經常帶來意外的啟發，「身體」觀點就是借自她未完成的研究提問。還有我們參與鄭鈺鈿的讀書會，見證大小疑難雜症通吃的超級耐心，完全推翻了香港人功利主義的刻板印象。

　　2003年我和陳素香失業最艱困時，陳光興替我還了10萬元給台社基金，讓我不致陷入賴帳欠稿的尷尬（現在本書交台社出版，也算間接還了稿債）。博士學位拿到後，他又發現我對出版論文非常猶豫，於是他調動交大亞太／文化研究室團隊的林麗雲和陳筱茵，協助我逐步進行修改、勘誤，這一年來編輯工作和關廠案搶時間同時進行，她們倆的規劃、容忍、鼓勵和緊迫盯人，包括颱風夜在三芝點蠟燭進行的逐字校訂苦工，一路作陪的是時而亢奮、時而低潮的光興，替本書增加了很多情感勞動成分。陳瑞樺、蘇淑芬也參與了腦力激盪，並對導讀初稿提出修正建議，勸阻了旁生枝節、可能惹禍的砲火，並提醒處理各方關係；但本書內容爭議仍高、樹敵難免，編輯小組雖不一定認同，仍甘冒風險協助完成，也算為朋友兩肋插刀，是為記。

2014年2月14日　於台北市德惠街

跋
運動傷害
陳素香

> 長征的路上，傷兵是要帶走？
>
> 還是乾脆斃了？
>
> 或是安置何處呢？

　　幾年前（2009），曾在報上看到一則新聞，是關於 1988 年發動五一勞動節火車罷駛的「火車駕駛人聯誼會」會長林福榮的訊息。新聞報導寫著，彼時 51 歲的林福榮罹癌末期，自知來日無多，但不甘心因為當年領導罷工被台鐵秋後算帳遭到免職，終身背負被免職的不名譽標籤，「就算已因病無法言語，仍透過紙筆寫下自己的最後心願，希望《蘋果》協助他向台鐵爭取『復職』，能死而無憾」。[1]

　　看到這新聞時，心底著實被重重敲了一記。林福榮我是認識的，1988 年五一火車罷駛時我仍在歐洲遊蕩，未能趕上親眼目睹；待我回台灣重操記者職業時，他已受到秋後算帳的種種打壓，最後被台鐵以發表不實言論及請假未獲准、曠職等理由，記過免職。那個年代工會

1　此新聞由《蘋果日報》記者李姿慧、陳嘉恩報導，見〈發動罷駛被炒　台鐵人爭復職：背二十年不名譽　癌末盼有生之年還公道〉，《蘋果日報》，2009 年 11 月 25 日。（網址：http://www.appledaily.com.tw/appledaily/article/headline/20091125/32113216/）

幹部被調職、非法解僱的事件很多，我在報社跑勞工運動那段時間，處理最多的大概也是這類的抗爭，當年只覺得這是資方鎮壓工會的手段，極為不義，卻不能預知這將對每個經歷運動的工人留下什麼創傷。直到二十年後看到林福榮臨終之前的悲憤與缺憾，才深刻的被撞擊和領悟。

另外，有一個人也讓我一想起就覺得心底不安，他叫林長昇。寫到他的名字，我帶著難以言說的歉疚感。1990年代中期，工運搞得如火如荼的那幾年，畢業於逢甲大學的林長昇進入台灣勞工陣線台北分會擔任祕書長，與我當時工作的單位「工人立法行動委員會」（工委會）分屬不同陣營，雖常在工運場合碰頭，但大都保持著距離和警戒。相較於學運出身、中興法商畢業的同期在台灣勞工陣線擔任工作人員的邱毓斌、丁勇言等人，林長昇顯得憨直許多；在統獨左右還被「勞工運動」包裹著，暗裡較勁幹譙，但表面不碰觸的假面團結年代，他從不隱諱他堅定的台獨立場，有時顯得突兀、不合時宜，就一個勁地衝撞闖蕩。1994年新潮流系清除潛伏在勞工陣線的那票中興法商學運分子時，林長昇也一起被清除掉了。後來我看到一段他寫的回憶：

> 開台北分部會員大會那天，包括邱義仁（〔當時為〕現行政院副院長）等新潮流大老都跑來了，兩方票數相當，可是簡錫堦硬要表決。當時的勞陣副主席，也就是前統聯客運工會理事長余世昌氣得翻桌，所有的人開始喧鬧、推擠……。我還記得我跳上桌子，大喊：你們這些踏著工人血肉上去的人……！！！頓時，全場鴉雀無聲，宇宙的時間似乎就停在那一秒。[2]

2　引自林長昇（2010）「台灣組合」部落格的文章〈慟！人民悲歌〉（《TGB通訊》第124期，網址：http://taioanchouhap.pixnet.net/blog/post/30023972）。

　　離開勞陣之後，林長昇換到哪裡工作了，我一無所知。1995年夏天我南調高雄之後，曾經見過他二次：一次是1996年高雄女線協助日商矢崎林邊作業所的女工打關廠抗爭時，某日他與石油工會的幹部洪明江來到林邊，說要幫忙組訓矢崎的女工，操演了一套簡錫堦慣用的團體動力遊戲之類的活動，之後又不了了之。

　　另一次，是在台塑的股東大會上。他被保全打得好慘！

　　1995年夏天到1997年底我南調高雄，主要工作之一就是擔任高雄縣市的「台塑工會聯誼會」祕書；台塑企業集團在1988年自主工運剛萌芽時，強烈鎮壓過南亞工會仁武廠的工會幹部顏坤泉，也整肅過台塑仁武廠的工會幹部劉漢盛、林茂盛等人，是工運界眼中的無良僱主；但是王永慶真是個厲害的角色，他大概明瞭企業組織工會是不可阻擋的風潮，所以很快的調整應對方式，「不打壓成立工會，但將工會納入企業內部規訓」，亦即建立一套與工會互動的遊戲規則，讓你「有點自主，但又不會造反」的平衡狀態。

　　我到高雄之後，對台塑集團與工會之間的互動規則，大抵了然於心，對於台塑工會每年年底的年終獎金抗爭行動，也就姑且觀之，並不會召喚出抗爭的熱情。1997年初，台塑工會聯誼會擬利用股東大會時機再度進行年終獎金抗爭的「戲碼」，那天我們從高雄搭乘遊覽車到麥寮，股東大會應該是在六輕的某個大禮堂舉行；那天林長昇不知透過誰的關係也來到了現場。王永慶主持股東大會，工會原先安排發言的幹部，客客氣氣的提了一些員工分紅的訴求，王永慶三言兩語打發了過去，其它幹部也就噤聲了。林長昇卻在此時激動的跳出來，指著王永慶破口大罵，大意是說剝削勞工的資本家等等；待他罵完，王永慶在台上不慍不火、態度從容的輕抬下巴示意場內的保全人員：「把他拖出去！把他拖出去！」四、五個彪形大漢立刻把林長昇拖到會場後端角落，狠狠的賞他一頓拳腳。當林長昇被保全拖走的時候，全場數十

個工會幹部沒有人靠過去營救他，直到保全踢打完離去後，才有少數幾個幹部去將他扶起來。

我在現場，但也沒有跳出來營救他，當時心裡還嘀咕他：「真是搞不清楚狀況，工會幹部只是演演戲，你倒當真要打倒資本家了！」

那是我最後一次見到林長昇，後來聽說他生病了，精神有些狀況，回去花蓮養病了。後來輾轉聽到他的訊息，說他在花蓮當大理石搬運工，又後來，在他於2008年7月過世三年多之後，我才聽聞他的死訊。

這麼多年來，生活一直忙碌的滾動著，運動生涯浮沈曲折，有時也過得渾渾噩噩，但無預期的看到林福榮、林長昇的片段新聞，著實感到悵然，而且比悵然多一些的，是難以言說的虧欠感。如果我們書寫歷史，讚揚林福榮發動火車罷駛的創舉，卻又要如何面對他被整肅之後的鬱結生活及臨終悲憤的缺憾？而思及林長昇發病後飄零的生活，也屢次讓我回到1997年初，自己隱身群眾裡看他被王永慶的保全拖走，卻未挺身阻擋的往事。

我之所以寫到這兩個人的事情，[3]主要想講的是：**一個人參與／投入／被捲入社會運動，過程中可能會受到「運動傷害」，嚴重者終生無法復原。而「運動傷害」是個運動者的議題嗎？是運動集體需要處理的議題嗎？若不是自己回家敷牛糞療傷，那運動集體又有什麼能量面對運動者的運動傷害呢？安置傷兵是運動集體需要考慮的事情嗎？又能安置到什麼程度？**

我跟吳永毅無疑也是「運動傷害」的患者，吳永毅論文書寫的2001年所屬運動組織的內部衝突事件，我也是當事人之一；將近十年的時

3　還有新光紡織士林廠關廠抗爭中，因為責任壓力過大而精神病發的徐凌雲。請見吳永毅（2003c）〈一個缺席的口述歷史：徐凌雲〉，收於《那年冬天我們埋鍋造飯》，台北：台北市政府勞工局勞工教育中心。

間，我沒有辦法開口講那個事件，一觸及事件邊緣就陷入暴怒、沮喪、痛苦的糾結情緒。吳永毅面對 2001 年的組織衝突事件，他說他要「哪裡跌倒，就從哪裡爬起來」，所以他寫了一本論文想要對峙，但對峙沒有完成，後來還延伸了更大且關係性質完全不同的衝突。我採取的方式不同，我說我要繞過去，然後大步前進！也許因為想繞過去，所以我選擇避開與原組織的關係接觸，但是隔離並沒有讓「運動傷害」結痂痊癒，反而變成之後被整肅的導火線，甚至被認為是「以歷史情結掩蓋自己真實的利益」[4]。

　　而十年後，我認為對我是「二度傷害」的政治祕密審查事件（表面上是「顧玉玲離職事件」），卻離奇的治療了 2001 年的「運動傷害」，我變得可以平心靜氣地講述 2001 年的事件，且對 2011 年的政治祕密審查事件充滿了追究到底的主動性，而不再是失語的狀態。

　　因為深刻經歷了兩次運動傷害，我也體會到造成運動傷害的因素／結構／過程都是錯綜複雜的，患者也不一定是「正義」的那一方，他／她也可能在這裡或那裡、這時或那時成為傷害結構的一部分。譬如：1998 年，冷尚書離開工作室時所承受的運動傷害應該遠甚於 2001 年的我，而 1998 年我仍在組織中，對於冷的離開、組織對他的追剿，我是參與其中的，且無法體會他承受的運動傷害狀態；直到我自己也成為了患者，才稍微體會他如何走過身心崩裂的死境狀態。[5]而，2011 年顧玉玲離開 TIWA 的過程，於她無疑也是嚴重的運動傷害，我亦是造成傷害的人之一，雖然真正的傷害結構是我們原來所屬的組織對我、吳永毅、吳靜如展開政治密審，並要求已經計畫離職的顧玉玲必須留任 TIWA，以再搶回 TIWA 主導權而造成的激烈衝突所致。

4　此為顧玉玲在 2011 年三一七事件時，寫給組織的報告中對我的定見，認為疏離組織是為了我自己的利益。

5　而複雜又有趣的是，現在工運圈中也有後起之輩直指冷尚書使他們遭受到「運動傷害」。

　　我提出「運動傷害」這個詞彙，目的並不在於追究誰對誰造成了運動傷害，也尚未細分運動傷害的不同的樣貌和內容，主要是為了拋出問題：

　　　　我們（左翼）應該如何面對或安置路程中承受運動傷害的運動者呢？

　　這是藉吳永毅的書出版時，我想直白地向左翼朋友這樣的公開提問。

2014年2月4日

參考書目

一、英文：

Alexander, Christopher (1964). *Notes on the synthesis of form*. Cambridge: Harvard University Press.

Alexander, Christopher (et al.) (1977). *A pattern language: towns, buildings, construction*. New York: Oxford University Press.

Alexander, Christopher, Howard Davis, Julio Martinez, and Donald Corner (1985). *The production of houses*. New York: Oxford University Press.

Bourdieu, Pierre (2000). The biographical illusion. In Paul du Gay, Jessica Evans and Peter Redman (eds.) *Identity: a reader* (pp. 297-303). London: SAGE Publications in association with The Open University.

Calas, B. M. and Smircich, L. (1996). From the woman's point of view: feminist approaches to organisation studies. In S. R. Clegg, C. Hardy, and W. R. Nord (eds.) *Handbook organisation studies, sage publications*. London: Sage.

Castells, Manuel (1983). *The city and the grassroots: a cross-cultural theory of urban social movements*. Berkeley: University of California Press.

———— (2000). *The information age: economy, society and culture*. Malden, Mass.: Blackwell.

Chiu, Fred Y.L. (丘延亮) (2003). *Colours of money, shades of pride: historicities and moral politics in industrial conflicts in Hong Kong*. Hong Kong: Hong Kong University Press.

Crossley, Nick (1999). Working utopias and social movements: an investigation using case study materials from radical mental health movements in Britain. *Sociology, 33*(4): 809-830.

Eyerman, Ron, and Jamison, Andrew (1991). *Social movements: a cognitive approach*. Cambridge, UK: Polity Press in association with Basil Blackwell.

Feyerabend, Paul (1978). *Against method*. London: Verso.

Field, Connie (Director) (1980). *The life and times of rosie the riveter*. USA

Goodwin, Jeff (1997). The libidinal constitution of a high-risk social movement: affectual ties and solidarity in the Huk Rebellion, 1946 to 1954. *American sociological review, 62*: 53-69.

Gouldner, Alvin Ward (1979). *The future of intellectuals and the rise of the new class*. New York: Oxford University Press.

Hsia, Lin-Ching (夏林清) (1992). *Learning in conflict: emergence and sustenance of union leadership in Taiwan*. (Ed. D. Thesis), The Graduate School of Education of Harvard University.

Hsu, D. Y., & Ching, P. Y. (許登源、金寶瑜) (1991). The worker-peasant alliance as a strategy for rural development in China. *Monthly review, 42*(10): 27-43.

Jasper, J. (1997). *The art of moral protest: culture, biography, and creativity in social movements*. Chicago: ChicagoUniversity Press.

Kusnetzoff, Fernando (2003). *Las complicadas musas de Omarcito y otros relatos*. Chile: s.n.

Lewin, K., Lippitt, R. and White, R. K. ([1939] 1999). Patterns of aggressive behavior in experimentally created "social climates". In M. Gold (ed.) *The complete social scientist: a Kurt Lewin reader* (pp. 227-250). Washington, D.C.: American Psychological Association.

Marcuse, Herbert (1963). *Eros et civilisation : contribution a Freud*. traduit de l'anglais par Jean-Guy Neny et Boris Fraenkel ; traduction entierement rev. par l'auteur.

Marglin, Stephen A. (1974). What do bosses do?: the origins and functions of hierarchy in capitalist production. *Review of radical political economics, 6*(2): 60-112.

Moi, Toril (1999). *What is a woman?: and other essays*. New York: Oxford University Press.

Moore, Michael (1989). *Roger and me*. Dog eat dog Films.

Polletta, Francesca (2004). *Freedom is an endless meeting: democracy in American social movements*. Chicago: University of Chicago Press.

Rossi, Aldo (1984). *A scientific autobiography*. translated by Lawrence Venuti, postscript by Vincent Scully, Cambridge, Mass. London: MIT Press.

Schehr, Robert C. (1997). *Dynamic utopia: establishing intentional communities as a new social movement*. Westport, Conn.: Bergin & Garvey.

Scott, James C. (1985). *Weapons of the weak: everyday forms of peasant resistance*. New Haven: Yale University Press.

Steedman, Carolyn K. (1987). *Landscape for a good woman: a story of two lives*. New Brunswick, N. J.: Rutgers University Press.

Teske, Nathan (1997). *Political activists in America: the identity construction model of political participation*. Cambridge; New York: Cambridge University Press.

United States. Dept. of State (1967). *China white paper: August 1949*. Stanford, Calif.: Stanford University Press.

Wacquant, Loic (2004). *Body & soul: notebooks of an apprentice boxer*. New York: Oxford University Press.

Willis, Paul E. (1973). *Learning to labour: how working class kids get working class jobs.* Aldershot, UK: Ashgate.

Wuo, Young-Ie (吳永毅) (2001). Why inter-Asia? Labour movement. translated and edited by P. Liu. *Inter-Asia cultural studies, 2*(1): 133-136.

二、中譯

尤爾根・哈貝馬斯（Jurgen Habermas）（1971/2004）《理論與實踐》（*Theorie und praxis*）（郭官義、李黎譯），北京：社會科學文獻出版社。

皮埃爾・布迪厄、華康德（Pierre Bourdieu and Loic J. D. Wacquant）（1992/1998）《實踐與反思：反思社會學導引》（*An invitation to reflexive sociology*）（李猛、李康譯；鄧正來校），北京：中央編譯。

托洛斯基（Trotsky, L.）（1931/1991）《不斷革命論》（林驤華譯），台北：時報文化。

米蘭・昆德拉（Milan Kundera）（1992）《生活在他方》（*Zivot je jinde*）（景凱旋、景黎明譯），台北：時報。

艾倫・杜漢（Alain Touraine）（1988/2002）《行動者的歸來》（*Return of the actor: social theory in post industrial society*）（舒詩偉、許甘霖、蔡宜剛譯），台北：麥田。

艾莉斯・瑪利庸・楊（Iris Marion Young）（2007）《像女孩那樣丟球：論女性身體經驗》（*On female body experience: "throwing like a girl" and other essays*）（何定照譯），台北：商周。

阿席斯・南地（Ashis Nandy）（2012）《貼身的損友：有關多重自身的一些故事》（丘延亮譯），台北：台社。

埃里克・霍弗（Eric Hoffer）（1951/2008）《狂熱分子：碼頭工人哲學家的沈思錄》（梁永安譯），桂林：廣西師範大學。

席菲爾（Irvine Schiffer）（1973/1991）《奇魅心理學：領袖魅力在群眾心理中的塑造與運用》（*Charisma: a psychoanalytic look at mass society*）（陳蒼多譯），台北：遠流。

格爾茨（Clifford Geertz）（1973/1999）《文化的解釋》（*The interpretation of cultures: selected essays*），韓莉譯，南京：譯林。

馬基（Bryan Magee）（1973/1979）《卡爾・巴柏》（周仲庚譯），台北：龍田。

喬治・奧威爾（George Orwell）（1946/2006）〈窮人如何死去〉，《政治與英語》（*Politics and the English language*）（郭妍儷譯），南京：江蘇教育。

湯普森（E. P. Thompson）（1963/2001）《英國工人階級的形成》（*The making of the English working class*）（賈士蘅譯），台北：麥田。

詹姆斯・斯柯特（James C. Scott）（1985/2007）《弱者的武器》（*Weapons of the weak*）（鄭廣懷、張敏、何江穗譯），南京：譯林。

盧卡奇（Georg Lukács）（1922/1992）〈關於組織問題的方法論〉，《歷史與階級意識：關於馬克思主義辯證法的研究》（*Geschichte und klassenbewu Bstsein studien uber marxistische dialektik*）（杜章智、任立、燕宏遠譯），北京：商務印書館，頁385-433。

戴維・斯沃茨（David Swartz）（1997/2006）《文化與權力：布爾迪厄的社會學》（*Clture and power: the sociology of Pierre Bourdieu*）（陶東風譯），上海：上海藝文。

薛恩（Donald A. Schön）（1983/2004）《反映的實踐者：專業工作者如何在行動中思考》（*The reflective practitioner: how professionals think in action*）（夏林清等譯），台北：遠流。

羅素・雅柯比（Russell Jacoby）（1987/2009）《最後的知識分子》（*The last intellectuals: American culture in the age of academe*）（傅達德譯），台北：左岸文化。

蘇珊・桑塔格（Susan Sontag）（2003/2004）《旁觀他人之痛苦》（*Regarding the pain of others*）（陳耀成譯），台北：麥田。

三、中文

丘延亮（1995）《後現代政治》，台北：唐山。

──（2008）《實質民主：人民性的覺知與踐行之對話》，台北：台社。

卡維波（2012）〈人民民主：二十年後〉，《人間思想》第2期，台北：人間出版社，頁116-125。

台北市政府勞工教育中心編（周步坤、賴香伶主編）（2003）《在台北的勞動靈魂：關於「晚暮下的產業勞工史」》，台北：台北市政府勞工教育中心。

何明修（2008）《四海仗義：曾茂興的工運傳奇》，台北：台灣勞工陣線。

何金山等著（1990）《台北學運：1990.3.16-3.22》，台北：時報文化。

何雪影（1992）《台灣自主工會運動史：1987-1989》（鄭村棋、舒詩偉等譯），台北：唐山。

何榮幸（2001）《學運世代：眾聲喧嘩的十年》，台北：時報文化。

冷尚書（2004）《戰事與俠的自我＼文本：社會運動存有論的一種初步嘗試》，國立清華大學社會學研究所碩士論文。

吳永毅（1980a）〈新來的獅子〉，《中國時報》1980年11月9日至10日，人間副刊。

──（1980b）〈金伯伯的鼻子〉，《台灣時報》1980年11月26日至27日。

——（1981）〈聖人再世〉，《中國時報》1981年10月22日，第8版。

——（1993a）〈香蕉‧豬公‧國：「返鄉」電影中的外省人國家認同〉，《中外文學》第 22卷第1期（總第253期）「電影與文化結構專輯」，頁32-44。

——（1993b）〈大家作夥當台奸〉，《島嶼邊緣》第8期，頁47-49。

——（1993c）〈一字之差的本土派和本土左派：《台胞》首映座談會的善意與敵意〉， 《島嶼邊緣》第9期，頁100-106。

——（1993d）〈張茂桂教授特別推薦「假台灣人」專輯〉，《島嶼邊緣》第9期，頁107。

——（2003a）〈蔡建仁被打了！〉，《那年冬天，我們埋鍋造飯：新光紡織士林廠關廠 勞工生命故事及抗爭實錄》（台北市勞工教育資訊發展協會、新光關廠抗爭戰友團 編），台北：北市勞工育樂中心，頁65-67。

——（2003b）〈工廠裡的傳奇：胡美花的生命故事〉，《那年冬天，我們埋鍋造飯：新 光紡織士林廠關廠勞工生命故事及抗爭實錄》（台北市勞工教育資訊發展協會、新 光關廠抗爭戰友團編），台北：北市勞工育樂中心，頁173-177。

——（2003c）〈一個缺席的口述歷史：徐凌雲〉，《那年冬天，我們埋鍋造飯：新光紡 織士林廠關廠勞工生命故事及抗爭實錄》（台北市勞工教育資訊發展協會、新光關 廠抗爭戰友團編），台北：北市勞工育樂中心，頁215-230。

——（2007）〈序二：「鳥」與「牛屎」〉，《士紙老工人老照片圖文故事集：前輩勞動者 紀念冊》（郭明珠著），台北：北市士林紙業產業工會，頁4-11。

——（2008）〈怕水‧80 c.c.〉，《男／女聲：女性主義書寫的一次實踐》（古學斌編 著），北京：社會科學文獻，頁33-51。

——（2010）《運動在他方：一個基進知識分子的工運自傳》，香港理工大學應用社會 科學系博士論文。

——（2014）《鬼在春天做什麼》，台北：蜃樓。

吳相湘（1973）《第二次中日戰爭史》，台北：綜合月刊社。

宋文里（2002）〈敘事與意識：另一個對話的位置〉，《應用心理研究》第16期，頁157-165。

李幼新（1994）〈文學青年‧戲劇少女〉，《七〇年代懺情錄》（楊澤編），台北：時報文 化，頁49-60。

李思慎、劉之昆（2005）《李立三之謎：一個忠誠革命者的曲折人生》，北京：人民出版 社。

卓玉梅（2003a）〈中時工會第三、四屆（工會民主）重點實踐議題〉，《「工會民主與中時 報業：組織工作者與工會幹部的生命對話」會議資料》（卓玉梅編），頁11。

───（2003b）〈我與運動〉，《「工會民主與中時報業：組織工作者與工會幹部的生命對話」會議資料》（卓玉梅編），頁12-13。

───（2003c）〈故事〉，《「工會民主與中時報業：組織工作者與工會幹部的生命對話」會議資料》（卓玉梅編），頁14-20。

───（2003d）〈故事續集〉，《「工會民主與中時報業：組織工作者與工會幹部的生命對話」會議資料》（卓玉梅編），頁21-23。

卓玉梅編（2003）《「工會民主與中時報業：組織工作者與工會幹部的生命對話」會議資料》，2003年6月14日，台北市NGO會館，台北市勞工教育協會、中時工會主辦。

林子文（2004）《秋鬥：台灣勞工運動的儀式性集體行動》，世新大學社會發展研究所碩士論文。

林文婷（1998）《抵抗的社區──社會運動中的女性勞工經驗：以福昌紡織電子廠員工關廠抗爭為個案》，國立台灣大學建築與城鄉研究所碩士論文。

林信誼／綠色小組（1998）《新社會之夢：台灣工運史》，全國產業總工會籌備會委託製作。

林萬億（2007）《團體工作：理論與技術》，台北：五南圖書。

林靖傑（導演）（2004）《台北幾米》（紀錄片），台北市勞工教育資訊發展協會企畫，台北市勞工局勞工教育中心監製。

林濁水等編（1984）《瓦解的帝國》，台北：博觀。

林麗雲、蘇淑芬、陳瑞樺編（2012）《尋畫：現實主義畫家吳耀忠》，台北：遠景。

金寶瑜（2005）《全球化與資本主義危機》，台北：巨流。

柏蘭芝（1993）《經濟再結構中的婦女就業變遷與地域空間轉化：台北縣成衣業關廠女工再就業的個案研究》，國立台灣大學建築與城鄉研究所碩士論文。

胡淑雯（2004）〈界線〉，《中國時報》2004年10月5日，人間副刊。

夏林清（1983）《探索成功的事業：自我發展手冊（二）》，台北：張老師。

───（1989）〈一個自主工會抗爭歷程的案例調查報告：結構性衝突與個人學習〉，《台灣社會研究季刊》第2卷第2期，頁127-155。

───（1993）《由實務取向到社會實踐：有關台灣勞工生活的調查報告（1987-1992）》，台北：張老師。

───（1999）〈穿針引線看家庭〉，《台灣立報》1999年3月31日。

───（2002a）〈尋找一個對話的位置：基進教育與社會學習歷程〉，《應用心理研究》第16期，頁119-156。

———（2002b）〈對話前行甚於位置的找尋〉,《應用心理研究》第16期,頁168-171。

———（2003）〈發展工人社群的文化行動〉(序),《那年冬天,我們埋鍋造飯:新光紡織士林廠關廠勞工生命故事及抗爭實錄》(台北市勞工教育資訊發展協會、新光關廠抗爭戰友團編),台北:北市勞工育樂中心,頁4-6。

———（2004a）〈一盞夠用的燈:辨識發現的路徑〉,《應用心理研究》第23期,頁131-156。

———（2004b）〈譯序／單純的寫一個故事〉,《反映的實踐者:專業工作者如何在行動中思考》(薛恩Donald A. Schön著,夏林清等譯),台北:遠流,頁7-11。

———（2006）〈在地人形:政治歷史皺摺中的心理教育工作者〉,《應用心理研究》第31期,頁201-239。

———（2007）〈開枝散葉～變體人形的逆轉對抗運動〉(會議論文),「和平、婦女和日常生活的實踐:跨境、超越戰爭和促進改變」研討會,香港:嶺南大學,2007年5月26至27日。

———（2008）〈卡榫～拮抗同行的社會學習〉,《哲學與文化》第35卷第1期(總第404期),頁123-151。

夏林清、王芳萍、周佳君（2002）〈「與娼同行,翻牆越界」論壇報告實錄〉,《應用心理研究》第13期,頁147-197。

夏林清、鄭村棋（1992）〈站上罷工第一線:由行動主體的角度看1989年遠化五月罷工抗爭的發生及影響〉,《台灣社會研究季刊》第13期,頁63-108。

夏珍（1999）《文茜半生緣》,台北:時報。

夏曉鵑（2006）〈新移民運動的形成:差異政治、主體化與社會性運動〉,《台灣社會研究季刊》第61期,頁1-71。

索達吉堪布（2000）《信源寶藏》(妙法寶庫系列叢書),四川:五明佛學院。

張育華（2006）《移動的疊影:我在低地蜿蜒前行的實踐歷程》,輔仁大學心理學系碩士論文。

張釗維（1994）《誰在那邊唱自己的歌》,台北:時報。

張聖琳（1989）《空間分工與勞工運動:新埔地區的個案》,國立台灣大學土木工程研究所碩士論文。

郭力昕（2010）〈公共知識分子的殞落?〉,《秩序繽紛的年代:1990-2010》,台北:左岸文化,頁57-71。

郭安家（2006）〈在那種場合沒有抗議是豬〉,《破周報》復刊第413號,第4版。

郭紀舟（1999）《七〇年代台灣左翼運動》,台北:海峽學術。

陳信行（2009）〈二十年來台灣工運中的知識與實踐的矛盾〉，《台灣社會研究季刊》第
　　74期，頁331-341。

———（2011）〈從「社會問題研究」到勞工研究：「二戰」後台灣社會科學視角中的工人
　　階級〉，《全球化下的勞工處境與勞動研究》（黃德北、馮同慶、徐斯勤主編），北
　　京：社會科學文獻，頁293-311。

陳政亮（2012）〈社會運動的政治轉化：勞工陣線、團結工聯與火盟〉，「開門見山：面
　　對公民社會的矛盾」研討會。

陳映真（1984）〈「鬼影了知識分子」和「轉向症候群」：評漁父的發展理論〉（1）至（5），
　　《中國時報》1984年4月8日至12日。

陳素香（2003）〈編輯手記〉，《那年冬天，我們埋鍋造飯：新光紡織士林廠關廠勞工生
　　命故事及抗爭實錄》（台北市勞工教育資訊發展協會、新光關廠抗爭戰友團編），
　　台北：北市勞工育樂中心，頁7-10。

———（2014）〈跋：運動傷害〉，《左工二流誌：組織生活的出櫃書寫》，台北：台社，
　　頁489-494。

陳筱茵（2006）《《島嶼邊緣》：一九八、九〇年代之交台灣左翼的新實踐論述》，交通大
　　學社會與文化研究所碩士論文。

陳德亮（2006）《從小工會的故事看組織者的困境》，世新大學社會發展研究所（含碩專
　　班）碩士論文。

楊祖珺（2007）〈我用身體寫政治：以2004年「三二〇到五二〇人民抗爭事件」為例〉，
　　2007年1月7日文化研究會議暨第八屆文化研究學會年會，台灣大學

楊照（1998）〈一九八六：知識分子的炫麗黃昏〉，《知識分子的炫麗黃昏》，台北：大
　　田，頁231-243。

廖德明（導演）（2005）《那一天我們丟了飯碗》（紀錄片），台北：財團法人台灣媒體觀
　　察教育基金會（中國時報產業工會、全國關廠工人連線贊助）。

劉人鵬、宋玉雯、鄭聖勳編（2012）《酷兒‧情感‧政治：海澀愛文選》，台北：蜃樓。

劉建州（2013）〈歷史事件、主體行動與結構變革：《星星之火：全泰壹評傳》〉，《星星
　　之火：全泰壹評傳》（趙英來著，劉建洲譯），香港：勞動力，頁8-22。

潘毅、盧暉臨、張慧鵬（2010）《大工地上：中國農民工之歌》，香港：商務印書館。

鄭小塔（導演）（2001）《絕醅逢生》（紀錄片），台北：日日春關懷互助協會。

鄭村棋（2003）〈對抗資本流動的歷史戰役〉（鄭村棋口述、李安如整理），《那年冬天，
　　我們埋鍋造飯：新光紡織士林廠關廠勞工生命故事及抗爭實錄》（台北市勞工教育
　　資訊發展協會、新光關廠抗爭戰友團編），台北：北市勞工育樂中心，頁203-214。

鄭鴻生（2001）《青春之歌：追憶1970年代台灣左翼青年的一段如火年華》，台北：聯經。

———（2012）〈解嚴之前的海外台灣左派初探〉，《人間思想》第1期，頁8-48。

機器戰警（卡維波）主編（1991）《台灣的新反對運動》，台北：唐山。

賴香伶（2009）《走自己的路！一條台灣左翼工運路徑的回看》，世新大學社會發展研究所（含碩專班）碩士論文。

簡娟等主編（1993）《一曲未完電影夢：王菲林紀念文集》，台北：克寧。

蘇雅婷（1998）《組織變革的一個案例研究：由行動理論觀點看管理顧問介入的作用》，輔仁大學應用心理學系碩士論文。

台灣社會研究 季刊
Taiwan: A Radical Quarterly in Social Studies

發行人	周渝
社長	王增勇
總編輯	甯應斌
執行編輯	李柏萱
助理編輯	廖瑞華
國內編委	丁乃非、丘延亮、何春蕤、徐進鈺、陳光興、趙剛、鄭鴻生
海外編委	丸山哲史、王瑾、白永瑞、汪暉、邢幼田、柯思仁、孫歌、許寶強、Chris Berry、Gail Hershattear
顧問	于治中、王增勇、朱偉誠、呂正惠、李尚仁、林津如、林純德、夏曉鵑、夏鑄九、陳信行、馮建三、黃麗玲、黃道明、賀照田、廖元豪、魏玓、瞿宛文
海外顧問	梁其姿、溝口雄三、蔡明發、濱下武志、Perry Anderson、Arif Dirlik
榮譽顧問	王杏慶、王振寰、成露茜、江士林、李永熾、李朝津、李榮武、林俊義、高承恕、徐正光、許達然、陳忠信、陳溢茂、張復、蔡建仁、鄭欽仁、鄭村棋、錢永祥
網址	http://web.bp.ntu.edu.tw/WebUsers/taishe/
電郵	taishe.editor@gmail.com

行政院新聞局出版事業登記證局版台誌字第6395號
中華郵政北台字第2634號執照登記為雜誌交寄

國家圖書館出版品預行編目資料

左工二流誌：組織生活的出櫃書寫／吳永毅著
 -- 臺北市：台灣社會研究雜誌出版：唐山發行,
2014.05
 508 面；14.8x21 公分. -- (台社論壇叢書；23)
 ISBN 978-986-86735-9-5（平裝）
 1. 社會運動

541.45   103007180

台社論壇叢書23
左工二流誌：組織生活的出櫃書寫
TELLING STORIES OF A "SECOND CLASS" LABOR MOVEMENT IN TAIWAN: An autobiography of a ra
intellectual and his organizational life

作者	吳永毅
責任編輯	林麗雲
執行編輯	陳筱茵
封面設計	黃瑪琍
策劃	交通大學亞太／文化研究室
印刷	中原造像股份有限公司
出版	台灣社會研究雜誌社，台北市木柵路一段111號M730室
電話	（02）2236-0556
發行	唐山出版社，台北市大安區羅斯福路三段333巷9號B1
電話	（02）2363-3072　　　　傳真　　（02）2363-9735
網址	http://blog.yam.com/tsbooks　電郵　tonsan@ms37.hinet.net
定價	480元
出版日期	2014年5月

缺頁或破損，請寄回唐山出版社更換